风雨人生路

FENGYU RENSHENGLU

谭仲池 著

线装书局

图书在版编目（CIP）数据

风雨人生路 / 谭仲池著 . -- 北京：线装书局，
2016.9

ISBN 978-7-5120-2392-5

Ⅰ.①风… Ⅱ.①谭… Ⅲ.①散文集 – 中国 – 当代
Ⅳ.① I267

中国版本图书馆 CIP 数据核字（2016）第 219565 号

风雨人生路

作　　者：谭仲池
责任编辑：李　琳　姚　欣
装帧设计：王文龙
出版发行：线装书局
　　　　　地　　址：北京市西城区鼓楼西大街41号（100009）
　　　　　电　　话：010-64045283（发行部）　64045583（总编室）
　　　　　网　　址：www.zgxzsj.com
经　　销：新华书店
印　　制：北京睿和名扬印刷有限公司
开　　本：787mm × 1092mm　1/16
印　　张：33
字　　数：522千字
版　　次：2016年9月第1版第1次印刷
印　　数：0001—12000
定　　价：82.00元

更多资讯请访问官网

目 录

第三次再版自序

我写的自传体长篇散文《风雨人生路》，这是第四次修改补充出版。第一版是 1996 年 4 月；第二版是 2001 年 2 月；第三版是 2005 年 6 月；这一版是 2016 年 10 月。每次再版的原因有两个：一是许多读者、同事、朋友，包括一些学生的家长、网友，希望我能继续写下去（因为他们看到我只写到 2005 年 6 月），想了解我现在的状态；二是对于我而言，确实还有一些新的东西，自己也希望能成为记忆并与熟悉我的读者再作一番交谈。因此，在这次再版时，我又增加了两章，将近 10 万字。人生如书，人生如烛，人生如梦，人生如水，亦如尘土。我写自己的人生履痕，不为别的，是为了对养育教诲关爱我成长、劳作，走向生命彼岸的这个现世表达心中深深的，却是无法报答的感恩和无限珍惜之情。

我满 66 周岁生日那天，是和家人在外地度过的。简朴的晚餐之后，我们用普通的葡萄酒彼此祝福。因为没有外人，一家人便感到轻松、自由，真正享受着人伦的温馨。而对于我来说，也有另外一些心绪，那便是怡静中有少许的激荡；慰藉中有淡淡的感伤；充实中有酸涩的遗憾；回望中有殷殷的期盼。尤其当我的小孙女和我一同吹灭生日蜡烛时，我心底萌生一种幽幽的惆怅。我仿佛觉得那蜡烛也如自己的影子，总有一天会要悄悄消失在岁月的走廊上。

就因了这一丝瞬间突发的感想，回到房间，我写了一首类似七律的诗，作为"生日感怀"：

曾经振翼笑黄鹤①，卧翅江关莫奈何。

僻乡教读迷诗梦，闹市操持踏坎坷②。

---

① "黄鹤"指当时我所在空军飞行部队驻地江城武汉。

② "闹市"指我在长沙市工作时的情境。

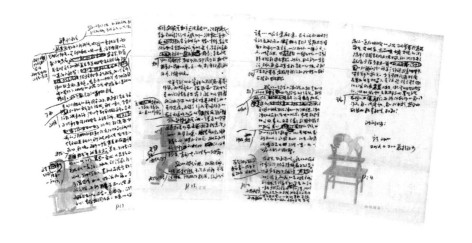

朝思百姓知勤勉，夜虑时难忧患多。

文怀道义终不悔，^①始信无求天地阔。

2013 年 12 月 12 日，中央城镇化工作会议的文件中，写上了"让居民望得见山，看得见水，记得住乡愁"的话。当时看了这个报道，我倍感亲切，惊喜之余，也写下如许诗句："这剪不断的乡愁呵／你是父亲给翻开的蜡黄书页／母亲手中长年温热的针线／也是奶奶纺车的缠绵叮嘱／也是爷爷棋盘上睿智的目光／这是我终身守望的乡愁呵／你是我的古老乡村最珍贵的记忆／我的幼时心灵最温馨的回望／也是我生命旅途最初的火把／也是我心底深处最难割舍的感伤／……没有乡愁会失去我们所有的寄托／记住乡愁／世界会永远年轻，和谐美丽"。

我不知道我的《风雨人生路》是不是乡愁？或许它还真是我的挥之不去的浓浓心愁。是我永远无法割断的生命情结，在乡愁、故土里生长起来的所思、所悟和所恋、所望。

在这里，我要真诚地感谢所有给我指点、帮助、关爱的读者朋友，没有你们的鼓励、慰勉，我的《风雨人生路》不可能有今天的生命色彩和淡

①"文怀"是指我坚持不弃的写作初心。

淡香味。但愿你们的生命之花比我的更加耀眼，更加美丽，更加诱人。

总有花开，春天常在。
总有祝福，伴你远行。

2016 年 7 月 6 日于湘江之 5 滨淡泊书斋

第一次出版自序

1995 年 4 月 12 日下午，天空飘着柔柔的细雨。

细柔的雨丝扯起的银色雨帐，网住了路旁朦胧的树影和山边映山红绽放的朦胧花光。

就在这一天，省委副书记储波和省委组织部长罗海藩送我们几个到娄底地区工作的同志去赴任。我被任命为娄底地区行署常务副专员，深深感到这个职务的分量和要承担责任的重大。因之，乘坐在疾行的车内，心情甚为不安。

我知道自己走到这一步，实属不易。这一年，我正好 45 岁。回顾自己从一个偏僻的贫困小村沿着弯弯山路走向山外这个大世界，有过失学的痛苦，有过生活的颠簸，有过感情的创伤，有过对命运的失望，但终于在曲折、坎坷的路上走过来了。我参军、当农民、当代课教师、考学校、做教师、当干部，后又读大学，以至走上领导岗位成为县委副书记、县长、电影厂厂长、副专员和作家。这是一条多么曲折、艰难、光明和充满辛酸苦辣的生活之路啊！

是什么支撑着我这个农民的儿子，从幼稚走向成熟，从坎坷走向坦荡，从一个退伍军人走向领导岗位，甚至还要去问津神圣的电影事业和跨入文学的殿堂朗读诗文，以表达自己对生活的感悟和对文学的崇拜、眷恋呢？

是时代，是社会，是人民，是良师，是益友，是家庭，是信念和知识，是感情的生命和大自然的教化。

这一切都是毋庸置疑的。

培根说过："幸运并非没有许多的恐惧与烦恼，厄运也并非没有许多的安慰和希望。"生活的体验确实如此。一个人的命运是与国家的、民族的命运结合在一起的；一个人对世界的感悟和生命价值的升华是与时代和大自然对自己的雕塑结合在一起的。

不是吗？走在大山布满青苔的幽径上，使我能感受到生命的旺盛朝气和慷慨奉献的博大胸怀；站在海岸的巨岩上远望，使我能感受意志的坚韧和搏击风浪的豪迈气概。无论是清晨山野放牛的乐趣，还是小街卖柴换书的喜悦；或是躺在黑暗土屋做着美丽的梦幻；或是出访太平洋彼岸的美国，陶醉在旧金山花街的香雾里；或是走进银幕世界，去与少年时就崇拜的电影艺术家王晓棠将军叙谈；或是漫步在月下的河堤，听蛙声片片；或是攀越险岗去与山民一道扑灭山火……这一切不断变幻的生活时空，常常使我感奋、激动、欣慰、自豪，充满对生活的热爱。

然而，当我走进一幅又一幅另外的生活图画和听到另外一些不和谐的生活插曲时，留给我心灵的却是一番浓浓的苦涩和强烈的震动。无情的洪水和狂风酿成的灾难，无家可归的乡亲在眼前的哀号；夜幕下黑暗角落浮动的阴影，社会文化场所涌动的"黄流"；党政干部中发生的腐败现象；封建迷信之风的蔓延以及企业大量亏损难以扭转的严酷现实，都无时不在刺痛我的心。这一切又使我惶惶不安，甚至独自在家中伤感、愤怒、悲叹、激奋，而生发良心的责备和尽职不够的深刻反省。记得胡耀邦在1988年12月曾对我说过："在你的职权范围内，要多为老百姓办事。"这句话，曾使我夜不能寐，食不甘味地想到该怎样尽一个县长的职责。每临此境，我总是披衣起床，翻开自己的工作日记，细查哪些事情没有落实；哪座水库可能会在雨季出现险情；哪家企业正需要解决资金短缺问题；哪条公路需整修、铺沥青；哪所学校的危房正待改建；哪几个上访的难题需要解决；还有那些正在深圳卖花的姑娘，必须派人去接回。我最担心的是花炮厂的安全，一个爆炸事件，不仅要损失数十万元，还要付出生命的代价。可它是浏阳的一大经济支柱。我最忧虑的是几个尚未解决温饱的贫困乡农民的生产、生活。我最害怕的是午夜电话，电话里常常传递的是突发事件和不祥的信息。

由于体制不顺，部门之间无休止的扯皮，致使政府调控乏力，政府机关工作人员的不负责任，办事推诿拖沓，会使基层和企业怨声载道。所以，有时候我会因这一切而感到极度的疲倦和忧伤。回到家里常把满腹的愁怨表现出来。

妻子也常常因我而苦恼，而忧愁，而心情不佳。

是家庭在支撑我这个有时十分脆弱的生命。此时，妻子会来安慰我，体贴我，告诉我工作要认真，但认真不意味着无奈。

人说，妻贤夫祸少，子能父心宽。这是有道理的。我终于学会自己走出无奈。我躲进房间，去寻找心的安宁。我把别人用来喝牛奶和咖啡的时间用来写诗、作文。强迫自己在烦躁时去领略宁静世界的风光。在那里我读月光的圣洁，读流水的清亮，读树影花光的鲜活，读男人的肩膀、女人的眼睛，读远古的弓刀，读雪野的辽阔。这样，我的人生境界注入了强盛的精神力量，也无意中使我成为诗人、作家。更令我欣慰的是，从我的诗文中，使人们知道了我的"文心"和"官魂"。在我命运的艰难跋涉中，我的心灵里始终充满美丽的寄托和轻松感，深切地感受到自己的心灵有了天堂。在这个天堂里，我可以获得一般人难得有的自慰感、幸福感和充实感；也使我创作的纽带联结起许许多多的朋友。这些真挚的朋友，有的比我年长，有的比我年轻，有男性也有女性，有专家学者也有普通劳动者。在我们之间，以不同的方式体现了真诚和友谊。朋友对我的关心和友好，也使我受到鼓励，给我的生活增添了美丽的情韵。

就世俗观念而言，做一个"七品官"不算什么，但对我来说，却是做梦也没有想到的事。故此，我非常珍惜。我要拼命地学习和努力地工作，不留恋名位、荣华和任何特殊的东西，始终如一地把自己的一切都献给社会和人民。做到"淡泊是宝，守土有责，视民为父"。

这是需要长期自我塑造的。

这是需要有丰富知识修养的。

这是需要有自觉的自警自励精神的。

我把自己人生的感受记录下来告诉读者们，目的就在于总结自己的人生体验，深悟人生的真谛，永远做一个有益于社会和人民的人。愿我的这个小册子能使广大读者喜欢。同时恳请专家、学者和广大读者给予指正。

1996 年 4 月 12 日于娄底

第一次再版自序

"品格是世界上最强大的动力之一。高尚的品格,是人性的最高形式的体现,它能最大限度地展现出人的价值。"

我很欣赏英国作家塞缪尔·斯迈尔斯这段名言。同时他还说:"每一种真正的美德,如勤劳、正直、自律、诚实,都自然而然地得到人类的尊敬。"

一天晚餐后,我坐在书房里看报纸,无意中看到《人民日报》的副刊上有一幅草书字,写着这样一句话:"落花无言,人淡如菊。"真好,我把这句话咀嚼了许久许久。

6年前我在湖南娄底行署任职,利用星期日和晚上的时间写了一本带有自传色彩的长篇散文《风雨人生路》,想不到这样一本普普通通的书全都让读者买去了。出版社很高兴,愿意给我再版,并要我写几句话。为此写序言,自己是不好写的。可"落花无言,人淡如菊"这句话,却引发了我一番感慨。

在过去的岁月里发生的事、经历的事,或者自己做过的事,在今天看来也真是如落花。是什么样的落花呢?自然只能是瘦菊样的落花,是那般淡淡的,素雅而纤细。

我今年已过五旬,按照孔子的说法"五十而知天命"。朱熹在《四书章句集注》里说:"天命,即天道之流行而赋予物者,乃事物所以当然之故也。"可是尽管这样,每个人一旦回首走过的岁月,都会有一种"曾经沧海难为水"的慨叹。

我之所以要写这本书,而且从自己的出生写起,一直写到年过五旬,其中写的都是人生道路上深深浅浅的脚印和与这些脚印有关的人和事,风和雨,情和爱,怨和忧。是以平常心去写,平常人去想,便不想装扮自己和掩盖真实的生命知觉、痛觉和幻灭感。我忠实于自己在不同情况和历史条件下的灵魂袒露，把灵魂中的血色和尘埃一概拂扬于世，是想表达我对自然无私慷慨的崇拜和对生命平实坚忍的热爱。也许因为这样，像我这样的人也有可能让读者不拒绝与他交谈。鲁迅在评述那些敢于用文字吐露灵魂的真髓、血性与骨气与诚笃的作品，称之为"这是血的蒸气，醒过来的人的真声音"。对于一个成熟的、有修养的富于学习和进取的人来说，他一定会醒着走路。对于像我这样一个出身贫寒、学无所成、碌碌而生息的人来说，更多的是在别人的"血的蒸气"前醒觉，然后前行。故我很重视忆念自己醒的过程和醒着前行的脚印。我想，只要经常回头看这些脚印，也许会走得更稳健、更踏实些。这就是我要写这本书的最真实的原因。其次，新中国走过的50年风雨历程，曲曲弯弯，坎坷险阻。无论是春风、阳光、改革开放、文明、经济发展还是民主、法制建设，等等，需要反思的地方太多，无论是对于社会、对于个人、对于后代都是至为重要的。我记忆这一切，尽管偏颇和浅薄，但我毕竟是这个时代的证人。留下这本书，其中只要有一段话能让读者从中得到什么，那也就足够显现它存在的价值。再次是，昨日的历史，时间老人已经把它翻过去了，要在新的时间长河重复不再可能。但在另一种状态和情势下，以新的形式和内容出现相似的重复并非不存在。所以写一段昨日的不虚假、不武断、不自私、不偏激、不抱怨，甚至也反省自己的记忆，也许对于今后的年轻人至少会引发对历史和未来更强的责任心。这种想法在他人看来可能显得幼稚可笑，但我目前仍然觉得是值得的。

《风雨人生路》书出版了，充满着出版社编辑对我的关爱之情，也可以说是他们的热心帮助我完成了一件人生中有意义的属于自己的事。然而，当时我的心也不免有几分不安和担心，如果书卖不出去，让出版社亏本，我于心何忍？然而，却也常有人给我写信或来电话问，何处有此书买？遇到这种情况，我心里总是酸楚楚的，说不清这写书人的苦恼和困惑。

不是出版社不重视书的发行，而是书店不敢多订书，怕放在书店无人问津。书店也难啊！

时光流逝，几年匆匆而过，印数不算少的《风雨人生路》走过风雨之途，见到了明媚的阳光。新世纪之初，极有责任心的出版社还想要它多走一段风雨路。故就给了我写再版序言的机缘。

不能多写妄说，那样是对读者的不恭。

我只想说，愿有缘见到再版后的《风雨人生路》的朋友们，其人生道路会铺满更灿烂的阳光。虽然岁月风雨也是有的，但那是对你生命赋予的壮丽色彩。

作　者

2001 年 2 月 15 日晚 11 点于淡泊书斋

第二次再版自序

《风雨人生路》这是第三次印刷，我很高兴。借此机会，我想和读者朋友说几句话。

沈从文先生说过："我崇拜朝气，欢喜自由，赞美胆量大的、精力强的。一个人行为或精神上有朝气，不在小利小害上打算计较，不拘泥于物质攫取与人世毁誉；他能硬起脊梁，笔直走他要走的道路。"

一个人的一生，真要做到如先生所说，谈何容易。

我在娄底地区工作时，之所以写这样一本带有自传色彩的长篇散文，绝不是想去为自己说什么话，只是觉得人生道路需要冷静的审视和把握，像沈先生所说的，能硬起脊梁，笔直走要走的道路。

其实，路漫漫其修远兮！

已过知天命之年，我并未知天命，而是靠着许许多多的前辈、师长、朋友、群众时时刻刻的教育、勉励、鞭策。但有一点是十分清楚的，就是人活着要懂得自己的价值。

2003年7月我去西藏，登上了拉莫错，看到了万千气象和冰封雪飘的天池幻景。后来我在《天湖》诗里这样写道：

湖在天上
天在湖上
人在世上
路在心上

不知道这样说对不对。

朋友，当你也掩卷而回忆自己走过的路时，我相信，你的人生风景远胜于我。这是我对你最美好和最忠诚的祝福！

作　者

2005 年 6 月 27 日晨

第一章

金色的梦幻

我来到这个世界，
便沐浴着湿润明丽的太阳光。
从此生命便赋予我跋涉的力量。

生命的符号

龙王岭是一脉苍翠的群山。它起伏如绿色的波浪，一直延伸到远方。海拔虽然仅 760 米高，但常年有白云缭绕山巅，不仅险峻，而且给人以缥缈之感。

山岩上的古藤如蛇，缠绵地纠扭着巨大的树干。草丛里绽放的奇花，散发着诱人的芬芳。树枝上的山鸟飞雀唱着它自己的歌，峡谷里的清泉低鸣着，流向深涧山溪。薄雾在山间环绕，峭壁上的翠竹郁郁葱葱。这一切，在阳光的照射下，给大山蒙上一层厚重的神秘的色彩。

山里人靠山谋生。挖煤、采药、造纸、卖柴、植桑。山里人勤劳憨厚，知道要读书识字才有出息。即使是饥寒交迫的年月，只要逢年过节，或生日或婚庆，总愿花钱买上一副对联，红红地挂在门楣上，表达自己对世界的热爱和对未来的向往。

据《谭氏通谱》记载，浏阳谭氏始祖福缘公皇宋端平二年自江西来浏后，丁繁业茂，家声丕振。至今已绵延三十余代。其七世祖世郁公之妻于太君，明洪武十九年丙寅五月十一日丑时生，明成化五年即 1470 年己丑十月十九日寅时殁。享寿八十四岁，至今已 514 年，系维新志士谭嗣同之先祖母。从谭七世祖于太君始，因其淑德堪表，历代后辈景仰光大，至十世祖曰祥公，时正逢康乾盛世，谭氏家族勤于耕读，重农经商，遂家业兴旺，名扬梓里。乃至其第五代之嗣谭文炯考中武状元。我记得小时候我还在家乡的石湾谭家大屋进门的正厅横照上，看到还悬挂着"勋昭永宁"的皇赐匾额。岁月流逝，时代变迁，从我祖父开始，则精于手工行业，友善乡邻，居德致远。

我的大公公（祖父之兄）是木匠，做得一手精活，在这 5 平方公里山冲，他整整奔波了一生。几乎每个山里农家的门口都留下了他辛勤的履印。他背着锯子、斧头、刨子，翻山梁，过石坳，或雕梁架屋，或修车造仓，或刻龙凿凤，他做的样样木器，尽显心智和手巧，博得乡邻美美的赞誉。然而，他却终生未娶。我的祖父则是早娶贫家之女，不到 30 岁就成家立业。他做的是裁缝活，也是朝饮晨露，暮踏星光，东家进西家出，赚得小钱养家糊口。我的父亲在兄弟姐妹中排行第四，长得瘦弱，文质彬彬，不像伯父那样伟岸彪壮。祖母曾告诉我，当年毛泽东领导农民造反，搞秋收起义，从铜鼓出发，在浏阳东门市打胜仗的消息传到我们村上时，我父亲伯父和共和国成立后当了将军的李志明以及毛泽东的秘书叶子龙等小伙伴，扛着梭镖跑到了起义队伍里。我常想，他们这群如龙似虎的儿童团员，童年时有这份勇气和胆量完全是这葱郁的龙王岭孕育的。龙王岭哪架山坡，哪条山路，哪道石壁没有他们砍柴挑炭的足迹啊！伯父曾给我唱过这样一首山歌：

> 龙王岭上松连松，穷苦后生要当兵。
> 打倒土豪分田地，手拿梭镖显威风。

然而，让人竟想不到的是，伯父和父亲的这段红色旅程，却在 40 年后的"文革"风暴中，遭到质疑并陷入政治旋涡之中。直至让我们子女的心灵也受到深深创伤。

春去夏来，日转星移。新中国诞生的礼炮声震醒了古老的神州，也震醒了龙王岭下的石湾小村。这时已 30 岁过头的父亲，因识得几个字，便托人说情到县城一家名叫"福兴斋"的店铺打工。他称盐卖酒，记账扫地，样样都干，深得老板喜欢。此时的母亲则在家喂猪养鸡，种菜锄草，伺候婆婆。因她出身浏阳南乡的鞭炮世家，从小就心灵手巧，只要一有空闲，就坐在矮板凳上结鞭炮。母亲虽个子矮小，身单体薄，但因父亲不在身边，她挑水浇粪，洗衣做饭，从不停息。因家贫，多劳多累，多忧多愁，常节常俭，常饥常冻，把身体拖得骨瘦如柴。可怜母亲怀着我不到 7 个月便因身体极度虚弱而早产。

1949 年 12 月 16 日中午。

这是一个沉寂的、阳光很明丽的、寒冷的中午。刚来到这个世上的我，竟不能啼哭一声。只能颤动着形细如鼠的小身子，带着微弱的呼吸躺在母亲的身边，对着山村土屋的窗棂睁着一双明亮的眼睛。

我在望人间的光明。

当时，见我一声不哭，在一边的祖母和伯父，还有那位木匠大公公、裁缝匠祖父都担心我能否活下来。

我这个早产儿终于奇迹般地活下来了。

伯父用粗壮的手托着我，给我取乳名叫"细崽"。带着这个生命的符号，在家人的频频呼唤中，我吸吮着母亲的乳汁一天天长大。我跟着母亲去菜园扯草，我扯着母亲的衣袖，站在猪栏边看着母亲给小猪添食。母亲又牵着我去挑水，带我到河边洗衣裳。我是母亲的命根子，是母亲的心头肉。我时刻伴着她辛劳的履痕天真烂漫地跳动。

我依然长得瘦小，弱不禁风。我常生病，常常让母亲守在床边暗自抽泣。大公公独身，没有儿女，决意哺养我。他认为我聪明。他说，这孩子一来到世界上就懂事，就不哭不闹，就能看窗子上的太阳光，睁开大眼睛望着望着，竟自己笑出声来。他还说，男生午时是吉祥的预兆。老人真是善良极了。不久，他就用木料给我做了一辆小推车，让我坐在他做得极精致的车子上，推着我过石板桥，过田垄，去邻村的小镇玩。每次去镇上，他都要给我买糖吃，有时还给我扯回几尺蓝色新布，让母亲给我做新衣。现在回想起当时大公公对我的疼爱，自己带孙女楚楚的这份爱意，我就能想到这位从未结婚育儿的老人对自己爱得有多深、多切、多强烈。

新中国成立后的浏阳农村，呈现着一片蓬勃生机。农民分得了土地，喜笑颜开地在田野里劳作。

日子过得很快。父亲从县城回来，穿着整洁的中山装，成了村子里有见识、有文化的青年。乡政府知道他在县城里做过店员，见过世面，便安排他在供销社挑货郎担。父亲对这个工作很满意，他挑着装满小百货的担子，摇着咚咚作响的牛皮小鼓走村串户，呼唤着乡邻做生意。

那天下午，美丽的阳光照耀着山冲的绿树红花、田野小溪。父亲挑着晃晃悠悠的担子，来到了我们居住的老屋的地坪里。我一眼看见父亲，便跑过去使劲地帮他摇牛皮鼓。母亲远远地站在屋檐下，那棵绿油油的像伞盖似的柚子树下看着我们微笑。这时，我发现年轻的母亲很美，很圣洁，她的脸上闪着玫瑰色的光辉。

不一会儿，从家家的大门口跑出了很多的乡邻，这些男人女人、老人小孩围着父亲买东西。此刻，我们一家真是光彩极了。大公公也匆匆忙忙地走来了，他竟然把我手里的小鼓夺去，放回父亲货担上的竹盘子里，抱起我说："长大了你要比父亲更有出息。"说完，就揭开竹盘里装着麻饼的玻璃瓶盖，从里面拿出一个圆圆的芝麻饼子送到我的手里。我接过饼子，挣扎着从他的怀里脱身，转身跑到母亲身边，我把饼子塞给母亲："妈，留着回家一块儿吃。"

远远地父亲望着我们笑。

渐渐地，乡亲们买着各自需要的东西向四周散去。父亲收拾好摊子，挑起货郎担，摇着牛皮小鼓，吆喝着沿着屋坪前的弯曲小路，向山冲青幽幽的深处走去。

他的背影，一会儿隐进了山边的苍翠里。其实，父亲从小就喜欢读书，能背很多的唐诗宋词。他是一个很有志向和抱负的青年。父亲曾给我说，他在当时地下党组织中一位有学识的长者引导下，就帮助写过许多革命标语。大公公并不真正了解父亲青少年时参加革命活动的情况。就是父亲在县城打工时，也还经常做一些联络工作。这就是我真实的青少年时候父亲的足迹。

大公公依然站在屋场坪里，望着远处的大山及山顶的云和蓝天。我依着母亲仍然站在绿色的柚子树下，染满一身绿色的阳光。我们像洗着阳光浴，浑身温温暖暖、舒舒畅畅。我顿时感到这个世界好大、好光亮。

母亲的桨还在摇

　　三月的江南迎来了雨的季节。透明的雨丝，被湿润的春风牵引着，给这个古老而美丽的山村织着彩色的锦绣，让一个花红柳绿的春的世界在蛙声中诞生。

　　我家居住的石湾是江南湘赣边境的一个偏僻的小村。它是坐落在苍茫的龙王岭下的一个小山窝。四周是连绵不断的绿色山脉。一条宽十多米的河流沿着石的山岸和绿的田垄，弯曲着流向名扬世界的浏阳河。因为《浏阳河》唱遍了全中国，那"弯过了几道弯"的发问，让人神往。我故乡的这条河，便增添了光彩。现在这里被称为浏阳河上游"第一湾"。每年春天，烂漫的山花装饰着山村，使山村显得年轻和充满生机。但是，只要遇上山洪暴发，浑黄的河水就会漫上河岸，吞没两岸绿油油的禾苗，残忍地割断山里人甜美的丰收梦。面对这种灾难，山里人总是叹息着站在河岸徘徊。山村靠山，却无参天大树，只有满目的绿色荆棘和野草铺满山峦。小河的河床不深，水易涨易退。水退后，不两天，河水就变得异常的清亮，甚至可以看清鹅卵石的颜色。又因河中无鲜美的鱼虾可捕，居住在这里的人家过着十分清贫的日子。就是屋内搭着矮小的货架和门口摆着小摊的沿河小街的百十户人家，做的也都是小本生意。从早到晚，街头街尾，摆着卖干柴、木炭、山药和野菜的担子。旁边蹲着一个个皮肤褐黑、身子枯瘦的男人女人，眼睛里迸射出的凄清的光芒，让人感到岁月的寒冷。望着这幅图画，我心里充满了苦涩。只是偶然从河对岸学校传出的串串清脆的铃声和街上飘过的少女撑开的油纸花伞，才会让人感到这个世界依然流动着一股生命的活力和对新生活的朦胧向往。

　　大公公常牵着我在这幅画里徘徊。我也常常被河对岸的铃声吸引。我猜想那个铃声鸣响的天地，一定是十分快乐和美妙的。终于从绿色的春天，我又一次走进了枫林流丹的秋天。这年我刚 6 岁，一清早，艳阳就灿灿地照耀着我家门前的泥巴路。我背上父亲买的新书包，穿上母亲做的新布鞋，牵着大公公已经枯萎的手，朝着铃声叮当的对河学校大门走去。

山村小学堂设在一座旧庙里。教室是庙堂改的，墙壁很高、很黑。屋顶上还可依稀望见残断的飞檐翘角和像菩萨似的木雕。我的座位靠着窗户，凭窗能望见外面灰白色的石壁和石壁上丛生的树木花草。那景致是迷人的，经常有蝴蝶在花丛中翻飞，有小鸟箭似的直窜云空。刚入学的那天，大公公站在窗外守护着我，他怕我不习惯，还一个劲儿地在窗外给我递鼓励的眼色。当老师不注意时，便悄悄地从窗户的格子空间给我递上一颗糖。

第一天就学汉语拼音，我感到很新鲜，原来世界上还有这样深奥的东西需要我们去学。我看见在讲台上留着短发的女老师，闪着一双美丽的大眼睛给我们讲课，心里非常喜欢。我在想，妈妈要是留着这样的短发，一定很美丽。放学的时候，这位女老师走到我跟前，微笑着给我在书上写上我的名字，并告诉我首先要学会写自己的名字。现在我还记得，她的字写得很工整，很秀丽，很好看。

从此，不论天晴下雨，刮风降霜，我从不缺课。我感到读书是一种乐趣，书里有一个奇妙的大世界。在班上，我的成绩总要比几个玩得好的伙伴们好一些。只要我考试得了 100 分，回到家里，大公公总要给糖吃，有时还奖我爱看的小人书。后来小人书看多了，我渐渐知道了很多的历史故事和历史人物。像《三国演义》里的孔明、刘备、张飞、关羽，《水浒传》里的宋江、鲁智深、李逵、林冲等，在我的心中留下了极深的印象。那时候，我最感兴趣的事是看电影。只要听说小镇上放电影，我就早早吃过晚饭，搬着椅子，拖着大公公去电影放映场占位子。电影场就在学校的操坪里。一块白色的幕布用两根粗壮的竹竿挑起。暮霭渐渐升起时，从山村的小路上便有许多说说笑笑地涌来看电影的人们。这是我们孩子们最兴奋的时候，我们在电影场内奔跑嬉闹，惹得各自的父母在大声呼唤孩子们的乳名。特别是《上甘岭》《地道战》《南征北战》《英雄儿女》等战斗故事片，看后能让我们兴奋几天。那时，我真想当兵，总盼自己快长大，还经常缠着大公公给我做木枪玩。现在回想起来，不知道那时大公公给我做了多少木刀、木枪。而且这些刀枪都做得非常精致、非常逼真。小时候和我玩得最好、最近、最经常的要数"红脸""老顺"和"石伢子"。这是我们彼此取的外号，不是真名。一到晚上，我匆匆做完作业，便邀着小伙伴们出来打仗。我把小伙伴们分成两边，呼喊着在古老的大屋场上下奔跑。夏收时节，收割完早稻，人们用稻草码成垛堆在田垄边和屋场坪里。这些金黄色的稻草垛便成了我们"作战"的碉堡和藏身的工事。有时候，东藏西躲不小心碰破了头，只要有哪位小伙伴哭叫起来，怕引起大人出来骂人，大伙便一个个暗自散去。只留我一人，还要把那些刀枪收集回家。每每遇此狼狈结局时，便又见大公公悄悄走来，不声不响地帮我搬走兵器。

借着月光悄悄回到母亲的房里时，母亲从未入睡，总是点着昏黄的煤油灯在给我缝补衣裳。这时，只要一听见隔壁房里祖母的咳嗽声，她又得跑过去给老人捶背。我经常呆望着母亲这样在深夜里奔忙。我疼爱母亲，可无法为她解脱劳累。我常想，我长大了，一定要好好报答母亲，让她过上好日子。后来，我读的书越来越多的时候，也是我对生活的世界感受越来越深的时候。在我母亲40岁的生日里，我曾写过一篇短文《母亲的桨还在摇》发表在报纸上，以表达自己对母亲的一片深情。

　　母亲是阳光，给我童年以温暖，照耀我歪歪斜斜的幼稚的步子；母亲是毛毛雨，浇灌我智慧的心灵，滋润出灿烂的向往；母亲是一支歌，唱亮我的生活，给我跋涉的力量；母亲是一叶桨，摇着我走向人

毛主席100周年诞辰时，与家人在韶山（中间的两位老人系作者的父亲、母亲）

生的彼岸。母亲很宽厚很慈祥很节俭很勤劳很善良。一切难以忍受的她都能忍受。只要看到儿女的欢笑，她就忘记了什么是苦，什么是累，什么是委屈。母亲整日里围着这个轴心转动。她像一座磨子，为儿女的生活、成长、立业，添送着丰富的养料。那年，我患病休学在家，像磨盘一样整日转动劳作的母亲，还要日夜为我身体的恢复而操劳。我发现刚走进40岁门槛的母亲前额已经爬满皱纹，两鬓已抽出了些许银丝，母亲明显地苍老了。望着母亲，我的心异常地沉重和不安。

母亲依然用鸡蛋换来补药调养我萎缩的意志；依然用心的叮嘱来抚慰我创伤的胸口；依然精细地为我洗刷衣服。母亲的毛毛雨还在下，母亲的歌还在唱，母亲的桨还在摇。

人生的彼岸啊！

牛背上的童年

　　家乡是美丽的，很让人眷念。每当我置身这绿色的村庄，我的心就像地里的嫩苗要抽出绿色的叶片，去撑开一片灿烂的春光。虽然困难岁月的折磨，饥荒的蔓延使村舍家家屋顶的烟囱冒着断断续续的有气无力的炊烟。在路上行走，常会遇到身子肿得像冬瓜的水肿病人，但这一切都无法掩饰自然界那片绿色的生机，毕竟春天又回到了江南的山山水水。我和大顺、平哥、菊妹、武伢子、石子、红脸几个小伙伴依然结队去上学。在教室里我们仍然扯着嘶哑的嗓子大声背诵课本上的古诗：

　　　　锄禾日当午，汗滴禾下土。

　　　　谁知盘中餐，粒粒皆辛苦。

　　我们的琅琅读书声，给教室注入了一股新鲜活力。可是那位饿得很消瘦的张老师却在我们的读书声中摇晃着身子倒在讲台的墙边。同学们惊慌极了，不知道该怎么办。我便喊出几个高大一点的男同学把他扶起来靠在椅子上。慢慢地张老师睁开了眼睛，他似乎知道了刚才发生的事，喃喃地说："刚才我感到眼前发黑，便不知怎样了。"说完，他又强撑着身子离开教室。这时，我便过去扶住他说："张老师我送你回房间去。"

　　回到家里我把这件事告诉了母亲。母亲听后叹着气说："你们的张老师真可怜，吃那点饭，要站一天讲台，怎么受得了。"第二天，当我要去上学时，母亲就煮了两个放着姜片的鸡蛋，装在竹筒里让我带给张老师。

　　张老师的住房很破旧，是靠在我们教室天井的一间小房子。走进房子里闻到的是一股霉味，仔细看，贴在墙上的废报纸还留着摊摊黑色的水印。我抬头望房子的顶棚，发现了滴雨的痕迹。张老师平常的习惯是早饭后洗衣服，然后到教室里守着我们晨读。他还没有归来，我就把装着鸡蛋的竹筒放在桌子上，然后写一张纸条压在底下："张老师：妈妈要我送鸡蛋给你补养身体，放在桌子上，你一定要吃。"

我没有写名字，我怕他知道谁送的会退回来。

晨读快结束时，张老师来到了班上，他用感激动情的眼光搜索着每个同学的表情，我装着没事一样，大声地读着：

> 离离原上草，一岁一枯荣，
> 野火烧不尽，春风吹又生。

一会儿张老师离去了，我望着他的背影，心底充满了凄清的感觉。要不是他这样呕心沥血地教我们，他的身体也不至于拖成这个样子。

天气渐渐暖和了，山岭上的映山红在温暖的春风吹拂下绽放着红艳艳的花朵，给整个山峦铺上了万匹红绸。学校照例规放了插秧假，我和小伙伴们都回到家里，跟着大人们下田插秧。我们想玩水，故意把衣服弄得泥糊糊的，然后借洗衣服的理由，到小河里去打水仗，干脆把一身弄得湿漉漉的。

放牛是一件辛苦的事，也是一件有趣的事。早晨，太阳暖暖的，屋子里不热不冷最好睡懒觉。可是放牛偏在早上，我经常是在父亲严厉的呵斥声中，揉着眼睛去牛栏里把牛牵出来。我牵着大水牛走在朦胧的曙色里，脚下草丛上的露水早已把我的布鞋打湿。我顾不上这些，一心一意朝山坡的青草地走去。这片坡地的草长得特别青翠鲜嫩，大水牛一边甩着长长的尾巴驱赶牛蚊，一边低头尽情地咀嚼着美味的青草。这时，太阳已爬上了东边的山巅，把一缕缕金黄色的光芒撒遍山坡，我和大水牛都披上了金色的光芒。我在山坡上寻到一块巨石坐下来，从口袋里掏出那本父亲给我的已经破烂不堪的《绘图唐诗三百首》来读。尽管对这些繁体字要猜着认，但我现在仍然没有忘记当时读的许多似懂非懂的诗句。如：

> 暮从碧山下，山月随人归。
> 却顾所来径，苍苍横翠微。

> 相携及田家，童稚开荆扉。
> 绿竹入幽径，青萝拂行衣。

　　我很喜欢李白的诗，像这样生动美丽的描绘山村农家生活的诗，当时虽然不很懂，但我总认为他写得非常美，非常动情，非常真切，耐人寻味。我一边放牛，一边模仿着李白诗的句型学着做起诗来：

　　　　放牛南山下，晨烟唤我归。
　　　　刈青入山径，粗鞋踏翠微。

　　牛是通人性的，有时做诗入了迷，忘记了回家的时候，这头大水牛就会来到我跟前，用舌头来舔我的脚趾，使我立刻意识到要回家了。有时候它会自动地前脚着地跪下来，让我骑在它的背上蹚过小河。在这些放牛的日子里，我还学会了吹笛子。我的笛子在村子里称得上是有水平的。现在想起来，这就是我写诗的发萌时期。有时放一清早的牛，还要割满担青草回去。那时生产队规定，早上放牛记3个工分，割百斤草记5个工分。我割上60斤青草，加上放牛的工分，一个早晨就挣了6个工分，能帮父亲顶上半个劳力。现在看着我那18岁的儿子，长得那样身高体壮，不再要清晨去放牛割草，而是在足球场上生龙活虎地奔跑，又能坐在宽敞明亮的教室里读书，和我那时候的生活境遇是如此天壤之别，真使人感慨万千。

　　我不嫉妒他们，甚至认为这片现实生活的灿烂风景正是我们在梦里曾经追寻的。正是因为我的人生履历本上记载着这样一段往事，才使我这个农家儿子，能用自己的笔唱出往日里沉淀在记忆中的歌。1986年发表在《小溪流》上，题为《在牛背上》的诗，就记录着我少年放牛时的深切感受：

　　　　孩时我打着赤脚爬上牛背，
　　　　就像攀上了一座山冈。
　　　　在山冈上，
　　　　我望见夕阳滚进稻海，
　　　　我用手搂过柳梢上的月光。
　　　　每当我抱着弯弯的牛角，
　　　　就有一支号角在心中吹响。

　　　　青青的树叶挂满希望的树枝，
　　　　红红的山花怒放在理想的高坡上。

我的智慧和才华，
悄悄地在牛背上成长。

童年的故事，
难忘在牛背上。
在牛背上，
我摘到了青春的太阳。

心灵的伤痕

　　童年的心是透明的，无忧无虑充满着愉悦和纯真。叵是，我的那颗童年的心，曾经蒙上过痛苦的阴影；我童年的岁月，也曾弹奏过一支辛酸的歌。一些忧伤的往事，让我初尝人生的苦涩。留在我心灵的伤痕最后演化成深沉的思考。

　　从此，思考的纽带，便把我拉上了人生漫漫的坎坷旅途。

　　我 10 岁那年，正好上小学三年级。那时父亲已是公社干部，经常带回报纸让我阅读。此时我知道的事和心里想的问题已经超出了一个小学三年级学生思考的范围和深度。我甚至还壮着胆子向《浏阳报》寄稿子，虽然泥牛入海无消息。这时候，我也明显地发现，眼前的世界在急剧地变化。人们像着了魔似的卷进了"大跃进"的澎湃浪涛。我家门口的荒草坪里耸起了炼钢炉。老屋的墙壁被粉刷一新，写上了字比席子还大的标语口号。公社干部、大队干部，也包括我伯父、父亲，还有许许多多的积极分子，男人女人都变成了炼钢大军中的一员。不少头脑发热的人还把自己家里门窗上、箱子上、衣柜上的铜、铁扣取下来当废钢铁冶炼。让我吃惊的是有的积极分子竟把自家的好锅砸破去当废铁送进炼钢炉。更使我百思不解的是我们学校旁边天府庙门两侧的高墙已经全刷上白色石灰，墙前搭起了高高的木板架。我看到我最崇拜的教美术的宋老师站在木架上挥动手臂画起了巨幅宣传画。现在我还记得十分清晰，宋老师画的是一座宝塔状的粮堆。粮堆的尖端，飘浮着朵朵白云，一位农民老汉正坐在粮堆的顶端用烟斗吸着烟，那烟斗上升腾的缕缕烟雾点着几句顺口溜，扶摇着直上云霄。云霄缥缈的云影里隐约可见南天门的城郭。那顺口溜的大意是：

　　　　　坐在粮山吸口烟，烟雾飘到南天边。

　　　　　玉皇大帝傻了眼，怎么天堂落人间。

　　另外，许多地方建筑物的墙壁上还画着钢铁元帅升帐之类的宣传画。整个小镇、整个小村一时搅得沸沸扬扬。一夜之间冒出了这么多的粮山铁山。我当时很纳闷，怎么这么多年来在这片古老的土地上，我从来没有听到亩产万斤的丰收田，更没有看到高得可以摸触云朵的粮堆。

　　一天中午，天下着大雨。大公公打着雨伞接我回家吃午饭。我从小喜欢语文，在班上老师经常让我带领同学们读课文，胆子自然比其他同学要大些。当我随大公公走进谭家老屋的屋檐下时，我看见县里派来的工作组沈干部，正在墙上画三面红旗（即"总路线""大跃进""人民公社"）。他一看见我大公公，忙转过身来说："下午给我做10块木牌，我要给'万担粮田''千头猪场''钢铁卫星'插标记。"不懂事的我禁不住冒失地说了一句："尽干吹牛皮的事。"谁知这话让那位沈干部听到了，他的脸色突然变得异常阴沉，伸手狠狠地揪住我的耳朵就往门外的大雨里拖。我人小，经不住他的揪扭，只好随着他向雨中移动步子。面对这突如其来的事情，大公公急了，一时竟没有主意。可怜在世上生活了60多年，在旧社会饱受欺压的一个乡村木匠，他又有什么办法对付县干部呢？在他的心中，干部就是官，官是惹不起的。无可奈何的老人只好追到雨里拖住县干部的衣角，双膝跪下求他饶了我这个不懂事的小孩。这时，我全身湿透了，站在白茫茫的雨中，用仇恨的眼光盯着这位凶神似的干部。心里想，我犯了什么法？你们干的这些事怎么不是吹牛？原来几天前，我到父亲他们那个"千头猪场"去玩，在猪屋里数来数去，不到100头猪。我问父亲千头猪在哪里，父亲说："这是公社领导叫报的，就是有1000头猪，也没有那么多饲料养活它们。"还有那些"钢铁卫星""万担粮田"，明明是宋老师画的东西，怎么会是现实？在大公公的苦苦哀求下，我总算从雨地里又被拉回到旧屋堂接受这位干部的训斥。我没有回他一句话，我知道，我心里有一千个不服也不能再顶撞这位干部，我不能让大公公再受羞辱。我忍气吞声地站在那里，心里却闪过这样的念头，要是有一天我当上了社长、县长，非找你算账不可！人生是有缘的。30年后，我真的当上了浏阳县人民政府的县长，而意想不到的是这位已退了休的沈干部竟住在我的楼下，我们见面还常点头微笑。我不再想找他算账，也从未在人前提过这件事。我至今不清楚他是否还记得雨中的那一幕。其实生活的经历和我国经济发展走过的曲折道路已经告诉我，过去的他，也是一个盲目的受害者。

　　轰轰烈烈的"大跃进""人民公社"运动，山上的树被砍光了，原来的翠绿被剥离，只剩下裸露的石头和黄土。家里屋场的地皮也挖走了，变成了坑坑洼洼的地面。这些古老的泥土被做成上等的颗粒肥料，去哺育庄稼，意在创造亩产万斤粮的奇迹。铁锅、铁罐子、铁犁又重新拿去炼钢。大街小巷、屋场、田坎、山坡上用石灰写上了比人高大的标语口号：如"大跃进万岁""人有多大胆，地有多大产"之类。我还看到，在火辣辣的太阳直射下，在工地上挑土打夯的人群中，竟有光着膀子，直露着乳房冲锋陷阵的被称之为"穆桂英"的女将，实在令人感到可笑！然而，在这样的年代，我继续在读书，大公公还是一天天关心我的学业。他把从小街上买回的鲜鱼，用盐腌后放在锅里烤干，再用茶油煎熟，拌上辣椒粉用玻璃瓶装着给我带饭吃，他不再接我回家吃饭。他说："中午午睡，对长身体有好处。"同学们个个羡慕我，都嫉妒我有一个时刻体贴关怀我的好公公。

1961 年，对于我是充满忧伤的一年，这年的许多日子都让我清泪洗脸。这年我步入了 11 岁的年龄。刚刚长高的身子，便又坠入了异常困难的熬煎之中。生产队里供应的粮食一天天减少，到下半年每餐只有 45 克的大米。从公共食堂的大蒸笼里领回的钵子饭，是一碗米汤里浮着可数的饭粒。从此只能靠白菜萝卜、糠粑，甚至从山上挖回的神仙土充饥。大公公还要做木工，还要支撑着腰杆子拉锯推刨。这碗只用一口吞下的稀饭哪里够呀。大公公只好去找糠饼充饥。他吃了糠饼，因年岁大，消化不了，粪便拉不出来。请来医生也没有办法。看着老人痛苦不堪的情景，我只好用手去掏他肛里干枯的粪便。我疼爱大公公，不忍他离开我。一有空我就伏在床前守护他。

一日复一日，昏暗的煤油灯照耀着的土屋里，不时传出声声痛苦的呻吟。从窗口吹进的风，捎走了霉臭气味，可是无法捎走我满心的悲伤。眼看着大公公消瘦成了骨架子，他再也不进米水了，他再也不呻吟了。他带着没有说出来的叮嘱和遗恨走了。我哭，我呼喊着。任凭我怎样大哭大叫，大公公永远也不再睁开那双慈祥的眼睛了。在给大公公送葬的那一天，父亲让我穿一身白色粗布衣衫，挂一根缠着白纸条的挽杖为大公公送行，我很情愿这样做。我五步一拜，十步一跪地随着送葬的人群爬上了掩埋大公公的坟山。在他的新坟前，我久跪不起，我要为老人烧一叠又一叠厚厚的黄纸钱。

我不知道这算不算是一种吊念。这是我唯一在父亲指导下所能表示的一种哀悼方式，我尽量地注入自己的无尽哀思。

这些日子，谭家老屋场充满了荒凉和凄惨。不隔几天，便有人饿死、病死。有男人也有女人。特别叫人心寒的是饿死的小孩，仅用几块木板钉个箱子，抬上山坡挖个坑埋了完事。留下的父亲、母亲、祖母的悲惨哭泣声还要在山头延续好些日子。

在睡觉中，我常常被噩梦惊醒。我常常在梦中见到大公公给我送小人书、送雨伞、送咸鱼、送糖饼。可醒来，留给我的却是窗帘上孤独的弯月，这使我又要大哭一场。

带泪的渴望

这些年来我养成了晨读的习惯。清新的空气和清晰的记忆及清澈的思维同时属于早晨。

每天的太阳都是新的，每天的感觉也都不一样。每天读书的人，能捧回一个个充满希望的蓬勃日子。

我要读书，我爱读书，我向往着知识的殿堂。

我至今也不会忘记马考雷说过的一段话："即使有人提出，只要我不再读书，就可以成为历史上最伟大的国王……我也决不答应。我宁愿做一个穷汉子，挤在一间窄小富有藏书的阁楼里，也不愿当不好读书的国王。"之所以我乐意记住这段话是因为我钟情于读书，我真正感到如果没有书读，就好像生活失去了阳光，好像自己是一只鸟儿没有了翅膀。

1962 年 8 月是我人生记忆中最清晰的日子，因为在这个月的中旬我接到了读初中的录取通知书。当我从邮递员手中接过县里寄来的通知书时，心里不知有多高兴。我立即跑回家里，把录取通知单递给父亲。父亲拿着通知单来回默看，就是不作声。我透过父亲忧郁的目光看到了一个不祥的影子正向我走来，父亲点燃水烟筒，深深地吸着旱烟，终于用深沉的语气说："现在包产到户，家里分了田，你不能再读书了。"不愿听的话，实实在在地听到了。有什么办法！我的眼泪夺眶而出。我跑回自己破旧的房间，躺在床上，蒙着被子痛苦地哭起来。

母亲走过来了。她安慰我："你是我们谭家读书最多的。你爹爹现在是大队干部，没有时间种田，你要不帮我，我累死也种不了这几亩田。"听了母亲的话，我不再哭。我知道，我要真走了，母亲定会累倒在田里。我从床上爬起来，连忙跑到堂屋里找到一把锄头，独自一人向分给我家种的那块山冲田跑去。

走到长满杂草的田埂边，我一个劲儿地铲起了杂草，我要把这田埂整修得光光亮亮，让别人看到我也是一个像样的农民。

　　和我一道小学毕业的秋连姐、竹妹子、石伢子到城里读初中去了。他们走的那天，我没有去送，一清早我就牵着牛进了山冲。

　　秋天是成熟的季节。带着凉意的风和夹着寒冷的霜，把山岭的树木吹打得失去了浓浓绿色。一片片枫叶染上了一层金红，使人心上平添些许伤感。

　　我家栽种的晚稻长满了田垄，洋溢着丰收的气息。我站在田边望着即将成熟的稻子，心里非常高兴。可是几天之后，我发现许多禾叶开始发黄卷叶，我找来有技术的老农一看，原来是螟虫在作怪。我急忙买来农药，借来生产队里的喷雾器去田间打药。农药还没有打完，便深深陷入湖泥里。由于心慌，竟捏动了开关，把一股农药喷进了自己的眼睛里，顿时我痛得浑身发颤。从淤泥里爬出来，一头扎进小河的深潭。我潜在凉凉的深水里，用手擦洗受伤的眼睛，洗了很久，才算止住了钻心的疼痛。我从河里爬上岸，穿着一身湿漉漉的衣服坐在河洲上，呆望着眼前的稻田和青山。

　　想着自己的失学，想着刚才的痛苦，想着伙伴们在中学读书的情景，我的眼泪又如泉水一样涌了出来。

　　很凉的风吹着我湿淋淋的身子，我感到一阵又一阵的寒冷。我踏着淡黄色的夕晖，扛着喷雾器走在弯曲的山路上。

　　我终于病倒了，发着高烧，头痛得厉害。我不愿告诉母亲，更不能告诉她我的眼睛被农药弄伤。我想自己默默地承受这份痛苦。我睡卧在黑暗的土屋里，在极度的寂静中，朦胧地隐约听到祖母在堂屋里给我拜菩萨，她在为我祈祷。然后我便听到轻轻的脚步声。只见祖母一只手端着一碗水，另一只手提着一盏桐油灯来到床前："这是敬观音菩萨赐的'神水'，你喝了，菩萨会保佑你。"我感激老人的爱孙之情，我点头接过"神水"，一饮而尽。接着祖母便用手抚摸我的前额，嘴里念着"菩萨保佑"之类的话。

　　我慢慢地适应了农业劳动，也学会了干一些农活。我失去了读书的机会，可是一种强烈的自学愿望却在头脑里萌生了。我白天在田里劳动就盘算着抽时间去上山砍柴，用卖柴的钱去买一些书来读。我还从邻居一个教过私塾的毛老先生那里借来《幼学》《百家姓》《增广贤文》自学。一到晚上，皎洁的月亮刚浮上树梢，我就藏在土屋的楼上点亮桐油灯读起书来。读啊！读啊！我从《增广贤文》中读到这样的话：

读书须用意，一字值千金。

是读书开了我的心窗，升华了我的思想境界；是读书让我锤炼了意志，去做出对人生的正确选择；是读书让我不甘沉沦，在逆境中仍然执着地去追寻山外那新鲜、多彩的神奇世界。我渴望有一天，会重新背起书包走进教室。

我盼望着，想象着美好的中学生活。我想中学的老师一定很会讲课；我想中学的图书馆一定有很多很多的藏书；我想中学的校园一定是松柏青翠、鸟语花香；我想，县城的中学生一定穿得很标致、很漂亮……我想，那里一定是色彩斑斓，充满蓬勃活力的知识天地。

越是这样想，就越感到心的孤独和苍凉。常常不禁泪湿衣袖。在这段失学的日子里，我真正体会到了当国王也不如读书幸福的滋味，虽然我没当过国王。

我的读书梦啊！

感谢春风

这是一种心的寄托。祖母去世 30 多年了，我每次回故乡都要去她的坟地里久久站着，回忆祖母的音容笑貌。我仍然清楚地记得，童年时最美的梦是她讲给我的，我带着这个美丽的梦走进了中学、军营和大学，走向了社会。祖母的脚印够我寻觅一生。祖母在世时知道我有失学的痛苦和悲伤，她无论如何没有想过，她的孙子后来会成为作家、诗人、市长。

祖母姓郭，是贫穷农家出身，她的名字就叫谭郭氏。祖母的父亲贫居深山偏乡，虽不识几个字，却受封建观念影响极深，硬逼着祖母从小就用很长很长的布条缠裹出了一双可怜的小脚。要不是亲眼看到了祖母穿着"三寸金莲"的小鞋，真不敢相信一个农村女人能踏着这双纤纤小脚去山坡、河边、菜地劳作。祖母信神，堂屋里供奉的观音菩萨，是每天都要装香烛作揖的。她心地善良，好助人，施舍人，凡是讨米要饭之人，只要到我家门口一站，她不是端给一满碗饭，就是给倒上半升大米，总不会让人失望。

失学在家，我心情十分不好，我是在沉默和不停地干活中度着少年的宝贵时光。这一切祖母全都看在眼里，我也常发现她跪在堂屋里的观音菩萨前念叨着。父亲见我沉默着不声不响地干着各种农活，自然心里也很难过。知子莫若父，他自己只读过半年私塾，在县城里帮工，已经饱尝读书少的痛苦。他曾叹息着对我说过："我要是多读了几年书，解放的时候，就会留在县城里参加工作，可是文化太低，只好回乡挑货郎担。"

故乡的孟公漕是龙王岭怀抱里的一条深山峡谷，两壁是茂盛的楠竹林，峡谷里哗哗流淌的清亮而冰凉的泉水，是从山谷的岩石缝里流出来的，长年不竭，滋润着满山遍谷的嫩竹。在这条长达数公里的峡谷的东南角，居住着一户造纸的人家。用青石板拼成的水槽靠着山岩，山岩上流泻的清泉沿着竹子做的渡槽不断地流进浸着造纸原料的纸槽。这种用竹子做的土纸，颜色白里透淡黄，质地软而薄。父亲和我上山去砍柴，累了就带我到这位姓李的造纸师傅家讨水喝。李师傅身材本来不高，由于长期弓着腰做活，

便显得更加瘦小。但他人很精明，把自己家搞得十分殷实。因长时间住在大山深处，他很想听听山外的新鲜事，父亲很会讲传闻，经常给他带去一些山外的信息。比如说：山外正在搞社教，批判包产到户，等等。对山外这些事，李师傅听得目瞪口呆，他不明白什么是社教？父亲反复解释说，就是批判资本主义，不准摘分田单干，不准种自留地，不准有自留山，要走集体道路。李师傅问父亲："这家里造点纸去卖算不算是搞资本主义？"父亲说："最好不要声张，外面是不准私自办厂的。"李师傅很感谢父亲的提醒，硬是要留我们吃中饭，还特地把家里烤好的野兔和野鸡肉给我们吃。当我们挑起干柴离开他家时，他还给我们送来一口袋板栗。

日子长了，父亲和李师傅成了很好的朋友。其实，那时父亲还是大队干部，他对党的方针政策是知道的。我记得，每次生产队里开批判会，动员贫下中农揭发走资本主义道路的当权派，父亲总是一言不发地做记录，晚上回到家里就长吁短叹，和母亲低声说着什么。后来我才知道，伯父已经被作为走资本主义道路的当权派被批斗了。

父亲照常隔几天就带我进山砍柴，而且每次都要在李师傅家坐很久，我发现他的心情很不好。有一天，我们又走进了李师傅的家，一进门，便看见李师傅正喜气洋洋地修缮房子，他一边哼着《刘海砍樵》里的花鼓小调，一边把金色的杉木板墙抹得油光发亮。机敏的父亲立即意识到李师傅在装饰新房，是准备收儿媳妇。

回到家里，父亲叫我到小镇上买回红纸，很认真地写了两副对联，叫我送给李师傅。第二天清早，我就向孟公漕走去，我小心翼翼地把对联卷好，按照父亲的吩咐，很礼貌地把对联送到了李师傅手中。李师傅很高兴，再三要我转达他对父亲的感谢之意。在我走的时候，他送了厚厚的一大捆土纸给我。

我把土纸背回家里，父亲正与祖母在堂屋里说话，祖母见我背回了一大沓土纸，喜出望外地说："很久就想买土纸、扎纸钱敬菩萨，细崽这回给我做了一件好事。"听了祖母的话，父亲并不言语，接过土纸，打开细细端详，他用手在纸上一次又一次地抚摸，然后说："娘，用它做纸钱太可惜，正好让细崽练毛笔字，你要的纸，我再去弄。"听说给我练字用，祖母没有任何反对的表示，只是说："是不能荒废了细崽的学业。"

以后的日子里，只要夜幕一遮住山村人家的清晰影子，祖母就给我点亮桐油灯，让我坐在桌前练字。没有钱买字帖，我模仿的字，全是父亲写的：

有益家国书常读，无益身心事莫为。

这是父亲第一次教我练字的内容。当时我对这两句话还不甚明了，只是隐隐约约知道它其中的一些道理。不练字，下雨天没有活干，我常常一个人坐在破旧的房子里看书，那些《幼学》《唐诗》我已翻读了多遍，几乎可以从头到尾背下来。在我这段失学的日子里，由于家庭贫困和社会的动荡，一些封建迷信的东西又重新抬头。我记得那时候，谁家死了人，还要用纸扎成灵屋去烧，孝子孝孙都得披麻戴孝，扛着缠着白纸的挽杖向人们跪拜。逢年过节，很多人家又贴上了门神。我小时候喜欢读古典小说，看《三国演义》《西游记》《秦琼卖马》之类的连环画。于是，我就照着连环画画赵云、关羽、秦琼，还有包公的形象，画了一幅又一幅的"门神"。想不到竟还有乡邻花上几毛钱买去贴在门上。

想读书，要读书的心不死。我从深山里挑柴到小集镇上去卖。砍柴是一件十分辛苦的事，一清早起来，要走 10 公里山路才到有干柴的深山老林里。冬天穿着草鞋，冻得脚丫红扑扑的，钻心的痛。夏天，打着赤脚，走在滚烫的山路上，烫得脚直打战。有时挑重了，肩上压得红红紫紫，甚至皮也被擦破。就这样，我把卖柴和卖画的钱积攒下来去买书读。

时间过得很快，从 1962 年秋天到 1964 年春，我已经整整失学两年了。然而，这两年对我非常重要，使我学会了干农活，学会了吃苦耐劳，学会了自己支配生活，也学会了在世人的侧目面前有一种受辱不沉沦的承受力。后来有位新华社记者问起我对生活的感受时，我说我对老舍先生的两句话感受特别深，这就是："若要学业成，先得受贫穷；若要气量长，先得受冤枉。"

从 1961 年到 1963 年，经过全国人民患难与共的 3 年艰难治理，我国已从极度的困难时期向新的经济发展阶段转化，农业开始复苏，农村出现了安定发展的局面。那时候，我常写一些关于农村实行包产到户、农民增产增收的广播稿送到公社广播站去广播。因为我家离公社不远，我又常写广播稿，公社有位年轻的何书记对我印象很深。他那时刚过 30 岁，个子不高，但人长得精明强干，曾是县委 5 人审干小组的成员。在 1960 年代初，像这样年轻的干部能进这个层次是很不容易的。何书记当时还用自己的工资资助一位家乡姓陈的女士在武汉读大学。那时候，他们似乎有了恋爱关系。

暑假陈女士来到我们公社看望何书记，他们一起去小河里游泳，我们羡慕极了，当时在农村有这样一对年轻伴侣实在是令人倾倒。陈女士长得漂亮，圆圆的脸蛋，高挑的身材，白润的皮肤。她在乡间走动，都要吸引许多炽热的目光。以后何书记与陈女士结了婚，生了小孩，当小孩长到与父亲一般高时，非常令人痛心的事情发生了。陈女士终以性格不合、感情难以维系为由与何书记离了婚。这突如其来的打击，使何书记这位曾经为她付出了沉重感情代价的男人几乎要倒下去。这时候，我已是县委副书记了。我所能做到的是安慰老书记，或帮助他做一点需要我做的事。可何书记并没有因自己的事找过我，反而为了帮助他曾经工作过的地方的老百姓解决生产、水利、生活的困难，多次走到了我居住的6楼宿舍来找我。

这个故事，让我沉重地思考人生的不幸为什么偏偏要降到好人身上？

那是初夏的一天，何书记和我们几个年轻人在一起插早稻。这天，天气格外晴朗，美丽的阳光照耀着山峦坡边的绿色树木和山上红红的映山红，使整个山野浮动着一片春天的欣荣气象。清澈如明镜的水田，一行行格子似的轮印，引导着我们纤细的手指，栽下行行绿色，栽下满垄的丰收渴望。我的表姐菊珍正在读初中，她长得清丽、端庄，一双乌亮的大眼睛闪着青春的光彩。何书记问她："中学毕业后想干什么？"她回答："服从党的分配。"那时候的中学生这样回答是非常自然的事，他们这样想，也会这样做。听了他们的对话，我心里很不平静，我想假如自己也能读中学，我就不会这样回答。我会回答，我想当作家，因为我读了那些书，让我对作家崇拜极了。

作者（谭仲池）18岁时照片（摄于浏阳照相馆）

何书记见我一个人只顾低头插秧，情绪低落，便对我说："小谭，你还想读书吗？""我想！""好吧，我介绍你去读书。"何书记从田里拔腿上了岸，从田埂上的公文包里掏出纸笔，给我写了一张给公社完全小学校长的纸条。

那是一张至今让我不会忘怀的"通行证"，它让我又踏上了人生新的漫漫征途。

公社完全小学在偏僻山乡这片古老贫瘠的土地上，度着它的春秋。在它简陋的教室里，朴实的乡村教师曾经用自己的智慧和心血哺育了像毛泽东的秘书叶子龙这样的人物。当我坐在这所学校的教室里，翻开书本，去瞭望山外的世界时，我心情是怎样的激动呀！我感谢时代，感谢何书记给我送来生活的春风。仅仅复读了9个月，我就参加了县里举办的初中招生统一考试，作文的题目是《笑声满田园》。对这个题目，我的感受比同班的任何一个同学都特殊，都更能使我淋漓尽致地倾注自己的感情。我一口气就写完了这篇作文，而且写得那样顺畅，自我感觉特别好。

后来我听班主任说，这篇作文在全县的统考中名列榜首。可惜我现在无法记起当时写的内容。只朦胧记得作文中有一段这样的表述："我从小跟母亲下田插秧、踩禾苑，我知道丰收来之不易，望着这片金色稻田，我更能体验到，曾经为它流汗辛劳的庄稼人会是一种什么心情，种田人能不歌唱和欢乐吗！能不高兴地喝几碗米酒来庆祝丰收吗？"这时候我想起了农户建新房时的上梁歌：

鞭炮一响上新梁，新梁上屋喜洋洋。

一头挑来酒和米，一头挑来猪和羊。

农民的要求不高，只要五谷丰登、猪羊满栏就行了，其实，别说农民，我那时也只有这样的希望和向往。

当我把破旧的衣衫装进粗糙的樟木箱，在大公公、二公公、祖母的灵牌前跪拜，离家去上中学时，我袋里仅仅装着20元钱。这还是头天父亲推着独轮车把母亲辛勤养了大半年的一头猪卖掉换回来的。我跪在堂屋里，心里在说："祖父祖母，我上中学去了，我会好好读书的。"我知道，这些善良的老人在离开人世时，还在惦记着我的学业，特别是祖母，她不止一次看着我练字，在一边抹眼睛。就在1963年夏天，祖母在病危逝世前，还对父亲提起我读书的事。

我是我们家世世代代走出的第一个中学生，也是我们这个居住着百十

户人家的谭家大屋走出的第一个中学生。我知道该怎样珍惜读书的机会。我知道今后的人生道路该怎样走得更踏实。

父亲、母亲没有送我。他们从我失学的两年时间里知道我长大，自己能走好路了。他们只是站在老屋前麻石砌的石阶上凝望着我远去。

离开了家，离开了亲人，我来到了坐落在古港狮山之巅的县立第三中学。

投笔从军

　　狮山，是一块不到百亩的山地，山上古木参天，生长着奇花异草，风景十分宜人。在清朝末年，这里是狮山书院，新中国成立后，改为县立中学。20世纪60年代初期的中学，虽然已初具规模，但学习条件还是非常艰苦，没有高压电，靠学校里的一台煤气发电机发电。只要发电机一出故障，整个学校就一片漆黑，我们还得自己准备一盏墨水瓶做的小油灯照着学习。在学校里我最乐意去的地方是学校的图书馆。在那里我读巴金的《家》《春》《秋》和冯德英的《苦菜花》、曲波的《林海雪原》，我还对郭小川、艾青、张志明、邵燕祥、臧克家、高尔基、巴尔扎克、契诃夫、雪莱、拜伦、莎士比亚等中作外作家的情况有所了解。因此我从这里获得了打开人生知识和智慧宝库的钥匙。加上我在辍学的岁月里学会了写毛笔字、画画，一进学校就被同学们选为班里的宣传委员，负责主办班上的黑板报。班主任喜欢我，同学们拥护我，第二学期我被选为班长，我那时写的作文还常常被老师当作范文念给同学们听。也就在这个时候，教高中的语文老师曹先捷看到了我写的作文，就主动把我叫到他的办公室，给我辅导写作。他的热心辅导对于我后来走向文学之路，起到了十分重要的启迪作用。1966年的夏天，正当我们专心致志地学习，踏入初三年级的门槛时，"文化大革命"的暴风骤雨把我们推向了红卫兵造反的滚滚浪潮之中。这场风暴让我一度在迷茫里徘徊，我前面提到读过的那些作品，都被当作"毒草"批判，一个个著名作家被点名批判。我不明白，这些作品错在哪里？

　　然而，年轻幼稚的我终未走出这个怪圈。朴素的阶级感情代替了颠倒是非，失去了理智，年轻人的偏激代替了冷静。我竟然以班长的身份，在班上主持开起了批判会。神气十足地站在讲台上发动同学们口诛笔伐，声讨所谓的"黑帮"，把自己本来崇拜的作品也当作"毒草"来批判。说那些作品抹杀阶级斗争，讲博爱平等，是资产阶级的虚伪，描写爱情是资产阶级的腐朽思想。现在想起当时的自己实在可悲。最使我不能饶恕自己的

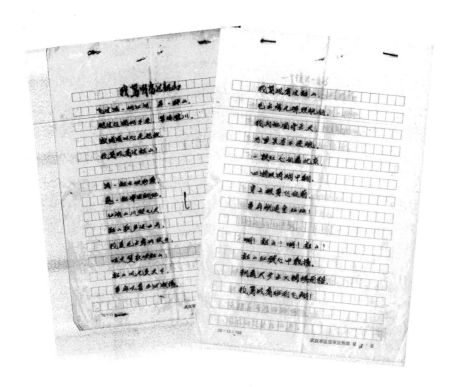

是那个曾经教我读懂名著，辅导我走向文学之路的老教师，我竟然按校"文革"领导小组的安排，站在黑暗的走廊去监视他的行动。这种罪过让我在内心不知道反省过多少回。

串联造反、武装夺权、停课闹革命、斗批改联合，这"文化大革命"的"四部曲"在剧烈地演进着。汹涌澎湃和红色浪涛摇撼着古老的神州大地。面对这一切，我开始动摇，开始怀疑，开始感到自己内心的空虚，我不愿再投入这滚滚的红色波涛之中去举旗呐喊，独自带着行李和书籍回到了生养自己的山村。我又在那间破旧的土砖屋子里练字、读书，打发着时光。我在思考很多很多的问题，虽然时有同学来电来信催我返回造反前线，可我对停课闹革命的做法已经丧失了热情。特别是当听到一个曾经和我一道画画的同学在武斗中被打成脑震荡时，我预感到这场革命潜伏着灾难。

我又重新走向了田野，走向了深山老林和黄色的土地。砍柴劳作、流汗、收割，再一次锤炼着我的筋骨和意志。我认真的劳动态度，使生产队上的人对我颇有好感，1967年的夏天，我被队长指定为晒谷组长，担负着管理

20 多位妇女的工作。我从早到晚在晒谷场上奔忙，指挥着女人们把 10 多万斤粮食挑到粮站送给国家。当时，我心里在想：造反、串联、武斗，没有这些善良的农民，你们得喝西北风去。

寒冷的冬天来临了，北风封锁了大地，田野山峦的树木花草干枯着失去了往日的生机和活力。这年冬天，公社召开征兵大会，驼背的袁秘书通知我去帮助写标语，在公社的二楼办公室，我认识了前来接兵的武汉空军某部郭军排长。郭排长是北方人，个子很高，穿着一身得体的军装，显得英武潇洒。他的普通话讲得很标准，一听就知道他是一个有文化的军人。他站在一边看我写标语，不时称赞我的美术字写得好。在我停笔休息时，郭排长便走过来，小声地问我："你今年多大年纪，想不想当兵？"我当然想当兵，并且告诉他，我今年已 17 岁，正在中学读书。郭排长记下了我的名字，而且叮嘱我到公社武装部马部长那里报名。过了几天，我便和同乡的许多适龄青年去体检。新兵体检站设在离我家不到 3 公里的邻近公社的机关院子里，一共要经过 9 个房间的体检，每个房间里都有明确的检查内容，比如检查内科、外科，甚至量身高体重，医生们都是极为认真的。我刚过了 5 个房间，就被联络员带到第 10 间房子里，她把我的体检表交给一个姓李的主治医生，那位医生看了看表，便在我的表上写上"不合格"三个字。这时联络员便很遗憾地告诉我：因为我肝大两指，我的身体不够当兵的条件。此刻，我心里异常难过，我知道对她说什么都没有用，只好沮丧地退了出来。

我低着头，迈着沉重的步子从院子里向外走，正好碰上郭排长，他一见我就问："身体检查情况怎样？"我说："不合格。"郭排长说："回去好好锻炼，争取明年再报名。"我这个人有个倔脾气，就是不轻易放弃自己追求的目标，不碰得头破血流，不会收场。我这种"风险性格"让我选择了人生的许多突破口。回到家里破旧的土砖房子里，我坐卧不安，寻思再三，决定给新兵团的李团长写信。我花了整整一个下午，用很工整的毛笔字写了一封信念坚定、言辞恳切的信。我在信中写道："我很想当兵，很想成为人民解放军这座钢铁长城的一块砖或是一粒石子，我不知道做过多少当兵梦，可我万万没有想到我的身体不合格，我没有任何办法挽救这种失败。我请求您让我去部队，给我实现自己理想的机会。到了部队我会以百倍的努力去学习，去工作，去锻炼自己，我不会让首长失望，我会成为一名愿意把青春和整个生命都献给党和人民的好战士。我要告诉首长的是我会写字、画画，会画毛主席像，我可以为部队的宣传工作献出微薄之力……我是含着热泪写这封信的，我相信您会理解和支持我的请求！"

李团长读着我的信，看到我写的毛笔字，了解到我确实会写字画画，便亲自要郭排长陪着来找我。李团长把我叫到他跟前："你能写美术字，画毛主席像吗？"我说："能。""能不能当面表演一下？""可以。"于是我就在公社秘书那里借来纸和笔，当着李团长、郭排长写起来。

我先用仿宋体写了一条毛主席语录："军民团结如一人，试看天下谁能敌。"接着我便画了一幅毛主席身穿军装的木刻头像。

李团长边看边点头，不待我画完，他就表态："你这个兵我收了。"

第二章

天空的怀念

天空浩瀚、美丽、云霞似锦。

天空中有我思念的岛，

有我歌唱的风，有我眷恋的雨，

有我青春的路。

梦浮黄鹤

不企望人生有多么辉煌，

不幻想人生有多么幸运。

我只是想，自己选择的人生之路，再长，再坎坷，也要扎扎实实地朝前走去；哪怕风雨飘摇，也要珍惜自己的每一个脚印。

乡邻们听说我要去武汉当兵了，为我高兴。

这些天，我反倒显得异常的冷静。这是我人生的第一个驿站。今后的路一定有风有雨，我该怎样去迎接生活的考验？

熟悉的山水，熟悉的山村，熟悉的小路，熟悉的鸟鸣，熟悉的乡音，从此就要成为一个梦，随我漂泊异乡。我知道江城武汉是长江边的一个重镇，唐朝诗人李白的诗给我留下很深的印记：

> 故人西辞黄鹤楼，烟花三月下扬州。
> 孤帆远影碧空尽，唯见长江天际流。

黄鹤楼就在武汉江边，去那里可以领略襄阳君当时的依依别情和登楼望江的坦荡胸襟。

这几天，家里又热闹又不安宁。

老屋与村路之间，从早到晚，不间断地有乡邻和亲戚提着礼物上门来道贺。在农村人的心中，能入伍从军也是一件难得的喜事。母亲算着我离家远去的日子一天天近了，脸上浮满笑意迎送客人。其实，只要客人一走，她就常常一个人呆立灶边抹泪。母亲几乎每天每餐都要煮鸡蛋给我吃，这是她唯一能够做到的。父亲则不同，他曾经用自己的那点文化，读过《三国演义》《岳飞传》《水浒传》等书，他认为自己是一个大丈夫，要不是大革命时期因他有点文化，当时秋收起义部队首长要他留在地方开展活动，说不定现在也是一名将军、师长之类的人物。父亲沉默着，坐在墙角抽着呛人的旱烟。从他的表情看得出，他是希望自己的儿子去闯世界的。如果儿子闯出了名堂，不仅可以光宗耀祖，而且也说明他教子有方。他常说的一句话是："父能不如子贤，而子不能不贤于父。"

这是公元 1968 年 2 月的一天。

天空飘着霏霏细雨，雨丝编织出一片白茫茫的雾幔笼罩着整个山川。一清早，乡亲们就用响亮的锣鼓声，敲醒了四野的炊烟和鸡啼。渐渐地山野农舍的轮廓在曙色里显露出来。那团缥缈的雨雾便淡淡地随风散尽。我们几个入伍青年戴着公社武装部发给的大红花，很光彩地走在送行队伍的最前面。

一条很弯曲、很平坦、有绿色小草镶边的村路，载着一支热闹的队伍，伸向大溪河的码头。父亲、母亲跟在我身边，他们默默无语，眼里含着泪花。我的心也很难受，不时有泪珠在眼眶里转动。接兵部队的郭排长也随我们一道匆匆前行。

前面已经横着一条波浪滔滔的大河。河岸的码头边，停泊着一只渡船。船头站着几个年轻壮实的小伙子，手里扶着一根又长又粗的船篙。

"乡亲们，大家就送到这里吧！"公社武装部的马部长站在码头边的一块巨石上，大声喊道。然后，他回过头来望着我："来，你代表你们几个新兵给大家讲几句话！"我的心情很乱，也没有准备讲话。我回头望着河对岸的巍巍青山、绿色田野，河汉口上高耸的筒车。这一切是多么的亲切和熟悉啊！就连这河流上疾驶的乌篷船、木筏、竹排，我都曾经随伯父驾着它们过峡谷，越险滩。伯父曾对我说："要练胆子，就要学驾木筏和竹排。"其实，练胆子是一回事，领略驾竹排的风采又是另一回事。我在中学读书时，就写过《放排》诗，刊在县文化馆的油印诗报上：

> 像绿色小溪
> 流出龙王岭的怀抱
> 带着大山对未来的向往
> 朝着建设工地纵情奔跑
>
> 河岸筒车吹一曲笛声
> 深山鸟雀赠几串问好
> 太阳站在高山顶上

看我们驯服脚下的波涛

然而，今天，就在今天，我就要告别这一切。就要穿上蓝色的军装，捎着这缕纯洁的乡情踏上人生的新旅途。以后的路，会连着山村的路吗？从你的怀抱走出的儿子会不辜负这片故土的养育之恩吗？此刻，心中千头万绪从何谈起？不待我理清思路，马部长又一次大声喊道："大家静一静，现在请新兵代表讲话！"

我站了出来，举手向乡亲和父母兄弟敬了一个不标准的军礼，我用手捏着草绿色新军装的衣角，很激动、很深情地说："感谢乡亲们送我们参军，感谢父母对我们的教养。我们永远不会忘记这片哺育我们成长的故土，到了部队一定为家乡争光，为祖国争光，做一名人民解放军的好战士。"接下来我的喉咙哽塞了，泪花遮住了我的视线。

以后的记忆，便是在细细的雨雾里，我们登上了木船；然后又在县城乘上了去长沙的班车；接着又坐在北去的列车上，兴奋地唱着《毛主席的战士最听党的话》的歌曲向武汉进发。随着列车行进的颠簸，我慢慢入梦。梦里我又回到了一个又一个难忘的故事里。

1966 年 11 月，北京已成为中国"文化大革命"的中心和大本营。

从祖国的四面八方会集到北京的红卫兵，穿着绿色的军装，戴着红袖章，高举着有某某战斗队或某某兵团的旗帜，风尘仆仆地在天安门广场集结、拍照、宣誓。金水桥畔巍峨的华灯下，天安门的城楼前，烈士纪念塔的四周，人民大会堂的台阶上，都坐着、站着、走着各路来北京串联的红卫兵。这一切构成一片红色海洋，在灿烂的阳光照耀下汹涌澎湃。

我们这群从湘江边来的中学生，作为毛主席故乡的红卫兵，更是有一种特殊的自豪感。我们还带来了毛主席当年在浏阳文家市做社会调查时，在铁罗冲同学家，曾经所栽种的板栗树结的板栗，要献给毛主席，向毛主席表忠心。一次又一次，我们通过各种途径要求毛主席接见。这一天终于来到了。11 月 11 日天刚亮，我们就被解放军领着从清华大学住地，步行来到北京民族饭店门前，接受毛主席的检阅。坐在街道上，我们在解放军的指挥下，一遍又一遍地唱着毛主席语录歌。望着眼前一个个英姿勃勃的年轻解放军战士，我羡慕极了。心想，这一辈子能当上解放军我就心满意足了。

上午 10 点许，幸福的时刻终于来到了，整个长安街沸腾起来。大家

1969 年任空军某部直升机机械员时照片

高举着《毛主席语录》，放开嗓门不停地高喊："毛主席万岁！毛主席万岁！"毛主席来了，毛主席坐的敞篷车，从我们眼前缓缓开过。毛主席不时向欢呼的人流挥动巨臂。我站在第一排，距离毛主席不到两米远，看得真真切切。当时我只知道喊着："毛主席万岁！"眼泪夺眶而出，心情激动到了极点，毛主席高大、伟岸的身影，慈祥的面容和他挥动手臂的惊天气概从此深深地雕刻在我的心坎里。

随着汽笛的长鸣，我的梦被惊醒了。原来列车已经驶进了汉口火车站。火车上的播音员用深情的声音描绘武汉长江大桥的壮丽和介绍武汉三镇的今昔风光。我们赶紧整理好行李，背上背包一个一个地依次走出火车站。这时，来接我们的部队军车已经整齐地排列在火车站出口的马路上。那一刻，我意识到自己已真正成为一个军人了。我们站在绿色的军用大卡车上，放开嗓子唱着《我是一个兵》，那歌声久久地回荡在江城上空。

我所在的部队是空军 7491 部队。是一支运输机部队，其中有直五型直升机。后来我曾担任过一段时间的直五型直升机的机械员工作。

部队的驻地是位于汉口市解放大道的黄家墩飞机场。到部队的第二天，新兵营的首长就带我们去机场参观，第一次走进飞机场我们的心情异常激动。

纵横宽广的白色水泥跑道在强烈的阳光映照下，升腾着耀眼的白色光泽。塔台高高地耸立在机场的西南角上。塔台有四层楼房高，四周的墙全装着蓝色的玻璃，显得庄重而富有现代气息。塔台顶上是直插云霄的发射天线。塔台两边有一片长得茂盛的桃林。3 月的春风已经给桃林剪出一片青翠。屹立在跑道边的一架架银色歼击机和停泊在停机坪的各种类型的军用运输飞机，包括直升机，辉映着灿烂的阳光，显得更加威武矫健。看到眼前这幅机场立体图画，我感到又新鲜又自豪，心中浮起乘坐飞机飞上蓝天的憧憬。

是因为接兵的李团长了解我的特长，知道我会写字、画画、写文章，便安排我当了新兵营的文书。我极认真地履行文书的职责，我用很工整的仿宋体钢笔字书写出全营新兵的名单册。李团长看了非常满意，称赞我干得好。在新兵营的一个月时间里，主要是搞队列训练，从早到晚学习走步子、行军礼、变换队形。最难学的是走正步，特别是单个操练，叫到谁谁都会紧张。有的战友走得不符合要求，看那手脚不协调的动作，总是引起大家一阵哄笑。新兵训练结束，大家接受分配。

我被分配到机务中队的直升机机务分队。当时带我们的班长叫周迪才，是江西老表。他当兵已经10多年了，文化不高，为人诚恳。他知道我们这群新兵一般都是初中毕业，还有一些从北京来的高中毕业生和高干子弟。第一次开班务会他就很谦虚地说："我文化不高，向你们学习，今后我们互相帮助。"他说话不长，但能看出他的真诚，故我们也很尊敬他。以后，他就带我们出早操，搞队列训练，还带我们练习打靶。很多次，中队开展歌咏比赛和诗歌朗诵活动，他就把任务交给我和一位来自北京的高干子弟舟明。舟明是北京"八一"子弟学校的高中毕业生，长得高大英俊，一口标准的普通话。他很会唱歌，又会指挥。每次团里集合，他都要站出来指挥大家唱歌。记得那年的"五四"青年节，团里搞诗歌比赛，周班长就找我商量，要我写一首诗去参赛，争取为中队争光。我写好了诗，但考虑自己普通话讲不好，湖南口音重，于是就跟舟明商量，请他去朗诵。他一口答应了，并且向我表示，一定要朗诵好，不能影响我诗歌的参赛效果。我写的诗叫《我爱蓝天》，其中有这样一段：

> 我向往天空
> 那里有我追恋的梦幻
> 我爱天空
> 那里有太阳的温暖
> 每朵云霞都写着战士的忠诚
> 每缕清风都飘着战士的歌唱

青春的步伐在云天踏响

钢铁的翅膀驮着壮丽的理想
啊！我爱辽阔的蓝天
我爱战士生命的辉煌

现在读起来，感到太直太露太浅，但在那个"文化革命的红色岁月"，正是大量地孕育着这样的豪情诗。舟明身穿绿军装，很潇洒地站在部队礼堂的舞台上，十分投入地朗诵着。评比的结果，我们中队诗朗诵的节目得了一等奖。中队长孙福祀笑得合不拢嘴。我和舟明都在中队受到了表扬。

传说中的黄鹤楼屹立在武昌的蛇山之巅。一个阳光明媚的星期天，我和舟明一道去登蛇山。想去感受一下"昔人已乘黄鹤去，此地空余黄鹤楼……日暮乡关何处是，烟波江上使人愁"的古人心境。我们沿着盘山而上的幽径，登临山巅，只看到一片在风里摇曳的树木和嶙峋的山石，并不见黄鹤楼。真是"黄鹤已去楼亦空，烟波空留惹人愁"。舟明大发感慨随口炮制了这两句诗。我便接着回道："梦浮江云作帆影，来月泼墨写新秋。"舟明听完我的诗，便说："咱们凑下这首诗，倘日后有人重修黄鹤楼，也算我们有点先见之明。"我说："肯定会有人修，我们中华民族的灿烂文化遗产不会消逝踪影的。"其实，当时纯属臆想。那些时日，正是全国横扫"四旧"如卷席的时候。20多年后，武汉人民重新修建了金碧辉煌、风格如故的黄鹤楼，我有幸登临此楼，便迎着江风大声吟唱二十几年前的歪诗，那心境，那情怀，那欣慰，真让人思绪如潮，感慨万千。倘舟明在身边，不知道又会写出什么诗句来？

2010年6月20日，我携孙女楚楚和夫人来到武汉，再登黄鹤楼却是另一番心境了。回到东湖住地我写下了此刻的忆念：汽笛一声近黄鹤，犹闻铁马踏烟波。梦系楚霄思云路，风托翅翼挽天河。月下吟诗情未老，篱边赏菊雅趣多。惜别江城三七载，重来把盏酒如歌。当时是湖北省文联主席，以《张居正》获茅盾文学奖的作家熊召政先生招待我，兴致所致，我们便痛饮数杯。

我想，舟明君你真该再来一次。

自那次登临黄鹤楼故址后，仅过了10天，部队首长安排我们坐一次直升机，要让我们感受一下坐飞机的味道。头天下午宣布，高兴得我们一晚没有睡觉。一个江南偏僻山村走出的穷孩子，今天能成为一名空军战士，明天就要坐飞机飞翔在祖国的蓝天，是多么令人幸福和自豪的啊！我迫不及待地写信，把这个好消息告诉我的亲人、我的同学、我的小伙伴们。

令人难忘的时刻来到了。天刚亮，晨曦刚勾画出机场的轮廓，我们就乘车来到了跑道边的直升机停机坪。周班长简单地讲述了坐飞机的注意事项，然后说："大家不要紧张，如果闷飞机、要呕吐，飞机上有卫生袋可以使用。"

早餐是在飞机场吃的。我们吃得特别香。这时，身穿皮夹克的飞行员很精神地来到了飞机旁边，他们向我们微笑着，然后登上飞机座舱。周班长拉开了客舱门，让我们依次进入机舱。

塔台顶上升起了绿色信号弹。太阳已经钻出云层，霎时，整个飞机场变得明亮辉煌。接到起飞的命令后，飞行员启动了发动机。飞机挟着震天霹雳，沿停机坪前的跑道向起飞线滑去。坐在飞机上，我们又激动，又紧张。不一会儿，只感到飞机在轻轻摇晃，旋翼飞速转动，拍击风浪的声音越来越大。慢慢地飞机离开了地面，我们有一种身体往下沉的感觉。接着耳朵里轰轰作响，飞机在急剧上升，地面的机场变得越来越小，停在机场里的飞机慢慢地模糊了影子。飞机在江城的上空盘旋，街道、公路变成了一条条细小的带子，人就像蚂蚁在大地上蠕动，武汉长江大桥也成了一条银练，浩浩长江只是一条很窄的飘带，逶迤伸向远方。随着飞机升高，这一切也慢慢地消失在白色的云层底下。只有像棉花一样洁白的云朵堆拥在飞机的两边。

从飞机上下来，我们的衣服都湿了，心情异常的兴奋。刚才的空中旅行，真仿佛是在梦中寻找到了一种美丽的感觉。这种感觉永远地留在我的记忆里。

展翅长空

天空是广阔的、神秘的。它像大海辽远无边，空中的白云如浪，乘机飞翔在缥缈的云岛之上，让你有无限美好的遐想。

新兵班的生活在紧张的军事训练后结束了。我们每一个人都分配了具体的工种，按照机械、电器、无线电、特设、仪表的不同专业被安排到了机组。我所在的机组叫"02"机组，实际上是飞机的编号为"02"。到机组第一天干的活是由机械师分配我用洗涤汽油抹飞机。我极认真地抹着飞机的每一个部位。接着第二件事，便是用蒙布盖飞机。这件事对于老兵来说是家常便饭，而对我们新兵却是一道难关。先要能在飞机的机身上行走。直升机的机身只机头有揪手的地方，机肚和机尾都拱着一个圆形的背，走上去一不小心就能摔下来。我第一次爬上机身，吓得趴在那圆圆的背上不敢动。我想今后还要在上面奔走，拖着很沉重的蒙布盖飞机，这可怎么办？当然我们不能被困难吓住。慢慢地，在老战士的指导下，爬呀、扶呀，我们终于能够活动自如地在飞机的机身上作业了。生活又一次给我以启示：世上无难事，只要肯登攀。

不久，部队里决定选拔一部分新兵去开封航校学习。我和舟明通过测验被确定为培训对象。

河南开封市，是一座古老的城池，仍然残留着石城墙的断壁和城郭。当我们踏上这片风沙滚滚、尘土遮日的土地，走进这座庄严而神秘的古城，耳边仿佛又响起了古战场那有节奏的马蹄声和号角的悲鸣。

开封航校离开封城不到5公里，一到星期日，我们便结队进城去玩。尤其感兴趣的是去参观包公曾坐堂为民申冤的相国寺，然后再去逛大街小巷，领略中原的风俗和民情。

回归的路上，我们常常遇上老乡赶着驴子驮着沉重的实物在风沙里艰难地行进。老乡的皮肤又粗又黑，即便是年轻的姑娘，也绝无细嫩之态。是大自然和经济的不发达带给他们生活的沉重啊。然而看着他们无忧无虑地在这片古老的土地上生产、生活，其至还唱着那支《木兰从军》的古老歌谣，我感到他们是生命力和心理承受力极强的人。城郊农村的老乡居住的房子都是用土坯垒起的，又矮又窄，窗子也很小，伸手可以触摸到屋檐上的瓦片。进屋去找老乡，还能看到喂养的黑色肥猪就蜷伏在土坑边。他们吃的更是简单，连桌子也不要，就是一手抓几个馒头，一手捏几根大葱，吃得津津有味。当时部队号召我们向人民群众学习，我们常被派到开封市郊的农村劳动。帮助农民开渠引水，栽树种草防风沙。我们也和农民们一样泡在风沙里干活。一回到军宫里，总要从耳朵里掏出一撮泥沙来。当时舟明编了两句顺口溜："鼻子里可以种草，耳朵里可以栽葱。"

有一天去农村挖渠，直干到天黑，我们才迈着疲倦的步子，扛着铁锹回航校去。一路上，班上的文体委员还带着我们有气无力地唱着毛主席语录歌——《我们共产党人好比种子》。那时的政治气氛很浓，谁也不敢提意见，不敢不唱。说实在话，大家都已经累得不行了，谁还有精神唱歌。回到宿舍，我把衣服一脱，就赶到自来水龙头边，拧开水龙头遍身上下地冲洗。那才叫舒服呢！满身的汗渍和泥土灰尘统统随着清凉的自来水消逝了，还了我一身清爽。洗完澡，我告诉班长，不想吃晚饭了，我要睡觉。谁知刚躺下，一位平时对我很好、从苏联求学归来的董教员便来找我，硬要我写一篇关于军民团结开渠的报道。我无奈，只好答应。待董教员走后，我便趴在床上赶写稿子。稿子交董教员寄走了。不久董教员又把我叫到办公室，拿出一张《空军报》兴奋地说："你写的稿子登报了，了不起！"从此，我便在这个航校里引人注目了。首长和教员部都对我刮目相看。班上的战友称我为"秀才"。教员们不止一次地在会上表扬我。真没有想到，在开封航校支农的活动，便把我推向了日后创作的道路。在航校，我的机械专业知识和技能是掌握得非常好的。每次测验都是班上的尖子，我闭上眼睛都可以把整个飞机的结构图以及系统路线清清楚楚地画出来。我还能十分准确地背出各种数据，讲清许多重要部件的工作原理。

开封航校毕业后，我和同去的战友们又返回了部队。从此一个年轻空军战士的战斗生活拉开了序幕。

夜已经很深了，整个机场显得格外宁静。只有草丛中的虫子和窗外树影里的蝉鸣给寂静的时空演奏着低婉的轻音乐。这使我不止一次伫立窗口，凝望洁白的月光给塔台边的桃林镀上一层银色的光环。这样的时刻，往往能勾起我对月光下的山村生活的回忆。在我失学的日子里，我怎么也不会

1970年任空军某部教导队教员时照片

想到以后会成为一名空军战士，还能乘坐战鹰飞翔在万里蓝天。我想今后的路一定要一步一个脚印地走下去，走出自己灿烂的人生。因为这种理想的驱使，回到机组，我越发认真地钻研业务，每次中队搞技术测验，我都是第一名。记得有一次，我们分队的"04"号直升机的发动机在试车时，发现有震动现象。孙中队长便向团部报告，要排除故障后方可投入飞行训练。李乔庭机械师带领着全组的同志夜以继日地寻找故障，可是反复试车总不能找到产生震动的原因。孙中队长把我叫去，要我从发动机的工作原理上帮助分析故障。我登上驾驶舱，通过试车观察各种仪表显示的数据，也没有发现问题。最后通过反复观察试车时的各种反应（例如在夜里试车观看排气管冒出的火苗是呈红色还是黄色、蓝色，是否在排气管口放炮等现象），我终于果断地提出了是气缸摇臂间隙过大或过小的原因，使排气门关闭时间不适时，导致空气混合不均，而产生的功率不等影响曲轴受力不匀而产生发动机震动。结果按照这个判断，拧开气缸盖进行检查，确实证明了我的分析是正确的。打这以后，中队长对我更加器重，把我视为中队里的技术尖子。

飞行训练是非常艰苦的事，有时跟着飞行员上飞机要观察仪表显示的各种数据，静心地感觉飞机的飞行状态，机身是否有抖动等现象，有时可以借以判断旋翼的运行是否有故障，以保证飞机和飞行员的绝对安全。每当这时候，人虽在飞机上，心思却全扑在观察飞机的飞行状态上，实在无暇去欣赏云霞的灿烂和飞机下大地的壮美画图。只会一次又一次地提醒自己责任重大。直升机，因为具有垂直起飞和降落的特点，可以不要机场，只要有一块 100 平方米左右的草地就行了，所以我们中队经常担负着抢险救灾、支援边境、运送急需物资和药品的任务。

富有诗意的是飞夜航。夜的墨黑降临了，机场跑道两边的灯亮了，宛如一条星光灿烂的银河落在大地上。机场四周的城郭和村庄亮起了万盏灯火，给我们展示出一个蓬勃而辉煌的夜世界。而独有机场扯起一片黑色的幕布，企图遮住一个个充满活力的精灵。只有当飞行员加大油门，拉起银鹰从地面直冲云霄时，那瞬间强烈的探照灯光和飞机发出的震天霹雳，才使这个黑色的世界顿时变成光明的天地。我们此时坐在飞机上俯瞰江城大地，就像一个黑色盘子里装着无数闪亮的珍珠在闪烁。这景致是地上的人无法想象和欣赏的。每临此境，我就感到自己有无比的价值，也更感到自己应当怎样去履行一个军人的崇高职责。

尽管部队里不准搞"四大"，尽管军人有军人的纪律，但是对"红"与"专"问题的争论，对工农子弟与出身知识分子的子弟以及学生兵的不同看法，仍然影响到人们的思维方式。一些爱学习、肯钻技术的战士往往被当时的潮流视为走白专道路和具有单纯军事观点的人。而对这种观点持不同意见，或是军事技术知识掌握得比较好的高初中学生兵，往往被有些部队领导视为政治上不可靠，而不加提拔和重用。相反，那些军事技术很差，只会种菜养猪、打扫卫生、能讲豪言壮语的士兵却被重用提拔。对此，我的战友舟明常常表示不满和不服气。他有着耿直的性格，他是军人家庭出身，从小就在部队生活。在他的眼里，中队长、团长、师长都不足畏。他发牢骚，为这群学生兵（也有大学生）鸣不平。因此，部队首长感到很难驯服这匹野马，便让他早早地复了员。在我送他上火车时，他紧握我的手说："湘水汉水金银水，千里迢迢各有归。何当京都重相会，再叙别情敬干杯。"这个北京来的小伙子是条硬汉子，回到北京经过曲折周旋，终于在华北电管局任职。因他会写文章，后又调任水电部钱正瑛部长的秘书，可说是志得意满了。当 20 世纪 90 年代来临的时候，我去北京出差，我们终于久别重逢。他欣慰地让我见到他贤淑的夫人杨燕玲女士和聪慧的女儿晶晶，他自己则已是华北电管局的组织处长了。他握着我的手说："真是往事不堪回首，你可记得我们在黄鹤楼旧址拼凑的歪诗？"我说："记得，记得，遗憾的是我们难以朋伴去武昌，欣赏修复一新的黄鹤楼了。"他点点头："人生遗憾的事太多，现在要紧的是抓紧时间多做一点有益于人民的事。""你仍然是一个责任感极强的人"，我说。他感叹道："'责任感'这三个字，现在有些年轻人是看不起的，可我看重它，我认为，我们的民族需要这种精神。"舟明君说得对，他也是这样做的。他的灵魂、他的性格没有因时间和个人境遇的变迁而改变。也许他一生都不会有高官厚禄和荣华富贵，但他有一颗真诚圣洁的心。这也许是他把自己的女儿取名"晶晶"的缘故吧。

我和舟明的性格有共同之处，从小就敢想敢说敢为。我们既敢迎接逆境，也敢向险恶挑战。我之所以选择了文学，是想用文字来解脱自己，来倾吐我对社会、对人民的一腔热爱之情。于是，在军事训练之余，有时就在机场的休息棚里，或是在飞机底下，或是在塔台边的桃花林里，一个人独坐在那里写诗、作文。我的心总是那样激烈地为自己追求的理想而跳动。我写的诗和散文，不断在各种报刊上出现。那时候，没有稿酬，甚至还不能写真名，但我就是这样写着，写着。我在追求自己心的寄托和情的热烈。我在寻找日子的充实和青春的壮美。正是我一直不改初衷的文学梦，激励着我遨游在宽广的知识海洋和飞翔在蔚蓝的辽阔天空。是的，我要飞翔，我的翅膀上早已驮着自己对未来的美丽憧憬。

将军的女儿

将军，是一个壮丽的字眼，是一个令人崇拜的称呼，是一个寓意着滚滚硝烟、丹心铁骨的凝重故事，是一支边关险塞的深沉战歌。而将军的女儿，则是在壮丽的色彩里抹上的一层温柔的银亮，是在烽火升腾的焦土上萌生的一丛嫩绿，是在浩荡的江流里扬起一叶风帆，是在激烈的鼓点中飞出一缕悠扬的笛声。我这样认识和体验这个不平凡的符号，是实实在在让自己的生活燃烧过一团照耀痛苦生命的温暖之光。

那是 1970 年春。春风又一次催放了塔台边的桃花。那一片红色的桃花林，在风里翻卷着粉红的波浪。让人感到那里是一个感情的炽热世界。看到桃林，就看到了人生的壮丽和辉煌。尽管"文革"的烽火未熄，而我们部队按照总部的指示，照常进行飞行训练。

这是一个晴朗的日子。天未破晓，我们就驱车来到了飞机场。经过一个多小时的紧张战斗，我们卸下了盖在机身的黄褐色蒙布，很迅速地测量了飞机轮胎的压力，又打开发动机的外罩内罩，再一次进行细致的检查。然后我钻进驾驶室启动发动机，进行起飞前的试车。一切工作正常，我在飞行簿上签上了自己的名字。

太阳升起来了，金色的光芒铺满飞机场，与我们朝夕相处的飞行员迈着整齐的步子来到了停机坪。我们相互很友谊、很礼貌地敬礼，然后握手，预示着新一天合作的开始。

在机场吃过炊事班战友送来的早餐，飞行员老卫还特地端给我一碗咖啡。接着稍事休息，就传来了指挥所的命令，飞行即将开始。这时，数颗绿色的信号弹升上了机场的高空。

一架架绿色的直升机，缓缓地滑向起飞线，然后振翅升腾起来。一会儿就消失在机场上空。

这天我没有随机观察，我让福建来的战友胡宝德上了飞机，他很高兴，感到这是我对他的信任。后来这个比我小 3 岁的战友胡宝德，被提拔为机械师。令人痛心的是，在一次执行任务中因飞机失事，他以身殉职，从此便在我心中留下一段沉痛的回忆。

飞机远去了，不一会儿又要回来降落。然后再升空，再远去；再回来，再降落。这叫飞"起落"，是训练飞行员起飞和着陆的技术。飞这种科目，对身体影响尤其大，因为空气的压力差变化大，身体不好的，容易晕机呕吐。

值班的医生叫黄渭，她才20来岁，和我们年龄相近，长得很漂亮，个儿虽不很高，但苗条匀称的身材给人一种矫健的感觉。她一双美丽的大眼睛嵌在圆圆的白净的脸蛋上，透着青春的风韵。一般来说，我们这些年轻的飞行员和地勤员是没有多大的病需要在机场治疗的。因此值班医生很少有事，但又不能没有她们，怕万一有人突然发病。彼此没事的时候，我们便坐在塔台边桃花林的水泥凳子上随便地谈笑。海阔天空，无拘无束。黄渭生性开朗、大方，她总愿意和我们玩在一起，还不时拿喉片给我们吃。吃过午饭，我们铺开从飞机上搬下来的布垫，在桃树林里午睡，有时调皮的黄渭跑过来捣乱，故意摘一些桃花撒在我们的头上，遇此情景，我就给她念那两句《红楼梦》里的诗句：

揉碎桃花红满地，玉山推倒再难扶。

黄渭不止一次要我给她解释这两句诗包含的意思。我老是回避说："你再长大一点，就知道了。"她总认为我瞧不起她，是因为她的文化不高。其实，我与她比还少读了3年多书，她是真正的高中毕业生。

一次我胃痛，便去找黄渭，她认真地问了病情，就给我拿了治胃病的药。当时，我问她为什么取名叫黄渭。她告诉我，她是在渭水边出生的，父亲为了纪念出生她的地方，便取了这个名字。后来只要一见面，黄渭总记得问我胃病好了没有，并一再告诉我，要注意饮食，不要暴饮暴食。她还说你们湖南人喜欢吃辣椒，辣椒吃多了对胃刺激大。说实在的，面对她的这份真挚和关心，我的心总要颤动一阵。

有一天我去卫生所旁边的军人服务社买东西，正好碰上黄渭跟着一位身材魁伟的老首长从卫生所的宿舍区慢慢走来。她一看见我，就向我挥手示意。我看到她身边有首长，便偷偷离去。后来我才知道这位老首长是她的父亲，是一个军区的副司令员。

她真不像高干子女，更不像将军的女儿，她怎么那么温存、随和、真诚呢？然而，当我知道她的家庭情况后，便不再敢与她多接触，我总感到在她的眼前我是一个微不足道的人，是一个普通的士兵。这与一个将军的女儿相比有多大的差距呀！

小时候看连环画，一个少校军官就够让我羡慕的了，至于将军那更是让我崇拜得不得了。黄渭是将军的女儿，她的身份当然非同一般，可是她却常给我打电话，还要我借书给她看。我便偷偷地把自己喜欢读的（当时从废品站买回的）普希金、雪莱、拜伦的诗集借给她看。我再三叮嘱她这种书不能让别人看，是正在遭批判的作品，她连连点头。我们接触的日子多了，我的几个老乡也跟黄渭混熟了。他们要看病，也常常邀我一道去。自然，黄渭会很热情地为他们诊断、拿药、打针，是因为我在她的身边。

随着时间的推移，我们彼此之间便有了一种朦胧的感觉，几天不见就好像心里空空的。这种说不清的落寞感我无法摆脱。但要说这就是爱情的萌芽，我会绝对地否认。我是一个山区农民家的孩子，哪敢奢想这朵美丽的花会装点我生活的时空。

她太美丽太神圣太高不可攀。

时光流逝，我们的相识又翻开了一年的崭新日历。1971 年的秋天来到了。军营里树枝上的绿叶也开始变黄和飘落。唯有我窗前花圃的菊花吐放着金色的花瓣，给这个即将冷却的世界，生发出一片灿烂生机。我们中队接到团部通知，要举行黑板报比赛，金指导员便把这个任务交给了我。

黑板报亭立在军营的宿舍区，绿色高大的梧桐树像一把大伞遮住了天空强烈的太阳光芒。我站在树荫里，在黑色的板报上抄写着战友们写的稿子。有散文、诗歌，还有特写、小小说。在每篇文章的间隔空白处，我还精心地画上一些小插图和尾花。黑板报的名字就叫《蓝天》。路过报亭的战友看到我在认真地办板报，纷纷说些鼓励和赞扬的话。不知为什么，这天下午，我写着写着，突然感到天旋地转，也不知什么时候自己便躺到了部队卫生所洁白的病床上。我从蒙眬而遥远的梦中醒来时，发现黄渭正坐在我床前，眼前的木架上吊着一瓶正慢慢输入我体内的药液。她微笑着对我说："你醒来了，现在心里感觉怎样？头还晕吗？"我说："当时，我只知道自己眼前一黑，然后就什么也不知道了。"

黄渭听了，皱着眉头思考了一会儿，便站起身说："你安静躺着，我就来。"她的倩影消失在病室的洁白里。我顿时感到有一种安静的寂寞。我不愿意她离去，但又没有权力说这样的话，而且在她的前面我始终也没说过这句话。

我闭目养神，心里却在想，自己年轻轻的，就这样经不起风浪，将来怎么办？这时门外的走廊上传来了我熟悉的脚步声，黄渭又出现在门口。她缓步走到我的床前，打开手中的一个白色铝盒，从里面夹出药棉。她用药棉轻轻地擦洗我的耳朵，然后从铝盒里取出一根针，很熟练地在我的耳垂上抽出数滴血液。她带着这鲜红的血滴，又对我抿嘴微笑。她的笑是那么美，那么纯真，那么圣洁，我只感到有一股柔意撞击心扉。但我不敢横生任何的对她不恭的意念，她太崇高了。她又一次从我身边离去，她是为我去验血。我从心里感激她，这是在我人生的旅途，在我21岁时第一次感受到了一个美丽姑娘的爱意和温馨。躺在床上，我望着天花板出神。天花板上有一只蝴蝶在飞翔，它想逃出这个孤独的世界。可是窗子已经关闭，门也已经关上，它无法离去。它仍在碰壁，仍在盘旋。我猜想，它的心境是异常的悲凉的。这时，我便想起高尔基说过的"我爱鸟的生活"这句话的深刻内涵。是啊！我这样整天躺在床上吊着输液，就像鸟关在笼子里。想起那些自由飞翔的日子，这段时间便显得异常的苍白和孤寂。

门又一次被推开，黄渭美丽的笑容又一次绽放在我的眼前。她端着一杯牛奶送到我的手上："趁热喝了它。"然后她把化验单给我看，还一边指着化验单上的符号和数据告诉我：头昏的原因是贫血。贫血！我不懂贫血是什么病，我的心为之一颤。黄渭看出了我的心思，她笑笑说："这病不要紧，以后吃一些补血的药就行了，要注意营养。"她默默看着我喝完牛奶，又把我按着睡下，然后在床边坐下来："从明天开始，我给你注射一个疗程的维生素 B_{12}。"

第二天，我病床前的小桌子上出现了一个装着肝铁片的小药瓶和一盒维生素 B_{12} 注射液。每天上午 10 点钟，黄渭就来给我打针，我每次都有一种羞怯的感觉，但又希望是她来给我打针。她的动作是那样轻柔敏捷，她的眼光是那样温暖。说真的，我对她产生爱了。但这只是在心里，直到离开她那一刻，我也没有说出这个"爱"字，因为她是将军的女儿呀！

人生的相聚相识相知相爱是有缘分的。聪明大胆的人，善于抓住各种机缘去结识朋友，创造事业，乃至走向人生的辉煌。而有的人，却因为自己的懦弱和缺乏自信心、自强心，一次又一次地失去相聚相知的机会，只留下痛苦的回忆和美丽的遗憾。在爱情上，我就是这种缺乏自信、自强心的男人。我总把黄渭看成天上的星星，而我则是地上的一汪清水。只能映照她的光辉，却不能拥抱她的美丽。

然而上帝却总是把机会送给我，一次又一次让美丽的人儿走进我的视线，靠近我这只漂泊的小船。

这年冬天，我们部队要入川接兵。团首长决定我任新兵排长。黄渭则作为随军医生安排到了我们排。这次一同接兵的机遇，使我们彼此非常高兴。我和黄渭悄悄地商议，一定要度过这段美丽而短暂的时光。

去四川仁寿县的路是遥远的。坐火车到达成都后，我们接着又坐汽车到仁寿县去。黄渭和我同坐一辆汽车。一坐就是十多个小时，她从未受过这种折磨，本来就很消瘦的身体，被汽车颠簸得脸色苍白，浑身无力。没有法子，她毫无顾忌地把头靠在我的肩上睡觉。我愿她靠得更紧些，但是我又担心同车的战友会生出什么猜想来。因此，我的心总是醒着，总是不安地想着这一切。

黄渭是圣洁无邪的，她根本没有丝毫的戒心，她仍然靠着我睡觉，直到到了仁寿县城，她还让我扶着走进县政府的招待所大门。她是太累了，我担心她受不了这场熬煎。

毕竟是年轻的女人，只休息一两天，她的脸色又恢复了原来的红润，就像是玫瑰花开得那么秀美好看。她穿着绿色军装和我走在大街上，引来几多年轻人羡慕的眼光，跟她走在一起，我感到很光彩，很痛快，很舒畅。

在仁寿县接兵的日子过得非常快。我们大部分时间是去县属中学目测应试的男女中学生。而每次我都要黄渭同去，因为她是医生，目测的事全靠她。每次从学校走回县政府招待所，我们都不走大街，而是沿着已经熟悉的小巷和马路的林荫道往回走。我们走在一起，谈了很多很多。有时夜幕降临了，我们还在小巷里匆匆而行。一遇转弯的黑色巷道，黄渭会情不自禁地拉住我的手，使我感到幸福和激动。因了这些美好的举动，我在接兵的日记里写了不少关于她的诗。其中有一首是这样写的：

也许，妩媚的月亮

没有你的梦辉煌

故你走的小巷

只有一片墨绿色的天空

这也好

青春的美丽是属于自己

你不必去借助自然的灵光

我在默默地为你祝福

只恨日短

不怕夜长

　　后来，我把这种感觉和写的诗告诉了我的挚友舟明。舟明骂我傻，骂我薄情，骂我伤了一个姑娘的真心。我想反驳他，假如别人不爱你，你总不能自作多情。可是，我又不能否认黄渭是在爱我。

　　很快，我们顺利地完成了接兵任务，从四川带回了几十名朝气蓬勃的小青年。当团里给我嘉奖时，又是黄渭给我送来帮我洗干净了的那套军装。我面对眼前的黄渭，找不到适合的话，只是一遍又一遍地重复："谢谢你，谢谢你！"面对我的客气，黄渭也很庄重地回答了我："谁要你谢。"我的身体渐渐康复，很少去卫生所了。见到黄渭的机会便日渐减少。而她只能利用每周检查卫生的机会，特地拐到我住的地方来看我。就这样，我们心照不宣地互相思念着，在这个流动着绿色生命的世界里承受着爱的痛苦和寂寞。为了珍惜这份彼此的思念，我曾在日记里写下了这样的心晴：

匆匆地走过柳林

踏着冰凉的月光

心头塞满的忧郁

失落在弯曲的林荫道上

叹女人是月

又暖又凉

又盈又残

看那月光儿打湿的柳丝

流淌着无限的忧伤

　　在爱与不敢爱之间，在美与追求美丽之间，我成长起来了，我越来越感到生活的丰富、多姿多彩。我想，我只有奋斗，只有加倍学习，才能增添自己的才华，塑一个完美的自己。当那一天，我发现自己真正像个男子汉时，我一定要去对着她的背影大声呼唤："你属于我。"

意外的打击

天空多么神秘，人生多么富有，一旦走进眷恋的世界，每一个日子都会变得美丽和甜蜜。我们纯净如水的心啊！可映照天空的七彩云霞，幻化出一条金色大道。我们抖风拂雨的钢铁翅膀，可托起一个民族的信念，在万里长空筑一道铁壁铜墙。

我在军营里度着青春的岁月，我在用笔抒写着一个空军战士的壮丽情怀。我创作的《女飞行员之歌》和《我驾战鹰过韶山》陆续在军报发表，我写的诗歌一首又一首变成铅字，使我看到了人生的光明和未来的辉煌。然而，我又发现，我所看到的光明和辉煌只是一种意念，一种心灵的感觉，而别人却实实在在地获得了光明和辉煌，他们一个个入了党、提了干。我那位平时爱发牢骚的舟明，也终于举起右手庄严地宣誓加入了中国共产党。我困惑了，我不知道自己哪一点不如那些连 ABC 都不知为何物，更不知道写文章而只会喂猪种菜的人。和我一道入伍的几位老乡有的当了警卫连排长，有的成为管理员，有的也提拔为专业技师。这是为什么，我百思不解，陷入了浮躁的迷茫之中。

历跃是我们的团政委，他身材高高的，戴着一副宽边眼镜，显得文雅而富有风度。他是一位很有学问的部队政治工作者。要不是因为出身于城市的资本家家庭，他早已是军区首长了。他的妻子姓田，是一个善良而长得标致的军医。我对他们夫妇非常尊敬。他们对下级的亲近和关心，在部队早已传为佳话。

每当我的文章、诗歌在报刊上发表时，历政委都要打电话鼓励我。他还让张干事把别人送给他的书和金星钢笔转送给我。我虽然没有在他的身边工作，但我总感觉到我身后有一个非常关心我的长辈。对我一生影响很大，使我对人生的认识能够升华到一个新的境界的，就是历政委送给我的《红岩》《钢铁是怎样炼成的》和《青春之歌》等小说。

那是 1972 年的 5 月 1 日，白天我们部队举行了庆"五一"跑步比赛。

经过激烈的比赛，我获得了男子 100 米短跑第一名。傍晚时候，我洗过澡，正和战友们一起端着脸盆在军营的自来水龙头边的水泥板上搓洗衣服。这时舟明急匆匆地跑来叫我，说是历政委来找我。"历政委来找我？"真是意外的事。他找我做啥？我急忙把衣服交给了另外的战友，便随舟明赶往营房宿舍去。

一辆军用吉普车停在黑板报亭前的大樟树下，历政委和孙中队长正站在我的宿舍门口朝我走来的方向望。我急忙跑过去，向政委和中队长敬了一个注目礼："报告，谈笑到！"历政委很热情地走过来，拍了拍我的肩膀说："刚才我跟孙中队长说了，部队党委决定调你去团教导队当教员，明天就报到。"我来不及思考，便又立正回答："是！"我就这样不明不白地走进了部队机关的大门。

在教导队里，我认真备课，精心绘制模型。我把自己的全部智慧和心思都用在教学上。在给在职的部队基层干部讲时，无论是业务课还是文化课，我都表现出自己的认真和谦虚。来教导队学习的首长和战友都对我非常友好。这使我的教学生活感到非常愉快。然而，究竟为什么要把我弄到这里来，这对于我来说，是一个猜不透的谜。

又过了半年，一天下午我刚从教室里走出来，便接到了历政委夫人田医生的电话。她嘱我 5 点钟去她家里一趟。我便跟教导队的童主任请了假，骑着自行车，沿着宽阔的水泥马路，拐弯抹角地来到了团首长居住的宿舍区。

这是一栋很漂亮的红砖小楼。楼的四周长着葱绿的树木。我走到历政委家门口，轻轻地敲了几下门，田医生开门把我迎进去。历政委热情地为我倒茶，然后问我在教导队工作习惯不习惯，有什么困难没有。不一会儿田医生便摆好了一桌饭菜："老历，吃饭了！"我纳闷，政委为什么请我吃饭。这时历政委倒好两杯白酒，他端一杯给我："谈笑，我已经是 50 多岁的人了，我看到你们的成长，打心里高兴，来，我敬你一杯酒！"我当然一口就吞下了这杯酒，凭我的直觉，有什么事将要发生。

吃过晚饭，窗外已经夜幕降临。透过窗棂，我看到窗外的树木，耸立着一片黑色的影子，让人感到心里沉甸甸的。这时，历政委穿上军衣从居室里走出来："谈笑，陪我走一走。"我告别田医生，随历政委走进了月光摇曳的夜色里。我们走着，远远就望见塔上的灯光在云端闪耀，像一丛灿烂的珍珠。

我的步履是沉重的。"你读完了《钢铁是怎样炼成的》这本小说吗？""我读过了。""不容易呀！奥斯托洛夫斯基说得好，人的一生应当这样度过：当回忆往事的时候，他不至于虚度年华而痛悔，也不至于因为过去的碌碌无为而羞愧；在临死的时候，他能够说，我的整个生命和全部精力，都已经献给世界上最壮丽的事业——为人类的解放而斗争。我真希望你有他的坚强和豁达，能战胜自己的懦弱和不幸。"我回答："我确实崇拜他的坚强和勇敢！""你家里最近有什么信件寄来吗？""没有，父亲已半年多没有来信了。""啊！"

沉默！许久的沉默。我们沉默着朝机场的墨黑和寂静里走去。"我现在告诉你一件事，让你有思想准备。从你家乡传来的消息，你的伯父正在因为历史问题受审。"真是晴天霹雳，宛如一根木棒当头打来，我几乎支持不住身子，我的脑袋里嗡嗡作响。但我咬着牙，努力克制自己的脆弱心绪，终于没有倒下，我停止了挪动的步子。历政委站住了："我相信你能正确对待，我已经考虑了半年多时间。调动你的工作，就是为了改变你的环境。"我感激身边的这位像我父亲一样理解和关心我的首长。我含着眼泪低声说："政委，这件事我一点也不知道。""你当然不知道，这是我们为你入党的事去你老家调查时才知道的。我本不想告诉你，心想待问题弄明白了再找你谈，谁知道已经过了七八个月，我们去信催办结果，依然回答问题尚未查清。"我的眼泪在流淌，我呆呆地站在夜色下，任清冷的夜风拍打我的衣襟。我很感激地对政委说："政委，谢谢您对我的关心。"

夜已经很深了，窗外又起了风。风吹着树叶在窗外飞旋，发出飒飒瑟瑟的声响。我失眠了，我的眼泪一直没有断。我用枕巾擦拭着眼泪，我感到整个身心都受到了伤害，心尖被划出一道血痕。似乎也预感到刚张开的翅膀将被这意外的飓风折断。但我不敢哭出声来，因为我的旁边正躺着睡得正浓的战友，看他入睡的姿态，我知道他是那样的无忧无虑。

这一夜，我想了很多很多。我想到了自己的童年，我想到了自己曲折的学生生活，想到了自己痛苦的少年时代，想到了在部队相识的黄渭和舟明这样的好女人男人，像历政委这样好的首长，像孙中队长这样朴实的上级。我还想到对我充满期待的乡亲，我更想到现在的伯父、伯母、父亲、母亲和家里的5个弟弟妹妹，他们现在怎样？我哭，可我对谁哭？我有痛苦，能对谁诉？

窗棂上露出了明亮的曙色，我起了床。我要坚强起来，我不能让任何一个战友看出我痛苦的心思来。

我决定不给家里写信，这样才使家人不为我担忧。

第二天，历政委的夫人田医生和黄渭来到我们教导队检查卫生。黄渭给我带来了一袋葡萄糖和奶粉，还有两瓶肝铁片。她已经从田医生那里知道了我的事。她沉默地站在门口，听田医生转告历政委的话："相信部队，相信党，要经得起挫折的考验。"我点头表示感谢和理解政委的话。我发现黄渭也在一边抹眼泪。我在心里说："你们放心吧，我能经得住任何打击！"

后来我才知道，我伯父被审查的原因是有人揭发他参加了国民党。而我伯父是老党员，参加过秋收起义，又是地方的苏维埃主席和农会负责人。既然变成了国民党员，就一定是背叛了革命……就这样，他被批斗，被审查，被停止了党员的组织生活。直到1976年年底，党中央英明果断粉碎"四人帮"，1978年又召开党的十一届三中全会。之后我伯父和父亲的问题才被澄清，后经审定，被确认为老红军。

这些后来被历史事实证明的不实之词和捕风捉影的审查，不仅使老人深受折磨，还使我们一家兄弟姐妹都受到株连，受到社会的歧视。

悲剧就这样发生在一个世代忠厚勤劳的农民之家，一个曾经跟随毛泽东闹革命的农民身上。

东湖，是武汉市最美丽的风景区。这里有苍翠的山，有葱绿的树，有碧玉般透明的湖，有斑斓的花草，有古老的楼阁亭台，有曲径幽廊，有水榭石舫。每临星期日，总是游人如织。在这个美丽的世界里，人们才可以远离那些疯狂的批判会和声讨浪潮，寻求片刻的宁静和轻松。

我独自来到了东湖，一个人徘徊在荡漾着碧波的湖畔。波浪上的小船轻舟，树林里的欢笑细语，幽径上的花伞和升空飘浮的小孩的气球，使我感觉到人间的那缕鲜活和滋润是任何风暴也席卷不走的，是任何力量也不能改变的。此刻，我的忧虑我的失望我的愤恨我的悲怨全部散失在那一片片桨声和花影里。

在这个充满色彩和各种声响各种心绪的自然殿堂里，我看到蝴蝶和鸟儿飞翔的自在，感到空气和清风流动的舒坦。老人有老人的愉悦，男人有男人的兴致，女人有女人的快活，小孩有小孩的天真。一种超然，一种寄托，一种满足便注入我的心腔。我这些天的绝望终于萌生了亮光，我这些天的悲伤终于生发了些许的快慰。在这个自然美的天地里，有多少平凡的人在这里获得快乐和满足。我为什么不能面对严酷的现实！我在湖畔沉思，我想得很远很远。我又想到了生养自己的山区小村，想到了挑灯夜读的清苦岁月，想到了随母亲劳作的风风雨雨，还想到了苦苦眷恋的文学之梦。难道这一切仅仅是为了个人虚荣和仕途的成功，是为了获得那片光宗耀祖的祥光？如果真是为了这些，是不是太自私太渺小？而我的祖祖辈辈，我的大公公面对那片生死相依的黄土地，是在怎样寻找人生的答案的？

我应当冷静地回答自己。

这时，有风吹过东湖的湖面。风卷着绿叶花瓣在空中悠悠飘舞，然后轻落在散去又复圆的美丽的涟漪上，叠映着一个又一个耐人寻味的彩色梦幻。

啊！这也许就叫握一把苍凉，便握住了一份美丽。即使翅膀已被创伤，但我那颗赤诚的心却仍然在万里蓝天飞翔，我在寻找属于自己的云岛。

那云岛毕竟太遥远，毕竟太渺茫呀！

第三章

苍凉的岁月

有人说，岁月可以磨砺山之尖峰，
但要花费许多时日。然而岁月的苍凉，
却可以磨砺人的意志，让你在逆境中奋起，
去迎接风雨的洗礼和痛苦的煎熬，
乃至命运的撞击。一切成为过去时，
现实会捧着美丽和愉悦给你装饰沉重的履痕。

凄清山城月

1973 年 2 月，寒风仍吹拂着江南大地。那一层层薄薄的冰浮在湖面和小河的涟漪上。河岸的柳树很凄清地垂立着，盼望春天早日归来。

南飞的大雁已把歌声带给了阳光灿烂的天空。白云悠悠地飘动，在堆垒着银色的岛屿，把一个云的海洋展示在浩瀚的天庭。

坐在长沙回浏阳山城的汽车上，我们几个一道复员的战友，望着这图画般美妙的天空和路边起伏的群山、长满紫云英的田野，心里充满着欣喜之情。我们把手伸出窗外，想去搂山乡湿润的风。

待车子驶进县城，夜幕便遮住了夕阳的光亮，把一片蓝黑扯满天间。渐渐模糊的山路，树影全隐进浓浓的夜色里。

这时，大街小巷有依稀可数的亮光连缀出一条又一条纵横交错的街道。这些街道既冷清又悠长。我们走在深深的巷道里，好像又走进了岁月的河流去捧一把沉甸甸的苍凉放在心上。几年没有在县城走动了，这里的店铺、门窗让人看着亲切、动情。

因急着找住所，我们不能留恋街景和仔细端详县城的变化，便直奔记忆朦胧的县政府招待所。到招待所一问才知道，县民政局的同志已给我们安排好了住房，只因我们来得太晚，负责接待的同志已经回家了。看到我们一个个风尘仆仆、疲倦不堪的样子，招待所的服务员便主动给我们登记，把我们引进一间又一间简陋的住房。

把从部队搬回的家当：一个被包、一个手提袋放好，我们便互相呼唤着上街去解决吃饭问题。沿着招待所门口的小街，我们拐进了一个亮红灯笼的胡同小面铺。一位大嫂热情地招呼我们坐下，她非常客气地告诉我们，已经有好几批退伍的战士到这里用餐。于是，我们每人花了 4 毛钱痛快地吃了两大碗肉丝面。我们吃得很香、很快，不光是因为饿了，更重要的是已经几年没有吃到这样好吃的辣椒肉丝面了。

在往回走的路上，有人提议说，我们的头发都长得很长，是不是理个发回家要好些。我也觉得有道理，便同大家一道去找理发店。

县城的理发店有很多家，大多数已经是集体企业了。我还是走进了入伍时曾理发的那个小店。我们其他的战友，也分别找到了自己理想的理发店，便约定，理完发自己回宿舍去，不要你等我，我等你。

理发店那位鬓边已经斑白的老师傅见我穿着已拿掉领章的军装，便知我是退伍军人。他一边为我精心修剪，一边关切地问我安排在哪个单位工作。老师傅的发问，叫我很难为情，也使我心里很不好受。我便自我解嘲地说："还没有分配。"我说的是假话。按照当时的政策，复员的干部、战士一律哪里来哪里去。我是农村入伍的，自然就得回老家去当农民，根本不存在"还没有分配"的事。

从理发店出来，我没有直接回招待所，而是舍近求远地绕着街道走。

山城的夜，灯光暗淡；夜里的风，带着寒意。我一边走，一边凝视街道的新建筑和在街道上匆匆行走的人影，心里很沉重。在部队学习、工作将近6个年头，回来还得去当农民，乡亲们会怎么看我？小伙伴们会怎么对待我？父母亲会怎样想？想着想着，我的眼睛湿润了。我抬头望街道尽头的那盘月亮，竟是那样苍白地悬在蓝黑色的天幕上，周围的星星几乎全钻进厚厚的云层里去了。

我终于在一家小店窗口停住了脚步，掏出身上的零钱，买了一瓶"浏阳河小曲酒"。回到宿舍里，我把几位战友叫到一块儿说："明天我们就要各自回农村去了，以后还不知道是什么情景，今天大家干一杯，算是告别酒。"比我年龄稍大一点的长根战友竟异常动情地说："各位战友，今后遇到困难，用得着我时，只管来找我，别的本事没有，我的力气倒是很足。"一个人一杯，我们轮流喝。一会儿，这瓶酒就喝光了，大家便各自回房间歇息。

躺在床上，我感到肚子里发烧，头脑昏昏沉沉，心里很不舒服，翻来覆去睡不着。远处传来小火车的笛鸣，一声声听得真真切切。实在顶不住了，我爬起来跑到厕所里去呕吐，我真想把心中的郁结和苦涩全都吐出来，好让自己安然睡一觉。可总是吐不出，心里依然憋得慌，只好又跑到厕所边的水龙头下，拧开水龙头，任冰凉的自来水冲洗我发烫的头。

第二天清早，我的大弟就从县城的明姐家赶来接我。我们兄弟俩背着简单的行李，穿过繁华的县城街道，一会儿就踏上了乡间小路。那时，从县城到我的老家没有通公路，全靠步行，要整整走30公里。回到家里时，已是点灯时刻。乡间的夜风吹打着皮肤比城里的风要冷；乡村的月亮照在身上，比城里的要凉；山村的房子站在眼前，比城里的要矮；山村的小溪淌在身边，比城里的河要窄，可水声响得更清脆。这就是乡村，我记忆中的乡村，也是我又回到它怀抱的乡村。

父亲、母亲裹着昏暗的油灯光芒，站在家门口迎接我，弟妹们规矩地站在大人的身边。透过微弱的灯光，我凝视眼前的双亲，发现他们比以前明显地消瘦了。母亲的腰似乎更弯了，父亲的眼光似乎更暗了。我知道，双亲为了我们兄妹6人已经像石磨磨平了自己的牙槽，再难发出往日那铮铮声响。

这天晚上，全家人围着桌子陪我吃饭，没有人说话，大家都低头吃着饭菜。偶尔，父亲发出几声压抑的咳嗽声，才打破这片难受的寂静。只有母亲依然用她那枯瘦的手把鸡蛋往我碗里夹。我知道，母亲疼爱儿女的心永远不会变，只要她还活着，哪怕儿子60岁，也还是她心上的肉，可怜天下父母心。此刻，我对"慈母手中线，游子身上衣"的理解要深刻千百倍。

近午夜了，我仍无睡意，独自坐在原来我住过的旧土屋里沉思，望着窗上的钩月思考着以后漫长的人生旅程该怎样走。这时，房门外传来了沉重的脚步声。我拨亮了油灯，只见父亲提着油灯把伯父领进了房子。伯父弯着宽阔的腰走到我面前，久久地握着我的手，颤抖着不放，许久才说："细崽，是伯父连累了你，但伯父是清白的，总有一天会水落石出。"说着说着，伯父声泪俱下。我扶着伯父坐下："伯伯，您老人家受委屈了，我没事，是我自己打报告要回来的。我不能忘记养育我的家乡，我想在农村也同样可以有所作为。"父亲在一边叹气，还不时用衣袖擦眼泪。我安慰了老人几句，便送他们走出屋子。转回身时，我自己也禁不住眼泪直泻。

此刻，我的心在激烈地跳动，思绪在飞翔，我需要心灵的抚慰，我需要知音听我倾吐心中的酸楚。

眼前，那列蓝色的火车又沉重地伏在我的身边。我在站台上凝望火车站入口处，期待着她的出现。因为再过10分钟，我们便从此南北天涯，也许再无相见之时。是难忘啊！机场塔台边的桃林又盛开了一丛丛、一片片比朝霞更红艳的桃花。那一缕缕浓浓的清香，是你用素手摘下插在我的口袋里，让我在万里长天也能触摸那片温暖的柔情。是难忘啊！你揣着我写给你的诗笺站在东湖的柳树下为我吟诵：

疾风里，银色的翅膀，

驮着我激跳的心，

飞向太阳高挂的云霄，

我身边总亮着一颗明亮的星。

是为了这种情的深厚，意的真挚！你劝我别在部队耽误青春年华，是你帮我打听高考的消息，从你父亲那里了解有关报考的政策和规定……又是你呀！学着写诗，用洁白的信笺表达着少女的美丽情思：

蓝天里有一颗会唱歌的星，

洁白的窗口有一片思念的云。

至今我还记得，你把我的一则日记用秀丽的字，抄在自己的日记本上，给思念的云留下一支热情的歌。

"今天，是我度过20岁的日子。我多么幸福，多么自豪，我第一次在飞机上作业，履行一个空军战士的光荣使命。早晨，东方微亮，我们就乘车来到了机场起跑线上。这时，东方天际，刚刚衬上浅红色的霞彩，一会儿，一轮金红的太阳从蓝湛湛的天海浮出了云层。慢慢地，山峰上、树尖上、机场四周高耸的建筑物和塔台上都燃起了红色的火焰。一刹那，阳光就把天空的浓云熔化了。8点时分，当塔台上升起绿色信号弹，我们的'02'号飞机便匆匆滑向跑道。风呼啸着，在跑道上奔跑，刮得跑道边的青草发出一片响声。机翼抖动着，驾驶员加大了油门，轻轻拉杆，银鹰昂起头，箭一般地直插云霄。气流从机翼下掠过，卷起滚滚尘土，我终于从大地带着生日的幸福飞上了蓝天。天空多么辽阔、多么深邃啊！

想到祖国对我的哺育我要飞！

想到美丽的明天我要飞！

想到人生的壮丽我要飞！

飞上了高天啊！我看见了家乡如画的田园、秀丽的村庄、绿树掩映的城市、纵横交错的公路、大江上的帆影，还有那片红艳艳的桃林……

我要低低地飞过她的窗口，让她骄傲地看一看，我是怎样飞的。"

　　显然，把想象的美丽和现实的感受都流泻在字里行间了。也是这段真实的日记，记录了一个军人回到地方的痛苦心灵的抉择过程。火车站的入口处，终于出现了一个女军人的倩影，可是列车残忍地滚动了钢铁轮子，载着那心的伤痕向江南大地驶去。

　　旧屋的窗棂已经挂上了一片亮光，新的一天降临了。我用手揉着一夜未合的双眼，极力让自己镇静下来。我想，当小时候的伙伴出现在眼前时，一定要让他们高兴，不能让他们察觉我有丝毫的忧郁。我重新整理衣裳，庄重地走出了旧土屋的房间。

父亲的锄头

流动的岁月使父亲的头发变白，山野的风在父亲的额头上吹出道道深深的犁痕。父亲的身躯已经弯曲了。那支撑着一方天地，养育我们弟妹 6 个长大成人的父爱，使父亲失去了青春风采，剩下这枯萎的双手，搂着旱烟筒颤抖着坐在墙角边叹息。

我当然知道，父爱和母爱同样情深凝重。他们的爱属于大自然、土地、河流、森林；属于人类美好的渴望、丰富的阅历和圣洁的情感。尽管我是永生无法回报。可唯一能换来父母带着倦意和沉重微笑的，则是我要成为一个自立自强的人。

现在我重新回到了这个古老的旧土屋。

旧堂屋的角落里，仍然躺着带锈的犁铧和父亲用过的锄头。在堂屋里徘徊，我的眼光总会停留在这堆农具上。因为它们将陪伴我去自强自立做一个正直的人。父亲是一个很要面子的种田人。没上多少学，可是因为好学在城里帮过生意，少年时参加革命活动，懂得一些革命道理，平常爱写一些旧体诗词。脑子里还是装着不少墨水，还常为乡邻们写对联和书信。儿子失意地回来了，他做的解释是能让人接受的：在部队没有强健的身体不行，儿子回来是为了考大学，选择适合自己的人生道路，在考试之前，当然要在农村劳动，并利用自由的时间复习功课。我当然不会替自己做什么说明，在偏僻的农村完全没有这种必要。在古老的山村，多走出一个农民并非奇事。

幼年的伙伴大顺、红脸、石伢子都已经长成了大汉子，他们来看我，带着满腔的热情和欣喜。他们豪爽的性格和强健的体魄使我感到家乡的山水田园是可以滋润出真正的男人的。

伙伴们都说我长胖了、白了，像个知识分子。他们追着问我在部队几年的感受和经历。问我飞机能飞多高，飞机上的导弹有多大，问我会不会驾驶飞机，坐飞机到了一些什么地方。在他们心中，我是归来的英雄和勇士，是一个真正的幸运者。我把在部队拍的照片拿出来给他们看。我还把从部队带回的"上海"牌香烟发给他们抽。他们问我这香烟多少钱一盒……总之，一切问题的回答。对于他们都是新鲜的、重要的。看到眼前这些依旧充满着纯真和友谊的昔日朋友，我心里感到欣慰，我有真正理解和关心自己的人。记得小时候，和他们一道上山砍柴，下河捉鱼，或者到乡医院药剂师那里学拳，春节去玩狮子，他们总是照顾我、尊重我，把我作为他们的"小头人"。今后有这些伙伴在一起劳动、生产，我想我不会孤独，我又看到了生命的新曙光。

天气渐渐地暖和了起来。

入夜，布谷鸟开始在枝头鸣唱，呼唤着庄稼人去播种。柔柔吹拂的春风已不再寒冷，轻轻地梳理着河岸翠绿的柳枝条。休养了一冬的水牛在田间晃动着高大的影子。尖脆的鞭哨声，惊飞一群又一群飞翔的春燕。3月的阳光明丽而温暖地铺满乡野，连屋顶烟囱冒出的炊烟，也蓝得美丽。

我扛着父亲用过的锄头，兴致勃勃地走出土屋的大门，直朝蓬勃的田野奔去。刚走几步，我站住了，我发现戴在手上的手表闪射的光芒特别刺眼。我回身走进土屋，摘下手表把它放在旧樟木箱子里，又将床边的黑色皮鞋挂到了房门边的土墙上。我深深地意识到，自己是真正的农民，而在这个还贫困的山村，戴手表、穿皮鞋与"农民"二字还很不相称。是农民就要使劲干农活，像一个农民的样子。

我挽起裤子，站在冰凉的水中去铲田塍，挑着竹箕去割草，下田去翻肥凼，所有的农活我都干。至于队上给我记多少工分我从不过问。慢慢地我白净的皮肤开始变黑，细嫩的手掌开始变粗，手掌上还鼓起了血泡。看到我这样急剧的变化，村子里几个没有文化、游手好闲的人，总是盯着我说些冷嘲热讽的话："是麻雀只能飞回屋檐下，想不到和我们一样的八字。"这些我都能承受，真正的政治打击都经历了，这算什么，我反而觉得世俗的可笑和可怜。

然而，还是发生了一件特别让我难堪的事情。4月的一天上午，我正在通往公社路边的一丘水田里搭田塍。我用锄头挖着很大一块的淤泥往田埂上糊，可一次又一次就是糊不住。站在一旁看笑话的一位村里人称之为"军师"的农民便喊来几个过路的农民："你们看，这哪像吃了饭的样子。"这明明是在戏弄我。我忍受着他们的嘲笑，扛起锄头，无声地离开了这几双粗俗的眼睛。

　　回到家里，父亲正在堂屋里打草鞋。他见我提前回家，便问："是不是身体不舒服？"父亲最担心的是我回来务农身体顶不住。我用深沉的眼光凝望着露着忧郁眼神的老父亲，把锄头轻轻地放在墙边，久久地站在那里不动。我下定决心，一定要离开这个地方。父亲察觉到了我的异常，便走过来问我："是谁欺负你了？""没有，我想去县城办件事。"说完，我回到房间，拿起已经洗得褪了色的军用挎包，装下几身换洗衣服，顾不上吃午饭就上路了。父亲从墙边扶起那把他握了几十年的锄头，站在门口望着我离去。他没有劝我，只是眼睛里闪着忧伤的光芒。

　　后来，我才知道母亲从山冲里寻猪草回来，知道我是被别人气走的，还痛哭了一场。几个小时候的伙伴，听说是那位"军师"欺负了我，还闯进他的家找他理论，我衷心地感激这些真诚的伙伴。也就在这一天，我对自己的人生道路又重新做出了选择。

　　沿着山峦边弯弯的石板路，我急匆匆地向县城方向走去。当头的太阳照在身上，我感到头脑发涨，脚步沉重。我似乎看见父亲正扛着那把锄头，颤颤悠悠地走在我的后头。他在呼唤我回去："那条田塍我去帮你搭好。"我走着，想着，心里很难受。一个20多岁的汉子，还要父母操心，多不应该呀！我想起了告别父母去武汉时，他们那殷切的目光分明含着深深的期望和祝愿。我记得小时候父亲教我识字写字时就告诫我，好男儿志在四方，要为祖辈争回荣耀。我正是在父母慈祥的深爱里从无知走向成熟的。可今天，我弃锄而去，他们会是一种怎样的感受呢？想到这里，我的心情异常沉重，我甚至止住脚步，权衡着是继续朝前走，还是返回那个旧土屋。

　　这时，有风从山坳里吹过来，摇动了山坡上的树木，让满山的绿色化作波浪在阳光下起伏。开在绿树丛中的杜鹃花就像是一丛丛火焰燃烧着，激得我热血沸腾。我想起了一位作家的活："人的生命实在是太短暂了，从来到这个世界到离开这个世界，不过几十年的时间。即使活100岁，在人类历史的长河中，仍不过是短短的一瞬。我想倒是自然界中的山石、草木更令人羡慕。君不见数百年、上千年的古柏苍松？君不见路边的小草冬去春来，岁岁青绿？"这是一种激励、一种启迪。我终于又鼓起勇气朝前迈动了沉重的步履。

　　夜幕徐徐降下，万盏灯火装饰着古老的浏阳山城。掌灯时刻，我疲惫不堪地走进了县城的小巷。又是4毛钱一碗的肉丝面当晚餐。我身上钱不多，只好在一个狭小而昏暗的小旅店的潮湿房间过夜。我用手去摸那被子，只觉得黏黏糊糊。我怕脏，于是用脱下的衣服包住被头睡觉。那晚我感到浑身酸痛，在床上一次又一次地翻着身子，直到窗口完全消失了淡淡的月色，我才蒙眬入睡。

次日早晨，在小街上咬过两个馒头，我便到县委宣传部找中学时认识的那位我的入团介绍人钟青女士。钟青比我大两岁，由于出身好，加之在师范学校时就入了党，被分配到机关当干部。我走进她的办公室，她既感到突然，又很热情地接待了我，还一再夸我在部队干得不错。听她说话，我明白她已知道我的不幸遭遇，只是想用这样的话来安慰我，真是一个善良的女人。在她的身上，体现了一种女人的母爱，这种爱可以赋予他人，赋予时代，赋予天下苍生，是一种至尊的天性，可以叫人刻骨铭心。我至今还没有这种才能去描述这是一种怎样崇高的爱。我知道，因为她赋予我这种情深的爱，才使我的青春找到了新的寄托，走进生命的绿色驿站。

陌室夜读

夜，是神秘的。

夜，是静谧的。

夜，是流动的往事和对未来的渴望。

我坐在这样一个简陋、空旷和四面透风的卧室品味这几天的奔波、辛酸、沉重和望见的生活希望之光。

那日，钟青同学把我领到了县城东街口的浏阳河学校。首先拜会了那位身材高大得可以与伟岸男人媲美的黄老师，充满热情和真挚的黄老师又把我介绍给学校的校长和教导主任。

校长也是女的，初次见面给我的印象极深。她非常坦诚地告诉我："学校正需要一个男老师代课，为了保证教学质量，要试教后才能决定是否留下你。"我当即答应试教，而且我从内心深处钦佩这位女校长。因为尚处在"文革"大风浪中的学校领导，还能如此重视教学质量，实在难能可贵。

负责安排我试教的教导主任姓尹。尹主任是一个性格十分开朗，且具有才华和教学经验的老师。他把中学语文课本拿给我，指着那篇名叫《海螺渡》的课文说："你就讲这篇。"

第二天下午我去试教，教室里已坐着10多个男女教师，他们那陌生而惊疑的眼光扫视着我这个身穿褪色绿军装的复员兵。我很坦然、很轻松地走上讲台。用并不很糟糕的普通话和规范的板书讲述着课文。我发现坐在下面的教师有几位露出了惊讶的神态。也许他们不明白，这个当兵的怎么会讲课。其实，我在部队从事了近3年的教学工作，而且还经常跟战士讲创作课，自己也写了不少文章发表在部队的各类报刊上。因此，对于上课我是轻车熟路。待我讲完课文，老师们竟给了我热烈的掌声，校长理所当然地把我留下了。

当天下午，那位后来成为我很好的朋友的尹主任便安排我住在教室端

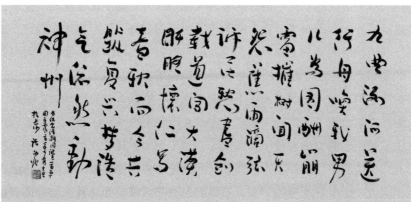

头一间由走廊隔成的临时寝室里。这间寝室不大，朝房顶看，可以望见屋梁上架着的黑色瓦片；朝两边看，眼光可以越过新垒的土砖墙望见天上的云彩。一张小木床摆在房间里，显得渺小极了。就是这个生活的空间，它给予我充足的学习时间，容纳了我飞翔的思绪，储藏了我奋发的热力。

不论是白天还是晚上，除去上课、吃饭、睡觉的时间，我就全部用来学习和写作。我的桌子上摆着一堆堆、一叠叠初高中的语文、数学、物理、化学、英语、地理、历史、政治等书籍。我需要从头读起，并做大量的习题才能应付 7 月中旬举行的高考。

我的精力异常的充沛，心情也很平静。我不再抱怨从军营回到了农村，也不再记恨那位当着众人羞辱我的农民兄弟。我认为，一切都是这样的合理和自然。人生不能没有风雨，道路不会没有曲折。

尤其令人感动的是，班上的学生明明知道我是代课老师，可他们从来没有哪一个刁难我，并且对我另眼看待，相反，是那样尊重我。他们总是缠着我给他们讲故事。那时候，很多小说和作家都在挨批判。我只能给他们讲《金光大道》《艳阳天》《矿山风云》《海岛女民兵》。记得有好几个月明风清的晚上，总有一两个男女学生来到我的住房，把自己写的作文送给我看。我总是认真地给他们修改，指导如何构思、描写、议论、抒情。懂事的学生知道我要抓紧时间复习功课迎接高考后，他们晚上再也没有来找我。多好的学生，他们那颗颗纯洁的心灵，让我读出了人世间的善良和美丽。这一切，都给我这个正在跋涉的人注入了力量和勇气。

很值得一提的是，我们学校五年级乙班的班主任丁老师。她是一个善良、多才多艺的女教师。不仅课教得好，班级工作做得好，而且会唱会跳，人也长得苗条清丽。她性格开朗大方且热心助人。有空她就愿与我交谈，她是从另外的方面来关心我，解除我的悲观和寂寞。县里搞作文竞赛，她就让我给她班的学生上辅导课，在她班上有一位长得漂亮、聪敏、会写作文的名叫余秋影的女学生，就是在我的指导下得了全县第一名，因此丁老师对我更为感激和友好。她不止一次地送点心给我，还真诚地关心我的个人婚恋之事。有一天傍晚，她竟给我送来两张电影票，让我无法拒绝地跟一位不曾相识的女士去看了一场电影。对于女人，我从来都是尊重的，在当时那种情况下，只有别人选择我，而我无法去选择别人。当然，我没有能和这位女士友好地接触下去，不是因为她怎么样，而是我面临的选择是集中精力搞好复习，争取敲开大学之门。

现在回忆起代课的那段日子，生活是非常的清苦，每月仅 29.5 元的代课金，还要寄 15 元回生产队记工分，只剩下 14.5 元做伙食费和零用。我吃的更是简单，早餐就是一碗水豆腐、一小碟酸菜，一个月的伙食花不了 10 元钱，剩下的就用于买书和其他生活用品。在这个有 50 多名教师、1000 多名学生的学校，食堂里唯一的常客就是我。做大师傅的梁大妈很关心我，常常给我多打一些菜，我也常帮她提水和干点体力活。在这个学校，我是早上起得最早，打扫校园最经常的人，也是晚上睡得最晚，看书批改作业一钻进去就能望见月悬中天的人。

人一日选择了自己的奋斗目标，他身上潜伏着的热力和智能将得到最大限度的释放，这种"理想效应"，让我受益终生。高考，在当时的知识青年心中，成了一个美丽的梦；高考，在那个动荡的岁月里，成了一个联结千千万万青年意志的神圣纽带；高考，意味着中华民族的灿烂文化在延伸；高考也在庄严地预告，人类发展的客观规律是不以人的意志为转移的。我从阅读了解到，我们中国的儒学文化早在公元前后的三四百年间，就传到朝鲜半岛、日本和越南北部地区，逐渐形成了东亚儒学文化圈。例如，中国传统文化典籍《书经》《诗经》《易经》《大学》《中庸》《论语》《老子》等都译成拉丁文等文本在欧洲出版发行。其实，中国古代的科考制度，尽管有其历史局限性，但对于公平公正地选拔人才起到了非常积极的历史作用。而儒学的自我传承及开放对外传播，不能小觑科考的推动效应。

鲁平是一个很聪明、很重情的从省城下放到浏阳的知识青年，他的外语学得非常好。他在读高中的时候就翻译了英国小说《女护士的故事》。我读了他翻译的原稿，那文字美极了。整个小说像一首优美的、充满凄情和哀伤的恋歌。我真没有想到，这位和我在一个学校代课，而一度成为知音的朋友，竟是一个严重的肝炎病患者。后来我才明白，他当时为什么不报名参加高考。可他对我关怀备至，他帮我复习英语，告诉我做高中的数学物理习题，他不厌其烦地给我讲解，伴我度过了多少个不眠之夜。

每当夜阑人静，万家熄灭了灯光，进入甜美的梦乡后，我们俩还在校园的操坪细声地交谈。那洁白的像流水一样柔软的月光泻在他的消瘦的身躯上，我总觉得他像一尊雕塑，透着男人的灵气和感伤。每每端详他聪慧忧郁的目光和脸色，我的心就要颤抖起来。多好多美多富有感情的男人呀！你最缺乏的是坚定和勇敢。那个月色夹着细雨的夏夜，他穿一件白汗衫坐在石凳子上望天上的钩月。我走过去问他此刻在想什么？是不是还在眷恋那位"女护士"？这回他却真的直率地对我说，想有一个善良的女人做朋友。而这女人在他的心中已经有了，可就是不知道她的心中是否有他。我站在他的面前，用手在空中画着弧说："想着谁，就大胆地去告诉她，不要折磨自己。"他许久才说："也许你说得对，可是我一想到自己的处境，一切念头就烟消云散了。"

夜风夜雨夜月没有能淡化我们彼此的忧伤和凄凉。我回到屋子去继续我的复习，而鲁平依然坐在那里沉默。

望着鲁平，我突然想起鲁迅先生关于沉默的深刻见解："不在沉默中爆发，就在沉默中灭亡。"当然鲁迅是对社会制度说的，而对于在人生的旅途中徘徊的人来说，沉默又会意味着什么呢？

　　　　月光裹着的鲁平已经成了一尊僵硬的雕塑。
　　　　这个夜晚，他留给我一串深深的叹息。

1973 年 7 月 15 日，是一个神圣的日子。这个日子会永远记录在中华民族灿烂的文明史上。这个日子，标志着一个民族在迷茫中猛醒；这个日子，宣布了愚昧时代的结束；这个日子，展示出一代青年人的辉煌向往。这个日子，虽然仍飘飞着令人心颤的呼喊，但毕竟簇拥着光明向年轻的一代走来。

从四面八方走来了在工厂、农村、学校、商店、部队、矿井下劳作的知识青年。他们带着风霜、泥土、煤尘、疲惫和苍凉走来了。一群群的男女考生，热热闹闹、说说笑笑地拥挤在原中央总书记胡耀邦的母校——浏阳第一中学。这群被风雨岁月雕刻、成熟中透着苦楚的男女考生互相用蓄满力量的手捏着希望走进了考场，他们的眼睛里流着憧憬的阳光。

我踏着沉重的步子，撑着被沉重的教学负担和繁重的复习折磨成一个骨架的瘦弱身子走进了教室。在我凄清的眼里，我不敢捕捉微笑的脸孔，我看到的是一色的庄重和沉稳。

这不是一张张普通的考卷，

这是一份份血写的志愿书。

这是一份份祖国的赤子渴望奔向建设岗位的申请书。他们是：用自己的心和心音在写。祖国，你听到了吗？这字里行间有你儿女的真情倾诉。考卷交上去了，我们每个人都把自己的心志和智慧一齐交上去了，我们在等待祖国的召唤。

考试的日子虽然只有3天，可在我的心灵上留下了永远不会磨灭的镜头。有做了母亲的考生，把枯瘦的孩子放到街上居民家中哭泣；有身体虚弱的考生，从考场出来就靠着墙角躺下，浑身沾满了灰尘；甚至有来自山区的考生，自己铺开被子就在学校的走廊上过夜……难道这仅仅是为了个人的前途！不，他们想得更多的是祖国的前途。

祖国比生命更重要。可是，谁知道一个个如此脆弱的生命又正面临着一场新的劫难。一时间，祖国也变得苍老起来。

8月，这是给祖国的成千上万的考生带来灾难的日子。很多报刊发表了白卷英雄张铁生的信。这封信，就像一阵风，激起愚昧、落后、荒谬的思潮，堵住了刚刚开启的充满光明的知识大门。我们这些在底层生活的人，当然不会知道这封信发表的政治背景和真正用心。然而就是这封信，让一大批成绩优秀的知识青年被关在大学门外，而让那些所谓的"实践者"带着空白的灵魂闯入圣洁的知识殿堂。

时代出现了又一次巨大的悲哀，多少知识青年欲哭无泪、欲怨无言。我们只能陷入极度的愤怒和沉默的波涛之中。然而，随之而来的是我们敬爱的邓小平同志遭到批判。反击所谓"回潮"的口号又在创伤累累的神州大地响起，人们再一次陷入迷茫之中。

在严酷的现实面前我们再一次意识到，人生需要我们重新塑造自己坚强的意志。

徘徊在河岸

日历依然被流动的时光翻开。

高考的日子走远了，我们这些握过锄头、铁锤、枪杆，经历了人世间风雨，正在"接受再教育"的知识青年，又重新接受生活的锤炼。我是农民考生，依然回到夏日酷热的田垄里去踩打稻机。让轰隆隆的机声，伴随我们坚实的肩膀把金黄的谷子一把又一把铺满太阳照耀的晒场。家里人、村子里的种田人，都怀着丰收的喜悦，在日夜赶收赶插。开始几天，我和队上的老伙伴大顺、红脸一起打禾，干得很起劲。几天下来，体力渐感不支，我只好去加入插秧的队伍。大自然有时也是无情的，当我们把秧苗插在明镜般的田野后，它却板着脸孔不再下雨。栽下的秧苗便开始发黄垂叶。生产队长急了，就喊我们晚上去车水。白天劳累一天，晚上又接着车水，这样日夜不分的辛劳，使人感到极端的疲倦。但是想到从河里提上的水又能浇绿一垄又一垄的禾苗时，心里充满了愉快。深夜回到家里，来不及洗澡，我竟还有心情写出自己的感受：

太阳烤裂了泥土
烤烫了空气
烧焦了西天的云霓

黄昏里，小河边支起一架水车
拉响一串湿润的银铃
一会儿，禾苗变得青翠欲滴

月影儿悄悄爬上车架
谷粒般的星星也跌入水槽
把亮闪闪的希望交给了土地

车水的小伙子笑了

那扼杀绿色的日子

正从脚底消失

啊！水车分明是一道飞旋的鞭子

正从淡淡的月下

赶出一个金色的秋季

当时，我深居农村，这样的诗无法拿出来发表。15 年以后，才把这首题为《黄昏，水车在歌唱》的诗，收进我的第一本诗集《芭蕉雨》里。

这是一段让人难忘的记忆，它使我对土地有着深厚、不可分离的感情。直到后来我成为浏阳县的县长，还在鞭策我要做农民的贴心人。

"双抢"对农民来说是一年最忙碌、最辛苦、最关键的农事季节。即使是最好的身体、最强壮的汉子，也会感到疲惫和力不从心。扎扎实实、日夜不停地整整干了十多天，我的体力被消耗殆尽，身子急剧消瘦，白净的皮肤已晒脱了一层皮。有时站在火辣辣的太阳下干活，我感到一阵又一阵的恶心和晕眩。就在一天下午，我刚弯腰栽完长长的一行秧，直起身子时，竟摇晃着站不住。我立即扶住田埂，后来就不省人事了。待我醒来时，已躺在家里的竹床上，接着便是不可遏制的厄运。一连 3 天不能吃、不能睡，病情转入危急状态。我的重病搅得全家人心惶惶。父母在一旁垂泪，弟妹们也急得团团转。后来医生诊断我是得了急性黄疸肝炎，必须立即送县医院抢救。这时候，像谷子般的黄色悄悄地浸染了我的肌肤和那双本来就忧郁的眼睛。

大学录取的体检通知书伴着黄疸肝炎的诊断书一同捧在我的手上。我的手在发抖，我的心在发颤，我的眼睛在发直。

一半是幸运，一半是灾难；一半是慰藉，一半是辛酸。

几十秒钟，这揪心的几十秒钟。我立即意识到自己已从幸运之门滑回失落之门，滑向痛苦和绝望的深渊。耳边有人在说："他受打击太大，让他睡醒后再送医院。"其实我的心醒着，我是异常的清醒，从未有过的清醒。太阳底下乡亲们的身影在晃动，晒谷场上母亲瘦弱的身子在晃动，打谷机边，父亲的腰已经弯成一把弓。他们没有去想这一切是幸运还是失落。他们的心中，渴望的只是自己的儿子有一个好的前途。

我平静地睁开眼睛，望着旧屋顶上黑黑的瓦片，望着墙角堆放的锄头犁铧，望着挂在墙壁上的草帽和镰刀，望着门外远处淡绿色的山峦。我摇晃着站起来，走到房子里清理好自己简单的用具，有军衣、挎包、军用水壶和茶缸……

步行 30 公里的路，对于一个严重肝炎患者已不可能。我再不能像往日那样行色匆匆地奔波在县城与山村之间。我只能躺在竹椅上，让自己知心的伙伴大顺他们抬着朝县城跑去。父亲怕我晒太阳加重病情，决定晚上送我去医院。

那是一个我永远不会忘记的夜晚。颤颤悠悠的竹椅在山路上颠簸着前行。一弯银月把清幽幽的光辉铺满山路，也动情地洒在我的身上。凝望着天上的星月和身前身边墨绿色的山影和田野村舍，倾听着田野的蛙声虫鸣和大顺他们有节奏的脚步声，我的心是这样苍凉。想不到，真想不到，一个 20 多岁的年轻汉子，竟会病成这个样子。联想到在部队因贫血昏倒住在卫生所的情景，那洁白的病室，那床头晃动的输液瓶，那双美丽的大眼睛。联想到在浏阳河学校夜读时窗台上那洁白的月光和操坪里与鲁平兄的促膝交谈，从《女护士的故事》到人生价值、友情和对未来的向往，直到在考场挥汗答卷的情景。这是为什么？命运为何偏要这样捉弄我。

竹椅在有节奏地晃动，我不忍心让自己的伙伴受累，我挣扎着要求他们停下来让我自己走。大顺他们不肯，硬是抬着我马不停蹄地朝县城方向奔跑。

这时候，我感到他们是那么伟大和仁厚。我和他们相比是那样无能和渺小。到县城已是午夜，通往县中医院的小巷，浮动着一片清冷和黑暗，路灯光微弱地照耀着小巷，让人只能辨别道路的方向，除此之外，三步之遥，竟看不清对方的影子。在我的再三恳求下，大顺他们总算同意我步行几十米。现在想起来，我就是在那条很深的巷子引导下，踏着冰冷的月色慢慢地走进了那个洁白而平静的世界。

住院的日子里，有不少朋友来看我，也包括介绍我去代课的钟青女士。他们都不提及我的高考情况，因为都知道我录取已经无望，大学的门是不会让一个传染病人踏入的。医院从院长、医生到护士都从我的老师、朋友那里了解到我的情况，对我都怀着深深的同情。医护人员都十分注意关心我的治疗和生活。这使我再一次感到人世间的真情和温暖。

有一天，一位长沙的朋友来医院看我，当我给他谈了我的病情正在好转，我想9月出院，争取参加10月份的中专考试的想法时，他劝我不要急于想这些事，还是治病要紧。无意中我们便谈到了鲁平。谁知朋友却给我报告了一个十分不幸的消息。他告诉我，鲁平因痴爱着的女人分手离去，卧轨自杀了。这消息，就像一颗炸弹，几乎把我轰倒。我哭喊着在病房内徘徊：鲁平你不能这样，你不该这样！你怎么能这样，我的鲁平！

夜，浏阳河畔的夜是美丽而忧伤的夜。

我独自来到河岸，望着美丽的夜色和夜色中停泊在河边的船帆，心情异常的凄清和忧郁。白天知道鲁平的不幸消息，使我整整一天都是昏昏沉沉的。我想不明白，为了一个女人，鲁平为什么要付出如此沉重的代价。爱是不能强求的，这些鲁平你懂！人最值得尊敬的感情是爱，鲁平你也懂！可为什么你要把自己圣洁的身躯搁在冰冷的黑色的铁轨上……

你翻译的小说中女护士那圣洁的感情和崇高的人格为什么就不能让你冷静地思索为着爱要付出什么？你对我说渴望有一个关心和体贴的女人。难道这个女人会要你付出如此沉重的生命代价吗？你有才气，你有挚情，你有勤奋，你有眷恋，你有向往，你有诗情，为什么偏偏你要选择这条生活的末路？是太阳、是月亮、是青山、是绿水、是田野、是花草，是你的父母、你的姐妹、你的朋友不理解你、亏待你，还是你感到这一切都无足轻重，而自己内心向往的天国才是最高最美最神圣的境界呢？

鲁平，你真让我痛苦和糊涂！

鲁平，你在搅乱我已经宁静的心和日子！

鲁平，你是否也想告诉我，摆脱人生的不幸可以有多种选择。而你的选择竟是这样的无怨无悔、无声无息、无顾无盼。你是否也太固执、太残忍呢？

有位哲人说过，精神的欲望是无穷的。不过人的最大差别是，有人把精神欲望当作一种快乐，有人则当作一种痛苦。特别是不能达到自己的精神欲望时，有的人竟走向极端。鲁平，你是一个精神欲望十分丰富而强烈的人，在你面对无奈时，你不是选择痛苦，而是选择极端。这同时也使我陷入了极度的苦恼和迷茫的雾海之中。我的命运如何？鲁平你是清楚的。你不清楚的是，现在我正在住医院，我的病室的抽屉里还放着一本病历。你帮助我复习功课流下的汗滴和花去的心血，我没有能回报你，没有能让你为我庆幸，我现在只能望着大学的红墙，听着大学的钟声叹息。我是否要做出一种果断的选择呢？尽管我仍在选择 10 月的中专考试，不知道那会是什么结果，命运的苦难可有尽头？而你现在走向了另外的世界。人世间的一切，无论是春风、鲜花、金光、黑雨、忧伤、快乐；无论是名位、赞美、荣华，都不再让你动心动情。也许这是一种真正的解脱，真正地实现精神欲望的最好的选择。于是那一瞬间，我也开始动摇自己的平静，开始怀疑自己对承受痛苦的选择。

我在河岸徘徊，我的双脚已经踏进了这条古老而美丽、弯曲而冰凉的初秋的河流。河水在上涌，慢慢地浸过了我的膝盖，我感到心情反而宁静了起来。我很清醒地倾听着轮船的笛鸣和远去列车行进的铿锵之声。

忽然，岸边的土屋里传来了几声小猪的叫声，这几声并不雅致的叫声却使我的心受到了强烈的震撼。我不再向前挪动脚步，而是睁大眼睛，望那个夜色中的土屋。是啊，多少这样的日子，母亲深夜还在猪圈边奔忙，打扫猪舍，为小猪添食。母亲守着小猪，喂着鸡群，自己却从来不煮一个鸡蛋吃。她是那样苍老和消瘦，可她依然日日劳作，任劳任怨，她是否也想过要选择一种摆脱呢？她面对儿子的不幸是否会想到儿子正要离她远去呢？能让一位这样慈爱的母亲再遭受一场人世间的最大打击和摧残吗？母亲从来不要求她的儿子飞黄腾达，也不企盼她的儿子给她带来荣华富贵。母亲需要的是宽慰，是平静和平凡的生活，是儿子的健康和平安。在这样的母亲面前，你还需要什么，还有什么不可以抛弃？

河流上起风了，那风柔柔的、凉凉的，轻拂我受伤的心灵和脆弱的意志。河流涨潮了，那波浪亮亮的、软软的，轻吻着我赤裸的双脚。这是自然之爱、自然之美、自然之情。从云层里钻出的钩月不再朦胧，在夜空中闪烁的星星不再跳跃，一切都归于一种和谐的流动和凝固的感受之中。这就是生命和自然的默契。在大自然的怀抱中，我感触到生命的活力会是无限的。鲁平，我真要为你哭泣一把，你怎么没有躺在大自然的怀抱，冷静地选择一次啊！

鲁平，假如你能归来，我还要与你长谈一次，关于人生，关于事业，关于爱情，关于友情，关于音乐，关于你的《女护士的故事》。我悲哀，你不再归来了，但我要为你祈祷，祈祷你的灵魂永远平静。我会忠实地做你的永恒的朋友，在漫漫的征途中，我会用自己的选择，去告诉你，关于人生，关于事业，关于爱情，关于音乐，关于你的《女护士的故事》的感悟。

我终于在滔滔西去的沉淀着悲壮故事和美妙传说的浏阳河波涛中凝固

了。那一次凝固便成了我生活的定格。我心灵的石壁上从此刻下了这样的
感悟：

人可以有许多妄想，但不能没有理智！

第四章

圣洁的感情

感情是人间美丽的光芒。她能照耀你生活的路，

照耀你无悔的青春和无怨的岁月。

追恋人世间感情的崇高、圣洁、永恒，

你虽然要咀嚼感情的苦涩和酸楚，

然而她却是那么舒畅、温暖和炽热。

青春的绿叶

洁白的月轮推开云的雾幔，把万缕清冷的光波，笼住了这静谧的世界。这时刻，我正坐在窗前仰视高天银亮里荡漾的月影，细听枝头轻风的絮语和秋虫在草丛的低吟。

参加中专考试的日子又悄悄地流走了一个月的时间，弹指算算，该是发录取通知书的时候了。白天我走了一趟公社，到张秘书那里打听消息，张秘书总是安慰我："你耐心等待，我看这次一定录取。"说真的，我的心每天都悬着。从医院里跑出去考试，又提前从医院里出来，都是为了这张录取通知书，再也不能发生意外了。

我在祈祷上苍，请给我宽容，给我机会，我会报答这个我所向往和热爱的世界的。

已是暮秋时节了，风很冷，窗外的樟树摇曳着苍翠的影子，有风把一片绿叶吹落到我的窗台上。那绿叶很像一条小船，绿茸茸地停泊在窗台上。我轻轻地拾起那片绿色的樟树叶，突然感到有一片生气扑面吹来。这绿叶分明驮着一个春天走进我简陋的房间。起先我感觉到，这片绿叶的小船，无论如何也装载不起我这牛年的沉重和辛酸。然而，我现在却有了新的感觉，这绿叶分明是一只飞翔的蓝鸟，它正要把我心灵沉淀了多年的渴望噙着飞向晴朗的天空。

或许这真是吉祥的蓝鸟呵！

有人在敲我家的木板门。

是张秘书，一位年过五旬的国家干部，他气喘吁吁地给我送来了师范录取通知单："我说不要急嘛！现在不是来了吗？"

捧着录取通知单，就像捧着一片青春的绿叶。我呆住了！我的手又一次颤抖。看到大路上走远的张秘书的身影，我才意识到我竟忘了请人家坐，向人家道谢。那时刻，我几乎要变成范进了，只差未奔跑着在村前村后呼喊："我中了！我中了！"

1974年读浏阳师范学校时照片

浏阳师范学校，坐落在浏阳城东街口的一座小山包上。这座校园依山傍水、风景秀美。站在校园的山包上，可以望见脚下弯曲的浏阳河悠悠向西流去。已经是11月初了，浏阳师范学校才开始让新生入学。一群群从田野、车间、矿山、军营来的师范新生，都不同程度地显露着各自的成熟和经岁月风雨抽打的痕迹。他们当中有的在农村担任过党支部书记，有的是团干部，有的是民兵营长，有的是民办教师，生产队会计，还有的是从部队复员回来的战士。这些新生的履历簿上，都留着"大跃进""人民公社""社教""文化大革命""上山下乡"的沉重记忆和生活的艰难苦楚。然而，他们不是脆弱的，而是一批时刻思考着祖国命运和自身命运的血性青年。

拖着虚弱的病体，我跨入了这扇大门。我回头看那高耸的学校围墙，觉得心被刺了一下。我终于越过了围墙。走在校园里，我发现很多新生竟是高考时遇到的。后来我才知道，这些师范生中有一批是高考时的优材生。只因张铁生的那封信，他们被降格录取到师范学校。而做到这一步，都是受恩于当时那位爱才的教育局长。在开学典礼上，师范的校长说："这里有些同学是应该录取大学的，可是……甚至还有位同学，本来已录上大学了，可他身体不好，现在来了，大家要关心他。"多么仁慈的校长啊！你的心灵世界竟是如此的开阔，我欣慰地发现了青春从此有了温暖的阳光。

隔壁的教师进修班也开学了，就读的是在职的小学教师。我发现这个班的不少老师经常在我后面指指点点。后来我才知道，他们在打听我。原来我的高考作文《记在接受再教育中的一件事》已打印成范文，做他们的辅导教材。现在回忆起这件事，既欣慰又凄凉！

要不是有这样一位教育局长，

要不是有这样的师范校长，

要不是……

我毕竟是幸运的。我毕竟又一次踏上了人生的旅途，我不再去河岸徘徊，不再去痴想寻找永远的宁静，不再要为青春的选择而彷徨不定，不再要面对孤灯寒窗长吁短叹，不再为母亲的眼泪而抱愧于心。面对这一切，当我走进师范的校门后，我要大声喊道：我捧着这片青春的绿叶，不仅仅是为了谋生，也不仅仅是为了母亲的眼泪！

我终于坐在教室里凝视现实世界了。

也是在这样普通的教室，也是这样一些受过高等教育的老师在为我们讲课。然而，他们的学生，有的年龄竟接近年轻的教师。他们在课堂上提出的和思考的问题，是以往的中师生不可能涉及的。对政治的困惑、敏感，对现实的迷茫与怀疑，对人生的悲叹和对未来的向往，时刻在他们的心灵深处缠绕。面对这一群从严酷的现实世界和坎坷的人生道路上走来的学生，许多教师感到有种压力和沉重的精神负担。往往大家提出的问题，使他们处于十分难堪的境地，有时竟弄得啼笑皆非。

当时的县教育局颜局长是一个很有眼光的、开明的长者。他在教育岗位辛勤耕耘半辈子，他从自己的感觉中和高考的成绩簿上深深知道这批学生的潜力和文化基础。他不止一次地说："要不是张铁生的信的影响，这其中的不少佼佼者必定是高等学府的优材生。"有了这份心愿，从培养有用的人才出发，他用心良苦地设计出一个方案，叫作"专业分设、快步提高"。后被一些人讥之为"分槽喂养"。这种专业分设、快步提高的做法，实际上就是按学生的实际文化基础分语文、数学、理化等专业上大专的课程，培养中学师资，而那些文化基础较差的则仍然按正常的师范教学课程进行培训。这原本是一个很符合实际的教育良策，然而实施不到两个月就遭到了部分教师和学生的坚决抵制和强烈反对。他们还动用了当时盛行的大字报、大辩论的武器，把矛头直指教育局和校领导。提出什么办学方向问题、培养目标问题，等等。我当时分在语文专业班，对这种现象并不感到震惊和奇怪，因为张铁生"白卷英雄"的创举，黄帅的"不做小绵羊"的宣言，电影《决裂》的人物命运都告诉我们，20世纪70年代初期的一所师范学校发生这场风波，既有它的社会因素，更有它的思想基础。

此时的学校走廊、教室内外、公共场所，乃至操坪的墙上都摆开了大批判的战场。学生双方的论战弥漫着炮火硝烟。特别是当时湖南对《园丁之歌》的批判，已经或明或暗地预示这种"专业分设、快步提高"的决策必然要夭折。我能理解当时教育局领导的心情，我更能感知这一大批沉默不言的学生的内心世界的苍凉。我始终没有说一句话或写一篇文章，我知道沉默是最好的辩论形式。

那是一个晚霞明丽的傍晚，我们几个男女同学从浏阳河边洗衣服归来。大家一路说笑着。生活的情趣，有时会冲淡某种特定的严肃和郑重。望着天边像杜鹃花一样如血如火的霞云，我觉得这应是人生的一种壮丽的色彩。只有这种色彩，才能袒露和表现勇于探索真理者的品格。这时，同我一道行走的一位姓李的女同学低声问我："你对这场辩论有什么看法？"（其实，这位同学是仍留在中师班的同学）我说："请你记住我的话，未来是会无情地向我们索取文化知识的。从这里走出的人中，今天的境况与明天的境况会是两种结果。"这位同学也许听懂了，也许没有明白，我也没有和她作深入的交谈。20多年过去了，那场辩论，当然由历史做出了最客观、最公正的回答。即使当时受着委屈的局长和校长，今天也该得到最大的安慰啊！有一位学识渊博的智者，他在一篇文章中说：莱布尼茨在研究中国的思想文化并将其与欧洲的思想文化加以比较后认为："我们从前谁也不相信世界上还有比我们的伦理更美满、立身处世更进步的民族存在，现在东方的中国，给我们一大觉醒。"莱布尼茨说得多好，他道出了中国为什么在迷茫的动乱中，最终又能觉醒的真正原因。

这就是历史，中国的文明史。

默默无语

台湾作家张宁静在《喜欢》中有一段十分优美的文字：

当一个人在为喜欢的事付出时，山也就不高了，水也就不深了，马拉松也就不长了。"喜欢"实际上是很好的糖剂，可以叫人心甘情愿地付出身体的极限，可以叫人无悔地投入，许多看来不可能的事情就是那么可能了。

在这个不大的校园里，我是在默默无语中度着青春的时光。我喜欢穿一身洗得发白的军装，独自在河边散步思考；我喜欢清晨坐在山包的岩石上看书；我喜欢临窗凝月想着往事；我喜欢看同学们会心的真诚的笑脸；我喜欢在作文里写自己的履痕和对山水的情意。

我钟情春天的阳光，那阳光会梳理出一个绿色的世界；我迷恋夏日河岸的黄昏，在那玫瑰色的波浪上，我能看到真实的没有装饰的人；我喜欢秋日里满山的红叶，看它那血色的影子，在冷风里摇动，我能感受到一种壮丽的美；我爱看严冬的雪，那是世界上最圣洁、最崇高的灵魂，它让万物都接受一次不受任何污染的圣光洗礼。我要一个人占有这个忧愁的、慷慨的、充满希望的世界。我是这样十倍百倍地爱着这个世界！

也许沉默的外形裹不住我不沉默的心动和感情的自然流露。班上的同学对我都很友好、很体贴、很尊重。他们知道我得了严重的肝炎病，尚在恢复期，需要调养和休息。因此，无论是校内校外的劳动，大家都照顾我，不让我参加。对于同学们的关心，我是既感激又不安。我所能做的事，就是大家劳动去了，我就认真地把班上的黑板报写好，也算尽一份心。

当时教育革命对于"开门办学"强调到了一个相当的程度，认为这是培养无产阶级接班人最重要的途径。当然，要求学生接触社会，具有实践的知识和能力，这本是培养人才的必要条件。只是忽视正规教育和系统的知识掌握，则是一种不应有的失误。那时是不能看外国的名著、看中国的古典作品和现代小说的，因为有着说不清的牵连。没有法子，书总得要读。读书于我，是一种精神享受，它让我有永远蓬勃的生活力量。"在书籍里，我不能自抑地要喜欢那些泛黄的线装书，握着它就觉得握着一脉优美的传统，那涩暗的纸面蕴含着一种古典美。历史的兴亡、人物的迭代本是这样虚幻，唯有书中的智慧永远长存。"作家张晓风的这种感受淋漓尽致地表达了我无法表达的感觉。在那些日子里，别的书不让读，我就认真地通读了《反杜林论》《唯物主义和经验批判主义》《自然辩证法》《哲学笔记》《古代社会》和《天演论》等书。剩下的时间，我就用来写作。我写了大量的散文、诗歌。这些作品没有能脱离那个时代的印记，大都是反映革命圣地和工农兵的生活。比如，我们去秋收起义会师旧址文家市参观，我就写了一首名叫《枫叶》的诗：

> 是火的魂
>
> 是花的血
>
> 呵！文家市的枫叶
>
> 红了山冈
>
> 红了河流
>
> 红了月夜
>
> 走进这片枫林
>
> 我走进了
>
> 血与火的岁月
>
> 拾起一片枫叶
>
> 我拾起了
>
> 一个辉煌的季节

后来，我们下农村去参加"斗批改"，去开展课堂教学的实习。在这些日子里，我一边按当时的学校规定和要求参加各种活动，另一边又在写我对生活的各种感受。因为几经搬家，这些作品虽然遗失了，但是它毕竟充实了我那动荡、烦恼、浮躁的生活。

情爱有缘

在我没有成为诗人的时候，在我没有走出贫困与孤独的时候，在我依然用消瘦的影子去丈量生活的沉重的时候，你走来了，带着晶莹透明的眼神，带着凄清美丽的笑容，又挥动白润纤细的手臂。我的心触摸到了爱的圣洁和崇高。我真想唱一支雅歌来拥抱你，我的好人。

我值得人爱吗？

我能找到真爱吗？

鲁平兄，你给我讲述的爱和你所追恋的爱在世界上存在么？

我不止一次地问自己。这个问题，一提出就越过了几度春秋的风雨冰霜。我在没有恋爱时，只能想象爱情的美丽，更多的是神圣和庄严。对于女人，我从来是敬重的。想到女人，很容易想到母亲。因为母亲的伟大，我不敢轻易地惊扰身边的好女人。有位作家对女人说："倘若你的眼睛真是这样冷，在你鉴照下，有个人的心会结成冰。"起先读这段话时，我感觉很麻木，现在感觉到了，那真是凄凉极了的感受。

我们班上有一位从县城下放到东区偏僻的达浒乡金坑村的女知识青年。她在班上的出现，第一次就让我心颤。她长得清雅端庄，有一双美丽的大眼睛，苗条的身段、丰润的手臂仍然不能掩饰她的沉稳和聪慧。她说话走路，一言一动，一颦一笑，全然没有那个时代的年轻女人的风风火火、滚滚烫烫。她扎着一对乌黑的短辫，时刻流泻的是一种圣洁的温柔和贤良。我坐在教室的最后一排，我有机会和权力观察走进教室的任何一个同学。如果要多凝视一下那位美丽的女性，也不会泄露和让人发现自己的天机。

她就是让我特别注意观察的一个女性。

直到我们结婚了，我才向她坦白这段不光彩的行径。

那时，我是班上的学习委员。我负责收集大家的作业送到任课老师那里去。记得那是写第一篇作文《上师范》。教我们语文的是北京师范大学毕业的优材生彭志粹先生。这位"夫子型"的先生，知识渊博，善言善文。

他常常在课堂上口若悬河，可就是让一些文化基础差的同学听不懂，反倒说他不会讲课（那时师范里的学生有高中毕业生，有初中毕业生，也有小学生）。彭夫子常常为此抱怨不已。出一个这样的作文题让学生写，现在我都没有问过彭老师他希望学生怎么写。不管老师怎么想，当时大多数同学都在作文中大抒豪情壮志、战斗情怀，乃至对当时"文化大革命"风暴的赞美之情。而当我翻看到这位女性的作文时，我的心被震动了。她的文字竟写得那样优美质朴，既无矫揉造作的壮志抒发，也无悲观厌世的沉沦呻吟，而是依依乡情乡音流淌于字里行间。那里有山野的修竹和野花的幽香，有教室简陋的课桌与小鸟的对话，有学生甜美的歌唱与乡村教师那脉脉温暖。整篇作文用工整的毛笔字写成，字迹清秀端庄，行文抒情，如行云流水，如人之清丽洒脱，人之温文尔雅，人之聪慧机敏。

我在她的面前倾倒了。

我留下了这个作文本，并利用一个晚上认真地恭读。然后我大胆地为她的作文写了一篇很长的读后感。有几处地方，也许是心之所动，竟忍不住给她做了些许修改。然后，在一次教室同学稀少的晚自习时间，我趁人不注意时，走到她的桌前："你的作文退回重写。"她睁大了眼睛，那眼神分明透着惊讶和怀疑。我慌了神，像做了一次小偷，赶紧逃离她的视线，跑到夜色朦胧的操坪里，慌神慌意地徘徊着。这是我平生第一次去打扰女人，也许这种结局会是悲惨的。我期待着她的判决。

以后的结果出乎意料地好。这位女同学接受了我读后感里的意见，她重新修改和抄正了作文。那位彭夫子给了她高分，并且将她的作文视为范文批给大家传阅。而我自己的作文却名落孙山。我自然高兴，一种从未有过的高兴，让我快乐了不少日子。

她确实是一个好女人，一个很成熟和懂得生活知道爱的女人。尽管那时候她已23岁，正处在灿烂的青春年华，她的学业和为人引起了不少男女生的倾慕，但她仍然是那样平凡、平淡、平静地学习生活着。对于这样的女人，谁敢去打扰呢？尤其像我这样一个出身贫寒农家，尚处在半学半养状态的病男人，有什么权利和资格去追求去爱恋一个心智身体容貌都完美的女人。

生活偏偏留给我们许多的机缘。入学后的第二个夏天，同学们都下农村参加"双抢"去了，她也因身体的原因和我一道留校。这样，我们便有机会在一起交谈。是一个月白风清的夜晚，我们一起来到了浏阳河畔。那是一个极好的地方，我们坐在绿茵茵的河洲上，望着一叶叶轻舟在月光下摇晃着，带着桨声、浪声飘向远方的夜世界。

我们彼此真诚地交谈着自己的往事。当她知道我走过了那段漫长而曲折的人生道路时，她动情地说："你的一生也真悲凉，我从你的举止中感知到了你心的沉重，但没有想到会这样复杂。"我也从她的谈话中了解到她这个工人的女儿在农村深山僻野做民办教师的苦恼和艰难。我说："既然人生有缘相识，我们交个朋友吧！"而她回答得更坦诚："按照年龄我比你大一个月，你就叫我秋姐吧！"

白石桥絮语

那座白石桥，伫立在岁月的阳光、风雨里已不知多少年。

那座白石桥上，一定流过了许多美丽动人的故事。

我和秋姐一次又一次或踏着银亮的月色，或踏着湿润的露水，或踏着微风的清凉，或踏着野花的清芬来到这里相聚、交谈、品尝人生感情的滋味。

这条河是通向弯曲的浏阳河的支流，很小、很亮、很柔情。它静静地从我们脚下流过。小河岸边的垂柳，稍远地方的瓦屋、田野、青山，构成了一幅立体的画。画里有庄稼人在劳作，那点缀屋场的稻草垛和河洲上咀嚼着青草的牛羊都会让人感受到人类生活的丰富和清纯。有妇女携着幼童来河边浆洗，有少女唱着歌谣来柳林嬉闹。坐在桥头的白石栏杆上，我们凝望这片鲜活的风景，感受着这天空、这小河、这人情、这声响的亲切和美丽。身临其境，我便情不自禁地吟诵歌德那句诗：

> 啊，你清澄的湖水
> 陶醉了我的心灵！

"难道陶醉你心灵的只是这湖水？"她生气地对我说，接着便有离去的姿态，我慌了手脚："这是别人的诗，我又不能改。别生气，让我给你做一首：'啊，你这清亮的小河，你这调皮的月影，缠住了我的双脚，迷住了我的心灵。'""你真鬼！"她给了我一拳。随着相互的了解和经常的接触，我们的心贴得更近了，感情在升华。两颗骚动的心，已经朦胧地发现，"爱情"这个字眼竟是如此的动人和具有极大的魅力。

在心灵的日记里，我记录着她给我送白糖水、洗衣服、抄稿子、陪我散步的珍贵镜头和感受。有一次我得了重感冒，她不顾别人议论，把饭菜送到我的寝室，还陪我上医院。每当我凝视那双美丽的大眼睛，我便像看到一片蔚蓝的湖泊。

你那双明亮而聪慧的眼睛，是蔚蓝宁静的湖，是用光亮拉弯的弦，是含蓄的诗，是热恋的歌，是飘出春风的窗户，是一只美丽的玉色蝴蝶。这双眼睛，在我生活里出现时，她隐在羞涩的睫毛下，流着温柔的光芒。她总是在用真实和纯利、向我倾吐着对生活的热望和对青春岁月的迷恋。那双纤细而灵巧的手，能编织出许多动人的故事，让普普通通的衣衫裙子装饰出一缕缕诱人的梦，像月亮那样去照亮别人的心。我发现这片蔚蓝宁静的湖，在江南的春天里日益美丽和成熟。美丽得让人痴迷而情愿将整个灵魂淹没其中；成熟得让人感到一股热浪在撞击整个身体而沸腾着满身的热血。

这就是我用口头无法向她倾诉的爱恋，我只能用这段日记记录着我对她的真爱。正像沈从文先生深情地在《月下》诉说的：“在山谷的溪涧里，那些清莹透明底出山泉，也有你底眼睛存在；你眼睛我记着比这水还清莹透明，流动不止。”如此看来，爱的感受有时是相同的。

后来我们一起演过戏，那个我创作的活报剧《谁该先报道》，让她和我能够同台表演，在同学和老师中引起了强烈反响。竟有一位长期从事表演艺术的县花鼓剧团的女演员看后悄悄地告诉我：“你们真是天生一对。”真想不到，我们似真似假的爱情，却引起了学校某些领导的重视，他们当作“地下活动”开始了跟踪追击。那根无形的鞭子，正挥舞着抽向她这个与世无争的弱女子。我没有妥协，我找到曾经帮助我入学的教育局长、师范校长陈述我的无辜，陈述她的纯洁。他们同情我们，也明白该怎样保护自己的学生。可是，在那个颠倒黑白的日子里，有时公道话是没有市场的。即使是手中有权力的领导，也要考虑一下自己的处境。这就叫政治。政治的无情往往是谁也无法改变的。

我只能再一次地陷入沉默。这是一种心灵被创伤的沉默。而在我们不得不疏远接触的情景下，我发现她生活得依然那样平淡、平静、平和。她后来告诉我，她忍受了羞辱和某些人的歧视，但她不能让我有丝毫的痛苦。她已经把自己的命运和我的命运联系在一起了。

她就是这样一个坚强的女性。她的坚强不仅表露在外表的温存和沉稳上，更深深地潜伏在血脉和心灵深处。

难怪自然界的花，年年岁岁风吹雨打，然而要开放时，她仍然那样灿烂地开放着。

带去一片圣洁

1975年9月，人生又走到了一个新的驿站。

隆重的毕业典礼在学校的小礼堂举行。经过两年的学习，不管你是满载而归，还是两手空空，都是凭着当时的政治标准给你打分，给你安排去处。没有理由说，也不会有人说理由。

让全校师生意外的是，在没有安排我做毕业代表发言的情况下，我竟然是第二个自己抢先走上讲台，不用稿子发表了简短的令人惊讶的演讲。我演讲的核心意思是：请同学们相信，我们的国家和未来，需要知识，需要文化。我们虽然离开了学校课堂，但今后工作的大课堂，更需要我们加倍地学习。最后，我用毛泽东诗词"雄关漫道真如铁，而今迈步从头越，从头越，苍山如海，残阳如血"结尾。我之所以这样做，其内在的动因是对当时"没有文化也能干革命"的论调给予回击。

对农村，我有一种特殊的感情。是山谷的流泉曾滋润我幼小的心灵，让我知道劳动的伟大；是田野稻穗启开我智慧的心窗，让我知道创造的辉煌；是山冲乡邻的淳朴，让我懂得人世间的友善，知道长大了做一个怎样的人。我不羡慕城市，不追求虚荣；崇拜土地的实在，串着农民的汗滴向人类奉献比金子还宝贵的稻谷；我崇拜青山的坚挺，冰雪风霜压不倒它青葱高昂的头颅。我愿意投进这山水土石的怀抱，去生活，去耕耘，去流汗，去创造。直到把自己和青山融为一体，塑造一个真正的农民儿子的形象。

大自然的圣洁、坦荡、无私、慷慨，是我人生所向往和寻找的归宿。我义无反顾地要求组织上分配我到偏僻贫困的山区工作。我一点也不作假，一点也不犹豫。我挑起了简单的行李，那口父亲给我做的樟木箱走向了火车站。

这是一个小火车站。

一列蓝色的小火车正停靠在站台上，把自己细长的身子裸露在阳光下，显示出一种庄重的气概。

她怀着一种凄楚的心情送我来了。

那位曾经和我交谈过的姓李的女同学也跟随她来了。

车站里的人开始多起来。人们熙熙攘攘，显得慌忙而混乱。她们终于见到了我。她走到我的眼前："你怎么走也不说一声？""我是想去学校后再给你去信。""你就不愿意我送你？""不是，我想你也要准备走。"她不再说话，用忧郁和伤感的眼光看着我。就这样，我们相互注视着，没有再说更多的话。

列车在汽笛声中终于转动了钢铁的轮子，碾着钢轨发出有节奏的撕裂心肺的响声。我从窗口伸出手去，向她挥手。她站在那里也在向我挥手。我们也知道，此去非千里，随时可以相会，但这种离别总感到有一种特殊的痛苦在折磨自己。尽管列车以很快的速度驶进了那片苍翠的飘飞着鸟语花香的绿色世界，可我的情意仍在扯着那挥动的手臂。

坐在列车上，我无心观赏这山乡的美丽风光，我的脑子里闪现着她的晶莹的目光、忧郁的神色、凄清的声音。此刻，在师范读书的日日夜夜便浮在我心灵上颤动。

那是一个晴朗的星期天上午，我捧着一本厚厚的《现代汉语》去教室里做作业。是她轻轻地走到我的桌前，把一张小纸条递给我，然后飘然而去。我打开小纸条一看，上面写着"上午 10 点到我家有事"。

她的家在浏阳河岸沿河街的小胡同里，是旧式的平房。我曾去过一两次，都是傍晚去的。原因很简单，怕别人说闲话。那时读师范是不准谈恋爱的。上午 10 时，我准时赴约。她满面春风地在家里等我。这一天，我又见到了她那位忠厚勤劳的做裁缝的父亲。老人很客气地招呼我坐下，接着便拿出皮尺对我说："你的衣服我给你做，现在量个尺寸。"我诧异我什么时候要他老人家做衣服。她在一边给我递眼色。后来我才知道她给我买了白的确良，要给我做一件衬衣。这是我穿的第一件的确良衬衣，也是她为我做的第一件衬衣。

那时候，能穿上一件的确良衬衣是不容易的。像我这样的学生，又没有任何经

读浏阳师范时范菊秋留影

济来源，反而要花钱治病，其清贫状况可想而知。而在我认识她后，是她不断地接济我，还常常花钱为我买各种生活用品。有一次，学校派我们去文家市出差，是她陪我去文家市高升岭看红叶。中午我们没有去饭店吃饭，是她买了一包油饼给我吃。我们沿着弯曲的山径爬到高升岭的半山亭，坐在那个名叫"文华亭"的古楼阁里，望文家市的百里晴川。山亭的脚下是一座飞金流翠的书院，叫里仁学校。胡耀邦小时候就在这里读书。这座书院有着壮丽的历史，1927年9月9日，毛泽东率领的秋收起义部队就集结在这里。望着这片曾经闪耀着照天火炬和滚响过惊世雷鸣的革命圣地，我们的心情不同往常。她动情地说："你是有志气的男人，有志者恰似红叶，永远燃烧着青春的火焰。"我说："你的叮嘱我记住了，可我要送你两句诗：'红叶经霜久，依然恋故枝。'"她突然握住我的手，含情脉脉地说："你的心我看到了，像红叶这样纯洁这样血红。"女人一旦读懂了男人的心，她是幸福的。为了纪念这次难忘的旅行，我写了一篇小散文。现在重新回忆着写下来，为的是献给我那位昔日的女友、今日的贤妻——

有些记忆永远不会淡忘。

有的日子永远会青翠。

那是一个秋风萧瑟的日子，我携女友去看红叶。这是一架长满枫树的大山，满山的枫林，经寒霜浸染，点缀出一片红色。我俩沿着弯曲的青苔路钻进这片红色里，心里充满着一种悲壮的感觉。

枫叶的血脉里

沸腾着诗人的热烈

人生的旅程曲曲弯弯

飘着枯萎飘着暗黄

唯有你挺着坚毅的影子

为我流着殷红的泪

女友很动情，她知道我曾受过伤的心灵，容易被某种景物触动。于是她靠近我的身子，扯着我的秋衫说：

"这诗太伤感，太沉重，不该属于你。"而她哪里知道我伤感、沉重之所系都是为了不再伤感、沉重。已经快步入而立之年的男人，而朝朝暮暮厮守的还是一片宁静和寂寞，太多的人生风浪，把我这条青春的小船推得四处漂泊。

哪里是岸，哪里也不见岸。

秋风轻轻地吹着，满林子飒飒瑟瑟地飞舞着红蝴蝶。

有一朵宛如心形的小红叶飘落在女友的头上，很深情地吻着那抹蓬松乌黑的秀发。我轻轻地摘下放在手心里。女友不肯：这是我的魂，怎么能让你偷去？

啊！女人的魂，红叶的魂，花的魂，男人的意，男人的情。

说得多么有趣。我郑重地把红叶放在女友的手心里。这时，我才真正感到这片红叶是那样沉甸甸的。

载着我这颗不平静的心，列车呼啸着穿山过坳。它一路鸣笛，一路驾风，不到一个小时就驶进了东乡的古港小站。从小站下火车，我挑着被盖和木箱到区教育革命办公室报到，一位姓吴的干部接待了我，接着就给我开了去杨潭公社的介绍信。正在我离开教革办时，来接我的一位姓邓的农民风尘仆仆地站到我眼前。我非常感谢区教革办同志的关心，便随那位姓邓的农民匆匆上路。

从区上到杨潭公社有15公里路。那是一个偏僻的贫困乡。我的家乡虽然也是山村，但比起这个地方还是要开阔方便一些。一路上，我和那位农民兄弟谈得很好，我们双方都感到距离缩小了。走了一段山路，那位农民一再要帮我挑行李，我不肯。我想我比他年轻，我怎么能让他挑呢？其实，这点东西我还是挑得起，比起小时候上山砍柴要轻松得多。

天黑下来的时候，借着朦胧的月色，我们还在翻山越岭。第一次到杨潭，就使我意识到来日的艰难在等待着我。杨潭中学终于到了。这座站立在山包上的学校，只有5间教室，四周的校舍都是用泥土筑起来的。院内有一个操坪，正好是一个篮球场的面积，北面有一栋两层的土砖房，是公社的办公楼。在夜色笼罩下的校园操坪里，我依稀看见有几位老师站在门口张望。他们并不上前来迎接我。随着那位姓邓的农民的呼喊，才从东边亮着灯光的厨房里走出一个姓李的大师傅。接着又从正面的办公室侧房里走出一个矮个子女人。邓同志介绍这是校长。我和她握手，感到那手很凉。女校长也姓邓，人很实在，不善多言。她立即把我领到办公室对面的那间房子里。这时候李师傅给我送来了一盏煤油灯。邓校长说："这是你的卧室，你先

吃饭、休息，明天我们再谈。"我点头表示同意。借着煤油灯发出的淡黄色光芒，我看清了房子的本来面目。一张旧式的雕花木床、一张没有上漆的木桌子、一把椅子。我的箱子只能放到地上，行李就放在桌子上。我坐下来定了定神，就听见邓同志在喊我去吃饭。

我循着喊声，走进了食堂。食堂与厨房相通，光线很暗，桌上放的煤油灯闪着很微弱的光。邓同志已经开始坐下来吃饭。他大口地吃着，看来已经很饿了。他见我走进来，便很客气地站起来："没有等你，对不起。"我说："随便些好，我又不是客人，我是来这里工作的。"邓同志继续吃饭。我端起饭钵，这饭钵粗糙极了，我的嘴唇不敢触及钵子的边沿，只好用筷子挑着饭往嘴里送。桌上的菜很清淡，有南瓜、炒辣椒、水豆腐和一盘炒鸡蛋。不知道是饭菜可口，还是真饿了，我也吃得很香。

吃过饭回到房间，我把蚊帐挂好，又铺开了床上的被盖。然后我跑到厨房里就着用竹筒接过来的自来水冲洗了一下满是尘上的头，又提一桶水回到房子里洗脚。洗完脚，我便躺在床上回忆这一天的过程，不知不觉就睡着了。

这时，我看见她正向我走来，手里提着一个沉重的袋子。她对我说："这里面有我给你买的'舒肝理气丸'和'归脾养心丸'，你一定要保重身体，不要让我担心！"我拉着她的手，眼泪夺眶而出："你放心，我会照顾好自己的。"她转身离去，我呼喊着："你等一会儿，我还有话说。"可她已走远了。我醒来后，立即去打开提包，真发现有这些药物。这是心灵感应还是什么？

我望着窗外的月亮，久久地沉思着。

我在向你发誓，今生今世我永远会陪伴你，哪怕天涯海角也永不分离。

夜，山村的夜，拉长了我的思念。

第五章

生命的绿岛

美丽的阳光照耀着青山绿水，照耀着树木花草，

照耀着村舍篱笆，

照耀着男人女人老人小孩的喜怒哀乐。

这一切都使我感到人生的世界太丰富、太美妙。

我恋着这乡间的青山绿水，

恋着这辛勤劳作世代与大自然拥抱的人们。

我感到心里踏实、生活充实，

人生闪射着永远值得自豪的光焰。

校园里的年轻人

这样的校园其实是很美丽的。

没有城市的喧闹，没有空气的污染，没有贵族浮躁的气息，没有等级的森严。有的是土砖和泥土、绿树和翠竹、沙石和瓦片、课桌和黑板编织的纯净而肃穆的时空。在这样的时空里面对一双双晶莹的渴望的眼睛，我们可以纵情地把自己的真爱和知识的泉流、注入那聪敏的心地，去催开绚丽的智慧之花。

校园的门朝着清澈的杨潭河，校园的路连接着纵的横的通向偏僻小村的山路。从山路上每天朝来晚去的学生给这寂静的乡野撒下歌声和笑语。于是这山路便变成一条生气蓬勃的希望之路。

杨潭河是很有情趣的河。它清亮的河水可以照见岸上人们走动的影子。停泊在河道上的木船的侧影、色泽和轮廓都在波浪里叠映得清清楚楚。难怪很多长得漂亮的山村姑娘总喜欢在河边流连，原来她们在欣赏自己花一样美的姿容。我曾忧伤地写过这样的诗句："这里曾是寂寞的河村／13 岁的姑娘就离开学堂／穷得买不起一面小镜子／只好对着河水梳妆。"可摆脱贫穷后的姑娘，却是另一番风采。她们也到河边洗衣、唱歌，这是为了展示自己青春的美丽。

我常在傍晚去河边洗衣裳，也常和船翁说话。船翁爱抽烟，但抽的是旱烟。那一缕缕烟味呛得人要捂着鼻子跟他说话，后来，我把乡亲送给我的烟转送给他抽，他很感激我。说农村来了这样好的老师是乡里人的幸运。不论是白天黑夜，只要我过河，在岸上喊一声，他就愉快地把船撑过来。

这条小木船载着我的足迹留在这里的条条山冲，在这里我结识了不少很好的农民朋友。后来，学校又来了几位年轻的教师。她们是从县城来的知识青年，一个个活泼、清纯、好动、好玩。从此，寂寞的学校操场浮动着篮球叩击地面的声响，空气里流动着喝彩声和清脆的哨音。我也赤着臂膀上场了，虽跑得脚酸气喘，却感到有一种舒心的快感。日子便轻松、充

实地伴着我生命年轮的增长而逝去。

我想起读过的徐志摩的散文，被他笔下描绘的康桥景致诱惑得神往之至。他说康桥："它那脱尽尘埃气的一种清澈秀逸的意境可说是超出了图画而有了音乐的神味。"于是他用自己美妙凄婉的诗句，去倾诉自己的柔意情怀：

> 看一回凝静的桥影，
>
> 数一数螺钿的波纹；
>
> 我倚暖了石栏的青苔，
>
> 青苔凉透了我的心坎；
>
> ……

说真的，在城里读书时，我的灵魂一闯入这种情境，总是痴痴地想着。若能去一次康桥，感受徐志摩先生用诗意创造的自然与人默契而生的纯粹美感的性灵，又再去拜谒一回久已仰慕的诗人拜伦的神采惊人的雕像，那才不枉此生。

这里不是康桥，我终未去过康桥，但我竟发现这偏野僻乡也有可与康桥比美的性灵和纯粹的神秘美感。

看那农舍家门口的池塘，白昼有白鹅戏水，鹅声依依；夜晚有绿荷捧月，柔情绵绵。塘岸那没有遮拦的田野不是泛绿，就是流金。村姑的纤纤素手在篱笆内晃动，满篮的翡翠流着相思的绿色光芒。村道上挑着担子奔忙的农民，还要哼一支乡土味很浓的山歌。米酒刚喝完，就要抱着唢呐和抖着胡琴在暮色里吹奏生活的乐音。于是，山村的太阳会更暖炽；山村的星光会更明亮；山村的小溪会更活灵；山村的鸟语会更清脆；山村的牛羊会更肥壮；山村的岁月会更清爽。

这种性灵和美感引诱着我们走出校园去山上采野果，去小溪捉鱼虾，去田野拾稻穗，去山峦捡茶籽，去坡边采山药，去幽谷摘兰花。

我们教师之间也注入了一种特有的灵性和野趣，甚至连名字都带上一种独有的纯粹和亲切。很少彼此叫老师，甚至干脆直呼老李、霞妹、夫子、新哥。在场上打篮球也是男女混合，没有任何距离。我们同样养了猪，自己宰着吃；同样种了菜，自己采着做；同样种了瓜，种了豆，种了向日葵。

比康桥怎么样？

我也为我们的"康桥"写了一首诗：

> 白昼，在绿色的波浪上轻唱
>
> 夜晚，在月光里摇荡
>
> 大山用生命的青翠
>
> 扎一只岁月的船
>
> 载着山里孩子骑牛过涧的天真
>
> 载着山里人家向往富饶的心愿
>
> 一年四季花开花谢
>
> 那柳笛吹出的歌谣飘向天边
>
> 我们摇着船儿
>
> 不停地行驶在青山绿水间
>
> 它也载我扑向山花烂漫的彼岸
>
> 香甜的梦，离我又近又遥远

  自然界是美丽而富庶的，乡野的农民是勤奋而憨厚的。尽管"文化大革命"的浪涛尚未退去，但农民对文化知识的渴求，即使在这样并不富裕的山村也是相当强烈的。不少农家，因无钱交学费，夜深人静，还有老人在摇动纺车，用纱锭去换取孙子的学费钱。

  在山村中学教书，我养成了夜晚散步的习惯。深夜备课，看完学生的作业，我常独自一人在青幽幽的山峦坡边小路上走。我很喜欢听夜晚清脆的鸟啼蛙鸣；听农民用自己制作的二胡拉出走了谱的花鼓调；听山脚窗口飞出的少女的山歌声。这一切都使我感到这个世界的清纯和辽阔。它给我的生命注入一股新的活力。

  这年秋天，公社决定在白茅坡新建一所"五七"中学，还要办一个农场，自己养猪、种田、种菜，以此作为学农基地。公社书记找我谈话，希望我去完成这个使命。我想推托，因为我实在缺乏这方面的经验和知识。公社书记很坚决地说出了理由，一是我是从部队复员的，纪律性强；二是我会写文章。在他的心中，能在报上发表文章一定很有能力。像一个战士，我终于执行了指挥员的命令。我卷起铺盖住进了山冲的工棚。从生产队上调来建校的农民，一个个朴实听话，认真卖力。那时他们吃得很差，住得更差，餐桌上几乎见不到猪肉和鱼虾，工棚里的被子，大多是破棉絮。农民兄弟从早到晚挑土筑墙，大家干得热火朝天，无怨无悔。架房屋的木料和盖的瓦片都由公社分配到生产队送来。这些日子，整个山冲人来人往，热闹非凡。听说在山冲里新建一座中学，大家感到很新鲜，许多农民从 10 里路外赶来看热闹。

我是中学负责人，那时不叫校长，叫校革委会主任，有时也有农民叫我主任。我一边指挥农民干活，一边还要安排教师在原来的学校上课。每周组织学生搞两天劳动，带着学生们挑土筑墙、砍柴烧瓦。那时日干夜干，又上课又劳动，老师们没有谁埋怨，也不讲生活条件。就这样，我们几位教师，带着 4 个班的中学生，硬是和农民在不到半年的时间里，把一所学校建起来，一排整齐的新房就耸立在苍翠的山冲里。

紧张的教学和建校工作，使我的每一天都在不知不觉中度过。越是忙，我越没有时间给自己的心上人写信。越没有去信，我的秋姐就越着急。那时，山冲学校又没有电话，与外界的联系完全靠步行到公社去打电话、寄信件。

她终于利用星期天步行 15 公里的山路，来到了白茅坡。我和我的同事们很高兴地迎接了她。她看着我们这群年轻人，看着我们亲手建造的学校，看到山坡上的半边篮球场，充满着钦佩和自慰的感情。

我带着她看我们种的田，看我们养的猪和羊，看我们种的瓜菜，她被这一切吸引了。她悄悄地对我说："想不到你这个读书人竟有这种本事，跟着你，我放心。"我说："这是逼上梁山。"

夜，白茅坡的夜如诗如梦。浮在山巅上的月亮，被大山的墨绿深深地雕琢，变得残缺而晶莹。清凉如水的月光披在肩头，人似玉色的雕像，塑造得高雅清丽。寂静中，轻轻流淌的虫鸣鸟啼，给浓重夜色弥漫的山野带来生命的律动。露珠悄悄降落到头发上，是那样湿润。我们并肩行走在这一片朦胧的夜色里，回忆着在师范的日子，诉说着离开半年的生活情景和思念之情。她是那样温柔而缠绵地依偎着我，凉凉的手搂着我宽阔的腰。我知道她的心中有波浪在汹涌，需要坚实的岸才能挡住这奔泻的波浪，让它激起千堆雪。我用自己的手臂紧紧地把她搂在怀里，第一次用温热的唇去吻她发烫的脸和丰润的前额。后来她告诉我，那一刻的感觉是整个世界凝固了，人也凝固了。"我痴想，我们就凝固在这里吧！"因了她这种美丽的感觉，当晚我写了一首小诗送给她。

> 一泓秋水
>
> 荡漾着月下的故事
>
> 我摇一只眷恋的小船
>
> 闯入害羞的湖心
>
> 在玫瑰色的岸边絮语
>
> 彼此在等待美丽的波浪汹涌

　　第二天，她要赶回城郊的学校去上课，我决定去送她。一清早，我们就上路了。白茫茫的雾还笼罩着山冲，我们在湿润的白雾里穿行。一会儿，身上的衣服便蒙上了一层细细的水珠，用手去抹头发，便是一手凉水。她是一个真正的富有生活美感的女人，很乐意感受这种大自然的情趣。她走一路留恋一路我们的山村学校生活。后来她竟说："结婚后，我就跟你一起教书！""结婚"这个字眼，对我太重要，也太突然。我一直想和她讨论这个问题而不敢开口。因为，我们在接触中，还没有真正地涉及婚姻方面的问题，而且据我所知，她的家庭和亲戚方面的阻力也是不小的。我甚至怀疑过我与她是否真有那种可能。现在这个问题终于由她提出来了，这让我十分惊喜。于是，我故意深沉地说："结婚这件事，我还不敢想，因为我们之间……""你别绕圈子，我是了解你的，要不，我怎么自己跑来看你，而不是你来看我！"听了她的话，我止住了脚步，在这个山冲的偏僻处，只有青山和树林立在身边的时候，我再一次拥抱了她。

　　月亮又浮上山巅时，我独自从她的学校返回了白茅坡。在回来的路上，虽然怀着依依不舍之情，但我脚下生风，心中热乎乎的，我已经真正获得了爱情。从此，有一颗玉铸的心，伴着我生活、工作，伴着我度过清苦而繁忙的日子。我感到幸福，感到舒心，感到人生展示着灿烂的前景。

　　这一夜，我躺在床上，久久不能入睡。

　　这一夜，我发现月亮像镰刀闪闪挂在窗前。

　　我做了一个凄清而美丽的梦，我又一次见到她站在我的身边。然而，她又飘然而去，直到站在遥远的对岸向我挥手。那片宽阔的水面，我竟找不到一叶帆影。我第一次品味了梦的感伤，我第一次淌下了清泪。

> 月似摇动的树影
>
> 这般斑驳、散乱

> 月像孤鸣的小鸟
>
> 那歌时续时断
>
> 梦，依然是湿润而美丽的梦
>
> 人生的橹，就这样摇摇晃晃
>
> 山间月，定不是那搁浅的船吧
>
> 不然，真会把我的心撞伤……

这首诗就是那梦的感受。我在等待着一种不祥的消息。

不祥的消息终未来到我的桌子上。她给我来信了，信里有她真挚的问候和对我的生活、身体的关怀。然而她也告诉我，她回去把我们的事向父母说了，父母都态度坚决："不同意！"她在信中说："这是他们的态度，我的态度是不会轻易改变的。你相信我！"可惜，这封信我没能留下来，原因是怕留着刺伤我已经愈合的心之伤痕。

学校的工作在正常进行，在一起工作的年轻老师对我非常关心和尊重，他们视我为兄长。除一个广东梅县的张老师比我大上 10 多岁，其他的老师都是 20 岁左右的大学生。

这是一个纯洁的充满朝气的工作集体。

这是一个 20 世纪 70 年代南方山冲中学的年轻大家庭。

这是一个在时代的旋涡中学习和创造的知识群体。

他们的沉重、痛苦、快乐、困惑，他们的思考、探求、徘徊、创造，无疑影响着自己的学生和自己走向那漫漫的人生旅途。

而我自己也从这里走向一个又一个的新起点。

人生啊！

泪洒青松

　　白茅坡的鸟语莺歌里注入了更美的音乐，那就是山里孩子的琅琅读书声。白茅坡的山路上晃动着诱人的倩影，从城里来的教师，入时的打扮和美丽的姿容，在装饰着山冲小伙子美丽的梦。

　　逢年过节，有上了年纪的山村老乡送一些自己家里做的食品给我们。入夜，老师们坐在一起围着摆满炒米糕、红薯片、花生、葵花籽、炒黄豆的桌子谈笑，那气氛、那情绪全然抛弃了那个动乱岁月的压抑感。我们的共同心愿就是教好山里的孩子，让他们能从这里走出去上大学，成为这山冲第一代大学生。

　　教高中毕业班的语文老师李伏初，大家称他为夫子。他是一个农村出来的大学生，文章写得很好。因为年轻，个子不高，走在班上学生中间，要不是有一股夫子气，很容易把他看成学生。因为这种特点，同学们和他亲密无间。有些学生读书困难，他总是自觉地接济他们，给他们交学费。我作为学校领导，对这一切都十分清楚。有时因劳动放学晚了，担心山路太远，怕女生发生意外，他总是摸黑送女生回家。时间长了，夫子先生对学生爱护之情深深地打动着山里孩子的心。竟有一位年龄稍大的女生，悄悄地写信给他，表达自己对他的崇拜。夫子紧张了，像犯了错误似的把信交给我，再三声明他没有去影响学生。我望着他笑，然后又故意说："这件事是相当严重的，我可要调查调查。"夫子信以为真，很忧伤地说："我不过是和他们相处随便一点，谁知道会是这样，看来，以后我得严肃起来。"此后，他真正严肃起来了，经常板着脸孔跟学生说话。我看着夫子这样做，心里疼爱极了。就是这个夫子，在布置学生作文时，自己经常又用作文题写一篇范文给学生传阅，以启发大家的写作思路。往往月悬中天，我路过他的窗口，还看见他在伏案备课。这样的男人是不能亏待的。后来，我推荐他当了教导主任。当时，我们学校有一位年轻漂亮的女知识青年在代课，她教初中的音乐和化学。这位姓罗的化学老师是城里姑娘，因为人生的道路上出现过挫折，在学校经常是一副忧郁的姿容。已经是教导主任的夫子，自然关心起这位女性的命运。我想，这才是真正的一对。我从心里想撮合他们。于是只要一有外出的差事，或是下到大队、生产队去搞宣传活动，或是走访学生家长，我就派他俩一道去。日子在悄悄地流过岁月的河床，而我眼中的这对有情人终于在各自的心灵里绽开了爱情的蓓蕾。

又是一个阳光明媚的星期天，我的秋姐再度来到了我们这个年轻的家庭。她是来看我的，她十分担心我的身体，带来了苹果、牛奶和白糖。当她看到我是这样开心地和老师们一道生活、工作，看到我们这所山冲中学热气腾腾的景象时，也就放心了。只是很忧郁地告诉我，对于我们的婚事，她的父母仍然持反对态度。

我心里很沉重，我真怕伤了她的心。于是，我给她讲述了我导演的夫子与那位罗老师的恋爱故事。我想以此来冲淡她心灵的忧伤。她听后对我说："如果罗老师的父母不同意，你这不是做了一件错事吗？"她的话，使我感到震惊，我还真没有想这个问题。后来的事情不出秋姐所料，罗老师的父母还真是强烈地反对她与夫子的结合。

山冲里便有了两对爱情忧伤的男女。

山冲里便孕育着坚定和脆弱、情感与偏见冲突的故事。

我们都成了故事里的主人公。

秋姐是坚定的、真诚的，她依然常来看我，不是给我带来鸡蛋，就是送来新做的衣服。也许正是秋姐的行为在我们这个年轻的家庭起着示范作用，那位罗老师竟异常坚定地对夫子表示，即使父母不认她这个女儿，也要跟他白头终身。

后来，夫子和罗老师终于结婚了。

罗老师的父母最后还是认了他们的这个女婿。

我们没有铤而走险，我们不想导演那种惊世骇俗的爱情戏剧，我们是用理智和深情在等待，等待老人的宽容，等待老人的厚爱，等待上帝带给我们恩惠。

我们相信水滴石穿的道理。

我们相信父母爱儿女的心是会随着时间的推移发现新的归宿的。

只要是节假日，或逢老人的生日，能挤出时间来，我就会风尘仆仆地步行15多公里去看望她的父母。老人们心中尽管不愉悦，但仍然接待我，留我吃饭，秋姐很赞赏我的勇气和坚毅。她总是把父母微小的心理变化，甚至对我稍有好感的地方都告诉我。目的是鼓励我充满信心坚持下去。

从此，浏阳河的东街口码头边，偶尔有了我挑水的身影，也有了我伴秋姐去洗刷衣服鞋袜的脚印。这一串串脚印在联结那条无形的感情纽带。

正当我们的工作和爱情在颠簸中成熟的季节，人生中一次最大的震动，一次最大的悲伤出现了。我们敬爱的毛主席逝世的消息通过电波传到了白茅坡，那惊天的噩耗，使我们这群年轻的老师和学生放声大哭。哭声盈满山冲的教舍，哭声割断了学校的炊烟，哭声使我们一个个变得那样苍老而步履沉重。

公社书记派人进山冲来通知我去公社布置毛主席纪念堂。公社要举行全社农民的悼念活动。我带上夫子当即就奔赴公社。我们用了一天一晚的时间，倾尽自己对毛主席的敬仰之情，设计布置了一个庄严而肃穆的纪念堂。蓝色的挽幛，挂上带着黑纱的毛主席像，遗像下是一丛丛从山上挖来的松柏树。纪念堂的两边，有我们用柏树枝条编织的常青花圈。大门口用粗大的黑体字写着一副表达农民悼念之情的挽联。

我们是纪念堂的设计布置者，也是首批参加悼念毛主席的农民群众队伍中的一员。站在毛主席遗像前，我又一次痛哭流涕，泪如泉涌，清泪一串串洒落在青松的翠枝绿叶上，仿佛青松也在哭泣！毛主席的伟大，毛主席的恩情，曾经有一首歌唱道：

> 天大地大不如党的恩情大
> 爹亲娘亲不如毛主席亲
> 千好万好不如社会主义好……

这是亿万人民的心声，历史永远会记录着这段历史。不管人们对毛主席一生的功过作何种评价，但毛主席的伟大，毛主席给中国人民带来的光明和幸福，这是任何人也无法否认的。

我们始终坚信毛主席带领革命前辈开创的事业是千秋万代不会逆转的。毛主席创建的新中国会永远屹立在世界的东方。我这个农民的儿子，只有跟着党，继承毛主席的宏伟遗愿，把社会主义祖国建设好，才无愧于毛泽东思想哺育的新一代，才无愧于曾经在解放军的熔炉里冶炼过的赤子。

就在全国人民沉重悼念毛主席的日子里，我再次向党组织递交了入党申请书。我在申请书中写道：毛主席离开了我们，但他老人家开创的事业我们要世世代代继承下去。我是农民的儿子，严家世代受贫穷，是共产党领导我们闹革命，是毛主席带领我们打江山，使我们站起来了，成了社会的主人。我坚信共产主义事业是不可战胜的。因此，在这个历史的重要时刻，我再次申请加入中国共产党。

人的一生有许多值得永生难忘的事。当我站在党旗下，举起右手宣誓时，我感到我存在的真正价值就在于我选择了崇高的理想，选择了一条永远充满光明的人生道路。我不应再为自己的得失恩怨去生活、去苦恼、去徘徊。我不应再在痛苦的河流和凄清的月下去低吟人生的不幸和落寞。这一切比起党的事业，比起对人类最美好的理想的追求是那样微不足道和渺小。

那一夜，我没有睡好。我想起了自己走过的弯弯曲曲的路，想起了我曾经徘徊的那些十字路口，想起了关心我、体贴我、信任我、挚爱着我的秋姐。我披衣起床，给秋姐写信。我用心里的话，向她倾诉着我投入党的怀抱的激动和喜悦。

那一夜山冲的月光格外的圣洁。

月光映照着信笺，闪耀着银亮的光辉。

小溪做证

9月，天气渐冷。

山冲的夜，冷清极了。巨大的悲痛给神州大地蒙上了浓重的忧郁色彩。年轻人都在沉重的叹息里成熟着。人真怪，在这种重要的历史时刻，有时可以淡化许多愁怨，让许多难解的结，可以轻松地解开。

是因为我成了党的人，秋姐知道我肩上的担子会更重；是因为在这个巨大的悲痛里，她也经受了人生的一次震动，感到人生风浪再大莫过于祖国失去了擎天大柱。一个人对爱的追恋，对世俗的决裂，比起这样重大的事件，自然就算不了什么。

我也有一种特别的心情。

那就是这段日子，我感到自己真正长大了。我不再是一个只凭热情干事的年轻人了。每临深夜，坐在房子里，飞翔的思绪使我感到房子无限的大。在这种大的感觉里，我感到自己需要抚慰，需要支撑。如果说我这颗炽热的心在白天，仍然蓬勃着工作的创造活力和向往成功的热情的话，那么此刻却像一棵海边的椰子树，正摇曳着孤独和凄清的情绪。

也就在这个夜的寂寞的海边，我仿佛听到了智利作家聂鲁达对我说："我已忘却你的芳容，也不记得你的纤手，更不记得你的朱唇如何亲吻。因为你我喜爱公园里的白色雕像，那些白色的雕像默然无声，两眼一无所见……有如鲜花离不开芳香，我割不断对你的朦胧记忆。"这是一种什么心态，我自己都困惑了。但是，我最清晰的思维却是要告诉她，当我走向自己选择的道路时，我更需要她，需要她更深的理解、关怀和支持，需要她那颗圣洁的女性之心的照耀和温暖。

她何曾不正在经历着一次又一次的生活风雨啊！

关心她的亲戚，一次又一次给她介绍男人。有的男人还一次又一次地到她的父母跟前献殷勤。我能理解，像她这样一辈子清苦靠做裁缝手艺养家糊口的双亲大人，怎么不希望自己的女儿找一个好对象。用她母亲的话说：

"你是大女儿，要带一个好头。"可她偏偏违背父母的意志，去爱一个出身农村家庭的乡下教师，这种现实自然是老人无法接受的。

很多朋友也在劝她，父母更是向她施加这样那样的压力。然而秋姐没有动摇，她不会动摇。她不止一次地在信中说："我自己认定的事，是不会轻易改变的。"春来花艳，夏归荷绿，秋去叶丹，冬回雪白。岁月的手牵着我们在县城与乡村之间的弯弯泥石路上蹒跚，让我们欢乐，让我们愁；让我们兴奋，让我们忧。

现在初秋的风，开始染红山峦的枫林，泼黄山坡上的瘦菊。清溪里流泻着幽冷的泉水，金子般透亮的稻穗起伏着丰收的波浪。

1976年10月，又从容地迎来了一个丰收的季节。

正是10月的第一天，秋姐踏着微尘拂扬的山村小路来到了白茅坡。几天前，她给我来电话，果断地告诉我选择国庆节结婚：我感到突然，一切都没有准备。怎么办？她说，什么也不要准备，就像往常一样。她还说，父母对我们的婚事已无可奈何，表示随我自己，可这次结婚，父母不会来。听了她的话，我心里好悲凉。她为了我，将要做出多大的牺牲！她身上的压力又有多重，多好的人啊！她是女人，多渴望父母的理解和抚爱；她是长女，多希望兄弟妹妹的同情。可这一切，她暂时得到的太少太少。

坐在我简陋的宿舍里，我们相视良久，从各自深沉的眼光捕捉内心的世界。我们决定，在吃过晚饭后，就把结婚的消息告诉学校的老师。

这晚的月亮虽然不圆，但特别的亮，特别的美。

弯月早早地升上了树梢，洁白的光霞洒满了白茅坡的所有地方。我把学校的会议室打开，把白天秋姐买回的糖果和米酒摆好，秋姐便一个房间一个房间地把老师们请了过来。

会议室坐满了我们这所中学的所有教师。

这里坐着一个年轻的家庭。

大家看着桌子上摆的食物，都惊讶地坐着，没有人说话。他们怀着一种等待。

这时，秋姐从外面走了进来。

眼前的秋姐突然变得那样高雅、秀美、洁净。她换上了一件红色的羊毛上衣，鲜亮的红颜色越发衬出她高雅不俗的气质。那双明亮的大眼睛，闪着青春的光彩。她脸上难以浮现的酒窝，此刻带着羞涩的微笑展示给这一双双友善的眼睛。

　　我用颤抖的带泪的声音宣布："各位老师，现在我和秋姐向大家宣布，今天我们结婚，这就是我们的结婚仪式。"秋姐站起来了，我们一起向大家鞠躬。

　　在文艺作品中如若看到这样的描写，也许会以为是编造的故事情节。老师们在小声议论，他们感到突然，也觉得我们太简单从事。但是，他们理解我们，谁也没有说什么，只是一个一个地给我们敬酒。

　　我俩喝着大家敬的酒，心中的滋味真是难以言状。

　　要说悲凉，也悲凉。没有新房，没有嫁妆，没有亲人祝贺，没有鞭炮鸣响，没有父母的慈祥目光，没有兄弟姐妹的真挚祝愿。要说美丽，也美丽。有圣洁的心，有炽热的情，有真诚的同事朋友，有无拘无束的交谈，有山间洁静的月亮，有活泼清亮的小溪，有温柔的清风，有花丛中小虫的低吟。

　　在这个空灵的美丽的世界里结婚，我们拥有的东西太多，我们可追恋的东西太多。

　　在山月的照耀下，在各位老师们热烈的掌声和真诚的目光注视下，我和秋姐向大家挥手，极其庄严地步入了土砖和清瓦构造的新婚殿堂。这是一个圣洁至奇的殿堂。殿堂临窗的墙壁上，挂着我自己用水彩画的玫瑰花。那摇曳的花影，那碧绿的叶茎，那粉红色的花瓣，那可闻吸的幽香，在装点我们感情的时空。夜已深，人声静。山冲的幽暗和寂寞已笼罩下来。树梢上的月光开始暗淡，仿佛秋风也变得清凉多了。

　　我们没有睡去，我们仍在交谈，仍在回忆，仍在诉说生活道路上的坎坷和苍凉。窗外的小溪许是有情，它不止一次用清脆的细语呼唤：已是午夜，多情的夫妻也该进入梦乡，明天的太阳会更辉煌，别再留恋就要逝去的时光。

　　秋姐感悟了大自然的美意，她示意我去睡觉。

　　秋姐已卸下那件用月光编织的新娘衣衫，躺到了那张雕花的老式木床上。

　　她是缓缓地躺下去的。

　　她脸上的笑和眼睛里的亮光同样妩媚。

　　这儿已经躺下了一个美丽的灵魂。

　　这里已经汹涌着一汪感情的湖泊。

　　这儿卧着一个贫苦工人家的女孩，和她26载光阴孕育的真爱。她那明亮的眼睛，她那乌黑的秀发，她那殷红的嘴唇，她那丰腴的玉臂，她那整个人儿白得就是一弯皎月，一汪玉泉，一片云霞，一支丽歌，一个梦幻。

我靠近了她，我颤抖着身子，我真怕惊醒这个圣洁而美丽的梦幻。

她说："现在你该叫我什么？

我说："秋姐加妻子。"

她说："现在你是我的魂。"

她又重新坐了起来，起身走近窗前，从桌上拿起一把木梳。她让我坐在床沿上，给我轻轻地梳头，梳那母亲曾经抚摸过的头发，梳那曾经在山野、在军营、在教室、在天空飘拂过的头发。她知道，这头发里藏着男人的智慧和勇气，藏着男人的豁达和深爱。她在轻轻地梳，她在低声吟唱一支歌。她说："我们就这样生活吧，只要平凡、平淡、平常，我不企望你有什么富贵荣华。"我说："我记住你的话，我会做一个永远正直和清白的人。"

窗外的小溪真是多情，它用清脆的话语向我们传递大自然的祝福。我们携手走到窗前，一道尽情地欣赏起月光下的小溪。这是一条多么神秘而深情的小溪呀！在月色里它如一条银项链，弯弯曲曲地拐进苍茫的树林里。在它润浇的草地上，暗暗地漂浮着秋虫的歌声。有树影在它的波浪上晃动，有无数星星在它的清澄里闪烁。我指着小溪对妻子说："这就是我们最真诚的证婚人。"

妻子笑了，她今晚笑得特别美，这种美我还是第一次发现。我禁不住用唇去捕捉她脸上这种庄严而凄清的圣美。在美的捕捉中，我也捕捉住了这首永远纪念我们新婚的诗：

> 流动的清亮
>
> 倾泻着我们圣洁的柔情
>
> 不恋富贵，不羡荣华
>
> 我们在拥抱人生的洁静
>
> 感谢诚实的小溪
>
> 送给我们最心醉的歌声

26年的岁月终于载着我们走进了人世间最美丽和神圣的爱之殿堂。在这里，我们品味了爱的深沉、温馨、热烈和绚丽。正如美国作家爱默生说的："这种炽情将把一个青年的世界重新造过，它会使得天地万物蓬勃生辉，充满意义！"

晨风拥着新的一天的灿烂朝霞，擦亮了我的窗棂。妻子站在窗前对镜梳妆，乌黑的秀发泻在肩头，端庄的脸上浮着青春的光彩。今天她穿一件雪白的羊毛衫，更显得高雅而不俗。

"阳光真美，人真美！"

"你又发诗兴了。"

"不，你本身就是一首诗。"

是啊！这首诗，让我寻觅了多少日子，今天才真正把她写在青春的履历本上。从此，她永伴我风风雨雨，奔走在漫长的人生旅途。

窗外吹进的微风，轻撩着妻子的秀发。这风分明带着我的祝福在梳理妻子美丽的憧憬。

我也有了家

那夜的月亮照着我携着她的手走进了简陋的新房。当她成为我的妻子后，我就感觉这个房子变成了我们的家。从此它不再是我的宿舍，我的原来意义上的住房，它是我们共有的家。

入冬了，家里需要有温暖的火炉和厚厚的棉被。是她托人从县城带来了煤炉和棉被，她说是给家里的。从此，她从城郊来看我，不再说去学校，而是说回家。这个家虽然简陋清贫，可它从此容纳下我们的缠绵情意，我们的奋发热力，我们的奔忙带回的满身风尘。

她依靠着家的窗子在读斯托达德的诗：

> 告诉我什么是悲哀？
> 那是一个花园里的花坛，
> 什么是欢喜？
> 那是生长在那个花园里的一朵蔷薇。

在家的日子里，我们常把白茅坡当作一个小花园，在它的怀抱散步、嬉戏、追逐、玩耍、唱歌、吟诗、画画、打球。我蘸着月光吻她的脸庞，吻她的青丝，吻她的倩影，吻她的欢笑和叹息。

我们在繁忙的教学生活中度着美丽的新婚日子。我们在商量着，该生一个男孩，还是一个女孩。她说："如果生男孩，要像你这样聪明坚强。"我说："如果生女孩，要像你这样美丽、温柔。"最后还是她总结："无论是男是女，都要集中我们的优点。"

多么美丽的期望呀！

我不知道上帝是不是会成全我们。

几回路过高山之巅的古庙，我都动心想去占一卦，问问菩萨，妻子和我可有这个福分。可是我终于没有去。我所做的事，应是真真实实地深爱着她。

在一个纤云弄巧的暮秋之夜，她依偎在我的胸前，拉着我的手，轻声说："我有了！"这三个多么令人欣慰的中国字啊，让我使劲地拥抱着她。我想，那个正在她身上孕育的生命，一定是一个美好的生命。

我曾用耳朵贴在她的身子上，想听听那个小生命的歌声。我觉得人类之爱、夫妻之爱、自然之爱，都在这里凝聚着。她不久将成为母亲，应当享有男人给她最无微不至的照料和爱护。我不止一次地对她说："你在怀孕的日子里，一定要心情愉快，一定要多看大自然的美好风景，那是一种音乐般美的胎教。"她很赞成我的话，她说："为了我们的希望，我会每天高兴。"

> 把你的脸贴近我的脸
> 让咱俩的眼泪合在一块流，爱啊！
> 把你的心紧压着我的心
> 让咱俩心中的火焰一道儿升，爱啊！

我把海依雷的诗，大胆地改了一下，贴着妻子的脸吟唱起来：

> 把你的脸紧贴着我的脸
> 让我们的智慧在一块流，爱啊！
> 把你的心紧压着我的心
> 让我们的美丽一道儿凝聚，爱啊！

6 个月以后，妻子显然胖多了，她开始挺着大肚子出现在学生面前。起初，她感到害羞，后来感到吃力，再后来她感到，作为女人她真正成熟了。她总是自豪地端详自己的身姿，寻找昨日的倩影。那美丽、苗条的倩影是不是还会回来？要创造和哺育一个生命，是需要付出代价的。

多情的夏风，又款款来到人间。满垄的青苗已孕育出一片金色的波浪。妻子的预产期到了，她给我捎来信，希望这些日子我能在她的身边。

白茅坡的田垄也泛着金黄，住校的几位农民兄弟开始清洗扮桶，准备去收割。我安排好农事和叮嘱夫子主任管好教学，便从老乡那里买只鸡，匆匆赶往县城。

在省中医大学附一医院工作时妻子留影

走在尘土飞扬的山路上，望着满垄的稻浪，我心里很高兴，因为老乡们又丰收了。是啊！农民就盼年中年尾有个好收成，他们别无所求。一路上，我加快脚步，心却悬着。现在我想的不再是生男生女，而是妻子的安全和生下的小孩别发生意外。因了这个念头，我的脚步便感到十分的沉重。

我在祈祷上帝。

上午 10 时，我走进了岳父家。这时岳母对我说："你快去医院，她已经快生了。"我顾不了歇息半刻，甚至连水也没喝一口，便一路跑步到了位于县城东街口的城关医院。妻子已经躺在洁白的产床上。热心善良的护士、医生见我到来，都非常热情地告诉我需要注意的事项。妻子见到我，她的眼睛闪着炽热而深情的光芒。她心里感到有了靠山，她知道我一定会来，而且会守护在她的身边。

从太阳爬上窗棂，到月亮又挂在窗外的树梢上，妻子已在产床上躺了 9 个小时。妻子咬紧牙关，忍受着分娩的剧烈疼痛。小生命脑袋上的头发已经清楚地显露在雪亮的电灯光下，可就是生不下来。医护人员在鼓励妻子使劲，妻子一次又一次忍痛做着艰难的努力，可总是不能成功。我已经在她的身边站了整整一天，没有吃中饭、晚饭，但一点也不感到饥饿。我唯一的心思就是希望妻子绝对安全。可是我有什么办法呢？在这种境地里，我望着极度痛苦和疲倦的妻子，心几乎要碎了。我想尽世界上的语言，不能找到最能安慰妻子的话，我只能用心去抚慰她的疼痛，用眼光去告诉她，你是好女人，你会幸运。妻子的女朋友玉霞也站到了她的身边。

我再一次走近妻子，拉着她的手，用渴望的眼光鼓励她，再做一次勇敢的冲击。她又一次咬紧了牙关，用颤抖的身子去呼唤小生命走向人世间这个新鲜和奇异的世界。

小生命终于听到了母亲的呼唤，他挥动着洁白的小手向母亲致敬。他用响亮的啼鸣向新世界欢呼。我深情地捧着我们共同的希望，仔细地端详自己的儿子，我的眼泪夺眶而出。我不知道自己是幸福，还是高兴，是感激还是祝福。

妻子躺在床上，脸上绽开了灿烂的笑容。她付出的如此巨大，那殷红的女性的血滴可以凝结成一颗赤子的心。那颗心应该属于我的儿子，属于儿子永远的生命的旗帜。今天，当我再一次修改《风雨人生路》时，我的儿子已接近40岁的年龄。他有了自己的女儿，聪明又漂亮。现在已经上小学一年级了。我每天陪她去学校，路上总要给她讲故事，她那神情几乎就是当年他父亲小时候的模样，总是闪着一双渴望知识的眼睛望着我。

是的，儿子来到我们身边，我们家庭又多了一道风景，多了一片欢腾，多了一串笑声。我们夫妻沉浸在欢欣和幸福之中。我又去浏阳河边给妻子洗刷衣服，还要给儿子洗刷尿布。我没有怨言疲劳，只有舒畅和喜悦。"给儿子取个名字吧！"妻子躺在床上翻着字典，我一边忙着给儿子冲调牛奶，一边在琢磨着儿子的名字。

儿子的名字经过我和妻子商量终于确定了，我们管他叫"笛"。我们盼他是一支嘹亮、永远吹奏自己生命乐章的玉笛。是啊，儿子你来到人间，你的母亲曾经受了不可言喻的痛苦。

我真佩服徐志摩的聪慧和深情，你听听他对《婴儿》的描写，真让人胆寒惊心。

你看她那遍体的筋络都在她薄嫩的皮肤底里暴涨着，可怕的青色与紫色，像受惊的水青蛇在田沟里急泅似的，汗珠粘在她的前额上像一颗颗黄豆，她的四肢与身体猛烈地抽搐着，畸屈着，奋挺着，纠旋着，仿佛她垫着的席子是用针尖编成的，仿佛她的帐围是用火焰织成的；一个安详的、镇定的、端庄的、美丽的少妇，现在在阵痛的惨酷里变形成魔鬼的可怖；她的眼，一时紧紧地阖着，一时巨大地睁着，她的眼，原来像冬夜池潭里反映着明星，现在吐露着青黄色的火焰，眼睛像烧红的炭火，映射出她灵魂最后的奋斗……她的发是披散着，横在口边，漫在胸前，像揪乱的麻丝，她的手指间紧抓着几穗拧下来的乱发。

……因为她知道忍耐是有结果的，在她剧痛的昏瞀中，她仿佛听着上帝准许人间祈祷的声音；她仿佛听到天使们赞美未来光明的声音。

真是绝妙的叙述和描绘，我置身在妻子身边看到的、感知的正是这一段文字的描写的情景。现在我还不能告诉儿子，但是有一天我要告诉他的。母亲为着他来到这个世界上她曾经接受了死神疯狂的亲吻，是母亲用自己血性的顽强抵抗着、奋争着，才把死神驱走。

这就是崇高的母亲。

这就是作为母亲的伟大之处。

妻子用自己的生命之光，编织出了一个完整的家庭。这个家庭用书籍、讲台、课桌、小人书和青春的活力、创作的思维构建着自身的平凡、平淡、平常和平静。

唯有小笛的哭闹打破平凡的宁静。

儿子存心存意要逼着我们走向更大的世界。

笛儿来到这个世界上，一切都是新鲜的。他用小嘴舐着自己的小手，望着窗子上跳动的太阳光微笑。他用力吸吮着母亲的乳汁，吃饱了便甜甜地睡着，在梦中时常笑出声来。妻子的乳汁不够笛儿吃，还要用牛奶补充。当时正值盛夏时节，天气热得很。妻子坐月子又不能洗冷水、吹冷风。她一身总是被汗水透湿，额头上沁着黄豆大的汗珠，尽管如此，她还是非常的高兴。她看到躺在怀里睁着一双大眼睛望世界的儿子，脸上总是浮着欣慰的笑容。

这段日子，我一边帮助妻子做一些料理新生儿子的家务事，一边也照顾一下刚生下小孩身体受到很大损伤的妻子，可是心里却又想着学校的事。这是农村最繁忙的季节，抢收早稻，赶插晚稻的农活挤在一起，正需要人去安排和督促。我是校长，怎能不担心耽误农活。妻子看出了我的心思，她主动催我回学校去："这里的事，我自己可以做，你回学校去吧！"

我站在妻子身边，禁不住热泪盈眶。多好的妻子啊！你总是想到自己的丈夫，很少想到自己。生小孩是女人一生最痛苦最危险的时刻，虽然这个时刻你挺过来了，但你需要照料，需要恢复身体呀！我尽这一点责任是理所应当的事。何况当时，我们的工资都很低，又不可能花很多钱给妻子买补养身体的药吃。新生儿子的降临，又给我们的经济增加了新的负担。

呆呆地望着妻子和她怀抱里的孩子，我实在不忍离去，可那轰轰作响的打稻机声，分明在催促我立即回到白茅坡去。

我依依不舍地在妻子和儿子的脸上亲了一下，转身走出了这间狭窄而光线暗淡的屋子，提着行李走向了县城郊外的弯弯乡间路。

田野铺满了火辣辣的阳光，田野飘荡着轰轰隆隆的打谷机声。光着膀子的农民兄弟三三两两挑着湿漉漉的毛谷走向屋前山边的晒场。整个农村展示着一幅繁忙的"双抢"画图。望着这景象，我的步子加快了。那步子我总感到是那样沉甸甸的，几乎有一种挪不动的感觉。

人啊，感情深处的沉重，才是真正的沉重！

一年以后，儿子满了一岁，他可以自己在地上爬着用幼稚的手，蘸着泥巴描画心中的想象。这时，我离开了白茅坡，被调往一所规模更大的县属中学担任校长，一串鞭炮声，一片饮泣声，一阵撕心的依恋，我硬着心肠离开了朝夕相处4年的山冲中学的师生们。那里的田园，那里的山水，那里的草木，那里的老乡，那里的鸟叫鸡鸣，总使我梦魂缠绕。

人生苦短，人生苦别，我又一次伤感着踏上新的征途。

新去的中学是一所完全中学，它坐落在浏阳河上游的一个盆地里。四周是高耸的山，弯曲的浏阳河从校门前流过。来到新的环境开展工作，我的思想压力是很大的。妻子想到我担子更重，需要照顾，她断然抛弃城区的优厚教学环境，来到了我的身边。妻子带着调皮的儿子来了，妻子和儿子扛着我们的家来了。

家，我们有了家。从此我们一家三口朝夕相处，欢乐与共，用勤奋与俭朴，用真诚和谦逊积累着知识财富，储藏着友情和纯真。我们一起守着这个家，扛着这个家，走在一条更宽广的道路上。

路的前方是怎样的色彩呢！

第六章

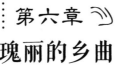

瑰丽的乡曲

自然界的奇丽之美，蕴藏着异常丰富的语言，
流淌着美妙的音乐。人类理想、智慧、情感之美，
显示着斑斓的色彩，点缀着生活的时空，
沸腾着创造的蓬勃和洋溢着甜蜜的水乳交融的
愉悦气氛。

一切如诗如梦。

一切如美妙的乐曲，

永远萦绕着每一个充满阳光的日子。

即使有一缕一丝忧伤的暗影，

也会悄然从光明里消失。

小木楼里的温馨

秋天来了，它随着菊花绽放的金色花瓣和从花蕊里散飘在风里的清香，把一片灿烂的秋色嵌在木格子的窗棂上。妻子穿着浅黄色的羊毛衫站在窗前，凝望着窗外田野的满垄秋色，似乎连她也凝固成一丛傲霜的秋菊。

我注意到了学校操场边的那一片菊花，盛开着的橙黄的花色里宛如藏着一缕慵懒的秋阳，使看它的人感到心里暖烘烘的。

笛儿把秋天当作了童话。他不识字，也不会很多的语言，但他读懂了秋天的色彩。他跟着邻居家的小女孩爬在金黄的泥土上，用小手捧着沾着泥土的红薯在甜甜地啃着。他也学着在操场旁伏在地上瞄靶的民兵，抱着一把木头枪在认真地瞄准。至于身上的泥土，也许认为是对他这个小民兵的一种装饰。妻子常常生着气把笛儿从泥土坪里拉回来。有时还要一边骂，一边装出很凶狠的样子用竹条去抽打他的屁股。

看到这情景，我有时觉得妻子太认真，但想到她在教室里劳累了一天，还要在冷风吹拂的月色里，去河边一大盆一大盆地洗儿子沾满泥土的脏衣服时，就觉得这点惩罚对儿子并不过分。谁说过，秋天是豪华、慷慨的。它给予，唯恐其不多，唯恐其不够。想起来，也确实是这样的。你看这满目的秋光里，有收割的农民从田野里挑回金色的谷子，有姑娘小伙子从茶林采回茶籽，就连这美丽的菊花，摘回来晒干，也就成了清热解暑的中药。难怪台湾名作家张秀亚说，如果说春天像一个恋人，秋天不是更像一个母亲吗？想到这里，我又在心里深深地钦佩着妻子对笛儿的管教之情。

作为校长，当时我还兼了高中毕业班的政治课。同时还被聘为这个学区的高师函授教师。一身多职，工作量之大可想而知。感谢妻子带着笛儿来到了我的身边。是妻子把整个家庭挑在肩上，让我尽心尽力地扑在学校的行政事务和教学上。虽然日子过得清苦，但一家三口在一起生活，我们都感到充实、愉快。

每当夕阳西下，我和妻子还像学校其他老师一样，在菜地里干一会儿活。

或松土施肥，或拔草捉虫，或浇水洒药，这样做，我们感到日子过得特别有色彩、有活力。因为老师们自己种菜，所以学校的伙食费也是很低的。这对于减轻当时教师工资低带来的经济负担，多少有一点帮助。我记得当时，凭真情实据大师傅向我反映了当司务长的老师有多报柴火费的问题。我一气之下就把那位管伙食的司务长撤了。

那时的老师，刚刚从"文革"的动乱中解放出来，甩掉"四人帮"给戴在头上的那顶"臭老九"的帽子，一个个都从心里感谢党中央、感谢党的政策。所以大家教学特别认真，对学生也管得很严。高中部有一位姓胡的同学，偷了窗子上的玻璃去卖，校委会便坚决开除了他。公告贴在学校的走廊上，给当地群众极大震动。人们再也不会相信，在学校这个神圣的求知殿堂，可以天马行空随意乱来。

那时，老师对学生是十分有感情的，只要一发现哪个班上有学生没有来上课，老师就会自动上门家访，去劝学生回校读书。

暮秋的一天，我去浏阳河左岸马鞍山村家访，无意中发现这里的一位民办老师竟是当年辅导我写作的曹先捷老师。后来，我也才弄清曹老师的历史情况，原来老师一生饱经人间风霜。他青年时期就投身革命随军南下，是解放初期接管湖南日报社的军代表。他的报告文学集《湘西人民的新时代》就是在湘西参加土改时写出来的。只是因他年轻时加入过"三青团"，在"文革"时被批判，打成反革命分子而被开除下放到这个偏僻的山村。偶尔师生相见，我们悲喜交加。站在曹老师住的破土屋边，我仔细地看着老师，他明显地苍老了，但他身体却似乎比过去更结实了。他的窗前屋檐下，悬挂着许多的中草药。乡亲告诉我，曹老师到这里后，非常诚恳地向农民学干农活，还自己学会了看病和采中草药，并免费为四周的农民治了不少病。

世界上有这种好心肠的坏人吗？在那个黑白颠倒的年代，这个曾经在革命洪流中跟党冒着枪林弹雨闯过来的知识分子，竟遭此逆境，实在令人不平。我久久地伫立在寒冷的秋风中，凝视着眼前的这个高大的男子汉，一行眼泪顿时挂在腮边。

我踏着秋日月亮的清冷光辉回到了学校。那个夜晚，我没有睡好。我想，我应该去为这位曾经自己有愧于他的恩师做一点事。于是，第二天我又去了那个村子，找到那个村的党支部书记，要求聘曹老师到学校代课。村支书二话没说，表示同意，并且一再说，这是一个好人，一个真正的好人。

已经双鬓飞霜，年过半百的曹老师扛着简单的行李来到了学校。他的到来，老师们都很欢迎。他本来是一位非常称职的语文教师，因为他的问题尚未平反，我只好安排他教外语。他已经几十年没有接触外语了，这是一个何等艰巨的任务啊！但是，曹老师没有拒绝，没有推辞。他怀着深深的感激，以当年投身革命时的坚韧精神，日夜重新学习外语。终于在非常短的时间里，就能得心应手地进行外语课堂教学。每次从他的教室边走过，听着他带着学生朗读外语的清脆声音，我心里就感到一阵阵的激动。

这年冬天下了一场雪，雪是很美的风景。皑皑的雪，用洁白的手臂把大地、江河、崇山峻岭都抹上了一层厚厚的松软的银白。太阳浮在蓝湛湛的天空，用温暖的光霞抚摸着银亮的世界。让澎湃的春潮在地底下涌动，去催放一个万紫千红的春天。春天终于醒来了，春风的手，很深情地剪裁着大地的绿色，也把人类的春天和着自然界的春天一齐送来了，并用党的政策的金钥匙卸下了无数知识分子手脚上戴着的沉重的镣铐。曹老师的问题得到了平反，教育局正式下文恢复了他的公职，他可以堂堂正正地站在讲台上，把自己的知识和智慧倾注给学生。

1979 年 9 月，正当我和已经担任教导主任的曹老师共同筹划新学期的开学工作时，县委组织部发来了调令，通知我去县广播局报到。捧着这张调令，我的心情异常激动。老师们围着我，依依不舍地说：学校需要你，我们需要你。曹老师站在一边垂泪，他没有任何言语。他知道世界已经翻新，春风杨柳的世界是属于坚持学习和勇于进取的年轻人的。

党的十一届三中全会召开后，曹老师被调省教育出版社工作。他编辑的《世界著名学府丛书》《陶行知文集》《诺贝尔奖获得者传》，成为我国图书界的标志性图书，得到社会的广泛认可。事实证明，中国的优秀知识分子是大有可为的，历史同样需要他们来抒写。

妻子知道我要离去，她抱着笛儿坐在床前沉默着。我知道，此刻她的心情非常复杂：是欣喜，是忧愁，或者两者都有。她当然希望自己的丈夫能有一片更辽阔的天空去飞翔，她当然又不愿意丈夫离开自己。因为她刚刚从城区调来建立起这个年轻的家。我心里也是矛盾的，望着眼前的妻子和儿子，而我却要只身离去，即使那里是天堂能享尽荣华富贵，可这患难夫妻，这清苦生活中的欢声笑语是无法用别的财富来代替的。我甚至开始动摇自己走向这条新道路的决心和勇气。

知夫莫若妻。妻子终于说话了。她鼓励我说："你学习写作坚持了十几年，现在党需要你，你不应该动摇。我和笛儿在这里会生活得好，你放

心去吧！"

我拾起简单的行李，告别妻子、儿子和全校的师生，搭上去县城的货车，踏上了人生新的征程。

4 年的山区教学生活，我与农民结下了深情厚谊。

4 年与青山绿水、鸟雀花草为伴的时光，大自然留给我的心灵以美好回忆和圣洁的精神天地。

4 年行走的弯弯山路，蹚过的清亮溪流，经受的风风雨雨，给我的生命注入了坚定的信念和旺盛的精力。

告别山野的蛙鸣，告别青峰的白雾，告别露珠的晶莹，告别山花的温馨，告别泥土的丰实，告别小草的绿意，我走了。

我又走进了我曾经在河岸多次看见的那座古老而美丽的山城。

这确是一座古老而美丽的山城。

尽管我的到来，这座县城还没有我居住的一个微小的位置。我需要用低微的租金，租住在一家暗淡的小饭店的小木楼上的一个小房间，度着编辑的生活时光。但我心情是舒畅的，我没有半点的委屈和埋怨。我知道，县委宣传部的欧老部长所以下决心，用两个干部的指标换我到这岗位上，对我是寄予厚望的。他相信我不会是一个庸人，至少是一个不会使他失望的人。在以往的日子里，来到县城，我竟没有认真地在街上、河岸端详过小城的风姿气韵，我更没有用文字去描绘过它的壮美和富有。

现在我有心情有时间在落日西沉的时候漫步河岸，去欣赏夜幕下的浏阳河。现在我可以一人独坐在小木楼的房间的桌前用自己的笔去描绘家乡县城的美丽情韵。我知道妻子和儿子在假日会来看我。他们的音容笑貌会要在这个小木楼的小房间里闪现。妻子会要知道我的生活和工作，会要看我做广播站编辑写出了怎样水平的文章。

我不能辜负他们的到来。

我要向他们奉献最美丽的诗章。

几多个月光如水、风轻似雾的夜晚，我在挑灯夜耕，我在播种美丽的文思，去催放灿烂的春光。我写出了第一篇被省电台配乐播送的散文《梦系浏阳河》。在那篇散文里，倾注了我对家乡河最深的爱，倾注了我对家乡人民和家乡亲人最深的情。我在小木楼的小房间里尽情地吟诵着：

　　　　弯弯曲曲,清清亮亮,细语轻歌,从雾的峡谷,绿的深涧,花的山岸,静静地、朗朗地流了出来，我摇着这支褐黄色的小桨，把自己和船一齐晃进了这缕美丽的梦。

这是一缕何等美丽的梦啊！

梦的绿，流淌在浏阳河。这绿是从山上流下来的，也是从岩石缝里挤出来的。因此，河水才绿得这般清亮，这般翠蓝。轻风掠过水面，扇动的是绿的波浪；船桨搅动浪花，腾起的是绿的歌唱。就这样，朝朝暮暮，你编织着绿色的岁月，用自己绿色生命的乳汁，去滋润绿色的河滩、田野、山峦。用绿色的相思，去浇灌绿色的理想，绿色的爱情。当机帆船拖着汽笛的长鸣弯过九道弯时，你展开的绿色航道上，跳跃着欢乐的、激奋的绿色节奏。于是，你流过的这个世界，便充满着绿色的生机和希望。这些，浏阳河你并不满足，在湘江绿色的大合唱里，你又要高唱一支清亮的绿之歌。

梦的美，荡漾在浏阳河。这美清雅绮丽，这美险峻奇崛，这美飘逸俊秀，这美灿烂多姿。人说自然的美，才美得自然。浏阳河是真正大自然美的宫殿。它两岸的森林美。森林用绿雕琢出层层叠叠的屏障，雕琢出绿的云岛、绿的风帆、绿的山峦。两岸那盛开的鲜艳的花，白的如银，黄的似金，红的胜火，紫的若霞，把山川装点得妩媚、俏丽、楚楚动人。河底的卵石洁白透亮，像繁星、似碧玉、若珍珠，色泽晶莹，玲珑小巧，在水下构筑着一个纯静的空灵世界。更为震撼人们心灵的是那菊花石的美。这美至奇至丽、至高至洁，深绿的波浪覆盖着浅灰色的菊花石岩层，待石雕艺人从水底开掘出来，将菊花石捧在手中，就可看到那晶莹雪亮的石菊花影。那石菊花或含苞，或半吐，或盛开，真是撩人心弦，美不胜收。难怪当年谭嗣同惊叹菊花石"温而雅，野而文"。经石雕艺人巧夺天工的雕琢，菊花石雕竟以"全球一"的美名驰誉中外。世界上的河流不知有多少，今日，令我倾倒的竟是这条奉献着自然美的涓涓细流。

梦的光，闪耀在浏阳河。这光是从浏阳河诞生的；这光是太阳、月亮落到浏阳河迸发出来的。浏阳河从云笼雾绕的大围山奔突出来，穿峡撞谷，不畏悬岸峭壁，不怕窄道险滩。日日夜夜，任劳任怨地推动那一台台发电机旋转，将那绿色的情丝化作千万颗明珠，撒向城乡照亮了万家窗口，催动机器轰鸣。那从工厂拉出的产品，是绿的向往也是光的结晶。我真幸福，在你光的世界里，我终于找到了当年放射着照耀人间光芒的红军将领的磨刀石，喷射着光和火的秋收起义的松树炮。啊！浏阳河，光明的故乡。

梦的春，孕育在浏阳河。这春是从浏阳河走出来的。这春是浏阳河儿女绣出来的。多少年来，你托起竹的潮、木的浪、丝的帆，你的儿女开渠引水，筑坝引灌，都是在用你的绿去编织春的希望、秋的成熟。在明丽的阳光里，温暖的和风里，浏阳河儿女用你给的绿色丝线在绣山绣水，绣那山边绿荫下的楼房，绣那河畔工厂烟窗上的白云，绣那山城的浮雕，绣那花村、水榭、书楼、舞厅，绣那电子琴、迪斯科……绣出那文明和富裕，绣出了名扬世界的花炮之乡。你看那争奇斗艳、千姿万态、火树银花、龙飞凤舞的烟花，无比神奇地构筑了浏阳河春的天地。

我生活的小桨，我理想的小船，我愿终身在浏阳河这条绿色的走廊上奔波，去追那永远吸引我的梦。

那梦，真美！

小木楼第一次喧闹起来了。广播站的同事们挤进来看我的妻子和儿子。我们一家被挤在房间的小角落里喘息，但大家都非常兴奋，兴奋得谁也没有感到这个世界是如此狭小。

其实，我们心里的世界大得很。

离开小木楼已经28年了。我听说这个小饭店在旧城改造中拆除了。可是只要我一想起在县广播站当编辑、记者的日子，我的脑海里就会立即浮现小木楼的影子，就会浮现出小木楼房间里妻子甜美的笑容和儿子天真烂漫的动作。我永远忘不了在小木楼里我和妻子、儿子度过的那些温馨的日子。

生活是美丽的

在生活的花园里蹒跚，空气是那样的清新，花草是那样的鲜艳。年轻人的心会更鲜活，年轻人的头脑会更智慧，年轻人的歌声会更甜美。

我们小小的编播组由 4 个人组成，两男两女。

我是组长，还有一个湘大毕业的姓刘的文学编辑，再是一位刚走上岗位的年轻播音员和一个担任值班员的部队军人妻子。

这也是一个年轻的家庭。

这个年轻家庭的生活节奏是十分有序的，从早到晚，从今天到明天、再后天，我们每天都要按质按量编播一定数量的稿件。如果哪一天广播不响了，那就说明广播站不存在了。

我们谁也不能忽视这个庄严的使命。我们每个人的心里都支撑着一方语言的天地。

初到广播站，我知道我的位置的重要。事实上，任何一个对社会有着责任感的人，不管他是做什么工作，都会全身心地投入到工作中去，这样他的才智才能得到最大限度的发挥。我从乡间调来是非常不容易的事，那么多人想来而不能来。我知道该怎样珍惜这个岗位。我们几个同事相处得非常好，就如兄弟姐妹一般。这年冬天，正好省里要举行广播节目评奖活动，我们商量着要打响第一炮。于是，我选择了一个很好的机会，随县委陈书记下乡采访。

竹布坳是一座很高的山坳，它联结着山内山外两个世界。在没有修筑公路的时候，挑担过山坳的农民，艰难地行至山坳顶上，就得停下来歇憩。一到夏天，天气炎热，在山坳歇脚的人多么渴望能喝上一杯茶水呀！就有这么一位年过半百叫张式谷的老人，不计报酬地在山坳上搭着一个茶亭，义务为过路人烧水送茶。当时的县委书记陈再仁已是被省委号召全省学习的焦裕禄式的模范干部。他来到高山之巅，看到张式谷老人义务送茶的动人情景，十分感动，便登门慰问感谢。后来又嘱县民政局的同志给老人送去慰问金和雨衣、雨鞋。一个是人民的好公仆，一个是热心助人的好百姓。身临其境，感触着这两颗火热之心的碰撞，回到县城我连夜写出了《县委书记访茶亭》的弹词。弹词写出来后，我们编播组的同志，便立即找人谱曲、演唱，并适时播出。后来在全省的广播节目评比中，被评为二等奖。

1979 年 12 月。时值隆冬，北国一片银装素裹。祖国首都北京却一片春意盎然。党的十一届三中全会的召开，使古老的神州大地顿时出现了"天接云涛连晓雾，星河欲转千帆舞"的崭新局面。从此亿万人民抛弃了长期禁锢思想的"以阶级斗争为纲"的精神枷锁，把党的工作重心转移到经济建设上来。当安徽农民首先搞农业生产责任制后，全国各地便自觉仿效。中央关于农业问题的文件相继下发，极大地调动了农民种田的生产积极性。

作为县里的一名新闻工作者，只要一走到工厂、农村、学校、商店、机关就能听到、看到人们对党的路线的赞美之声、欣喜之情。一些贫困的山区农民，率先搞起了"包产到户""大包干"责任制。个体户应运而生，地处偏僻的大围山下的白沙镇的农民在街上摆满了小卖摊子。那时候下乡采访，有写不完的新鲜事。我从内心深处感觉到了党的政策的英明正确。我下乡采访后写出的纪实散文《大山里的小镇》就记述了一个小镇当时可喜的变化：

　　大山里的风光是美丽的，而大山里的小镇更富有诗意。
　　一天，我回到了家乡——大围山区的白沙镇。天刚亮，远处传来雄鸡的啼鸣，我就来到了白沙桥上。向东望去，高耸入云的大围山脉还隐在茫茫升腾的白雾里。眼前，淡淡的晨曦已勾画出了小镇的轮廓，沿河两岸木质结构的街道小建筑群洒上了一层清辉。潺潺的白沙河水从桥下缓缓流过，浮在水上的木排像一条金色的飘带蜿蜒地镶在碧玉般的河边……家乡的早晨真美呀！
　　此情此景，引起了我难忘的回忆：1927 年 9 月 21 日，毛泽东同志领导秋收起义部队的第一师第三团，在这里打了个大胜仗，击溃了国民党一个团的兵力。如今，在革命前辈浴血奋战的地方，发生了很大的变化。特别是粉碎"四人帮"后，这里又新修了公路桥、影剧院，建起了水电站，呈现出一派兴旺的景象。
　　不一会儿，小镇开始沸腾了，挑担的、挎篮的、背篓的、推小车的，汇成了一股彩色的人流向小镇涌去。

　　我走进小街，两旁的商店早已开了门，里面挤满了人，一阵阵欢声笑语回荡在小镇的上空。这条不到半华里长，只有60来户人家的小镇我数一数就开了30多家铺子，有国营的、社办的、居民办的。有杂店、百货店、药店、缝纫店、钟表修理店、照相馆、铁器铺，加上两边摆着买山货的小摊子，真是琳琅满目，应有尽有。单说理发店，这条街就有四家。一位老乡风趣地说："你别看我们这儿离城市远，可这云雾中的理发师，也会烫卷头发呢！"

　　这时，我身边走来一位姑娘，乌黑的头发上还留着晶莹的露珠，衣袖上沾着小白花丝。我一看，她挎着一竹篮的香菇，红扑扑的脸上露出甜美的微笑，仿佛在说：买一点吧，尝个新鲜！再往前走，我来到了街中心的居民小吃店里，明亮的小店里，摆着两张擦得干干净净的桌子，厨房里正冒着热气，送来饭菜的清香。听说这个小吃店，还是公社贷款支持她们办起来的。为首的是街道居民小组长李兆梅婆婆。现在，这个由五位居民合伙开的小吃店生意可兴隆呢！每天来镇上赶集的山里人，都喜欢到这里吃顿早餐，尝尝李婆婆她们烹调手艺做出的美味。有的老倌子还要喝几口"浏阳河小曲"酒，唱几句"刘海砍樵"里的花鼓调呢！

　　望着这生机勃勃、古老而繁荣的小街，我的心像白沙河里的流水久久不能平静。家乡变了，小镇变了！几年前，这条小街上只有一两家国营小店。人们上街赶集，往往是空腹而归。而现在，昔日的萧条无影无踪了。大山的小镇呀，你是靠什么焕发出这蓬勃青春的呀？

　　"攀上高高的大围山哟，

　　摘朵白云写山歌。

　　党的政策赛春风哟，

　　日子越过越快活……"

　　这时，街的东头，出现了一位挑着扫帚的老汉，他一边走，一边唱着山歌。我的心胸豁然开朗起来：昨天晚上，公社吴书记不是给我介绍了党的三中全会以后，家乡落实农村经济政策，开放集市贸易，建立责任制发生的崭新变化么？我想：在三中全会的春风吹拂下，白沙镇将会变得更加美丽，更加可爱。

　　朝阳从东方冉冉升起来了，绯红的火焰，拉开了白色的雾幔。高耸入云的大围山云蒸霞蔚，一片葱茏，大山的小镇沐浴在金色的霞光里，像一个年轻的少女，撩开了罩在头上的纱巾，更显出诱人的姿色。一群白鹭从碧绿的山野里飞过小镇的上空，鸣叫着，白沙河水哗哗的响声，也变得格外清脆了。

播音员小潘刚从中学毕业就被录用。她聪敏、漂亮、淳朴，充满朝气。为了播好每篇稿子，她把字典放在播音台前，认真地校准自己的语音。特别是播送这类抒情性强的纪实散文和通讯，我都在稿子上给她注明应把握感情色彩和速度的段落。这篇稿子，她经过精心处理，配上音乐，播诵得非常成功，后来还被省台采用，评为优稿。《长城文艺》编辑耿光华还撰文评论说："《大山里的小镇》写的是湖南大围山区的白沙镇，在三中全会以后所呈现出的兴旺景象。文章虽然篇幅短小，作者却把握住了时代的脉搏。"

把握时代脉搏是一个新闻工作者最重要的责任。因为只有把握了时代脉搏，你所写的东西才能给人以启示和震动，才能成为引导人们前进的旗帜和号角。当时农业责任制的推行，确实是一石激起千层浪，广大农民拍手叫好。我那时，常随工作队到村到队去采访、调查。看到农民们在承包合同书上签字时的激动场面，总使我感慨万千。我在日记中写道，绿的山、碧的水、红的花、紫的霞。现在的农村乡野真是一幅绚丽的画。人在画中走，有多少赞美的歌要唱，有多少舒心的话要说。即使是古老的风车也能唱出新的歌谣。这种情景与三中全会以前，广大农村那片沉默压抑的气氛相比，真是两个世界。我记得当时在《湘江文艺》上发表的诗歌《他在责任合同书上盖章》，就是对这种现实的真实描绘：

> 柳林，一盘金月挂枝头
> 屋里，正订责任合同的时候
> 大叔握着自己的印章
> 双手激动得颤抖
>
> 一颗火热的心
> 飞出了窗口
> 像是一颗幸福的花籽
> 播进了飘香的泥土

在沁甜的蔗林
在滴翠的田畴
在开花的果园
在荡漾的渔舟……

飘香的泥土
孕育金色的丰收
他那颗彩色的心呀
有花在放，有蜜在流

　　一篇小散文、一首小诗歌本是微不足道的文学作品，但是它们的出现却映照出一个崭新时代的灿烂光辉。从那字里行间，可以倾听到社会前进的铿锵鼓点。我常常为新生活的浪花在眼前跳跃而激动不已。虽然已近而立之年的我仍然孤身一人独居陋室，但我感到心情舒畅，有使不完的劲。

　　自然思念妻子和儿子的事也是经常发生的。

　　妻子在乡下教书，还要带着小儿子，那辛苦和操心是可想而知的。夜阑人静，望窗外如水的月光，看枝头晃动的光亮，我也常在心里呼唤妻子和儿子。然而最使我现在回忆起来还不能饶恕自己的是，在一度繁忙时，我竟很长时间没有给她去信。也只是陡生思念之时才感到这种行为的可恨。这封写给妻子的信是我在整理文稿时发现的，真实地抄录如下，或许可以袒露和反省我自己的那段感情。

　　我知道你会盼我的信，我也正在催自己拿起笔。虽然这天气流寒洒雨，但在他的心中却是那样热乎。让我心的火焰去温暖你忠实的心吧！讲真的，昨天，就在昨天，我是不愿离开你的。我记得离开时，你站在马路上，凝视我，你那依依不舍的眼光，使我的心难受极了。是的，因为工作的需要，你没有阻拦我。相反却抑制自己的感情，牵着笛儿扭头而去。

　　这次到县里工作，留给你的是更多的辛劳心累。你对我的支持，是我永生值得珍惜而无法报偿的。我十分激动。也永远会记下你从乡下给我捎来穿的、吃的和问候。

　　我只能再一次告诉自己，要记住，这就是你的妻子给予你的爱和幸福。当我在模糊的记忆中，仍在寻找你眼眶里闪动的泪珠时，我受到了良心的责备。我对你的关心、体贴太少太少。我知道你会时刻想我，想念之际，你就在记忆里去寻找他的影子吧！看一看我们全家的照片最好，那是最可慰藉思念的。

　　以后从县城到妻子工作的中学开始通班车，妻子和儿子便选择假日来看我。可又往往因我下乡采访，他们的到来，只能请播音员小潘去接他们。感谢我这位淳朴热情的同事，她不止一次地去接送我的妻子和儿子。有时妻子来县城要为学校办事，儿子就只好托小潘照料。日子久了，儿子和小潘成了好朋友。人世间的友情就是在这种无形的交接点上产生和发展直到留下永远难忘的印记。

　　在县广播站的时间仅仅一年，我写了100多篇稿子，有近30篇在多种报刊上发表，一时便在县城小有名气。第二年的冬天，县委一纸调令便把我又调到了县委办公室做县委书记的秘书。从此，我与基层干部和农民的接触更多了。我决心从这些平凡的干部、群众身上学习更多的东西来丰富自己，提高自己，塑造自己。

　　我随县委陈书记爬山越岭去贫困山区调查看望农民，帮助他们制定脱贫的方案和措施；我随书记去水库大坝了解险情，支持当地的群众做好防洪抗旱工作；我随书记深入到先富裕的乡镇，总结推广他们的先进经验，以点带面；我还随书记去参加农业劳动，施肥、插秧、打稻，去和人民群众建立血肉般的联系；我更了解到作为一个县委书记是怎样的廉洁、勤政！跟随他30多年的妻子仍然是一个农村妇女，即使省委表态要解决家属户口问题，他仍然迟迟不去办手续。

　　这一切使我悟出一个道理，一个地方、一个县要发展，要兴旺，要靠有一个好的领导班子，要有一个好的县委书记。当时任省委书记的毛致用来浏阳，就是这样称赞浏阳的班子过得硬，浏阳的发展令人满意。我也就在这时候，认识了省委书记，想不到5年后，我自己也走上了领导岗位。而这几年的秘书生涯对于我是多么重要呀！

　　妻子仍在乡下教书，儿子慢慢长大，可以看懂小人书了。儿子看我在地上写条幅，天真地笑个不停。他不知道这是写字。他看见父亲在洁白的纸上画着黑色的线条觉得很好玩。我真庆幸自己有一个这样聪灵的儿子。

我想，他们的未来当然比我们好，也应该比我们好。

我前面提到的那位曹老师，终于也来敲我的房门了。他站在门口，气色非常好，再不是前几年那憔悴的面容和弯曲的身子。我请他坐下，问了学校的情况。他总是夸我的妻子怎样关心他，有时星期天做了好菜请他去吃。他夸我的儿子怎样聪明，那么小就常缠着他要听故事。他夸我在县里干得好……这是真心话，这是老师对学生的希望之心，我自然是明白的。

曹老师终于讲到他的问题。教育局对他很关心，把他调回了原来的县属中学任教。可是现在他又面临新的选择。他特地来征求我的意见，并带上省委宣传部副部长李冰封的信。要他回长沙教育山版社工作。我看了李部长的信，沉思片刻。我认为，他应当回长沙，这样他对党的事业贡献会更大。于是我说："你应当回去，如果需要，我可以直接向书记报告。"他想不到我会这样支持他。他流眼泪了，他真的哭了。他说："现在我再一次认识到，跟党走没有错！"然而在这句话的背后，我觉得应当让我们思考更深层的答案。

我把这件事报告了县委书记，县委陈书记很支持曹老师。在很短的时间内，曹老师就调往了长沙。

因为工作的原因，我可以常去长沙看曹老师。

曹老师怕冷，每年冬天我的妻子给他送去木炭；曹老师喜欢吃乡下的腊肉和腊龟，我们每年过年时也给他送去一些，以表学生的心意。曹老师是河南人，在湖南没有亲人，我和妻子商量，我们就是他的子女，我们应当永远记住他。

我的老师没有辜负党组织的期望。他在自己的晚年直到退休以后，仍坚守岗位，他编辑的数百万字的《陶行知全集》荣获国家图书奖，他编辑的60册《世界著名学府丛书》花费了自己晚年的全部心血和精力。他任劳任怨，从不思索取和名位。他是一个真正的读书人，一个有深刻思想和丰富知识的人，是只知道奉献的孺子牛。

在他60岁的时候，我没有去为他祝酒庆寿，我凝视着他送给我的100册他编辑的书禁不住流出了崇敬的眼泪。什么是人的最高价值，什么是真正壮丽的人生，我从我的老师身上看到了。我不能不对自己说，看看你身边的老师，你该怎样走向人生的彼岸！

老师对我非常的好，他经常鼓励我坚持学习，认真写作，努力工作，正直为人。他对我的散文、诗歌、理论文章经常评点，有肯定，有鼓励，也有批评。他向我要字，他说希望我写几个字留给他，这会使他不会忘记我们重逢在马鞍山小村的那个难忘的日子。

我斗胆地在他 60 岁生日时写了这句话：

> 黄叶莫叹春早逝
> 霜花更知惜晚香

我愿我的老师，像红叶题诗，永远燃烧生命的霞光。人生的黄昏不属于他。

夜宿千秋村

已是夕阳浮上西山巅的时候。

山林森森的乡野变得清冷起来。吉普车在弯曲而坎坷不平的盘山公路上颠簸着。司机紧锁着眉头，有一种如履薄冰的神情。透过车窗玻璃，我看到了高耸入云的大围山脉黑压压地矗立在公路两边。再往路下看，便是蓝幽幽的大山峡谷，升腾着薄薄的雾气。

我对县委陈书记说："天色已晚，是不是不去千秋村了？"坐在后座的公社胡书记也说："到千秋村还要步行十多里路，可能返回时天会大黑。"陈书记没有吭声。我知道他的脾气，他要做的事你多说也没用。

车子继续颠簸着爬山，就像大海里的一叶轻舟，在波浪上摇晃着前进。翻过一道山梁，前面出现了一个宽阔的山坪，一栋木楼耸立坪内，门口还停着一辆拖拉机。公社胡书记告诉我们，车子只能开到这里，以后的路就要步行了。

跟在胡书记的身后，沿着山间的羊肠小道穿荆棘，钻竹林，我们向千秋村走去。走了大约一个小时，终于来到了千秋村。千秋村是大围山上一个最贫困的村。这里居住着百十户人家。住在山腰的村民，下一次山都得半天时间。老乡风趣地说："我们养的猪卖到山下去，像做新娘，得用轿子抬。"进入大山怀抱，只见满目绿树葱茏，梯田爬上云霄，竹林似海浪摇荡。

走进一家山边农户，家里住着两位老人，都已年上六旬。老婆婆用沾满灰尘的瓷碗给我们泡满茶水。说真的，我实在不敢喝。但是，书记却痛快地喝了，我不得不喝。老人告诉我们，她有一个女儿嫁到了山外，只是年头年尾回来看一看。从村长那里我们了解到，这个村子的女青年几乎全嫁在山下的塅里，留下的男青年都娶不上媳妇，原因就是山里贫困。听了老乡的介绍，书记深沉地说："不治山里贫穷，这里会绝种啊！"村长说："我们想搞包产到户，发展生产，可公社总是态度不明确。"陈书记没有说话，只是用眼睛瞟了一下胡书记。临走时，书记从口袋里掏出 20 元钱，嘱我返回去转送给那两位老人。

天色已经全黑下来了，整个大山像一个苍老的巨人，把我们抱在怀中。我们感到它胸膛无比的阔大，感触着它强劲的呼吸，心里有一种悲壮的苍凉感。这时候，书记决定不回公社住，要在山里住。这可把胡书记急坏了，这样贫困的山村，把县委书记往哪里搁啊！村长也慌了神，大家一时沉默不语。书记看出了他们的心思，忙说："你们不要作难，吃住之事我已考虑好了。"我说："住哪里？""千秋小学！"

千秋小学坐落在一片竹林掩映的山坡土坪里。村长领着我们沿着山边的青草小路匆匆前行。行至学校门前的操坪，透过窗户，能望见校舍内有依稀的灯光在摇曳。村长大声喊："有人吗？""有人哩！"随着回声，从黑洞洞的教室内一间亮着昏黄灯光的房间走出一个农民模样的教师。村长说明了来由，那教师吃惊地望着眼前的县委书记许久没有说话。

"住这里欢迎，正好今天有两位民办教师回家有事去了。"

接着这位姓张的老师，把我们领到他们的办公室，点亮了煤油灯盏。昏黄的光芒照耀着我们，大家都会心地笑了。村长和张老师进厨房做饭去了，我们便随意翻开了桌上的学生作业本。

只一会儿，村长端来了米饭，还给我们每人煮了两个鸡蛋。书记对张老师说："你又没有喂鸡，就不要煮鸡蛋给我们吃，萝卜酸菜就行了。"张老师说："这是我替学生交学费，学生用鸡蛋还钱，不是我自己去买的。"

那天晚上，村长回家去住了。我们 4 个挤住在这所大山深处的小学校里。我和书记睡一床，很晚了，我发现陈书记并没有睡着，他总在轻轻地翻动身子。书记也发现我没有睡着，于是他说："小谭，看起来下一步县委必须大胆地推行联产责任制。像这样的贫困山区，不包产到户就无法摆脱贫困。你记住，回到县里要扶贫办的同志一定来这里，帮助解决一些发展多种经营的资金、肥料等问题。"

大山的夜是神秘的，也是恐怖的。一阵山风吹过，便是阵阵惊人的林啸。我感到在窗外竹枝上摇曳的星光，散发着袭人的寒冷，在一缕缕轻轻的鸟啼虫鸣里，时而还从远处传来几声令人心颤的狼嚎。

从千秋村回来后，县委接连召开了两天会议，统一思想，在全县全面推行农业生产责任制，并开展扶贫工作大调查。书记还带头到东乡的溪江村办联系点。我跟他又住进了一个姓陈的困难户家。书记在乡下办点，不忘参加劳动。他挑粪施肥、扮禾、插秧，样样都干，样样在行。他回县里开会，还总要从机关用车拉来大粪送到农村。

有人说他是农民书记，土里土气。其实，他们根本就不了解他。正是这样的书记，才把心贴近农民，才能真正体察民情，了解群众的疾苦，才能在许多人都左盼右顾不敢冒风险时，果断地做出了推行农业责任制的决定。当时湖南日报社记者部主任梁新春采写了关于他的长篇通讯《他心里只有群众》，引起了社会的广泛关注。作为他的秘书，我从他的身上学到了许多许多的东西。我现在感到，最重要的是心里要时刻装着老百姓。

在农村蹲点，看到责任制推行后农村出现的一派欣欣向荣的新景象，真让人激动。书记不止一次地动员我写文章赞美这场深刻的变化。我在溪江村的田头，看到那一片绿油油的禾苗在风里翻动，油然生发出梦幻般的诗意：

> 山溪涨了满河春水
> 泼出了一幅崭新的图画
> 彩色的阳光照进了山洼人家
> 走过了多少苦涩的日子
> 今日种田人才抬头说响话
> 一路"凤凰"撒下喜悦
> 捎着责任田的欢笑
> 捎着鱼塘的彩霞……

我国著名诗人未央读了我的诗后，撰文评论。他在《绿色的歌》中写道："今日的乡村，已不是昔日的乡村。商品经济的发展和现代文明的出现必将撞击古老生活。谈笑是这种变化的见证人。对此他怀着满腔热情。他歌唱责任田、合同书、高山电站、电视天线，还有深山舞会'街市的风／吹醒了山窝／吹得整个山在欢快地旋转／月光旋成明亮的彩灯／鸟鸣旋成悠扬的电子琴'……"

这是我生活中一段值得记忆的往事。因为它让我思考了人生的一个重要课题。当你有一天成为一个人民公仆、一个党的领导干部的时候，你该怎样生活、工作，怎样为群众谋利益。

陈书记是农民的儿子，他永远没有离开农民。

中国是农业大国，需要更多这样的农民的好儿子。

我在不止一次地这样想着。

枫叶红了

浏阳河是一条美丽的河、光荣的河、英雄的河。她曾哺育了像谭嗣同那样的变革志士；像胡耀邦、王震那样的开国元勋；像欧阳予倩那样的艺术大家。

这条河虽然弯弯曲曲，也曾流过哀怨、愤恨，受过创伤，但她热爱生活，始终坚定无私地用自己的乳汁滋润着家乡肥美的土地，哺育着自己的儿女。每一个生活成长在她怀抱的儿女都懂得自己应当怎样为这条母亲河增光添彩。

大围山的枫叶红了，文家市的枫叶红了，浏阳河岸天马山上的枫叶红了，我居住的临河窗前的那棵小枫树的枫叶也红了。那殷红的枫叶形似心状，色如丹阳，脉如血管，非常美丽。

在这样的季节，岳麓山上的枫林更是红得胜火，映照着辽阔的天庭。聚集在石佳冲省委党校的党的十一届三中全会后第一批经考试入学的培训学员，满怀如火壮志来了，带着岁月的风尘来了，踏着时代前进的鼓点来了。他们中大多数是已具有高等学历的中青年科级以上干部。这是我党实现干部正规化教育的开端。

坐在宽敞明亮的教室里，学员们翻开《马克思主义哲学》《中国通史》《现代文学》《工业经济学》等课本，倾听教员们的讲课，思考自己工作实践过程中的经验和教训，感到这种学习是非常必要的，也是非常及时的。即使是星期天或是深夜，这群不知疲倦的学员们仍在教室里、寝室里、图书馆看书做笔记，思考问题。还有不少的学员自觉地参加外语和电子计算机课程的选学。大家都深深地意识到自己肩上的使命。学习对于未来的工作是十分重要的。我当然不甘落后，因为在我们班的 129 名学员中，仅仅有 9 名高中毕业和中专毕业学历的学员，而我就是其中一个。

别离工作单位和家庭在省城学习，这对于我来说是一个非常好的求知机会，可以静下心来读很多书，思考很多问题。但是整个家庭的担子却搁在妻子的肩上。妻子已从乡下调到县城教书了，身旁带着一个刚进幼儿园的儿子。我的父母在乡下，她还要时刻考虑去关照老人的生活和身体。只要老人身体有个不适，她就得赶到乡下去看望。有时接回城里治疗，全靠她一个人奔波。

仅仅离开县城两个月，我回去见到妻子，她明显地憔悴和消瘦了。而我的笛儿却长得更机灵、可爱了，他拉着我的手，不停地问着长沙的事情，又要我给他讲许多的故事。我真想帮妻子做点事，可妻子想到我住上一晚又要返回长沙，她疼爱我，反倒不让我做。她总是说："你们父子难得见面，在一起多玩一玩。"她还把我当成小孩哩！每次我去搭车返校，她还要牵着儿子到汽车站送我。儿子挥着小手向我告别，我心中总是涌动着难言的感情波浪。望着妻子的眼睛里流露出的眷恋之情，便在脑海里浮现初恋惜别的情景。多好的女人啊！你总是用温柔的心伴我远行。

在党校读书，我的心情也有沉重时候，每当从报纸、电视上看到某地遭受水灾、旱灾的报道，或看到贫困山区群众生产、生活的极度艰难情景，总使我陷入沉重的记忆里。

我始终不会忘记，在我复习功课，准备迎接省委党校组织的招生统一考试前夕的 1983 年 7 月 9 日，我县张坊区突然山洪暴发，冲断桥梁，冲倒百年古樟，卷走数千间民房，淹没上万亩已经泛黄、正待收割的稻子的惨重局面。当时，我跟着县委陈书记赴张坊组织抗灾，看到这一片惨景，我们都流出了忧伤的泪滴。有年过半百的老农民流着痛苦的眼泪向我们诉说，有的妇女竟号啕大哭跪在书记跟前。他们已经无家可归，无米可炊。陈书记总是含着泪扶起老乡说："党和政府会想尽办法帮助你们的。"

是的，在那些日子里，从县委机关到厂矿、商店和非灾区的人民群众，大家都伸出了友谊之手捐钱捐物支援灾区。在这种情况下，我怎能安心在家复习。我断然中止复习，又重返救灾一线。只是待救灾工作已进入正常阶段，临考前的一个星期，我才在书记的再三催促下夜以继日地投入复习迎考之中。我终于没有辜负县委的期望，考入了我省首届党政干部培训班。对于这来之不易的学习机会，我当然百倍珍惜。在党校，我一边学习，一边开展理论和实践相结合的研究。先后写出了《提高政府权威效力的辩证思考》《青年领导开局的艺术》《发展乡镇企业是进一步搞活农村经济的重要途径》《要重视农村的人才开发》等理论文章。回到领导岗位后，我结合工作实践，在原来写作关于乡镇企业调查报告的基础上，又与其他同志共同研究合写了专著《乡镇企业管理简论》公开出版发行。这在我国是一部较早出现的关于乡镇企业管理的著作。

由于在学习中自觉加压，把学习当作自己再提高的机会，我的学习生活是非常充实、愉快的。

第一学年的寒假在紧张的学习生活结束时来临了，我回到了县委机关，本来我可以利用寒假好好休息调整一下自己，并帮妻子做一些事情。可妻子依然是老脾气，要我别管她。我感谢妻子那片挚情。我终于做出了自己的选择，利用假日去农村调查。妻子很赞成我的主意，她说："你爱好文学，可以通过调查写一点反映三中全会后农村变化的作品。我们自己也是三中全会的受惠者。"妻子的话很平和、平常，但道出了一个深刻的道理："我们也是三中全会的受惠者。"是的，要不是党的十一届三中全会拨乱反正，正本清源，恢复了党的实事求是的思想路线，我们这些过去背着"黑锅"的人不可能成为县委机关的干部，更不可能重返高等院校学习。

我毅然回到了农村。

我早出晚归，一个人骑着自行车，奔波在郊区农村的田野、村舍、农家。我和老乡们交谈，我走进了专业户的养猪场、养鸡场。我来到了个体小店用餐，我和农民们坐在一起谈粮食产量、人平纯收入和农田基本建设的投入情况。

从与农民的交谈中，从农民们微笑的脸上，我看到了农村的巨大变化，看到了党的政策的巨大威力。

从一个养鸡专业户在山乡的出现，从一个饱经风霜的农民成为一个县政协委员的足迹，给人以多么深刻的启示呀！当我从调查中感知

1984 年，在北京参加报告文学授奖大会

了城关镇城东村 48 岁的农民王业敬走过的这条无形的，但又有形的坎坷、光明道路的典型事迹后，我激动得彻夜难眠，仅用了一天一晚的时间，就为他写了一篇题为《属于他自己的歌》的报告文学。

后来，我把这篇报告文学寄到《中国农民报》。《中国农民报》很快就全文发表，而且被评为国庆 35 周年征文二等奖。

1984 年 12 月，北京城正漫天飞雪。我踏着厚厚的积雪去《中国农民报》编辑部报到，参加授奖大会。

隆重的颁奖大会在北京民族饭店宴会大厅举行。

我国著名文学家、诗人艾青、李准、浩然等应邀出席。我是人生第一次参加这样的盛典，这也是我平生第二次进北京城。18 年前，我们这群不懂事的中学生，踏着"文革"的风烟来到北京串联。也正是在这北京民族饭店的门前，我们接受毛泽东主席的检阅。

18 年过去了，我们这些当年的红卫兵从迷茫、困惑、浮躁、幼稚中成长、成熟起来，成了中国共产党党员，成了党的基层干部。今天，我又重返京城，在这里领奖。这不是一个简单的重复，这标志着祖国从此也走向了振兴之路。这个获奖证书，鲜明地记载着一个时代的变化足迹。

我从小就崇拜的善于写农村生活的作家浩然拉着我的手说："你的文章我读了，也是我写的评语，它确实动人，作品中的主人公是新时期农民的代表。"《中国农民报》的负责人也找我，要我写一篇体会文章，向读者介绍一下我写作的动机和思想感悟。我当然不能推辞，我感谢老一辈作家的关怀教诲。在编辑部里，我铺开了稿纸。

窗外雪花飘飘，朔风呼啸。

北京已是一座洁白的城市。

在一望无边的白雪世界，我感到整个世界都变得异常的清新和壮丽。这是自然界给我们展示出的一张无比辽阔的白色图纸，它相信炎黄子孙会在上面画出更辉煌的图画。

手持画笔的工人、农民、干部、职员都已经挥动着充满活力的臂膀。从窗外流过的汽车车流，正载着无穷的热力奔向四面八方。

仅仅一夜工夫，我的桌上就留下了洋洋万言的写作心得。题目为《要为新时期的农民歌唱》。

从枫叶红了的时候，到枫叶正泛青的季节，足足两年的学习时光，我们在省委党校学习即将毕业。正是这毕业前夕，《长沙晚报》开辟了一个"爱的书信竞赛"专栏。我回顾自己与妻子的恋爱历程和远离家庭在外学习的日子,总感到对不起妻子的那份关怀之情。妻子是懂得爱和知道爱的好女人。我想应该向她表达自己心中的感激。这种感激只有向整个社会披露,我才会感到心灵有片刻的安静。我在没有征得她的同意的情况下,就把这封公开的情书寄到了报社。

1985年6月11日《长沙晚报》刊出了这封信,编者为信加的标题是《真正的爱》。信是这样写的:

秋叶:

再过几天就是你的生日了。因为即将毕业考试,我不能回来向你祝福,只好让这只白色的信鸽捎上我这颗思念的心。

时间过得真快呀!我们结婚快10年了。这些年来,你含辛茹苦,对我的工作、创作给予了极大的支持。我能在不到十年的时间里,在艰苦的条件下进行业余的创作,从一个普通的山区教师走上领导岗位,这与你对我的支持是分不开的。

10年前,当我还是一个偏僻山区的教师时,你这个中师刚刚毕业的城里姑娘就深深地爱上了我。那时,教师是"臭老九",而你竟抛开世俗的偏见,冲破重重阻力来到乡下与我结婚。你还记得吧!有一次,迎着夏夜的河风,我俩沿着浏阳河边的柳堤散步,我给你背诵了苏联诗人伊萨科夫斯基的《有谁知道他》:"我的心甜得快融化。有谁知道他,为什么融化。"

当时,我便借诗兴问你:"秋叶,你怎么会爱我?""因为你爱读书,好思考!"

生活告诉我,理解是需要时间的。我永远不会忘记,1977年夏天,那是我们结婚后的第二年,你生下了我们的独生子晓笛,在一个天气十分炎热的晚上,我回山区学校,望着挂在窗上那盘明月,眼泪满腮。你生下孩子才3天,而你对我没有丝毫怨言,反而安慰我:"去吧!你放心,我会照顾好自己和笛儿的。"后来,我调到县委机关工作,你仍一个人带着孩子在乡下教书。你从不拖累我,总是鼓励我奋发工作,不要为家事操心。特别是这两年,我在省委党校党政干部培训班学习,把一个家庭的重担完全搁在你的肩上。你爱唱歌,但失去了唱歌的时间;你爱看电影,但缺少了这种条件;你爱跳舞,但跑厨房的

2001 年与妻子范菊秋在岳麓山合影

节奏代替了舞厅的旋律……

"你得到的正是我要得到的。"你不止一次这样对我说。是啊！每当我独自在岳麓山下的曲径上漫步思索，踏着朦胧的月色走回记忆的梦里，我总是沉浸在一种甜蜜的家庭生活的乐趣之中。

我不会忘记，我读书、写作晚了，是你泡好麦乳精，悄悄地放在桌边；盛夏时节，有时我利用午休写作，是你坐在一旁给我打扇，你说："电扇吹久了，对身体不好。"我写的诗，您先朗读；我写的散文，你先提意见。每当你看到寄来发表我作品的刊物，你总是那样兴奋，抢着先翻到登载着我作品的那一页。有一次湖南电台播送我写的配乐散文《彩色的土地，甜蜜的生活》，你竟录了音，一个人偷偷地欣赏……

莎士比亚说过："真正的爱是恋人间的风雨同舟，相濡以沫。有着善良、纯洁情操的女性是每个有所为的男子所钟爱的。"我不是一个有所为的男子，但你却是一个善良、纯洁的女性。在生活的道路上，我为自己能有你这样的伴侣感到幸福、自豪！

你知道我爱写诗，你曾对我说："什么时候有空，也写首诗给我吧！"秋叶，今天我特地为你写了这首题为《秋叶》的诗作为我送给你生日的礼物，我愿她像一朵殷红的花永远开在你的心上：

在春天的日记里，你曾是一页绿色的书签。
在生活的河流上，你也曾是一只颠簸的小船。
虽然，自己失去了青葱，
但铸造了更崇高的信念。
生命便是一个个火红的音符，

歌唱你自己，也歌唱我们的明天……

　　这就是爱情，这就是生活，这就是人生，这就是永远值得记忆和珍惜的故事。只要回忆到这些故事，我就会感到人生的幸运和满足。也许有人会问我，你在文章中如此赞美你的妻子，而她心中的感情世界是怎样的呢?

　　对此，我曾进行探寻，终于从她的文稿中，找到了一篇她在教师演讲会上抒发感情世界的表述:

　　人们喜爱用阳光比喻党；用春雨比喻知识；用花朵比喻学生；用园丁比喻教师。这种比喻是再确切不过了。每当我听到这种对教师的赞美之词，心中就涌动着感情的波涛。

　　我是一名教师，一名普通的小学教师。每当我走进校园，看到簇拥在自己身边的学生，我总感到有一种说不出的欣慰。是啊! 看着这些天真活泼、淳朴可爱的小学生，我仿佛看到了祖国的未来，人类的希望。

　　马克思有一句名言:"人类是依照美的规律来造形。"规律是客观的。人从自然界和现实社会中发现了美，不仅把美带进了自己的生活，而且也在用自己的劳动和智慧创造美。建筑、绘画、雕塑、舞蹈等都是人类创造的美的结晶。我更认为用灿烂的理想、丰富的知识、高尚的情操，以至谦虚、礼貌、仪容等来教育学生，是一种美的创造。作为一名人民教师，便是在塑造美的心灵。

　　是啊! 在我们这个正在崛起的中华民族，充满阳光的年轻祖国，谁不愿自己的孩子从小就有一颗美丽透明的心灵，谁不希望自己的孩子能成为革命事业的优秀接班人。然而，要塑造美的心灵，首先必须自己心灵美。一个对自己的事业没有强烈的责任感，对学生没有真挚的母爱，对知识没有如饥似渴的追求的教师是不可能履行好"人类灵魂工程师"的这个神圣职责的。只有用美好思想迸发的火花，才能装点人生灿烂的路。

　　我清楚地记得，5 年前我在高坪中学教书的时候，有一位老教师调走，当时学校送给他一个镜框，里面用红色写着这样两句话:"鬓随粉笔白，心与山花红。"当这位老教师用颤抖的双手接过镜框时，他的眼睛流出了晶莹的泪花。是的，这位年将六旬的老教师，虽然两鬓染霜，额头布满了皱纹，但他用自己的心血、智慧、劳动，培育了一代又一代新人。他的容貌美已成为"过去完成式"了，而他的心灵美、他的青春、他的德才学识却永远装进了那些幼小的心灵。尽管他不曾被人们歌颂，也许永远不会名扬四海，然而他是幸福的。因为在祖国未来的事业中，他的理想，他的追求，他的智慧仍在闪光发亮。

这是多么伟大的人生呵！

每当我想起这件往事，我的心就极度地不安，我就愈感到自己肩上的担子重，愈感到自己的不足，愈感到自己做得不够。

契诃夫说过："人的一切，面貌、衣裳、心灵和思想都应该是美好的。"我们的学生，正是幼芽初绽，纯洁无瑕。像天上绯红的云霞，如小溪清亮的流泉。我们有责任塑造好他们美好的心灵。那种把教书视为低人一等的人，应当受到良心的责备，感到羞愧！

记得保尔说过："理想是没有止境的……对我来说，没有比做一名战士更大的幸福了。"保尔说得对。对我来说，也没有比做一名教师更大的幸福了。在党的阳光照耀下，在祖国烂漫的百花园中，我立志用自己心中的火，去点燃学生心中的火，去铸造他们美丽的心灵。是啊！学生是一朵朵小花，但可以编织出鲜花灿烂的未来；学生是一株株小草，但明天可以绿满天涯；学生是一块块小砖，但将来可以砌成共产主义的大厦！

为了这一切，我将百倍努力，奋发学习，奋发工作，用自己青春的火花编织一首生命的小诗，献给党，献给祖国，也献给孩子们。这就是：

我爱阳光，我爱春雨，

我爱春花，我爱中华！

是的，这篇演讲稿也许不是很高水平的讲稿，可她，我的妻子却是带着深深的感情在倾诉着自己对教师工作的感悟。我当时读了，心情也很激动。恰好此时我正在重读《可爱的中国》，于是我便在她的稿子后面，写下了一段并非与她的讲稿相联系的话。我为什么这样做，我相信读者朋友会有所理解。我是这样写的：

我的家坐落在浏阳河畔，弯弯曲曲的浏阳河，捎着一支欢乐的歌，奔腾向前，它带着我对祖国的爱，对未来的憧憬。每当我迎着如火的朝霞、清凉的晨风读起《可爱的中国》这本书，我的心灵在激烈地跳动，此刻仿佛有一个响亮的声音在耳边响起，那是一支多么深沉、多么催人奋发的歌呵！

"到那时，到处都是活跃的创造，到处都是日新月异的进步，欢歌将代替悲叹，笑脸将代替哭泣，富裕将代替贫穷，健康将代替疾苦，智慧将代替愚昧，友爱将代替仇视，生之快乐将代替死之悲哀，明媚的花园，将代替凄凉的荒地。"

这是何等激动人心的诗章呵！这时，我看到方志敏烈士正昂首挺胸，面对浩瀚的江河，入云的高山，向着天空，向着大地呐喊："朋友们，兄弟们，救救母亲呀！救救快要死去的母亲呀！"这声音在撼动古老的中华神州，它撼醒了亿万个苦难的渴望光明的心。这是一颗追求自由，向往繁荣昌盛的中国心啊！

是的，把祖国比作母亲，这是中华儿女发自内心的呼唤。为了母亲，中华儿女奋斗了多少个世纪。方志敏就是其中最光辉的典范，他说过："为了苏维埃流血，我心甘情愿，为了人类的解放，我宁愿住猪栏狗窝似的住所，咀嚼包粟和菜根，一切难以忍受的生活，我都能忍受下去。"一句句、一声声满含赤子情。祖国呀！母亲！这就是您的儿女对您爱的心声。爱是力量，爱是信念，爱是幸福。为了这种最崇高、最伟大、最纯洁的爱，我们看到谭嗣同横刀向天笑，愿抛头颅启后人；为了祖国的解放，我们看到刘胡兰面对铡刀不低头，愿滴鲜血浇花红；我们看到江姐只愿春色满人间，叶挺甘把牢底来坐穿。今天，我们苦难的祖国，终于从黑夜走向了黎明，从贫穷走向了富强，从荒凉走向了明媚的春天。

这一切都在告诉我们，要懂得爱，懂得爱祖国，爱养育自己的母亲。

中国有一句古诗："位卑未敢忘忧国。"我是一个生长在红旗下，沐浴着阳光雨露成长起来的新一代人民公仆。我虽然是大海里的一滴水，但愿这滴水能浇灌出艳丽的花朵；我虽然是一株小草，但愿这株小草能打扮祖国的春天；我虽然是一片绿叶，但愿这片绿叶能为母亲增加一缕微笑。邓小平同志曾经指出，教育要面向现代化，面向世界，面向未来。这是对我们每一个人的谆谆教诲，是我们前进的明灯。我们只有把今天的工作与建设祖国四化、与实现人类最美好的理想共产主义联系起来，那才是最有意义，最有价值的。

方志敏烈士曾经用自己的一腔热血、一颗赤子心实践了自己为民族解放献身的誓言，他的《可爱的中国》已成为激励后人前进的号角。我们新中国的青年该怎样继承先辈的遗志而奋发努力呵！这就是，要用自己对祖国母亲全部的爱来工作，来奋斗。对母亲爱得愈深，信念愈坚定，爱的愈强烈，追求丰富，生活就愈有生命的色彩。

让我这个喝浏阳河水长大，在祖国大地上生根的中华儿女，对祖国唱一支心中的歌：

祖国！我爱你，
我爱你蔚蓝的天空，火红的朝霞，
我爱你奔腾的江河，宽广的土地，
我爱你伟大壮丽的前程，
我爱你辉煌无比的业绩，
母亲，您的儿女永远为您生活歌唱，
用自己殷红的血，赤子的心！

这就是心的呼应和心的相通。我们知道，年年岁岁枫叶会再红，可年年岁岁我们会不再年轻。

第七章
雷霆与阳光

岁月是一条河，一条古老、美丽、曲折、
充满喜忧甘苦的河。它从遥远走来，
又向遥远走去。受伤的脚，
会在坎坷曲折的旅途上留下殷红的履痕，
而受着岁月风雨拍打的灵魂，
却只能饮泣自己的苦泪。是强者，便挺着腰杆，
用痛苦和沉重去抒写悲壮的人生。

编织光的渠道

充满着欢乐与战斗精神的人们，永远带着欢乐，欢迎雷霆与阳光。

——赫胥黎

岁月的窗口真是精彩，它让我瞭望人世间和自然界的万千气象。即使是蓝空的一缕白云，清浅水中的一颗白石，都能酿出飞翔的思绪。

1985年夏天，正是早稻收割的季节，满垄成熟的稻谷在阳光下闪耀着金灿灿的光芒。我从岳麓山下的省委党校，捧着红色的毕业证书，又回到了离别两年的故乡。

伫立浏阳河岸，看着田野里农民兄弟收割早稻的喜悦情景，心里十分高兴。我们这些从事农村工作的同志，最大的心愿就是把党的政策落实到基层，去调动农民的生产积极性。还有什么比看到农村呈现一派丰收景象心里更甜美呢！到机关报到后，我就要求下乡参加夏收工作。我奔走在广阔的农村，再一次感受到在农村推行联产承包责任制带来的深刻变化，确实令人欣喜。特别是一些先富裕起来的农村党员，出钱出物，传技术，帮助贫困农民致富的事迹，使我看到了农村党支部的战斗堡垒作用和共产党员的模范带头作用。我满怀深情地写出了调查报告《浅论农村党员的先锋模范作用》。

农村经济的发展，带来了整个农村面貌的改变。修水利、筑公路、架电排、建学校、兴建农村小集镇等工程在广大农村蓬勃展开。面对欣欣向荣的农村新局面，县委通过反复调查论证，感到必须加快电力建设步伐，才能保持农村经济发展的良好势头。

一幅兴建株树桥水电站的蓝图摆到了县委和政府的办公桌上。各位县委常委，正副县长在认真地讨论、思考着。

蓝图送到了省委、省政府，送到了省水利厅，送到了国家水利部和国家计委的办公桌上。

1987年11月陪同全国政协副主席王首道视察浏阳株树桥工地

在中央工作的老同志王震、王首道特别关注家乡的电力建设。嘱秘书经常来电过问工作进展。省政府及时批准了浏阳县政府在株树桥建水电站的立项报告。省委书记毛致用亲自批示省政府有关部门要全力支持老区的水电站建设。省政府顾问老水利专家史杰多次到省水利厅部署设计任务。

夜很深了，临河招待所楼上会议室的灯光还灿烂地亮着。浏阳县委的常委们正在讨论谁去担任水电站建设的指挥长。我坐在烟雾缭绕的会议室，心想：这是浏阳有史以来第一个大工程，它的建成，将给浏阳的经济发展起到巨大的推动作用，是一件造福子孙后代的大事。能有机会担此重任是一件十分令人自豪的事情。可我又一想，自己是文化人，没有领导工作经验，更没有抓水电工作的实践，我能胜任吗？我环顾四周13个常委，我的年龄最小，去工地干3~5年也不过40岁。于是，我下定决心自荐当指挥长。我坦然地谈出了自己的想法。常委们先是感到震惊和意外，接着便一致同意，并表示全力支持我的工作。

就这样，我这个县委宣传部长请缨上阵，成了株树桥水电站工程指挥部的指挥长。

回到家里，我把县委的这一决定告诉了妻子。妻子很平静地说："我就知道这件事情会落到你的头上，可我又要做好过苦日子的准备了。""那我还是再考虑一下！""还考虑什么，一生中能为浏阳人民做一件这样的大事，就是家庭受点损失也值得。"妻子的话，使我感动万分。我久久地凝视妻子，看到了她那颗发亮的心。

这一夜，我紧靠着妻子很安稳地睡到晨曦照亮窗棂。

春天的雨说下就下。

我第一次去株树桥，就遇到山雨的袭击，把一身淋得透湿。坐在老乡家里，浑身直打战。老乡听说我是来这里指挥修水电站的县委领导，非常热心地给我生火烤衣服，还泡上热乎乎的生姜茶散寒。

在县水利局的技术人员陪同下，我们指挥部的几个领导，翻山坳，爬陡坡，攀石岩，过峡谷，踏看了大坝溢洪道和导流隧洞的位置。这时，太阳西沉，夜色渐至，我们便决定在这里住宿一个晚上，先期领略山野工地的夜生活色彩。

株树桥位于浏阳河上游的龙岗岭山脉脚下最狭窄的河道。这里两岸青山对峙，山脚坚硬的岩石裸露在太阳光下，闪着紫霞银光。大坝就筑在这两山之间，坝内将形成一个水路长 38 公里的青山翠湖。

临时工棚就搭在大坝左岸山坡的梯田里。突然增加七八人，工棚里的民工就只好到农民家去搭铺。我们几个都是两人一床将就着睡。大家关心我，怕我睡不好，硬是腾了一张床让我单独睡。

因为施工队伍还没到来，进场公路尚在赶修中，高压电路也未架好，工棚里还是点着煤油灯。昏黄的光芒照耀着房间，让人感到很清冷。我推开图纸看了一会儿，又把厚厚的水电站可行性论证报告细看了一遍，感到眼睛有些酸胀，于是，我披着风衣走出了工棚。

已是将近 8 年没有在乡野的山谷过夜了，一种久违故土的亲切感涌上心头。我望着悬在墨绿色青山之巅的月亮，仿佛觉得我又回到了白茅坡，回到了月光的怀抱，正踏着月光走进农家的小院，又听到窗内老大妈摇响的嗡嗡的纺纱车声。

不知不觉，我踏着铺满月色的山路来到了大坝左岸的那隆起的巨大岩石上。我坐在岩石上，浑身沐浴着月光的清凉，凝眸悠悠流水，载着星光，沿着河床哗哗地向下游奔跑。此刻，我似乎听懂了流水的声音。这声音里，分明有青山和树木的对话，有岩石和山泉的絮语，有土地对稻穗的相思，有花枝和蝴蝶的恋歌，还有农家酒坛的芳香和小屋石碾的小调。听了许久，我醉了，斜着身子靠在岩石上，痛快地感受着这种美丽的赐予。我直感到自己的生命又注入了一种旺盛的青春力量。我想，在这个大山与河谷拥抱的空间里，我们一定能用自己的双手和智慧创造一幅人间征服自然的立雕杰作，让它千秋万代在这里放射奇光异彩。

一条如带如练的河；

一条流翠淌银的河；

一条呻吟过苦难的河；

一条要迎接富裕的河。

从此，它每天都牵动我的神经和脚步。

长江葛洲坝人在世人的眼中，是中国水电建设大军中的一支劲旅。它的名声可以与当年的中国女排齐驱。干过葛洲坝大型水电站工程的葛洲坝人，为了证明自己不仅能创造世界奇迹，而且也能用巨手去描绘山乡的蓝图。他们果断地参加了株树桥水电站工程的投标，并且很荣幸地将自己的精锐部队开进了革命老区——浏阳。

那一天，浏阳城扯起了欢迎的大红横幅，鞭炮声响彻十里长街。葛洲坝工程局局长乔生祥在机声隆隆、尘土飞扬的工地上握着我的手说："我们的部队就交给你了。"这是何等的胸襟！何等的气魄！何等的慷慨！正是这位局长，他急浏阳人民所急，想工程所想，调来了全局最好的设备，最好的技术力量。从导流隧洞的攻坚战，到大坝截流的歼灭战，面对暴虐的洪水度汛抢险，面临石料场开采遇到的地质变化……他总是从葛洲坝驱车赶来督阵。真是将心如月，朗照疆场，将情胜火，温暖三军。他的身上闪烁着一个水电建设者崇高的思想光芒。

住在潮湿的工棚里，日子长了，我患了严重的关节炎。有时爬上山坡去吃饭都很艰难。但是，我想到乔生祥局长的精神境界、务实作风，即使自己再苦再累，哪怕晴天一身汗、雨天一身水也无怨无悔。为了筹集资金，我四次上北京，找国家计委领导，找国家水利部部长。至于为资金、为设计、为质量问题、为工地用电指标，请求各方支持，去省里找省委书记、省长、有关厅长，不知跑了多少次。

不论是哪方的支持，哪怕是一声安慰都是对我们的鼓励。一个县要投资近亿元，建造一座水电站，太需要支持了。这一份一份的支持之情，我们全部记下了，记在深深的心坎上。

一年一度的除夕夜来到了。

天空飘洒着细雨，弥漫着灯光灿烂的大坝工地。一架架高大的推土机轰鸣着把泥土石块推走，雄伟的电铲伸出钢铁巨臂，把一铲又一铲的碎石投入翻斗车箱，汽车在山路上穿梭奔驶。

乡间家家户户飘出了酒香。

山村四周鸣响着除夕的鞭炮焰火。

我们指挥部决定，所有施工人员干到晚上 8 时，吃过团圆饭，娱乐两个小时，到 10 点又投入施工战斗。要用施工的佳绩迎接新春第一天的到来。

这是一幅多么壮丽的祝酒图。

从指挥长、高级工程师到普通的工人、民工都没有脱下施工服，甚至脸上、头上都还有沙石泥尘，但大家是那样欢悦、亲切地举杯祝酒。我不会喝酒，但在这种氛围里我不能不喝，直到昏昏沉沉地被葛洲坝人拉到雨地里跳舞唱歌，我还不知道自己是在哪里。

雨在飘，风在吹。

寒冷挡不住创业者的热情和友情。

大家在高兴地跳舞、唱歌，放着焰火鞭炮。

那彩色的焰火飞腾在山野的夜空，是那样美妙地变幻着光的图案，给人们展示着美丽的遐想。

夜深了，我和葛洲坝工程处的领导，一个工地一个工地去看望正在加班工作的人们。看着他们远离家门，除夕之夜仍坚守岗位、拼命工作的情景，我禁不住流出敬佩的眼泪。多么伟大的工人阶级啊！你们的心是这样的明亮，这样有光彩。回到宿舍，当我接到妻子和儿子打来的问候电话时，我禁不住颤抖着声音说："现在我们的葛洲坝工人还在工地上上班呢！"妻子听后沉默片刻说："明天你去向工人们拜年，可要代表我们一家呀！"

株树桥水电站建设的喜讯传到了北京。中顾委常委王首道老人特别高兴，特地写信祝贺。次年 3 月，又专程从北京回到浏阳去工地视察。我陪他来到工地，走进工棚。所到之处，他都深情地勉励我们要把水电站建设好。老一辈革命家对家乡建设的深情厚谊令人难以忘怀，我不揣浅陋写了一首诗敬赠王老：

> 云笺寄语自京华，意重情长润心涯。
> 水岸登临话伟业，山川指点落春霞。
> 身经百战豪气壮，又赋新词颂中华。
> 不尽浏河滚滚去，青山夕阳暖万家。

后来我又把王老视察工地的情景写成散文《情满山水间》发表在《中国老年》杂志上。

1987 年夏天，正是施工的关键时期。葛洲坝人顶着烤人的烈日在加紧施工。距离大坝工地5公里的松光山石料场日夜炮声不断，飞石满天。隆隆转动的碎石机，把碾碎的石块倾泻到缓缓滚动的传动带上。堆石坪的石山一天天在增高。看到这一派热气腾腾的景象，我们指挥部的人一个个精神更加振奋。

工程技术人员在计算着备料的进展。他们告诉指挥部，必须在大坝填筑前备足50万方的石料，不然就没有办法满足度汛的要求。可就在这个时候，从松光山石料场传来了不祥的消息。爆破后的石灰岩断层发现了泥土很厚的夹层，而且还多处出现溶洞。这种情况的出现，不仅影响备料的速度，而且石头会因泥多而不符合堆石坝的质量要求。真是晴天霹雳。指挥部和葛洲坝人都震惊了。怎么办？两个难题摆在前面：另辟石料场需要时间，需要增加设备，怎么来得及？增加设备和人员又需要增加大量的资金投入，何况现在的预算资金都尚有几千万元无着落。

我这个刚上任的县委副书记，第一次感到作为一个领导者的责任和肩上的担子。身为人民的父母官，此时此刻怎样决策？我陷入极度的痛苦和焦虑中。这些日子，饭吃不下，觉睡不着，脑子里装着的全是石料场。耳边总是回响着施工单位总工的追逼之言："如不快决策，耽误了时间，就是拿钱也备不了石料。这样下去，影响采石进度，施工方的损失要指挥部赔偿！"白天，我们开会讨论、争吵，各抒己见，难以统一；晚上，指挥部挑灯研究，就因资金问题而不敢贸然决策。

几个夜晚，我披衣起床，一个人在山路上徘徊。工地灯光下的推土机，晃动的人影，山谷流水的喧哗，枝头小鸟的低鸣都一齐涌入我的脑海和眼帘。真是心上重压千钧呀！而正在此时，各种矛盾又连续不断地发生。工地区域内有的农民借机乱伐树木，扰乱施工秩序；有的乱接工地用电线路，造成短路停电；有的挖坑拦车敲诈施工单位；甚至还有个别村干部纵容农民聚众闹事，向指挥部施加压力，强迫增加工地征收房屋拆迁费用。当时，我真不明白，这明明是为老百姓办事，建水电站造福子孙后代，为什么他们还要这样刁难？更令人痛心的是，少数搞土地征收工作的干部，整天东游西荡，花天酒地，干不好事，尽坏事。喝了人家的酒就乱填数字，乱发补偿费。你要撤他、查处他，还有人为他开脱，为他说情。正是这种施工的关键时刻，作为指挥长，我不可能去抓这类事情，而要把主要精力放在解决影响全局的重大问题上。然而这一切我又不能熟视无睹。严峻的现实在痛苦地折磨着我的心灵。

已经花了这么多资金，占用了这么多的土地，搬迁了这么多移民，而工程半途而废，就意味着对人民的犯罪，就意味着影响浏阳经济发展，全县电力不足问题依然无法解决。

只能进，不能退，别无选择。

县委、县政府召开紧急会议，听取了我们的汇报。我们又专程去长沙向省政府顾问史杰同志做了全面汇报。县委、县政府和史杰同志的意见是一致的："困难再大，也要坚持干下去。"于是，我们做出了两条决定：一是去葛洲坝工程局汇报，求得局领导的支持；二是迅速请402地质勘察队抓紧石料场地质补充勘察，弄清地质情况。

夜半时分，我驱车赶回县城去家里取衣服。妻子在睡梦中被我敲醒。她睁着惺忪的眼睛，凝视我许久才缓缓地说："你怎么瘦成这个样子，这些天是不是特别忙，连电话也没有一个。"我说：采石场遇到了问题，今晚就得赶去葛洲坝汇报。妻子硬是强迫我坐一会儿。她立即给我煮了两个鸡蛋。望着眼前忧伤的妻子我说："只要挺过这段日子就好了。"妻子点了点头："这些我都能理解，县里要建一个这样大的水电站是不容易啊！"

葛洲坝工程局乔生祥局长是一个非常有政治眼光和经济头脑的领导。他既是技术专家，又是善诗能文的学者。他已经知道我们遇到了困难，不待我讲完要求，就挥动手臂对我说："书记别说客气话了，老区建设我们铁了心，就是亏本也要干。"他当即就指示工程施工处，先不要讲条件、讲资金，干了再说，要人力、要设备局里支持，亏了本，局里减你们的上交。多好的局长，我从心里感激他。临别时，我握着他的手，几乎流出了眼泪。我说："谢谢您帮了浏阳人民的大忙！"

也是天随人意，浏阳人民有福。在葛洲坝工程局领导的关怀支持下，经过重新查明地质情况，调整施工方案和力量，很快就克服了困难，开采出了足够的石料。胜利地实现了大坝的备料、填筑、度汛目标，那时候，如果你有机会来工地看到宽广的公路上来往穿梭的运料车队和搅起的满天尘土，你就能感受到工人的伟大和创造的辉煌。在那近半年的时间里，整个山野日日夜夜是机声隆隆、尘土飞扬。工地上的人和沿路的农民无法睡一个安静的觉。然而，正是为了家乡的建设，大家都认了，大家愿意付出这个代价。就这样，大坝在人们的期待中升高，就像一座玉色的长城横跨两岸青山。

至今我的书柜里还珍藏着当年乔生祥局长赠给我的两首诗：

悲题株树桥电站

乔瞧桥，

地质很不牢。

设计又多变，

桥包够乔瞧。

乔谭桥，

相距千里遥。

一带浏河水，

系住难脱逃。

今年桥，

截流不动摇。

谭乔共努力，

才能结硕桃。

参加株树桥电站截流有感

小溪河水一断流，

谭乔你我两相忧。

你忧度汛我难保，

我忧资金你难筹。

同在马上不好下，

不达终点岂能休。

这是最真实、最珍贵的人生交往的心之记录。这字里行间凝结着那段岁月的思想焦虑和心的呼唤。也许，我们以后不再有这种合作机缘，然而，在人的一生中有一段如此圣洁和崇高的友谊历程多么令人终生难忘啊！

乔兄，你永远是我的师长。

我知道，此刻你正挑起建设中国三峡电站工程的重担。我相信你会成功，因为你有如此深刻的思想、高尚的人格和务实求真的精神。

我们的民族太需要这种知识分子，太需要这种"不达终点岂能休"的人生信念。

这就是人生事业的雷霆和阳光啊！

经过 1500 个日夜的艰苦奋斗，建设者们用自己的辛勤劳动，运走 120 万方土石，又从 6 公里外运来 80 万方石灰岩，填筑起一座高 75 米，宽 24 米，长 300 米的钢筋混凝土面板堆石大坝。大坝飞架青山之间，蓄积起 2.1 亿方碧水。

真是银湖落人间。5 年后，当株树桥水电站在鞭炮声中披红挂彩，转动发电机时，看到人们欢呼电站发电的热闹情景，我禁不住涌出了激动的泪花。回想当年进山时写的诗变成了现实，我的心情是何等的兴奋啊！因而写了以下的诗句：

古老庙堂的钟声
早已淹灭在浓重的绿色里
瀑布将岩石撞出
一支亮丽的晨曲

雾不再是黑色的
去遮住夜里山的姿态
连柳枝摆动的影子
也在水中时隐时现

黄昏拖着沉重的步履
栖息在炊烟酿出的浓酒里
它醉看大山的白昼
在无尽地延长

一边是飞腾的水雾
一边是流翠的山峰
把梦碰碎了
把爱盛满了
永远奔泻的泉流
是从大山的脊背抽出的
一条光的渠道

岁月不会忘记

在我岁月的荧屏上永远记录着这个日子。

这是一个永生值得珍惜和回忆的日子。

人的一生有很多事情随着岁月流逝而淡忘，而独有这个日子发生的事情使我终生不忘，成为我人生思想的重要起点。

这是 1988 年 11 月 22 日。

清晨，曙色初露，浏阳山城还笼罩在一片朦胧的雾气里，我们就按照先天与胡耀邦的秘书约定的时间驱车直奔长沙。上午 10 时许，我乘坐的车缓缓驶进省委 9 所 1 号楼前的青草坪里。我们兴奋地从车上下来，一眼就看见胡耀邦神采奕奕地从楼右边的林荫道上走过来。当时，我们的心情又激动又紧张。耀邦同志握住我的手。哦，是那样有劲，那样温暖。我心上滚过感情的波浪。

许是耀邦同志看出了我们伤感的神色，他指着我身上穿的西装风趣地说："你挺开放嘛！"我说："向您学的。"随即，我们跟在他的身后进入了小楼的会客厅。

我们在会客厅坐定。耀邦进入内室，脱去风衣，穿一件深红色开口羊毛衫走了出来，显得更豪放、爽朗、洒脱。他亲切地操着带有浓重乡音的普通话问我家住哪里？姓什么？年龄多大？我告诉他，我是东乡人，就住在龙王岭山下的石湾村，今年 37 岁。耀邦同志听后笑着说："年轻人，要好好学习，多为老百姓办事。"我当时只知道点头，因为我知道，激动的心情已使我不能选择适当词句来表达对他教诲的领悟和铭记。

由于耀邦同志的平和随便、热情耿直，我们便极愉快地开始了长时间的交谈。于是海阔天空，风俗民情，从古到今，从国内到国外，耀邦谈得痛快淋漓，开心畅意，又那样成竹在胸，驰骋有致，我真佩服他知识的渊博，思维的敏锐。显然，他没有把我当作晚辈，而是当作一位知音。因此，谈吐间，常袒露出些许的深沉和忧虑。当他谈到要加强民主与法制建设，要时刻坚持党的群众路线时，他讲得多么深刻呀："离开民主，就容易产生官僚主义，家长作风，摘瞎指挥；离开法制，人民的合法权益就得不到保障；离开了群众就一事无成，忘记了群众，还搞什么社会主义？"特别是谈到要坚持实事求是的思想路线时，他用伤感的语气说："明天少奇同志纪念馆开馆，我这两天都没有睡好。少奇同志开除党籍，我也是举了手的。这是深刻的历史教训，要永远记取。一个人即使在重压之下，也要实事求是，一就是一，二就是二，不要把白的说成黑的。再没有办法，也只能说成灰的，至少你没有颠倒黑白。"这是多么警醒人的教导啊。我一边听，一边在深深地思考着，耀邦同志主持中央工作期间，带领全党拨乱反正的勇气原来就出自他的敢于坚持实事求是的精神。接着耀邦同志很庄重地对我说："三中全会以来，我做的三件事是冒了风险的，一是发出了农业改革的两个决定；二是解放了一大批老干部；三是实现了党的工作重心的转移。做了这3件事，我心里感到踏实，感到这样才无愧于人民的重托。至于我自己会怎样，当时根本没有去多想。"

这就是胡耀邦，就是曾担任过我们党的总书记的浏阳老乡。我深深地为他的坦诚所打动。我不再胆怯，不再紧张，不再彷徨，如实地向他谈了当前农村存在的一些实际问题。比如说"左"的影响还相当严重，基层干

1988 年 11 月 22 日在湖南省委九所拜会胡耀邦同志合影

部开放意识差，群众观念淡薄，等等。听了我的诉说，耀邦便打断我的话说："你还真敢揭露问题。"我说："我这是向您说真话。""就是要讲真话，讲真话才是共产党人的品格。"接着耀邦又问到全县的粮食产量、乡镇企业、农村公路、电力供应以及老百姓喝水、烧煤等。后来他问我："现在农村赌钱的多吗？"我说："有一些，这主要是因为农村文化娱乐生活贫乏。"他接着说："要抓精神文明建设，要解放好农民文化娱乐问题。你这个县长是老百姓的父母官，你要在自己的职责范围内多为老百姓办事。""老百姓"，耀邦心中时刻装着老百姓，这谆谆教诲，怎能不叫我永志不忘啊！

直到今天，我耳边仍然常常回响着"老百姓"这三个字。这三字在时刻校正我的言行和足印。

在交谈中耀邦问我是否读过丘吉尔的传记，知不知道美国的罗斯福。我说读过一些关于他们的书。他接着说："是的，要了解伟人的生活、工作和学习。"我说："里根很会演说，他常常把稿子背好，而我们却做不到，有时拿着稿子念还结结巴巴。"耀邦笑着说："我有时也是头天晚上看稿子。"后来，他又谈到家乡的谭嗣同烈士。我说："他很了不起，敢于以牺牲自己的血肉之躯来启迪后人。今天的改革，也需要这种无私无畏的精神。"他一边点头，一边背吟出谭嗣同的"我自横刀向天笑，去留肝胆两昆仑"的诗句。现在想起当时神情悲壮的耀邦和我后来看到的他在 1988 年 9 月间送给李锐同志的诗《论三峡工程》，使我对他的心境感知得更真切。他吟道：

> 妾本禹王女，含怨侍楚王。
>
> 泪是巫山雨，愁比江水长。
>
> 愁应随波去，泪须飘远洋。
>
> 乞君莫做断流悲，断流永使妾哀伤。

"诗乃泄情的管道。"没有感情就没有诗和诗人。联想到为平反冤假错案时耀邦当时曾说过的："我不下油锅，谁下油锅"的壮语，使我看到了一颗辉耀日月的赤胆忠心。难怪尔后耀邦无论走到何处，总是成百上千的群众争相与他握手，呼唤他，要求拍照留影。

在长达近 3 个小时的交谈中，耀邦始终保持着一个革命家谦逊、豁达、风趣、幽默、动情的风度，他是那样平等待人，虚怀若谷，又是那样潇洒自如，还不时站起来打手势，使整个会客厅充满了和谐、轻松、活跃的气氛。

当时，我们有一个心愿，想跟耀邦合影，但又不敢说。只好私下悄悄地摆弄着自己带来的照相机。这情景，立刻被他机警的目光捕捉了。他便笑着说："想照相吧！"我答："是的。"耀邦站了起来，指挥着服务人员摆好椅子。就这样，我们的见面便在胶卷上留下了珍贵的纪念。

几天后，县里的同志又去长沙看望他。我急忙从家里拿出自己的诗集《芭蕉雨》，委托他们送给耀邦同志指教。我不知道，他是否挤时间审阅了我这个浏阳老乡的习作。

卧听风吹雨

这是一个真实的故事。

当时作为才 37 岁的县委副书记，我应县直机关团委的邀请，参加了他们组织的一次演讲会，虽然没有获得名次，却获得了一阵阵热烈的掌声。

……在我记忆的屏幕上，那里埋着一个荒凉的故事，那里站着一个破旧的村子。那里的石子很多、很奇，那里的树木很少、很矮，那里的水很枯、很浅。那里没有草，没有蝴蝶，没有小鸟，也就几乎没有绿色。

乡亲们在渴望绿色，在寻找绿色，在陶醉梦中的绿色。为了寻找和栽种这片绿色，村子里的女人和男人都出动了。他们知道，绿色是生命和青春的色彩，绿色是永恒的爱情的象征，绿色也是幸福与欢乐的乐园，绿色更是一个不灭的信念。

为了绿色，我是男人，不怕风高浪急，即使旅途漫漫，会塑造我苍老和疲倦的影子。其实，真正的男人，哪个人身上不早缀满岁月的落叶。那风霜的刀，也会在他的前额雕刻出一道道跋涉的履痕。男人啊，多么怀恋绿色篱笆内荡着秋波的眼睛，多么留念那金光灿烂的温暖日子。

然而，不能徘徊，不能退却。

我们要勇敢地走出这片荒凉。

这就是那篇演讲稿的一段，想不到它所包含的内容和感悟竟真真实实地应验了我以后生活岁月中发生的一切。

1988 年夏天，市委决定各县要在 9 月份完成党委换届工作。我县已把召开县党代会的重大事项提到了县委的取要议事日程上。市委组织部也派出考察组来我县考察县委领导班子成员，在研究新一届县委常委的人选。

丽日春风润新枝神州

潮涌勃地新贵平兴

郡行大道同心筑梦

正逢时

　　就在这个重要的时刻，谁出任县委书记已成为全县上下关注的大事。客观地说，当时我由于全身心投入厂株树桥水电站建设，而且随着工程进度的加快，在全县人民心中引起了强烈的反响。又因为在此之前，我担任过一段时间的县委宣传部长，组织力量，筹集资金恢复了停刊 20 年的《浏阳报》，创办了全省最早的无线广播电台和县电视台，创立了全省第一个农村思想政治工作研讨会，并且组织编写了系列乡镇党校教材。这一切都在广大干部群众中留下了很深的印象。因此，很多人推荐和向组织反映，希望我担任县委书记。从年龄来说，当时我是常委中年龄最小的。然而也有一些同志担心我没有全面领导工作经验，特别是基层工作和经济工作经验，怕我难当此任。认为让一个比较老的同志担任书记更为合适。加上浏阳是个大县，对于一把手的选择必须慎之又慎。这种看法，我认为是正常的，符合一般人的心态。同时，我也做好了当助手的思想准备。

　　然而，由于上下意见的不一致，使市委常委不止一次地开会讨论浏阳县委书记的人选。终因难以决断，浏阳县委的换届只好后推。这样就使矛盾更加复杂了。本来，我这个刚走上领导岗位时间不长、平常并未引起人们异议的干部，现在竟成厂议论的焦点。说长道短，说好说坏的都有，甚至有造谣攻击的。有的人还下到区乡干部中散布种种舆论。一时谣言四时。正直的人憋不住，他们气愤地要联名上书，澄清是非。当我发现这种苗头后，坚决地进行批评和制止。

　　我不想卷入这样的政治旋涡，这些时日，我除了参加县里的有关会议，就是下乡到基层去调查研究，或者上工地解决问题，把全部精力都投入到了工作之中。这样我没有任何精神负担和压力，感到心里充实和坦荡。

　　由于县委主要负责人久绝不定，换届推迟，领导层成员之间也呈现出异常微妙的情况。我最好的选择是多到基层去。平心而论，在这种情况下，我有自己的想法，甚至是委屈，但我始终认为，这一切比起党的事业和工作大局，都是微不足道的。在我稍有思想烦恼时，朋友们来家里安慰我，有的邀我出去参加文娱活动。妻子更是体贴我，一次又一次地陪我在月下的浏阳河岸散步。有时，她还找出我在岳麓山下读书时写给她的信给我看。我知道妻子的用心。真的，每每读到那时的信，还真能淡化我在官场的许多恩怨和困惑。

　　……说实在的，这些年来，虽然我们彼此工作都十分劳累，但像这样一下分别两年的事是没有的，长在一起生活，虽苦犹乐。特别是有笛儿在身边，愈增加了生活的乐趣。这些年，我的工作几经变化，在某些人看来是颇为"得志"的，其实不然，为了党的事业，我们是付出了代价的。特别是我，总是潜心于党的工作，沉重的家庭负担，全都搁在你的肩上。有时你责难我，我虽然有愧在心，但仍是那样。同时，为了在文学创作上有所收获，不负人生在世，故我也是十几年如一日地学习、写作，朝夕奋发，才达到今日的境地。这一切，别人是不理解的，而只有你理解。

我们给予社会的并不多，但是我们在尽力给予。我们不向社会、不向别人索取什么。我们仅用自己微薄的工资支撑着一个多方受创的家。我们的家是年轻的，它经不住风浪，尽管尚未遇到大的风浪。在这些方面，你是做得对的。作为我的忠实伴侣，你已经让人们有了一个这样正确的认识。昨天，我寄给《主人翁》杂志一首"我的妻子"的诗：在流动的日子里／她，诚实的妻子／用勤劳和智慧／用无私奉献／用忧伤和眼泪／创造着女性的形象。

在你34周岁即将来临的时候，写上这些话是应当的。生活就这样有坦途也有曲折。我清醒地知道，随着时间的推移，将来我面临的工作不会比现在更轻松，担子只会更重。这将意味着什么呢？没有任何别的，给你的将是增加更多的劳累。如果说爱情是宝贵的，作为一个有志者，何尝不面临这种选择呢？培养教育笛儿的重担全落在了你的身上，这又使我抱愧。但是，当我们看到他的成长和对学习的认真上进时，我想我们会得到人生最大的乐趣。人，为了什么？为了未来，当然未来是属于他们的。

学习虽然很紧张，但我会注意爱护身体，你只管放心。笛儿，我没有另外写信，你代我告诉他：第一，要多吃饭、睡好觉；第二，要认真学习；第三，不要与别人争荣誉。我们的孩子，就要从小培养他具有宽广的胸怀，一个人仅有才学是远远不够的，成大事者，非胸襟豁达不可。

……

说真的，在遇到挫折和心情压抑时，读到了自己曾经写给妻子的信，再次感受一下自己的心境，那会是一种什么样的感受呀！还有什么不能抛弃和看透呢？何况为官不是为了个人的飞黄腾达，而是要为老百姓办更多的事。

这天夜晚，我的心情格外宁静。

真有一种识破红尘便是仙的感觉。

转眼间，又是一年春草绿。正是早稻播种时节，我陪市委王众孚书记去北区的龙伏乡看温室育秧。书记把我拉到他的车上说："我看浏阳的换届不能再拖了，你就当县长吧！""当县长，不懂经济行吗？""别听那一套，常委相信你能干好！"这是我人生第一次向自己的上级说的一句牢骚话。其实，我自己也不相信这句话的真实性。

1989 年 5 月 17 日，我终于以代理县长的身份走向了浏阳县人民政府办公楼，开始了我的县长生涯。当我坐在这个光线暗淡窄小的旧式办公室里，思考着政府工作时，我的心情异常沉重。摆在我面前有"三座大山"。一是计划生育在全省排到 70 多名，要扭转局面谈何容易；二是超千万元的巨额财政赤字，发工资都困难；三是正在兴修的株树桥水电站需要大量资金投入，可现在尚有三千多万元没有落实。

县长好当吗？

我别无选择，经过调查研究和与有关同志反复探讨，从浏阳的实际出发，我迅速地确定了新的工作思路，果断提出了"两上一下"的口号（即把生产搞上去，把财政收入搞上去，把人口出生率降下来），发动全县上下为之奋斗。我驱车来到了计划生育最被动的大瑶乡；我与财税局的同志一道深入企业研究如何抓好财源建设；我又奔波在农村的村村队队……我狠抓城市的综合治理，狠抓了财政、税务、物价三大检查，狠抓了清理个体工商户的漏税。一时有人攻击有人告状，甚至有人警告我，要小心选举时落选。然而我别无选择，顾不了那么多，我要一意孤行。

就这样，到年底时，"两上一下"的目标基本实现。计划生育摆脱了困境，省《计划生育报》专文评述："喜闻大县计划生育开创新局面。"财政收入当年上了 9600 万元的台阶，次年首创全省财政收入过亿元县，打破了我省亿元财政县在全国的空白。

实践锻炼了我，教育了我，使我初步懂得应当怎样当好人民的县长。

我久久地伫立在自己办公室的窗前，任清冷的北风吹拂我突然从青丝丛中拱出的几丝白发。那白发分明告诉我，你走这段沉重的路，已经有了某种疲倦。

烟雨苍坊泪

4月，江南多雨。

迷蒙的烟雨，把一脉脉苍山覆盖上一层乳白色的雨帘，沿着雨水打湿的弯弯山路，伴着饮泣的风声，我们驱动沉重的步履，一脚低、一脚高地移向中和乡的苍坊村。

这里本是一个极美的世界，春风刚剪开江南雨雾，那漫山遍野的映山红仍在吐着殷红的火焰。山桥边的丝丝垂柳又抽出了翠绿柔软的枝头，去拥抱春天的蓬勃和温暖。田间的农民们正在撒肥，去浇壮已拱出泥土的新秧，去勾画成熟的季节。

四月，是孕育金色希望的四月呀！

谁知道，我的老乡胡耀邦这位叱咤风云的政治家、革命家、改革家竟这样匆匆地走了。他真不该走呀！他的生命年轮刚刚跨入人生的第 73 个春天的门槛。春日的丹花紫树，轻风暖日，翠竹银泉，彩霞亮雨，本该更壮丽地装点他"黄昏"的岁月，让他在灿烂的阳光下散步，在皎洁的月光下沉思，去操劳国家和民族振兴的大事。去指点江山，构思中国人民未来的灿烂。

然而，耀邦同志却是真正地走了。

故乡人民的心也真的碎了。

这些日子，我们的心，也像苍坊山顶那盘春宵冷月，流着凉凉的泪。那山顶上的浓重云彩，也载着我们沉重的哀思，在山峦、碧野、村庄、溪流的上空，忧伤地飘呀飘。

我们含泪走进耀邦的故居，是来寻觅一个属于 11 亿人民的伟大灵魂。

抬起泪眼，凝望故居，看到的还是那褐黄色的土墙，黑色的瓦片，破旧的门窗。这是一个地道的农家。这里仍住着耀邦的兄长胡耀福老人。

美丽的苍坊村，诞生了胡耀邦。

胡耀邦 16 岁那年就走出了这座旧屋，奔向江西革命根据地，在毛泽东领导的红军队伍里担任某通讯连的小号手。从此他便吹响了人生的号角，跋涉在漫漫烽火征途。半个多世纪过去了，他成为我党的总书记，站到了新时期改革开放大潮的前头。而现在他家门前的树、路边的花、溪中的水，还是那样绿、那样红、那样清。他虽然身居高位，几经曲折忧患，可对老百姓的感情还是那样真、那样纯、那样深。

胡耀邦是伟人，更有常人心。他的逝世怎不牵动亿万人的心，怎不叫苍天落泪、流水悲歌？看眼前漫天纷纷落下的白色的雨帘，分明是高天扯起的万匹素色挽幛。

是呀，在哀悼耀邦同志的时日，家乡人民又记起了他 1963 年回浏阳农村调查时，不知疲倦走村串户的情形。一次，去西乡农村走访农户，不慎把鞋子掉到河里被水冲走了，只好临时到附近的农民家买一双农妇做的布鞋子穿上。当他知道他的侄儿被照顾安排招工后，就把侄儿叫到身边，语重心长地教育他回乡务农。还一次又一次叮嘱他在乡下的亲属不要搞特殊化；一次又一次向乡亲们说明，不要随意上京找他办事。

我至今还清楚地记得，1986 年 9 月 18 日，我去北京找他，恰遇他去北戴河开会。夫人李昭在家接待了我。我有机会瞻仰总书记的居室。那是一个极简朴、极圣洁的居室，除了几个装满了书的书柜和几张普通的沙发外，别无他物。然而使我印象最深的是，室内挂着一幅耀邦表情凝重、似见心中怀着万家忧乐的照片。那照片使我透视到了他心中那汹涌的对人民热爱的感情波涛。走时，我要留下家乡丝绸厂制作的丝绸被面作个留念，可李昭同志再三表示心领，真真切切地告诉我："这是耀邦定的家规。"人们说耀邦两袖清风、一身正气，在这里我得到了验证。我还清楚地记得，耀邦当选总书记的头天晚上，特地从北京打电话，嘱省委领导转告浏阳的同志，不要放鞭炮。我们听了他的话，确实没有放一串鞭炮。尽管家乡久有"花炮之乡"的盛名，有数百万箱远销海内外的烟花鞭炮。有时候我想，怎样才称得上伟大？什么人才可称为公仆？此时我才懂得，这就是伟大！这就是公仆！正如李锐同志说的："耀邦是一个真正的人，一个伟大而又平凡的人，他的去世是当代中国很大的不幸，也是一切以他为师、为友、为长者、为楷模的人的很大的不幸。"

我是县委的干部，是耀邦的晚辈。我以他为师、以他为长者、以他为楷模。我只能用默默的哀思，串起心底的万般感慨，凝成诗句，向他倾诉思念：

苍坊，已哭伤了眼睛

天空的那片蔚蓝已淡白成千丈挽幛

万串雨丝化成清泪跌落在

弯弯的青苔山径

记忆的山岩

暴发了悲哀的洪水

又要漫过脚下的路

去洗礼生命的辉煌

响雷在远方滚动

把颤抖的闪电挂满紫树青藤

一切都在痛苦地悲泣

要用泪雨为你写一部常青的历史

这也是家乡所有人对他的呼唤！这呼唤已惊动了高天厚云，在怀念的风中旋转；这呼唤又唤醒了苍茫的高山，给远去的耀邦立一座巍峨的丰碑。碑上刻着他的名字，刻着"一个百姓永远怀念的人。"我们敢面对苍天大喊："太阳西沉绝不是一种否定！"我们也在问耀邦：您何时再回这江南的苍坊小村？

我，终于也要离别这个美丽的小村……

屋子外面的世界好大呀！烟雨仍在飘荡，还在一个劲儿地把乳白色的挽幛扯高，再扯高！挂满，再挂满！仿佛要挂满整个天地间。那隐隐约约的群山开始晃动墨绿色的波浪，迈开大步一直涌向天边。脚下的溪流推着雪白的浪花激动地去撞击山岸嶙峋的山石。远处已传来隆隆的雷声，向着山野逼近，向着这座平凡的山边小屋逼近，似要敲动这个蕴藏着无限热力的辉煌世界。

啊！四月的江南雨。

是泪雨、心雨、苦雨！

上任第一夜

古老的山城沐浴着早春的阳光，显得格外年轻美丽。

一清早起来，我就站在阳台上，凝视东方的火红霞彩，望着浏阳河上闪耀的七彩光波，心里感到兴奋又沉重。今天，我将接受470多名县人民代表对我的选择。

庄严的选择在县人民礼堂举行。

整个会场座无虚席，前面25排坐着人民代表，后面的则是列席会议的政府各部委局负责人。会场很明亮，阳光从窗口照射进来，暖暖地流动，让人感到心旷神怡。

我坐在主席台上，环顾台上台下的一双双炽热的眼睛，我清醒地知道，代表们将投的那神圣一票，对我意味着什么。

此刻，思绪立刻把我拉回了4天前的开幕式。也是在这个庄严的人民礼堂，我以代理县长的身份向人民代表报告工作。当我将结束长达一万多字的《政府工作报告》时说：

> ……为了把县政府建成"廉洁、勤政、高效、务实"的人民政府，我们将制定一些具体规定使政府机关工作人员有章可循。一定要有严格的管理程序，逐渐改变少数人以权谋私，一当官就多方捞利，妻尊子贵，甚至"一人得道，鸡犬升天"的腐败现象。对于贪官污吏必须从严惩处。总之，作为人民的公仆，应当把清正廉洁作为自己的座右铭，终日不忘。只有这样，群众才能拥护和尊重我们，政府的权威才能最有效地发挥出来。政府机关的每一个工作人员，都要时刻意识到自己是人民公仆，只有为群众多办事、办好事的义务，绝没有为自己谋私利的权利；要认识到自己办不好事，或不能帮群众办更多的事，就是没有尽到自己的职责，是一种耻辱；要有一种不能为群众办好事而"夜不能寐"的责任感；要从根本上改变那种做混官，饱食终日、无所用

心的消极状态；要真正对事业负责，对全局负责，对人民负责，做到理必求真，事必求是，言必有信，行必有果。要造成一种好官有人敬、混官有人责、贪官赶下台的良好风气……

当一阵又一阵热烈的掌声打断我的讲话时，我的眼睛湿润了，我的心和手都在颤抖。这就是民心，这就是民望。既以言出，就要身体力行，说话兑现，不负众望。

回到家里，我坐在沙发上仍在冷静地思考。做一个人民的县长，并非易事；要当一个好县长，那就更难。回顾自己代理县长近一年来的工作，我深深感受到，要履行好一个人民公仆的职责，需要付出多大的代价呀！

我至今清楚地记得，那年8月间，北区路口乡农民送售烤烟，因收购部门压级压价，部分农民到政府上访的情景；我还记得，8月大旱，杨花乡农户掘土打井希望政府给予资金支持的热切目光；我更不会忘记因安全防范不到位，花炮车间发生爆炸后，那惨不忍睹的埋在泥瓦里被烧焦的工人尸体……

这一切曾使我夜不能寐，食不甘味。

妻子急了，一次又一次安慰我说："这样大的县，难免不发生天灾人祸，你要坚持，既要努力工作，尽职尽责，也要有勇气面对现实。"

她是女人，她最理解我。

今天她作为县广播电台的记者，也坐在台下的记者席上，注视着这个时空里即将发生的重大事件。她知道自己的丈夫在人民代表的眼中是什么样的形象，一次又一次向我投来鼓励的目光。

平心而论，我并非怕选不上县长，个人的得失荣辱

1988年3月任浏阳县县长时留影

是微不足道的。然而，当我正冲锋在前线时，能够不下阵地，继续向前跨进，那是对人民的一种责任。

投票在庄严而优美的乐曲声中进行。

一张张选票投进了红色的票箱。

那红色的票箱里，正跳动着几百颗炽热的心。

经过紧张的统票工作，大会执行主席又庄严地走上了主席台。他用十分清晰而凝重的语调宣布：谭仲池同志以 458 票当选为浏阳县人民政府县长。此刻，会堂里掌声如雷。这时我突然瞥见，妻子正微笑着向我挥手。

在热烈的掌声过后，按惯例我要向全体代表表达自己的心意。这时的讲话，人们称之为就职演说。然而，我却没有写好稿子，只是怀着真诚的心对代表们说：

各位代表：

首先，我以十分感激的心情，感谢在座的各位代表和同志们对我的信任。

我深深地意识到，要当好一个大县的县长，我是力不从心的。这不仅因为我的思想、学识、能力有限，而且我的经验和气质都是难以担此重任的。

但令我欣慰、给我力量的是，有全县人民的关心、支持；广大干部的扶持、帮助；老同志的教育、指导；同事们的合舟共济；县政府各部们全体领导和干部、职工的积极工作，故我又敢于去履行人民赋予我的公仆职责。

回顾在县政府任职近一年来的实践，不论是在机关，还是下到农村、厂矿企业、学校，处处我都深切地感受到了广大干部群众对我的关心和支持之情。

各位代表，我是在农村成长起来的，我清醒地知道，我并没有什么过人的能力和突出的政绩。今天，代表们用信任之手，把我推向这个岗位，表明大家希望我不做一个庸人，而是做一个能为人民多做事的实际工作者。因此，借此机会，我向在座的各位代表和同志们，并通过你们转告全县的父老兄弟姐妹，我会珍惜大家对我的期望和信任，珍惜同志们对我工作的理解、帮助和支持。

明代戚继光曾作诗道："封侯非我意，但愿海波平。"人是要看破功名的。我不应该去计较个人的得失与荣辱，我应当把为人民创业，当作人生的最高追求。我知道，我们浏阳县人多，底子薄，面临的现代化建设任务是十分艰巨的，在前进的道路上，会遇到许多意想不到的困难。我决心洁身自律，团结同志，勇于负责，忘我工作。也更渴望全县广大干部群众对我工作给予更多的关照和支持。我将自觉地尊重、接受人民代表的检查、监督，做到尽忠尽职。一个领导者对民众的吸引力在于他的工作能给群众带来希望。我立志和我的几位副县长肝胆相照，亲密合作，共同来创造这种希望，以此来增强政府的凝聚力和号召力。

我记得有位思想家说过，职位不能给人以智慧。这就告诉我，当了县长还是原来那个人。应当更加刻苦学习和探索，用旺盛的斗志和不懈的努力去为党的事业而工作。

浏阳素以"花炮之乡"著称于世，更以革命老区载誉神州。浏阳是有希望的，有前途的。我相信，只要我们在县委的统一领导下，坚定不移地贯彻党的十三届四中、五中全会精神，同心同德，艰难奋进，从浏阳的实际出发，集中精力，抓住关键环节，把县《政府工作报告》提出的各项任务和奋斗目标，变为全县百万群众的伟大社会实践，我们完全有把握看到，一个富强、民主、文明的浏阳定会在不久的将来出现在这片古老而闪耀着光荣革命传统之光的土地上。

我愿为之竭尽全力。

掌声响起，那是信任、鼓励和期望的呼唤。如何做到使自己不辜负这片掌声，今后该怎样去学习、工作、创业、做人。这对于我来说，不能不深而思之。

上午我正式当选为县长，下午我就召开了治理整顿县城秩序的会议，我要把一个崭新的城市交给10万市民。

夜幕又一次遮住了美丽的山城。

1990年2月20日夜晚，对我家来说是一个难忘的夜晚。

电话不断，是同事、朋友、干部、工人、农民打来的。他们向我祝贺、鼓励我为人民多做事。更有几个同龄的朋友来到了我的家，给我送来了一个七品芝麻官的瓷雕。这使我立刻想起了徐九斤知县说的两句为官之言：

当官不为民做主，不如回家卖红薯。

我现在还认为，徐知县的话是对的。可是日后为官的岁月，使我日益感到，为民做主谈何容易。每每遇到许多为民排忧解难的事，总使我心不安、情难抑。可是我又终于没有去卖红薯。这人生旅途的艰辛，真是难以言表。

上任第一夜，月色美丽而洁白。

夜深了，还有人来邀我去欢聚，也有朋友、同事给我送来祝贺的美酒。我冷静地面对这一切，无奈地躲进书房，让妻子代我一一谢绝。

电话铃仍在响，敲门声仍不断。我躺在书房里寻思着怎样摆脱这种窘境。我告诉笛儿，要是有人再来电话或敲门，你就说爹妈去医院看病人了。于是，我和妻子瞧准机会，干脆出门到河边散步去了。

这就是 1990 年代初，一个新当选县长的我，在上任第一夜，告诉儿子撒谎。多有趣、多无奈的谎言啊！

夜色很浓、很深。

夜风好柔、好爽。

妻子挽着我的手，我们信步朝浏阳河边的小巷走去。此刻我心中，装着5007平方公里版图上的129万人民，还有那500万亩山岭、114万亩耕地、8万亩水面和11107个村民小组……我知道这副担子的分量，我知道我脚下道路的坎坷和曲折。

我们来到了河岸，这是一个神秘的河岸。乳白色的月光笼罩着对岸墨绿色的田野。在月光下流淌的浏阳河发出哗哗水声，载着轻舟在晚风里晃荡。两岸楼阁的灯光，渐渐依稀疏落，人们已开始进入梦乡。从今以后，该怎样治理这片土地，该怎样为父老乡亲尽职尽责，我久久地伫立河岸沉思。

妻子紧靠着我，许久没有言语。

一阵夜风吹来，她打了一个寒战，我搂紧了她。在月色下，妻子用温柔的眼光凝视我。

夜已经深深，河雾已经沉沉。

尽管今宵会被暗淡吞没，但明天的日出会更灿烂辉煌。

第八章
沉重的选择

生活是海。

浪涛涌动着，喧嚣着，奔腾着。

生命的太阳要拨开耀眼的霞彩，

把自己火一般燃烧的光焰倾泻在波涛之上。

浪涛溅起的那束束金红的浪花，

会像彩虹一样出现在世人眼前，

那就是人生的壮丽和辉煌。

为着这种信念的实现，我果断地、

义无反顾地选择了沉重。

一枝一叶总关情

寂静的夏夜，我坐在阳台上已许久没有动。脑海里翻腾着一天来处理的公文、信件、电话所留下的许多的忧虑和烦恼。这时，笛儿给我递上一封信。拆开一看，是长沙市电业局的一位叫汤望成的同志寄来的，并寄有一张《长沙电业报》。翻读报纸，我看到了一篇写我的文章，标题是《在"真、新、深"中刻意追求》。文章这样写道：

4月的一天，谭仲池应邀来长沙电业局新闻研讨班讲课。他中等身材，着一套灰色西装，一边微笑一边热情地朝我们打招呼，朴实里透着精明，爽朗里含着机敏。看见他，你会马上想到那条清清亮亮、细语轻歌的浏阳河。他是从浏阳河畔走出来的，而参军，而上学，再辗转返回家园。他的生活道路亦如他的母亲河——弯曲曲。

课题是新闻写作和文学创作的"真、新、深"。显然，这是他几十年来业余笔耕、苦苦思索、苦苦追求的课题。

短短一个钟头，他侃侃而谈，像是和个体摊主谈生意的好坏，像是和工厂厂长谈产品的优劣，像是和农户谈收成的丰歉，全然没有那些"官"们的大话、套话。自然而又亲切，深刻而又浅显。听他讲话，就像在雨雾中临窗，听疏雨打着芭蕉叶。

我想起了今年浏阳县人大换届选举期间的一件事。此期间，他曾以"父母官"身份到某乡检查工作，他对乡长的工作很不满意，便在会上直接提出批评。有人婉然提醒他要注意争取选票，他坦然一笑："当不成官，就做民嘛！"结果呢，正是他这清清亮亮、容不得假的秉性，获得了近全数的选票。

"愿你们生活里充满美，愿你们用美丽的心灵，挖掘出生活中的美来！"在一片掌声中，他微微一笑，结束了讲话，夹起了公文包。此时的他，正宗的诗人气质。

如今，执掌着浏阳县令的谭仲池，依然在他工作、生活的空间，

在他梦魂所系的山水之间奔忙。

　　读到这段文字，我感到心的沉重。一个普通的业余作者，听了我讲一次课，便为我讲了这么多好话。如果我们全心全意地为人民办事，人民会怎样感谢和记住我们。多好的人民啊！此时我再也没有心绪坐在阳台乘凉了，我夹起公文包又急步走进了自己的办公室。

　　办公室上正放着两封秘书送来的信件。

　　一封是大瑶乡红莲村村民反映缺水问题的，一封是北区群众要求整修公路的。两封信沉甸甸地捏在手上，我仿佛看到了一双双渴望的眼睛，我仿佛听到了一声声殷切的呼唤。我把这两件事，记在自己的考勤本上，决定安排时间去实地走访。

　　红莲村坐落在大瑶乡南边的一片高坡地上，只百十户人家，上百亩耕地。因学大寨时，公社号召农民从地底下打通渠道，引水灌田。结果渠道未打通，反而造成稻田漏水。一到夏秋两季，不仅田里无水，就连村民喝水的井也枯竭断流。多少年来，村民多次到公社、区上、县政府反映，问题一直没有解决。来到这里，我了解到这种实际情况，当天就和村上、乡上来的同志进行了座谈。通过讨论，大家认为解决的唯一办法就是打井，用电抽水、排灌。这样既可以解决生产用水也可以解决生活用水。而解决打井、供电问题，关键又是资金。怎么办？我当即拍板30万元资金采取由村民自筹，县区财政支持，县电力部门资助的办法解决。回到县里，我找来了电力局的邹昆山局长，将我的想法告诉了他。这位从农村走出来的局长，很能体贴百姓的疾苦，当场表态照办，并立即派人去红莲村协助村民做好打井架电工作。在很短的时间里，这个拖了十几年的问题终于得到了解决。后来，红莲村的村民派出代表到我家，要求我同意他们立碑感谢县人民政府。我不同意，经过反复商量，我最后答应为他们水井旁的纪念碑写上"饮水思党恩"5个字，并强调不准留我的名字。

　　为百姓做点事，本是一个父母官的职责，可老百姓是如此的看重，可见我们的人民是多么的善良、通情、知理。由之，常常使我想起郑板桥在潍县署中为官时写的咏竹的诗：

　　　　衙斋卧听萧萧竹，疑是民间疾苦声。
　　　　些小吾曹州县吏，一枝一叶总关情。

是啊！这乡间土地上，山峦边、河畔旁的一木一草、一石一花，哪一样不是与百姓息息相关、生存相连。我们身为人民的公仆，应当心中常有百姓，耳边常闻疾苦之声。

5 月一个细雨迷蒙的星期日，我又来到了北区的焦溪、路口、龙伏、社港等乡镇。我是专为群众反映的北区路况差的来信而来实地调查的。我看到公路两边田垄禾苗上沾着的厚厚泥尘。那一栋栋耸立在飞扬尘土中的村民屋舍，几乎没有一扇窗户是打开的。一位老农对我说"解放 40 多年，我们北区 40 多万人民尝尽了尘土之苦，真盼望县政府给我们修一条柏油路。"

解放 40 多年，北区 40 多万人民。

两个"40"叫我久久沉思不语。我在想，困难再大，难度再大，作为县长，我一定要答应乡亲们的要求。我果断地对老乡们说："这条柏油路修定了，我回去一定抓好落实。"

老乡们为我的话鼓掌，老乡们留我吃饭，老乡们感谢我的表态。可我心中却是万般的沉重。我清楚地知道，要修好这条路需要上百万元资金，其中有多少工作要做，有多少难关要闯。

我驱车来到区上，与区长们商量如何修好路基。连夜回城，我又找到交通局长，要他去省市交通部门汇报请求支持。后来，我还和主管工业交通的欧副县长一起驱车去长沙市，向省交通公路部门汇报，请求支持。经过几番周折，在省、市、县三级公路交通部门的共同支持和当地群众的有力配合下，这条全长 50 多公里的公路，终于变成了一条宽阔油亮的柏油马路。北区人民受尘土之苦的日子从此消逝了。

每当我乘车经过这里，看到路旁的村庄、田野，我心里就泛起一丝丝愉悦和欣慰。我看到公路两边泛翠的禾苗、明亮的农舍玻璃窗，看到公路上来往行驶的车辆，我心里总是禁不住要品嚼一番"一枝一叶总关情"的诗味。

这就是生活的乐趣，这就是实践的浪花，这就是人生涌动的海浪之歌。

深圳夜思

　　自从改革开放的东风吹遍祖国大地，深圳的名字便随着东风的足迹传遍四方。在人们的心目中，深圳成了改革开放的榜样。

　　在这个雄伟、瑰丽、充满生机活力的世界里，我在寻觅深圳走过的履痕，想从它的坚实的履印里发现一点什么，然后带回去也创造自己的"深圳"。

　　我们到深圳，住进了凯丽宾馆。

　　住这样的星级宾馆，我还是第一次。在没有担任县级领导职务之前，我向往的只是旅店、饭店、招待所之类的住所。现在住这样高级的房间，我感到惶恐。想到农民种一亩田还不够我住3晚宾馆时，我就更加心神不安了。可这次是为洽谈招商项目而来，我需要用豪华的住所来装点我这个"县太爷"的门面。

　　从香港赶来的余虹先生和我们真诚地洽谈花炮业务，然后他还邀我们去深圳的旋转餐厅用餐。坐在旋转餐厅，俯瞰深圳，尽收眼底。对于我，这种享受又是第一次。因为是余虹先生掏钱，我无法知道此行的开销数额，但我想，我这个"七品官"断然是支付不起的。

　　面对这两个"第一次"，我开始怀疑，自己要创造的那个"深圳"可经得起这种消费的风浪。没有这种第二次、第三次，经济是否可以搞上去，对外开放是否可以开创新局面。

　　一种袭来的困惑让我的心在凯丽宾馆徘徊起来。

　　那位长得清秀、端庄，亭亭玉立的深圳电视台的女记者周楠小姐终于来到了我的房间。她从洽谈会上了解到这里住着一位诗人县长，便感到新奇、感到有趣。她要我谈诗人作家从政的感觉，要我谈内地开放的设想，要我谈从政与创作的关系，甚至要我谈家庭生活的色彩。我们谈得很投机，很融洽，很坦诚，很热烈。我邀她一同共进晚餐，而她却邀我去展览中心跳舞。她想知道这位县长到底是土还是洋。我欣然应邀前往。在展览中心，我通过她的介绍有缘认识了更多的深圳朋友，而她也很愉快地伴我跳了一曲又一曲。

踏着优美的音乐节奏，我又回到了宾馆。

我躺在床上清理着这一天的感觉和收获。

我想起了白天与周记者的谈话，想起了白天看到的深圳办荔枝节的热烈场面，又想起了自己家乡待开发的那片古老而美丽的乡土。此刻，真是海阔天空任思绪飞翔。很奇怪，我的这颗心似乎又飞到了太平洋上，看到了那片绮丽的景象。

浩瀚、神秘、不平静的太平洋，用它那澎湃的力量，拥着万顷蓝色的波浪，纵情地摇撼着这簇波涛上的夏威夷群岛。是因为夏威夷群岛是组火山岛，它那蕴藏在胸中的热力，从大大小小的火山口喷向蔚蓝的天地间，在北太平洋这个空间编织着一个绿色的、充满湿润和希望的美丽世界。

这是 1989 年 1 月 12 日上午 10 点。

檀香山市辉煌、雄伟、古雅的夏威夷州会大厦，敞开了宽阔的大门。一辆辆轿车鱼贯似的匆匆驶过繁花似锦、绿树成荫的大厦回廊。明丽而含情的海洋阳光，温柔地裹着身着各色西装的中国焰火燃放队队员。他们一个个神采飞扬，缓步走向那个热烈、庄重的殿堂。

那是一个长条形的会议厅，天蓝色的墙壁，紫红色的地毯，星星捧月似的吊灯构成一个富丽堂皇的天地。11 时许，州长笃卫希先生带着欣喜的笑容来到了中国焰火队员中间。他热情地和大家握手："我祝贺你们获得了成功！燃放焰火这样好，在夏威夷还是第一次。"在热烈的掌声中，笃卫希州长将自己亲笔签名的一份特制文件送到了中国工艺美术大师黎仲畦的手上：

致中国焰火爆竹协会工艺大师——黎仲畦

我十分高兴地代表夏威夷人民谨向您致以由衷的谢意！感谢您为纪念华人来到夏威夷 200 周年庆祝会的焰火表演而做出的卓越贡献……

为了欣赏你们那神奇美妙、激动人心的焰火表演，成千上万的夏威夷人民欢欣鼓舞涌向海滨，奔往公园。电视实况转播，使那些无法亲临其境的人们也能分享快乐……你们的表演给夏威夷人民留下了美好的记忆。此次在我地进行的世界性社会活动中，中国人民具有特色的献礼在我们两国之间架起了横跨太平洋友谊的桥梁。

黎仲畦捧着 100 多万夏威夷人民的心意乘坐着黑色轿车，碾着金子似的阳光驶回住所。然而感情的潮水却如太平洋的浪涛在心中奔涌。

那一片蓝色的波浪。

那一片洪亮的涛声。

这一切的荣誉、尊严和自豪都来自中国——浏阳。

啊！正是因为有了举世闻名的浏阳花炮，中国国际友好联络会才把华人赴檀香山 200 周年庆典举办焰火晚会的重任，交给了浏阳这支曾在国际焰火大赛中夺魁的燃放劲旅。想到这里，我立即披衣起床，唤醒了正在熟睡的杜副县长。我激动地对他说："回去以后，我们筹备办一次首届中国花炮艺术节，你看怎样？"杜副县长迷迷糊糊地回答："你想怎么搞，我拥护，你就把这件事交给我吧！"

推开窗门，我看到深圳的夜依然是那样亮如白昼，充满着蓬勃的热力。我的心情异常激动，我又仿佛看到了未来的花炮节那欢乐绚丽的景象。我感到眼前的绿树鲜花、打开的窗户、屹立的楼群、用灯光串起的街道，都在升腾着金光、紫霞、黄雾、银云，都在鸣响清脆的雷鸣、欢腾的礼花弹爆炸声。似有千万条有声有色的彩色火龙正直冲云霄，去编织一个比梦还壮美的世界。

1991 年 2 月 23 日。

古老而美丽的山城披上了节日的盛装。

新修的宽广水泥大道驮着省委书记熊清泉题名的"花炮名城"的雄伟彩楼，伸开双臂迎接着来自海内外的四千多嘉宾。花炮彩灯一条街、花炮产品一条街、浏阳特产一条街、大型焰火晚会、花炮艺术馆、隆重的《相逢在花炮之乡》文艺晚会，把花炮艺术节搞得红红火火，热闹非凡。

北京来的记者、演员惊呆了，海外来的客商惊呆了，省里来的党政领导人露着欣慰喜悦的笑容。40 多万涌进城里度节日的群众像过节一样兴高采烈，当初办不办艺术节的争论，是亏本还是赚钱的担心，是出风头还是树形象的讨论，现在都被这活生生的光辉现实做出了结论。

这一年花炮产值增长 30％以上，光花炮节订货就达 2.5 亿元，是平常的 3 倍；商业饮食部门的营业额相当全年的 1／2；各大小旅店包括个体旅店都是座无虚席、住无空铺。大家真正尝到了开放搞活的甜头。

中央电视台的《神州风采》栏目，专题播放了《花炮名城浏阳》。常年久居异地的浏阳人高兴地写信、打电话祝贺说："在外面看到家乡办了这样辉煌的花炮节，感到自豪、脸上有光！"

作为县长，我所渴望的是什么？就是人民的富裕、经济的发展、祖国的强盛。正如我在新闻发布会上，回答一位记者的提问："请问县长，你想把浏阳建设成什么样子？"我不假思索地回答："我想把浏阳建设得像浏阳花炮那样名扬四海，把浏阳的山水治理得像花炮那样美丽，把浏阳人民的生活打扮得像花炮那样五彩缤纷。"

虽然后来有记者笑我文人味太浓，回答得很抽象和含蓄，但我相信，现实发展中的浏阳会是轮廓清晰的。

我始终这样认为。

只把春来报

进城后，又有几年不在山村住了。这次下农村调查，又住进了农民的家，一切是那样熟悉，那样亲切，那样鲜活。入夜，我沿着田埂去看那片已荒芜的农田，心里格外的难受。我气愤，我发怒，我不安。我想把满腹的忧郁全抛进这片夜的黑色里，可我无法理清头脑里的痛苦。

白天大瑶乡村民上门告状，诉说因乡农电站与县电力部门闹矛盾造成20多亩水田因缺水无法插秧而荒芜的事情，仍在撕扯我的心。派人调查和实地察看的结果，都说明主管农业的副乡长有不可推卸的领导责任。我们的干部这样视老百姓的利益为草芥，荒了20多亩田还毫无自责之心，这能容忍吗？

夜色下的田垄，传来蛙声片片。刚才还亮着灯的房屋，都隐进了夜幕里。我感到自己很累、很疲乏、很无奈。感到这个"七品芝麻官"难当。我常常为自己未能为百姓办好事而内疚和不安。可眼下要处理这位副乡长却有那么多的人为他求情。他们只知道要保一个干部的"乌纱帽"，可就是不想想百姓的损失和痛苦！

我不止一次地对求情的干部说："就是要撤他的职，以教育干部爱护老百姓！"这位副乡长也找到我，做了检讨，要求从轻处理。我向他连续问了3个为什么：

"你为什么不及时调解矛盾？"

"你为什么自己解决不了问题又不上报？"

"你为什么明知要荒田而不采取措施？"

当然，他无法回答，于是我代他回答："撤了你的职，以后改好了，还可以当乡长。"

在我们的国家，因违法违纪撤职的不少，可因工作不负责任撤职的却难有。这回我铁了心，我认为，不处分这个干部，就是我的失职、失察。

我有一个习惯，遇事徘徊时，就去多想一些往事。往事是可以启迪人的智慧的。这时，我突然想起了那年去永州之野拜谒柳宗元老先生时吟得的几句歪诗：

> 一方古庙
>
> 有抽不完的寻古幽思
>
> 许是柳公愁怨不多
>
> 吟尽人间酸楚
>
> 庙外那滴着清泪的风声
>
> 似在说廉政者何惧仕途坎坷
>
> 今日我踏青砖归去
>
> 留一杯苦酒在潇水潮头

我吟着自己写的诗，下定了决心，必须严肃处理这起荒田案。

这位副乡长终于被乡人大主席团撤职，然而我意识到，教育干部的责任自己是否尽到了呢？

一个人，尤其是一个领导者，需要时常反省自己。

反省是终身受益之师。

也许是因为文人为官，许多新闻界的朋友都找我采访，其中有《新观察》《解放军报》，还有电视台要拍专题节目，我都一一谢绝。原因很简单，我担任县长时间不长，且为人民做的事情太少，而且这些事都是本该要做的，有什么值得宣传和张扬呢？

然而，湖南日报社的杨新正记者，却硬是缠着我不放。他一定要采访我，要写我这个文人是怎样当县长的。我依然不肯。他无奈，便和我闲谈起别的东西来。自然在谈话中，我们也谈到了学习、工作、家庭。谁知道就这一交谈，使他获得了许多的材料，他竟违背我的意愿写出了《诗人·县长》的通讯发表在《湖南日报》上，我深知上当，后悔不及。但我心灵稍有安慰的是，他没有谈更多的我从政之事，而是谈我的学习和生活情趣。这样，我便不能责怪于他。现在我将此文披露于此，是想说明，我确无做官之意，但有爱民之心。

坐在我面前的是一位温文尔雅的男人，40来岁，中等身材，唯有两鬓些许白发看上去与实际年龄不大相称。和我交谈，他讲一口相当标准的长沙话，然而不时也蹦出几句地道的浏阳话。他常常边谈边做着手势，借以加强自己的语气。看得出，他既有儒雅之气，又颇精明干练。他本想安安分分地当一名教师，谁知命运却偏偏要他从政，当上了湖南第一个人口大县——拥有130万人口的浏阳县的县长。然而，他仍不忘写文章，即兴写点诗、散文什么的，也写一些理论文章。一本书名为《芭蕉雨》的诗集，于1988年由中国文联出版公司发行；一本叫《梦系浏阳河》散文、报告文学集，也于1989年出版。他还主编了《社会主义初级阶段理论教育》一书。与人合著的著作随便可以举出一些：《基层领导科学》《县委书记的领导方法和艺术》《乡镇企业管理简论》《个体劳动者修养》……发表在各种报刊上的诗少说也有上千首。

"写诗，作文，首先是一种爱好和兴趣。"谭仲池淡淡地说出这句话后，慢慢地谈起了他的经历。他与共和国同龄，当新中国的阳光普照中华大地不久，1949年12月，他诞生在浏阳河畔石湾小村山边的一栋土砖屋里，浏阳的山，浏阳河的水，哺育了他，留给他多少画意诗情。17岁那年，他离开山村参军，当上了一名空军战士。军旅岁月虽也裹着"文革"的凄风苦雨，但他仍顺着扬子江上的白帆，楚天的白云，在诗浪里游弋。居然，他的诗连同他的名字，开始出现在《长江日报》《湖北日报》《空军报》上了。可是，他终因伯父未弄明的历史问题而被退伍还乡了。

1973年春，白天，他重新扛起锄头，打着赤脚又踏进那熟悉的水田。夜晚，他仍在昏暗的煤油灯下读书、写作。1973年10月，他考取了浏阳师范学校，他的诗歌、散文又飘向了报刊。从此写诗、作文，一发而不可收。无论是教书、到县广播站当编辑、到县委办公室工作、到省委党校党政干部培训班脱产学习，他都不停地写呀写。

他喝浏阳河水长大，除了参军那几年，他一刻也没有离开过这片热土。他熟悉这里，对这里一切充满情和爱。请看《筒车谣》："带着大山送给的笛子／告别了绿色的故乡／从此，安家在河岸边／脚下银浪哗哗响……／有大山的力量／把河流举上山冈／有大山的意志／风吹不倒，雷劈不晃／把墨绿泼向田野／田野泛起层层金浪／把碧玉撒遍荒坡／荒坡披上春装……／如今，虽然电力排灌将你接替／你却仍在自己的岗位上歌唱／要用笛吹回青春的梦／让自己变成一条清悠悠的江。"

现在他已是一个"七品芝麻官"了，他有自己应该做得更出色的本职工作。谭仲池深深地感到自己肩上的担子不轻，生怕辜负了130万父老乡亲。他整天奔忙，下乡调查，解决各种实际问题。在路上，会有人突然挡着他反映问题，回到家里还来不及落座，敲门声又响了。他说，现在真忙，时间不够支配，也不能由自己来支配，是别人指挥县长，而不是县长指挥别人。他常常感到疲惫，又常常感到内疚，总觉得没有尽到自己的责任，还有那么多群众关心的问题没有解决好，全县经济发展还不快。但是，那"文情"又总是那样萦绕着他，想割也割不断。于是，早晨起床后的那个把钟头，中午回家等饭吃的半个来钟头，半夜又抽出个把钟头，以及其他一些零散时间，便成了他抒发文情的宝贵时光。1990年7月中旬的一个上午，他正在收拾行李准备出差南国，偶尔发现书桌上的《湖南日报》刊登了广西某边防师师长邓道生的书法作品。看那熟悉的遒劲有力的行书字，他仿佛看到了邓师长那英武形象、儒将风度和诗人气质。还是两年前的元宵节，他有机会去广西防城县，得以认识邓师长。是因为师长善书法好诗词，他俩一见如故，久之竟成了真挚文友。这回不知是友情的激动，还是邓师长的作品感染了他，他在离开家门前的片刻，在报纸边的空白处做起诗来："走出翻卷着炮火硝烟的空间／望满目熏黑的焦土／飘浮着浓重的沉默和荒凉……／沐着阳台上碎金编织的晨曦／他泼一片雨的湿润和温暖／去浇灌束束春的斑斓、丛丛香的流光"。这首以《将军和鲜花》为题的诗，竟在20多分钟内完成了。

谭仲池写诗，并不单纯为了发表，有些也没有发表，但他却自得其乐，视为一种享受。他说，写诗是转换一种思维方式，可以在政务繁忙之余，寻得片刻闲暇，达到自我松弛的目的，这比躺在床上歇息一会儿更为怡然自得。

1989年9月，农业部部长何康来浏阳调查研究，转达了王震将军对家乡的拳拳之意。送点什么给老同志、老领导作纪念？谭仲池想到了一种特殊礼品——诗。他即席赋诗一首《将军情》：

古城烟雨起苍黄，教语谆谆永不忘。
义帜声威留故垒，将军情意系家乡。

田畴绿涌千层浪，丝绢新添四化妆。

国策英明人意好，光辉传统万年扬。

何康部长看了十分高兴。不久，这首诗在《东方时报》上刊登出来了。

日本议员竹之下先生来浏阳考察，临别时，谭仲池送给他一本诗集《芭蕉雨》。接过诗集，竹之下先生露出了钦佩的目光。

县花鼓戏剧团创作了一出宣传计划生育的戏，原剧名叫《造福》，谭仲池看了以后，建议改名《石榴湾风情》。还有一出戏原名叫《赌祸》，他也建议改成《女人们的痛心事》。这一改，编剧、导演、演员还有许多观众都说改得好。

"我无意当作家，也无意当'官'。"他说这话很认真，看来是出自内心的。是的，当作家不容易，当一个大县的县长也不易。而要既当好作家又当好县长就可以说是难上加难了。他在这方面做得如何，我真不敢妄加评说。我只知道，他在这两方面都是勤勉努力的。在县政府办公室那里，我抄录了浏阳县1990年的一些主要数据：全县财政收入过亿元，工农业总产值11.6亿元，比上年增长5.4%；粮食总产65万吨，比上年增长3.1%，创历史最高纪录；乡镇企业总收入过9亿，比上年增长近1亿……当然，这些成绩绝不是他一个人的，他也从来没有这样想过。他不过是为此出过力而已。

"青春的路筑进字里行间

美丽的梦徘徊在无声的世界

在青春的田野

收割银色的岁月"

谭仲池用这几句诗结束了与我的交谈。望着他两鬓开始花白的头发，对他"收割银色的岁月"这句话，我信。

我也是平常人

春天是迷人的。

温暖的三月风，剪裁着大地的春光，剪绿了依依的垂柳，涂绿了两岸的田野山峦，搅绿了一河碧水。

这是 1990 年的 3 月中旬。

我国著名的歌唱家彭丽媛来到了浏阳。她的歌声早已让人倾倒。《在希望的田野上》《我们是黄河泰山》几乎无人与她媲美。上午她从长沙来到浏阳，下午我和妻子便陪她在山城走走。她见我们俩亲密自然，且年龄不相上下，便打趣地说："你俩像兄妹，我想问一个问题，你们谈恋爱之前，是谁找谁？"

妻子含笑不语，用眼光暗示我回答。

我稍作沉思，然后说："不瞒你，凭着一种感觉，我们是从相对的方向，同时发出信号的。""好一个同时发出信号，真不愧是文人县长。"丽媛笑得很开心。

想不到 4 年以后的 11 月 6 日，长沙举行"中国第三届金鸡百花电影节"，我又有机会去飞机场接彭丽媛。一坐上汽车，她就对我说，要见秋叶。而演出后第二天，秋姐还真陪她玩了一上

1990 年，全家与金铁林（音乐家）（左一）、徐沛东（左三）合影

午，在"玉楼东"吃了顿味精猪血，然后她便又飞抵深圳了。

这就是我们的朋友情谊。曾经《半月谈》有位记者要采访我的从政和家庭生活。说是从读《诗人·县长》报道中得到的线索。我感谢他的美意，但我没有让他采访。因为，我作为一个"七品芝麻官"，也是一个普通的人，我也有平常人的心和情，平常人的忧和愁，平常人的苦和乐。就说对父母、妻儿和弟妹之情吧！常常为此使我寝不安心、食不甘味。虽说不上孝子，但我总想不能太愧对父母。只要从电话中得知父母身体有什么痛痒，都会使我心中忧愁常驻。真要感谢我的妻子，挑着家庭重担，教学养子，还要常为照顾老人而操心。不论是送老人去医院看病还是住院治疗，买药送饭，或是为老人添置衣裳，或是为弟妹们的学习、工作操劳，她都任劳任怨，一一料理有序。用她的话说："都是为了减轻你的负担。"我的家庭负担确是因她的操持而减轻了，然而作为"父母官"，我应千方百计为老百姓减轻痛苦和负担，这就叫平常人的平常心。

一天，我路过县政府信访办门口，信访办主任老黎给我一封信说："这是一位女青年要求我转送给你的。"我拿着信，急步回到办公室，拆开一看，信是这样写的：

谭县长：

我叫熊传莲，今年21岁，1989年高中毕业后一直在家待业。我父母均是双目失明的残疾人。20多年来，母亲为了抚养我，供我读书，残疾人无以营生，只好去算命，母亲为生活奔劳熬白了头。20多岁的人了，要靠母亲算命来养活，实在是不好听。无奈，我带着母亲奔走于有关单位，一次又一次没有效果……我知道你很忙，有许多事要管，要过问，我也知道我招工是一时解决不了的，但我希望您作为一县之长能为我做主，为我奔走呼吁……希望您别拒绝我的心声，我和我妈妈两颗破碎的心在等着您的回音。

一个老妇的企盼
一个少女的泣血
1991年6月20日

看完这封信，我的心震颤了。我又一次凝视这字字带血的信，我仿佛看到这对母女就站在我的眼前，用渴求的眼光望着我。说真的，当时我的心情非常的沉重。解决城市青年的失业问题，这是除了计划生育之外的第二大天下难事。人口这么多，各个单位都已饱和，这些待业青年往哪儿安呢？是夜躺在床上，我仍然在想着这位少女的来信。妻子看出了我的心思："睡吧！有些事情也不要太认真，何况你在尽心地做事。"我说："群众的疾苦，我们不能解决，群众会怎样看我们的党，看我们的政府。"我从床上坐起来，披衣下床，找到公文包，掏出了那封信，我在信上给县劳动局长批示道：

> 读了这位残疾女青年的来信，我心里酸楚极了。但对于你我来说，这又是一件十分难办的事，即使这样，我还得请你帮助调查并设法采取以下办法解决：①在可能情况下，安排招工；②与城关镇联系安排到镇办企业；③与县民政局办的福利厂联系，是否可以安排到福利厂就业。
>
> 　　　　　　　　　　　　　　　　　　谭仲池
> 　　　　　　　　　　　　　　1991 年 6 月 23 日夜

我很感激县劳动局长，通过调查，证实信上所说是真的。后来劳动局长想尽办法给这位女青年安排了工作。

又有一天，我刚从乡下回到办公室，就发现桌上放着一封签有多个名字的群众来信：

谭县长：

他就是赵正富老人，71 岁高龄了，住在大光乡行官村许家组，身边既没儿女，也无亲属，一个人居住在周围杂草丛生的两间破旧的房屋里，一张陈旧的床铺，再就是几块石头垒成一个灶，屋内四面透风。不知是谁告诉他，要他去县政府，找谭县长解决问题。于是老人便打点行李，一床破旧的棉絮，几件破烂的衣服，挑着便上县城来了。他没有钱乘车，靠着一双不灵便的腿，走了整整一个星期。

他没有找到谭县长，或许糊涂的老人根本没有找到县政府，不过他自己说，向旁人打听确实是找到了。他只好又失望地返回去。当走到溪江乡长溪小学门口时，他忽然病倒了，没法再往回走了。

学校的老师给惊动了，赶忙跑了出来。问他是否吃过饭，他摇摇头，告诉他们一天来还未曾进过食，问他是否需要水，他连连点头，并拿出一个大瓷缸。有人给他弄来了凉开水，他迫不及待地将满满一缸水喝了个尽；有人给他送来两个饼，他接过，连连作揖；有人给他送来了一个甜瓜，他眼里充满了感激的泪花……

谭县长，本不应该为一件小事而打扰您，但是老人的处境太艰难了。浏阳是否就这么一个可怜的老人，这还是一个未知数，这还需要您从百忙中去了解，去照顾……我写下了以上这些，打您了。谭县长，我喜爱读的《芭蕉雨》的作者，请调查核实，以解除我们的牵挂。

执笔：陶勤

目击者签名：李国兴、邹波、李秋连

李际华、李平，周美珍

1991 年 7 月 7 日深夜

读这样的信，我总有一种感觉，这些群众就站在我的身边，他们盼望我能果断地为百姓做点实在的事情。可这是一个大县呀！这样的事情又岂止一例两例。于是，我铺开纸给信访办的黎主任写下了这样一段话：

读此信，心情颇为不安，但这种情况绝非一例。请你们去调查一下，如情况属实，还请与乡政府联系采取措施解决，我这里送上 20 元，以表对老人的寸心。对这样的问题，要动员全体干群关心。

谭仲池

1991 年 7 月 13 日

后来，老人的问题得到了妥善的解决。信访办的同志在行宫村召开了村组干部会议，对老人的生活问题进行了专题研究。村委会当场表示，组织人员在 10 天内修复好老人的住房，并负责他的烧柴或安排他到村民家中寄吃，按月供给他的粮食。会上，一位副乡长拿出了 20 元钱送给老人，民政局也救济了 30 元。

这就是我们的乡村干部，他们的心也是这样平常，这样能和我们党的优良传统息息相通。

至于以后出现的年关时节一位妇女带儿女来访的事，就更使我看到了民心的圣洁。

也是这年冬天，春节即将来临的前夜。

一位家住县城的妇女带着两个小孩来到了我居住的 6 楼宿舍。这位妇女来时，我在机关开会未归。我妻子热情地接待了她。问及找我何事，那女人就是不说，只是一句话，要等我回来。

已经快深夜 11 点了，她还坐在那里。她抱在怀里的孩子已经进入了梦乡，这时，从乡下来看我的父亲，因身体虚弱，需要休息了。我家仅是小两室一厅，只好打开厅卫的沙发，让明天要上学的儿子先睡。那位妇女看到我妻子在打开沙发给儿子睡觉，立刻就抱着小孩要离去。正好她走出我家门口时，我回来了。妻子告诉我，这位女同志找我。我问她有什么事。可这女人什么也不说，就直往楼下走去。我感到纳闷，我担心出意外，便让女子追下楼去问个明白，过了一段时间，妻子气喘吁吁地从楼下走上来告诉我，原来这是个无房的知识青年，从乡下回城 5 年了，还一直住在本来就房子窄的娘家。今天来，她是要求解决住房，如不答应就准备带着小孩不离去。但她看到县长一家也挤得叫儿子睡沙发的情景，就不忍再说了，故自离去。

听了妻子的诉说，我顿时呆住了。我站在屋子里半天没有说话。多好的百姓啊！他们对自己的父母官竟是如此的理解、体贴。联想到我们有些机关干部多头占房，自己有住房，还给儿子、孙子谋房的不正之风，我真恨不得要大声骂一阵。可是，我没有骂出声来，我只是倍加感到我肩上的责任有多重。这件事，教育了我，这件事鞭策了我，这件事成为我以后生活的良师。后来我之所以能在千人大会上直点其名地批评一批多头占房的干部，其动力也就来自于这位素不相识的妇女。从那件事后，我督促县房产局清理出了上百套房子，都一一安排给了无房户。但我至今仍非常不安的是，那位回城女知青的住房不知解决得怎样？虽然我再三告诉房管部门寻找那位妇女……

这些事，对于一位领导者来说，要做到并不很难。可对老百姓来说，却是感恩戴德的事。从中我们应当悟出怎样的道理啊！这就是为官者，要有一颗真诚的平常心。

阳光越过高墙

在美丽的时光里，我曾片刻走进阴影。

监狱便是我心灵上的阴影。我想用暗淡、阴森、恐怖、寒冷、痛苦、悲凉来描绘它的形象。

我没成为囚徒，却走到了囚徒的中间。

我没有充当看守，却走过了一道道铁门。

我没有亲人在这里忏悔，却接触了和亲人一样有血有泪的心跳。

太阳的的确确地悬在高墙上空的天庭。那阳光是很明丽的，它投射在高墙内的树枝窗台上，一样散发着温暖的光亮。自当了县长以后，每年的春节前后，我都要去监狱察看慰问看守者，也要了解那些远离父母、兄弟、姐妹、夫妻的囚犯的生活状况和改造情况。不能因为是犯人而放弃对他们的关心和期待。

从读书中我知道，自古以来，凡是明智的有作为的从政者都十分注重对犯人的改造管教和某种合理的宽恕。当那一双双凄迷的、呆滞的、渴望的、哀怨的以至仇恨的目光在我眼前闪烁时，我的心异常沉重。我在想，作为县长对于他们应当尽一种怎样的责任？每次迈着沉重的步履走出闪着刺刀寒光的监狱铁门时，我的心总是沉甸甸的。

一天又一天，我去县府上班处理公务，一天又一天，我下到工厂、农村、厂矿调查，为基层解决一些实际问题，我当然知道，这一切的工作，也包含着对高墙内的那颗颗徘徊迷茫的心灵在尽一种自己应尽的职责。随着人类文明的发展，人的素质的提高，高墙会慢慢地在理智的霞光里倒塌的。然而，这是一个漫长的期待。在这样的期待里，我们需要普及法律教育，需要加强道德引导，需要净化社会环境，需要调节人们的价值走向，需要倡导健康的娱乐方式。这一切难道不是县长的责任吗？

基于这种认识，我每天在处理上十封甚至数十封来信时，都要认真地批转有关部门办理，有的我还要直接与来信来访者对话，回答他们提出的要求和问题。

这是一种信任，更是一种责任。

一个秋日的早晨，明亮的阳光洒满办公室的窗台，我裹在温暖的秋阳里，照例进行每天上班后的第一件事——拆阅群众来信。突然，我被一个白色的普通信封吸引住了。在寄信地址栏里赫然写着"长沙监狱印刷二厂装订车间"的字样。"监狱"两个刺伤心灵的字，让我深沉地拆开这封信。

信中的字写得很工整，而且语句也很通顺。读着读着，我感到信的分量竟是那么重！

谭夫子：

您好！请让我这样尊称您。

人生总是不如意。昔日的公民，今变成长监的囚徒，只缘于无知也。

我在校读书时，就有幸拜读过您的诗集《芭蕉雨》。失足后，从《长沙晚报》上又读了您的文章《我的星期天》。它从一侧面告诉我一个家乡父母官的生活，也使我再一次认识了自己家乡的县长。特别是您写过的一首名曰《等待》的诗，更激起了我寻求新生的勇气。谢谢您这位县长诗人。

我爱您的诗，也曾写过几首歪诗，但无勇气投出去，所以今天特将其中一首寄给您，希望得到您的赐教。但愿您不以我是班门弄斧，相信您不会笑话我的。

词是这样写的——

昨夜来，今晨去，明朝在搏中，常恨贫缺索更浓，且忘身在囚牢处。多情应笑我，失足不甘沦，一心忆起孩时梦。今恨昨失，光阴似水难留住。记住昨天，还待诚心忏悔。三年五载，再入舞台占风骚。

……

我一口气读完了这封信，信中的"昔日的公民，今变成长监的囚徒，只缘于无知也"这句话深深地刺痛了我的心。我陷入了沉思：当今这年青一代是我们中华民族的希望和未来，如何用思想教育工作来启迪更多的幼稚的青少年，使他们在人生的道路上，能经受得起风雨的袭击，这是每一名党政领导的责任。然而在这方面，我们的工作还是何等的薄弱啊！许许多多的失足青少年还有待于我们去关心去挽救。此刻，我感到了肩上担子

的重量。

于是展开信笺，我的感情从凝重的笔端流出——

学辉：

你好！

……

在信中，你一再告诉我，你爱诗，也读过我写的诗，这就使我感
到你虽在人生的旅途有过失足，但你仍然在追求美好的事物。诗，是
文学美与生活美的结晶，你爱它，还学着写它，这意味着你的心灵深处，
仍在迸射着向往新生活的火花。珍惜吧！意识到这一点是十分宝贵的。
珍惜吧！铁窗生活会使你从沉沦中奋起，走向新的征途。记住，这是
需要勇气和决心的。我相信你有这个勇气！

你在信中写了一首诗给我看，如果从诗艺上说，当然有它的不足，
但从所表达的思想感情来掂量，它却是震动心弦的。

既然古人说"诗言志"，那么学辉你就要用自己的行动去证明今
日的志。我相信在生活舞台上你将重新表现自己。社会需要你，你的
父母兄妹需要你，人民欢迎你，我盼你"失足不甘沦"，在认真反思后，
努力改造自己，使自己能迅速成为一个有益于社会的人。

如果我对你的诗谈点儿建议的话，那就是要学着写新诗，而且在
诗句中注重以情寓景。

这里我写几句诗给你，作为此信的结束语吧！

那个黑色的窗口

不应该属于你

那身寒冷的囚衣

不应当让你去穿

你淌着泪，在窗口沐浴温暖的阳光

青春的躯体，蒙着耻辱的印记

才知道，生活是如此严肃

任何一点轻率，都会使自己

葬入谷底……

莫要徘徊，莫要悲哀

生活就需要超越

勇敢地走出黑色的栅栏吧

前面的道路，依然鲜花盛开

春光在等待，溪流在等待

田野在等待，柳荫在等待

我们都在等待

等待你微笑着走回来

　　这位叫张学辉的囚徒收到我的信后，他激动地痛哭了一场。这件事，被监狱管教科的同志知道了，便把信和诗张贴在宣传栏里，用以教育和启迪其他的囚犯。后来我又收到了一个又一个囚徒的来信，其中还有犯罪的大学生。

　　面对这一颗颗迷茫中闪着醒悟亮光的心，我决意去探监。

　　一个星期日的下午，也是一个阳光很灿烂的下午。

　　从浏阳驱车直奔长沙。我和妻子抱着一大叠书籍，其中有《法律知识》《诗歌创作谈》《雷锋日记》以及一些启迪青年智慧和思想的青年读物。在一位年轻的女看守干部陪同下，我们走过一道道铁门，来到了张学辉所在的牢房。这时，一个个剃着光头，脸色忧郁的青年囚徒从房间起来，坐在住房前的土坪里和我们见面。我先说明来意："我们是代表浏阳130多万父老乡亲来看望你们的，希望你们好好改造，重新做人，争取早日走出高墙，回到亲人身边去建设家乡。"不知为什么，说着说着，我这个平常性格刚硬的县长也声音发颤、眼泪盈眶。我把书一本一本地送到囚犯手上："这是我送给大家的书，希望你们好好读书，重新认识自己，选择人生的道路。"在一旁的女干部要张学辉代表大家讲话，可张学辉已经泪流满面，他无法讲话，只是重复着说："感谢县长，我们会好好改造自己。"这也算是一次简单的见面讲话吧！然后我和妻子便逐一地与囚徒交谈，问他们的家庭情况和在监狱的生活状况。这时，那个坐在树边一直不语的年轻囚徒，走到我的身边。我发现他的手背上还留着明显的伤疤。他对我说："你一定认识我父亲，他是县国土局长，请你告诉他，要他放心，我会争取早日出去。"我知道了，他就是那位蒙面拦路抢劫的干部子弟。我握住他的手说："我会向你父亲转告的，但你一定要有勇气实现自己的诺言。"

　　我发现妻子在与这群年轻的囚徒交谈时，脸上一直浮着忧郁的色彩，从她的眼光里，我窥见了一个女人的母亲情怀。她是女人，她当然想到了，作为一个失去儿子的母亲会是怎样的心情和要承受着多大的痛苦。

世界上有铁石心肠的人，但在真正的情感世界里，在充满着良知和真爱的人前，那铁石的心也是要被融化的。大义、大德、大情是可以拯救迷茫的灵魂的。

伫立在四周高墙阴森的狭小地坪里，我的心情异常悲凉和沉重。我真真实实地感受到了一次人类情感波涛对我心灵的撞击。我有责任去唤醒他们。他们需要政府的呼唤和挚爱。我是迈着沉重的步履和流着泪离开他们的。我发现在我离开的时候，他们的眼睛也是湿润的。其实这些失足的人，此时的心也同样受到一种震动，那震动蕴含着灵魂的自我觉醒和对未来的希望。

女看守干部很动情地告诉我："这些年轻人，大多数都没有法律意识，或是从小就无人管教，或是家庭条件太好，娇生惯养……"她叹道，"教育子女，家长和社会实在是责任不轻啊！都像县长你这样，那就好了！"

"像你这样那就好！"听了这话，我更加感到惭愧和不安，我究竟在这件事上做了多少工作啊！

夕阳已经隐进西天的云层，古老的长沙城已亮起了灿烂的灯光，我们驱车往回急驰。可我的心，仍在那个寒冷的天地里徘徊。

坐在被告席上

在国徽照耀的庄严法庭，
在上千人严肃注视的时空里，
我的心灵接受了一次圣光的洗礼，
这圣光就是《中华人民共和国行政诉讼法》。

县长也是老百姓中产生的。县长也是普通的公民。政府是管理社会的为人民大众服务的政府。作为县长和他的职能部门的政府工作人员难免会有失误、失察。这种自身的不足和政府工作人员的失职与轻率，都会给国家、集体、群众的利益和权利带来损害。《行政诉讼法》的颁布实施，正是对政府行为严格的规范，是对人民权益的公正维护。

作为县长意识不到这一点，那是一种悲哀。

作为县长没有这种自觉性，那是一种浅薄。

浏阳人民是聪明、智慧、勤劳、勇于改革创新的人民。从近代史上记载着的谭嗣同"今中国未闻有因变法而流血者，此中国之所以不昌也。有之，请自嗣同始"的仰天长啸，到毛泽东领导的秋收起义惊雷鸣响在文家市，都无不显示出浏阳人民的觉悟和战斗品格。处在改革开放大潮的浏阳人民，也正和全国人民一样在探索、在奋进、在改变自己和创造自己的事业。

正是在这样的历史发展时刻，新中国成立后第一起"民告官"的状纸送到了县人民法院的公堂上，院长震惊了。这告县长的状纸能接么？这官司怎么打法？薄薄的状纸在院长手中掂出了沉重的分量。

院长为难是可以理解的。但院长秉公执法则是他的天职。院长想提出调解，可原告不从。他们认为调解的结果是会令人失望的。这件事，法院的同志试探着告诉了我。我寻思了很久。我想，老百姓敢告县长的状，这是社会的进步，说明他们对政府的信任和对法律的崇拜。我应当支持法院受理。我当即向法院表示，甚至愿意作为被告上法庭。

县长愿作被告上法庭，法院的同志既感激也作难。感激的是县长支持他们执法，作难的是万一县长败诉，怎么好交代？这背后产生的种种连锁效应将是无法估算的。与我朝夕相处、风雨同舟的几位副县长也犹豫了，他们理解我，但也担心万一败诉会影响政府的权威和形象，更怕派生出一串串诉讼的事来，那政府就不可收拾。亲人朋友也来劝我，如果官司打输，作为县长的尊严，作为已有的往日光彩，岂不要一朝付之东流。就连律师们也不敢出庭辩护，万一失利，也感到有愧于县长。

县长，官不大，按古之官制为七品，可谓低矣。但从上面的众人心态，可见县长的尊严和地位并非无足轻重。这许许多多的顾虑担忧，于公于私，于情于理，于人于事，都反倒使我想得更多，一个县长遇民告状，尚有如此多的难言之隐，一个市长、省长、中央领导会是怎样？

党心、国心、公心、民心啊！

这只能由我自己选择了。

我义无反顾地选择了法庭，

我毫不犹豫地选择了被告席。

为什么要做这种选择，我愿我的百姓会深深地理解我，懂得我这颗平常心。

也许对于现实生活来说，县长当被告是一件新鲜事。然而这件事正好说明我国的法制尚不健全，人们更需要习惯它、遵循它、爱护它。

1991 年 10 月 16 日，这是一个不平凡的日子。《中华人民共和国行政诉讼法》刚刚过完第一个生日。

庄严的法庭内外已经座无虚席，走道上也站满了人群。我的岳母、妻子、朋友也赶去旁听。那个法制报的记者，曾经是我的学生，她更是不安地坐在那里。假如老师输了官司，她该怎样报道。她很聪明，也很幼稚，她悄悄地走到我的身边，问我："老师，要是你输了我报不报道？"我说："要报道，要如实报道！"

官司打过后，在县城，在长沙，在全省引起了震动，在全国也引起了强烈的反响。不是因为别的，是因为民告官这个令人关注的现实终于在湖南出现了。作为当事人，我不能主观地评述这场官司，我只能借他人之口来传达信息。这篇《超越胜败——"庶民"与"县官"对簿公堂纪实》的报道，曾在《法制建设报》《法制文摘》《经济日报》上发表后，被评为"全国法制好新闻"。我现转抄文章的后两节，或许能让读者从中读出某种特定的感受来。

谭县长不怕当被告

谭县长不仅是一位政府官员，还是一位作家。宽广的知识面，与时代同步的观念，使得这位县长在有些政府官员对于行政诉讼的认识尚停留在"这是超前立法"，因而对于百姓告官大为光火的时候，他却认为民告官是公民法律意识得到加强的体现，百姓告县长，只说明法律是威严的，至高无上的，官司无论哪一方胜诉，都是法律的胜利。谭县长亲自书写答辩状，准备出庭参加诉讼。他还给法庭和听众写了一封言恳意切的信，表明了自己的态度：

"……我非常感谢法庭和原告。这次开庭意味着法律意识在我县广大干部群众中得到了加强，它显示了我县普法的实际效果。百姓敢告县长，说明法律是高尚的，是威严的，是真正代表了人民的根本利益，也是国家意志的真正体现。我为此感到高兴和欣慰，也真诚地感谢法院的同志和敢于告我的同志。

我将服从法院的公正裁决，也请同志们能够在公正的裁决面前思考更深层的道理。正义的伸张，是非的分明，不要局限于是谁胜谁负的问题。我想，我们双方都会受到一次生动的法制教育。以法治国，以法治县，确实是振兴中华的根本之计，我们要为之共同努力。

这次开庭，可以说明法律面前人人平等。让我们每一个学法、守法、执法者都为此而不懈地努力，使这一事实能够成为我们共同遵循的准则，假如这样，我即使败诉，我也将高兴地感谢大家！因为，事实上，一个再高明的领导者也会有失误，何况我这个县长的水平并不是很高，需要全县人民的及时监督和指导。"

一个当政者能如此看待百姓对他发起的"挑战"，这是难能可贵的。正因为这样，当郑观保作为一个"挑战者"把他推上被告席时，他决定亲自出庭。也许有人担心，万一败诉，以后老百姓会怎样看待县长？讲话还灵不灵？他完全理解这种担心。多少年形成的官贵民贱的旧意识在人们头脑中仍然根深蒂固，以致法庭不敢秉公审理民告官的案件，老百姓也怀疑法庭搞官官相护。看来要改变这种观念，需要每个领导者把人民利益、国家利益置于自己的尊严之上。只有这样，才能昭示：

在法律面前，无论是"县官"还是"庶民"都拥有平等的权利。

显然，10月16日的庭审，谭县长是有备而来的。他亲自在法庭上宣读县政府的处罚决定书，亲自答辩，并一一认真地回答审判长的提问。此刻面对耀眼的国徽，他暂时忘记了自己是一个县长，而仅仅只是行政诉讼中的一个当事人——被告人。

行政诉讼——各方如是说

10月16日庭审的最后结果，法院维持了县政府的处理决定，因为郑观保所在的跃进组与张坊采育场所争执的三分多土地，张坊采育场已实际使用二十四年之久而郑观保所在的跃进组一直不曾提出过异议，按照当时交付使用和现今使用的历史和现实状况及国家国土总局的规定，跃进组已视作把争执土地馈赠给了国家。谭县长庄重地站立在被告席上，凝听着审判长高声宣判，那神色、眉宇之间，无不是对法律的虔诚。

"我虽然对法院认定我们把争执的土地馈赠给了采育场有不同的看法，但我对今天的庭审还是满意的。"闭庭后，原告法定代表人郑观保这样说，"当初，我们全村人都担心，我们能告赢县长吗？虽然我知道有一个《行政诉讼法》，但是，这是不是只写在纸上？今天谭县长在法庭上的态度如此好，对待我们老百姓告县长有如此高的认识，使我对行政诉讼有了新的认识。"

庭审结束，谭仲池县长把话筒抓到了手上，平生第一次站在被告席上，说："行政诉讼法的实施，标志着依长官意志行事的历史一去不复返，也标志着我们国家民主与法制发展的新水平。它促使我们行政机关依法行政，并通过法院纠正部分机关违法的具体行政行为。我为什么会坐到被告的位置上？因为我们依法还做得不够，事实上，一个最高明的领导者也有他的局限性。行政机关的首长怕当被告，这无非是面子、名誉、身份等一些旧观念笼罩着我们。作为一名党的干部应时刻以党和人民利益为最高宗旨，而这又与法律的最终目的一致。既然这样，行政首长又何必拘泥于一场官司的胜与败！"

一席话，赢得满场由衷的掌声！

说句非常诚实的心里话，我有时候也不明白，一件在国外很简单、很平常的事，为什么出现在中国官员的身上却会变得如此复杂和举步维艰，甚至许多人为此要绞尽脑汁地去给自己的形象涂上一层又一层不必要的保护色。

中国的官场需要更多现代文明的圣光洗礼和净化！

那时刻，当法庭的人流散尽，只剩下庄严的国徽和冷清的座椅一排排显露在我的视线里时，我的脑海里竟出现了这样令人心碎的画面。

那乡干部将一时不交公粮的农民兄弟捆绑关押的情景；那执法的干警事实不明，就将铁铐戴在无辜百姓手上的呻吟；那挥舞着罚款单面对一个个脆弱的个体户、农民兄弟大刮"三乱"之风的影子；更有那政府官员下乡垂钓，让身体虚弱的老农民下水去取断了线的钓钩而葬身浊流的哀鸣，都一齐向我袭来。我真不寒而栗。我胜利了吗？我辩护成功了吗？不！不！我的心在流血。

我需要这种审判，这种审判会教育我们永远忠实我们的百姓和伟大的共和国法律之剑。

愿明镜高悬在亿万人心中！

我在向上苍祈祷！

第九章
心弦的颤音

曾有执着的追求，曾有缤纷的想象，

曾有坎坷的旅行，曾有真诚的许诺，

曾有热炽的爱恋，曾有深沉的思索，

曾有痛苦的徘徊，曾有欢乐的畅饮。

这一切都交织在风和雨、冷和热、

泪和笑的日子里，沉淀为一支支心灵之歌。

该留存的，

一定留在心灵的圣地上去绽开灿烂的生命之花，

该抛弃的，一定断然抛弃，

要让心灵的天空永远飘动着美丽的云霞。

人生不了情

人生是复杂而美丽的。

人生是悲壮而无奈的。

人生中的真情、真意、真心会支撑一个坚强的灵魂去不知疲倦地迎接岁月的风霜雨雪。

我永远记着高吾尔在《致石评梅》信中的吟哦："写到这里，我望望海水，海水是那样平静。好吧，我们互相遵守这些，去建筑一个富丽辉煌的生命，不管他生也好，死也好。"

也许我的生命永远也不会有富丽辉煌的季节，但我们相处、相识、相亲、相爱的生命一定是这样的互相遵守着生命信念和生活信条。生也好，死也好，总是要不愧对人生，不愧对养育自己的父母、人民和大地，不愧对自然界每天无私给予的空气、阳光。

已经是深夜了。

劳累了一天，我脱衣上了床。有读书的习惯，睡觉前不看几页书，总好像有什么事没有办，心里不踏实。我叫来仍在洗刷衣服的妻子，请她给我到笛儿房里把那本《荒漠甘泉》拿来。我不信教，我信的是马克思主义，但我觉得看一看圣徒们读的书，可以增长另外的知识，甚至可以从中悟出一些启迪人生的道理来。比如以下这些话就很令人玩味：

"我无论在什么景况，都可以知足，这是我已经学会了。"

"心安草，我真欢喜，别的都悲观厌世，只有你这枝小草这样勇敢。你似乎一点都没有沮丧。""王啊，我绝对没有，连一丝的灰心，一毫的失望，也没有。"

"总要效法那些凭信心和忍耐承受屈辱的人。"

"照样，我觉得主也用火、用锤、用水试验我，如果我没有信心和忍耐，就经不起试验，以致不能合符他的标准，我怕他也会把我丢到碎铁堆里去呢！"

"义人必因信而活。"

"只因你们不属于世界……世界就恨你们。"

"不要……心怀不平。"

这些似乎缥缈又细微的文字，变成了一支悠悠颤颤的催眠曲，让我在朦胧的语感中安然入梦。

然而敲门声却出现了。我的脑袋对响声素来是极敏感的。曾经在岳父家夜宿，就因那口座钟的摆动声音而不能入睡。无奈只好夜中起来，将钟搬至厨房。次日，岳父早起，不闻钟鸣，不见钟影，还产生了座钟被盗的虚惊。

不待我起床，妻子已将厅门打开。进来的是年过六旬的师范学校的熊老师。我认识熊老师。她的女儿曾在我家乡的小学任教，我们相识过。妻子将熊老师领进卧室。熊老师见我已睡，颇感不安，便说："对不起，可我是不找县长心不安呀！"我说："没关系，坐下谈吧！"原来，熊老师有个亲戚在县城居住已数十年，解放时，家里积存了一些金子，藏在自家房屋的夹墙里。现在县城正在加紧旧房改造，他的亲戚担心一旦拆旧屋怕暴露出去发生意外，便将此事告诉熊老师，并请他出主意。熊老师寻思再三，经过反复琢磨分析，认为我这个县长值得信任，在征得亲戚同意后决定由他将此事告诉我。

听了熊老师这番话，我心里很感动。这件事说明了群众认可了自己的县长。我有责任为群众办好事。于是我当即表示："金子是你们的私人财产，银行只能按规定收购。但为了保证挖掘的安全，我会通知公安局派人保护。"熊老师听了我的话，握住我的手说："这就放心了！"

次日，我嘱县公安局派干警亲临现场保护，熊老师的亲戚终于放心地从夹缝底下挖出了埋藏40多年的数两黄金。这件事使我意识到，黄金虽然贵重，但比起人与人之间的信赖它却轻如鸿毛。

老百姓在生产、工作、生活中会有痛苦和焦虑，当县长的在工作、生活、处事为人中也有痛苦和焦虑。就我来说，我感到人生最大的痛苦，莫过于有人办错了事而不能纠正，有的岗位、单位用错了人而无法调整，甚至看到有人违纪犯法而不能及时惩处……明明有的干部把一个单位搞得乌烟瘴气，一团糟，反而有人为之辩护、解脱、说情。而有的干部廉洁公正，开拓改革，却因某件小事处理不慎或者某次讲话表态不很准确，甚至有某种偏差，便有人揪住不放，捕风捉影，造谣中伤，非要把你弄得灰溜溜不可。

对此，我常愤怒，常苦恼，常独自在家长吁短叹。因之，我有感官场之艰难，之沉重，之责大。

也因此，有人设法寻找我的"辫子"；

也因此，我感到官场的悲哀和无奈；

也因此，我对仕途怀着一种识破尘俗便是仙的心境。

有时，尤其在夜阑人静独思时，我竟产生了弃官而去的念头，但转背又一想，念头顿消。正如有位老诗人对我说的："你不能离去，放弃为民尽职的岗位，不是又给那些庸人多了一个位子么！要相信社会是发展进步的。"老诗人的远见卓识令我钦敬。他还说："零落成泥碾作尘，只有香如故。你有这种精神，何患官场风雨。"是的，一个人只要没有个人的名位功利追求，有什么可怕的。后来我竟还用老诗人的法子坚定了一位不愿当区长的基层干部的信念。那是一位农民企业家出身的干部，因他具有联系群众，为群众办事的好作风，县委决定他担任一个山区的区长。他因感到农村工作复杂，而再三不肯受命。此事我知道后，便当即写了8个字："为民办事，当仁不让。"派人送到了他的手上。后来，他打电话对我说："看到你写的8个字，我没有什么可说的，这区长我当。"

这也算是一种心灵的沟通吧！

冬天又来了。

冬天是收获一年的劳动果实后的宁静季节。

可1991年的冬天非常不宁静。连云山脉东麓发生的一场罕见的大山火把整个浏阳县都

2006年10月与妻子结婚30周年时邀儿子一道合影

烧沸了。从早到晚，聚集到县政府大院随时准备赶赴灭火现场的人群如潮水般匆匆来去。我用电话在向县城的各单位调动千军万马上山扑火。

县武装部长带着数千民兵上山了；

工业局长带着工人乘坐着汽车连夜出发；

商业局长在调运食品为扑火的群众充饥解渴；

我也顾不了对刚从长沙赶来看我的朋友多说几句话，便乘上北京吉普车向火灾现场急驰而去。

在高空转动的卫星发现了这里的火情。

国家防火指挥部直接发来了急电。

我一边用无线电台向上级报告火情，一边在指挥群众扑火。

省政府派来了领导坐镇指挥；

市政府派来了领导坐镇督战。

扑灭山火的大军，一个梯队接一个梯队地冲向山火蔓延的山头。

然而风助火势，火势引风，山火不见扑灭反而向着山顶延伸。眼前是火光冲天，响声如霹雳。凶猛的烈焰烧得近百米之内不能近人。我们只好绕开火势凶猛的正面，从侧面上山砍开隔火道。大家顾不了衣服划破、鞋袜丢失、皮肤受伤，只一个念头，下死决心扑灭山火，尽量减少国家财产的损失。我们的衣服干了又湿，湿了又干，脸上汗水沾着烟尘，一个个变得面目全非。待局部山火扑灭，停下来休息时，便感到周身凉透，一身直打冷战。机关的年轻干部，看到我冻得发抖，便一齐涌过来，把我挤在人群中，用他们的热气为我驱赶寒冷。此时，我感到我和大家的心在一起跳动，血在一起流动。这时候，没人去想谁是当官的、谁是当兵的。他们更没有把我看成是县长，而是当成了伙伴。也只有在这时，我才真正感到自己又回归到了一个普通人的生活环境之中，有了一个普通人的生活情趣，这种感受是真实的，幸福的，它使我能在两天两夜的扑火中支撑着自己不倒下。

这边山火扑灭了，那边山火又燃起来了。呼啸的山风残酷地助长了火势。怎么办？再不能控制火势，就有可能越过连云山巅向江西的山界蔓延。我挺着疲倦的身子，靠在大树上沉思。我总结这两天扑火的经验教训，虽然上了数千人扑火，但因都是机关干部、工厂工人、部队战士，一般来说都没有扑火的经验，甚至有的爬上山巅就已经精疲力竭。现在唯一的办法是改善扑火队伍的结构，去大围山区把长期以来有扑灭山火经验的山民请来扑火。主意想定，我就立即带着林业局长驱车赶到大围山区。我们找到区长，便一个村子一个村子去动员组织强壮的男村民上山扑火。我当时还表示："上山扑火的村民，每人每天发工资20元。同时还要奖励村干部、乡干部、区干部。"村民对我说："县长你别说这些，看着你累成这个样子，我们心里不忍。"

几百人的扑火突击队迅速组成并登上了烈火熊熊的高山之巅。真是"兵贵神速，马到成功"，这支富有扑火经验的突击队，仅用了半天的时间就截断火路控制了山火的蔓延，到日落西山时，整个山火便被扑灭。后来区长告诉我："你说给大家报酬，可谁也不会要，都说我们就认了你这个人民的好县长。"

我是"人民的好县长"吗？我惭愧极了。我不明白，群众说我好在哪里？我要问问我们的父老乡亲，我要问问我们的基层干部。又是区长告诉我："你不知道吧，我们那里的老百姓说你好，一是说你诚心诚意为百姓办事，我们大围山最偏僻的地方只有你去过；二是大围山乡的黄金潭纸厂遇到困难时，是你冒着风雨去看望工人，帮助解决实际问题。"

多好的百姓啊！我们仅仅做了自己应当做的事，他们却记得清清楚楚，真真切切。对这些善良勤劳朴实的群众，我们能愧对他们而无所用心、无所作为吗？

我至今还清楚地记得，我在船舱乡蹲点时，这个乡因为早稻受灾，当时粮食入库还差10多万斤。可作为县长的联系点，不能不带头。于是我一家一户去上门走访，动员大家送粮。群众见县长做工作都说："看县长的面子，就是不吃饭也要完成国家的任务。"结果第二天全乡就超额完成入库任务，成为全县第一个完成任务的乡。

作为一个县长，百姓的父母官，人民是不会亏待我们的，而只有我们会亏待他们。每每深夜扪心自问，我总感到心里格外沉重。

父亲之误

父亲是有恩于我的。

父亲的身子已弯曲成弓形。每次回到家里，看到瘦弱的、牙齿已经脱落、满脸皱纹的父亲，我就格外心酸。

黑色的轿车停泊在生育过我生命的屋场前。

父亲的背影映现在轿车的玻璃上，显露出一种特别的凄清景色。他是农民，曾经走了一条弯弯曲曲、泥泞坎坷的人生路。他扶犁，他握锄，他持鞭，他踏水车，他推碾子，他掏粪坑，他是那样任劳任怨。他断然不会想到，他的儿子会成为一个百万人大县的县长；他做梦也不会想到，这些只能在电视、电影里看到的黑色轿车会开到自己的家门口。

或许真有一点光宗耀祖的色彩。

这些天，似乎父亲的腰也有些挺直了。

他的侧影不再是一把弓。

我当然为父亲的精神气韵和身体的健康状况能好转而高兴。做儿女的自然希望曾经受过苦累折磨的老人能安度晚年，过几天好日子，也算尽一份自己的孝心。

见我把在县城住院康复后的母亲送回了老家，乡上的领导都来看我，给我讲乡上的工作和眼前的困难，当我听到为了动员群众集资建校，全乡干部每人捐出一个月的工资时我感到他们做得好。于是我当即拿出1000元钱表示支持，接着就随乡干部去看了校址和正在修筑的进山公路。

想不到回到家里却发现气氛很不对头，只见父亲板着脸孔，在一个劲儿地吸烟。我感到纳闷，刚才他的脸上还是一片晴天，怎么突然就多云转阴呢？这时，只见我的妹妹走了进来，在母亲前面哭哭啼啼的。后来妻子告诉我，妹妹哭的原因是，她的孩子读高中缺钱，要父母说服我们支持她。我和妻子都明白，原来，父亲板着脸孔，母亲沉默不语，妹妹哭丧着脸，是因为看到我们将钱捐给乡政府，而没把钱留给他们。钱这东西确实是怪，它能在一瞬间使许多人的感情突变。我拿钱支持建校，不是因为钱多，更不是儿心血来潮。妹妹孩子缺钱读书，我当然应当支持，可这两者相比较，那点儿钱能保一人读书几年？但放在乡下却可以鼓动多少人的办学热情？这些父亲不懂，母亲不懂，妹妹也不懂。妻子说："他们就是认为你不该把钱送去建校。"没法子，不能让老人为此太痛苦伤心，何况母亲才刚刚出院。妻子便对老人说："妹妹的小孩读书有困难，我们理解，到年底，我们设法支持她。"吃过晚饭，披着夜色，我们驱车赶回县城。我坐在车上心情很不好，甚至预感到，我们这个由贫困人家发展起来的家庭会因为我走上了县长的岗位而要发生一些本不该发生的故事。

这些故事，一定是令人心酸的。

后来证明，很多故事的导演者就是我的父亲。

一年一度的春节来临了，农村的家家户户都张贴了大红对联，放着鞭炮欢度除夕之夜。我也和妻儿一起回到老家去看望老人，和老人一起吃团圆饭，欢度新春佳节。我们从县城给老人带来了水果、白糖、鱼肉和茶油、烟酒，是想让老人能过一个丰富愉快的春节。一家人围着桌子吃着团圆饭，欢庆节日的鞭炮在门外的地坪里"噼噼啪啪"地炸响，整个山村呈现一片热闹欢乐的气氛。

团圆的氛围是和谐欢快的。老人看到孙子、孙女一个个长大，自然高兴。平常不太喝酒的父亲，也端起了酒杯。我从不喝酒，为了不扫老人的兴，强迫自己咽下一两口酒。

饭后，年轻人各自玩耍，有的去看电视，有的去打扑克和扯谈。我和妻子回家少，决意留在老人身边和老人多说些话，让老人心情更舒畅。本来是过节，都要说些轻松的话，想不到这回父亲却给我说出了一串让我无法回答的问题。妹妹的民办教师转正，姑妈的孙女自费读卫校的安排，还有小镇上几个已自动退职30多年的乡干部的落实政策问题。我劝老人不要为这些事情操心。这些都由政策规定，不是我可以自行解决的问题。谁知，我的话没有讲完，他就大发雷霆，责我无情无义，太死板。别人当一个科级干部，都能安排这个安排那个，你为什么不行。他还举出很多例子来证明他的观点。我说："别人怎么样，那是别人的事，我只能按政策办事，不能搞特殊，更不能以权谋私。"父亲看着我讲得如此认真，没有听进他的话，他竟然说出了让人心酸的话："好吧，我的话你不听，你就别认我这个父亲。"说完拂袖而去。

　　望着父亲离去的背影，我的心沉重而又酸楚。我因为工作忙，很少回来。今天回家是想陪老人度一个欢乐的除夕之夜，可他竟因这些事，搅得一家不安宁。昔日的父亲可不是这样。他勤劳、老实、安分守己，不求富贵荣华，安居乡村。那时，他的儿子、女儿无钱读书，更无人推荐上大学，他没有怨言，他认命。他从早到晚辛勤劳作，穿着破旧，吃得清淡，从不招惹是非，在人前逞强。可今天，他已进入古稀之年，仅因为自己的儿子当了县长，就变得这样刚愎自用，固执己见，似乎他应当主宰后人的命运。现实使我意识到，近些年来，他已经在乡亲们的恭维声中迷茫了起来，他对"老太爷"的称呼已沾沾自喜，他对世人敬慕的眼光已感到陶醉。因此，他忘了昔日的影子，忘了他儿子往日的坎坷命运，忘了他曾经抱怨的公社干部中存在的以权谋私的不光彩行径。现在他竟然希望自己的儿子，一朝权在手，便把私利谋。他想的是自己所有的儿女，所有的亲戚朋友的利益。这是一种多么自私、多么可悲的心态呀！他是一个地地道道的农民，在他的身上，表现出的这种自私狭隘的思想色彩，我自然是可以理解的。因为在我们这个经济不发达的农业大国，在一个小农经济思想观念还根深蒂固的偏僻山村，一个老人有这种思想是不足为怪的。但是，对他这种思想，只许存在，甚至宣泄出来，但我决不能妥协。我也心绪不好地坐在那里沉默着。母亲担心父亲夜间出走会发生意外，便一再要妻子劝我去找回父亲。我执意不肯："让他去，他太不该这样。""人都离泥土这么近了，你就依了他吧！"母亲辛酸地说。

　　还是我的笛儿懂事，他在他妈的启发下，去山村的老屋场里找到了公公，并强拉硬拖地把他从外面推进门来。

　　鞭炮声带着喜庆的火花在山村的夜空闪烁。有多少人在家人的欢笑中欣赏电视春节晚会的精彩节目，而我们一家却在度着沉重的时光。也正是这一夜发生的故事，使我认识了为官之难，要廉洁更难，使我对宋人吕本中所言："当官之法，唯有三事：曰清、曰慎、曰勤"理解得更为深刻了。

　　夜深了，我坐在燃烧着炭火的屋子里沉思，既不去电视机前欣赏春节晚会，也不再与家人说话，心里翻卷着往日坎坷命运记忆的浪花。我走到这一步不容易，国家、家乡发展到今天这样的光景也不容易。有什么还不能满足呢？就是因为我当了官，父亲才想"一荣俱荣"，这出自一个农民灵魂的企望是多么可怕啊！联想到许多为官者一朝权在手，就把私利谋，真使我不寒而栗。我该怎么办？我要说服他，我要告诉他，父亲呀，你只有责任支持儿子廉洁从政，没有任何理由要儿子为亲人谋私利搞特殊化。想到这里，我走出了屋子，去看望年近九十高龄的伯父。

伯父很庄严地坐在那里。

他猜定，我会去看他。

他已经知道了我父亲今天演出的那出戏。

我坐在伯父身边，对伯父说："父亲真不应该这样逼我，我怎么能那样做呢？""别理他，他越老越糊涂。他的工作我去做，明天你只管回县里去，你还有一个县的事要操劳。"知我者，是伯父也！一句话感动得我热泪盈眶。我打心眼里佩服伯父的明大义、识大体。这时，使我立即想起那年落实政策，政府根据他早年参加革命的历史事实把他定为老红军时的情景。他当时捧着县民政局发的证件，浑身都在颤抖。他对我说："还是党英明，我这个老党员今生今世要跟党走到头。"我当县长这些年，他从未找我办过任何事，就连自己落实政策的事也没有跟我说过。他真正认识到了共产党员的责任和追求。他没说过很多的豪言壮语，更没有接受什么高等教育。他在乡间劳苦了一辈子，可他的心中永远有一个高尚的理想，那便是做一个合格的党员。

现在我再次凝视眼前的伯父，我仿佛觉得他像一个驰骋疆场归来的将军，胸前的奖章正闪耀着夺目的光芒。这光芒照亮了我的心和我眼前的路。我相信，在这光芒的照耀下，父亲也会重新挺直腰杆，去迎接风雨对他的洗礼。山村除夕夜是一个多么辉煌而美丽的夜。零点过后，迎接新春的焰火鞭炮一直闪烁和震响在整个山村。山村的田野弥漫着春的气息，高空的星光灿烂地闪烁着，给这个蓝色天幕下的世界洒上圣洁的光霞。

我走出伯父家门，站在屋前的地坪里，呼吸着新春夜的清新空气，感到浑身沸腾着热血。回头我看见伯父仍在门口向我挥手，那手臂依然那样有力。那是一根接力棒，要支撑我这个脆弱的灵魂，永远坚定地走向人生的彼岸。

亲情世界

这应该是一支妙不可言的歌。

我很赞成作家张炜在《绿色遥思》中说的："我觉得作家天生就是一些与大自然保持紧密联系的人，从小到大，一直如此。他们比起其他人来，自由而质朴，敏感得很。这一切我想都是从大自然中汲取和培养而来。所以他能保住一腔柔情和自由的情怀。"

是的，大自然永远都是动人的，它充满生机，变幻色彩，它用自己的语言和力量，慷慨地给予，滋润着人的灵性和情感。每一个亲近大自然的人，尤其是作家，他的感情世界一定要比其他人高洁、丰富、强烈和奔放。

大概是因为我曾在河洲、泥土里爬滚和收割耕种过的缘故吧，我从来不曾感觉到泥土沙粒的粗糙和肮脏，即使沾满泥土的红薯，可以用手抹去泥巴就送进嘴里毫无顾忌地啃起来。这样的感情，使我时刻不会忘记昨日的自我。就是当上了县长，也仍然可以躺在乡下农民家铺着破被的床上甜甜地睡着。又是一天中午的敲门声。打开门一看又是一个衣衫破旧、皮肤黝黑的乡下农民站在门口。这位农民兄弟颤抖着身子走了进来，向我诉说他无钱入院治病的困苦。他来自偏僻的张坊山区，是搭拖拉机进城的。得的是急性黄疸肝炎。看到眼前患着重病的农民，妻子知他没有吃饭，便给他煮了一碗面条，还煎了两个荷包蛋。然后我又打电话给信访办的同志，要他们带着我写的入院担保字条送这位农民去住院。不知道什么时候，这位农民出院了。他没有欠医院一分钱。后来，他所在乡的干部告诉我："那位农民说县长比他的亲人还要好。就是卖掉口粮，也不能欠医院的账。"医院的会计也对我说："当时，我们真担心

当教师时的妻子留影

这位病人欠账，给您添麻烦。"可这一切我心里明白，农民的心就像那泥土一样实在，不仅可以长出丰收的庄稼，甚至可以长出葱郁的森林。

　　也因为我爱故乡山上的红玫瑰，开得那样灿美鲜丽，在绿色的荆棘丛中，绽开粉红色的笑脸，我便深深地钟情自己的妻子，我想她就是那绿色世界的一束红玫瑰，会永远温暖我生命的岁月。我没有想错。在流动的日子里，妻子是那样温情似火，伴我走过了一条漫长坎坷、清苦和劳累的生活之路。在工资低微，家庭负担重的时候，她极认真地料理一家人的生活，总是把我穿过的旧

2006 年正月初一与妻子、儿子在韶山合影

衣服改给笛儿穿，她自己则寒酸极了，总想留点钱给我做衣服。她知道，我的出现，是代表着一个县的形象。我好读书，喜欢思考问题，并且还坚持写作，每临深夜写作累了，她会走到我的身后，为我疲倦的头做按摩；见我身体不适，她会把药拿在手里将水送到我嘴边。虽然因对某些问题的争论我们也会动肝火，甚至因对某件家事的处理发生分歧而相互怄气，但那总是短时间的。一阵狂风过去，便会清风习习，让你又重新刚到春天的怀抱里。她常说："为一个追求事业，献身百姓的男人付出代价值得。只是我天天劳累，容颜憔悴，你的感觉是否会变得苦涩？"我没有回答，只是把有力的手臂伸过去让她又一次感觉这个男人的港湾里，永远汹涌着属于她的爱恋之波。

　　又因我酷爱家中老屋山岙边的那一片翠竹。一年四季它高扬翠绿的旗帜，在呼唤大自然的蓬勃和壮丽。这又会使我幸福地想象在足球场上旋风般驰骋的笛儿。他是以怎样的勇敢和聪明演奏青春的浪漫曲。每每走进他的房间，我看着墙上他亲手贴上的世界球星马拉多纳和港台影星刘德华、

周润发、林志颖、张曼玉、关之琳……我便看到他心中那明媚的风光，感知他思想的境界和情感的旅程。虽然幼稚，虽然纯真，但这是真正美丽的寻觅。于是，我还会继续寻找他读过的文学名著《红与黑》《静静的顿河》《巴黎圣母院》上的指印，想从那浅浅的指印里发现他那个神往的世界。我是爱自己的儿子，陪他去北京报考电影学院，送他上政法学院去获得通向法律知识宝库的金钥匙。笛儿长高了，长大了，他成熟的言谈令我欣慰，但我更意识到，他需要接受艰难和痛苦的磨炼。我决定，要让他走向基层靠自己的奋斗去走一条光明的道路。

大自然真是太神奇、太美妙了。在泥土沙滩、绿树、翠竹、丹花、太阳、清风、月亮、小河、亮星构筑的宫殿里，生发的亲情是至洁至上的。哪里有自然美的流淌，哪里便有感情的生命，灵魂的闪光，生活的幸福和希望。

我们置身在大自然拥抱的天堂里，会很真诚地享受天伦之乐和迎接善待着来自天涯海角的朋友。舜，她远在日本，会不时地寄信问候我们全家，并告诉我们有关她的生活、工作情况。她每一封信都送来深情的祝福。她说自己会长得更美丽，为的是让我们永远不会忘记她。国，是20年前听过我讲课，拿着自己写的文章让我给他修改的来自农村的小演员，可现在他已在国务院机关任职了。他始终没有忘记我，他筹划的电视专题片《强国之路》，还特地邀我为之撰稿。我们一家去了北京，又是他和妻子陪伴我们去北京故宫和郊外欣赏中华民族的瑰丽文化和绮丽的自然风光。他很聪慧，他知道我们会从这片风景里读出他的向往来。

南国常有电话问平安，是云告诉我寒冷的日子她会很自然地记起那些温暖的相聚；银川的佳频来信，说那里的沙漠又多了一片绿荫，她盼望我们能一道去挖掘绿色的诗篇；中原的老诗人公刘给我寄来诗说："只有清风缕缕自来去／穿天梭地／织它热烈的气息"；更有年迈的老编辑一次又一次为我的习作校稿，想把这些零碎的生活琐记编织得更光彩夺目。他俩是画家，一个是国画家，他把美人鱼活生生地抛在洁白的池塘里，让它为我亮一片明丽的想象；而另一个是油画家，他把一座古朴的竹楼扛到我的床前，让我再为那位苗家姑娘写一首《叶笛悠悠》，让中央电视台的肖晓琳再一次为湘人吟诵。她是歌唱家，他是作家，她是学者，他是编剧，他是普通的司机，他又一次在途中停下车来："老师让我送您吧！"我原以为只有大自然才这样丰富多彩，无虚伪的诱惑和欺诈，无狡猾的掠夺和残酷的伤害。其实，一旦人的心中拥有了大自然的真实、慷慨、和谐、顽强、蓬勃、美丽和缠绵，那他也同样会拥有世界上最珍贵的东西——无价的亲情世界。有时候，我这样想，一定要在大自然绿色的怀抱里建筑一座小屋，老了就住在那里，去尽情地享受人世的亲情抚爱。那样，我们会永远年轻、永远怡然、永远宁静。

唐人街上空的月亮

1991 年 9 月 18 日，上海虹桥机场。

当我们乘坐的波音 757 腾云驾雾，进入茫茫的白色云海之巅时，感到自己进入了一个神秘的遥远的大国。钢铁翅膀的四周，翻卷的全是银色的云浪。那云浪变幻着奇异的形态。有的似山，有的如岛，有的若船，有的像城。给人的感受是极为丰富飘逸的。去美国需要在空中飞行 18 个小时，起先我担心这 18 个小时的空中旅途很难度过，可实践的结果，却只一瞬间，我们就来到了那个陌生的，曾经充满着想象的西方世界。

如果说，30 年前，在乡间的山林里砍柴时，想到能去一次县城，那就十分幸运的话，可去一次北京，那就像是在做一场梦。要能去美国，其心情就不用说了。如果说，随着岁月的流逝，人生的道路会自然地向四方延伸，就看你能不能勇敢地跋涉的话，那么这其中又要有多少人的理解、帮助、支持和社会的给予啊！

坐在飞机上，我不止一次这样想，你有今天，能到太平洋的彼岸去采风，去感受那个世界的文化人情和现代化的气息，这肩上的责任应该感觉得更为沉重。

就是揣着这份沉重，我走下了飞机。

就是揣着这份责任，我来到了美国的洛杉矶、华盛顿、纽约、旧金山。

在美国的自然博物馆、航天馆、白宫、摩天大厦，我仔细地凝视眼前的每一件展品，端详这一座座雄伟的建筑，我总想从这里去透视这个社会的影子，思考属于我自己的那份答案。

到美国已有几天了，整个白天我们都匆忙地奔波在市区。到处见到的是高楼大厦和高速公路的各色小轿车。回到旅馆，呆坐半天，心中仍然回响着一片喧闹。入夜，虽然街市灯光如昼，但打开窗户，远望夜空，我自然又看到了那片冰凉如漆的天。只是在这片黑色的天幕之下，这个世界仍躁动着斑斓的光波。此刻，我真想寻求心中的宁静。对我来说，宁静便是舒畅、便是幸福。我情不自禁地想到了家乡那条清悠、弯曲、款款的、平静的浏阳河，欣赏着我家临河的窗灯和灯前妻子甜甜的微笑。于是我的心很快就静了下来，我慢慢地坠入了另一个梦境。那明山丽水，那修篁秀葩，那白雾紫霞，那扁舟渔歌，那小溪里流淌的星星，一齐在我的眼前构筑出一幅水灵灵活鲜鲜的风景。

　　这样极好，我今宵竟从摩天大厦的嘈杂声中，又弯曲地走进了散发着湿润和清香的小桥、流水、人家、竹林的小夜曲里。

　　夜色在楼下刺耳的汽车喇叭声和远处传来的警笛声中消融。我终于从宁静的梦里醒来，迎着窗台上那抹璀璨的晨曦，又被淹没在一个新的喧闹和疲劳的日子里。

　　这天，我们沿着灯光闪烁的街道，坐车回到旅馆，早已在楼下等候的我国经贸部驻洛杉矶办事处张女士迎了上来："今天是中秋节，我请你们到唐人街吃中国菜。""今天是中秋节？"我们都十分惊讶。中秋节在国内是一个人人都记住的传统佳节。可在美国，要不是张女士提醒，我们竟无人记起。莫说今晚是中秋赏月的良宵，就是这几天泡在西餐里，也叫我们对中国饭菜充满着渴望。

　　片刻时间，车子便驰进了唐人街。一眼望去，街两边楼阁、商店门口写着的中文字，叫人充满亲切感。走进中国餐馆，一位端庄的女老板，春风满面地给我们递上菜单。于是我们又看到了家乡的麻辣豆腐、红烧肉、白切鸡、红辣椒和莲子汤。我们吃得好痛快，好热闹。女老板微笑着走过来，给我们每人一张生肖画片。属鸡、属羊、属马、属龙，我们兴趣盎然地各自寻找。我立刻找到了自己的那头似乎已经够累的牛。

　　踏着灯光，也踏着太平洋上空中秋月洒在地上那缕缕皎洁的光，我们离开餐馆，漫步在夜色裹着的唐人街上。

　　我抬头望月，月亮又圆又大。那如水的清辉，湿漉漉地从高天飘洒下来，笼罩着这条弯曲的洋溢着中华民族风俗的唐人街。借着彩色的灯光，我又看到扇扇流光的橱窗内，摆满了圆圆的中秋月饼。此刻，我真想去捧一盘，兴奋地走在大街上，我要邀请唐人街条条巷巷、扇扇门窗和颗颗炽热的心一道品味。

　　我久久地伫立在街心，望着天上的圆月，用深沉的话语祝愿着身居异城的龙的传人。我要邀故乡的月，映照这条街。故乡月啊！此刻你可落入异域的炎黄子孙的心田？他们可听到故乡亲人的叮嘱和祝愿？故乡的亲人，

可也闻到了这唐人街上的月饼香？

这时，我想起了香港作家东瑞先生曾在《一轮明月》散文中的一段文字："是的，古代的月最美丽。家乡的月叫人眷恋。异乡的月悲苦。现代都市的月变形，你看，高高的建筑物蔽遮了它，漫天的废气污染了它，千万个飞来转去的明白和不明白的飞行体骚扰了它……"我走在洛杉矶那高高楼层下浮着寒意的街道上，再一次仰望中秋月，方才发现那月竟是斜斜地挂着，似乎它也在忧郁地凝视着我们这几个匆匆而行的异乡人。

回到旅馆，已是午夜时分，我们渐渐感到了深秋的凉意。我们旋开热水龙头，冲洗着疲劳，也冲洗着散乱的思绪；冲不掉的，是故乡年年岁岁中秋夜里看熟了的那轮圆月。故乡的山水，此刻可在月白里熟睡？

这是一种思国思乡思亲的感情流露，这是一种望月浮思的人之常理。当然，在这个经济高度发达的国家，我也看到我们国家在现代化建设方面的距离和面临的严峻挑战。不管是第几次浪潮，不管是进入怎样的信息时代，作为一个中国人，一个看到了美国现实的中国地方政府官员，更应该清醒地意识到自己的责任。我又一次推窗望月，又一次感受那月光的洗礼，又一次回味唐人街的那顿中秋夜餐。乡音亲情固然珍贵，然而对未来世界的创造则更需要坚韧不拔。要不，家乡的月亮也会让人感到同样凄凉的。

第十章
银色的殿堂

那是一个充满神秘，而又多彩多姿、
有声有色的银色世界；

那是一个可以展示人间真善美和假恶丑的世界；

那是一个让人震颤、沉思、欢乐、
痴恋和忧伤的世界。为了创造这个世界，
人们要呕心沥血，全身心地投入，
并倾注自己的非凡才智和强烈的感情波浪。
工作、生活在这个银色的梦幻里，
我感觉到了人生的另一番风采和事业
的另一种乐趣。我时刻都觉得自己的生命
和价值在向一个更圣洁的殿堂延伸和升华。

侯宝林到浏阳

看江南的山山岭岭依然这么青翠，看山川的河流溪水依然如此清亮，看山城的林荫道上的树木依然荡漾着绿色，冬天是来迟了。

侯宝林乘坐的伏尔加轿车在一串清脆的鞭炮声中驶进了临河宾馆。侯宝林老先生是我国著名的相声艺术大师，我从小就崇拜他。现在我握着他的手，感到十分荣幸和兴奋。这时，县委机关的工作人员纷纷奔出办公室，涌进宾馆大堂来一睹仰慕已久的侯大师的风采。整个县委大院沸腾了起来。

"浏阳人热情好客，名不虚传"，侯大师高兴地对我说。"今天能在浏阳见到侯大师，我代表全县人民欢迎您！"我很激动地对他说。

晚宴设在县城汀兰酒家，和我一起陪伴侯大师的还有县文化局刘局长和工会唐主席。席间，我们频频举杯，对侯大师的到来表示欢迎之意。趁侯大师谈兴正浓时，我便叫他："'文革'时传闻您自制一个能拉长的高帽子和穿一身黑衣服去接受红卫兵的批判，是否确有其事？"对此，侯大师没有直接回答，只是朝我凄然一笑。然而，我从他的眼光里看到了"往事不堪回首"的凄清。

侯老来浏阳，为的是给老区人民带来笑声。虽然天气很冷，侯老依然精神饱满，神采奕奕，谈笑风生。夜幕徐徐降下，银色的月亮钻出云层，把如水的清辉洒满山城的亭台楼阁。当日晚上，在县工人文化宫，侯老表演的相声《猜谜语》，赢得了一阵又一阵雷鸣般的掌声。

第一场演出结束后，我有幸与侯老交谈。我说："侯老，你演的《猜谜语》虽然是个传统节目，但仍然博得了观众的喜欢……真正的艺术，人民是崇拜的。""观众是上帝，只有真正的艺术才能感染上帝。我到美国演出时，也是这个节目，同样有观众。"侯老一边说，一边打手势，显得异常兴奋。当谈到有的演员去做广告时，侯老风趣地说："我与广告无缘，如果谁要我给他做广告，那么我就要跟他分成。"说完，我们都笑了。

听人说，再过两天就是侯老74岁生日。演出结束后，我们在县委大院为侯老办了一个简单的小型生日焰火晚会。当侯老看到象征着松柏常青的焰火——"寿比南山"腾空放射出绚丽光彩时，兴奋得连连鼓掌。那神态，真像一个孩童。"浏阳的焰火太美了，我在北京也没有看到过这样美的焰火。北京放焰火，只能远看，今天真是太高兴了。"侯老兴致浓郁地对我说，"我要编一个关于浏阳花炮的相声，来感谢浏阳人民的热情款待。"这时，"孔雀开屏""蜡梅报春""金龙飞舞"等烟花，以那无比辉煌美妙的幻景，把夜空装点得五彩缤纷。陪着侯老观看焰火的青年演员，个个手舞足蹈，激动万分，欢呼雀跃。侯老一次又一次地带头鼓掌欢呼，目睹此情此景，我想：侯老能在一个偏僻的山村度过一个愉快的生日，是一件多么惬意的事呀！

次日，我陪侯大师在浏阳城内走走看看，然后还去了文庙、谭嗣同烈士祠。一路上我和侯大师谈语言艺术、谈文学创作、谈经济的开放搞活、谈对文艺功能的认识、谈群众的欣赏情趣……侯大师侃侃而谈，他的话语总是充满着幽默和机智，给我以启发、教诲和指点。在交谈中，突然侯大师问起他曾在报刊上看过的那篇叫《梦系浏阳河》的散文。在一旁的唐主席告诉他是我写的。侯大师突然眼睛一亮："写得好，把浏阳河写得美得诱惑人。"于是他让我带他去看浏阳河。

沿着古老的河岸小街，我们来到了碧浪滔滔的弯曲着向西流去的浏阳河边。这时，侯大师感叹地说："我总算看到了浏阳河。"伫立河岸凝望对岸的青山和脚下的浏阳河水。接着他略带批评的口气说："我眼前的浏阳河哪有你文章中写得那样清亮、那样秀美、那样传神。"是的，侯大师的批评是对的。这些年来，在发展农业、工业和乡镇企业时，我们确实忽视了对生态环境的保护。不说别的，就说河床的淤泥和河岸边堆放的垃圾以及对岸山上被砍伐的树木，都明显地破坏了浏阳河的自然美。于是，我对侯老说："生态环境保护不好，这是我做县长的责任，我们一定加紧治理，下次您来一定会看到浏阳河畔山青水绿。"

侯老要离开浏阳了，我特地将散文让县广播电台播音员录成磁带，配上《浏阳河》歌曲的音乐送给他作纪念。侯老接过磁带深情地说："我敢预言，你这个文人县长，不久一定会走出这座山城。"当时在场的送行者为之一怔，我便对侯老说："感谢您的鼓励，其实我才疏学浅。"

侯大师终于又在鞭炮声中离开了浏阳城。

他带着生日的欣喜走了。

　　春夏秋冬的风景随着时间老人的脚步变换着去装饰人世间的岁月。在这些流动的日子里，世界在日新月异地变化着，把它的美丽和富有慷慨地献给人类。浏阳人没有辜负时光的赐予，他们甩开膀子干着自己的事业。他们修筑了城墙般巍峨壮观的滨河路大堤；搬走了旧街风景，拓出一条宽广明亮的新街；在古老的文庙钟声里，耸立起一栋金碧辉煌的教学大楼；在沉睡千年的荒山土坡辟出全省一流的体育广场；在无比绚烂的焰火光霞里，演奏出一支动人的《大地上有一条美丽的河》的恋歌，让来自30多个国家及全国各地的数千名客商陶醉在浏阳第二届花炮艺术节的美妙梦幻里。

　　这一切既孕育着浏阳发展的隆隆春雷声，也展示着浏阳物质和精神文明的奇光异彩。作为县长的我，面对全县的巨大变化和创造的辉煌成绩，怎能不兴奋快慰、感慨万千呢！

　　1992年2月25日晚，县体育馆灯光辉煌，笼罩着一片热烈喜悦的气氛。站在闭幕式的灿烂灯光里，当我宣布："浏阳第二届花炮艺术节胜利闭幕"时，我的眼眶里滚出了行行热泪。这行行的热泪是对全县人民艰苦创业的感激，更是对未来的深情向往。我伫立在县体育馆的主席台上，面对眼前那一双双热情的眼睛，一双双伸过来的热情之手，我感到这是人生最大的幸福和最光彩的时刻。

　　这个时刻将永远激励我走向漫漫征途。

　　我的家在县城北郊的县广播局院内。

　　一路灯光连接的街道，绕过花炮女神的雕塑，光闪闪地一直向着北郊青青幽幽的山麓延伸。那街道

1989年12月在浏阳与侯宝林大师合影

的尽头是一片苍翠的田垄，田垄的背后是一脉重叠的苍山。好似海浪涌动的苍山，已淹没在淡淡的月色里，做着奔腾的梦。

踏着斑驳的灯光，我和妻子走回了自己熟悉的院子，走进了熟悉的巷道，走入了熟悉的家门。在熟悉的书桌上我看到了儿子熟悉的字迹：

"爸爸，晚10点接省委组织部电话，要你明天去一趟。"

"这是怎么回事？"

我拿着纸条和妻子商量。妻子也猜不出究竟。已经很晚了，我不能打电话去打扰别人的休息。

妻子说："这些天，你累了，头发也掉得厉害，明天我们一同去长沙，你先去省委组织部，然后我陪你去看病。"

初春的早晨，是湿润的，风里还夹着缕缕清凉的寒意。太阳还未爬上山巅，我们的车子就穿行在乳白色的晨雾里。透过晨雾，可以望见太阳正在冉冉上升，耀眼的光辉在轻柔地撩起雾幔，把苍翠的山岳、绿色的田野、冒着炊烟的村舍全都清晰地勾画了出来。

去长沙的路上，望着浏阳这片熟悉的热土，想起曾在田埂上、溪流旁、山坡边和水库大坝上与乡亲们的交谈，一道规划农村发展的新图。目睹乡亲们把公路修进深山，把电站修在峡谷，把企业办在村口，把外商请进乡政府大门的情景，我的心情异常不平静。是这浓郁的乡情，是这连心的纽带，是这美丽的风景让我感到自己的责任重大，不能有一丝懈怠。

一个多小时的奔波，车子便驶进了繁华热闹的省会城市长沙。沿着八一路右拐弯是一条绿树遮日的林荫大道。穿过林荫大道我们的车子就停靠在省委办公大楼前。

我独自走进了三楼省委组织部的办公室。

已年过半百，透着坚毅和宽厚，洋溢着热忱和真诚的吕副部长热情地接待了我。待我坐定，他给我沏上一杯茶，便坦诚地对我说："省委决定调动你的工作，去潇湘电影制片厂任厂长。"这突如其来的调动决定，尤其是对于这个陌生的工作，我感到十分震惊！我实在没有思想准备，做梦也没有想过会去从事电影领导工作。我是县长，我是抓行政和经济的实际工作者，我能胜任吗？常听人说文艺界复杂不好领导，我能行吗？于是，我很诚恳地对吕副部长说："有可能调整地方，或者不动行吗？""这已经不可能了，省委已经下文了，而且你的调令也开好了，希望你能服从组织的安排。"省委的决定，我必须服从，这是对一个党员干部起码的要求。

我便说："那就试试看吧！"后来吕副部长还一再问我有什么困难，家庭怎么安排，同时嘱咐我一定做好交接工作。

我握过吕副部长的手，离开了组织部办公室。行走在又长又宽深的办公楼走廊里，心情非常的不平静，一种留恋故土和对新的环境感到困惑的心绪充溢着我的整个灵魂。

浏阳的发展刚刚走上快车道，那幅刚铺开的蓝图，还需要我们带领群众去艰苦地描画。浏阳的群众信任我，我也离不开养育我的故土和支持帮助我的人们。而电影厂、电影事业，那个我从来没有涉足的世界，那里是一片陌生，一片迷茫，我将怎样去开创工作局面？我迈着沉重的步履走到了陪我已多年的小车边。妻子听说我要调电影厂工作，她震惊了，半天没有说话。和我朝夕相处的司机也睁大了眼睛，慢慢的我发现有晶莹的泪珠在他的眼眶里滚动。

许久，司机没有启动小汽车。

我理解司机，就让他冷静地平复一下即将离别的伤感之情吧！

闯入陌生的世界

世上什么最珍贵？是友谊；生活中什么最值得记忆？是得到了老百姓的爱戴；感情上什么最让人痛苦？是真诚的朋友又要别离；人生中什么最令人遗憾？是铺开的画卷还来不及抹上鲜明的色彩。

我怀着依依惜别和极度不安的心情回到县政府大楼。几位和我一同为浏阳的发展振兴同舟共济、风雨兼程的副县长都沉默着坐在那里。这消息对他们来说太突然了，对机关干部、对130多万浏阳人民也是太突然了。我能说什么？我只能说："这是省委的决定，大家要拥护。我感谢同事们对我的关心、帮助和支持。坚信我走后，你们能干得更好、更出色。浏阳需要发展，浏阳必须发展，我们别无选择。只是我为家乡人民做的事太少、太少……"我再也说不下去，眼泪已流到腮边。

县政府礼堂正在举行庄严的投票仪式，400多名人民代表在选举他们的新县长。我坐在自己曾经为浏阳的发展深沉思考的县政府办公桌前，听着礼堂里传来的热烈掌声，我的心情又激动又高兴。一位更年轻、更富有生气的县长已经走上了浏阳发展的舞台，我祝愿他带领家乡人们创造出更辉煌的局面。因为浏阳的繁荣兴旺是我梦寐以求的，也是我愿意为之献出一切的事业。

当新县长发表了热情洋溢的就职演说后，我被人大主席团的同志簇拥着走上这个庄严而神圣的主席台。在这里，我曾面对全县的人民代表连续做过3次政府工作报告。每次报告后，代表们都报以热烈的掌声，都一次又一次地告诉我，不要辜负了人民的期望，你的责任就是当好人民的县长。从此我就要在这个舞台上消失了，面对400多双深情的眼睛，我充满着感激，也充满着歉愧。

台下传来雷鸣般的掌声，大会主持人要我向大家讲几句告别的话。我站起来，走到麦克风前。我的手在颤抖、我的心在颤抖、我的整个身子在颤抖。如果是平时，或者说就是平常召开的人民代表大会，我可以不要稿子，面对上千干部群众讲出许多道理来，反映全县经济和社会发展状况的上百个数据也长居在我的脑海里，随时可以蹦跳出来。而今天我语塞了，心中充满着酸楚。

2003 年 5 月与妻子去西部影城拜会张贤亮合影

我终于说话了。

我说："看到人民代表选举出了自己的新县长，我感到欣慰；看到浏阳的发展，铺开了更灿烂的蓝图，我感到高兴；看到人民代表这股高涨的创业热情，我感到自豪。我唯一惭愧的是，我在担任县长期间，没有能为浏阳人民做更多的事。我深领浏阳人民对我的关怀、信任之情。我是浏阳人民的儿子，无论走到哪里都不会忘记这片故土、这片乡情、这片温暖、这片期望。我请家乡父老放心，从你们身边成长起来的孩子，永远属于你们，属于故乡，属于党和祖国。我将用自己的全部精力和智慧去为党和人民的事业不停地奋斗。一定为家乡争光，为浏阳人民争光，为崭新的时代争光……我知道，我有许许多多的缺点和不足，是几位亲如兄弟的副县长支持我、理解我、体贴我；是人民代表原谅我、关心我、信任我、支持我。人生什么最幸福、什么最宝贵？就是这无限的信任、这真诚的帮助和理解……"说着、说着，我的眼泪又迸涌出来，我颤抖的嘴唇再也说不下去了。

台下又是一阵一阵的掌声，我看见代表们的眼眶也湿润了。男儿有泪不轻弹，可今天我这个性格倔强的男子汉竟泪如雨注。台上台下泪眼相望，这是情的相通、心的交融。一个人的荣辱何须评说！一个人的价值何须自赏！看到眼前这一双双信赖和真诚的眼睛，我看到了自己生命的价值，我将永远记住这份人世间的真情。尽管今后的道路会有风有雨有霜有雾有冷有热有苦有甜，我将捧着这份真情、这份信赖、这份力量走向人生的彼岸而无怨无悔！

长沙市的东塘广场，有韶山路和劳动路在这里交汇，形成了繁华的商业中心。这里一年四季人如潮、车如织。力和形、声和色在这里编织着一支立体的、生机勃勃的现代都市进行曲。

潇湘电影制片是全国 16 家电影制片厂之一。它虽年轻，真正生产故事片还是 1979 年以后的事，然而对圈外人来说，电影制片厂仍然是一个神秘的梦幻，一个未知的世界。

东塘东南角这座面积 62700 平方米的小山包上，绿树成荫，楼房耸立。高大宽敞的摄影棚点缀其间，闪耀出电影艺术圣地的迷人光环。这里是银色梦幻的诞生地，这里是哺育电影艺术人才的摇篮。

我来了，带着惶恐，带着真诚；

我来了，带着坚毅，带着期待。

我随着老厂长雷鸣走在厂内的林荫道上，去车间、剪辑室、办公楼与大家见面，我感到心情的沉甸和感觉的陌生。人们从窗口、门楣里探出头来看我这个新来的厂长，大家是带着新奇、带着担心、还是带着希望？

"他行吗？"我知道肯定有人在提这个问题。

"我行吗？"我也带着惶恐的心态在想这个问题。

刚来时，因厂里一时腾不出房子，我就住在厂招待所。我每天按时去食堂用餐，上班在办公室主要是看有关电影制作、管理方面的资料，还找一些厂领导和处室十部及艺术人员厂解情况，然后就是看电影剧本，到车间、部门熟悉人。生活是全新的，感受也是独特的。到厂里足足一个月时间，我几乎全泡在学习和熟悉情况的工作日程里。既没有在城内访友探亲，也没有去歌舞厅潇洒一回。

我需要掌握新的知识，了解和结识新的朋友，以便能早日进入角色，真正投入工作，做一个名副其实的电影制片厂厂长。

人们也在猜测，一个新来的厂长，在食堂吃了一个月饭，还不见召开一次全厂职工大会，发表一次就职演说。他到底行不行？这样下去电影厂是否有希望？

恰恰这个时候，正是邓小平的南行讲话在全国全面贯彻落实的大好春天。对于敢于开拓创新的人们来说确实面临一个大显身手的极好机遇。面对这种机遇，我心里好不遗憾！我想，要是这时还在县里工作，真可以甩开膀子大干一场。而现在我面临的却是一个陌生的领域，一个未涉足过的艺术天地。不仅需要学习，掌握必要的影视业务知识，而且需要实践，从剧本的选择、剧组的组合，从摄拍现场到制作车间，从演职员的工作特点和艺术要求等方面探索管理、领导电影创作的规律和方法。对于这一切没有一个较为全面和透彻清晰的了解，你就下车伊始，乱说一通，除了制造一个日后供人们言谈的笑话之外，不会有任何收获。这就是我沉默一个月不公开讲话的原因。

一个月以后，准确说35天后的一个阳光明媚的上午。

面对近600双期待的眼睛，我终于登上了电影厂的讲台。过去这个电影厂的艺术家们，已经拍出了60多部具有潇湘气韵的故事片。其中一部分多次被国外和港澳地区购买版权或放映展出，或获得国际、国家的奖励。如《当代人》《候补队员》《特殊身份的警官》《湘西剿匪记》《喋血黑谷》《天国恩仇》《女性世界》《毛泽东和他的儿子》等影片为世人瞩目。电影厂有过自己的辉煌。作为一个新厂长，一个从县长岗位上走来的厂长，朝着这个台阶攀登的时候，怎么不会有几分犹豫和徘徊啊！当我怀着这颗紧张的心，揣着这份不踏实的考卷走上这个讲台，我深深地意识到，今天的发言只要大家能给我60分，也就是一个小小的成功。

然而此刻我又萌生出另一个念头，既然走上了这个讲台，也就别无选择，干脆敞开思想与大家交流，还想那么多干什么！于是，我从对电影厂的基本印象和感觉，谈到电影创作的思想、风格和追求；从如何加强内部管理，转换经营机制，谈到树立新的潇影形象。我越讲越起劲，几乎忘记了自己是一个初入门的电影工作者。此时，我需要的是把自己想的、看的、要做的全盘托出，交给大家来讨论来评说。

不时迸发出由衷的掌声。

整个讲话我没有用豪言壮语，也没有给大家许什么愿，我只是说，只要我们大家一起实实在在地干，我相信潇影厂可以在全国展示出自己独特的风采。

最后大家再次报以热烈的掌声。

当然我很清醒，台下坐的是电影工作者、是艺术家，他们是精神产品的生产者，是有较高的文化素质和思想修养层次的人。也许这第一次热烈鼓掌，还带有一个给面子和鼓励的意思，那么第二次、第三次你要不争气，别人就再也不会给这个面子了。

时间过得很快，一晃两个多月就过去了。我厂投拍的故事片《刘少奇的44天》正在抓紧进行。按照故事片反映的时间是春天4月，正是早稻插秧的季节，可是现在已进入 6 月。天气渐热，给拍摄带来了很大的困难。许多场景还要按春天的时令来设计布置，演员甚至还要在高温下穿着棉衣演戏，其拍摄的艰难是可想而知的了。为了尽快熟悉电影创作生产的业务，我在 6 月两次到拍摄现场实地体验生活，而且和摄制组的同志一起商量如何把这部表现我党的领袖注重调查研究、清除官僚主义、与人民群众保持血肉联系的影片拍好。担任这部影片的导演张今标曾经拍过《毛泽东和他的儿子》，是一位艺术素养很高的导演。我们虽相识不久，但他对艺术的执着追求和对人的坦诚谦逊使我非常感动。我们一见面便很自由地探讨起人物塑造等问题。

下面是我在拍摄现场采摘的两朵花絮。这是我从事电影工作写的第一页日记，留着它会让我有很美好的回忆。

第一则：雨中，"少奇"来到田埂上

淋着密密的夏雨，我和潇影厂的同事们撑着雨伞，踏着泥泞小路，来到了湘乡市石柱乡的一个偏僻的山村。是呀，眼前这片肥沃松软的泥土，曾经孕育着我丰收的梦幻。每当我戴着草帽和乡亲们来到田边看已成熟的稻子，心里总有一种说不出的欣慰和满足。而这回，我去看我们厂的摄制人员拍摄故事片《刘少奇的 44 天》中的农民们耕田、插秧场景，恰遇"少奇"同志来访的外场戏。

眼前，是一幅我多么熟悉的图画啊！一头头水牛，在农民们挥动的鞭梢里默默地耕耘，成群的男女老幼弓着腰在田间里缓缓蠕动，他们身后留下的行行青翠，在风里滚动成一片绿色微波。

这时，"少奇"同志沿着田埂走过来了，他兴奋的脸上，却浮着人们都能看到的沉重，这是一段辛酸日子凝成的沉重。历史这样记载着，而今天的银幕将把这段历史在这里再现。

雨，还在继续倾泻，雨点在田间溅起无数的泥花，雨水打湿了农民的衣衫，也湿透了演员们的全身。夹着寒冷时间悄悄地在摄影机的镜头前流逝。我们的演员和农民（这些可敬的群众演员）已经整整在雨中劳累了 6 个钟头。已是下午 4 点钟了，送到田边的饭菜早已变得冰凉。

我身边站着一位上了年纪的白发老农，我一再劝他回去。他很不领情地说："我怎么就走，我还没有看出名堂来，你晓得吗？我是今

天早上4点钟就来到这里的。"难道这位年老的农民是想看耕田、插秧么？不，他已经耕种了一辈子，他对泥土的爱恋够深了。我想，他执意要看的，还是怎样把这个现实的世界和农民的形象搬进电影里去。有一天，当他坐在乡政府的电影院里，看《刘少奇的44天》里有一组他们村的镜头时，他一定会兴奋地告诉身边的观众："你看这就是在我们石柱乡拍的，那天，我一直在看，这位演少奇同志的郭法曾，真像我当年看到的刘主席。"多么自豪的农民兄弟啊！

久久地站在田边溢水的沙石小路上，我的鞋子早已潮湿了，而我的眼前、身后仍然还聚集着数百名热心的观众，看样子，拍摄不停止，他们断然不会离去的。

雨，还在无忧无虑地、飘飘洒洒地下着。此刻，我的心境异常平静。往日，我这位"七品官"来到农民中间，他们定会围着我说这说那，或谈生产，或讲多种经营，或论兴修水利。而今天，我和他们一道站在这泥土的世界，欣赏这田间的牛影闪动、人影闪动和栽下的那垄绿意。"少奇"同志已经在田埂上蹲下，他脱下帽子，露出满头银发，他是特意到农民中调查农村情况的，他要了解农民的生产、生活和他们对政府的要求。他的身边围满了散发着泥土芳香的农民兄弟。他们说什么？离得远，我听不清楚。但从他们交谈的活跃气氛可以看出，透过雨雾，大家都看到了田野快要铺满的明媚阳光。

第二则：萧湘夜雨送"少奇"

天公不作美，忽然下起倾盆大雨来。密密的雨点拍打着花明楼炭子冲的灰暗的房屋，也拍打着村前村后颗颗热炽的心。我透过雨雾，借着吉普车前灯射出的光亮，看见"少奇"同志和夫人"光美"同志在雨雾里和乡亲告别。然后他深情地望着眼前的这片山水，依依不舍地坐进了车内。

雨还在下，吉普车开动了，碾着泥泞向村口驶去。聚集在这里的乡亲，谁也没有大喊一声，尽量用目光默默地送别与自己心心相印的亲人。

这是电影《刘少奇的44天》中的一个现场拍摄镜头：剧中的群众和围观的群众在送别少奇同志。

我站的地方，正是村东头的路口。在那里，我们一站便是3个钟头（可见拍电影并非易事）。起先，我的身边有3个炭子冲的农家妇女在叫卖桃子。有不少人围着她们挑选自己中意的桃子充饥（不少农民竟没有吃晚饭，就在这里等着看现场拍摄）。当"少奇"同志快要从故居走出的信息，通过吉普车灯的亮光传递出来后，这3位妇女竟然丢下一篮篮桃子，扑向村口去看"少奇"同志。她们一去便久久不回来。此刻，我用眼光注视着她们丢下的桃子，竟然没有人拿走一个。

和我一道说话的省话剧团演员邵晓薇（在剧中扮演中兴大队党支部书记）感叹地说："这几个妇女真放心，她们就不怕别人把桃子提走。"其实，我们的担心是多余的。这时人们都沉浸在对少奇同志深挚的崇敬里。

少奇同志为何要趁着天黑下雨离去？据当年参加送行的大队干部说："他是怕乡亲们都来送他，而决定晚上离去。"联想到现在我们工作中存在的各种形形色色的形式主义，少奇同志这种联系群众、务实求真的高尚品格，多么值得我们继承和发扬啊！

为了使影片真正成为精品，后来我和导演还多次认真地推敲台词。其中有一段对话是少奇同志批评当时的"浮夸风"。为了使这段台词生动、真实、准确，我还特地翻读《刘少奇选集》，找到了他在1960年代初的一次讲话：有的地方连打死多少苍蝇也要统计，并说有些假话是上面逼出来的讲话内容。我们把这些原话加以修改，变成台词就显得更真实而生动。

后来这部影片在党的"十四大"期间放映，获得了中央领导和代表们的一致好评。影片还被评为1992年度全国电影政府优秀影片奖和中宣部精神文明建设"五个一

1992年7月，与《刘少奇的44天》摄制组导演张金标，刘少奇、王光美的扮演者郭法曾、刘袖杰合影。

工程奖"。

《羊城晚报》于 1993 年 6 月 23 日载文《岁月悠悠，炽情永烈》这样评论道："故事片《刘少奇的 44 天》，用一个个纪实性的镜头，展示出少奇同志热爱人民的深厚感情和甘当人民公仆的孺子牛精神。那一幕幕'感情戏'淋漓尽致地刻画了少奇同志关心群众疾苦的炽烈情怀和实事求是解决农村问题的优良作风。影片《刘少奇的 44 天》发人深思，予人启迪，它不仅具有重要的历史意义，而且具有重大的现实作用……少奇通过调查感慨：人民群众的生产劳动，只要与经济利益挂钩，就能最大限度地调动其生产积极性。我们的错误，也许正是忽视了群众直接的经济利益。多么深刻的结论啊！我国农村改革的巨大成就，证明了这个从实践中找到的答案是何等的正确！"

1993 年 5 月，我去北京参加《刘少奇的 44 天》的领奖大会，恰遇我国电影界的老前辈丁峤同志，他高兴地握着我的手说："你干电影的时间这么短，就用'深沉、凝重、冷峻、炽烈'8 个字概括了《刘少奇的 44 天》的思想、艺术特色，真不容易。我赞成你的评论文章。"我当时非常感动，想不到我写的一篇小文发表在《中国电影周报》上还让他老人家认真读了。由此可见老一辈电影艺术家对一个年轻的电影厂厂长的关心和爱护。直到以后我厂组织创作投拍《秋收起义》，丁老不止一次地直接找我交谈，给我指点，丁峤老部长的谆谆教诲至今仍在耳边回荡。

电影面临严重挑战，电影市场急剧滑坡是大家知道的事实。中国电影人困惑了。大家坐在一起开会，一个个厂长忧心忡忡，有的甚至感到前途渺茫。内蒙电影厂厂长郁洁很风趣地对我说："我真佩服你的勇气，这个时候敢到电影厂来工作。"其实，这哪是什么

1992 年 5 月时任潇湘电影厂厂长与国家电影局局长滕进贤合影

勇气，完全是服从党的安排。确实，在我的面前已经出现了重重困难。

600多人的吃饭问题，电影拍摄的资金问题，电影拷贝的发行困难，电影企业内部的改革问题。这一个个的难题都在我的脑子里呼喊着。搅得我心神不安，甚至彻夜难眠。

我是一个要强的男人，在当县长的日子里，面对洪水的泛滥成灾，我没有流泪；面对山火的蔓延，我没有沮丧；面对财政的巨额赤字，我没有悲观；面对边界纠纷和"天下第一难"的计划生育，我没有退却。然而，面对电影领域里发生的这一切问题和困难，我在苦恼、在徘徊、在痛苦地思索着。

是邓小平的南行讲话给我以启迪，要敢于面对改革开放的现实大胆地闯、冒、试。经过认真的调查研究和周密思考，经厂党委集体讨论，我们果断地提出了电影厂改革的3条举措：

第一，实行制片人和导演目标管理责任制，把投入和产出的效益与报酬挂钩；

第二，以地生财，走联合开发厂区周边、发展多种经营的路子，实现以商补文、以副促主的目标；

第三，改变小而全的生产结构，实行人员分流和全员劳动定额管理。

三项措施的提出，如石投海激起层层波浪。许多的艺术人员和生产骨干认为这是唯一的出路，只有这样才能提高电影质量，提高效益，调动积极性，解决电影厂面临的困难。然而也有人表示怀疑，甚至非议和反对。

争论在领导层展开，在群众中展开。一次又一次地讨论，一次又一次地论证，一次又一次地思索。依然是有拥护者、支持者，有观望者，也有抵触者。

怎么办？我走向了群众。我来到了湘西黔阳县《秋收起义》的摄制组。老导演周康渝的一席话启发了我，鼓励了我。他说："你想的这些，我也想过，那时我当副厂长时就想干，可是条件不成熟，现在你干，我支持你。"在摄制组我还接触了不少演职员，他们都表示理解和支持。

已经是隆冬季节了，《秋收起义》拍摄进入了尾声，一支浩荡的起义部队开进了浏阳文家市，去拍摄会师的雄伟场面。当时主管意识形态的省委副书记杨正午兴致勃勃地驱车现场视察。我坐在杨书记的车上，向他汇报了广田改革的一些想法和遇到的困难及压力。杨书记很果断地对我说：

"看准了的事就干，不要犹豫，省委支持你。"省委领导的鼓励给我撑了腰，我有了主心骨。回到厂里，我召开了各类座谈会。我把改革的方案耐心地向大家说明，终于得到了大多数人的理解和支持。

2001年9月在长沙书诗一首赠吴小莉夫妻留念合影

白发苍苍的老领导、老艺术家鼓励我干，还有最普通的后勤职工也支持我干。我向电影局领导汇报，电影局局长滕进贤说："你的想法好，我支持你！"这是真正的信任，真正的支持。我终于干起来了，我将改革方案提交厂党委，讨论通过，以文件下发，全面启动实施。一时间，整个电影厂呈现一片生机蓬勃的景象。

电影《没毛的狗》《桃色旋风》《秋收起义》《血岸情仇》《少年罗成》《幻影》《股疯》等一个个相继投拍和完成后期制作，走向发行市场。

与长沙市友谊华侨集团公司联合兴建的"潇湘友谊影视商贸城"正式签约。省市领导、省委宣传部、省文化厅领导给予了大力支持，称赞这是文商联合在湖南省的首举。

于是，沉默的东塘东南角，在短短的几个月里就耸立起了入云的吊塔。建设者们夜以继日地在加紧施工，要让一座现代化的影视商城站立在长沙市的南大门，以展文商联合的辉煌前景。

改革在不断深化，改革自然要触及和调整一些人的切身利益。特别是撤销洗印、录音车间，进行人员分流，调整一些处室领导的岗位，实行全员劳动定额管理，使一些同志的个人利益受到影响。再加上改革是自我完善的过程，本身也会存在一些问题。于是，在一个时候，非议的现象发生了。一些走在改革前列的同志遇到了压力。一件件麻烦事接踵而来，我处在两难境地。

　　夜，已经很深了。凝重的寒意从树枝叶间泻下来，潜入我的感觉中。我独自在厂区的林荫道上缓缓而行，我望着建设工地上闪烁的灯光在沉思、在回顾这段改革之路究竟有哪些问题，这样走能不能走下去？思考的结果，使我清醒地意识到，前进中遇到曲折和障碍，这是事物发展的必然规律。哪有成功者不冒风险，哪有江河行船不遇风浪？

　　这时候，我又想到了曾经历过的失学痛苦，患重病时的彷徨和就任县长时遇到的风风雨雨。人生旅途啊！哪能风平浪静？今天遇到的困难和挫折不过是昨天故事的重演。这个未知的世界，既然闯入了，就得闯下去！

　　哪怕前面是一条深深的鸿沟。

　　哪怕前面是一片浩瀚的海洋。

　　天上的星月已经隐进了厚厚的云层，它留给我一个沉重的夜，一袭沉重的梦缕。

哪里都有岸

如果把潇影厂比作一条船，把广阔的电影市场比作一片海，那么这条船要扬帆远航到美丽的彼岸，必须靠船上的人们一齐摇桨，朝着一个共同的目标使劲。

一年来的改革，使潇影厂的人心凝聚起来了，大家看到了美丽的充满希望的航道，决心乘风破浪一往无前。

1993 年 3 月 16 日《湖南日报》这样报道：

潇影厂以积极姿态迎接市场挑战
——系列改革措施出台

本报讯　潇湘电影制片厂是全国 16 大故事片厂家之一，去年拍片 8 部，获得了较好的社会效益，经济效益也在全国电影厂家中排名前列，其中《刘少奇的 44 天》通过投票形式获第五届哈尔滨冰雪电影艺术节"冰雪杯"奖，合拍片《新龙门客栈》去年发行拷贝数列第一位。

面对发行渠道多元化，潇影厂决心把社会效益放在首位，对于那些重大历史题材的影片，即使亏本也要拍，同时也要多拍政治上无害、健康有益、供观众娱乐的好影片，以振兴民族电影。另外，争取合拍影片，减少投资；采取剧本拍摄投标办法，厂长选导演，导演选剧本，把导演、制片主任的自身利益与影片效益联系起来；在全国各地建立信息网络和宣传发行队伍；深化内部经营机制改革，精简机构，鼓励人员内部分流，开发第三产业，开展多种经营。这些方案都在迅速实施。如，原 17 个处室（公司）减为 11 个；拟与友谊华侨公司合建集影视、娱乐、商业为一体的潇湘综合大楼。在其他电影厂尚在观望，影坛不甚景气的形势下，今年潇影厂仍计划拍摄 8 至 10 部影片。这些影片包括《秋收起义》等 3 部重大历史题材、现实题材的片子，还有合拍、

独拍的几部娱乐性较强的片子。

……

接着《湖南省广播电视报》也推出了《碣石潇湘无限路》的报道。《中国电影周报》也用显赫的标题《潇影厂又获殊荣》作了报导，历数《毛泽东和他的儿子》《刘少奇的44天》《秋收起义》获全国唯一的中宣部"五个一工程"三连冠大奖的殊荣。这一切无疑给潇影人以莫大的鞭策和鼓励。

然而，面对前进中取得的初步成果，需要冷静思考的东西却是很多很多的，不是吗？随着电影市场的滑坡，在电影界有人提出了"什么样的电影赚钱，就拍什么电影"的观点，甚至有的权威人士也明确提出"电影就是商品"的命题，至于说社会效益则不必去顾及。因此，一段时间内，把电影界的人搅得昏头昏脑，武打片、艳情片、警匪片等一哄而起。不是鲜血淋漓，就是赤身裸体；不是偷情盗女，就是黑吃黑。粗制滥造、格调低下、胡编瞎扯的低劣影片充斥市场。面对这种形势，我们是迎合，还是抵制，还是要走自己的路？电影改革出路在哪里？就像是在大海上行船，岸在何方？

北京的秋天，已是寒气逼人。全国电影厂厂长会议正在空军招待所举行。广电部部长艾知生和我们一起讨论怎样深化电影改革，拍出具有社会效益和经济效益的影片的问题。然而，只要人们一触及电影市场和拍摄电影的资金问题，以及拍主旋律影片亏本的问题大家就哑然了。没有完整的答案可以解答这些实际存在的现实问题。尽管会上有的厂长慷慨激昂地揭露社会上播映黄色录像和影片严重干扰文化市场的问题，然而大家终未寻找到一个可以使自己摆脱困境的办法。

我没有发言，我在思考怎样让电影厂的改革深化下去。三天的会议，我看了大量的材料，思考了许多问题，我把要讲的话写成了一篇《切莫忘了文艺创作的责任》的文章发表在1993年10月7日的《中国电影周报》上，总编辑李文斌开玩笑说，这是一篇导向性的文章。我在文章中这样写道：

……现在，我自己处在电影创作、生产的领导岗位上，又该如何处理好文艺的社会效益与经济效益的问题呢？我认为重要的还是要坚持毛泽东同志《在延安文艺座谈会上的讲话》精神，警醒自己，任何时候不能忘记文艺创作的重大责任。

　　如果因为我们要搞社会主义市场经济，就以为凡是市场上出现和存在的东西都是合理的，想怎么干就怎么干，不受任何约束和限制，那是完全不对的，是一种误解。事实上，现实生活也说明，真正反映人民愿望和美好情感的作品，广大群众是非常欢迎的。尽管我厂拍摄的《刘少奇的44天》没有赚到什么钱，但它在党的十四大放映给代表们看，得到一致好评。大家认为这是一部歌颂我们党的第一代领导人坚持实事求是作风、联系群众、与人民同呼吸、共命运的好影片。因此，在第五届哈尔滨冰雪电影节上，采取投票的办法，被广大观众评为金奖。

　　也许在某种特定的条件下，某种场合，某个时候，那些真正反映现实生活，描写创造历史的工人、农民、知识分子、士兵的作品，可能经济效益不佳，但这些作品往往催人泪下，激人奋发，如电影《蒋筑英》《烛光里的微笑》都极其生动、形象、深刻地揭示着主人公的思想美和情操美，是引导人民奋发向上的精神食粮。而恰恰相反，在一个时期，在某种情况下，那些表现凶杀、暴力、色情和堕落乃至庸俗下流的性描写的影片、录像、文学作品可能赚钱，甚至发财。但这些东西，又确实在污染和腐蚀人们健康的灵魂。难道说，这些钱赚得值得么？而另一方面要付出多大的代价啊！

　　这种令人心酸的现象，如果我们不能正确处理的话，就会像全国政协委员吴冠中先生讲的：鲁迅说过，金钱买不到自由，但可以把自由卖掉。同样金钱买不到精神文明，但可以把精神文明卖掉。

　　……我很赞同冯骥才先生说的："无论古今中外的文艺创作都不是发财的职业。"我还要说，要发财就别当作家，别当艺术家。至于有的作家发了财，艺术家发了财是否是文艺创作造成的，我不愿更多地去评说，自然人们心中有数。

　　我依然相信鲁迅说的："文艺是国民精神所发的火光，同时也是引导国民精神前进的灯火。"这句话不会过时。

　　虽然我的这种观点，不一定被任何一个从事文艺和电影创作的人所认可。但我始终认为必须这样做。我在潇影厂任职期间组织确定拍摄的25部影片，没有一部是消极的和在审查时受到挫折的，特别是我们和天津厂合拍的《凤凰琴》在中国的电影观众中引起了强烈的反响，无论是社会效益

还是经济效益都达到了理想的高度。实践使我体验到，即使在茫茫的大海航行，只要始终注意寻找航标灯照耀的方向，你就会绕过险滩和暗礁，平安到达彼岸。

2006 年 6 月与宋祖英、李丹阳在自家书房合影

1993 年 11 月去广州参加中国第二届金鸡、百花电影节，我就好像是一个在大海上驾驶轮船前进的船长，又登上了一个美丽的岛屿，欣赏了一番绮丽的异地风光。

初冬季节的花城，依然蓬勃着春天的灿烂。这里是一个秋花不曾凋落、雪花不会飘坠的春之世界。在这个还流着温暖的南方现代都市，在银光飘泻的颁奖舞会上，周洁身轻如燕，柔美妩媚地表演着"掌卜舞"。在轻柔优美的音乐旋律中，她挥舞洁白的长袖，倩影上下翻卷，那流动的光霞，流动的音乐，流动的女性曲线预示着电影的明天那更美更绚丽的光环正从艺术家的手中编织出来。

作为一个电影厂的厂长，在中国影坛的旅途跋涉，我多么需要领略更美妙的银幕风光，以丰富自己的想象和创造力。

在《海峡两岸及香港电影新片展》《金鸡国际影展》的艺术殿堂里，我尽情地凝眸那银亮的天空飘飞的明霞丽云，欣赏柔美的月光沐浴下的海滩、石谷，清风掠过竹林花丛间流泻出的轻歌银韵，沉浸在情感与思想碰撞的圣洁光环和绮丽美妙的梦幻里，感受着大自然的灵气和力量对灵魂的雕塑。一切竟是如此的让人情怀激荡、思绪飞扬。

在金鸡、百花的颁奖典礼上，老一辈电影艺术家张瑞芳、谢晋、秦怡、孙道临等庄严放飞银色鸽子；著名影星张艺谋、巩俐、葛优、夏刚、冯巩、张力维张开理想的翅膀，飞向广阔的天空，一同去追寻中国电影人 90 年前就已孕育的灿烂电影之梦。

很巧，住进花园酒店那天下午，我头一个碰上的是女演员剧雪。她在我厂和天津电影制片厂合拍的故事片《凤凰琴》中饰演女主角张英子。剧雪一双透明的眼睛放射着聪敏的光芒，她腼腆一笑，温情洋溢，光彩照人。张英子那山村女教师的质朴、纯美就从那清澈的眼湖里荡漾出来。剧雪很高兴"本命年里走好运"。她对我说："希望下次合作得更好！"

"那是宋大成"，一位记者的喊声，把我的视线牵向了李雪健的背影。我匆匆赶去向他招呼。李雪健回头看到我，又是"宋大成"的憨厚一笑，"我们又见面了！"是的，我厂和中影公司合拍的故事片《幻影》去年在天津开机时，我就见到了李雪健和台湾著名影星张艾嘉。当时，我还写了一首诗送给他。后来刊发在《中国电影周报》上，诗名叫《给雪健》：

> 初秋的雨
>
> 扯断了幻影的梦缕
>
> 留下一盅渴望的清酒
>
> 赠予谁人去浇那浓浓的离愁
>
> 是一个伟岸的男子
>
> 怎会有这多痴烈的情恋
>
> ……

正当我们交谈时，《渴望》的导演鲁晓葳也走了过来。晓葳颇有个性，留着满脸的络腮胡子，给人一种成熟脱俗的感觉。我笑他是一个寻梦的人，昨天一个《渴望》让千万观众牵肠，悠悠岁月，叫人困惑和沉重；今天一个《幻影》又让台湾同胞泪湿衣襟，如烟往事，使人倾怀难诉。

更让我印象深刻的要数王姬。她演阿春从纽约回到北京后，这次来到了花城，人们依然称呼她"阿春"。欣赏这位女老板的卓雅风姿，我真担心这么多记者围困她，会不疲倦伤神？可我看到的她仍是这样神采飞扬，潇洒甜美。因为我厂正在酝酿投拍一部反映个体户生活的困惑和追求的故事片《女老板》，我便约她找个时间谈一谈。王姬极为守时，用餐后就坐在餐厅等我。尽管那么多记者缠住她，她最后还是用极富情理的言语说服记者们脱身来到我的居室。王姬坐在沙发上不时甩着自己秀丽的黑色披发。我向王姬询问了她拍《北京人在纽约》的表演心态，探问她今后的道路。王姬极开朗，她用流利清晰的普通话款款地表达着心中的语言。曾在北京人艺的王姬，6 年前去美国留学也是历尽辛酸，后来才在北美卫星电视公司主持中文电视台的新闻节目。正如她所说的："演阿春可以宣泄我真实的感情。在美国要争得一席生存之地是不容易的，往往要强迫你改变自己的性格去迎合这个社会。阿春就是一个感情丰富的女人，但是为了生存，她不能不把一切置于自己的生存得失的考虑之中，阿春是一个被生活重新雕塑的女人。"王姬很坦率地告诉我："我外露的和表现的是白种人的情绪，而骨子里却仍然是黄种人的传统品格。"我从她美丽的眼神中，看到的是中国女性的温情。最后王姬对我说："回到北京，现在也可以说我是一个文化个体户。我将一边经商，一边从艺，可以说是'脚踏两只船'。但我不说大话，先要扎扎实实地干事。我想这也许就是一个成功的'女老板'的奥妙吧！"

说到"扎扎实实地干工作是事业成功的奥妙"这条经验，不仅应验了王姬，我想也应验了我厂的国家一级导演周康渝。

前面我已经提到了周康渝是我厂改革的热心支持者。这里我要特地为他写一段文字。因为他在改革的道路上迈出了艰难而成功的一步。就像是一个得力的桨手，把电影厂这只航船摇到了一个风光绚丽的岛岸。这个岛岸，就是我厂第一个准制片人实践的成功。

那是 1994 年 5 月间，周康渝从北京拍片归来，我们坐在一起谈到了

2003 年，与台湾影后张艾嘉的合影

2006年春天与妻子在长沙会见凤凰卫视董事长刘长乐先生并合影

厂里推行制片人和导演目标管理的改革举措。我谈到《真假情人》已经正式按改革的方案实施投入和产出效益承包目标责任制。周导演听后，非常感兴趣，当即表示自己也愿意试一试。在很短的时间内，周导演就拿出了一个电影文学剧本《古龙镇谍影》的初稿。我当天中午就阅读了一遍，觉得很有特色，表现"抗日"的主题也很好，且故事情节复杂，不落俗套，谁敌谁友扑朔迷离，斗智斗勇难见真伪。于是我提议他再大胆朝前走一步，干脆来做一次准制片人。方案是厂里给他贷款，由摄制组出利息，包死上交基数，超收全部归己。我还给他分析了3个有利因素：一是周导演曾拍摄过《特殊身份的警官》《天国恩仇》《湘西剿匪记》《秋收起义》等影响大、质量高、经济效益和社会效益都比较好的影片，在观众中有很好的印象；二是《古龙镇谍影》故事情节引人入胜，剧本基础好，加上在省内拍摄成本低，只要严格管理，控制成本，经济包袱不会很大；三是抓紧拍摄，精心制作，大造舆论，搞好宣传广告策划，形成声势，可以产生良好的市场效应。周导演认为我的分析有道理，表示回去考虑商量。

几个不眠之夜，几度反复推断，几番良朋磋商，几回谋士咨询，周导演毅然决定签约，成为中国第一个个人贷款拍片的准制片人。对于他的这一举动，我从内心佩服和感激。他不仅支持了我厂的改革，也支持了整个中国的电影改革。

1993年3月与潇湘厂摄制的电影《旋风小子》中的男主角林志颖合影

经过精心准备，周康渝带领他的摄制组上路了，他们日夜兼程，全身心地投入；他们注意节约每一个铜板，精心拍摄每一组镜头，全组30多人团结奋战，整整一部影片，仅用26天就拍摄完毕。这是潇影厂历史上拍摄周期最短的一部影片。

至于影片的质量和效益如何？下面这个数字就足以说明问题。影片《古龙镇谍影》由上海电影发行公司以120万元一次性买断版权，而该实际成本为75万元。在1995年2月召开的全国电影创作会议上，国家电影局局长滕进贤一再赞扬这是一部思想性和艺术性很强的影片，是一部走改革之路的成功影片。

周康渝成功了，我们为他高兴，向他祝贺。省委宣传部文选德部长还特地为他的成功敬酒，这自然代表了我们的心愿。

然而，《真假情人》摄制组却遇到了挫折，其发行收入与承包合同要求相比，要罚款2万元。作为厂长，我曾经承诺：如果达不到目标，我与剧组一同认罚。当我将1000元罚款交到财务室时，心里感到十分的踏实。因为我相信，改革付出的代价，定会成为日后收获的投资，而且将来收获的定是一个黄澄澄的季节。我始终认为交这笔罚款值得。人生有什么比同事之间真诚团结去勇敢开拓未知世界更幸福、更具有壮丽色彩的呢？

拥有同一片天地

步入这银色的世界，我感到生活为我展示了一片绚丽，展示出一幅又一幅充满诗情画意的现实图景。那悠悠的、甜美的、飞驰着遐想的琴声，常把我带入一个无限美妙、温馨的梦幻之中，让我去欣赏领略人世间、自然界最圣洁、最美丽的风光和情感。

我有机会认识那么多曾经只能在报刊上、电影银幕上、电视荧屏上才能见到的演员。像张艾嘉、李雪健、林志颖、潘虹、申军谊、王姬、王璐瑶、郭法曾、古月、王英和老一辈电影艺术家丁峤、石方禹、陈播、陈荒煤、王晓棠、田华、孙道临、白杨等。

我在任潇湘电影厂厂长期间所写的散文集《爱情悄悄话》就用很长的篇幅写了不少电影演员的事业、理想、爱情和家庭生活。我想把他们真实的不加粉饰的生活情趣告诉人们，使电影观众更了解电影人和电影艺术。尽这样一份责任，我感到非常的欣慰。

当然做一个电影厂厂长，并非都在鲜花、掌声和愉悦中度过。有时他的痛苦和忧郁注入了生活的分分秒秒，让沉重的步履叩击地面，抒发着自己深沉的情感。《中国电影市场》杂志的裕子小姐采访我后曾写了一篇很长的《厂长忧思录》。从这篇文章里可以看出当时我心之某一隅有时是那样酸楚和无奈。

湘江边的岁月，有时对我来说是一串沉重的日子。尽管我窗前的绿树依然苍翠，阳台上的花开了又谢，谢了又开。然而作为一个电影厂的厂长，心中的那份责任，肩上的那副担子始终是沉甸甸的。一方面，要使拍出的影片有积极的社会影响；另一方面，又要创造一定的经济效益，最起码不能亏本，因为有近600人的吃饭问题需要解决。

然而，在那些遥远的窗户内和烟雾升腾的斗室里，却有人在胡编乱造，甚至一味地编织着宣扬色情、凶杀、暴力和灰色，绝望人生的影视作品。他们在用心表现哀怨和浮躁、堕落的人物命运……有人告诉我这些可以赚钱。

　　夜已经很深，我仍踏着淡淡的灯光在室内徘徊。我不时凝望窗外庭院水泥道上那一地碎银似晃动的月光。我为这部反映农村改革题材的影片《女人的选择》是否投产而苦苦地思索着。

　　已经多次修改，已经多次咨询。有从事几十年电影工作的老艺术家，有具有丰富发行经验的拷贝推销人员，还有那么多关心电影生产成败的职工。很多人劝我不要轻易投产，这类影片风险太大。现在剩下的就是我怎样做出最终的决断。推开房门，沿着楼梯走到了铺满月光的庭院，我看到耸立在灿烂月光下的潇湘影视商贸城。它那威武的雄姿在告诉我，看准了的事，要下决心干下去。而我回头走过摄影棚，又看到高高的红墙内耸立的古建筑群是那样阴森地生发着昨日岁月的凄清和惨淡。那角檐上被月光镀上的白色的光泽，使我感到心情异常的凄然。我没有再走动，我的灵魂里正展开一场坚毅和脆弱的紧张搏斗。

　　也是这样的月色，也是这样的时节，也是初秋的冷雨挂满枝头，也是窗外的树影编织散乱的月光，我在伏案创作一个电视剧。剧中的主人公是一个在改革中艰难奋进的青年企业家，他历尽艰险，备受夹击，甚至招致妻子的误解，但他终于迎风踏浪坚定地走到了成功的彼岸。《雾岸》对我的启示是深切的。特别是大胡子美工那树枫精心设计的女模特们带着用红绸编织的镽铐表演的镜头使我悟出人生奋斗的悲壮和豪放。那也是一种乐趣，也是一种幸福啊！尽管那场风暴随时可能把人卷去，但我相信，落到地面时，真正的勇士仍然会站立着。不知道什么时候，妻子来到了我的身边，她把风衣轻轻地披到我的身上。我禁不住握住妻子的手："谢谢你！"

　　多少年啊！多少个冷风冷雨之夜，多少个我心情沉重的日子，是妻子守望着我生命的旅程，抚慰我痛苦和忧伤的心灵。我感到此刻有一股力量在心中升腾。我仿佛觉得月亮顿时放出了异常灿烂的光芒，眼前是一片辉煌的天地。

　　《女人的选择》终于在常德市一个繁华的小镇开机。尔后携带着5个女人的不同命运色彩出现在观众面前。多谢厚爱电影的观众给了它深情的关怀。这部影片不仅创造了可观的经济效益，而且荣获湖南省1994年度精神文明"五个一工程"大奖。

　　人生中有许多珍贵的机遇，就像是一个梦，从来不曾想过的事，却可以成为现实。在电影厂工作生活的日子里，留给我一个又一个的故事。其中认识王晓棠将军给我的感受尤为深切。

那是 1993 年冬天，北影厂厂长成志谷请我们 15 位厂长到北影厂相聚。厂长们欢聚一堂，谈笑风生，无拘无束。席间相互举杯祝福。那情景、那氛围，没有丝毫的尘俗侵染，有的是热烈和豪放。此时的宴会厅欢情沸腾、灯光相映，那情境使人有如诗如梦之感。这时，北影厂马副厂长提议，每人要出一个节目。他领先唱起了《莫斯科郊外的晚上》，接着是西影厂李厂长的《走西口》，我不会唱歌，但无法推托，便拿起了麦克风背诵了一首曾写给女友的诗：

> 你的心
> 是一朵飞翔的花
> 渴望 我把
> 爱的天空交给你

想不到这几句歪诗却捞到了一片掌声。这时，只见风采依旧的八一电影厂厂长王晓棠站了起来："听了谭厂长的诗，使我想起了自己的青春岁月，我唱一首《花儿为什么这样红》。"

不愧是老艺术家，她的歌声实在是美，实在动情，我仿佛觉得眼前的王晓棠就是一位美丽漂亮的少女，在白雪覆盖的山巅翩翩起舞，继而变成一只白色的仙鹤展翅云汉。见我这个南方人在北京穿得衣衫单薄，担心我受寒，王厂长还特地买一件黑色羊毛衫送给我。至今我还穿着它走南闯北，心中常荡漾着女将军的慈母之情。

人啊，这就是生活的价值，这就是生命的辉煌，这就是人格的壮丽！

我在心里祝福王将军，你是一束灿烂鲜艳的金菊，永不凋谢！

是的，人世间有什么比精神永远年轻和永远健康更幸福呢！你想为描绘斑斓的世界添上一抹翠绿么？你想为隆隆驶向新世界列车的钢轨垫上一粒基石么？你想为荡漾尘埃洗出一片蔚蓝的天空作一缕清风么？你想为湖畔月下流连的年轻朋友送一支温馨的恋歌么？或许你还想……人到无求品自高，犹似梅香情更真。每每清夜独思，让自己置身这片圣洁的光环里，我便感到自己整个灵魂进入了一个异常澄澈的境地，那里就是一个洁白无瑕的水晶宫，可以照出心灵深处的任何一个黑色斑点。这是一种感悟。这种感悟会驱使我永远紧紧地握住人生的命运之手。

1994 年，与电影《"十"字下的魔影》剧组合影

大地涨潮了，那是揪人心碎的潮水，它让农村的老百姓流出辛酸的眼泪。1994 年 6 月的洪灾，又把灾难降临到三湘数十万农民头上。大地起风了，那是摇撼大树的飓风，它给善良的人们带来深深的怨恨。尽管我们伟大的党带领人民抗洪灾、扫歪风、惩腐败，然而由于历史的、现实的种种原因，我们前进的步伐仍是那样艰难，那样沉重。

我的案头摆着正翻开的长春电影厂故事片《天地人心》的剧本，这是一部弘扬正气的感人之作。影片着力塑造了县粮食局局长杨守本在天灾人祸的考验面前，始终把保障人民的基本生活放在首位，千方百计为老百姓排忧解难，坚定不移地同党内的腐败分子进行不调和的斗争，这样一个一身正气，不屈不挠、富贵不淫、威武不屈的艺术形象。读着剧本，我心潮起伏，思绪万千。今天的社会，正与邪、善与恶、是与非的斗争无时无刻不在我们身边发生和进行着。扶正祛邪，惩恶扬善，始终是每一个有良心的公民应该努力支持并做到的正义行为，也应该是文艺作品的重要主题。

读着读着，我眼前出现了《天地人心》的导演那庄重和真诚的面孔："请给我们的影片写一首主题歌词，你一定要写，要写出我们时代的呼声！""我能写好吗？我怀疑自己的水平和能力。因为这不是一般的歌词，也不是表达一般的主题，这个主题太重大、太深刻了。

我忘记了吃午饭，星期日在家休息的妻子，已经为我热了两次饭菜，她几乎要发脾气了，但她看到我坐在书桌前苦苦思索的神态，便又一次端着牛奶走近我："先喝了这杯牛奶！"

1994 年 12 月 22 日下午，北京广播电影电视部的小放映室正在放映长影新片《大地人心》，一阵热烈的掌声过后，广电部部长孙家正站起身来，热情地紧握着导演学新的手说："这个影片很感人，我看这部片子对加强农村工作，加强党与群众的联系，端正党风都有教育意义，影片在农村放映一定会受欢迎，在全社会，特别是对于党政机关也有普遍的教育意义。"接着田副部长又握着王导演的手说："我觉得影片题材选得很好，演员表演很好，表现手法也不错，推出这部好影片，你们做了一件好事……影片的主题歌是一曲人间正气歌，很昂扬嘛，很好嘛！"当时的王导演激动得热泪盈眶。整个放映室内呈现一片祝贺和欣喜的气氛。

1995年2月3日《人民日报》海外版刊登的中宣部文艺局副局长成志伟的评论《弘扬正气的感人之作》写道：

"《天地人心》是一部弘扬正气的感人之作，是奏响主旋律又富有艺术魅力的好影片。……正如片中主题歌所唱的：'风萧萧雨茫茫，滔滔雨水诉忧愁。面朝黄土抓三把，背向明月甘作牛，测得出天下心善恶，算不清贪官几人仇。劝君一生当清正，万古江河水长流。'这是一首新时代的'劝善歌'，也是对影片主题的抒发。《天地人心》的成功，就在于杨守本的形象为今天的共产党员和广大干部树立了一个正气凛然、无私无畏、人民称赞的好榜样。"

生活是有情的，艺术是有缘的。一个长期从事基层党政工作的干部，步入这样神圣的艺术天地，从最初的迷茫到获得这样一种欣慰和快乐，这是我始料不及的。我深深地体验到电影艺术家只有走向生活，走向群众，走向社会，生活、人民、社会就会走向你，走进你的艺术世界，甚至走向你的生活，走向你人生的长河，为你扬起多彩的浪花。

电影节的会歌《你走近我，我走近你》，当刘巍巍和林萍满怀激情地唱着走向辉煌灿烂的舞台时，我激动得泪如泉涌。这是我的心声，这是发自肺腑的呼唤。祖国，人民，我的母亲，你听到了吗？

你会听到的。因为此刻江边的古城长沙披上了节日的盛装，来自全国各地的电影艺术家正在这里欢聚一堂，共叙友情，共商发展中国电影的大计。岳麓山已层林尽染，枫叶流丹，湘江波浪上正千帆竞发，载着芙蓉国的无限秋色。

1994年11月6日的《湖南日报》曾以引人注目的《第三届中国金鸡百花电影节隆重开幕》为标题，报道了这次使湖南人民 感到荣幸、值得骄傲的盛况。

往日的故事、昨日的美丽，是人生的宝贵财富，它不是用价值可以衡量的；拥有它，便拥有了一个不平凡的无怨无悔的人生。

一同走过风雨岁月，

一同走向新的世纪。

我们捧着金灿灿的太阳，

我们拥有蓬勃勃的生机。

是为了回答，还是为了纪念，抑或为了坦荡自己的灵魂和一生的追求，在摇着桨向着人生彼岸跋涉的时候，为自己唱一支奋进的歌。使自己永不疲倦、永不停顿、永不浮躁、永不失落。于是，秋风萧瑟的日子，我挑灯夜耕，终于在洁白的土地上，耕种出一个单本电视剧《人生课题》。《人生课题》写的是一位省城女大学生献身瑶族贫困山区办教育事业的故事。然而她的人生实践，却是我寻找了半生的答案。

《中国电视报》曾载关润林女士《用教育掌握未来——<人生课题>观后》的文章。文中说：

　　编导以朴实无华的创作风格和虚实结合的艺术手法，展示了主人公在人生抉择中的内心冲突，描绘了边远山区优美的自然风貌，瑶家老乡们的纯朴热情，生活的艰辛和对明天的希望。故事真实感人、格调清新向上。该剧的深度，在于把育智和扶贫结合起来，把现代文明与开发山区勾连起来，营造了自然昂扬的气氛……编导在短小的篇幅里，宣扬了主人公金敏老师扎根山区教育的奉献精神，用艺术感染力表现了当代青年可贵的性格，即用坚强的意志、独立的品格和实干精神，去追求自我人生价值的实现。

坦诚地说，我引用这段评论，并非为自己的作品戴上一个耀眼的光环，而是想告诉读者，现在我对生活和工作的认识在人生的实践中不断地得到了深化。我将永远诚实地站在这片古老而肥沃的土地上，用自己的所有智慧和精力乃至生命的血液去回报祖国母亲赐予的春晖。我深信未来世纪的神圣殿堂里，会充满更美妙、神奇、斑斓、鲜丽的色彩。

那是一片多么迷人的绿洲，

那是一束多么绚丽的鲜花，

那是一湖多么清纯的涟漪，

那是一岭多么苍翠的森林，

那是一座多么壮观的城郭，

那是一片多么皎洁的月光，

那是　缕多么柔媚的温馨，

那是一回多么缠绵的相聚，

那是一支多么豪放的骊歌，

那是一盅多么醉人的美酒。

　　这，就是人生的电影；这，就是人生的艺术；这，就是人生的创造；这，就是人生的寄托；这，就是人生的收获；这，就是人生的潇洒；这，就是真正的人生！

　　啊！银色的梦幻，你带给我太多太多的想象和依恋。

第十一章

重走泥泞路

人生是短暂的，唯其短暂，

才使人感到人生要活得有意义、有价值。

只有面对风雨和困难，仍然顽强地挺进，

将自己的智慧和心血去浇灌人间的春色，

那才是真正有意义的人生。

倾听蛙声

　　车出长沙城，碾着春日温暖的阳光。坐在车子里，我的心情不平静。平常在市区奔波，望高楼大厦，感受喧闹和尘雾，有一种焦躁和不安。今日离开这座整整生活了3年的省会城市，却平添几许依恋。不是吗？我在这座城市度过的一千多个日日夜夜是怎样充满着艰难和思考探索的日子啊！

　　3年前也是这样的时节，也是沐着这样温暖灿烂的阳光，我告别充满绿色的家乡山城去省会就职。一路上，凝望车窗外的山野绿色和绿树掩映的红砖农舍，我的心情异常地激动，是这片山水养育了我。让我在这片土地上和乡亲们一道挥汗抒写着时代变迁的乐章。随着车轮的滚动，车子的激烈颠簸，多少往事一齐涌上心头。

　　我清楚地记得，在浏阳5007平方千米的土地上，有我熟悉的大围山秀竹、奇石、流泉和红杜鹃，有永和碧波潭底的菊花石，柏加乡的奇花异木，清溪的金橘林，株树桥水电站发电机的轰鸣，乡村炊烟、篱笆、茴香茶，浏阳河上传来的款款桨声。我永远不会忘记，一次去偏远山区的苦竹村，乡亲们放鞭炮迎接我，争相留我吃饭。记不清是夏天的哪个日子，一位从浏阳北区来省城的大嫂，硬是要我收下她送来的两块竹垫。她说："这竹垫凉快，是我们农民的心意。"后来我才想起，我曾到她们村去调查过灾情。今天我又要离开这座刚熟悉和亲近的江畔城市，又一次去贴近土地，贴近山水，贴近田野、溪流、鸟鸣和炊烟。又要去感受"父老呼儿音尚浓"的感情波涛对心灵的抚慰。虽然我的能力和力量是这般有限，但我深知：

　　　　人生之贵，在于奉献；

　　　　人生之富，在于创造；

　　　　人生之乐，在于拼搏；

　　　　人生之宝，在于淡泊。

当我脑子里闪现出这一串心灵的文字符号时，定眼向车外望去，发现车窗玻璃上滚满了雨珠，窗外已升起一片薄雾。

天下雨了。

这晴天转雨天，不知道是一种什么预兆？我当时就想，这晴云、雨雾是不是预兆着我要再度去感悟人生的灿烂、迷茫、苍凉和鲜丽。以后的路，也许又是一番风雨之旅。

娄底位于湖南省中部，这里是我省有名的钢铁和能源基地。有闻名全国的涟源钢铁厂、金竹山发电厂和世界锑都——锡矿山。这里的人民勤劳、勇敢、智慧，当年曾国藩创立的湘军，很多将士就是从这里走出去的农民兄弟。我原来没有去过娄底，坐在车上，只能是用经验去想象，去推测娄底的山水风光、人情风俗和地域物貌。

夜幕顺着带有寒冷的雨雾徐徐降下，遮住了远山的影子及田垄坡边的村舍和乡路。大约下午 6 点时分，我们的车子就驶进了一条灯光闪烁、宽广笔直的街道。两边排列的电杆和葱绿的树木在夜色中闪现着奇异的影子。

我初感到，这是一座美丽的新兴城市。

这一夜，我们就住在娄底宾馆。宾馆建在一座小山包上，是颇具湘中风情的园林式建筑。我借着灯光，沐着微雨在宾馆院子里漫步，朦胧地品味这园林建筑中的亭台、流泉、假山、花光树影生发给我的文化气息和审美情趣。

就这样，半天的旅途疲倦渐渐被夜色中的景物和时空所淡化。

夜已深，我仍无睡意，在翻着行署秘书长给我送来的资料——统计表、机关干部花名册，乃至电话号码簿。

"呱呱，呱呱……"

久违的清脆的蛙声，有节奏地穿过窗前的树丛，从窗外的山包上传来，一直降落到我的枕头边，使我感到十分亲切和兴奋。

不知道青蛙弹奏的是什么曲子，唱的是什么歌谣？但我从那有节奏、有韵律的蛙声中，听出了它对春天的依恋，对泥土的钟情和对丰收的向往。这抑或是对我到来的亲切迎接。是的，我知道，这时节是它们最温暖和美丽的季节，要不怎么把歌儿唱得这般热烈和激动，我仿佛看到山上的花草树枝乃至夜色中的光亮都在蛙声中抖动。整个田野在夜色下醒着，在蛙声里醒着。我也醒着，我更不能入睡了。我披衣起来，站到窗前，拉开窗帘，

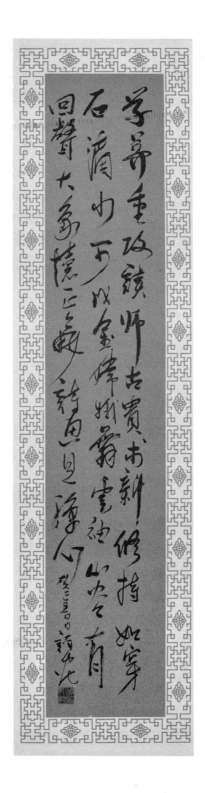

发现天空已钻出一盘银亮的月轮，不再飘拂细雨。但听蛙声，像在窗下，又像在树根处，更像在那片朦胧的绿草地里。再细细倾听，这蛙声正与远处田野的蛙声巧妙地连成一片，是如此有节奏地响彻于整个夜月下的世界。

我在倾听蛙声，在倾听希望的歌唱和春天的呼吸，遗憾的是我无法看清今宵为我这位从省城新来的娄底市民唱歌的歌手。我想，那些歌手，一定很年轻，很努力，很执着，抑或本来就是自然界歌手大赛中夺魁的骄子。这使我想到自然界的神秘和多彩；使我又想到自己又重新回到地方，回到农村工作的真正价值。我与土地又接近了，我与纯朴和耕耘又接近了。

啊！我终于听懂了歌声，那旋律里分明跳跃着对新生活的渴望，对未来的憧憬，对汗水和勤劳的赞美。夜更深，蛙声更脆，月色更亮，我感到整个乡野在晃荡着，似乎有千万双手在摇动它。那是一个绿色的大摇篮，正沉睡着一盘灿烂的太阳呢！

弯弯泥泞路

去娄底之前在家的一次大便，我发现便池里有鲜红的血迹。心里掠过一丝不安，便将此事告诉了妻子。妻子在医院工会工作，她带我到医院检查了一遍，医生告诉我是肛门内痔所致，嘱我少吃酸辣并开了一些药给我。我是带着药到娄底任常务副专员的。一上班，实际上就没有办法注意这、注意那。特别是饮食，我不可能要食堂专为我做饭菜。因此，只要开会或处理问题，我回到所住的军分区已过吃饭时间，就只能自己泡方便面吃。由于较长时间吃方便面，我现在只要看到方便面心里就不好受，立即感到吃饱了似的。

妻子心细，回到长沙一见面，就说我黑了瘦了。其时，我又患了脱发病，妻子又忙着给我找医师治疗脱发。那些日子，只要用手往头上一抓，就能抓出一小把头发来。曾经离家是寻常事，那是年轻时，人到中年多劳多病，不像昔日那般体魄强健。每次回长沙，妻子给我梳头，她总是颤抖着语音说："头发又稀疏了，白头发又多了，我不在身边，你可要自己保重好身体啊！"

听了妻子的话，心里总有几分凄然。我知道，我这次去娄底工作，妻对我很担心。离开的那天晚上，夜很深了，妻枕仍沉沉有声，我知她未入睡。但我不能说，我能说什么呢？妻子也知道我未入睡。时间过得太慢，我恨不得曙色马上爬上窗棂，结束我们沉默的痛苦。妻子终于轻声地对我说："身体靠自己珍重，不行时，不要硬顶着。至于做官为民，只要尽了心，也就无愧。家里虽然不宽裕，但过得去就行了。你父母我会照料好，你只管放心去吧！"多好的妻子，真如古人言，贤妻若母，一点不假。听了妻子的话，我无言，我暗自饮泣。人世间，可以有许多风云故事和辉煌壮举，但对于一个善良聪慧的女人来说，她们心灵中的天堂却是如此的圣洁和平淡纯净。我知道，妻子对我本无所求所依，只要我身体无恙也就心满意足了。

长沙家中书房的电话响了，秘书从娄底打来电话告诉我，由我负责联系的双峰县井字镇暴发了山洪。接过电话，我心急如焚，也来不及等妻给我买好治脱发的药，便叫司机迅速准备回娄底。妻子撑着伞站在车前，闪着一双泪眼。我拉着车门对她说："放心，我会照料好自己的。"妻子向我点了点头。

雨，疯狂的雨急骤地拍打着车窗玻璃。雨雾覆盖下的山路，已淹没在一片浑浊的洪水里，我们弃车闯入了泥水滚滚的山村路上。已经有近 4 年没有走这样的泥泞路了。那些日子，曾感到心里空空的，好像丢失了什么。记得 1994 年省城涨大水，我从电视新闻里看到农村受灾的情景时，总是坐在书屋里叹道："要是在县里，这会儿肯定又在哪座水库上了。"妻子听了总是说："你呀！就是爱操心，难怪是属牛的。"想不到一年以后的 7 月，我却真的又有缘和父老乡亲走在同一条泥泞路上了。尽管乡村的路被洪水冲垮了，很难走，还可能一不小心就会滑向泥潭里，但有乡亲们跟在身边，我心里踏实，走得无怨无悔。40 多年的人生经历告诉我，走这样的路，会让我看到自己昨日的影子和青春的履痕；会让我看到已经衰老的父亲留下的那份劳作的沉重；会让我看到残留在山区的贫困是怎样折磨着山里人的心；会让我看到偏僻山冲学校窗口那双双明亮的眼睛正在诉说着纯真的渴望；更会让我看到这一层层梯田，这一道道河堤，这一座座塘坝，这一条条水渠是怎样在农民手中修筑起来的。而当山洪像一条凶恶的巨龙横冲直撞地从山谷滚出来，把这个用汗水和辛劳雕塑的金色世界化为一片汪洋时，谁的心头不是像灌铅一样难受？

井字镇受灾很重，一条纵贯田垄的溪流，因暴涨的洪水，把河堤冲毁而变为平地。随即那滚滚泥沙便覆盖住两岸已将成熟的粮田。我望着农民兄弟一个个眼含泪珠地挑土筑堤，在扶起浸泡在水中的禾苗，在重新开垦整理已被冲毁的晚稻秧田，心情格外沉重。我握着他们的手，我能说什么？是安慰，是鼓励，是同情，我的喉咙哽塞了，只有眼泪夺眶而出。

这个现实世界是可以净化灵魂的。置身这个世界，人还能横生什么欲望，去追寻那些个人的荣辱得失。雨又下起来了，而且越下越大，伞已经无济于事。我站在田埂上，虽然撑着伞，仍感到背上很凉。这时，早已浑身泥水的村书记却跑上田埂关切地对我说："你的衣服淋湿了，回村里去吧！"多好的农民呀！似乎他们被雨水淋湿是天经地义的。

就这样穿着湿透了的衣服，我们在乡间奔波着。我要把自己的心交给农民，交给这片受伤的土地。我知道从今以后，这弯弯泥泞路会驮着我走向人生的彼岸。

湄江梦

我这个人有个特点，就是爱山乐水。如果有闲时就喜欢去爬山看水，接受大自然风光对自己心灵的洗礼。

到娄底后，我那位在涟源市担任市长的高超群同学不止一次地邀我去湄江看一看。他用语言向我讲述的湄江景致比桂林山水毫不逊色。因了这种诱惑，我还真在心中埋下了去湄江走一趟的念头，想去识一回湄江真面目。恰逢假日，长沙有几位文友来看我。我想，以湘中的美景酬宾，会是别有一番情趣。

一清早我们就上路了。

这回真要去湄江采摘山之仙奇，石之神妙，水之清韵的。

是来迟了。我第一眼见到苍峻的观音岩下碧湖中鼓涌出的清泉，就预感到从这里开始，今日的旅程会笼罩一个个美丽的故事。于是，我的梦很快便融入了山边绿树上的清脆鸟鸣、颤颤悠悠的古木桥下的涓涓细流，以至塞海波浪上的红船、天桥上的艳阳、藏君洞的壁画，石窟深处的石钟乳巨柱，连同洞穴里斑斓的电灯光和导游小姐的美丽眼睛，都在装饰美的时光。这一切都让我忘记了自己的存在。

湄江也真是狡猾得可亲可爱。它用天赐的聪慧、神赐的魔力、大自然的灵秀妖娆来征服我们这些曾闯荡天涯的游子。

坐在洞湖的轻舟上，我在用痴情的目光轻抚湄江的玉水冰肌。站在相思岩的石壁边，我在用手触摸湄江雪白的石臂和头颅。是湄江把人间的恋情、柔情、离情、痴情搅得云云雾雾，让我们幸福又让我们痛苦。

和我一道欣赏湄江风光的还有涟源市高市长，他充满自豪地对我说："怎么样？我没有骗你吧！这次你一定要给我们湄江写首诗！"我的妻子还真怕我要性子，也在一边开导我："见了湄江的水和雾，我才知道怎样的女人最惹人爱。"这明明在动我的情，牵我的魂。

有诗未敢题湄江，只缘奇景世无双。

君若有意此间住，阅尽风光是天堂。

　　我用歪歪扭扭的毛笔字，终于把我的美好感觉留给了湄江风景区的主人，留下了自己寻觅了半生的梦。在这个梦里，我拾回了一串串远古的岁月。那些遥远的日子，尽管呈现着朦胧和神秘的色彩，然而那是真正有忧有乐有风有雨的岁月。是大自然的坦然、飘然、怡然雕塑着神圣的绮丽；是山水石雾花草树木编织的梦幻升华着人世生命的最高境界。这个至奇至真的境界会教化一切染尘的灵魂去接受自然之美的熏陶和洗礼。然后捧回自己逝去的青春和圣洁。在仙人府洞天，我终于接受了一次透里透外的洗礼。从此在我平凡的日记里，写下了一段如许凝重清丽的文字：

　　这是一个洞，一个远古风云雕琢的洞。从偌大的洞口朝里望，那景致顿时使我飘然欲仙。只见无数缕银色的佛光从内洞的天井直泻到平静透亮的洞湖上。湿蒙蒙的白雾如雪帘垂挂。透过雾幔是从迎仙桥石峡里飞蹿下来的如练如带的泉瀑。泉瀑又是这样悠悠浮浮，掠光掠影地用玉碎般的水珠溅绿了四壁的苍翠。人临其境，真的不知道自己是凡人还是仙人。只知道淡忘了人所看重的名位，抛却了人所眷恋的玉帛。有的只是一体清气，一身轻松，一怀清纯。有恬静与宽恕的交融，有真诚与壮烈的结合，有满足与超然的拥抱。是一种慰勉，一种升华，一种享受。这一切都载满我灵感的列车，让它悄无声息地驶向未来岁月的灿烂。

　　这时，偶遇一缕清凉的水珠，摔碎在我的额头上。它惊醒我的梦，然后肆意地吻我的脸庞。我感到美得欲醉，真想生出双翼去天庭诉说一番人世间的风霜。我不再怨塞海把银波清波堵在这岩石和峻峭雕塑的十里云湖；我不再怨藏君洞的壁画让唐僧师徒仍在风雨路上跋涉；我不再叹石壁上形似断臂维纳斯的石雕继续饱尝风霜雪雨的委屈。这一切都是自然界的赐予。它是要用这无穷无尽的梦幻酿造出千载琼液。

　　我从不恋酒。这回却破天荒地端起了盛满这明山秀水的酒杯。我想醉倒湄江不思归的人，以后的人生会更豪放，更清醒。

　　现在想起来，当时的这种乘兴痛饮的感觉是文人的一种冲动，或是一种温暖，一种情绪的宣泄。真正这样因美景而醉而痴而诗的人，一生并不一定豪放和清醒，也许痛苦更多，困惑更甚，不是吗？回到住所看着摆在桌子上的群众来信、各种情况的简报，我的心情就马上变得酸楚极了。眼

2001 年，在企业考察

前就会闪现这样沉重的一幕幕：因违规增加对农民的不合理负担，致使群众围堵乡政府大门；因土地山林纠纷，又发生农民之间的斗殴流血；因小煤窑非法开采，又导致煤炭资源浪费和矿工伤亡；还有企业亏损停产工人生活无依靠……这一切现实中的问题和矛盾与美丽和谐的大自然形成了多么鲜明的反差啊！这不能不使我时刻意识到，一个领导干部的责任有多大，自己的感情天地里应当装着什么？越是这样想，就越不能入睡，白天在湄江采摘的美丽梦幻早已远去，留给我对着窗口朦胧月光的久久凝视。

夜始终没有醒来，月亮却醒着，我也仍然醒着。此刻，我的脑子好像过电影，一个又一个镜头在出现，每一个镜头都让我想起一个故事来。

这时，我的眼前闪现着一个伟岸男人忧郁的眼光。他就是新化县维山乡的乡长，一个月前是他用苦涩的语言给我讲过维山水库被洪水冲垮的惨景。后来我去了新化县，随乡长爬上了深山峡谷，去踏看倒塌的库坝。两壁山上的树木翠竹是那样葱绿，在秋风里泛着绿色的涌浪。峡谷的景象却是凄惨极了。一堆堆的乱石，一层层的沙泥残忍地覆盖着水库下游的河道和两岸的田野。

被冲塌的河堤，裸露着创伤的肌肤。

我们在乱石和河泥堆积的空间穿行，寻找不到一株禾苗的影子。只有很远的山边田垄起伏的稻浪才能抚慰我伤痛的心。

"一定要组织老乡修好水库，不然这千亩良田就无法耕种，几千农民的生活就无法保障。"乡长对我点头："我们已经发动了群众集资出劳，秋收后就开工。只是资金困难，还得请您……""我帮你们解决一部分，

其余的要自己想办法。"我这样说，心里并没有底，我去哪儿弄钱呢？可我是父母官，这个责任不能不尽。"我们乡干部都拿出一个月的工资修水库。"乡长又说话了。"啊！"此刻，我下意识地摸了一下衣袋。我立刻想到昨天秘书给我取来的几百元稿费。在驱车离开乡政府门前的村口时，我喊住了乡长，把钱塞到他的手上："我也和你们一样。"乡长还想说什么，我叫司机开动了车子。

我们国家很大，经济发展不平衡。像这样偏僻山区的农民目前生活还是很贫困的。就是乡干部也还要在简陋的旧式木板楼房里办公。坐在乡长的办公室里，暗淡的光线，几乎使我无法看清大家的面孔。我的心情很沉重，很苦涩。回到县城，丰盛的晚餐，我竟没有咀嚼出什么味道来。

那夜也和今晚一样，我无法睡去。我双眼盯着窗子上淡淡的月色，静听着秋虫的低鸣，在感受着一种寂寞的熬煎。后来，我干脆披衣起床，走出居室。窗外是一地好月光，一地错落有致的树影，一地平静的幽蓝，一地美丽的想象。就在这时，才知道什么最珍贵，什么最重要，什么最有价值。

我很感谢头顶上醒着的月亮，她照耀我这个疲倦的人在黑夜中去寻找人生绿色的云岛。

一年后，我调回省城工作，维山乡的干部来看我。我不在家，他们留下了一套碗具。打开来一看，每一个碗和盘子上都烧着我的名字。我捧着来自几百里之外的瓷碗眼泪夺眶而出，我真正领悟到了"谁知盘中餐，粒粒皆辛苦"的深刻内涵。而今天，我却要把当时的感受永远告诉自己和孩子："谁知手中碗，能盛江海情！"

次日清晨，天微亮我就起了床，因为一夜似睡非睡，似想非想，神情变得有些憔悴。妻子正在厨房里帮我洗衣服。我忙着清理几本散文集《人生的风景》送朋友，在房子里徘徊着，考虑写几句怎样的赠言以作留念。

这时，秘书和司机来到了宿舍前，催我们去宾馆陪客人用早餐。可这时，我的赠言还没有想出来，我把毛笔捏在手里，迟迟不敢在扉页上涂画。妻子已站在我的身边："我看你昨天发表报纸上那篇《对月凝思》文章中曾国藩的那句话赠文友很好。"

呵！对！就写这句话。

于是，我很庄严地移动小楷笔，在扉页上这样写道："某某文友：愿你和我在人生的道路上能真正感悟：'乐以终身，忧以终身'。"

也许这种赠言太沉重，可那是我当时真实的心情。

心野苍凉

往往最美好的回忆和最愉快的心情会被突如其来的意外、不幸和打击所代替，这种生活的逻辑与其说是磨难，倒不如说是悲怆。

那是一个难忘的夏夜。

雪亮的台灯光，温柔地抚平了稿纸，在呼唤我的思绪，牵着蓝色的清流，去浇灌心灵的绿痕。案头上有几张报社记者送来的照片。我拿起来看，风景很美丽，色彩层次俱佳。照片里的人物有国家财政部长刘仲黎、省长杨正午。他们神采飞扬，挥动手臂在指点山河。我站在一边，在认真地倾听他们的言谈。我们的身后，叠印着一片连绵起伏的苍绿群山。

桌子上的电话铃响了。接下来我听到的是很好听的、我很熟悉的那位女作家的声音。她的声音和话语，像她写的散文那样漂亮和富有韵味。我跟她开玩笑，你是不是又把钥匙丢了？她回答说，你别开玩笑，我真有事跟你说。

一般来说，不是心绪很佳，我是不会跟别人说趣话的，尤其是那些高雅的女士，怕人家笑我轻薄。只因为这段时间整个经济工作来势不错，我才有这么一点闲情爬格子。

不能辜负灯光的期待和电话中文友捎来的话语的轻松，我拉开了想象的闸门。

这是一个多么红火的山村啊！

一条刚刚拓宽的沙石公路，弯曲着黄色的肩膀，驮着山镇企业生产的工业品缓缓流进省城。一幢又一幢颇具现代特色的红砖楼房拔地而起，给古老的农村注入一股新鲜活力。我在这里考察、座谈，了解到创业者就是一些出去打工归来的农民。我激动地为他们写了一篇名为《农民的眼光》的短文。文中有这样一段话：这些具有改革和商品意识的农民，从农村走向城市，在城市赚得了钱，学到了经营和技术，又从城市返回农村，在农村建立城镇。这是一个多么伟大而光辉的循环啊！也许这就是中国农村发

展的道路。

山村是美丽的。苍绿的青山环绕着金色的田园，金色的田园又环抱着新站立起的山镇。山镇是一色的新砖瓦房，明亮的玻璃窗，越空的高压线，宽阔的水泥街道。很流行的音乐在街市上空荡漾，增添了山镇的城市味。

小伙子着西装，姑娘们穿裙子、烫秀发已不再只是城市的风景，现在农民兄弟也自己驾着轿车去迎接港商，热恋中的情侣，紧挨在摩托车上，一溜风地去山外欣赏现代风光。

让时间倒退 10 年，这里的农民一定会怀疑今天的风光只是一个梦，一个遥远的梦。

梦，毕竟是实现了。

我真心为农民祈祷！

我感慨，我们所做的一切，不正是为了实现这一个又一个美丽而辉煌的梦吗？

夜已深，夏夜窗外的月色开始暗淡，渐而天空变得黑暗起来，有闪电从远天射来，挟带着沉闷的雷声。开着电扇的居室，瞬间升腾着一股令人窒息的热气。我平静的情绪转而烦闷，轻松的心情变得沉重。

暴风雨终于来了。

急促的猛烈的雨点，敲打着屋顶，撞击着玻璃窗，仿佛要把整个夜世界都搅乱和淹没。一个小时过去了，又一个小时过去了。雨仍在疯狂地冲刷大地，风声呼啸着摇撼窗外的树木。

又是电话铃响了。听筒里传来的不再是女作家轻柔清脆的普通话，而是沉重的急促的带着浓厚湘中音韵的男人声音。

险情就是命令。我立即打电话给司机、秘书，做好准备，随时出发。面对窗外的电闪雷鸣，凭经验断定，这场猛烈的暴风雨将意味着什么！

天放亮，我们乘坐的橄榄色吉普车，穿关过卡，一路鸣笛，直奔洪水泛滥的地方。

灾害就发生在前不久国家财政部长、省长曾视察的新化县。那张风景美丽的照片所记录的青山绿水、金色田园、高高烟囱、山城楼阁，现在全都被滚滚滔滔的洪水包围、冲击、淹没。

灰色的天空，铅一样厚重的云朵在堆积、变幻着怪异的形状。飘浮在汹涌江流上的物体，惨露着断残的伤痕。露出水面的屋顶、楼阁、电线杆，在浪涛中摇晃、倾斜，化为烟雾，逐波而逝。河岸山坡上站立着湿漉漉的人群，刚搭起的雨棚里堆放着零乱的家具。江边上来回抢救灾民物资的船只、汽艇发出的笛鸣带着刺人心肺的深深忧伤和哀怨。

在同样的农民的眼睛里，今天我看到了与往日决然不同的目光。我的心颤抖着，哭泣着，支撑着我已经疲倦的身子，去踏看水情，安慰灾民，处理应该处理的事情。这些天我不想吃，不想睡，不想说话。我在思考，这场毁灭性的水灾，我们的灾民能挺住么？这座古老而美丽的城市，我们能让它重新站立在灿烂的阳光下么？

对于我自己来说，虽然在任县长时，也抗过山洪，组织过农民抢险救灾，但像这样一座县城都几乎淹没，数万人困在一个高坡上，靠直升机运送食品维持生存的情况，还是第一回遇到。面对这个严重的局面，面对这样在洪水中搏斗的灾民，我的心为之紧缩和颤抖。

沿着崎岖的坑坑洼洼的山路，我们在老乡的引导下去察看被洪水冲垮的房屋、田园、牛舍、猪圈，去抚慰一个又一个受伤的灵魂。

这是一个刚用塑料布搭起的雨棚，它像一把白色的不规则的大伞撑在山顶的草坪里。棚里堆放着零乱的家具。潮湿的床板上，坐着抽闷烟的老乡，目光显得呆滞而暗淡。女人抱着小孩站在棚边的柱子边，流着忧伤的泪滴。人的语言动作和雨棚中的一切，都凝固成一个立体的悲凉画面。

人的生命和精神在寻求生存、战胜困难和与死亡抗争时，往往显得异常顽强和坚韧。记得有人曾说，与时空抗争、与不可知的命运抗争，是一种生命之美的体现。唯其如此，人才能在险境中突破自身的局限，去夺回丧失的东西，永远站立着去迎接暴风雨的冶炼。是的，现实生活就是这样展示着生命的勇力和光彩。让我剪一个抗洪中的镜头送给你，给你和我留下一个人生价值的真实雕塑。

夜，暗云裹着暴风雨在横扫大地。

夜，江水咆哮着疯狂地冲击着防洪堤。整个新化县城的干部群众都动员起来，投入到抗洪大潮之中。流动的车队，浩荡的人流，在一片嘈杂的呼喊声中一齐汇集到十里长堤上。

一位普通的电视台记者，扛着摄像机在风雨中穿行，他把镜头对准勇敢和坚毅的抗洪大军。他又用轻蔑的镜头去扫射凶残的滔滔洪水。

清醒的思维和敏锐的眼光同时从他的灵魂和手臂上迸射出来，去尽力地收聚着珍贵的悲壮信息。

他的摄像机已装下了一支气吞山河的队伍；

他的心灵上已刻下了一曲嘹亮的抗洪壮歌；

他不顾自己的安危向着可能崩溃的堤坝奔去。一身雨水，一身泥浆，对他是一种庄严的现场采访印记。在黑暗中，在洪水残忍地把防洪堤冲出一个缺口时，他用镜头记下了洪水的罪恶，又用镜头捕捉到了多少勇敢无畏的灵魂在波浪上跳跃。

面对在洪水中沉浮的街楼、房屋和工厂烟囱，他带着痛苦的眼光在转动手中的摄像机。

不慎中，他跌倒在洪水汹涌的堤坝上，摄像机摔出很远，摔在黑夜的波涛里，他奋不顾身地爬起来，去寻找自己的灵魂和生命。

许多人不知道夜海中发生了这一支插曲。

许多人的身影和领导者指挥抗洪的风采在电视屏幕上展示，这一切都极自然地让人们敬仰和赞叹。

可是他，一个普通的电视台记者留下了什么呢？他的镜头在哪里？

他没有自己的镜头。

他没有自己的遗憾。

他在真真实实地告诉我们，真正的雕像只能这样才塑造得真实、光彩。

就是这样一群年轻的武警战士，他们冒着生命危险在洪水中抢救人民的生命财产。洪水退后，又是他们奔回街头清扫淤泥。他们相信自己有坚强的意志和健康的身体。他们没有想到病魔会从黑暗中向他们扑来。有6个年轻的战士在伤寒病的袭击下病倒了。其中4个处在危险状态。当我从电话中得知这个信息后，我的心不能平静，我不能不要求我们的卫生局长组织医务人员全力抢救，抢救这些年轻的生命，就是拯救我们的城市和田园啊！

我又一次在心里为这些值得赞美的战士祈祷！

我常常对自己说，要做到人生淡泊，不计名位得失，忠实地为人民效力，在3个时候最能净化人的灵魂。一曰，参加追悼会，人去楼空，何名何利还存，即使你有如山财富能带去么？二曰，探视垂危病人，往日再英雄的汉子，再雅秀的巾帼，也只能目相对、情依依，有何功名利禄再恋？三曰，看望重灾民，受重灾之民食无粮，住无房，穿无衣，医无药。面对此情此景，我们心中的天地要还存着自己的私欲和享受的盘算，这与禽兽又有何区别？心野无杂草，方可长就苍绿大树；心野有苍凉，方能深识人间不幸和危难。

永远的父亲

　　父亲一生质朴、真诚、勤劳、好学、平凡而乐于助人。纪念他老人最好的形式，就是不忘父亲和家乡人民的养育之恩，把自己全部的精力和心血为人民群众工作，做到尽心尽职、淡泊人生、严于律己、乐于奉献。

——题记

　　我的父亲是一个农民，一个地道的农民。平常在一起生活、交谈，父子之间轻松、随意，也就有一种平淡的感觉。父亲走了，时间越长，越感到他的不寻常甚至伟大。父亲是 1997 年 4 月 1 日下午走的，他走得很匆忙，那年他 81 岁。

　　那年的 3 月 31 日，我从娄底回省政府报到，又回到离去两年的省城工作。当时的心情是很复杂的。是高兴是惋惜，真有些说不清楚。说高兴，从此又与家人生活在一起，生活有妻子照料，还能与儿子有相聚交谈的机会，能享受天伦之乐。说惋惜，已与娄底的父老乡亲结下了剪不断的相知情谊，对娄底地区的社情民意更加了解熟悉，许多工作的开展也更得心应手，更重要的是自己又得到了新的磨炼和提高。人是重感情的，比起这些，高兴的心情中浮沉着更多的眷恋和难舍。

　　次日的中午，正和家人在一起吃饭，突然接到了来自浏阳的电话，二弟在电话中告诉我，父亲摔了一跤，正处在昏迷中，要我速回。

　　这不幸的消息，顿时使我们全家陷入不安和焦躁之中，饭再也吃不下了，口里咀嚼不出任何的味道。于是我们迅速收拾碗筷，通知司机准备去浏阳。

　　车子匆匆上路，呼啸着以最快的速度赶回浏阳。下午的天空渐渐变得阴沉起来，好像要下雨。路两边重叠的苍山也压到了胸脯上，使人感到喘不过气来，这时浓重的雨云已在头顶上翻卷，春天的田野绿色也模糊了颜色，变成一片铁青色。

　　我含泪站在父亲的病床前，医生们用沉重的语言向我叙述父亲的病情，并告诉我父亲患的是脑溢血病。抢救的可能性很小。我的心很苦很痛，我拿着父亲的手看着他平静而慈祥的容颜，心里更加难受。我知道，他的心脏在跳动，可他已不能和我们语言交流，我和妻子、弟妹们站在父亲身边，多想听到他的声音，哪怕是一句最微弱的声音。可是父亲的嘴唇抿得很严，他就这样沉默着走了，再没有回望我们一眼。

对于哭，对于眼泪，甚至是大声地呼唤，我知道已经毫无价值。因为对于自己恩重如山、教导自己走向人生道路的父亲，我是无法用眼泪、哭泣、语言表达心中的一切的。我现在只能抑制住自己极度的悲伤，来主持商量料理父亲的后事。

父亲在生前就跟我说过，他是一个农民，珍惜自己人生走过的历程，不希望在他人生最后的终点变成另外的人物。我尊重父亲，就是尊重他对我的教养和希望。我决定用最简单，但又最真诚的方式来悼念父亲。我自己拟写了致村民亲属的告示，感谢乡邻对父亲的关爱，丧事从简。真的，我们就在村干部的主持下开了一个追悼会，而且悼词非常简短。其中有这样一段话是我自己加上去的："他不期望儿女有多大报答，而只希望他的儿女在社会上堂堂正正做人。常思进取，不忘养育自己的土地和人民，努力为社会多做贡献。"我知道，作为父亲的儿女我们对父母既尽孝不全，也对祖国效忠不够。站在父亲的灵前，更多的是惭愧、内疚和自责。

父亲是一个只读了两年私塾的农民，但他勤学好问，唐诗宋词、四书五经都读了，而且还能背诵。平常他喜欢写毛笔字和对联，还拉得一手好二胡。有时乡里的演戏班子，缺少拉琴人时，他就能马上顶替上台。一天劳作归来，吃过晚饭，常有三五乡邻来到父亲的屋前，听他讲《三国演义》《水浒》和《西厢记》。父亲最感兴趣的是唐诗和《聊斋》。我读小学时，他就强迫我背唐诗、《幼学》《增广贤文》，还告诉我怎样写对联。十里山冲周围的农户，哪家有了红白喜事和庆贺什么节日、召开某种庆祝会议，都少不了要请他去书写贺词、对联，可他分文不收，把做这样的文墨之事，当作一种乐趣，一种寄托。他从不为个人的利益和荣辱与乡邻吵闹和生气。相反，他不知道调解了多少家庭纠纷和劝教了多少农村的不守规矩的青少年。乡间的老少男女都尊重他，有事都向他请教。

在我的记忆中，父亲种田的体力不很强，技术也不是很精，但他终年劳作，风雨不惧，自食其力。就是在人民公社做集体工时，也不偷工减料，表里如一。在"社教"和"文化革命"时，他几次被批斗，却从不怨天尤人，反倒安慰我们要相信党和政府。当时，我真不理解父亲为何如此坦荡，如此想得开。然而，父亲真正伤心时也是有的，那就是我从部队复员回乡种田的日子，他始终没有说一句话，整天一个人坐在屋前抽着旱烟，烟雾总是布满整屋子，最后谁也看不清谁。从那以后，父亲的支气管炎就更加厉害，有时半夜还要起来坐在床边咳嗽。

母亲心疼父亲，劝他不要抽烟。父亲说："我别的什么事都可以做到，要我戒烟等于要我的命。"听了父亲的回答，母亲不再劝他。我也就从那以后，每次回家都要给父亲带回一些香烟，我劝他少抽旱烟，他自己种的旱烟太厉害、太损伤身体。

父亲继续抽烟，仍然在和乡间的几个有文化的老人谈论古诗中的箫声、明月、柳色、古道、残阳、西风；在吟"柴门闻犬吠，风雪夜归人"。他曾对我谈李清照的词如何缠绵、婉约，动人心魄："试问卷帘人，却道海棠依旧"；他曾对我讲辛弃疾的词如何豪放、壮怀激烈，大气磅礴："千古江山……风流总被雨打风吹去"。我当时也不明白，一个农民读这些诗词哪来的兴趣？而且理解这样深。现在我才真正明白了，这就是他生活和生命的乐章，尽管不显山露水，但这些却滋养了他漫长的人生，使他走向生命的彼岸时，仍然是那样从容和坦然。我不会忘记他顶着寒风上山挑炭、砍柴，为我们生火燃起冬日的温暖，踏着冰冷的春水播种，为夏日孕育丰收的稻香；更不会忘记，他帮助乡邻解困，在过苦日子的年月，自己有一天粮，还省半日粮送给别人。即使曾经在大会上发言批判他的人，遇到困难时，他依然出面相帮，就像从来没有发生过什么事一样。

在父亲逝世后的第二年春节，我特地从省城买了一大篮鲜花，携妻带儿来到了他的墓前。我们在用心和鲜花向老人祭奠。我凝望山坡上在风里滚动的绿色草木，心里在默默念叨，这就是儿孙们无尽的思念，会伴你天长地久。晚上回到家里，我久久不能入睡。我在心中编织着怀念父亲的诗句。

> 父亲没有走出生息了一辈子的小山村
> 始终守望着山野的田园
> 他用心血描画脚下的山水
> 胸中的世界却在山外
> 不时从电视里透视欣慰现实的斑斓

父亲教我人生须充实、坦荡
做人要甘于清贫，正直忠良
要学会忍受，拒绝诱惑
"路漫漫其修远兮"
生活不要有太多的抱怨

他对我沉吟"醉卧沙场君莫笑
古来征战几人回"
他对我讲述"人生自古谁无死
留取丹心照汗青"
情之所至句句撼我心弦

父亲不曾醉卧沙场
也没有过铁马征尘
他只不过是一个普通农夫
爱读古诗，爱好书法
胸中常揣一片柳暗花明

一样充满生活乐趣
一样洋溢激越诗情
一样痛悉世态炎凉
一样感伤别愁离恨
一样望月临风萌生忧患泪痕

桌上父亲的老花镜已变成一汪湖泊
朵朵白云在湖面上浮沉
湖水映着天之蓝
湖水映着山之翠
湖水映着玉之魂
……

　　这就是我的父亲，我生命的火焰和我人生征途最真诚、平等、亲和的
老师。

第十二章

飞翔的信念

在我的眼里，城市是一个玛瑙。
我们用智慧和力量雕塑它的昨天、
今天和明天，是庄严的使命，
是历史的嘱托，是绚丽的诗意，
是信念的飞翔。

面对洪波的沉思

1998 年 6 月 26 日。

湘江水位在上涨！浏阳河水位在上涨！

超过了警戒水位，超过了危险水位。翻卷的洪浪拍打着湘江堤岸汹涌咆哮。橘子洲早已淹没在澎湃的洪波里，只剩下几个高尖的楼顶在浪里浮沉。

防汛指挥部响起了告急的电话：浏阳河西岸长善垸的三角塘堤坝穿孔。真是十万火急！指挥部的同志们都知道，长善垸一旦决堤，水位高达 41 米的洪浪横冲过来，将危及京广线和省委、省政府首脑机关及火车站东部的20 多万市民的生命财产安全。

我奉命奔赴长善垸三角塘组织抢险。

湘江裕湘码头

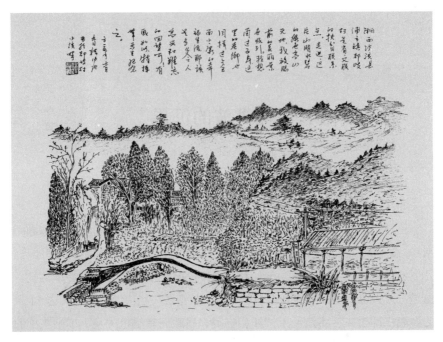

湘西泸溪浦市镇都岐村

天空无情地飘洒着大雨，已决口的三角塘，奔涌的洪水直往京广线的大堤猛撞，卷起一层又一层浑浊的浪涌。

解放军、武警、芙蓉区的机关干部群众已聚集起来，开始了紧急抢险。钢管、沙石、水泥块，肩扛、手提、车运，光着膀子、挥臂敞胸，人们在喊、在跑、在冲击。

整个大堤都在抢救大军的脚下晃动。

时间，一秒一分，半小时，一小时，两小时，匆匆而过。

天黑了亮起了灯火，第一批抢险队员下来了，第二批抢险队员又冲了上去。饿了吃盒饭，渴了人们相互递着矿泉水。省委、省政府主要领导王茂林、杨正午、储波、王克英亲临现场指挥抢险。支援抢险的企业单位的车队开来了，慰问的机关干部来了。险情就是命令，就是召唤。军民团结抗洪，筑起了两道新的防洪堤。人的力量和意志终于降服了洪魔，长善垸屹立在风雨中伸出巨臂抵挡着洪浪的一次又一次再一次的猛烈冲击。

面对洪水的凶残威胁，倾听着对岸朝正垸塌堤传来灾民的呼叫哭泣，我的心碎了，在流血，在颤抖。作为这座城市的政府主要领导，我们该下什么样的决心来为城市设防，消除水灾的隐患？

市委遵照省委、省政府的指示，毅然决定投入巨资修筑好长善垸防洪大堤。同时，市委决定把指挥长的责任落到了我的肩上。

我行吗？我能担负起这个重大的责任吗？

这是对一座城市的责任啊！

2000年，参加植树活动

站在浏阳河的长善垸大堤上，望着滔滔而去的浏阳河水，我的心中也奔腾着感情的波浪。

1998年3月24日，对于我来说是一个终身不能淡忘的日子。这天长沙市人大常委会通过我为长沙市政府副市长，这就意味着我要为这座省会城市的兴旺发达展现改革开放的新形象担负更重的责任，付出更多的心血，而不能有丝毫的懈怠。

一清早，我就驱车来到市人大会议厅，准备向各位主任和委员做一个简单的从政表态。会议厅很庄严明亮，各位主任和委员向我投来热情和信任的目光。这目光凝聚着期望、鼓励和鞭策。我讲什么呢？我在寻思，我在选择最恰当的表达内心世界的语言。其实，我在头天晚上就准备了一个发言稿，但置身这种氛围中，我感到原来的那个稿子是苍白而无力的，是不能表达此刻的真实思想的。此刻，我的心激烈地跳动，充满着惶恐和沉重。我虽然曾经做过省政府的副秘书长、地区的常务副专员，可现在是在省会城市政府任职，当城市市长意味着面临更多的挑战和艰难。

也许有人想当市长，但不一定想到如何去当好市长，尽一个有责任的市长的心；也许有人觉得当市长风光，但不一定想到会遇到怎样的困难和付出怎样的代价；也许有人认为市长好当，但不一定明白在现实的生活中要做到依法行政、刚正不阿又谈何容易；也许有人认为只要自己尽了责，不出大的问题就算没有玷污市长的政声，但他哪里想到从政者从来都是水上行舟不进则退，更何况守土有责、为民造福是老百姓的殷切希望！

我在掂量自己肩上担子的分量，我在自省自己的思想和认识的局限及能力知识学养的不足，于是我怀着十分的真诚说：我深感自己难以胜任，我知道城市在发展中将面临的困难和问题，我清楚自己的微薄和环境的艰难，但我唯一可以表明的是，我将守土有责，不图虚名，不做虚功，不报虚情，而要说实话，察实情，做实事，求实效。我要视民为父，尽心尽职。最后说，我将以这两句话来严格地要求自己，规范自己的行为。这就是：

勤政以务实为本，清廉以严己为先。

秋风渐凉，吹拂在身上，使人感到清爽极了。短暂的往事与回忆有时可以让自己再一次认识自己。今天我就再一次问自己，面对市委分配的任务，面对人民群众的期望，你是奋力拼搏还是犹豫彷徨？

尽管之后在施工队伍的招标选择上出现了风波，还有人写我的匿名信和打油诗并将其寄到上级领导部门或在社会上散发，有的人甚至用电话对我进行恐吓，还有的人在私下散布种种流言。也尽管施工、拆迁和资金的筹措、质量监理遇到了这样那样的矛盾、阻力、困难。但是在市委、人大、政府和政协几大班子的领导和市直各部门、广大市民特别是施工单位的苦干及社会各界的支持下，经过一个冬春的艰苦拼搏，长善垸第一期工程胜利竣工。

1999年7月，朱镕基总理视察湖南的防洪工程时，站在浏阳河立交桥上，望着新修的长善垸防洪大堤，露出了欣慰的笑容。

这年国家水利部工程质量检查组到长善垸进行检查，对长善垸防洪工程建设中实施的工程招标、政府采购、质量监理、财务审查四项制度给予充分肯定，并赞扬长善垸大堤确实是名副其实的"潇湘第一堤"。

长善垸大堤现在已经全面修筑竣工。今年植树节，机关干部还在堤内新植了绿树。不久这里将成为长沙市的绿色屏障。长善垸内的市民们从此将在这里安宁地生活、工作。随着湘江两岸防洪工程的相继建设和防洪能力的增强，设施完善配套，长沙必将是一座充满蓬勃活力、漂亮、干净、秀美、安全、温馨和孕育无限发展生机的山水文化名城。

那柯川上的夏夜

　　21 世纪是城市的世纪，这是因为按照现代人类社会发展的实际情况，城市是最适宜于人类生存的组织形式。

　　　　　　　　　　　　　　　　　　——摘自《城市周刊》

　　在 20 世纪最后的一个 7 月，亚洲城市开发战略会议（简称 CDS 会议）于 10 日至 13 日在日本福冈举行。

　　7 月 9 日，我乘坐的飞机从上海起飞，直抵福冈市。

　　飞机在白云间飞翔，我的心情不一般。这是第一次参加国际会议，其意义和价值是不言而喻的。在飞机上，我还在记英语单词，我想争取在与其他国家的市长交流时，能多交流一些语言。

　　我们到达福冈时已近中午，天空正飘着细雨。

　　一走进下榻的宾馆，就看到了不同肤色的亚洲各国的男女市长。和我一道去进午餐的有孟加拉国达卡市、斯里兰卡科伦坡市、尼泊尔加德满都市和柬埔寨金边市、越南胡志明市的市长。尽管我们不能很好地用语言交流，但相互之间都非常热情地打着招呼，表示友好和亲近。

　　下午在整理文件时，大会秘书处通知我，演讲的时间，包括翻译的时间不能超过 10 分钟，而我的稿子是按 10 分钟准备的。这样必须精简一半文字。这可是一件难事，但是有什么办法呢？此时，我感到随着国际交往和对外开放的扩大，掌握外语知识是多么的必要。这件事，使我再一次意识到，作为一个城市市长除了对城市的经济社会发展和规划建设管理有很强的驾驭能力之外，还必须有多方面的丰富知识。

　　夜深了，我仍在伏案修改演讲稿，原来的稿子达 2000 多字。经过反复琢磨和思索，我终于在次日凌晨完成了这个艰巨的任务，将稿子删改为 1000 多字。其中那段结尾的话还真费了一番心血：

　　在我即将结束我的发言的时候，我要高兴地告诉诸位朋友，长沙是座非常美丽的城市，有风景独秀"霜叶红于二月花"的岳麓山，有水洲相拥"春来江水绿如蓝"的湘江，长株潭城市群更是一片充满生机、诱惑和蓬勃发展前景的金三角地带。

　　我诚心希望主席阁下、各位市长、各位朋友，还有尊敬的安大山先生到长沙做客。

　　安大山先生何许人也？他是世界银行驻北京联络处代理，是负责CDS开发项目的重要人物。他对我的发言给予了特别的关注。

　　发言后的当晚他陪我们共进晚餐，席间我们还进行了十分友好的交流。

　　也就是这天晚上，准确地说7月11日，安大山先生还请我们长沙市的代表、计委主任陈勇、建委主任李克俭、翻译钟发丽女士进了日本的咖啡屋，去感受了一番日本男士爱进咖啡屋的特别兴味。

　　然后安大山先生又陪我们在那柯川的石桥上欣赏福冈市的夜景和都市风情。

　　那柯川上的夏夜是美丽的。灯光和楼影一齐叠印在墨绿色的波浪里，清凉的夏风绕着花岗石的栏杆穿行，岸边摆着的小摊散发着香甜和油烟味的诱惑。无忧无虑的小金鱼在小摊边的水池里游戏，吸引着少男少女在围观、嬉笑。

　　安大山先生因喝多了，他一直在滔滔不绝地讲着。很多话我们听不懂，但有一点非常清楚，他今天很高兴、很激动。并一再表示，要亲自来长沙考察实行的开发项目。

　　望着脚下的那柯川河，我的思翼突然飞回了灯光灿烂的湘江畔，这是一条多么美丽和闪耀着梦幻的江。尽管我们还来不及打扮和装点它，但湘

2000 年 5 月，陪同台湾著名诗人余光中参观长沙博物馆

江儿女对它的一往深情和立志创造一个繁荣、文明、开放、秀美的江城的努力一刻也没有停止过。我们知道攀登会充满艰辛，但我们的血管里流着湘江的意志和力量，我们有永远开拓奋进的坚毅精神。

2003 年，在台北市拜会马英九市长

　　回到宾馆房间，我抬手看表，将近十二点，但我睡意全无，还沉浸在白天演讲会上激奋的情绪里。我铺开素笺，把白天记录的各国市长和联合国人居中心以及世界银行各专家的发言进行了细致的整理，写出了近 4000 字的《加快实现城市现代化的必然选择》心得。其中我谈到加快城市化进程，是实现城市现代化的必然选择，并结合在这次会议上获得的大量信息和我们自己在城市化发展过程中的实践体验提出了 8 个需要从理论和实践上认真解决的问题。这就是：(1) 政府要转变方式，提高科学的富有创造性的决策水平；(2) 要充分开发人才资源，发展科技、教育，使城市成为知识城市；(3) 要保护开发和利用好城市资源（资产）提升城市功能，加快基础设施建设，吸收和鼓励更多的投资者参与城市建设；(4) 要建设、开辟稳定的财源，创造雄厚的政府财力，这是实现社会全面发展和共同进步，保持社会稳定的重要根基；(5) 要切实解决好城市贫困问题，要采取有效措施，防止城市贫困群体扩大；(6) 要强化规划的法治性、连续性、总体性、科学性、严肃性，注重历史和地域文化特色，建设有个性的现代化城市；(7) 要广泛地进行国际交流，增强共享意识；(8) 要通过若干年的努力，达到参加 CDS 组织的城市都要成为城市发展的楷模目标。

　　这是一次很值得留在记忆中的会议，尽管写完这篇文章，我已经感到有些疲倦了，但我的心情仍然激动不已。我一定要记下这次会议的真切感受，作为今后搞好城市建设、激励自己忘我劳动的一股力量和信念。于是，我随着奔泻的诗翼，写下了一组小诗《凝望新世纪城市的霞光》：

透明的雨丝

雨，是夜呼唤而来的
在夜的宁静里唱着有节奏的歌
我停止了空调的呻吟
打开窗门迎接夜风中雨的清澈
于是一个香甜的梦
便在我的枕头上诞生
品过早餐，我便向国际会议厅的方向进发
满天的雨丝遮住了太阳的微笑
雨水悠悠地沿着伞顶滴落
洗刷昨夜梦行的疲倦
冲去城市楼台巷道的污浊
踏着铺满瓷砖的拱桥
走来多种肤色的城市使者
都踩着晶亮的雨水前行
在理念中描绘新世纪城市的诱惑

走上论坛

数百双眼睛注视着讲台
厅堂里展现多种不同的肤色
多种不同的语言
像旋涡一样在这里回旋

我整理好西装
拿着讲稿从容地走上讲台

我是从湘江捎来的激情
我是从岳麓山红枫凝聚的自信
我是从在金色的田野采集的语汇
我是用心和历史现实交谈得出的结论

此刻，我用很响亮且节奏明快的汉语
在国际讲台上讲述城市发展的课题
我伸开语言的翅膀
在拥抱城市的新世纪

我感到眼前的世界充满希望
台下是一片异常的宁静
待掌声响起
我看到江涛正在船舷边飞溅

天山抒情

> 在祖国实施西部大开发战略的进军号角声中，我们踏上这块神奇
> 而壮丽的土地，强烈地感受着新疆人民的热情友好，看到了新疆正在
> 发生深刻变化和乌鲁木齐市的独特风姿。
>
> ——题记

赴新疆举办长沙市名优特产品展销暨经贸洽谈会，是市委和市政府做出"走出去"开放决策的重要举措。全市上下进行了长达半年的充分准备。在赴新疆之前，市政府还派出了专门班子赴乌鲁木齐市开展一系列的联络和布展工作。

我们的张云川书记曾在新疆自治区党委担任副书记和政府副主席的重要职务。他写给自治区领导的信，既带去了湖南和长沙人民的美好情谊和祝福，又说明了我们这次活动的初衷和规模。因此特别得到新疆自治区党委和政府、乌鲁木齐市委和市政府各方面的大力关心和支持。

可以这样说，新疆的各级领导和部门都把长沙的这次经贸活动当作自己的活动在办，其间出现的许多动人故事、提供的令人永远忆念的帮助和方便，不是用文

2000年7月，在乌鲁木齐市长沙名优特产品展暨经贸洽谈会展览厅。

字可以表达出来的。只要来参加或参观过这次活动的人们都会有一个共同的感觉：从 7 月 28 日开始的 4 天，成为乌鲁木齐市自己的盛大节日。

走在乌鲁木齐市的大街小巷，处处是花团锦簇，彩球高挂，张灯结彩，喜气洋洋。我从未去过新疆，只是在有关资料及文学作品中了解新疆。而今天，我却脚踏实地走进了这片西部的神奇土地，贴近和感触新疆山水的巨大热力和雄壮的呼吸。你看乌鲁木齐的城郭披缀着灿烂的霞光，宽广的大道扬起绿色的手臂向我们挥洒和倾吐西部大地蕴藏着的热情和真诚。漫步十里长街，徜徉在展览大厅的曲廊上，我感到天山和岳麓山是那么近，就连天空飞渡的白云，也像长沙古城上空的白云，同样洁白和诗意地飘动。

展览厅里涌动着彩色的人流，30 多个展览分馆人头攒动，热闹非凡。来交谈的企业、客商、科技人员、大学生一个个春风满面，兴致盎然。摆在展坪里的高大的吊车、震动碾和公共汽车也都"名花"有主。几天下来成交额高达 30 多亿元。更令人高兴的是，我们还与新疆地区的许多高科技企业和公司签订了共同开发研制高科技产品的协议。

然而，最重要的是我们大开了眼界，增长了见识，目睹了新疆人民开创经济和社会发展新局面的辉煌业绩和民族大团结、建设边疆、保卫边疆、开拓奋进的精神风貌。

我抽空去了天山脚下、吐鲁番和南山牧场，望景生情，真是感慨万千。我想用这支笔写下这终生难忘的印象，以酿出生活的清泉，永远滋润我的心灵。

天山的天空很美。这种美是壮美，它大气、辽阔、高远、厚重，富有深深的内涵和哲理，不是吗？天空的蓝，因雪峰映照就比海洋更蓝更深邃。多情的白云紧贴着堆满积雪的山峰，像在絮语，也像在抚摸岁月风景的壮烈冷峻。有序地排列在山脚的雪松则筑起一道森林的墙，托着玉般银白的雪山在孕育江河的万顷清浪。我在祝酒时，对自治区的王乐泉书记说："这天山松，只属于天山，只属于天山的风霜雨雪、电闪雷鸣，只属于新疆人民心中坚定的信念和意志的青葱。"书记笑了，他自豪地痛饮，把一腔豪情传递到我们湘江儿女的血脉里。

火焰山，我在《西游记》中曾读过对它的描写。在我的想象中，它神奇极了。可今天当我真的来到了火焰山，吐鲁番的刘专员指着烈焰腾腾的火焰山说："那其实全是石头。"是的，是石头。这石山垒成的火焰山，不知是怎样使其美妙的传说广为流传的？

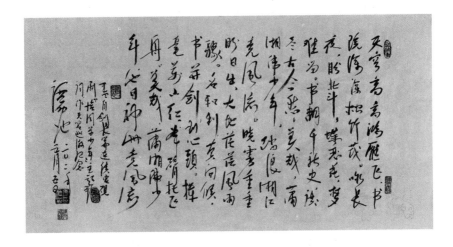

现在，我可以用文字描绘曾目睹的火焰山，让你尽情去领略其传说的意义。

如龙般雄壮蜿蜒地伏卧在吐鲁番盆地的北缘。火一样熊熊燃烧的沙石山脉，永远烧毁了绿色生命的天堂，就连一根草的影子也不在它的身边摇曳。从岁月烟火的冶炼中走过来的人，灵魂的再造会异常圣洁。血液和汗滴，勇敢和双手，在山间无数的石的沟谷中，挽着石头雕刻溶化石岩播种，终于滋润出地底下永恒不断的清流。于是在吐鲁番人走过的千条万条风雨路上，每个脚印里都燃烧着创造的辉煌火花和流传着智慧的神话。

真的，我几乎要倾倒在新疆这块如此美妙和神奇的土地上，即便站在戈壁沙漠上，我也能读出沙漠在这凝固荒原上驼铃洒下的生命坚毅和戈壁滩风口的电风车旋转的壮美。

这一切真让我激动，流连忘返。不知道是谁告诉了乌鲁木齐报社的记者，说我在新疆写了诗。诗是每天晚上写的。我是在给自己写人生的履痕，告诉自己该怎样珍惜奋斗的生命时光。

记者真诚地向我索稿，其情难却。我就把羞于见报的诗给了她。没有想到，第二天就出现在报纸上。我会十分珍惜新疆的这次采风，我将永远歌唱这片令人不忘的天地。

不能想象，茫茫戈壁滩上有这样青翠的绿洲

不能想象，炎炎火焰石谷有这样丰美的山沟

我问白云蓝天和来去的东风

我问路上奔驰的车队

我问沟谷兴奋的人流

是什么创造出这人间奇迹

让新疆的风景处处锦绣

无尽的地下清流化作长长的绿丝线

牛背上的民族用它绣现代化的绿洲

今天，我端一碗从坎儿井盛满的清泉

将它泼给阳光普照的大地

我要对新世纪说，这里的朝霞举起了开发大西北的旗帜

我要向北京汇报，只要冬天过去，早春的花朵就会在这里唱歌

　　是的，我也要借笔向家乡的父老乡亲传递一个信息，天山和岳麓山已经牵起手来，我们要共同走向改革、文明、壮美和开放的明天。

　　朋友，你知道吗？那夜我们在乌鲁木齐市演出大型诗舞剧《铜铙颂》和燃放的精彩焰火，把整个乌鲁木齐市映照和引发得五彩缤纷，弦歌四起。

　　人在这种庄严而热烈的时候，往往会在某一瞬间陷入一种深沉的理性思考之中。因为越是感觉生命面临激荡和壮丽的边缘，会越感到自己的渺小和无知以及胆气、力量的微弱。此时，我在问自己：有能力和智慧去履行这个庄严的使命么？记得1999年10月6日，当省长储波找我谈话，告诉我省委决定提名我担任市长的那一刻，我就感到了莫大的压力。真的，我不能想象，我能为这座城市做好什么。11日，省委书记杨正午同志的讲话，更让我在感动之后，多了几分沉重。"为了长沙的发展和进步，要克服自身的不足，贡献出自己的一切。"这是何等语重心长的叮嘱和期望。字字千钧。我知道，珍惜这每一个字，就是珍惜自己的生命价值和人生意义。

　　这就使我联想到在祖国的西部，这茫茫戈壁沙漠上奋斗着的人们，联

想到新中国成立之初八千湘女下天山守卫边疆、建设边疆的壮举，把几代人的青春献给这里的山山水水的忠肝义胆，比起今天在和平岁月里的创造和没有硝烟的劳动，那是一种怎样的壮勇和付出，一种怎样的艰辛苦难和铁马金戈、风暴险关。

意识到这一点，我想会使人清醒起来。

从新疆回来了，我感到我们带回的财富真多，平生受用。

从政与为文

现代社会，信息传递迅捷。打开电视，那么多频道任你选择。假若你想寻找某种心灵的刺激，可接连变换频道，这样只要半个小时，就足以让你眼花缭乱，看到那些不同风格打扮，甚至赤露着臂膀、披头散发、挤眉弄眼的女主持，或是染着彩色头发的男主持，让你有疯狂的感觉，宛如在一个奇怪的不可想象的梦幻里。

2001年1月27日，是新世纪的第一个春节的第4天，我决心坐下来，好好地浏览一下电视节目，感受一下现代电视世界的绚丽风光。说实话，在流动的岁月里，我自从走向行政领导岗位后，难得在白天坐下来欣赏电视节目，所以许多人都知晓的电视剧，我连片名都不知道，更谈不上看过内容。因为自己曾经从事过一段影视工作，多少还是有些旧情难断的，故有空暇时，对那些争论较多、影响较大的电视剧也就总想挤时间看一看。如《来来往往》《雍正王朝》《太平天国》之类。这一天，我就这样随心随意地变换着频道：中央台、北京台、广东台、湖南台、凤凰台、有线台……电视剧、演唱会、专题、综艺节目、论坛、曲艺、音乐欣赏、动物世界、谈话节目……眼前的世界真是精彩，我惊叹当代文化和艺术的灿烂和欣荣，社会变化的快捷和深刻，世界这么大，却是这么近。尤其是我很少有时间欣赏流行歌曲，有的歌词竟写出那种凄迷和怪异的情绪，演唱者拿着麦克风摇滚时，会让年轻的男女们疯狂和兴奋。且听罗大佑唱的《上海之夜》：

> 柔情万种，本色难改
> 胭脂内的你难解的胸怀
> 洋场十里，华灯凄迷
> 难以抗拒的是你唇之吻、眼中的雨
> 滔滔天上奔出的江河的浪，汤汤呜咽入海
> 惊天动地痴情地雕画你的清白

真的，这样的歌你说怎样？不好吗？美吗？俗吗？雅吗？听一听又怎样？不听又怎样？

接着我看了刀光剑影、血肉飞溅的武打电视剧《碧血剑》，后来我又变换频道，回到现实的冷峻里，看到在那个偏远山区，县里和乡镇的干部正上门看望贫困的农民。然后，我就关了电视机，很久很久，我都理不清自己的思绪。

其实，这是一次复杂感情和漂泊灵魂的旅行。它让我在这一天想了许多从来没有想过的事情。人呵！在现实世界里，究竟该追寻什么？怎样接受不同命运的挑战？怎样面对生命征途的风霜雨雪、阳光鲜花？

又过了几天，傍晚时，我在家里连续接到电话，有几位从事影视工作的朋友要来看我。一般我是谢客上门造访的。我认为家里的环境宁静一些是一种享受，一次自我灵魂的净化，一种对尘世的游离。对于一个家庭来说，全家人每天能在一起享受人伦之乐越是短暂的，就越需要珍惜。好在同事、朋友都理解我，故都不计较我的"不开门"。可今天，我破例地接受了朋友的来访，其中的原因是想和他们谈谈那一天看电视的感觉。这些正值青春年华、活力奔放、才气横溢的电视人，捧着鲜花来到了我们的家。一见面，我便感触到了他们带来的春天气息，无论是服装、发型还是脸上洋溢的笑，波动着新生活的蓬勃情绪。不等我开口，A男士就谈到了B女士主持的栏目。整个客厅是异常的活跃，那种氛围充满着平等和坦诚，显露着机敏和深沉。

看着他们，我无法插上嘴，只能在心里对自己说，世界在变化，变化的世界在塑造着全新的人。在现实中，对于未来的年轻人，需要的是信任、宽宏、理解、支持，

2003年，继续当选市长后接受记者采访

而其中最重要的是信任，要相信他们的理性、智慧、勇气和眼光。想想自己年轻时，不也是这样充满幻想和鼓足勇气要打破陈规吗？后来，有位女记者竟直率地对我说："老师，我知道你曾从事过影视工作，又写了不少书，现在又从政。对此，我和朋友们都不理解，你将这些社会角色是怎样融在一起的？有时，读你写的书和诗，其描述的和流露的情感，似乎与一般从政者的情怀相差甚远，从这一点上说，我可能没有读懂你？"面对这样的提问，我对这位记者说，在我的思考中，首先我把当作家和做官都看成是一种责任。既然是一种

2001 任湖南预备役师大校副政委照片

责任，那么它们内在的有机结合就非常自然了。其次，我看成是一种互补。我以为当作家需要全面、深刻地审视生活，关注社会和人民的命运，这样可以为做好官创造良好的思想基础，懂得怎样去履行自己的职责和知道人民的渴望。而做官，又可以把从作家眼中和心灵感受的东西转化为在"官"位上为人民多办事。再次，当作家需要多读书、多思考、多观察、多感悟人生的真谛和洞察社会利弊，这些对于做官会起到很好的警醒自律作用。在某种意义上说，我是一边在审视自己怎样做官，也一边在用作家的眼光看别人怎样做官。储波省长就不止一次地对我说："将来你不从政了，可以静下来写许多东西，而这段从政的积累是重要的。"有一次省经视台的记者采访我时，我也这样回答过："将来我不当市长了，我就去写书，我要走遍全国的城市，写一本书，叫作《市长眼睛里的城市》。"其实再深层去想和感悟人生走过的旅程，我认为，从政、为文对于我都是一种缘分。

我国著名女作家谢冰莹在《我是怎样写作的》一文中曾说："为了这30 本小册子，使我带来带去，有些连封面也掉了，里面的字迹也不现了，也有缺了页数的，我仍然舍不得抛弃它，老觉得它等于是我亲生的孩子，是用我的心血哺育出来的，它长得不好看；或者营养不足，发育不完全，这只怪我的力量不够，照顾不周到，我不能讨厌它，因为它是我心血的结晶。""如果有人问起我的写作生活来，我一定会对他发一大篇牢骚。命运对我是残酷的，我从少年时代就开始尝到人生的痛苦滋味；一直到老，

整天离不开'穷''忙''病''苦'。""进高小的第一年，我初次看到莫泊桑的《二渔夫》，都德的《最后一课》。我被这些爱国的故事所感动，对新文学发生了莫大的兴趣……进了长沙省立第一女子师范……我陪着二哥在岳麓山养病的时候，他才指导我正式走向文学之路。"在我认识的作家中，许多作家的写作生涯也都和谢冰莹有相同命运。"愤怒出诗人"，往往逆境可以让一个人去努力学习，追求真理，执着写作，用白己的笔去去抒发对世界和社会的心底呐喊。就我个人而言，要不是少年时代家境的贫寒和从军以后遇到的挫折，复员回到地方遭受到疾病和求学的重重困难，也许我不会矢志不移地用读书和写作来改变自己的命运。从这一点上说，写作是"逼"出来的。这种"逼"，到后来就成了一种自觉的责任，一种追求，甚至一种享受。对自己作品的心态也和老诗人臧克家一样："我的每一篇诗，都是经验的结晶，都是在不吐不痛快的情形下写出来的，都是叫苦痛逼着，严冬深宵不成眠，一个人咬着牙龈在冷落的院子里，在吼叫的寒风下，一句句，一字字磨出来的，压榨出来的。没有湛深的人生经验的人是不会完全了解我的诗的，不肯向深处追求的人，他是不会知道我写诗的甘苦的。"虽然于我而言，臧老是诗歌的泰斗和我仰视的高山，但他的这种真情坦言，我是能真切地感受并领悟其丰富的生活感情和理智的内涵的。因此，往往碰到一些人对我们从事写作视"驼子作揖起手不难"，或者不问写作有多难，而只问稿费有多少时，那种内心的痛苦和伤感也是够让人咀嚼的。至于还有某种人，对作品中塑造的典型人物对号入座，或说写作是为了出名图利等，那我们就更只能苦笑一回。鲁迅曾说，是用别人喝咖啡的时间写作，像我这样的人现在只能用别人打扑克玩牌

2002 年，参观沈从文故居

的时间写作。其实，人们业余生活的爱好和选择不同，何必以自己的标准去对别人说长道短呢？我不想戴着"面具"写文章，因我毕竟是凡夫俗子。比如我对湘西的"青石板"就是这样想的：

　　不知道在多少年前，这一条条从山里驮来的青石板就伏在这小巷里谛听土地和山水的心跳。

　　人们以为石头的路，永远光滑好走，并不去想这石头是否也有自己的委屈和哀怨。其实踏着它的脊梁走过的，不一定都是好人。

　　石头是明白这些事理的，可它从不说话，它真正学会了沉默。

　　又如我对"敲门"的事，是这样认识的：

　　夜，用圣洁的月光和清凉的风裹住了古镇。

　　夜，在孕育明早辉煌的日出和崭新的日子。

　　门，我已经关上了。

　　门遮住了我的影子，也遮住了我透视外面世界的视线，想知道门外的事，已经不再可能。

　　好吧！我干脆躺在床上读刚从街上书店购回的沈从文别集《丈夫》。沈老先生是湘西的山水哺育出来的高雅文人，他虽然已经走远，可他用心血铸的书，用无声的文字在滔滔不绝地给我讲述湘西的古城、河流、山寨、船帆、男人、女人和关于水的故事。

　　我听得入迷，渐渐地走进了那片遥远的岁月丛林。我不再听到门外的任何声响。

　　"笃，笃"有人在敲门。

　　我不会去开门的，难得在这古城与沈先生相聚，听他讲那么美丽的故事和人情风俗，让谁去敲吧！

　　那人仍在坚持敲门，因为灯光未熄，他断定屋子的主人并未入睡。敲了许久许久，我还听到门外的叹息：怎么真睡了。

　　我憋住笑，竟不去开门。

　　门是不能轻易开的，要是能随意打开，世界上就不应该有门。

敲吧！我在猜，是谁在敲门？

夜，还没有醒来。

　　我之所以要举这两个例子，是想说一下写这两篇散文诗时的情景。那是1994年10月在湘西凤凰县拍电影《烟雨长河》时所作。这是一个寒风吹拂的夜晚，起先和导演及主要演员在凤凰县政府的热情款待下，喝了几杯酒。然后他们各自散去做次日的拍摄准备。我就独自在房间看沈先生的书，看到激动处，突然想起白天参观了沈从文故居和走过的青石板小巷，胸腔感到有一股热力在涌动，于是我就借着《丈夫》的书页空白处写下了这两首诗的初稿，写时确有人在敲门，而且越敲越激烈。第二天才知道，是摄制的同志请我去吃夜宵。

　　之后，每每读这两篇散文诗，和遇到有朋友提到这两篇散文诗时，我真不知道怎么写成这个样子。其实冷静地想一下，写出这样一些感觉来，这与我的经历，特别是这些年来担任行政工作职务是有关的。做人是要有原则的，当干部、当领导更要有原则。遗憾的是，人最难的就是难以把住人生的旅途上要走过的利遇到的各种不同的、大大小小的"门"。

　　人生的经验还告诉我，文学是联结生活和社会以及未来的心灵桥梁，在我半个多世纪的跋涉中，我认识了那么多的读者和朋友，他们是通过读我的作品认识我的，他们能从作品中看到我的缺憾和不足，感知我的才能的浅陋和知识的贫乏。同时，也沟通了对我的理解和宽容。这难道不是人生最无价的财富和最可珍惜的情谊么？

　　在我刚走上市长岗位不久，年已古稀的著名作家任光椿先生就赐词四首，并情真意切地

2000年9月，全家合影

邀我奉和。其实，他的真意是勉励我当好人民的市长，为城市的发展恪尽职守。我在择其两首奉和的同时，深深感到了诗的崇高和诗的力量，如果我不能够很好地为全市人民尽心尽职，岂不是玷污了诗歌的圣光和背叛了文学的庄严使命么？有鉴于此，我将奉和诗抄录于下，以明心志。

喜读任光椿兄赐词四首，感慨系之。择其两首步韵奉和以就教于诸位文朋诗友。

虞美人

青山滴翠家园美，偏恋浏河水。江城携眷把诗吟，难尽云岩松影杜鹃情。街亭常闻治污难，砚边熬断肠。一朝窗前春雷起，君看百里花红四空碧。

望海潮

月上层楼，花上层楼，车前尽是高楼。雁去穿云，金曲绕树，不忍华灯回眸。洋酒斗风流。喜经济发展，城镇腾飞，兴教治愚，江山锦绣众人谋。开门又见翠绿，欲拨琴轻唱，百舸争游。钟情国事，铸章炼句，无尽春色笔头。莫道乐无由？心牵百姓，新街拓展，棚房碎影，应是消磨古今愁。

新世纪前夕的几个夜晚，是不寻常的夜晚，是在人生的心壁上将留下美好回忆的夜晚。那一个夜晚，我挑灯为新世纪的到来写《新世纪献辞》，我在致辞中向全市人民致以最吉祥、最美好、最灿烂的祝福！并向新世纪盟誓：如岳麓山作证，为了实现现代化长沙人民开拓创新的意志，如岳麓山一样永远坚定青葱；请湘江浪作证，为描画长沙的美好未来，我们奋进的力量，如湘江水一样永远奔腾向前。又一个夜晚，我按捺不住心中的激情，接受《湖南日报》的约稿，挑灯写出的散文《新世纪的阳光》于2001年1月1日刊登在"新世纪特刊"上。

夜幕降临了，街市的灯光亮了。亮成了灯光的河流，灯光的层楼，灯光的广场，灯光的树影。刚开完会，车子就像长了翅膀，在超越灯光，贴着湿润的呈黑色的宽广大道飞翔。

我急着赶去参加一个城市建筑设计评审会。其实，最重要的是去听取专家们的意见。只是心中有一种渴望，总期待着在我们这座古老而美丽的山水城市能站立起一个又一个真正展示时代精神和深厚文化底蕴的具有独特风格的标志性建筑。让市民们凝望着它，就会热血沸腾，迸发出力量的潮水。聚集在一起，去尽情地畅想新世纪更美好的未来。

车子驰过这片绿草地，斑斓的灯光照射在绿草和树木上，变幻着翠绿的梦影，生发着蓬勃的自然活力。几个月前，这里是一片楼房和商店。当居住和在这里经营了数十年的市民知道政府决定修建绿化广场时，他们心中既充满了眷恋和感伤，又萌生着希冀和激奋，这使他们的感情变得异常的复杂。有的老人用颤抖的手，摸着门窗流出泪滴，有的年轻人却在深情地拍照，留下永恒的忆念。那些日子，整个拆迁区升腾着尘雾，鸣响着推土机的喇叭声。紧接着而来的是大道路面拓宽的紧张施工，地下通道的深层开挖，麻石人行道的精心铺设。整个城市一瞬间都燃烧着希望的火焰，澎湃着创造的涛声。这是新世纪呼唤发展的阳光，是新时代脉搏跳动的声响。每缕阳光，每个音符都在市民的手中，急速地排列组合成一幅壮丽的现代化城市蓝图。

记得6月18日是父亲节，一个姓伍的小同学给我寄来了一张贺卡。他在贺卡的背面送给我一首小诗，叫《奔腾的韵律》：

你很平凡／经常被人忽视／你很壮丽／顽石羡慕你不老的青春／你把追求／留给未卜的远方……

我知道，这应该是一首写波浪的诗，这波浪的意象和蕴含的精神是何等的高洁，胸襟是何等的宽阔。作为一个城市的管理者，难道不应该去用生命和全部智慧塑造自己的青春么？我也曾写过海，也这样感悟大海：

面对大海，
就是面对人生，
面对波涛，
就是面对享受。

然而，当我扪心自问，你给老百姓做了多少事，你为这座城市添了几许绿意？对农民、困难企业、下岗职工、棚户居民，对城市经济发展、环境的优化、城乡居民生活的改善尽了怎样的心？倾注了怎样的情？你能像江河中的波浪那样既平凡又壮丽么？这一切都会使我寝食难安，深知有愧于民，也有愧于这位小学生。

可是，当我陷入沉重的思考，认真地清理这一天工作的纷繁思绪，而推窗眺望眼前这座已进入梦

乡但仍然吐纳着强大的呼吸气息的城市时，我总有这样一种深深的感动。这就是我在白天看到和了解到的为了城市的发展和环境的改善，我们的市民和企业又是怎样地去克服困难，积极主动地拆迁，从各方面来支持政府的工作。

黄锦康，一个普通的下岗工人，他在给我的来信中随寄20元钱。他说："我们有责任支持长沙的建设，并做出自己的一份贡献……在我微薄的经济收入中拿出20元人民币，以表达我对您对政府的支持……长沙的明天将会更加美丽，更加壮观，人民的心情会更加舒畅。"

多好的市民！我感受到了这朴实语言的分量，也更明白了自己责任的重大。我激动地提笔为《长沙晚报》就这件事写了一段话："作为市长，我深切地感受到了长沙市的干部和群众决心建设好长沙的共同心愿和焕发出来的工作热情。这些都说明建设长沙、发展长沙是人

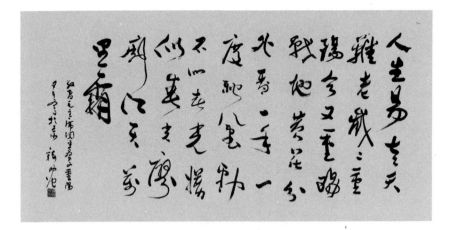

心所向，也是我们的必然选择。今天，一位下岗职工如此情真意切的
来信和捐款建设长沙的举动，心之所系，代表了全市人民的意愿。"
当然，这件事情对于我个人来说，是一种信任，一种鞭策，一种警醒，
告诉我在人民期望的眼光前，在时代的回音壁上，你该怎么来书写自
己生命的血色答卷。

　　现在我已经来到了评审会议室，站到了标画着红蓝线条的图纸前。
此时，我环顾身边闪烁着智慧和兴奋眼光的专家们，又一次凝视这一
张又一张编织着号码、贴在雪般洁白墙壁上的图纸，仿佛都在无声地
向我讲述着这座城市明天的斑斓，明天的繁荣，明天的跨越，明天的
秀丽，明天像春风像鲜花像阳光一样美的生活。

　　虽然已是隆冬季节，此时的窗外正呼啸着清冷的江风，但当我透

过玻璃，凝望远处高楼顶端升腾的那片灿烂灯光，我心里充满着温暖和激动。真的，我觉得那片灯火，就是明天早晨要喷薄而出的那缕新世纪的阳光。

　　这是新世纪前夕的 31 日夜晚，长沙大道上灯光辉煌。50 万市民欢聚在大道上挥臂迎接新世纪的到来。望着 5 公里长街彩车列队，焰火缤纷，红绸飘舞，灯笼如海，人如潮涌。我的心激动万分，周身热血沸腾，多好的市民，多可爱的城市，多伟大的时代，多么灿烂的未来。就在零点钟声响起的那一刹那，无数欢呼雀跃的市民用高举的手臂在放飞心中的灿烂信念和美好祝福！

　　是的，让我们互相祝福！

　　我们拥有共同温暖的太阳；拥有同一片晴朗的天空；拥有同一块播撒希望的土地；拥有千条奔腾向前的江河、万座永远青翠的高山；拥有指引我们走向富强和灿烂的旗帜；拥有歌唱我们新生活和新世纪的春风和阳光！

第十三章

心灵的天堂

世界是辽阔的，人生是苍茫的。

怎样不负爱神烛火的照耀，

永远向着光明的目标进发，

不仅需要勇气，更需要毅力和心灵的坦荡。

九曲溪随想

2004 年 5 月 13 日下午。

午餐后，稍事休息，我们就乘车去游览武夷山的九曲溪。车子开出宾馆，天空就下起了霏霏细雨，给心上洒下一片清凉。路两边的山峦树木，田野村落都朦胧在白雾般的雨丝里。心想，今天下午乘竹筏闯九曲溪的愿望可能会成为泡影了。

山上的路，弯曲而湿润，山上的风，清新而轻柔。人在山里走，似在梦中飞。平日街市的尘埃、喧闹和拥挤不堪的车流在这个世界里早已消失了踪影。坐在车上，我的心情极好，我可以用清醒的回忆来审视这些年走过的路。

"您还记得吗？2003 年年底的时候，您曾经有一次在长沙晚报讲过一堂课，那堂课是关于什么内容？"

"当时，我心里的印象特别清晰，在迎接全国第五届城市运动会时，整个城市的交通秩序、环境卫生、文明礼貌风气非常好。可是五城会过去以后，有些地方环境卫生就明显变差了。这时，长沙晚报搞了一个调查，说城市管理不能一时松，一时紧。我就这个报道，写了一段话寄话市民：长沙是我们共有的家园，我们有责任爱护她。有一个网民，看后，给我写了一封信，列举了一些不好的现象，说这样的家园怎么让我们去爱？当时就是从这个话题讲起。"

这位中央电视台记者的提问，让我回忆了这堂课。其实在我从政的岁月里，就是时常把老百姓的呼唤、意见和建议，乃至批评都当作自己接受教育的内容和民意指教来认识和思考，鞭策政府改进工作。现在的城市追赶着时代前进的步伐，在迸发着自身发展、壮大和提升内涵的蓬勃活力。用市民的话说，城市变美了，变大了，变好了，变富了，我们也更年轻更有奔头了。确实如此，当夜幕降临，漫步在湘江两岸的风光走廊上，看到市民们洋溢着愉快的笑容和听到他们兴奋而热烈的交谈，我心里的高兴是无以言表的。人的一生可以有许多值得欣慰的事情，但来自老百姓心中的欢乐和舒畅是我最大的满足和幸福。古人说：德莫高于为民，行莫高于利民。我始终坚信这个古训。

"大家看，太阳出来了。"

导游的清亮嗓音把我惊醒。

透过车窗玻璃，我看到了一个雨后放晴的美丽山野。比金子的光芒还晶亮的阳光在苍翠欲滴的树叶、花草上闪耀，比棉花还白的云朵在群峰之间的蓝天上悠悠飘浮。已经进入景区的身着各色服装的男女游客，三五成群地在溪边的岩石边拍照留念，有的还以远处的山峰为背景拍着集体照。人与自然的和谐相处，于此可见一斑。

我们乘上了老乡给准备好的竹筏，要尽情地去游一回久日盼望的九曲溪。撑竹筏的是一个年过40岁的、皮肤黝黑发亮的武夷山山民。他很豪爽，一边撑篙点浪，一边还给我们讲着九曲溪的故事。显然故事缺乏艺术构思和情趣，不令我们着迷，但他撑篙的技术和对九曲溪水情、地貌和险恶的判断处置却是令人惊叹不已。

"老乡，你在这条溪上已经多少年了？"

"3600多天！"

好家伙，真机灵。他不说10年，而说3600多天，可见他对这项工作的热心和在意。

回到宾馆，吃过晚饭，洗过澡，身心倍感爽快。同行的各择其趣，有的去逛夜市，有的去看充满乡俗的表演，有的则去品尝武夷山的云雾茶，独我挑灯驰笔，在咬文嚼字，不到一个小时，一条《九曲溪》便奔流在素笺上。

弯弯曲曲

沿着峡谷回旋

软软深深

托着竹筏颠簸

清清亮亮

浅滩卵石可数可见

我的脚伸进清凉的水里

感觉时光正在凝固

清静、眷恋、追忆

一齐袭进心里

眼前的世界变得圣洁悠远

思念中的故乡小河

就在身边鸣唱

曾骑牛在草地上

吹响的竹笛

又把梦想撒满清波

采莲的轻舟

揉碎了月湖的花影

爱恋的苦酒

浇在岁月的涛头

命运也是溪流

惆怅地流

苍凉地流

坎坷地流

欢快地流

潇洒地流

无奈地流

梦幻地流

流在绿色里

流在花光里

流在苍茫里

流在鸟啼里

流在残红里

流在风霜里

流在月光里

流在夕阳里

我抬头凝望山顶上的流云

玉女对着大王正把翠袖

抛向山谷的苍茫

我知道夕阳就要走回老家

溪边的岩石已开始衰老

多少年多少代

浪花扑打的石壁

已经是伤痕斑斑百孔千疮

感叹大自然神奇

飘逸的苍凉壮美

沉吟尘世间演变

鲜活的地老天荒

我看见山月浮出暗淡的云层

溪水里流动晶莹的星光

一切都归于宁静

一切都在宁静里沉淀

消长

是啊！人在宁静中会有多么难忘的回忆、刻骨铭心的醒悟、永不释怀的眷恋和无悔的追寻。尽管人生的命运之河，有时确实是"惆怅地流，苍凉地流，坎坷地流，甚至是无奈地流"，但只要你自己坚定地按自己选择的方向流，你定然会有着踏实的归途，让自己的心灵进入自由而明亮的天堂。

这是2005年3月11日，也是一个阳光明丽的下午。

我应中国人民大学的邀请去给大学生们讲课。走进

2000年1月，与授予长沙市荣誉市民的韩国、日本各界专家合影

祖国这所著名高等学府的殿堂，我之惶恐可想而知。然而大学生们热烈的掌声和热切的目光，给了我力量和勇气，让我能在如此庄严的讲台上，袒露心扉，结合自己的人生体验和大学生们一同思考"构建和谐社会"的话题。

在这里，我从心灵的记忆中，摘取几片当时留下的对话绿叶，让它成为我们心灵沟通的美丽使者。

从政：要始终记住老百姓

问：作为诗人或作家通常是感性的，但是作为市长则更多需要进行理性分析，您是如何扮演这两种角色的？

答：作家和诗人首先都要深刻地透视社会，了解人民。然后将心中引起的想象、共鸣或感情的奔放写成作品。而市长同样要深刻了解社会、倾听群众疾苦、关

2005年，在中国人民大学讲学

注自然生态，并把自己形成的理性认识和思考倾注到工作中，比如说决策、社会管理或解决实际问题。如果一个从政者有政治家的眼光、作家的情怀，只要他不是书生气十足，我认为是很宝贵的。

问：对于一个政府官员来说，什么品质最重要？哪些品质成就了您？

答：在我看来，一个有作为的官员，必须是品德第一。一个品德高尚、有知识、有作为，又敢于担风险的官员，对于老百姓来说太重要了。在你们看来，我也许是一个成功者，但我自己觉得只是一个幸运者，像我这样的生活经历，像我这样个性的人，像我这样没有家庭背景的人，之所以有今天，是更多的人了解了我，谅解了我。

问：听过您的演讲，我们看到您的经历很丰富也很坎坷，请问哪一段经历对您今天的成功具有最重要的意义？

答：我坦诚告诉大家，我在农村考大学时，得了急性肝炎病，后

来甚至耽误了我进大学读书。那一段经历对我来说最重要。因为在我心灵、身体、意志遭受创伤的时候，一个自己也是同样处境的"老右派"给我治病，不要我的钱，还安慰我。我那时就想：以后不管遇到什么情况，不管你干得多么辉煌，要始终记住老百姓，这些普通的人的心灵往往更为高尚。

发展：中部崛起长沙有竞争力

问：这次"人代会"的热点之一就是"中部崛起"，我想问一下您认为长沙在"中部崛起"中充当什么角色？以我的看法，武汉或者郑州更适合充当"龙头"的角色，您认为呢？

答："中部崛起"是我们的共同愿望，"中部崛起"的龙头可能不在长沙，但长沙在"中部崛起"中应该要承担一个很重要的角色。因为长沙有高新技术产业、商贸流通、科技和文化产业的优势，应该说能够为"中部崛起"做出自己的贡献。

问：谭市长，请问您如何具体设计省会长沙的和谐发展？

答：构建和谐社会最大的难点还是经济要发展。我心目中近期的和谐社会可用4句话来概括：经济繁荣、生活美好、生态优良、社会有序。

问：长沙是一座娱乐气息很浓的城市，娱乐会不会不利于高雅艺术的发展，选美多了会不会影响人的价值取向？并不是每个人都能把握自己。

答：通俗艺术并不是"庸俗"的概念，在现代社会中，当人们还很紧张、生活不很富裕的时候，娱乐节目如果不是有害的，让其发展可能利大于弊。而高雅艺术的欣赏是需要有一定的欣赏能力，需要时间的熏陶和自我培养。

就业：勇敢地走肯定会成功

问：我是一名应届毕业生，切实感受到了目前大学生就业难，尤其是女大学生就业难。对于高等教育连年扩招与大学生就业形势日趋严峻的现实矛盾，您有什么看法和建议？

答：很多大学生问到我这个问题。现代社会的就业一定要打破传统观念，毕业走上某个岗位、某个机关，固然无忧无虑，但不一定很有作为。我有一个老乡，是个女孩子，17 岁到深圳，在一个机关打工，每天要写 500 个信封，后来被人介绍到邮电局送邮件，发明了"绿页"专利。现在她的公司有 200 多个员工，几千万元资产。这件事说明，谋生与创业是两个概念，创业中蕴含着谋生，谋生不一定有创业。你是高等学府的毕业生，勇敢地走，肯定会成功。

问：长沙作为中部的美丽城市，这两年引进人才方面会有什么举措？

答：长沙引进人才有 4 种形式。一是人才交流中心，二是留学生创业园，三是每年公开招聘公务员，四是对于到农村锻炼的大学生，有很多优惠政策。一句话，自己选择，肯定有发展空间，但是要准备好迎接挑战。

也正是因为我的从政是以从文始，是从逆境中走向人生的新旅途，故我始终不忘的是自己的父老乡亲，是广大的老百姓。

一如天光晨阳之辉焰
一如江涛夕霞之响浪
天下苍生胜似自身生命百信
脚下坎坷却如踏响尘世乐章

你走来了，未有完美的语言表达
未有锦衣乡衫的装束
只有亮如灯火的目光
穿透茫茫旅途的雾障

采冬雪之圣洁
抒梅魂之静远
采春暖之温馨
播布谷之欢唱
采夏荷之无尘
塑君子之坦荡
采秋霸之冷峻

挥乐篱之天香

万山蜿蜒的曲径石涧

千野贯通的地泉阡陌

花之血色流溅

草之蓝光闪烁

蹄碎寒夜月凝玉梦

琴断关山风满栏杆

——自选诗《炎帝陵感怀》

是这样的感悟，是这样的执着，是这样的痴恋，我才真正觉得人生是何其的丰富与博大，整个宇宙都可以在你的心中蠕动。故当中国佛教协会会长一诚法师为他精心建造的"洗心禅寺"的藏经楼要我撰联时，我没有犹豫欣然答应。这绝非我有什么才华和学识，只是我觉得"禅境"在心，在悟，在行。是一个清风吹拂窗帘的朝晨，我忽然醒来，看到曙色明亮，使朦胧然挥毫而吟：

楼拥千山欣看日月照净土，经藏四海自有天地入庙堂。

然后，我就铺开宣纸，把此联书写于厅堂。妻子发现后，惊讶："这回的字怎么发生变化，变得不似往日的飘逸洒脱？"

我自明白，此一时彼一时也。

现在回忆起来，这些年我利用片刻休息和晚上时间，写书读书的收获，说到底是为心灵塑造一个自由飞翔的天堂。

无论是写长篇小说《打捞光明》《都市情缘》，还是新近出版的《曾经沧海》都是在为这个天堂编织几朵洁白的云彩。

心灵有了天堂

生命永远吟唱

苍天不会衰老

土地不会荒凉

仙人掌举着彩霞的旗帜在前面走

牵着我的心灵在阳光里飞翔

我的"听泉"情结

在我生命最艰难，几乎是绝望的时候，在山野听泉，让我听到了生命的心音和大自然的呼唤。于是我发现人的生命本来就是大自然孕育和给予的。

那年，我刚 23 岁，正是出力做事的年龄。可生有不幸，得了一个恼火的急性黄疸肝炎，人黄得像被霜打了的茄子，连眼珠也闪着黄色的光亮。从医院归来后，就在家里养病。因自己是农村户口、农民职业，说是养病，只是不出门而已。

一个人待在家里，日子过得苦，读书也乏味，只好独自在后山上徘徊。山坡上的青竹、金菊、红桎木、黄茅草都成了我极好的朋友。

它们伴我消度时光。有时，我便躺在山上的荆棘丛中，让眼睛穿越林间的叶缝，望高天流云和翔舞的小鸟、蜻蜓。

日复一日，偶有朋友来看我，也不敢与他们握手，恐肝炎传给别人。母亲疼我，每天用零钱从小镇上割回一小块猪肝，清蒸给我吃。她告诉我，多吃猪肝，对恢复身体有益，可怜巴巴的母亲自己却餐餐咀嚼着干盐菜。

那些日子，我好难受。20 多岁的男子，还要母亲周到地伺候着。只要一发现我烦躁时，母亲便安慰道："要心静，不要动肝火，那样对身体不好。"后来，我在镇上认识了一位陶先生。他懂医道，是乡

妻子的生活情趣

村郎中，他教我甩手操，说对治疗肝病有益。我学着按时甩，甩手时我双脚平立，站在后山草坪里，心平气静，空气新鲜，可也真回肠荡气，日子一久，似乎也感到精力充沛多了。

对女人，从我懂事以来，就有一种神秘和崇拜感。我感到女人很温暖，很能体贴人。首先自然是从我母亲身上感受的。后来，我亦结识了一位县城下放、曾在我家住过的知识青年。虽然我在家养病时，她已在小镇上的一所学校教书了。但她一有空就来看望我。在这个小天地里，我似乎感觉只有她，才能在文化知识和对生活的理解方面对我说上几句可心的话。她长得不算漂亮，但很端庄，说话做事极细致，连走路也是文雅得很，身上衣服穿得朴素又得体。记得有一天，她和我谈写作到深夜，便和我妹妹住一屋，次日清晨很早就起来给我洗衣裳。我很奇怪，感到那些日子里，生活竟出现了亮光。在山上做甩手操时，仿佛也觉得身边的树更绿，草更青，花更艳。不知道有一种怎样的感觉，竟坐在山石上写起诗来。后来，我竟悄悄地把诗夹在一本书里送给她。那诗的大意是：

> 风轻、夜静
>
> 鸟已归林
>
> 只有孤独的月轮
>
> 仍滴出万缕凄清
>
> 不会睡去的梦呵
>
> 缠绕着
>
> 那颗痴恋的心

诗写得并不怎样，在那时，我以为却是真切地表达了当时的心情，故现在仍清晰地刻在心壁上。也许是因诗的原因，此后她见我总有一丝腼腆，甚至脸上泛起红晕。我不敢见她，也就躲着她，我知道自己是一个病人，能追求什么呢？

不能老是孤独在山坡边甩手。一天，我沿着弯曲的幽径向山冲绿色深处走去。刚弯过一座白石桥，便发现一位大嫂从山冲里挑着一担清泉悠悠而来。我仔细看这清泉，好清亮，好清亮啊！一眼见底。是怕水荡出来，大嫂还摘几片青翠的树叶放在水上面，像是把水沾住，真的不曾荡出半点来。

循着大嫂走过来的路，我悠闲地走到了冲尾的那口清泉井边，清亮的

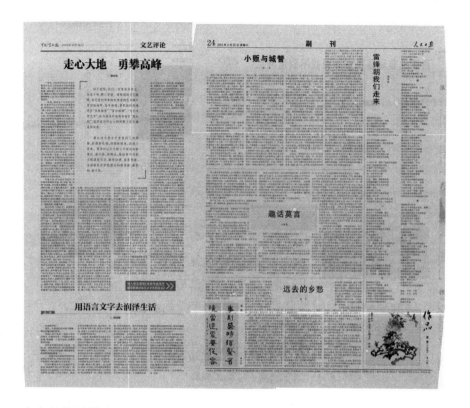

山泉从井壁的岩缝涓涓地鼓出，把那一脉脉银亮的山汁旋进井里，井底有晶莹的山石，有正在蠕动的小虫，还有井边树上飘坠下的残叶。望着井口清亮银白的水，我的心境格外的舒坦和甜美。我俯下身去，掬一手水，尽情地喝下肚里！

山泉真美呀！有如少女般温柔纯真呵！

从此我天天到这里来看泉听泉。看泉的日子多了，心身也好多了，我就干脆每天带上水桶来这里挑一担亮泉回家。母亲见我挑水，总是埋怨说："身体刚好，怎么就去挑水。"她哪里知道，挑水对身体更有益呢！这些天，我的腰腿比前些日子健壮多了。这时，我才发现，自己又恢复了一个男人的形象。从那以后，我的心情更平静了，我又开始了学写诗。那位女知青因准备考大学来得少了，很难见她了，而我的诗却写得多了。有不少诗就是为她写的，但是，这些诗我再也没有寄给她。

两年以后，那是1975年，我在市师范毕业了。我把一本厚厚的诗集，送给我的女友、现在的妻子看。我能告诉她什么呢？又18年过去了，当我整理这本诗集时，我发现许多诗，正是那些日子留下来的。

我不是诗人，但我爱诗。我写诗时，便使我想到那家乡后山冲的山泉。那清清亮亮的山的血液，终究哺育了我这颗曾经迷茫的心。

呵！山泉，永远的诗魂。

其实，我的母亲又何尝不是一脉水浓于血的晶莹泉流啊！她用她的生命、智慧、品格、全部的爱养育我，让我在人生的旅途上，永远不停留，跋涉在她心灵的天地里。

母亲在一个飘雪的冬天走了，可她生命和感情的纽带一直拴着我的心，拴着我的梦，她没有离开我们。

清明节又到了，我要回故乡去看望母亲。

母亲就在我家老屋后山那一片绿茸茸的山峦里。母亲去那个世界已经4年了，她屋子四周的杉树、松树、楠竹、山茶花、红杜鹃、苇草、青石板和挂在高高的桂花树枝丫上的鸟巢、在空中自由飞翔的蝴蝶、唱着悦耳歌声的青鸟都是她熟悉和经常亲近的大自然的生灵。凝望在山风吹拂下摇晃、滚动、飞舞的花光山色，鸟语雁影，仿佛看见母亲就从绿色深处向我们走来。而眼前这一切蓬勃的生命律动，我知道既是她新的生活的依托，更是她生命中感情的绵长延伸。

我知道母亲的心里是苦涩的，她一定会百倍地想念她的孩子们。只因晚年岁月里，沉重的疾病一直在无休止地折磨煎熬着她，在医院守在母亲身边，我每每拉着她枯瘦的手，心里充满了酸楚。我也明白，母亲的病是极度的劳累，思虑过重，为了扶持家庭和养育我们6个儿女所致。我们纵然是千方百计地想给她治好病，让她能安度晚年，那也是难报万一的。

其实，后山本来就属于母亲。在我的弟妹们都年幼时，父亲常在乡上、大队上做事，一年到头家里的脏活累活全都压在母亲的肩上。母亲个儿很矮小，可她每天都要从后山采摘回满担的野菜做猪饲料。后山蜘蛛网似的纵横小路上洒满了她的汗水、眼泪，留下了她颠簸的脚印。

山边的菜园子也是属于母亲的。那一块足足有两亩的菜地依山边而铺展开来，母亲用锄头精心地修剪成一厢厢方格和长条形的碎土层，然后播种、施肥、用水浇灌种下品种繁多的瓜菜。母亲心灵手巧，能把这些蔬菜经过加工制作成能留着过冬吃的盐菜、酸菜、剁辣椒、干豆角和干豆腐。我是长子，放学回来，总想帮助母亲做点事，便扛着锄头去松土。谁知道把锄头举起来，挖土不到一时半会儿，就感到腰酸背疼，气喘吁吁。我真无法想象，像母亲这样的小个子女人怎么能年长日久地承受着如此巨大的劳动负荷？

还有土砖垒的猪栏屋、木头围的羊圈、楠竹织的鸡笼，也都是属于母亲的。至于老屋后山边那口长着青苔的古井和要步行半里路才能到达的小河边的麻石码头，那更是联结着母亲的深情和足迹的爱之纽带。母亲一桶一桶地把清泉水从古井里提起来，又一担一担地挑满水缸。冬天里，飘着雪花，刮着冷风，踏着碎冰，母亲也仍然到小河边来洗刷衣服和洗干净猪草、蔬菜。她的手经常冻得发肿发紫。

家里的那盏老式煤油灯，尽管它的光亮是那样的微弱，可是每天等我们兄妹做完作业，奔跑了一天的母亲又坐到了煤油灯前，给我们缝补已破烂的衣裳，有时候是纳鞋底或用土布给我们做一些简单的衣裳。在我们几乎都入了梦乡后，母亲还要结一阵鞭炮。母亲出生的地方是中国花炮的祖师爷李先生的故乡，小时候她就跟我外婆学会了一手结鞭炮的绝活。为给家里挣一些日常的零花钱，母亲究竟是什么时候睡的，我无法知道。

父亲比母亲大上 10 岁，一次母亲对我说："你父亲天天抽烟，晚上咳嗽，搅得我无法入睡。"为此，我婉言劝父亲戒烟，父亲也曾下狠做过努力，可终于没有能坚持下来，直到离开人世。母亲从来没有责难怨恨父亲，父亲爱看书，写一点毛笔字，母亲总是把房子打扫得干干净净，并给父亲泡好茶。

父亲是先母亲而走的。在悼念父亲的日子里，我怕母亲受不了，就尽量抽时间陪母亲说话。没有想到，母亲倒安慰我要注意身体。母亲越是故意提起精神，我越感到内心的抱歉和不安。

我现在也年过 50 了，几十年的风风雨雨，自省自叹，有时竟也不能理智地对待遇到的某种艰难和失意，抱怨多于坦然，苦闷多于豁达。与母亲握住的苍凉人生，无怨无悔的追寻，终无所得的归去比较，我深深意识到自己的卑微和脆弱。

早晨起床，看到明亮的曙光照耀

2004 年，儿子与儿媳结婚纪念照

着窗口的玉兰花，我感到心里充满了光明的寄托，我也似乎看见母亲在遥远的绿色山峦正向我慈祥地微笑。此刻我的心中涌动着感情的波涛，它促使我提起笔记下儿子对她的深深的思念。

2001年3月1日，我去河西市政府新办公楼上班。

站在办公室里，推窗南望，远去是白云飞波的天空，蔚蓝色是天的底色，蓝天之下，隐约是巍峨的岳麓山。近览则是新盖的楼房，唯有政府广场两侧的小山包，正蓬勃着浓重的绿色。

看到绿色，我听见了泉水的声音。

听见了泉水的声音，我又听到了湘江和大海的涛声。

就想着要给自己写幅字。

"石泉"。

就写"石泉"两个字。

几天后，我将"石泉"二字写好，用玻璃装着挂在自己办公室对面的墙壁上。然后我还在字幅的左下角写了一行小字：感受自然之真。

一年后，《凤凰卫视》的一位节目主持人来到我的办公室，

问我这两个字的含义。我不假思索并答道："石"寓坚定、执着、刚正不阿，有顽强的意志和大自然的慷慨；"泉"寓圣洁，透亮，心地坦荡，有丰富的情感和人世间的至善。当然，这种解释是否贴切是智者见智，仁者见仁。

智慧和豁达的主持人，要我也为她写几个字或赠几册书，我都这样做了。从此我们得以认识和成为故友。但往往念及生活中的人与人的际遇和人生的忧患及命运颠簸，对"石泉"的理解，还可以反过来去探究"泉石"之妙。

故我又对朋友说："石泉""泉石"都可以读，可以悟，可以为人之道。因这种相渗透的自然物之结合的体验，今年夏天在岳阳楼，再次登楼与文人诤友谈笑，大家要我写几个字留下，我实在不敢。后来在推托无奈的情况下，写了两句，我的请求是不外传仅留下作个纪念。

斯楼可藏千秋史，大江不解万古愁。

为什么是这样的心情，当时我也不知道。

也许这也与听泉有关吧！

为剪纸人歌

2005 年 5 月 12 日，很炽热的下午时光。

我们乘坐一条小木船在上海朱家角小镇边那条狭窄而悠长的小河里漂泊。心情自然很怡静。尽管河两岸的木楼里人声嘈杂，偶尔还从河道的桥廊上传来悠扬的二胡声。

驾船的是个刚 40 出头的男子汉，双鬓已经斑白，看上去像个老者，可他的言谈快活，不像我这样的人，容易患自悲症。

"这只小乌龟是朋友送的，你们想放生，我愿意给你们。"

"多少钱？"

"10 元，卖给你，我晚上就去买酒喝！"

船夫很开朗，一只手把着橹，另一只手把戴在头上的草帽摘了下来。他是想让我们看清他的相貌。我看到他一脸的笑，可以想见晚上他坐在酒楼喝酒听歌的情景。

船边的河水不是很清澈，泛着黄色的光波。那只小乌龟带着生命的自由和再生的希望在水面上昂了昂头，就立刻钻进了水的深处。坐在船上，望着水面上荡漾着奇异图案，听船夫娓娓地给我们讲述这个古城的历史和故事，我顿时感到天地的广阔和多彩。

"前面是课植园，是座很有特色的园林建筑，你们如去，我就把船摇到前面码头等你们。"

感谢船夫的热心，我们弃船浏览课植园。

课植园真还别有洞天。

进入园中，我们就被眼前的古树、湖山、奇石、亭阁、碑林所吸引，尤以呈现生命的光彩的花草修竹翠枝氤氲着的富有江南风韵的文化气息所感染。细看这屋宇、楼阁、曲廊、花径、石梯，乃至檐角窗棂门扇、天心无不透着幽雅、怡静、宜人的书香神韵。我们在惊叹园林建筑的智慧艺术的雅致和精巧工艺时；更庆幸它历经沧桑风雨而存活下来的吉祥命运。

就这样信步流连于深深庭院，尽情欣赏几数厅堂梁柱和墙壁上的字画楹联。这些文字和画图、墨香、纸张，我不敢妄评其质地、技艺、意境、文采，但它们昭示的文明光辉和固有的岁月沉淀的哲思和想象的延续是令我格外看重和生敬的。是的，物质的东西，生态的东西，生理的东西，人们更能直接感受，而精神的东西，进入意境的东西，需要文化心力承载的东西，是需要长期的修养、教化和积累的。环境的雕塑和感染以及心灵的自我慰藉，都可见山水园林名胜之奇效。

正当我们站在后院的厅堂前，欣赏一副对联时，我眼前走来一位老人，他个儿不高，眼光亮泽，举止儒雅。

"各位朋友，如蒙不弃，请到隔壁看看我的剪纸！"

"去看看！"我领头随这位先生朝左厢走廊移步。

来到剪纸屋前，赫然窥见一牌上书："上海剪纸大师陈南君作品展"。

"他就是陈南君先生！"在我记忆的荧屏上，我搜索到了《人民日报》曾报道的陈南君先生的剪纸事迹。在室内，我看到了报纸原件。平心而论，目击眼前的剪纸作品，陈南君先生确实出手不凡。最令我佩服的是他剪的山水人物的场面和背景及展现的人物群像，其精巧是无法想象的出彩和神奇。

"陈老，像你这样的剪纸，如果在街上展出，肯定会招人采购"，一位同行者说。

"我已经60岁的人了，不会上街摆摊的，我借这个地方，当地政府也不收租金，能卖多少算多少。"

陈先生回答得很坦然。

我不想评论这番对话，眼前的剪纸人和作品实在让我感动。灵感的火焰在灼烤我思想的苇草，坐在回归的木船上，又听到船夫的歌声，我感到这才是真正看到了常人的人生。

一回到寓所，我便迅速拿出笔来，记录一路上车子颠簸出的思想火花。

你躲在课植园深深的
寂寞里闪亮智慧的目光
在构思着奇异而生动的图案
生命的血液　在纸的纹脉里流

车马经过的驿站　鸟儿飞过的天空
鱼儿跳过的桥墩　船翁丢失草帽的河道
还有小街屋檐　飘动的酒旗下
走过的像丁香一样美丽的姑娘

你用心灵的剪子　闪着刀刃的光芒
在剪云霞　水光　花影　月白
在剪岁月的苍凉　忧伤　丰实　缠绵
梦想和喜悦　还有无尽的思念

剪吧　剪不断的是老百姓的企盼
呼唤　剪不完的是心中对大自然和
祖国的眷恋　深深的热爱　我愿借你情
借你魂　借你永不枯竭的艺术青春

我不怪你　这般固执
固执得如同窗外湖边那块高大的岩石
永远痴恋着波浪的声响
不敢接近街巷一步　于是所有的剪纸
都跟你一样　凄清地度日
把叹息埋在心底

　　我这样写，有点自以为理解陈南君先生的味道。这是因为我也是一个苦苦地、痴心不改追恋文学的人。我小时候就喜欢文学，即使是没有温饱保障的岁月，也要省几文钱出来买书读，这种入血入骨入心的文学恋，像磁场一样吸引我笔耕不止。有时政务繁忙，心力不济，但一触摸到书和笔，就好像又注入了一股力量，甚至还会因某种灵感的闪现迸发激情。这种精神的力量反而在滋养和支撑我从政的信念和战胜各种困难、面对复杂情况的勇气和行动。有时候，我会自觉地用作家的眼光去观察世界，用作家的情感去体验民众，用作家的思想去透视自己的灵魂，这样也使自己会多一些人文关怀，心灵纯粹，冰清情感和激越正义，坦荡浩气，无瑕追求。

　　我知道，任何人的成长和成熟，走向人生的彼岸，不会无缘无由地随缰纵马。纵然现在自诩为另类、前卫、先锋者们，也有自己生存、生活、拼搏的理由。我去年到了安徒生的故乡丹麦，站在大街上，凝视在风尘中端坐的安徒生雕塑，回忆起卖火柴的小女孩，心里就激动，就感情奔涌。

可是，我对安徒生老人说：

> 你曾经很痛苦地披着风雨
> 在大街上徘徊
> 无时不揣着饥饿
> 沐着寒冷站在小木楼的窗口下
> 靠着墙壁沉思
>
> 现在你不应再在自己梦幻的大街上
> 孤独地行走　你不要再在海边忧伤地思索
>
> 你已经拥有了比诗更美的无数梦幻
> 拥有了你精神和灵魂的土地
> 拥有了永远不会让人忘却的纯真
> 拥有了一片不老的童话森林
>
> 今天我来到你的身边仍然在
> 思考你讲过的故事你走过的路
> 抚摸过的小木门同时也在寻找
> 你给我最初那缕点亮人生世界的亮光

此刻，我也在想，我和陈南君先生，还有许许多多的对文学、艺术、音乐充满着向往的朋友们，是否都与看到卖火柴的小女孩划破黑暗的那缕光芒有关？

明月照江城

秋夜是如此的迷人，犹如一个美丽的梦，在凉风的吹拂下，你的心情会是格外得舒畅、恬静，充满一种渴望和满足的幸福。

山水倾情

2007年9月23日，一个诗意盎然的秋夜。已是傍晚时分，我们便登上了停泊在湘江风帆码头前的挪亚游轮。此时，悠悠细雨正从高空飘洒下来，慢慢地给湘江拉上了烟雾弥漫的夜幕，整个江城也笼罩在一片朦胧而湿润的夜色里。

这里正在举行由《金鹰报》主办的《印象湘江》诗歌朗诵会。我有幸参加了这次活动。此时和年轻人在一起，突然也感到自己变得年轻了许多。主持人要我讲话，我怕打乱了大家兴奋而激动的心情，破坏了这诗意浓烈的青春氛围和对美好追求的灵魂享受，便也即席朗诵出如许诗句：

> 中秋节悄悄走来
>
> 湘江上飘起了悠悠的细雨
>
> 连汽笛声也变得湿润
>
> 滴着一种别样的情绪
>
> 烟雾缥缈中的游轮
>
> 正剪开墨绿色的波浪
>
> 兴奋地唱一曲激情的恋歌
>
> 那梦就这么美丽
>
> 那情就这么缠绵
>
> 那意就这么深沉
>
> ……

即使有一天离开这个世界

我的灵魂也要永远搂着湘江亲吻

大家给我掌声，给我感动，给我拉开了美好回忆的幕帘。

挪亚游轮在江上缓慢地行驶，在诗意中行驶，此刻，湘江的上空确实看不到月亮，月亮已藏在天空浓重的暗云里。可我望见两岸雨中的灿烂灯光，心中却升起一轮圣洁无比的月亮，它正照耀着我眼前如梦幻般神秘蠕动的江城。

江城的月亮真美！

江城的夜色真美。

我心中的月亮，在随着游轮的行进和颠簸移动着，灿烂着。它用如水的光辉又照亮了那条曾经哺育我成长的故乡的河流。

这就是闻名世界的浏阳河。

浏阳河，是湘江的一条支流，发源于罗霄山脉的大围山北麓，有大溪河与小溪河两个源流在离浏阳城东 10 公里处的双江口汇合，全长 222 公里，流域面积达 3211 平方公里。据《湖南通志》记载，浏阳河古称浏水，亦名浏谓河，"浏"是清凉的意思。就是这条古老、清悠而美丽如银练的浏水，哺育了一代又一代的英雄豪杰在神州大地书写出感地动天的血性诗文。如谭嗣同便可视为其中最杰出者。他以自己的生命和鲜血演绎出变法求强的壮烈范举。他的血性情怀和诗章"我不病，谁当病者？"勉励其妻李闰"要视荣华为梦幻，视屈辱为常事。无喜无悲，听其自然"的坦荡胸怀和"我自横刀向天笑，去留肝胆两昆仑"的万丈豪情，把谭嗣同的"识度，才气，性情，得来曾有"的"壮怀消不尽，马首面临三北"的悲壮，都早已凝成浏阳河的雄伟绝唱和浪胆。又有优美动人的《浏阳河》名歌，唱出了浏阳河的奔放、明澈、梦幻和生活甜美丰厚与历史的凝重璀璨。我这个喝浏阳河水长大的农家子弟能在湘江之滨的古城履行省会城市市长的职责，心中就时刻感触着浏阳河的千般恩泽和万般灵智；就澎湃着湘江的无限文脉和无尽豪情。故乡的河告诉我，要知道土地的伟大和深情，无私与慷慨；要知道青山的坚毅和豁达、崇高与坦荡。湘江告诉我，要知道湖湘历史的厚重和灿烂，文化的深厚与精深；要知道英才的琴心和豪气，宏举的悲壮与辉煌。是呵，掬一手浏阳河水，挽一手湘江波浪，我会听到遥远岁月的锄响和号角，血火战场的炮声和呐喊；我会看到屈原毅然投江的天低云暗，贾谊挑灯孤吟的感伤眼光；还有蔡锷将军仗剑眷恋高山流水，更有毛泽东橘子洲头叩问苍茫大地谁主沉浮的呼喊！

心中明月又在向西飘移，它在照亮岳麓山、铜官窑旧址，沩山密印寺。我脚下涛声依旧，我胸中激情奔涌，我耳边风声呼啸，我眼前灯火明亮。

这是岳麓山，一座巍峨秀美的文化之山。

岳麓山西峙，东临湘江，面积约8平方公里，是南岳衡山72峰之一。南北朝时的《南岳记》载："南岳周围800里，回雁为首，岳麓为足。"观其形，碧山翠屏开，秀如琢珠，林壑幽深，山涧垂帘，古寺肃立，老树苍劲，花草鲜丽，绿拥亭台。山之风雅，文雄，当数禹王碑、爱晚亭、岳麓书院、麓山寺、云麓宫。就说岳麓书院在山之东麓，始建于宋开宝九年（976年），朱熹、张栻主讲期间是全盛时期，有学生千人，成为宋代四大书院之一。清光绪二十九年（1903年）改为高等学府，后又变成高等师范学校。1925年改为湖南大学。书院现存古建筑尚有御书楼、文昌楼、半学斋、十蕣器堂、濂溪词、湘水校经堂、自卑亭等，让人缅怀书院辉煌历史。

"千百年楚材导源于此"，孕育了博大精深，广袤无垠的湖湘文化，培养了一代又一代的先烈、伟人。

岳麓山也是爱国主义和革命传统教育的好课堂，这里长眠有辛亥革命时期为推翻帝制，实现共和而献身的先烈；为舍生取义而慷慨赴死的志士仁人；还长眠了抗日战争时期为抵御外侮而浴血疆场、以身殉国的中国军民。

那一座座为他们树立的丰碑墓志，永远昭示和激励着中华民族的子子孙孙，构成了岳麓山的一幅幅悲壮肃穆的人文景观。

我在长沙市工作期间，经常会有机会陪同党和国家领导人，外国朋友，国内的知名人士来岳麓山参观、观景，眺望湘江。当遇节假日，我还会携儿带孙和妻子一道登山游览。在这座古老而深藏文秀，禅韵，雄浑之气的山麓，思接远古，魂飞天宇，怀想未来。这是心灵与自然的拥抱，现实与担当的忧虑，责任与作为的明悟之地。也就因为这样，我心中的缪斯不止一次在呼唤我，为岳麓山写一首诗。于是在爱晚亭枫叶如火的暮色时节，我终于铺形稿纸，写下了心中的所思所念所盼。这首诗很长，后来发表在《人民日报》副刊上，在这里我摘录其中的几个片断

我不止一次地　　和妻儿朋友

投入你的怀抱　　投入你的血性时空

投入你神圣的气息　投入你宏阔的思维
去领略你自然的博大　生命的壮美
人生的意义和淡泊的情怀

朝晨　我看太阳的光辉是怎样装点山川田园
夕照里　我看晚霞是怎样梳妆江城的澄澈和宁静
午间　我看江涛是怎样托着舟楫飞越
入夜　我看月亮是怎样多情地在楼阁树梢微笑
还要听山风和江水是怎样诉说岁月的沧桑和雄美

此刻　正是秋风送爽走向收获的金色季节
满坡枫树紧相依　又在孕育甜蜜的故事
纵然饮霜沐寒　也一定
要将江山红遍　送祖国
一幅浓重的秋之画卷

天空好蓝有如江水碧透
山高云淡　能极目千里
远古之幽岁月之忆
全在凝重的秋色里和脚下湘江的波浪上
纵情奔流成永恒的诗意

毛泽东执卷　在岳麓书院灯下夜读
枕浪凝目　击声低回
国难民忧就似夜雨入心头
携友踏浪湘江　挥动巨臂
向天放歌　惊涛拍醒橘子洲
问苍茫大地　自是顶天立地主沉浮
千般曲折　挽苍山如海
万般壮烈　看残阳如血
终于迎来春色满神州
瑰丽诗章　光耀千秋

岁月流逝　满山花开如锦绣

云摸琼阁　雁越群峰

旭日凌霄　风清气润

翠滴歌稠　阳光铺路

彩色梦幻　美好愿景

和着车流　张开鲜花盛开的滨江大道

一座山　是城市不灭的长青灯

无限绿之光　无限风之情

奔涌的花之魂　飞翔的百之灵

沉淀的泉之秀　孕育的春之根

你真真切切是长沙永远鲜活的青春

一座山　是城市不沉的船

永远载着希望　永远载着坚韧

载着心之　光载着智之帆

载着文之脉　载着力之涌

你巍巍峨峨是长沙永远高扬的旗旌

　　就是因为，我们大家挚爱岳麓山，湘江水，因为我们拥有这座深藏深厚文化意蕴的山，奔流着豪情壮志智慧的湘江，才使得从湘江涌浪站起来的岳麓山，肩扛一片蓝湛湛的天，抱着山的凝重江的浩荡，永远向大海奔腾、歌唱。

　　作为市长，该以一种怎样的方式来雕刻山和江的灵魂和精神；该以一种怎样的情感来寄托长沙儿女对岳麓山、湘江和一代又一代先贤、伟人、志士的敬仰和传扬之情。很多的日子，我都在思考这个问题。而历史告诉我们，真正的城市记忆，是文化的沉淀和传承，真正的精神财富，必然储藏在有形的和无形的雕像与文字之中。基于这种思考，我于2005年8月24日召开政府常务会议，研究橘子洲的开发建设问题。当时会议主要决定做好拆迁调查和拆迁安置工作，并明确提出，橘子洲的开发理念以生态、文化、环保为主题，取消餐饮和一般性娱乐设施，严禁污染物向江中排放；并切实考虑防洪保安等综合配套设施建设。同时，开始进行概念性设计招标工作。这样橘子洲设计的前期工作正式展开。

这是 2006 年 4 月 17 日，长沙市委常委会议正在举行。

这是一个极其重要的会议。这次会议将对橘子洲文化生态景区建设做出最后的决策。

会上，长沙市建设设计院、长沙市规划设计院和上海市政规划设计院的专家都详尽地汇报了关于橘子洲概念性规划方案。接着与会的各位常委都发表了自己的意见。最后市委根据大家的发言确定了方案的选择原则，提出了若干修改意见，并明确指出："要以毛泽东诗词《沁园春·长沙》为灵魂"，按照尊重自然、历史、文化和人性的要求，突出生态和文化主题，并进一步完善和提升设计方案。同时，还强调要做好伟人文化文章，在洲上设立毛泽东青年艺术雕像。要体现毛泽东青年时那种"书生意气、挥斥方遒、指点江山、激扬文字"的豪气文采。

这是一个庄严的决定。

这是长沙人民在 21 世纪初完成的一个重大文化命题。其意义和影响将会随着时间的推移而走向久远。当然，我们也不讳言，在这个决定做出并实施期间，也听到了来自不同方面的不同看法和议论。而这一切都让决策者和实施者，从更深的层次思考问题和把握橘子洲的建设方向与人文关怀。

橘子洲文化生态景区建设的核心和标志性建筑，是毛泽东青年艺术雕塑。这个创意的提出反映了大家的共同心愿和集体智慧。但同时，我们也感到责任重大、影响深远，不能有任何的疏忽与轻薄。为此，我们选派专人对国内外毛泽东纪念性雕塑的设立情况，雕塑造型形式，尺度大小、结构形式、材料使用、群众反响，都进行了全面的调查和资料收集。在此基础上，我们又先后拜访了多位国内知名雕塑艺术家。接着，指挥部组织实施了面向全国各大美术院校著名雕塑家征集毛泽东青年艺术雕塑概念方案的创作、设计工作。聘请建设部原副部长宋春华担任专家评审组组长。最后，通过对征集的七个方案进行认真评审，评委一致推荐广州美院黎明教授的创作设计方案为第一推荐方案。至今我们清楚地记得，这个第一推荐方案经黎明教授反复修改后，我们便向省委、中宣部、中央办公厅写出了《关于在长沙市橘子洲设立毛泽东青年艺术雕塑的请示》报告。省委批示后，我们带着报告到中宣传向时任中宣部长刘云山，副部长欧阳坚汇报。当时就得到了他们的首肯和高度关注。2007 年 2 月 15 日，中共中央办公厅秘书局，以中秘文发 [2007]13 号文件正式复函湖南省委办公厅"同意在长沙市橘子洲设立毛泽东青年艺术雕塑。制作时要在雕塑基座镌刻一段准确反映毛泽东同志青年时代在橘子洲活动情况的文字。"

中共中央办公厅的批复文件的到来，给了我们极大的鼓舞。全市上下、广大干部群众非常振奋。这个批复告诉我们设立毛泽东青年艺术雕塑不仅得到中央机关的认可，同时也为我们完善提升雕塑的创意、设计方案，指明了方向，提出了更好要求。这必将成为艺术家和工程技术人员的力量源泉和精神支柱。正如一位著名的监制专家所说："在这个非常地点（橘子洲），非常时代（21世纪之初），来做一件非常人物（毛泽东主席）的艺术作品，就一定要使之成为一件无愧于我们这个伟大时代的艺术精品"。

事实上，毛泽东青年艺术雕塑的成功，从雕塑艺术家到石材加工制作的工程技术人才和指挥部每一个同志，都是付出了极大的精心和努力，大家呕心沥血，殚精竭虑，朝夕守望，风雨兼程，冷暖自知。人们尽可以想象，由7226块加工的模样石块，按1:1拼装成巨型毛泽东青年艺术雕塑，其工程的精细度有多高。就头部而言共计1776块石材，每块石材约400公斤，总载重7001吨。拼装的结果，用四个字概括"天衣无缝"。这是奇迹，这是诞生在长沙市橘子洲上的雕塑奇迹。正如监制专家在监制报告中所写："土建施工，石材加工、制作、安装精确，它是一个雕塑时代的特征，为我国巨型雕塑的创作与建设、施工提供了宝贵经验。""从时代眼光来看，'毛泽东青年艺术雕塑'应该实记为中国雕塑史上一个重要的节点和亮点。随着时间的推移，它将成为一个历史时代的标志"。

2010年7月3日，我有幸参加了广州美术学院举办的"《纪念性艺术与当代》中国创作"的研讨会，在会上我不揣浅陋地作了大会发言。我的题为《思想和艺术的真诚坚守》的发言，实际上是我对纪念性艺术创作的一种深情展望与美好期待。我是想借对橘子洲毛泽东青年艺术雕塑的创作成功，表达一个市长和文化人的感激和祝愿之情。我在发言中这样说：

各位学者、艺术家们，我作为当初参与启动《青年毛泽东雕像》这一重大艺术工程的组织者之一，去年12月26日非常幸福地参加了橘子洲的青年毛泽东艺术雕像落成典礼。当我深怀敬仰之情，看到伟岸、沉静、风华凝聚、形神兼蓄的青年毛泽东雕像时，心情异常兴奋、激动。雕像创作的成功，首先要感谢广州美术学院黎明教授和他的创作团队，要感谢中国雕塑学会和顾问宋春华先生，感谢广州美院、湖南省建筑设计院、福建荣发石业有限公司，还有为之呕心沥血的龚罗生、刘季文……因之，此刻，我最想说的还是在这个艺术雕像的创作中艺术家们的思想和艺术的真诚坚守。它让我们真切感触体悟到了一个伟大雕塑的独特美学魅力与精神、自然、文化、宗教、哲学、人性，融会一致，升华创新的丰富和深邃性。

时代在呼唤思想深刻艺术纯美的旷世之作。当今社会不论是传统的、现代的，东方还是西方的，随着人类文明的进步和提升，各种艺术形式如百花盛开、异彩纷呈。其思想的光芒、智慧的丽韵、情感的清泉、美感的律动都无不融入艺术家的无限真诚和朝夕拼搏，心灵霞晖，最后展示出魅力无穷的精神之美、形态之美、情感之美、风韵之美和虚拟与写意、诗幻与自然之美。

端午节这天，夏风格外轻柔清爽。蓝天如洗，朵朵白云在从容地飘动，抑或它在思念着屈原那缕缕比碧玉更纯粹的感天动地泣鬼神的爱国忧民情愫。因此这风这白云才如此情意缠绵地亲吻着太阳的光芒。这些也许有人不懂，但我相信智者是能领悟其禅的。

粽子和艾叶及菖蒲的香味不断地从窗口溢出，酒虽然不再添加雄黄，但它的内涵和造型确实比以往变得更华贵和古典，就连杯盏也似乎更注重其雅致和文化的张扬。时代在演变，纪念节日的方式自然也会渐渐地要融入新的价值观念和审美选择。此刻，我便极其自然地来到了传说是《橘颂》的诞生之地。

一清早，我就来到了橘子洲。这不是橘子成熟的季节，自然也就没有橘子的影子和清芬。有的只是橘树满身的翡翠和摇曳在风里的多姿多情。这时，眼前阳光的妩媚，清风的温馨，游人的欢畅，还有彩蝶翔舞和柳絮翻飞的轻盈都在倾诉这片神奇无比的经典、遥远、神圣和美丽。

橘子洲，我不知道已经来过多少次，每次来的原因和理由都不同，但每次的感悟和心情却总是那样油然而生无限感慨和百般敬仰与依恋。而今天，眼前的如茵芳草、葱茏树木、诗意奇石、幽雅修篁、绕湖涟漪、陈色古阁、风华碑亭，无不激情飞扬、灵气浩然。这一切都极其自然而亲切地被岳麓山高扬的紫雾，爱晚亭流泻的泉响，岳麓书院飘出的书韵，乃至古城天心阁上的霞光，湘江波涛上的帆影簇拥成一腔豪情、一颗文魂和一轮艳阳。而现在矗立岛之东南面位置的青年毛泽东的艺术雕像仍未改，日出韶山时的风流和喷薄的神采，依然放射着耀天暖地、滋润万物的万丈霞晖。此时，我会记起 2006 年 11 月 22 日我在青年毛泽东艺术雕像送审稿上写下的话："同意此方案，感谢设计大师黎明先生的精心与智慧的结晶。"也就在此时，我的眼前又出现了 2007 年 11 月 22 日我在广州美院与艺术家们交谈的情景。我说："你们非常投入，同时也带有深厚的感情在做这个事情，所以你们付出的代价和劳动、精力、智慧都是非常充分的。我觉得今天到这个水平，我还是比较满意的，也不容易。应该说，对后一段时间的修改完善和提高，有一个非常好的基础。整体感觉，它还是一个艺术品，这个感觉是不能变的。我们要非常肯定，要充分自信，因为毛泽东是充满了自信心的，做毛泽东雕像的艺术家自己首先就要充满自信心。我相信，这个事情在未来，在中国在美术界和雕塑史上，肯定是赞誉你们。我看过埃及的金字塔，我说每一个人都是一个国王。但是，我们没有这么多的调动兵马的权力，不能造一个像埃及的金字塔，但是我们可以调动我们的智慧，来造就我们心中的艺术。毛泽东的青年雕塑就是长沙市和广州美术学院一起建造的一座属于长沙人和全国人民的金字塔。"现在我匆匆走回峥嵘岁月和历史长廊，去倾听湘乡东山学校和湖南第一师范早晨那声声清脆的钟鸣。那是怎样吞吐烟波和撕碎心灵的悲壮时日；那是如何望眼欲穿苍茫、叩问大地的沉重朝夕；那是何等断然抛弃功名、爱恋的风险选择；那是多么肝胆如焚、书剑在胸的青春年华。这个时刻，这群青年来到橘子洲。我敢料定当时的橘子洲肯定摇晃过，湘江浪肯定在急促地呼吸过，古城的石巷也肯定颤抖过。这实际上是文化号角被吹响，是精神的旗帜被高擎，是力量的惊雷在滚动，更是光明、自由在呼唤。正因为如此，100 年后的青年毛泽东又走回他曾经击水放歌的沙洲，再一次用青春的微笑和飘洒梦想长发的衷肠来慰藉乡亲的怀念。我当然知道，就是因了这楚人与故土的秉性，一股担当民族兴亡的沉浮勇气，才在汹涌的涛头铸就绝世词响。问天也罢，问地也罢，问贾傅，问范公，问苍鹰，问红枫，毛泽东没有月迷津渡，雾失楼台的惆怅，只有坦荡淋漓，视万户侯为粪土的激奋心澜。

我知道，青年毛泽东他也是一个在平常的农家出生成长的孩子，只是因为他自己在迷茫中找到了路，找到了灯火，找到了曙光。他的眼睛才变得如此智慧明亮；他的鼻子才显得高峻雅秀；他的耳朵才如城似宫；他的嘴唇才抿得温厚滋润；他的肩膀才巍峨宽阔；头发才像自己的书法遒劲飘逸。他的整个音容都像他的诗词、文章、演讲那样凝重、浪漫、奔腾、壮烈、豪迈！

是的，这个青年很普通、很潇洒、很时尚、很温情、很笃意，因此他会永远屹立在阳光、风雨、冰雪、清风中微笑、思索和遥望。是的，他的心中血脉里会永远澎湃古老中华民族灿烂文明和三湘四水与韶山乡情的浩气血液和天上黄河流成的汹涌乳汁。

人如山水，山水如人。思想、情感、意志、梦想、哲学、宗教、生理、艺术会在某个时刻、地点、环境中集结；会在某种缘分、相知、默契中涅槃；会在某次颠簸、断裂、缝合中升华。这便是天地人结合和酿制的千古绝恋和世纪轰响；这便是艺术精魂共山河生辉的真实写照；这也是水滴石穿、金石为开的现实启迪；这更是从容攀登、众山俯首的生动证明。这不是石头的雕塑，不是作秀时代的偶像，也不是神，而他是中华文化养育的潇湘之子，因之，他不完全是雕塑家黎明和他的艺术团队的奇思梦想和艺术痴情所致，而是他们从青年毛泽东的一张旧照片上看到了这个潇湘之子，大地之子，炎黄之子曾经在深刻的理性思考后绽放诗意的一笑。而这笑容收拢之后，他的前额便呈现一片丰厚宏大的思想原野，双目放射的穿越岁月的亮光照耀乌黑长发的随风泛起的波浪，神灵似的梳理着艺术家们的复杂思绪，扫荡着艺术家心中的郁结。顿时，让艺术家们领悟和辨析了这个青年学子的宽阔胸怀和壮丽展望。此刻，艺术家们这才懂得，走回橘子洲的青年毛泽东，就是要用自己的心中的气韵和头颅肩膀线条流转成装点宇宙和大地之间的美丽精神世界。然后，他要让滔滔北去的湘江，永远唤回洞庭湖和长江逝去的青春波浪。

太阳慢慢地向中天移去，江风也缓缓地穿梭在洲上的络绎不绝的人流笑语里。橘子洲此刻在悠悠回旋着美好的忆念，生活的斑斓，渴望的甜蜜和梦幻的绚丽。这些留在曲径上的细微足印，亲密低语，还有照相机镜头前的虔诚面容，都在倾诉对一个远去老乡的深情感激和问候。我看到杜甫江阁上的琉璃瓦，湘江潇湘大道上奔腾的车流和大桥的肃穆凝望，都始终不曾卸下那份积蓄了漫长岁月的凝思和眷恋。

如果要说自然之美、人伦之美、艺术之美是酿造冶铸人间天堂和美好人性的神灵，而我要说，不是神灵，而是上帝的愿景和本来的福祉在支配这个可知而未知的世界。上帝呵，你就是祖国，就是上下五千年的文明和生生息息的黎民百姓。

此刻，我的整个身心完全沉浸在当年毛润之从韶山小路携来的阳光、雨露、彩霞和沉思与呐喊的祈祷深处。我相信我们生存的世界不会是美国电影《2012》的绝望，也不会是阿凡达没有艺术生命和真挚的高技术魔幻。正如席勒所言："庸俗的头脑会以庸俗的加工作践最高的质料，相反，卓越的头脑和高尚的精神甚至善于使庸俗变得高尚，而且是通过把庸俗与某种精神的东西联系起来和在庸俗中发现卓越方面来实现的。"何况事物本身就是高尚无比的呢？当然这就要求卓越的艺术家必须始终不放弃自己对艺术创造的思想和美学的真诚坚守。到橘子洲来吧！来品读一下湖湘文化和现代文化之积淀相融而锻造的天地之道，平民之心，江河之胆，自然之灵，文化之根吧！

是的，这就是艺术魅力所能给人的深刻、高远、美感与精神享受。而要真正创作一个无愧于时代的作品，不是一件容易的事。是需要创作者具有不一般的胸怀眼光和艺术坚守。正如歌德所言"在艺术与诗里，人格确是一切"。而我还以为在艺术与诗里，人对自然山水，花草树木，乃至虫鱼蝶鸟的感悟，都依然是心中不可远离的精灵与天地造化。就是因了长沙这片锦山秀水，让我这个土地之子，在长沙的十几年操持中，始终心有千千结的山、水、田、园、湖塘、土屋留给我生命的依恋和跋涉的乡愁、前行的勇力。我在给宋祖英写的《湘江》一歌中这样表达我的心之所向。

> 我走近你绿色的怀抱
> 心里洒满灿烂春光
> 我抱着你波浪的臂膀
> 眼前巨轮乘风远航
> 橘子洲头潮涌激扬文字
> 岳麓红叶铸就血火篇章
> 爱晚亭月映历史华彩
> 天阁楼台升腾一轮朝阳
> 湘江英雄的江
> 你载着梦想奔向远方

就是这些一幅一幅的美丽画卷在歌声中展现出来。这片蓝天白云映衬，湘江白帆点点，江边风光绮丽，江岸高楼如林的景色给耸立江东岸南段的杜甫江阁平添了几分诗意。江阁虽然是新建之物，但它具有的历史遗韵和文化象征是不言而喻的。当人们走进江阁浏览阁里展出的古今长沙文人的书画作品，凭栏远眺江心的橘子洲和西岸的岳麓山，你自然会生发一种海阔天空鱼跃鸟飞的豪情，仿佛自己正变成一叶轻舟或一只飞雁，正要满怀激情去踏浪穿云感受一番"书生意气，挥斥方遒"的人文情致。也因之，那年我陪全国政协副主席孙家正登斯楼时，便随吟对联一副，至今仍刻在心中：

三湘景色来江岸放歌橘洲豪情涌，四水忧欢入杜阁留韵岳麓彩霞飞。

江城新韵

　　美，诞生在大自然的怀抱，成熟在创造者的汗水和智慧里。要让生活在这座滨江城市的人，知道什么是真正的幸福，知道在人类文明的发展升华中怎样放飞自己的梦想，这是城市管理者的责任和义不容辞的担当。

　　我清楚地记得，在担任长沙市长期间，因为工作和出席有关国际城市会议的原因，我去过许多城市，这其中也包括美国的纽约、华盛顿、旧金山，法国的巴黎，英国的伦敦，俄罗斯的莫斯科、圣彼得堡，德国的柏林·波恩，日本的东京；还有很多极富特色的城市，如日内瓦、阿姆斯特丹、维也纳、悉尼，还有许多美丽而神奇的河流，如莱茵河、塞纳河、多瑙河、泰晤士河。至于古城堡、教堂、古战场乃至金字塔之类的古建筑，总是让我流连忘返，甚至在劳累不堪的旅途还用诗歌去描绘它们的形态、精神和美感。如我对阿姆斯特丹的印象，便是这样的。

> 水之城，浪之路，船之车，帆之家。
> 楼房依水而立，街道沿水而建。
> 人群驾水而流，好一个水的壮阔世界。
> 是一个奇异的水之国，
> 是一个缤纷的水之港。
> 笑声、歌声，说话声都是如此湿润，
> 每个语言的言符都是流着水的柔情。
> 我望着绿水哺音的城市，
> 想起了香飘天下的郁金香。

　　这种城市景观与文化情愫，排开别的不说，就规划而言，就充满了水的理趣和水的内蕴与水的生活形式，水的浪漫情调，水的生态环境和水的天然恩惠。

这也让我想到长沙在发展建设中，什么最重要？

我以为还是规划。规划是城市生存发展的龙头，是城市发展的蓝本，是寄寓弘扬城市文化的有形载体与空间沃土。

2007年10月的一天，时任省委书记张春贤把我叫到他的办公室，他问我："你当市长最深的体会是什么？"我不假思索便回答："要着力抓城市的规划。"接着我讲了对于一个城市，对于一个市长，抓城市规划应当是最重要也是最首要的工作。如果不重视规划不抓规划，这座城市往哪儿发展？怎样发展？建设发展成什么样的城市。这可是百年大计，千年大计呵！

20世纪80年代后期我在浏阳县任县长的实践，就已经感觉到规划对于城市发展的极端重要性。一些城市，莫说是特大、大中城市，就是小县城或乡镇，如果没有一个总体规划，想怎样搞就怎样搞，一个师公一座符，不是一张蓝图管到底。一定会是盲目扩张、无序发展。不仅资源浪费、生态遭到破坏、历史文化遗存被毁弃，现代文明也无法立定，产业发展没有合理空间，公共服务设施无法配套，社会事业发展、环境保护、人文关怀和道德风尚都被无规划的城市冲击、扩张、消融、膨胀，弄得支离破碎、失调失衡，停滞不前，而病态化、软骨化，最终失去城市应有的优势、功能、舒适度、文化品位与美感质量。对此，我们组织有关方面的同志展开研究，召开了各种类型的论证会，同时，修编了城市发展具体规划和制定出县城、区域规划，实施了历史区街保护，背街小巷改造的工程。明确挂牌对11条历史区街进行修缮保护。尤其是对太平历史文化街、政府投资按照修旧如旧的原则进行了全面整修。现在展现在人们眼前的太平历史文化街，洋溢着古风情韵，生发着文化气息，飘散着书香墨味。还有坡子街化龙池、营盘街、戏剧巷都各呈其姿，原汁原貌地展现其历史风致和现实文明光彩。

在这里，我要特别提到坐落在太平历史文化街的贾谊故居。故居始建于明宪宗年间。长沙太守钱澍寻贾谊古井，募款修建贾太傅祠。祠内有一口古井，相传是贾谊所凿。院内还有一株大柑树，亦传为贾谊所植。经过精心修缮，依旧古朴清幽，庭廊文气氤氲。历经千载不老的贾谊井，仍可见井水清澈，照临江月。现在每天都有从远道而来的宾客造访，在这座古老的庭院徘徊。凡是对历史有所了解阅读者，都知道西汉的贾谊非等闲之辈，他是以才华出众而极受文帝信任的。后因受人谗毁，被谪长沙，任长沙王太傅。贾谊的许多重要著作，如吊屈原赋、鹏鸟赋、铸钱、铜币等篇

湘江赋

都是在贾谊故宅写成的。细读贾谊的文章，我们可以直接感触他"通达国体"的政治敏感与"怀王自坠马，贾傅至死悲"的忠君情怀，更感其"乃知汨罗根，未抵长沙深"的历史沉重心绪。我虽读过贾谊的《新书》，但自知难已尽悟其义。亦如曾国藩所论"古今奏议，推贾长沙、陆宣公、苏文忠三人为超前绝后。"由之我们可以这样说，贾谊故居之犹在生辉，应是长沙历史文化之耀眼灯火。我曾在 1999 年 9 月 29 日写了一篇《重修贾谊故居记》，现抄录如下，以为纪念。

公元一九九九年九月二十九日，长沙市人民政府重修贾谊故居盛典落成，承前例，撰文记其事。

岁月之河，长流不息。世纪之交，政明国泰。贾居重修，古城增色。人心向之，其情滔滔。崇仰系之，其意淳淳。窗含星月，瑞气氤氲，树影碑光，物华文锦；门泊江涛，雁飞帆驰，天高水远，雄风丽韵。千古俊杰，江城卧怨，折翅难飞，以本于民，忧民之忧，乐民之乐，心系苍生，江河之怀，鸿文之炬，璀璨神州，才情奇气，凝成绝响，轰鸣天穹，其泽流远。惊世宏论，之于中华，生息振兴；之于当代，政兴民安；之于政者，德行修养，如晓日破雾，明霞万里。而今中华，复兴若海。欣览故居，一石一砖，一草一木，无限生机，雨露后世。可曰：贾居月明，辉映芙蓉春色，神州画卷；谊井水秀，波吟长岛浩歌，华夏诗篇。于此可见，重修适时，天地赐惠。诚愿吾辈，善读其书，深悟其道。心中常有百姓，不须枉问鬼神。全身心、全旅程、全血性为民众计。是谓：风催雨打，尽职尽责，艰险不惧；地动山移，为民为国，生死由之。如此，贾居如岳麓峰青，可孕人间锦绣；湘江浪阔，能壮天地正气。

是为记。

文化兴，则经济兴，社会兴。而长沙就是一个城名、城址历经数千年不变的历史古城。她不仅是湘湖文化的发源地，也是中国传统文化生长发育之地。千年学府岳麓书院文化在湘水荡漾中生生不息、弦歌不绝，流淌成今天丰富多彩的长沙城市文化。深含文化元素的湘绣、浏阳花炮、菊花石、长沙花鼓以其浓郁的地方特色，巧夺天工、情景并茂、梦幻神奇地展现在新时代的文艺大舞台。更令人注目的长沙"歌厅文化现象"，以其内容丰富、门类齐全，不断创新出新的艺术形态驰名全国，无不显现着长沙历史文化名城日新月异的繁荣景象。鲁迅说过："有个性才是最美的"。"有地方色彩的倒是容易成为世界的，为别国所注意。我在长沙市的任职期间，对城市文化建设和发展的思考也正是基于这样一种认识，即用源远的历史文化积淀来支撑人文环境，用先进文化来引领方向，提振精神，用现代文化来滋养心灵、丰富生活。不仅创造一种有特色，有个性，亲切宜人的城市风情，而且要用文化来释放旅游资源的巨大艺术魅力和经济效益。有鉴于此，我们提出了做好历史文化名城这篇大文章的基本思路和实施措施。这就是：大力保护城市历史人文环境；提升现代景观的历史文化品位；坚守自然生态与文化的有机融合；培养精通熟谙本土历史文化的文化新人；弘扬历史文化精粹，发展现代文化推进文化交流。我在 2005 年 8 月 3 日《光明日报》上发表的《文化是照耀城市发展的光芒》就表达了自己对城市文化的认识和实践体验。我在文章中有这样一些观点，我想在这里摘录几段。

　　恩格斯在论述欧洲文艺复兴时指出："没有 16 世纪文艺复兴的闪电，就没有欧洲城市工业革命的火花，也就没有欧洲城市经济的复兴。"文化是城市经济全面振兴的内在驱动。长沙是湖湘文化的策源地，文化是长沙的第一优势。湖湘文化纵横流长，开放兼容，在发展中不断汲取创新的活力，犹如湘江是众多水流的汇合，涌起壮阔的波澜，推拥着湖湘文化一个又一个高潮的出现，也促成了其特性的形成。从历史上看，春秋时期，以郢（今湖北江陵县西北）为国都的楚国国力迅速强盛，并开始致力于经营南方，于春秋晚期逐渐抵达今湖南地区。气魄宏大、化合北方华夏文化与南方蛮夷文化而成的楚文化与这里原有的越文化相互融合，湖湘地区成为楚文化的一个重要区域。长沙作为楚文化在湖南的中心地区，文化中既有中原文化的慷慨大气、忧国爱民，又兼具南方文化的开放兼容、务实创新，长沙人既具有典型的南方人的灵性和理想精神，又有北方人的坚韧强毅和浓重的爱国主义情怀，呈现出繁荣的文化景象和人才辈出的文化态势。特有的地域文化不仅催生和孕育了传承久远、影响深远的一代代长沙人，谱写了尧舜古风，屈贾情怀，朱张文气，毛蔡风流，更形成了长沙地域文化中"开拓创新""和而不同""经世致用""重商重农"等文化典型与特点。正是这种特有的文化气质和文化精神，为推进长沙的经济社会发展提供了不竭动力。

湖湘文化是开拓创新的文化，求新求变的交易精神贯穿始终。远溯至屈子，他是因为坚决主张变法修度、改变内政而受谗谪居湘北。近代主张"师夷长技以制夷"的"开眼看世界的第一人"魏源，洋务运动的曾国藩、左宗棠，都曾与这座长沙古城的风云际会般的变革创新息息相关。岳麓山下千年书院所倡导的"实事求是""经世致用"的价值取向主张把书斋里的学问与社会实践结合起来，以其所学服务于社会，关注国计民生为旨归，蕴含了重科技创新、学以致用、负重奋进的本质特征，充分折射了长沙人敢于创新、善于创新、务实求真的人文性格。

长沙自古就是各种思想文化交汇碰撞之地，湖湘文化与岭南文化、荆楚文化、巴蜀文化、闽文化、滇黔文化、桂文化、赣文化等周边文化纵横交融，在漫长的历史交往和演变中相互影响，相互融合。"和而不同"是其生生不息的活力之源。湖湘文化兴起之初便表现出兼收并蓄的特点。湖湘学派的创始人胡安国、胡宏是闽人，湖湘人奉尊其他省份的人士为湘学创始人，其开放的胸怀可见一斑。近代思想启蒙家王夫之采百家之说，集千古之智，是湘学也是中国古代哲学的集大成者。长沙文化不断吸收其他文化的特点以涵养和丰富自己，在与临海开放、善贾重商的岭南文化、吴越文化、闽文化的交融过程中，吸收了儒商文化开放竞争的精神内核，为扩大开放、区域间加强合作与交流构筑平台，为我们今天从观念、机制、市场、制度创新等方面更快地融入泛珠三角、长三角的区域合作提供了坚实厚重的思想文化底蕴、激越澎湃的开拓创造活力。

长沙在不断传承与创新，提升文化品位的过程中赋予了文化新的姿容与新的含义，文化成了长沙城市的第一品牌。

在城市建设中注重历史和现代的对话。深厚的历史文化积淀是创造个性化、艺术化城市不可替代的宝贵资源，历史文化景观是城市个性构成的主要要素。正如美国城市建筑学家刘易斯·芒福德所说："城市是文化的容器"，欧洲的名城都保留着浓浓的历史感，特别是雅典、巴黎、罗马等城市，无一不是在建设现代化大都市的过程中保存了自身的历史文化个性，并以此提升城市的吸引力和竞争力。近年来，长沙的城市建设日新月异，拓展城区 70 平方千米，完成城市基础设施建设投资 400 亿元，新增城市道路 215 千米。在日新月异的城市改扩进程中，如何正确处理历史文化资源的保护和城市开发建设的矛盾，是我们始终注重和着力最多的一项工作。长沙这座历史文化名城，遗存了大量原汁原味的文化景观，它们是城市形象的有形诗篇、凝固的音乐、色彩浓重的画卷，同时又是文化创新的基石。保护这些历史文化遗产不仅是传承文明的一种具体方式，也是打造历史文化名城的必然要求。为了弘扬湖湘文化精髓，在扬弃历史文化的基础上提升城市文化和城市品位，我们颁发了《长沙历史文化名城保护条例》，启动了 91 处著名历史文化遗产标志工程，恢复和重修了岳麓书院、贾谊故居等 47 个文化遗址和人文自然景观，加大对 11 条历史名街和 24 处传统民宅的修缮和保护力度，将源远流长的湖湘文化，融入时间的积淀与空间开放的变革之中，显现智慧与文明的继承与创新姿态，创造着异常灿烂的民俗与人文的景观，实现历史文化与现代文化的对话，被专家喻为"历史名城和现代新城完美结合的典范"。

在城市发展中讲究兼容与弘扬的融合。用本土优秀文化的基因融入城际、区际文化，在吸纳外来文化的基础上弘扬本土文化，是城市文化生命活力的泉流。湖湘文化中本身蕴藏着的博采众家的开放精神。举世瞩目的世界"釉下多彩陶瓷"的起源——长沙铜官窑不仅是中国陶瓷艺术的瑰宝，是中华文化的海外传播者，更是阿拉伯文化、伊斯兰艺术的传承者，显现了湖湘文化兼容并蓄、海纳百川的特点。早在唐代，长沙铜官窑就通过水运，开辟了一条通往南亚到北非的"海上丝绸之路"，出口 29 个国家和地区，是对外文化交流史上的一大壮举。通过铜官窑的外销和交流，长沙不仅扩大了自身文化的影响，还引进阿拉伯文化、伊斯兰艺术等，融合到陶瓷的彩绘中，赋予了釉下彩绘艺术无穷魅力。长沙铜官窑文化充分反映了长沙文化在保持个性的基础上，善于吸纳，巧于融合，适时顺变，具有与不同文化来源相互交流融合的特性。这正是长沙文化经历了千年风霜仍然保持着青春的活力的重要原因。这一精神为我们今天的对外开放发展外向型经济赋予了文化朝气。近年来，长沙先后与 13 个国外城市结为友好城市，与近 150 个国家和地区结成了贸易伙伴。2000 多家外商投资企业相继落户长沙，世界 500 强企业中已有 52 家来长沙投资或设立办事机构，长沙还成功地举办过"国际友好经贸合作洽谈会""世界旅游小姐年度皇后大赛"等活动，外来文化力等生产要素的注入为长沙经济发展提供了强劲的支持。

在营造城市环境中谋求传统与时代的对接。现代化建设离开了地方传统文化的奠基，就缺乏丰沃的土壤。用优秀传统文化的基因，融入现代和后现代文化，在延续传统文化的基础上彰显时代文化是城市建设发展的方向。极目长沙，岳麓山巍峨西峙，浏阳河逶迤东来，湘江水穿城而过，橘子洲静卧江心，是一幅集山、水、洲、城于一体的独特的秀美风景画，传统文化中的湘情湘味特别浓。因此，长沙在城市建设中要注重充分发挥传统文化的优势，打造特色城市。在建设构想上，既要接受国际上的先进构想，又要注意保留城市独特的地方文化特征。近年来，我们在充分挖掘文化内涵、加强科学规划以及资源整合的基础上，突出抓十里长岛橘子洲、湘江两岸风光带以及新河三角洲的滨江音乐厅、长沙博物馆、图书馆等"精品"建设，并在建设中注重传统与现代的融合，使人造景致、自然地理风光与历史文化底色浑然一体，使湘江两岸凝集城市的精华，沉淀城市的文化，弘扬城市精神，达到天人合一、人与自然和谐相处的高雅境界，充分展示历史文化名城的形象和风貌，使之成为长沙文化生态型城市的名片。

最有特性的文化，是最具影响力的文化。长沙在追求文化的经济化、生活化和生活的文化化和城市化进程中，始终保持着的鲜明特色和自身个性，是城市产生无穷美感和灵魂内蕴之所在。

长沙的城市文化在漫长的岁月里虽然历经了一次次的冲撞与交融，却始终保持着鲜明的特色和个性，其重要原因在于有独特的人文文化作为城市灵魂的内蕴。这是一种文化体系走向成熟的标志。人文文化与地理环境息息相关。长沙地处祖国腹部，襟湖带江，倚山临水，独特的地域特征赋予了长沙人文精神中既有山的凝重，又有水的灵动，再加之湖南人喜食辣椒，性格中有一股不屈不挠、坚忍不拔、勇往直前的"辣"劲和"刚"劲，促成了长沙人"淳朴重义""勇敢尚武""经世致用""自强不息"等性格特点。淳朴，即敦厚雄浑、未加修饰、不受拘束的生猛活脱之性。重义，即强烈的正义感和向群性。勇敢尚武，即临难不惧、迎难而上的精神，古人誉之为"无湘不成军"。二者融贯，构成了长沙地域文化独特的强力特色，具有鲜明的英雄主义色彩。经世致用的重视实践的务实精神，自强不息的奋斗精神与英雄主义相结合，就成为"心忧天下、敢为人先"的长沙城市精神，为长沙的发展与繁荣提供了强大的精神动力。与长沙城市人文性格中"辣"和"刚"相结应的，是"湘女多情"。长沙因湘水的清澄、柔美，也赋予了城市个性中秀美与清丽。一刚一柔，形成了长沙鲜明的人文个性。

长沙，这座古老而年轻的区域性文化中心城市，在城市文化发展繁荣的百花园中，始终奔涌着梦想的激情，正在先进文化的璀璨光芒照耀下，继续谱写创造美好未来的雄浑、高昂、壮美的时代乐章。

长沙因文化深厚，它是一座放射有文化光芒的古城；长沙因充满活力，它是一座踏上时代快车，正加速前行的新城；长沙因开放创新，它正在历史与时代的演进交相辉映中书写新的壮美诗篇。

2012年11月，一支由《人民日报》文艺部组织的作家采风团来到长沙。我作为已经离任长沙市长整整5年的长沙人应邀一同采访。这对于我来说，是一件特别让我兴奋的事。现在我完全以一个旁观者的身份来看长沙了。我在看长沙发展变化的同时，也会看到自己的某些影子。那些我曾经想做，而没有做好，甚至根本就不能做的事，现在都实实在在、真真切切地展现在我的眼前，我又该怀着一种怎样的心情去面对和思考呵！我应当坦然面对，客观真实公正地去评说。于是，我挑灯夜耕，完成了自己的作业《湘江北去》，并在2012年12月29日《人民日报》副刊发表。我在文中描绘和感知的都是我心底发出的声音，都是我的期待和祝福。

这个秋日的早晨，让我很难忘记。

这是我近些年来看到的最美丽的湘江早晨。大约凌晨6点的时候，我就独自朝岳麓山的峰巅攀登。此刻的山林空气异常清新，山路上弥漫着一层薄薄的雾，它朦胧着山岭树木花草。雾气里散发的丹桂清香，在诱惑我张开大嘴，把这片清爽和温馨的香气吞进腹中。这时，曙色初露，如梦如缕，缠绕着山巅的阁楼和森林中的一切动静，包括鸟翅的轻轻扇动。

我伸开双臂，在山巅的观景台上，拥抱了氤氲漫山的湿润而恬静飘逸的气息后，天空的朝日，便撩开雾的面纱，将如金色瀑布似的光芒倾泻到眼前的苍翠山巅，林中幽径；铺展到闪着波光，滔滔北去的湘江和湘江两岸高耸的楼群。

天蓝得透明，蓝得晶莹，蓝得妩媚。江面上的轮船，大桥上的车流、江岸的树木，都极其清晰和异常生动地呈现在我的眼前。

我顿时激动万分，我的心跳得欢乐，我的眼角有热泪滚动。

十多年前，也是这样的秋天的早晨，我也来爬岳麓山，可身边匆匆而过的汽车喷射着浓浓的尾气，还拉响刺耳的喇叭。站在混浊的空气里，阳光里晃荡着阴霾。凝望江岸耸立的楼群，在高高烟囱冒出的黑烟里，隐约隐现。那时的湘江就显得很老，很瘦、很黯淡。已经到了枯水季节，江边早已露出了它的百孔千疮和褐色的憔悴面容。而这种景况，曾让人心生发生活痛苦，而失去美好记忆。时任市长的我，就这样站在江岸上望着，我的心在流血。

那是 2006 年的夏天，我在日内瓦国际城市市长论坛的演讲中说："每一个人都有自己心中最美的城市。对于城市美感与魅力，感知与体验，正是我们对自己生存状态，自身存在以及生命价值的审视和体验。我相信，只要我们在城市的发展、管理和建设的过程中，更多地尊重自然，尊重文化，尊重科学，尊重人性，尊重环境，我们就一定能用自己的智慧和双手，雕塑出更美好的城市。"我从内心发出这番感慨时，自己也正沉浸在日内瓦这座美丽城市的山光水色和干净、有序、生气盎然的良好生态环境中。当时我就想，我的城市，我心中的湘江，什么时候也会回归到这样的面貌？是的，湘人是有风骨的担当之人，也一定会在较短的时间里，雕塑出自己城市的崭新形象和生存空间。这些年来，长沙人就在以澎湃的激情和行动在实践科学发展观，用自己的智慧和双手，描画现代城市文明的新蓝图。我还清楚地记得，当时仅仅用了不到一年的时间，长沙城内外的烟囱就全部被拆除，接着大规模进行滨江两岸的棚户区改造。市内 360 多条大街小巷整理一新。尤其让人振奋的是，2007 年 12 月，国家批准长株潭城市群为"全国资源节约型和环境友好型社会建设综合配套改革实验区"。这一重大决策，犹如浩荡春风，给湖南的绿色崛起，注入了强劲的"国家动力"。就这样，长株潭城市群开创新的一轮"两型社会"发展空间的序幕正式拉开。人们多年盼望的三市"融城效应"迅速凸现出来。从此，湘江流域的重金属污染治理，长株潭城际铁路建设，京广高铁，长株潭绿色生态核心区，湘江风光生态景观带、梅溪湖国际新城和湘江长沙航电综合枢纽工程建设项目，相继启动和全力推进。有数据显示，仅湘钢集团通过技术改造，每年减少使用煤炭43.5万吨，脱硫6000吨，回收固体废弃物280万吨。现在先进装备制造、新材料、生物、新能源、电子信息、文化创意和节能环保等七大战略性新兴产业，在实现发展转型的进程中，开辟了"两型"的试验巨大空间。从2007年至2011年，三市的国民生产总值就从3462亿元增长到8320亿元，占全省经济总量比重由37.0%上升到42.4%。尤其是两型社会的建设投资和绿色消费更加明显，科技进步对经济增长的贡献率已达51.5%。创新能力排全国第五位。新能源汽车、节能家电、文化旅游成为消费热点。长沙实现空气质量优良率、河流断面三类水率、污水和垃圾无害化处理率达"三个100%"。原来全国十大污染城市之一的株洲也迅速蝶变为绿色生态宜居城市。从此以天蓝、气清，绿油油、水灵灵的新面貌，告别了曾经黑乎乎、灰蒙蒙，常年向湘江直接排泄气味刺鼻污水的悲惨历史。

我沐浴温和的秋天阳光，欣喜地登上蔡家洲航电枢纽的雄伟大坝，放眼耸立在波涛之中的雄伟船闸，凝望正在蓄水的湘江辽阔水面，即将出现的湘江平湖的碧绿壮阔雄姿，想起人民群众曾经的热切期待，从此长株潭地区将告别枯水的困扰，千吨级乃至两千吨级的轮船，一年四季可以通航的美好现实已经到来。再看看现在的湘江两岸已经筑起的固若金汤的防洪大道，堤上绿树成荫，堤坡花繁草茂。我心中的那份感慨与感激是无法言表的。当初我流泪的眼睛，今天却又一次流泪，这次是欣慰和感动的热泪啊！

当我驱车穿过洋湖湿地生态公园，我的心又开始骚动，我已经完全离开了往日的喧嚣和尘埃世界。望着眼前这些摇曳的青草野花，蹿飞的水鸟，闻着散发着湿润与泥土香的空气，就像置身在一个遥远而亲切的故乡梦中。继而我又走进岳麓山下的梅溪湖国际新城。这是一幅打开的诗意画卷。面积达三千多亩的梅溪湖，在秋风吹拂下，荡起轻轻的涟漪，四周的楼阁、绿树倒映水中。一座座弯如新月的桥梁跨越湖畔，接送着一群群的游人和一串串的歌声笑语。几天前，在梅溪湖中央绿轴室外剧院举行的"梅溪湖国际文化艺术周"的交响音乐会的精彩场面重新出现在我的眼前。享誉国际盛名的杰出索菲亚爱乐乐团首席指挥马丁·潘德列夫指挥的德国柏林交响乐队演奏的贝多芬第三交响曲《英雄》和中国歌曲《茉莉花》的优美旋律，仿佛又在梅溪湖的绿色空间波动飞旋，让我又一次陶醉在美丽绿色、柔美圣洁的诗意月光和水色情景交融的梦幻音乐世界。这时刻，我很自然地想到美国海洋生物学家、生态学创始人雷切尔·卡逊女士在《寂静的春天》给我们的提醒，由于工业发展带来很多的地方春天不见鸟鸣的可悲境况。由此也常常引发我对城市发展过程中，如何节约资源和保护生态环境的深沉思考。然而，眼前的现实在回答我们，只要我们在城市建设和经济发展的过程中，始终重视和实施节约、保护、珍惜资源，治理环境污染和控制破坏、发展保护生态的具体措施，我们就会真正做到人与自然水乳交融，人的精神追求和审美渴望，社会的文明程度就会达到理想的高度。就会给自己创造出生态、甜美、纯洁的世外桃源而领略真正的幸福舒适和清新华丽。忘却尘世的纷繁、虚荣、浮躁、抱怨、消沉，让内心充满美好的向往，而真正诗意地栖居。美丽中国之梦就会变成生活的现实，朝我们大步走来。是的！每当我乘车经过新修的宽广平坦的城市林荫大道，望着高耸入云的楼群，沿着秀丽而洋溢着深厚文化底蕴和人文关怀气息的滨江风光带散步，徜徉在一片又一片绿意葱茏的草地和广场；流连在展示着现代化高端魅力的高新技术产业园；望着夜幕下闪耀着梦幻般神秘和星河般灿烂的亮化景观，仿佛置身于一个充满眷恋、美感、流动温馨的梦里。我知道就在这个梦里，人们在做"前无古人"的伟大事业，在用科学发展的雨露播种"两型"理念，让它也在孩子们的心灵上发芽开花。让"两型"的绿色、生态，发展循环经济的生产、生活新方式变成人们精神和物质生活的新潮流。

现在，我的灵魂又游走到了湘江之滨的靖港古镇和乔口渔都。这是一片别有洞天、景致淡雅而鲜活，极富文化韵味的新美世界。这里有层楼树影、古阁回廊、临水街窗、依岸栏杆。阳光和清风在和柳影絮语；历史记忆和现代风情在亲切握手。大自然的灵慧、古典的凝重、街巷的深幽、塔楼的弛张，都同时生发着历史的气息与当代生活的风采，还有游人的梦幻与审美慰藉。我走进用石板铺就的街道，眼光在触摸古老店铺柜台的凝亮光泽，门楼灯笼的童年记忆。看到小木船正从拱桥下穿过，我更体验着这个古镇和渔都的人们用微笑与轻松在打开江岸生活的空间，让彼此愉快地走出自己的住宅、庭院与近邻闲谈，在江边散步，让湿润的空气滋养自己，丰富的文化抚慰自己；让路过古镇和渔都的好奇宾朋，能尽情欣赏这美好的古镇风光。如果要我用最简约的语言表达自己的感受，我就要说，靖港古镇，就是用一个"古"字，在点染装饰了一批明清时期的古建筑群，把我们的灵魂牵进芦苇荡里白鹤亮翅的仙境中，去咀嚼欸乃声中的渔歌丽韵；而乔口渔都，则用一个"水"字，为纽带串起了极富灵韵的渔乡水景、水产、水乐，让我们的双脚，被水的清波紧紧缠住，寸步不愿离开，只想多品味一回莲藕和渔姑的清纯与柔姿；而隔江相望的铜官瓷城，则用一个"陶"字，在显现"千年陶城"的古典风华，让人遥望红焰岁月的繁华景象，并将珍贵的遥想，直接抵达海上的陶瓷之路，重温"黑石号"上，打捞的五万多件长沙窑瓷器的神秘之谜。此刻，忆想起1200多年前远销西亚，写在瓷瓶上的"柳色何曾见，人心尽不同，但看桃李树，花发自然红"的诗句，就可以尽情想象，当时湘江铜官江畔的明媚春色，瓷镇盛况；当时的人文情致、开放胸襟。真的，于此一斑，就让我们看到了湘江在漫长的历史长河沉淀、流淌的湖湘文化神韵与人文精神波光。在这里，我不能不提到，在时下，湘江新河三角洲创新立体用地，实施人车分流，节约用地的新模式，在全国引起的强烈反响。再过几年，到这座新城建成时，你若来到这里，在地面上你会看不到汽车，只有来去匆匆的行人，而汽车尾气和噪音全部随着在地底奔跑的车流而悄然消失。这种中国目前唯一的城市建设模式，完全体现了绿色生产、绿色生活、绿色消费、绿色发展、资源节约、环境友好的新理念。仅以用地而言，节地率达40%，这个经验得到国土资源部的肯定并在全国推广。眼前正在冉冉崛起的新城高楼大厦，和江边的标志性文化建筑，博物馆、图书馆、音乐厅，显得雄姿挺拔，线条清晰。头上的蓝天白云和地上建设者，精心保护、栽种的树木、花草、绿地，一道放射着一片明亮和碧翠的鲜艳色彩。

真的，已经发生的这一切，确实让居住生息工作在这里的人们始料未及。这是历史的一个瞬间，就创造了生活长河的一个精彩乐章。去年10月3日，我去了广西的兴安，是专程去寻访了湘江的源头灵渠。站在灵渠边上，看到依然碧绿晶莹如玉的渠水，我心中便有蓝色的海洋梦在徘徊，便有古老的秦月在闪耀，便有史禄披着绣有牡丹的长袍在开渠工地飘拂的影子。我情不自禁地在心中发出了"远古、原始、荒凉、苍茫缥缈成最初的波澜岁月，最初的文字、最初的竹简，总在书写最初的开拓和最初的繁荣"的深沉感叹。然而历史演进到 21 世纪的最初岁月，时光给我们送来了一个亲切、宜居、快乐的新世界，打扮了这条又美又宽阔又年轻的湘江。这是让我们的思想、理想和情感从低向高飞的崭新天地。它是让自然的精灵、哲学的思维、宇宙的神秘，乃至人们的想象都自由放飞的人间天堂。在这里不会再有禁锢生命和心灵飞翔的藩篱，而是更壮丽而美妙的憧憬在向我们招手。

此刻，夕阳从岳麓山巅收拢它最后一抹霞光，月亮已钻出云层，朝大地撒下温柔如水的光辉。我动情地站在杜甫江阁，朝轻笼着溶溶银色的橘子州凝望，我在倾听月下湘江的轻声夜语，在企盼周末灿烂的焰火出现。这时，优美的音乐果真响起了，那如江雾般缥缈，似波浪般激扬的旋律，仿佛是从江涛里升起来的，给人一种润泽心扉，撩拨思绪的感觉。那随之在天空升腾的七彩焰火，绽放的奇异幻景，更像一群仙女，在蓝天上恣意翔舞，播散缤纷和辉煌。霎时，就把江心的橘子洲，装点得光彩绚丽，美不胜收。这也是湘江夜最美妙的时刻，也是会让世人叹为观止，展示湘人梦幻和创新锦绣的最壮丽时刻。这时刻，我们会看到耸立在橘子洲头的毛泽东青年艺术雕像，显得格外清晰和光芒四射。是啊！在上个世纪之初，青年毛泽东就是站在橘子洲头，激情满怀地沉吟着"看万山红遍，层林尽染，漫江碧透，百舸争流，鹰击长空，鱼翔浅底，万类霜天竞自由"的诗意秋色。而今天长株潭"两型社会"建设的浪涛，真正澎湃出了一幅活生生的，绚烂多彩的立体秋之画卷。这是雕刻在人们心上的崭新现实生活图景。然而，我知道，这只是一个起点，更加瑰丽的乐章和灿烂美景还在后头。

赞美湘江，我们用生活的创造和甜蜜。

湘江北去，永远滋润我们心中的梦想和期待。

乡野履痕

土地是哺育万物之载体。土地之画卷，可以描绘生活的憧憬和向往；土地是乡愁，可以让你品尝生活的酸甜，思考昨天，今天和未来；土地是教科书，让我们懂得天道地道人道之真谛。

2007 年 5 月 11 日对于我是一个黑色的日子。

这天晚餐，我是带着感恩之心参加的。

在这年的 2 月 28 日，我妻子不幸遭遇车祸，当时处在昏迷中的妻子，是我送她走进手术室的。湘雅三医院和 163 军医院的医生护士精心为她治疗和护理。其间我赴京参加全国人代会，接着又要下企业，农村调查，还要处理政务，几乎没有时间照料妻子，只能在晚上下班后去医院守护她。两个月后，饱经创伤磨难的妻子终于能行走出院了。这天正是 5 月 11 日。我好高兴，特地请来为妻子治疗护理辛苦的医生、护士吃饭，以表达感激之情。席间，我说得最真切和实在的就是对大家的感激之话。而为了表示真意，我也喝了少许的酒。回到家里，我急忙打水洗澡，还忙着清理准备次日出国的行李。许是过度劳累，刚洗完澡，我便感到背上十分胀痛，接着又反射到胸口上。这种疼痛我从未有过，而且逐渐发展到不能自控的剧烈绞痛。这时，我心里突然有一种预兆，我便大声对妻子说："这是心绞痛，快请 163 医院的院长带心电图机来。"

后来，我在长篇小说《此情如水》记述自己这段生死感受时这样说："在茫茫的夜色中，救护车在急剧地颠簸前行。他只知道前面的路灯一盏一盏地在酷热酷热的夜风中渐渐熄灭了。他闭上眼睛预感到生命的里程就要结束。这时，他的心情反而在极度难忍的心绞痛中平静了下来：一切都快结束，一切都别去想它……过了很久，他仿佛突然感到心胸舒坦起来，原来他迷茫地从另一个世界又走回来了。眼前的灯火又亮了，雪亮般的灿烂。他微笑着对自己说'是上帝不要我。'"

我走回来了。我该感谢为我做手术的李传昶教授，该感谢为我精心治

2007年12月在黄永玉家闲谈合影

疗的孙明、张赛丹医生和李护士长、唐娟、赵丽等护士，特别让我感动的是不少的市民、区街干部、工人、教师来看我，时任省委书记张春贤、省长周强还亲临医院听取治疗情况汇报，并指示"尽一切努力全力治疗"。其间许多省级、厅局领导、老同志、我的同事都来看我，鼓励我的还有从北京甚至海外赶来的新闻界、文艺界朋友和我的学生……这一切都凝结着深深的情谊和真诚的祝愿。我虽渺小、平凡，德才平平，但这些深情厚谊心心相印，言语温暖的看望和问候，让我倍受教诲、启迪，感知人间的圣洁、宽容、温馨、清澄与尊贵、豁达、幸运。在我近两个月的治疗中，政府办公室的几位干部，日夜守护，尽职尽责，使我倍感兄弟姐妹的真挚友善、诚笃可亲。这是我永远不会忘怀的生命记忆，永远会铭记在心的萍水相逢。有感这一切，我在日记中就有这样的认知："如果能用再生的生命，换取人类一缕社会进步和谐的文明之光；如果能用自己新生的意志和智慧去铸人类灵魂的一个美妙音符；如果能用重新编织的人生梦想去为一座城市的发展涂上一笔浓墨重彩，这生命该是何等的幸运、鲜活、神圣、坦荡、幸福和壮丽。"

是的，我走回了市长的岗位，

我要重新开始我的生命旅程。

就是这年的7月3日，我当选为湖南省文联主席。我真的开始了我生命再生的书写文艺发展和繁景的旅程。当日潇湘晨报的记者来采访我，我对他们说："我当文联主席就意味着要将有更多的付出，也将有更多的放弃。"下面，就是我们之间的采访对话。

潇湘晨报：这次文联的会议有什么新的动向？

谭仲池：省委、省政府很重视，省委书记、省人大常委会主任张春贤亲自做报告，他的话语很鼓舞人心，如号召社会各界对文艺创作抱以宽容心态，为文艺工作者提供良好的创作环境。

潇湘晨报：湖南现在的创作队伍情况怎样？

谭仲池：在全国应该是中上水平。湖南的文艺创作队伍人员面广量多，各层面的结构很好。这么好的队伍，现在我们要做的就是让他们安心创作。

潇湘晨报：你对湖南的艺术工作者有什么期望？

谭仲池：要出人才！要出作品！要出惊世之作！大家要有信心！湖南的大家很多啊，沈从文、周立波、齐白石、田汉、丁玲、欧阳予倩、彭燕郊、康濯、未央、叶蔚林、韩少功、黄永玉……还有，湖南曾经一年出过两位茅盾文学奖获得者。湖南完全可以在全国确立文艺、文学大省的地位。

潇湘晨报：您一直就坚持不懈地创作，而且作品颇多。

谭仲池：我只是一个业余作家，以前是这个身份，以后还是的，我只是想为广大文艺工作者尽可能地提供好的服务。

潇湘晨报：您是属于创作型的领导，在以后的工作中，个人创作怎么处理？

谭仲池：自己能写多少就写多少，不会给自己加什么指标。我的

主要任务就是搞好服务。付出是要有所放弃的。所以，我会先把个人的创作摆在非常次要的位置。

潇湘晨报：湖南文艺界将主要倡导一种什么样的风尚？

谭仲池：要精诚团结，要有为任何一个湖南文艺家出了好作品而欢欣鼓舞的氛围。同时，还要有不断学习的气氛，对文艺理论、世界经典之作等都要有所了解并认真研读，不能浮躁，能够耐得住寂寞。

潇湘晨报：您刚才提到了要出惊世之作，最近全国上演的《恰同学少年》引起了很大的反响，主题歌歌词是您写的，请简单讲一下创作过程。

谭仲池：我看完了剧本，一直没有动笔，总在想毛泽东那批有志青少年在湖南一师读书的情景。于是，我在一个星期天，专程去了一师旧址。在那里静静思考、徘徊、念想。也就在这之后的某个早晨写出来的。我也是从"问大地，谁主沉浮"那句词里展开的想象。好作品，不是磨的，要灵感迸发。当然之前是要有广泛的生活经历、生活沉淀，这是文艺创作者最为基本的东西。

潇湘晨报：据说，您遇到什么大事，都有写诗歌的习惯，这次当选文联主席后，会写首什么样的诗歌？

谭仲池：当市长时，把城市当作作品，作品怎么样，要市民评价，我只不过是一个组织者。同样，当文联主席后，这首诗要广大文艺工作者共同来写，好不好，也只能由社会评价。

这年的7月、8月、9月是受灾严重的时段。久旱不雨，田间地头都裂开了缝。禾苗枯黄、树木憔悴、河流干涸。我冒着酷暑，支撑着虚弱的身子在乡下察看旱情和农民商量抗旱保苗之策。此时，更没有预料到的是生猪价格猛涨，一时猪肉供应四处告急。在这种情势下，作为市长应当敢于担当，敢于决断，采取果断措施抗旱，切实保障居民、牲畜饮水，尽量保苗将旱情控制住。同时，又不能忽视生猪问题，必须果断决策扭转猪肉涨价风。这些日子，我奔忙在一批专业养殖户之间，与大家共商措施，解决生猪发展，保护母猪，调控肉价的办法。有时，因为劳累，心脏感到闷胀，甚至呼吸急促、虚汗淋漓，我也就稍事休息又继续工作了。

其实人的精神力量是巨大的，当他意识到自己肩上的担子和责任时，他会变得更加沉稳、冷静和坚强起来，也就在这个时候，芙蓉区朝阳二村的旧房改造工程又在我的脑子里闪现。朝阳二村位于长沙火车站西南面，东邻车站路，西至朝阳路，北起解放路，南抵人民路，是长沙市政府 20 世纪 70 年代初为建设长沙火车站和五一路而兴建的第一批安置小区。由于受当时规划局限性的影响，加上财力紧张，现在这些房子，已成为典型的旧城区。房屋年久失修渗漏严重，电线严重老化，雨水排放管道锈蚀。而一楼的多数居民私自住房改为门面，导致大量的安全隐患，致使二楼以上住户整天提心吊胆，上访不断。

2002 年 6 月的一天，我收到了朝阳二村部分居民的来信，知道了他们的住房困境，便私自去朝阳二村走访了居民。所见所闻与信中反映情况一致。特别是当我看到一家八口，四代同堂，挤住在一间只有 20 平方米的破旧房子时，我真无法想象他们是怎样生活过来的。这可是一件关系到 3000 多户居民的住房问题的大事啊！我时刻都不会忘记，这些老居民宿舍存在的各种安全隐患，以至老人学生上厕所要排队的困境。可现在他们的工作进展怎样？我强调要文明拆迁，要让 100% 的居民自愿参与改造建设，能做到吗？我又一次来到了居民中间与他们交谈，共同商讨旧房改造的新模式。

之后，我第三次去朝阳二村现场办公，认可和帮助完善了"朝阳二村

补偿安置方案"，具体明确了朝阳二村旧房改造工程要本着"让利于民，造福于民，服务于民"的原则落实各项工作措施。经过近3个年头的前期工作，朝阳二村旧房改造工程于2006年12月7日正式动工建设。

朝阳二村的旧房改造工程首创了城市房屋拆迁采取高层建筑（32层）实行就地安置拆迁户的模式，首次成功实现了旧城改造由居民群众自主自愿进行的有益尝试，刷新了长沙市拆迁零上访的记录。居民要派代表到市政府来感谢我。我诚恳地谢绝了。其实，这是我应尽的职责。我更加意识到自己对这样关系民生的事情，发现太迟，推动太晚。

也就在这个月的28日，由我市与全国历史文化名城联席会共同举办的市长论坛在长沙如期举行。当时我的身体尚在恢复之中，然而我深深意识到，这是一次重要的聚会，也许在我的从政生涯里这是最后一次以市长的身份参加这种具有特别意义的会议。尽管我身体状况不佳，仍然在服药打针，但是我还是认真地准备了我的发言稿，并在演讲时倾注了自己的满腔热情和对历史文化与历史文化名城的敬畏和爱切之心。我的题为《建构心中的"金字塔"》的演讲，得到了与会代表的认可，大家多次给我鼓励的掌声。此类演讲稿，在我的眼里，它有着特定的历史印记与时代履痕，故我将此稿抄录如下，以为永远的记忆。

土耳其诗人纳乔姆·希克梅有句名言："人的一生总有两样东西是永远不会忘记的，就是母亲的面孔和城市的面貌。"自第一座城池矗立于世，城市之舟已经航行了6000多年。历史文化名城是悠远的历史文化与精美城市建筑、独特的自然环境铸就的人类文明的"金字塔"，刻印着昨天发展的轨迹，照耀着未来发展的前程。每一座历史文化名城都承载着一个地域、一个国家的政治、经济、文化等诸多领域最先进的要素，一座座历史文化名城纵横绵延，共同谱写着推进人类文明雄浑壮美的时代乐章。

2006年6月22日，我有幸在埃及拜访了心仪已久的金字塔。在攀登金字塔的台阶，沐浴强烈的太阳光，感触这一人类无与伦比的伟大杰作时，我心中的波浪始终奔腾着。我在《致金字塔》的诗歌中写道：世人对金字塔的崇拜，并非用诗可以表达，只是诗也是心灵的想象石头。是的，历史文化名城也如万万千千的城市中的"金字塔"。它也是城市镌刻在大地上的石头史诗，记录着人类物质文明和文化发展风云变幻和时代变迁。德国哲学家斯宾格勒曾说："世界史就是人类城市的时代史。国家、政府、政治、宗教，等等，无不是从人类生存的这一基本形式——城市发展起来并附着其上的"。自城市诞生以来，城市在发展过程中时刻与周边广大地区进行着能量、资源、信息和商品等的交换，城市的这种自然和经济属性使她像神秘的天体黑洞一样源源不断地吸取聚集周边地区的劳力、资金、信息等物质，在物质财富的大量聚集下，城市相继吸附了大批的社会文化精英，政治、宗教、文学、艺术、组织、制度等在肥沃的城市土壤上生长起来，各种文化习俗、政治见解、社会组织形态以及社会阶层等在城市有限的地域空间迅速交汇、碰撞，使城市成为国家及社会政治和文化思潮的发源地。古希腊、古罗马的政治、艺术、哲学等思潮大多是从城堡中诞生；西方的工业革命更是以城市为前沿进行的影响深远的人类社会变革。

也因如此，我便在诗中这样感叹：岁月的风雨淹没了 / 多少帝王金碧辉煌的宫殿 / 巍峨城池连同他们的高贵和尊严 / 纵然铁马金戈旌旗蔽日 / 纵然珠光霞蔚照耀明眸 / 埃及四世国王的生命飞翼在一个黄昏的回忆里 / 如同尼罗河上疾驰的舟楫 / 停泊在凌霄的塔顶凝成高扬的石幡 / 古老文明的星火点燃了一个又一个世纪的梦想 / 却无法燃尽尘封历史留给人类的暗淡沉苛 / 我们每一个人的理智就是自己生命的国王 / 也可以营造一座又一座 / 属于自己的金字塔但不一定也用石头。

由此可见，文化是城市发展的灵魂，也是历史文化名城独特的宝贵财富。在城市发展的长河中，城市发展的历史其实就是一部文化发展的历史。一个王朝的兴衰荣落，乃至一代文明的缔造和泯没，多见诸于城市文化的兴衰历史。由人类文明史角度观之，历史文化名城是世界文化地图上令人瞩目的地标，而人类文明史上的各种文明则是这些伟大城市的底色。欣赏雅典，大悲剧家欧里庇德斯、大喜剧家阿里斯托芬、哲学家苏格拉底、柏拉图、亚里士多德、历史学家希罗多德等的卓越成就和光辉名字照耀着人类文化的黎明。尽管历史沧桑，时至今日，蔚蓝的爱琴海边涛声依旧，雅典的一砖一瓦依然闪烁着人类早期文明的彩霞。走近西安，清晰可辨中华文明的精魂在城市弥漫、浸润，焕发辉映古今的绚丽色彩。悠远的人类文明造就的城市历史和文化惯性，使历史文化名城具有个性化符号特征，并凝练成独具特质的城市地域文化典型，激昂并形成个性鲜明的城市精神和品格，使秀美的城市在岁月芬芳的浸润中不断焕发熠熠华彩，展示着诱人的美感与魅力，在新的时代起点和平台上历久弥新，实现了城市生命力的续延和城市的可持续发展。

历史文化名城的独特魅力不仅在于其深厚的历史文化积淀，还在于其文化精髓和个性的继承、延续和细节渗透。今天，站在新的时代高点审视历史文化名城的发展路径，我们尤为深刻地感受到，任何城市的文化特质、文化风格、文化模式都将随着社会生产力及历史的发展发生潜移默化的变迁，但城市文化在过去和现在的变迁发展中有着承继性。在那些饱经历史沧桑，浓抹着历史音符的名城、古城里，由建筑、风俗、人文、艺术等各种细节所体现出的城市文化，见证着城市文化的历史和延续，生动地刻画着人类文化发展过程中所经历的沧桑岁月。正如著名作家和画家冯骥才所言："巴黎的历史感，并不仅仅来自于埃菲尔铁塔、凯旋门、罗浮宫和圣母院。巴黎真正的历史感是在城中随处可见的那一片片风光依旧的老街老屋之中。"历史文化名城的悠久历史和独特文化可能是营建摩天大厦的障碍，却是名扬天下的绝技和秘籍。丽江不需要第一高楼，平遥不需要二环三环，就能轻松地闻名世界；一个城市的历史需要时间车轮一年一年地碾过和族群行为的无意识沉淀，它无法速成，也不能伪造。

长沙是中国唯一城址和城名3000年不变的城市，虽未为一代古都，但自秦汉以来就是湖湘地区的政治、经济、文化、科教和商贸中心。文化是长沙的第一优势。穿越三千年历史风雨的具有深厚底蕴和潜在张力的文化，酿成了长沙丰厚灿烂的文化遗存和独特的风土人情。马王堆汉墓、唐代铜官窑釉下彩等名震宇内，千年学府岳麓书院的雄风雅韵穿梭闪烁于中华文明的苍穹。走马楼三国吴简字字珠玑，湘剧、弹词、湘绣、浏阳花炮等艺术形态门类齐全。今天，我们站在历史的城墙上续写城市的辉煌，修缮保护了太平街、坡子街、潮宗街等历史街区和贾谊故居、开福寺、天心阁等历史遗存，建设了杜甫江阁、简牍博物馆等展示历史文脉的城市景观，精心雕琢一洲两岸自然山水景观，成为国家森林城市和国家园林城市，被城市专家称为"历史名城和现代新城和谐结合的典范"。

长沙文化底蕴的厚重深邃和文化内涵的博大精深，不仅体现在丰富的物化形态上，还体现在文化心理的成熟、文化氛围的浓重、文化性格的灵动上。长沙作为湖湘文化的策源地，其"心忧天下，敢为人先，经世致用，自强不息"的英雄主义文化典型，谱写了尧舜古风，屈贾情怀，朱张文气，毛蔡风流，挥洒了"中兴将相，什九湖湘""果若中国亡，除非湖南人尽死"的历史华章，激励着一代代长沙人走向实政、实用、实行的经邦济世变革振兴之路。今天，我们秉承湖湘文化之精华，不断追求改革、发展和创新，演绎着历史文化的辉煌，诠释着城市发展的奇迹。2006年长沙综合实力跻身全国城市第14位，在全国省会城市中居第5位，在中部地区省会城市中居第1位；城乡居民收入居中部地区第1位，成为全国十大最具幸福感城市。全市文化产业增加值已占全省的半壁江山，出版、报业、广电、娱乐四大核心优势文化产业夺得中国文化发展20多个"第一"，《雍正王朝》《走向共和》《恰同学少年》等影视鸿篇巨制激荡神州。"杂交水稻之父"袁隆平、中南大学炭/炭复合材料等创新品牌为千年古城增添新的亮色。长沙这一座历史文化名城，沐浴历史与时代的华彩，饱蘸浓墨在努力书写着千年绵延、磅礴恢宏的壮丽诗篇。

我们懂得，历史文化与城市相携相行于人类文明的长河，当我们景仰城市往昔辉煌的时候，更有责任担当构建更加璀璨夺目"金字塔"的历史重任。党的十七大提出要促进文化的大发展大繁荣，历史文化名城便自然地矗立在更高的发展平台之上，我认为，作为城市管理者，必须倍加珍惜城市的历史记忆和文脉，在准确把握和统一传承与发展的基础上，开拓历史文化名城发展的新纪元。

19世纪著名哲学家爱默生说："城市是靠记忆而存在的。"因此城市的拓延建设与提质改造，始终应当将传统、现代与未来融于城市建筑之上。坚持将对历史文化遗产的保护融入城市规划设计之中，在城市蓝图勾勒环节凸显城市的历史，避免文化遗产保护与工程建设的割裂。坚持将城市肌理蔓延于城市建设的各个领域。历史文化名城在建筑风格、城市色彩等元素中要谋求整个城市最佳协调，将承载历史文化基因的街道古迹与具有现代气息的摩天大楼和谐融聚于城市之中。坚持将城市的历史文化标志于城市的外观直觉之中，城市景观、城市雕塑等要凝聚城市的文化灵性，让人在对城市的品位中感受着厚重文化的熏陶。城市个性的打造与彰显，应当秉承城市文脉。站在城市的角度，以前瞻的理念精心提炼地域传统文化的精粹，凝练成城市特色文化内核，打造最具张力与个性魅力的城市特征。积极促进优秀传统文化与现代城市文明的交融汇合，赋予优秀传统文化崭新的表现形式和鲜活的生命力。注重城市文化对城市社会生活形态的渗透，让优秀传统文化因子深植于城市，使城市的每一个篇章与细节都能张扬城市的个性特质。

实践也告诉我们，历史文化名城的永续传承与辉煌，始终根植于城市文明的不懈发展，不断注入新的时代内容和特点。我们要按照科学发展观的要求，以社会主义核心价值体系为内核、先导和引领，建设城市的和谐文化。把社会主义核心价值体系融入城市文化承继和城市的理想追求之中，转化为市民的理念认同和自觉行动，塑造城市的灵魂，使城市始终蒸腾着一种昂扬的生命力。努力推进文化事业的繁荣，以先进文化引领者的责任担当，构建承载城市文明的物质基础，创新先进文化普及与推进的机制体制，让文化的光芒闪耀城市的每一个角落，烛照每一个人的心灵。大力发展文化产业，让城市的历史文化在市场元素的冲击下，裂变释放出巨大的能量。精心契合城市文化与经济发展，吸取和融会现代文明，在理念与规划层面实现城市历史文化与经济社会的和谐统一，铸造与经济脉动共振的城市文化品牌，提升文化产业的核心竞争力。发挥历史城市蕴含的精神力量和文化积淀在思想、意识形态和科学技术的创新领域的源泉效应，最大限度物化历史文化要素，优化提升城市经济实力，增强城市的软实力。

事实证明，地域文化的强弱不在于它的历史长短，而在于它能否快速地开放创新，应对多元文化的挑战，展现出兼收并蓄的开放胸襟。一个物种从基因的多样性中汲取力量，人类则从文化的多样性中汲取力量。如果说千年积淀成就了历史文化名城的厚重，那么世界的舞台就是城市的宽度。今天，全球化、信息化、网络化已经改变了人们传统生活方式，历史文化名城的发展也需要在多元中并存、在并存中互补、在互补中创新，在融会贯通中张扬历史文化名城的个性和特色。我们应置身于保护人类文明瑰宝的高度，重新审量历史文化名城的深刻内涵，创新历史文化名城的发展定位。坚持以世界的眼光找准城市发展的方向，把城市的未来与世界发展紧紧链合起来，在现代人类文明浪起潮涌的大潮中丰富城市的历史文化，用昨天的辉煌与今天的灿烂开启城市的明天。坚持以世界的界域拓展城市发展的空间，以开放

的态度保护和发扬城市经济和文化发展的多元化，在个性张扬的坚守中，兼收并蓄，海纳百川，汲取人类物

平时参加体育锻炼留影

质文明和精神文明的一切优秀成果，以开放的文化促进经济的开放，以开放的经济加速文化的开放，以文化的融合来塑造新的文化，以新的文化来赢得竞争的优势。展望长沙，我们将致力于将其建设成为中国最美丽的山水洲城，成为东方的维也纳，使这座千年古城永远展现迷人风姿，成为屹立在世人眼中的"金字塔"。

　　我的生活情趣是多方面的。年轻的时候，比如在部队，我就是一个很活跃快乐的人。我爱好体育，喜欢打篮球、游泳、练武术。在爱好写作诗歌、小说、歌词的同时，还喜欢画画、书法和拉二胡。就是"文革"那样的岁月里，仍然是部队文艺方面的骨干分子。可是自从走上从政之路，我的这些兴趣和爱好，就只剩下唯一的写作。这是因为写作与我的思想情操修养，理论思维乃至工作方式都有着直接的帮助。所以我乐此不疲，以为一种别样的心灵慰藉和"休息"。虽然在我恢复身体的这个时段里，我的工作是那样的繁忙，几乎很少有时间静下来读书、写作了，但是我仍然无法摆脱和放弃对文学的眷恋情结。我利用业余时间还在中南大学、湖南大学、国防科大带了若干个博士和硕士研究生，其目的就是要逼着自己多学习、多钻研、多积累一些知识并逐渐迈向学问的神坚殿堂。在此期间，我还挤时间写了一部关于城市变迁的长篇小说《此情如水》，想表达一个心愿：自然在我心中，人民在我心中，生活在我心中，城市在我心中，世界在我心中，爱在我心中，故文学在我心中。

时光流逝，转眼接近年底。我知道长沙市第十三届人民代表大会又将在年底召开。我这个连任了两届的市长，已到了卸职年龄。我已经做好了辞去长沙市市长职务的思想准备。

2007年11月21日，这个日子对于我来说，是要铭刻在心的。因为从这一天开始，我不再担任长沙市市长，而将集中精力去履行省文联主席的职责。当我站在市人大常委大楼前台阶上，与新任代市长张剑飞握手交班时，我的心情异常激动，眼眶里盈满了泪花。望着眼前的政府办公大楼，我突然有一种别样的伤感和依恋。我不是难舍市长的职务，我是难忘在这栋大楼度过的日日夜夜，与同事们共同思考、工作，奋进的艰辛、沉重、喜悦和浓浓情谊。当时有记者要我谈谈卸职的感受，我便说出了心中的这些想法。

"我是长沙建设大队伍中的一员，这么多年来，始终有全市市民在鼓励我、支持我。老百姓的养育之恩我终生难忘！"

"一个人，他可能做的事情是有限的。但是，当他把人民群众的事情放在自己心上的时候，他的一生是非常丰富、非常充实的。担任长沙市市长九年，最深的感慨是长沙市人民这些年来给我的关心、体贴、支持、宽容。在这么一个舞台上，有这么多人爱护我、关心我、支持我，人生足矣。虽无以为报，但我心存感激！"

"看到今天长沙的发展，我非常欣慰。"

"我将把同志们对我的关心、爱护和帮助，凝成我最美好的祝愿。祝愿长沙的明天更美好、幸福、吉祥、安定。祝愿全市人民，天天快乐，岁岁平安，永远幸福、美好！"

"打分打得最准确的，是老百姓和人民群众。让他们去给我的工作打分吧！前不久，长沙获中国'最有娱乐幸福感城市'单项奖。让长沙人民幸福，这是大家的共同目标，我虽然不在长沙做具体工作了，但是对于长沙每一天的发展和变化，我都会作为一个市民来关注、享受。我也会继续为这个变化始终如一地做出自己的努力。"

我从1998年2月21日到长沙市担任常务副市长，直到2007年11月21日离开市长岗位，将近10年的时间。这10年对于我人生的道路是极其重要的。如果坐下来认真地回忆这10年，我经历的事情，我做过的事情，会有多少遗憾、自责和反省呵！我不能对自己做过多的评估，正如我回答记者的"给我打多少分，打分打得最准确的是老百姓和人民群众。"在这里，我想把几位网友发的帖提供给读者，也给我自己和家人。尽管这些网友之言，有些过誉之词，但我以为他的真诚之心和锐敏之见是值得我本人深而思之珍惜铭记的。在这里，会让我深层地思考人生的价值和人生的选择。

新华网网友 whncs：已任十年长沙市市长的谭仲池谈长沙十年，在新中国成立后长沙的历史上，有这么一位连续担任市长有十个年头的人，恐怕是不太多的，而谭仲池担任长沙市市长的这十年，又却是长沙市变化、发展最为显著的十年，是长沙广大老百姓得到实惠最多的十年，无论从何种意义上说：谭仲池是非常幸运的市长！

谭仲池评价他当长沙市市长的十年，是这样说的："长沙发展的十年，是我们国家改革开放发展的重要时期。长沙这个十年是抓住机遇、加速发展的十年，也是长沙改革开放取得明显成效的十年，更是城乡基础设施建设、城乡面貌发生重大改善和人民生活水平显著提高的十年。我们为这十年感到欣慰，我们深深懂得这十年是党的路线方针政策的指针，是省委省政府的正确领导，也是兄弟市对长沙的支持。同样，也离不开全市广大干部群众的共同奋斗。"谭仲池的评价是十分中肯、实事求是的。

新华网网友 cscm：谭市长还是真的很不错，赞一个吧。

新华网网友 hhncs：刚刚离任的长沙市市长谭仲池对长沙未来寄予厚望，赤诚之心溢于言表，我们从中体味到了长沙在奋起发展的勃勃脉动——现实的长沙离理想的长沙，差距还是很大的，最根本的是要从三个方面努力：

第一，加快发展，真正实现又好又快的发展，使长沙有更多的物质财富来实现目标；

第二，要更好地树立好长沙的道德风尚，使良好的道德风尚注入每个人的灵魂，使长沙市的每个人都是充满着理想，坚定着信念，忘我的劳动，这才是长沙市美好生活关键的基础；

第三，始终不要忘记长沙是历史文化名城，要把历史文化和现代文化结合起来，发挥文化优势，使文化成为照耀长沙城市前进发展的光芒，使文化永远成为长沙创造财富的动力。

新华网网友 2292192：特别赞赏诗人市长的文化强市政策和背街小巷等利民工程，并希望他能再干十年！

辞去市长职务后接受记者专访

谭仲池：无以为报但心存感激

新华网转载来源：三湘都市报

11月21日上午9点半，刚刚向长沙市人大常委会辞去市长职务的谭仲池，在会场外接受了记者专坊。

从2000年1月起任长沙市委副书记、市政府市长以来，谭仲池已主政长沙整整八年。谈及任期内记忆最深刻的，谭仲池表示，是"老百姓对我的信任"。

谭仲池谈起了刚上任不久时候的一件事。"那年高考的时候，为了维持考点周围秩序，需要中断考场附近交通。当时交警部门为了到底能不能中断交通感到很为难，我就给他们出了个主意，先中断几个小时看看效果。后来，考试时段内只有几位市民打电话咨询，那么多市民，都理解我们。所以我们在历年高考期间都采取了交通管制的措施，这在我心中印象特别深。"谭仲池表示，一个市长，能够认识到（市民对他的支持）这一点，他就踏实了。

"我也是长沙建设队伍中的一员，我始终觉得，我的身前身后有许多人在关注我鼓励我，走过来的这一段是很值得纪念不愿忘记的，老百姓的养育之恩不能忘。"谭仲池说，很感激市民对他的理解和支持，至于对自己任期内对自己的评分，"这个分数打得最准确的应该是我们的老百姓和人民群众，让他们去打分吧。"

对新来的市长人选，谭仲池也给予了很高的评价。"今天上午，我和新来的市长人选张剑飞同志进行了非常轻松的交谈，他的眼光、胸怀、气质很让我赞赏，他对很多问题的思考都非常深刻，总的来说，新的市长将比我更优秀，从这点上来说，是使我感到高兴的事情，这样我们的事业可以更好地进行下去。"谭仲池说，长沙人都希望长沙的明天会更加美好，最近长沙还入选了"全国最具幸福感城市"之一，这个"幸福"也是我们的共同目标。

"虽然以后我不在长沙做具体的工作了，但以后长沙每天的发展和变化，我都会作为一名普通市民去享受这些发展和变化，也会为这些发展和变化从另一方面做出我的努力，虽然这个努力是非常微薄的，但我会始终如一。"

最后，谭仲池用一句简短的"无以为报，但心存感激"送给长沙市民。

网友 linllyham：高学历的工科人才已经成了各地政坛的一种趋势。本人还是比较欣赏谭市长这种从基层做起，经历过很多起起落落的儒雅政客。

网友长沙土著：感谢前市长谭仲池。昨天，新闻报道谭仲池同志辞去了长沙市市长职务。作为一个长沙市民，我禁不住要说一声：辛苦了，谭市长！谢谢您这些年来为长沙市摧枯拉朽、又好又快地发展做出的贡献！谢谢您为我们市民付出的辛勤努力！

记得《红网》上曾有一篇对谭市长的专访，谭市长说过这样一句：我的长沙，我的梦。言为心声，可以想见，这个有诗人情怀的人民公仆是多么深爱长沙这个秀美的历史名城，那么他做市长这8年间在长沙有哪些作为值得我们市民感谢和铭记？

作为土生土长的长沙人，我深爱自己的家乡长沙和家乡人，但以前多次听到外地人对我们长沙曾经突出的脏、乱、差、长沙人非常不守规则等劣景、陋习做满含鄙夷的评价时总无颜加以驳斥。那时，我觉得长沙就像一个得天独厚的美人坯子，因为"蒙垢"不得不以"灰姑娘"形象示人，难怪别人看不来，我虽然十分疼惜她，因人微言轻，能力太弱，对这个现实十分无奈。但见谭仲池同志当了市长后，不必说大家都看到的市容市貌、城市硬件建设的巨大变化及如何让脏、乱、差处变成市民悦目的优美生活环境、让市民大大增加了广邀朋友来的豪迈底气，不谈他工作之余的个人文艺作品创作成绩，单就长沙市的文化传承、复兴和文明软环境建设方面的文化创新来说，市政府对许多事情的运作和推进为我们长沙人总体平均的生活水准、市民素质和人文精神提升都具有非常积极的意义。相信很多事件经过时空筛选后将会铭存青史。

湖南作为中国近代史上人才密集、群龙聚首、雨覆云翻剧烈之地，早有公论认定：此界是中国最开放也是最守旧的地界。开放与守旧这两种绝对极端的观念都是刚硬而透着血性与血腥的。长沙是这个地界的首府，守旧与开放之间的往来气氛更是浪叠潮翻，谭市长进退其中还要兼顾好民生，做到如此现状，一定很不容易。

雁头的水准决定了雁阵的水准。长沙的思想开放度，从长沙在全

国范围内综合实力的强力攀升和多次单项考评折桂挂冠可见一斑。窥斑见豹，令人佩服。可我认为，谭市长最难能可贵的是他抓紧民生的基本建设事业，同时，不但承继了前人的文化理念，更加大加重力度促进没有立竿见影效果的文化传承、复兴和文化创新事业。

这些年来，长沙在市委、市政府的领导下越来越多的古迹宣传、重修；历史人物的树碑立传；与国内外的往来沟通；各种名人的文化普及讲授等，让历史客观地重现和开阔市民的思想与视野；尤其是加强法制意识和行动，对"由民做主"意识的广泛宣传、引导、教化；党报上的"草根"民声论坛每周定期出版，以鼓励、引导市民群众有序地进行参政议政；政府推动的高规格、高频率街头、广场、农村的供市民参与的文艺体育活动……不尽枚举！他要把长沙的文化底蕴尽力发掘、培养新时代的文化需求，把长沙风貌向世界推介、展示的良苦用心以及还政于民的大胆尝试，其气概和愿景我们从上述活动中都明显感觉到了。

文化素质是人的核心竞争力，而素质的养成需要长期的熏陶、润泽，要足够量的积累才能产生质的飞跃。人作为社会发展的第一生产力，其素质提升后所产生如核裂变般的能量，对国力增强的贡献之大不难预见，若反向操作，损伤、降低人的文化素质则有严重破坏结果，当然这些结果都不会在当届当政者任期内明显表现。前人毁树祸及的是后人（文革盛行假大空和摧残文化对中国的重创至今未痊愈，全国性诚信危机就是一例）、前人种树恩泽的也是后人（七十年代末开始的改革开放让国力大增、让很多国人明白人可以不做奴才而可以做"人"，也是一例）。而且"十年树木，百年树人"，即使树苗种得好，成长还得有相应条件的保障。如果这种文化建设的投入以后不能得到维持和跟进，仍有可能事倍功半甚至无功而返。就像酿酒，开了好头以后，只有不断维持最合适条件并经过一定的时间，才能产生质的变化，才会有酒的生成。

由于"万事开头难"，所以，作为市民，我非常感谢辛劳的"种树人"，在为我们市民改善了生活的软、硬环境时，更替我们的儿孙后代们的生长地——长沙，维护并强化了一个良好的人文环境基础。衷心地谢谢您，谭市长！

网友山水洲城：谭市长在任期间为民办了很多的好事，长沙人民感谢他！

网友冷月："一片沙石的海洋，一片凝固的荒原，自从驼铃撒下一路的坚毅，胡杨、沙枣、扁桃、盐豆木，便一齐在苦涩的风里唱着湿润的歌……"

读谭仲池的诗，感觉他是一个对月吟诗的文人；听谭仲池侃城市，便有种错觉——他莫不是在用写诗的手创意长沙这座美丽古城？

作家市长谭仲池，将写作和管理经营城市完美结合，成就了自己的诗意人生。从当年的"县长诗人"到如今的"作家市长"，国家一级作家谭仲池，在这条亦文亦官的道路上已经走了26年。自1969年开始，他就在《人民日报》《光明日报》《长江日报》《诗刊》《解放军文艺》等报刊上发表作品，从第一部诗集《芭蕉雨》到近年的第一部长篇小说《打捞光明》，谭仲池为文40载，迄今已出版专著50余部，其中文学专著15部。特别是20世纪90年代初，由他担任编剧的电视剧《雾岸》《秋之魂》和《人生的课题》，曾先后在中央电视台播出。

在政务缠身却笔耕不辍的日子里，谭仲池心里始终充满着美丽的寄托和轻松感，他深切感受到自己有个心灵的天堂。缘于对人民和事业的强烈责任感，对真善美的执着追求，他在政界和文坛，以不同的形式进行着灵魂的歌唱。

网友 8899："风清月冷水边宿，诗好官高能几人？"

网友潇湘：谭市长歌词曾营养、滋补过当年初出歌坛的一批"湘女"：宋祖英、张也、雷佳、王丽达……我们祝福谭市长！

第十四章
永远的眷恋

一个人的一生就该这样度过。

曾经虽然沉重、徘徊、创伤、

郁闷、辛苦、无奈。

但一旦回首走过的岁月，

只有欣慰、感奋、慰勉，

没有悲凉、怨恨、失落；

只有牵挂、期待、祈愿，

不再有迷茫、嫉妒、委屈；

唯有眷恋、感恩、满足……

曾经的梦

我于 1992 年 2 月被省委任命为潇湘电影制片厂厂长。这次工作对于我不仅是一个全新的领域，而且电影艺术的深奥莫测更让我诚惶诚恐。到现在我都没有完全弄明白，省委为什么要让一个县长去做电影厂的厂长。正如当时潇湘电影厂有的演职员说的"他是来教我们种田，做花炮吧！"

然而，我毕竟走过来了，而且我与电影还真真结下了不能割断的情缘。有如我在第三届中国金鸡百花电影节的会歌歌词中写道："一同走过风雨岁月，一起走向新的世纪。我们捧着金灿灿的太阳，我们拥有蓬勃勃的生机。"人生确实是这样的，往日的故事，昨日的记忆，是人生的宝贵财富。拥有它，便拥有了一个不平凡的、无怨无悔的人生。从此我的电影梦便伴随我的足迹继续在心灵深处栖息和召唤。

银色的梦幻，真的带给了我太多太多的想象和依恋。现在我离开了市长岗位，走向了文艺领域这片新天地，我又有机会和可能与广大的文艺家们一道走向社会，走向民众，走向基层，走向火热的现实生活。

袁隆平，我还在浏阳县当县长时，就知道了他的名字。就把他的名字和杂交水稻和粮食增产和农民富裕，人类拒绝饥饿紧密联系在一起。那时，我虽然没有和他见过面，但对于他传播的杂交水稻栽培技术、制种方法和建立杂交水稻制种基地，我却是直接的组织者和参与者。在夏天烈日的照耀下，我也曾和农民兄弟一起，牵着绳子走向杂交制种田头。

这种仿佛是诗意般的劳作，的的确确换来了丰收的喜悦。农民兄弟称袁隆平是当代神农，是农民致富的菩萨全是发自内心深处。这一点，我懂。

一定要为袁隆平写一部电影，让他走进农民心里，走进"中国梦"里，走向世界，这是我多年的愿望和自我期待。

我毅然决然地做出了这个决定。

2007 年 12 月上旬的一天上午，一个小型的新闻发布会在湘麓山庄的会议室举行。时任长沙市政府新闻发言人汪娟主持了这次发布会。汪娟

2005 年出任长沙市政府新闻发言人，是我国首批省会城市新闻发言人。汪娟作为新闻发言人亲切和坦诚与公众真挚交流的形象，在很大程度上展现出她强烈的责任感和服务意识。我之所以邀请她帮助我主持这次新闻发布会，就是希望她能较为准确地表达我准备创作电影《袁隆平》的真实意图和人文情怀。

发布会人数不多，但气氛是相当热烈的。

因为一个离任市长要写袁隆平本身就具有新闻价值。

在这个发布会上，我很少讲话，我只想说：“写袁隆平是我久久挥之不去的感动和敬仰。”

接下来，我开始了紧张而较为辛勤的采访旅行。

我来到了袁隆平大学毕业初次分配工作的怀化安乡农校旧址采访，我走到了他当年的试验田，走进了他当年上过课的教室，还有他住过的宿舍。

2008 年 5 月，我来到了海南岛，我沿着他走过的乡间小路，住过的土屋去重新寻找他带着团队找野生稻和制种的田野、沼泽地、水沟。

我来到了他游泳搏击风浪的海滩，我看到了他在大海中搏击的身影和呼喊。

我在诗中这样描绘他的杂交之路：

大海吻着　椰子树掩映着
那是一片多么神奇和富饶的土地

这条路真长　你和你的团队成员
整整跋涉了 44 年　现在还在继续
因为这只是灿烂而丰富的一段行程
离最后的辉煌　也许不会遥远

我们来了　是来寻回曾经在沼泽地里
找到的那个　孕育金色世界的绿梦
因此 每一步的追寻都异常庄重
甚至充满雄壮和瑰丽的色彩

曾经有多少流汗　甚至流泪流血的日子

一个个又黑又瘦的汉子
总是像椰子树干挺立着
接受风霜雨雪 雷电尘埃的洗礼

你们一直在思索　一直在触摸
在梦里　餐桌前　实验室　低矮潮湿的土屋
想那个绿色的梦　那片金色的海
总一次又一次地在烈日下奔跑

就像种子　一次又一次拱破冻土
总是伸手抱住　那万缕霞光
去为艰苦岁月编一支
快乐美妙如醇酒的小夜曲

是一种什么样的精神
让你日夜奔波魂系星辰
是一个怎样感动的神　在迷雾中挥手
引导你们在苍茫的世界发现生命的火炬

野生稻　和海岛的肥沃土地
一道呼吸　叠叠苍山一道歌唱的精灵
自从它以"野败"的名义举起照亮世界的灯火
你们就以大海般的力量创造杂交水稻的奇迹

今天　我们在这块土地上寻觅
遥望古老神州大地金浪无边
都在想起同一个话题　勤劳　智慧　勇敢的中华民族
在新世纪又该怎样在世界东方挺立

我知道有一种寻觅
会始终不断如大浪奔腾
我知道总有一种崇拜

会永不消失长埋心底

那就是人类共同的梦想
愿阳光·幸福 欢乐 时刻温暖人间
愿饥饿 疾病 战争 不再与生命握手
愿生命对生命的追求永远不息

大海汹涌着 椰子树歌唱着
这是一片多么让人神往和眷恋的土地呵

电影《袁隆平》终于拍摄出来。

2009年5月22日在北京人民政协大礼堂举行了隆重的首映仪式。当时的《湖南日报》是这样报道的：

电影《袁隆平》在京首映

本报5月22日讯 由潇湘电影集团、中视天全（北京）文化发展有限公司、北大星光集团出品，华夏电影发行有限责任公司发行的影片《袁隆平》，今天下午在全国政协礼堂隆重首映。全国政协副主席、中国文联主席孙家正，国家广电总局党组副书记、副局长赵实，中央文献研究室常务副主任、全国政协教科文卫体专门委员会副主任杨胜群，农业部党组成员梁田庚，湖南省委常委、省委宣传部部长路建平，省政协副主席魏文彬、谭仲池等出席了首映式。

作为向新中国成立60周年献礼的重点影片，《袁隆平》备受瞩目。影片是我国首部描写农业科学家的影片，通过再现"杂交水稻之父"，袁隆平进行杂交水稻研究并取得成功的风雨历程，用鲜活的艺术手段展示了以他为代表的中国科学家心忧天下、造福人类的宏大抱负，自强不息、勇攀高峰的创新精神，不畏艰辛、迎难而上的坚强意志，淡泊名利、奉献社会的高尚情操。影片在表达方式上做出了有益的尝试，以交响乐贯穿故事始终，以幽默风趣的叙事手法、浪漫与现实相结合的创作理念，让观众体味科学家艰苦攻关历程的同时，又不乏亲切和感动。

首映式上，省委常委、省委宣传部部长路建平，国家广电总局电影局局长童刚等作了讲话。编剧谭仲池，导演史凤和，主演果静林、徐筠、曹艳艳等主创人员与观众互动，袁隆平的饰演者果静林代表袁隆平院士向中国农业大学的学生赠送了由他亲笔签名并写有寄语的著作《杂交水稻学》。

2009 年 6 月 1 日，电影《袁隆平的观摩研讨会》在北京举行。与会专家学者一致高度评价电影拍摄成功。有关报道这样评述：

2009 年 9 月电影《袁隆平》首映式上与全国政协副主席孙家正合影

电影《袁隆平》是根据被誉为"杂交水稻之父"的我国著名科学家袁隆平的事迹创作的一部人物传记片，影片以艺术的手法再现了袁隆平不平凡的科研道路以及他作为一位功勋卓著的科学家的多彩人生。

与会的领导、专家和学者在观看完影片后展开了热烈的讨论。大家纷纷认为，这是一部难得的人物传记片佳作，是一部集思想性、艺术性和观赏性于一体的力作。影片在传记片的拍摄手法上进行了诸多创新，叙事新颖，创作理念融浪漫与现实为一体，成功地塑造了一个心忧天下、自强不息、勇于创新的科学家形象。影片的拍摄和发行放映，对于我国建设创新型国家、对于在全社会开展学习和实践科学发展观具有强烈的现实意义。

后来，《求是》杂志的编辑闫玉清找到我，要我为《绿野》栏目写篇创作《袁隆平》的心得。我欣然答应。其实，我开始创作《袁隆平》确实有一种抑制不住的感情冲动。这种冲动，我至今都认为不是简单的冲动，而是注入了思想和理性的冲动。一粒种子改变世界，这是多大的命题，而袁隆平却是这样做了，成功了！他带给人类的福祉难道我们作家能无动于衷吗？

我写的创作体会，在《求是》2009 年第 14 期发表。我在文中这样表述我的创作心态和现实情景：

有许多人问我，创作《袁隆平》的初衷是什么？我不假思索地说：我崇拜袁隆平，敬重袁隆平，了解他带领团队培育杂交水稻的艰难历程，深知他对祖国、对人民、对土地的真挚感情。就是他，用一粒种子改变了世界！袁隆平不仅属于中国，也属于世界。这就是我长期以来渴望创作电影《袁隆平》的动机。

要写好这部电影，有以下几个难点需要解决。从历史跨度来讲，袁隆平研究杂交水稻的时间较长，不仅仅要涉及改革开放，"大跃进"、"人民公社"、"文革"等都要涉及。从人物塑造上讲，既要突出主人公袁隆平的关键作用和重大贡献，又要体现集体的力量。从社会层面讲，既要反映杂交水稻研究的艰难坎坷，也要揭示其科学探索的基本路径，更要体现党和政府、社会乃至农民群众对此项重大科研的支持和参与。从艺术创作的要求讲，既要严格尊重生活的真实、尊重科学，又要遵循典型创造的规律。我们深深地意识到，只有把上述难点解决了、突破了，才能抓住创作的主线和灵魂。为此，我们先后花了近两个月的时间进行采访、阅读资料、现场实地考察、与专家讨论，使自己真正弄清楚杂交水稻的"庐山真面目"，并进入主人公及其团队成员的心灵世界。当我们直接感触了袁隆平当年住过的土砖屋、讲过课的教学楼，进行过科研的试验田，走过他曾经数百次经过的田埂和椰林小道时，也就走进了袁隆平丰富而深邃的内心世界。我不禁惊叹：这是生命对生命的梦想，生命对生命的追求，生命对生命的奉献。于是，我们选择了以"生命的价值在于创造"作为主题，将袁隆平的人生追求浓缩在一颗小小的杂交水稻的种子里，去谱写一曲激昂澎湃的生命壮歌。

我曾不止一次地被袁隆平深邃的思想、豁达的性格和幽默的语言所打动。这是一个多么普通而又特立独行、多么善良而又不畏艰难、多么智慧而又谦逊宽容、多么严谨而又乐观浪漫的"原型"啊！他尊重自然、尊重科学，他爱祖国、爱事业、爱学生、爱亲人，他对人生的感悟体验、对生命的认识追求都闪烁出时代的光辉。袁隆平的艺术形象应该是人类认识和改造自然的一个真正的思想者、探索者和开拓者的形象。在创作中我们萌生了"四个注重"，即注重生活的真实但更追求艺术真实，注重突出主人公但又不忽视其他人物塑造，注重时代脉搏的跳动但又理性地把握"历史因素"，注重电影的可信度但又要强调可视性和审美价值。

现实中的袁隆平，至今仍在超级杂交水稻的新领域执着地探索。我们用电影的形式为这位伟大的科学家树碑立传，并尝试创新电影的表达方式。我们不用"豪言壮语"和"政治表态"展示人物的思想境界，而是选择特定的工作生活细节，润物无声地让人物的行为和感情表达主题。同时，注重电影的审美意蕴，采取散文式结构，用交响乐章的构思来展开剧情。在全剧结尾时，我们叠印出袁隆平在现实生活中的镜头，让他与剧中的记者直接对话。这样一来，不仅丰富了电影的内容，而且让观众直接感受了主人公真实的人格魅力和生活风采。

（2010 年电影《袁隆平》获中国电影第十三届华表奖，中宣部第十一届"五个一工程"奖。）

血脉情深

悲歌一曲动地来
大爱如海化彩虹
悲壮出诗人
诗的激情在抗震救灾中奔突燃烧

　　我从小就在父亲的启迪下读诗、学诗。到部队便开始写诗。而自从担任长沙市长后，诗就写得少了。而且也感到诗难写；往往读别人的诗，更有一种说不出的酸楚。可是自 2008 年 5 月 12 日 14 时 28 分四川汶川发生八级地震后，我的整个家庭的生活变得很不平静，都沉浸在悲痛、惦念、抗争的精神状态和悲悯、祈愿的感情旋涡里。因了这种心情，妻子守着电视看，边看边流泪。我也不时看电视，但更多的时间是在读报，想从各种报纸上了解灾区的实际情况，救援情景和各种各样的信息。我的心是苦涩的，有时流泪有时哭泣，有时流血，有时想呐喊，我能做什么呢？当读到一些震撼心灵，特别感动的抗震救灾报道的事件、人物时，我会立即在报纸空白处，写起诗来，有时干脆剪下报纸坐在书桌前写起来。就这样，我每天读报、剪报写诗。写心中的悲痛，心中的震撼、心中的感动、心中的振奋、心中的祈祷、心中的思索、心中的祝福，就这样写着，一边在自己的博客上发表，或寄向不同的报刊。同时，我又急切地整理编辑出一本诗集《敬礼，以生命的名义》。这本诗集是我含着眼泪写出来的，她是我一生中带着血性的哭吟。

我们在黑色和痛苦的时间里倾听
我们在焦急和惦念中遥想守望
却不忍重提 地震 两个字
就这两个字撕碎了 13 亿中国人的心

感谢湖南人民出版社的同志们夜以继日地工作，使诗集以最快的速度在一个月后正式出版发行。

2008年7月1日诗集《敬礼，以生命的名义》在长沙举行捐赠仪式，我怀着沉重而激动的心情参加了这个捐赠活动，我将签名的诗集赠送给了湖南去参加抗震救灾的企业和个人。这一天的《湖南日报》是这样报道的。

今日上午10时，湖南图书城的一楼大厅里挤满了人，他们怀抱着一本诗集《敬礼，以生命的名义》（湖南人民出版社出版），拥向一位诗人——湖南省政协副主席、省文联主席谭仲池，想请他在诗集上签上名字。谭仲池还向湖南省120急救中心、湖南省消防总队、湖南省"红十字会"、中联重科集团、三一重工集团捐赠了诗集。

谁都知道，湖南省政协副主席、省文联主席谭仲池是一位著名诗人，他近些年来很少写诗了。5月12日14时28分汶川的八级地震让他心灵受到强烈震动，有时流泪，有时流血，想歌唱，想呐喊，他每天读报剪报，就在报纸空白处写起诗来，写失去孩子的妈妈、写废墟里紧紧攥着笔的手、写中南海的灯光、写一个人的婚礼、写灾区的早晨……和着血，带着泪写成一本《敬礼，以生命的名义》。诗人称这是他一生中真正的诗的心声。

在等待签售的队伍中，记者见到旅美华人画家李自健的秘书，他一个人买了10本，说是等签了名，李自健要送给亲戚朋友。有穿着校服的长郡中学的学生，暑假来书店买书，很高兴遇到了这样一本诗集。有省审计局的干部，一口气买了30本，左手拿着写满名字的一张纸，把排队的读者吓坏了。最惹人注目的是排在队伍最前面的一名白发苍苍的老者，一个人买了3本，他告诉记者，他是省木偶剧院离休的干部，今年80岁了，为汶川地震中中国人万众一心、抗震救灾的精神所感动，为谭仲池的诗所感动，他要把诗集给远在美国的女儿也寄去一本。

我又特地自购1000册诗集，连同稿费，委托省红十字会捐献给汶川。虽然这是一件微不足道的事，但让我在这个特殊的时间，用自己一生中喜欢的诗歌，表达了一名党员作家的心事。后来，我应一家刊物约稿，写出了我当时的写作心情，现在摘录其中的段落，权作纪念。

尼采有句名言"我们只有在艺术中能够容忍激情的东西，生活中的人们则应该质朴谦逊，不事喧哗"。这是非常对的，没有激情，不可能创作艺术，写出诗歌。但呈现出来的作品则必须深刻、质朴、凝重和冷静，这样才能真正给读者提供一个让人震撼、共鸣和心灵享受的艺术印象和纯洁情感、神秘梦幻和生命的光芒！

2008 年 5 月 12 日 14 时 28 分，突然发生的里氏八级汶川大地震，牵动了十三亿人的心，震撼着全中国、震撼着全世界。大地震造成的毁灭、悲惨，对生命、大自然的摧残、伤害、破坏，历史文明文化遗产的损失，一度使我们陷入无限悲痛、伤情、惊恐、绝望、哭嚎、呼喊和心灵流血的悲惨世界，我们在向苍天发问，也在向苍天祈祷！

就在这危急时刻，党中央、国务院领导果断决策，并乘飞机亲临一线指挥，调动十万大军挺进汶川，全国人民奋起支援。可谓是举国同心，大爱如海，众志成城。整个中国在行动，整个世界在关注。震撼、牵挂、感动、激奋、挺立、加油、抗争、援救、悲壮、祈福、雄起这些通俗明朗，却又在此刻蕴含特殊意义和思想感情力量的词汇，也在人们的灵魂中，勾画出无比雄伟壮阔的掠震救灾大画卷。

在这样异常特殊的历史背景下，目击和耳闻着这场惊天地泣鬼神的大地震大救援的悲壮现实图景，感触着不断创造的生命奇迹和踏险救援的沸腾热血的脉动，不少诗人夜不能寐、寝食不安、全心关注、倾情惦念。更有不少前沿的救援者抑或就是诗人和诗歌爱好者，他们在切身透骨的生死相依和生死搏斗的灵与肉的撕裂担当面前，诗人的激情，诗歌的灵感被生命的呼喊、生命的光芒、生命的奇迹、生命的顽强、生命的希望激荡、点燃。一时从抗震前线、废墟边、雾海云天、校园乡野、凄风苦雨、遥望牵挂中涌现出不少震撼人心的诗篇，真是诗中真歌哭，悲壮动地来。一首强烈反映展示抗震灾雄伟画卷和生动场景，生命关爱，人性光芒，踏险排难，真情如潮，气壮山河，惊泣鬼神的诗歌，或纤细缠绵，心血如丹；或大气磅礴，沧海横流；或凄情委婉，月缺花残；或哲思苦泉，触石堆雪。这些诗歌无不浸染着鲜血风尘、黑雨灰烟的印迹；带着天崩地烈、江河呼啸、雷鸣电闪的轰响；燃烧着阳光明霞、心底火炬的灿烂希望！

这些诗歌在分秒必争的生命救援的大峡谷和大通道成了人们眼前飘扬的旗帜，耳边嘹亮的号角，心中明亮的灯火！此时，诗歌真正坦露出它特有的大爱、浩气、道义和祈愿的情怀，显现出诗歌在大地震大救援的风云

变幻世界上独有的挺拔英姿和豪迈气概。请听诗人高洪波的呐喊:

　　汶川啊,汶川 / 羌笛吹绿杨柳之地 / 大禹诞生的故乡 / 此刻你让
整个共和国寝食难安 / 耿耿长夜雨浸梦 / 几多国人难入眠 / 于是,共
和国主席发布命令 / 共和国总理一马当先 / 共和国军队雨中疾进 / 共
和国伴汶川共度时艰 / 用速度和死神赛跑 / 人民安危高于天 // 祝福你,
汶川 / 用我守望的心 / 和这首真挚的诗篇

　　刘亚洲将军也在用颤抖的声音倾诉:

　　过去的一周 / 中国是黑色的 / 黑的雨,黑的路 / 黑的山,黑的人
/ 一面墙阻断了阴阳 / 夫妻 父子 师生 领导 / 真想来生再续前缘啊 /
谁能告诉我,行不行 // 这难熬的一周 / 中国人眉毛都拧成川字 / 而我
的心 / 始终是灰的

　　有一首网友创作的诗歌,一个朋友发在我的手机上,我读出了两行清泪:

　　孩子 / 快抓紧妈妈的手 / 去天堂的路 / 太黑了 / 妈妈怕你 / 碰了
头 / 快抓紧妈妈的手 / 让妈妈陪你走 // 妈妈 / 你别哭 / 泪光照亮不了
我们的路 / 让我们自己 / 慢慢地走 / 妈妈 / 我会记住你和爸爸的模样
/ 让住我们的约定 / 来生一起走

　　就是这样的诗歌,它们诞生在悲壮和顽强地用血肉之躯拯救生命和生
存世界的生死相守之中。怎么不叫人感奋、震撼而决然挺进!
　　一是快捷的震撼人心的诗歌信息传递。德国诗人梵里斯说:“心灵的
宝座是建立在内心世界与外部世界相遇之处,它在这两个世界重叠的每一
点上。”这次汶川大地震后,我的第一首诗是在怀化写的。当时,我正在
怀化调研,午休时,突然感到招待所的楼房在摇晃,接着,电视机和书案
都在移动位置。我预感这是地震,便从容地走出了楼房,来到前坪。通过
电话联系,我知道是四川汶川发生了地震。大约晚上 11 时许,省经视台的
领导给我电话,要我给即将举行的地震赈灾晚会写一首朗诵诗。我挑灯夜战,
直到次日深夜两点才写出来。

地震／这个我们不忍听到的消息／地震／这个撕裂心肝的天灾／席卷着无情的暴风雨和惊天巨响／就发生在今年5月12日时28分／／商店　桥梁　高楼　车站／都在瞬间变成废墟化作云烟／都在残酷地噬咬13亿人的心灵／面对电视播放的灾情和主持人沉重的解说／每个家庭都沉浸在巨大伤痛和无限牵挂的感情旋涡／遥望震区同胞处在生死存亡的艰难险境／谁又不想飞越关山奔向抢救的前沿／／我们不会忘记／当洪水泛滥的关头／你们伸出援助的手至今我们手中还有余温／当冰雪封住大地的时候／你们和我们一道抗击严寒／坚冰就在我们共同的拥抱中消融／／让我们昂起头　挺起胸／生死相依／心心相印／辟开大道／迎回明月清风／让我们踏平坎坷扫尽阴霾／用团结拼搏重绘锦绣蓝图／用血肉之躯再写英雄史诗

后来这首诗在《人民日报》发表后很快就在社会上流传开来。回到长沙后，每天我都被电视、报纸上报道的汶川大地震大救援的消息震撼着。

这是由一张照片点燃的诗歌思维火光，而诗歌便在瞬间孕育凝练成激情澎湃而又深沉思考的意象和诗歌语言。这除了是内心世界与外部世界的重叠相遇碰撞的灵感爆发，更是新闻媒体的快速传播信息和给予直观的精神刺激所致，这便应征了歌德所说诗的基本原则"太属于精神世界，大缥缈了"，当然也就会太悲壮，太让人激情奔涌。如我写的《祖国，我们不哭》：

突然天崩地裂／狂风暴雨挟着惊天巨响／大地在猛然摇晃／世界顿时失去了光明／黑暗和毁灭张开了凶残的翅膀／／我们在黑色和痛苦和时间里倾听／我们在焦急和惦念中遥相守望／都不忍重复　地震这两个字／都知道这两个字带给人间何等的悲惨／就两个字　让13亿中国人寝食不安……／／坐在电视机前多少人以泪洗面／坐在餐桌前多少人已品不出饭菜的香甜／看到身边天真活泼的孩子／多少年轻的父母默然无言／暗自用手帕去擦眼眶涌出的泪滴／／祖国／我们不哭／我们要挺住／一定不能哭／一定能挺住／祖国啊／我们能不哭吗

我不知道我这些诗歌是否真能代表读者的心声，但我写时确实含着泪花，当写到"祖国，我们能不哭吗？"其实我已清泪盈眶。在某种意义上说，特定的事物和事实，尤其是惨重的自然灾害往往会给诗人传递诗歌创作的灵感信息。诗为心声，愤怒出诗人，悲壮也同样出诗人。

今天妈妈和女儿都突然去了／去得那样匆忙悲怆／就连倒在地上呻吟的砖瓦／也在颤抖 哭泣／／孩子／妈妈不能哭／有你的爷爷奶奶哥哥姐妹在呼喊／妈妈／女儿不能守护你／还有更多的父老乡亲在流血／／原谅我吧 孩子／待些日子／妈妈再来拥抱你／让你在天堂 依然长得美丽／不孤独 寒冷／／原谅我吧 妈妈／过段时间／女儿回来给你点亮蜡烛／一定陪你彻夜长谈／直到你安详地歇息

我的心真的要碎了，写完这首诗，我就想到要给朋友打电话，把诗读给他们听，我在电话中读诗，声音几乎哽咽起来。谁没有父母儿女，而这种突然母亲和女儿的生死别离谁能经受这种巨大的打击，可这位女警察她真能承受吗？王洪发这个北川县民政局长的名字，至今深刻在我的脑海里，他的身影仍在我眼前闪现，真的，我真不知道怎样表达对他的敬仰和安慰！

他在奔跑 呼喊／机械似地奔跑／拼命地呼喊／他想让所有的人知道／我们不能放过一分一秒／／他又爬上了倒塌的楼层／使劲地摇动断裂的水泥板／他浑身沾满了泥土／仍不能盖住手臂／鲜血刻下的痕迹／／他见人就救 不声不响／他用手从废墟里刨出12条生命／可自己的儿子 却埋在那片废墟里／他不是不去救儿子／他知道儿子已经走得很远／／他仍在飞石走沙的险境中奔跑／他又朝着儿子走远的方向奔跑／他知道自己追不上儿子／但他知道一定要追上时间／他在奔跑呵

关爱生命，珍惜生命，拯救生命，歌唱生命，生命让我们变得坚强、豁达、慷慨、勇敢和永远充满希望和幸福的向征，在真正的生命面前灾难必然退却，光明会重新照耀人间的一切美好存在和辉煌前程。

高莹／我真的不敢相信／你如此纯洁 灿烂／美丽的微笑／会是在废墟下／在输液管晃动的时刻／／而你的心上／没有恐惧／绝望的阴影／受伤的双手／在流着鲜红的血／连失去的双腿／也在坚强地告诉／／我们／你没有哭／／你的微笑／是绽放在凄风苦雨里／是绽放在

那双双手 / 正掀开残忍水泥板 / 的一瞬 / 是在你 / 真切地看到阳光 / 穿透了废墟的缝隙 // 你的笑 / 是勇敢的笑 / 热爱生活的笑 / 是驱赶痛苦的笑 / 拥抱生命的笑 / 是亲吻祖国的笑 / 眷恋和感恩的笑…… // 你的笑 / 让多少 / 流泪的眼睛 / 放射出希望的光芒 / 让多少牵挂焦虑 / 的灵魂 有了 / 片刻的安慰和宁静 // 我相信 / 你的笑 // 会刻在哭泣受伤的 / 土地上 滋润 / 鲜花盛开 / 绿叶满枝 / 会留在人们心里 / 温暖流动的岁月

还有我看到报纸上发的一张照片，一个女学生被压在水泥板下睁着渴望的眼睛，顿时心都紧缩起来。我便剪下报纸坐在书桌前沉吟起来。

我不忍看这双眼睛 / 我知道压在她 / 身上的水泥板 / 不是轻易可以掀开 / 而她柔弱的身躯 / 怎能经受时间 / 的熬煎 // 这双眼睛 / 在慢慢暗淡 / 直到消失了最后 / 一线光芒 // 此刻 / 我的眼前 / 又会出现这双眼睛 / 我心中涌动的痛苦 / 在咬着我的心 // 那双眼睛呵 / 是一双美丽凄清的眼睛 / 我会为你的不幸 / 祈祷一生……

当祖国下半旗为地震死难者致哀的时刻，我的心情除了沉重，更多的是感受到了一种伟大的关怀和神圣光芒在照耀神州大地。

这一刻 / 我们用悲情书写共和国记忆 / 将汶川的惨死沉淀成历史 / 这是一尊国之殇的血肉雕塑 / 是一柱亡之哀的圣洁心香 / 是一面生之幸的神圣大旗 // 这一刻 / 祖国心脏天安门低垂的半旗 / 呼喊着神州大地江河的汽笛齐鸣 / 是中华民族抒发巨大悲痛的壮阔表达 / 是古老中国灿烂文明的理性传承 / 是当代世界关怀珍爱生命的无愧典范 // 这一刻 / 让我们都别说告别 / 这一刻 / 让我们都别说彷徨 / 这一刻 / 让我们都别再流泪 / 这一刻 / 让我们都别再忧伤 / 这一刻 / 我们需要彼此紧握手 / 朝着自己眼前的五星红旗 / 抬起泪眼 / 远望天空 / 齐声高呼 / 生命高于一切

美国艺术心理学家苏珊·朗格认为："各种艺术品都是由不同的幻象构成的。这种创造出来的诗的外观并不一定要真实的事物、事实、人物或经验的外观等同或对应。"这是非常对的。诗人的审美心理是内化的诗人深层心理反映，它是由客观深化和升华的心灵意象帮表达幻象与诗歌语言构成，而在诗人的审美感受、审美情感、审美想象和审美追求中，有四个要素始终在诗歌创作中起到画龙点睛的关键作用。

如我写《圣火在心中燃烧》就很自然地在心理构建了圣火的幻象和自己的审美情趣。

　　圣火没有熄灭 / 圣火仍在燃烧 / 它在升腾吉祥祈愿的火焰 / 它在闪耀辉煌圣洁的火焰 // 它的火焰飞到了汶川 / 在如丝如缕的慰藉 / 天堂安息的亡灵 / 它的火焰穿越于汶川 / 在低语轻言地抚慰 / 受伤的父老乡亲姐妹兄弟 // 它的火焰,点亮了昏暗的天空 / 点亮了蒙尘的土地 / 点亮了倒塌的房屋 / 点亮了绝望的心灵 // 圣火还对我们说 / 此时此刻 / 唯有拯救 / 唯有关怀 / 唯有珍爱 / 唯有挺住 / 这就是我们看到的圣火 / 这就是我们自己的圣火 / 这就是又将启程的圣火 / 这就是我们自己的圣火 // 此时此刻 / 让我们心中都有圣火 / 人人心中都怀大爱 / 紧紧地抱住汶川 / 紧紧地握住全国人民的期待

实际上有的诗，在写时自己是无法控制心灵的想象和心情倾诉的。我写《映秀 我来了》这首诗时，那种诗的情境是突然出现的，写完后自己也感到惊讶！

　　他要去映秀镇 / 他知道映秀镇的命运 / 最悲惨 / 他想去 // 抚摸它的伤口 / 给它的伤口 / 带去一缕温暖 / 他一定要去 / 他想到了自己 / 可能死去 / 但他相信 / 摄影机会活着 / 只要它能活着 / 他就不怕自己 / 离去 / 直升飞机从头顶上 / 盘旋掠过 　脚下 / 湍急的河水 / 在鸣咽奔流 / 映秀镇 / 那一片废墟 // 出现在他的 / 眼前 // 他的心几乎要停止跳动 / 他坐在山地上 / 眼前 // 他的心几乎要 / 停止跳动 / 他坐在山地上 / 只能用伏卧 / 的姿势 / 举起手中的 / 摄影机 // 他举着摄影机 / 在哭泣 / 在倾诉 // 他放下手中的摄影机 / 他庄严地扯了扯 / 被荆棘撕破的衣衫 / 他跪在地上 / 虔诚地为映秀镇 / 祈祷 / 此刻 他的 / 脚下又在晃动

是的，当一个诗人在这样冷峻而沉重的日子里，能用心和泪凝铸的激情，迸发出灵感，写出诗歌献给社会，呈现给读者时，他的心是异常欣慰，异常自我感动，只有如此，他的心才能在这样悲惨的世界面前慢慢平静下来。

让我们沉吟着这些诗歌，在寂静和艰难的跋涉旅途上去倾听天堂的回声，倾听大自然的回声，倾听山川河流的回声，倾听自己的整个生命世界的回声。一切都会在诗歌和奋斗中苏醒、萌芽、挺立，绽放出希望、蓬勃和美丽、灿烂和缤纷。

写完抗震诗集《敬礼，以生命的名义》后，我就有一个心愿，一定要去灾区看望受灾的乡亲们，深切体验伟大的抗震精神和生命的不息光芒，人间大爱、大义、大情和涌动和互慰。

正在此时，党中央又做出了全国部分省市援建灾区的决策，我们湖南省当即就派出了援建工作队。而我有幸被省委提名为援建领导小组副组长。这样我便有了去灾区的机遇。2008年9月19日，那是秋风萧瑟微寒的日子，我终于踏上了去四川理县的旅途。

汽车在蜿蜒曲折坎坷的公路上颠簸前进，路两边的田野、村庄、河流、山峦、工厂都不同程度地袒露着创伤的肌肤和容颜。有的村庄和集镇已成为废墟，有的河流被截断，有的公路被淹埋，有的桥梁被压塌，有的青山被切开，露出苍白的肌肉。这一切在咬痛我的心脏，又在震撼我已似乎平静的灵魂。

如果说当时写出这70多首地震诗，是在那段让人痛苦欲哭的日子，从电视报纸上知道那么多的悲惨、壮烈的苦痛、绝望、抗争，而现在治理破损的山河和人心创伤的日子，来到这块苦雨中的土地，我又一次让自己的心和灵魂走进了忧伤和感奋的天地。

这是一个坐落在海拔2600多米的桃坪羌族佳山村。我们的车子沿着狭窄不平的盘山公路艰难地爬行。到了半山腰，一个人口集中的石头寨子，我们看到了路边堆满了鲜红的大辣椒，村民们正在帮助城里来的司机装运辣椒。村长含泪指着眼前已变成废墟的寨子说："这里90多户人家的房子全部震塌了，现在村民们都在尽力抢修房子。"站在倒塌的房前，我看见村民们正在埋头清理断石、木料，有的已经重新垒起了石头墙壁。村长还告诉我，他自己也是羌族后代，这些石头垒的房屋之所以像城堡，是他们一代又一代的羌族人垒起来的。几代人的心血，毁于一旦，可以想见乡亲们此时的心情。顺着山脊往下看，层层山坡地里长满了玉米和绿油油的大白菜，路两边的苹果树都已结满了果实。透过眼前的丰收景象，我们还可以想见正在富裕起来的高山村民，又是如何面对这场掠夺式的无情打击。

我问村长这些农产品的价钱，村长很忧虑地说："现在这些辣椒只能卖3毛一斤，白菜2毛一斤。即使这样，也卖不出去，主要是交通不方便。"我们接着走过一道山梁，又去看了另一个倒塌的石头寨子。身边的羌族村民热情地招呼我们喝茶，并向我们挥手，从他们的眼神里，我读到了纯朴、期盼和自信。

整整一个星期，我去了不少的乡镇村寨和正在动工重建的学校、医院、住宅、饮水工程、道路施工现场，我真切地感受到理县的干部群众立志重建家园的决心和顽强意志，也看到我们援建队员的负责、吃苦、合作的团队精神，认真细致的工作情景。他们虽然住在板房里，还要夜以继日地工作，但从与他们的交谈中，仍然感觉到他们那种甘愿担当、不怕危险、乐于奉献的情怀，正迸发着巨大的活力，转化为一个又一个实际行动，我相信，在这块受伤的土地上，他们一定会留下自己坚实的脚印。

这就是我前面讲到的大爱大义大情。我始终相信，这种中华民族的伟大道德情操，一定能扭转乾坤，重整山河，再建美好家园。也由此我被感动、被激励、被鞭策、被震撼。这三首不拘格律的小诗，也许可以作为我这次理县之行的心得吧！

一

风尘慰访川西北，非是闲庭赏黄花。
眼前病树说悲壮，冷雨霜风唤新家。

二

峡谷深深留履痕，山高雾重更添情。
使命在胸尽全力，数逢余震心不惊。

三

平生足迹任西东，此处山川苦雨中。
乡亲对看心欲碎，晚照清风望暮松。

那天去米亚罗镇看已倒塌的学校原址已是中午时分，太阳光已强烈地照耀着四周的山岭，后山葱茏的树木已经成微黄的颜色。学校的老师仍住在板房里，几个天真活泼的小孩在布满石头、瓦片、断砖的操坪上嬉闹。乡长认真地在向我们介绍重建学校的设想。他反复说，这件事情一定要办好。站在我身边的工作队队长张银桥接过话说："我们湖南的援建，省委省政府要求很高，一定会让你们满意，让你们放心。"

这是使命，庄严的使命不是写诗所能表达的，最终的表达和结果，必将是带着湖南人民的美好祝福和深厚情谊，我们三湘儿女会在这片土地上写下永远铭刻在理县人民心中的友谊与幸福的美好时代乐章！

援建工作的特殊意义和显著成效，向全世界昭示中国的前途，中国的力量，中国的精神，中国的形象。就拿我们湖南省援建理县的项目来说，给理县的人民群众留下了难忘的印象和深情厚谊。下面我摘录《中国文化报》的一篇题为《湖南对口援建四川理县纪实》的文章，就能说明这个问题。报载：

桃坪羌寨是藏羌文化走廊的起点，距今已有2000多年，其精湛的建筑艺术和深刻的民族文化内涵是研究羌文化少有的"教科书"。在地震中它遭到了严重破坏，寨内多处房屋垮塌。

湖南援建队在考察后按照"尊重历史、承接历史、保护历史、创造历史"的思路，制定了由新、老两个寨区组成的桃坪羌寨恢复重建规划。2010年4月，桃坪羌寨恢复重建工程正式展开。由湖南省出资，国家及四川省文物部门主持修复桃坪古堡，全面恢复桃坪羌寨古貌；湖南援建队则负责在桃坪古堡的平地上重建一个新寨，作为当地百姓的生活区和旅游休闲区。2010年10月，修葺一新的桃坪羌寨重新开寨。维修后的桃坪古堡和新打造的桃坪新寨相映成趣，共同组成了桃坪羌寨这一重要的地标建筑群，成为集文化旅游、古迹保护于一体的旅游目的地。

甘堡藏寨是湖南省在藏羌文化走廊上恢复重建的又一重要文化古迹。它是汉、藏、羌文化结合的产物，因历史悠久、文化灿烂、建筑奇特、规模宏大而被称为"嘉绒藏区第一寨"，但在地震中毁于一旦。湖南援建队最终确定按照"传承文化，保护特色；修复文物，重建家园；老寨新村，对立统一；恢复藏寨景观，完善旅游功能；理顺水系，营造水景"的重建思路和4A级景区的标准对甘堡藏寨进行修复重建。

基于甘堡藏寨建设的特殊性以及对嘉绒藏族文化可持续传承的理念，由湖南省出资将甘堡藏寨的恢复重建全权委托给理县负责，并在重建的过程中培训当地的藏族工匠。

在援建理县的过程中，湖南省援建领导小组和援建工作队始终坚持尊重当地文化传统、呵护民族文化之根。为了在援建过程中保持少数民族建筑风格，负责桃坪羌寨建设的项目四组组长、援建队队员谢桂平四处寻找，终于在出版社的库房找到了较全面反映羌族传统文化的《羌族建筑艺术》。

湖南省文联主席、省对口援建领导小组副组长谭仲池在援建期间曾两次深入理县考察指导工作。2008 年 9 月，谭仲池第一次来到理县。白天他了解灾情，晚上强忍高原反应写下一行行动人的诗篇，其中《可爱的爱乡，人间的天堂》在配曲后迅速传唱。2010 年 7 月，谭仲池等 10 多位湖南艺术家再次来到理县，感受到了理县人民和湖南援建工作者们不屈不挠、艰苦卓绝的努力，艺术家们纷纷泼墨挥毫，尽情挥洒面对理县灾后重建成绩的喜悦。

为更好地收集、整理、保护和展示理县丰富的藏羌民族文化，湖南省决定在理县县城杂谷脑镇打造理县文体中心。湖南援建队用"科学援建，整合资源"的理念，将一些功能相近、布局分散的项目进行了"合并同类项"，将理县文化馆、图书馆、体育馆、博物馆、阅览室、影剧院、广电中心和接待中心 8 个项目整合为理县文体中心。

理县文体中心是个投资过亿元的项目，总建筑面积逾 3.2 万平方米，是湖南援建理县项目中最大的单体工程，也是整个阿坝州最大的单体建筑。在外形设计和装饰上，理县文体中心充分吸收了藏羌民族文化元素，还适当引入了湖湘文化的精华。

2010 年 10 月 10 日，湖南省对口支援理县灾后重建项目整体移交仪式在新落成的理县文体中心影剧院上演。建成后的理县文体中心成为理县藏羌文化的大本营，也是理县的一个新地标。

在湖南省援建理县的过程中，文化援建投入达 4 亿元，提振了理县的文化保护能力，也提速了当地旅游产业的发展。

在援建过程中，湖南重视恢复和完善理县旅游基础设施，重构了覆盖理县全境的农村公路网。在改善交通环境的同时，湖南援建队帮助理县修复和打造了 317 国道沿线的八大景点以及支线上的 4 个景点，每个景点都建设了完善的旅游接待中心。位于理县西北部的孟屯河谷因其得天独厚的人文风情、原始古朴的自然风光吸引着众多旅游爱好者和前来摄影、写生的游客。为方便游客，湖南援建队在孟屯河谷的两端各修建了一个游客接待中心。

经过湖南省的对口援建，理县旅游接待能力大大增强，加快了藏羌文化旅游目的地建设的步伐。

2010年10月，我第二次去理县。途中又要经过都江堰。在途中午餐时，我听当地的乡亲说：今年8月13日映秀又发生泥石流后，伤口刚刚缝合的小镇又遭重创。最近来都江堰的游客也明显减少。就是因了这句话，我决定挤出一点时间，去看一看都江堰的现实状况。我凭栏都江堰的伏龙观，目睹从前方苍茫峻岭间奔涌而来的岷江，继而又望眼前阳光照耀，却仍显朦胧的映秀城郭，心情又一次沉重起来。而此刻，我置身其间的都江堰，在我心里突然变得更加巍峨神圣，变得更加深邃古幽，壮阔雄浑。两年前的汶川地震，虽然极其疯狂残忍，却只撕裂开它袖口的几道微缝，摇落了山峦庙堂和龙观的几片青瓦。这不能不使后人惊叹，2000多年前这座庞大的水利工程的神奇坚固精微雄壮，超越古典的敏锐，敬畏善待自然造福生灵的意志慧光。

我在想，一定是在岷江洪水汹涌，吞噬了两岸的村庄，淹没了千里平畴的那个血色黄昏。他站在玉垒山巅含泪伫立，让只识自身汹涌澎湃之势的岷江撕咬自己的心脏，让在浊浪中倒塌的房屋和旷野无归的百姓悲愤地诅咒。

他是李冰，年轻的秦国蜀郡守，就是这样一幅悲惨的水患图，不知道熬煎了他多少不眠之夜，刺痛了他肺腑之中的条条神经。他的感伤和自责是无以言表的；他的近虑和远忧是凝铸朝夕的。我又想，一定是在那些水涨水落，雨泼雪压的昼夜，他总会徘徊江岸、堤口观察、探测千年万年不被人寸心相系的水情洪情旱情灾情与自然的生生息息相连的所有举动和行径。他已经下定决心要拯救川西平原的百姓于洪波、天旱之中，他要担当起造福百姓的庄严使命。就是这个李冰，历30年之风雨，率众修筑了盖世无双的大型无坝引水工程都江堰。西汉史学家司马迁在《史记·河渠书》中这样写道："蜀守冰，凿离堆，辟沫水之害，穿二江成都之中。此渠皆可行舟，有余，则用溉浸，百姓享其用。至于所过，往往引其水益用，溉田畴之渠以万计，然莫足数也。"从此两岸"水旱从人，不知饥馑"，遂成"天府之国"。究其大智，李冰的所思所为所作所成，全在心系苍生敬畏自然遵循规律，既承袭了秦以前的治水经验，广泛采用了当时已知的治水器材和工程方式，更为巧妙的是他利用地形、水流的走势，别出心裁地设计出鱼嘴分水堤，飞沙堰溢洪道和宝瓶引水口三大水利工程。他的治水三字经"分四六，平潦旱，深淘滩，低作堰"的成功实践，创造了古老中国的治水奇迹，凝结成了中华民族灿烂的文化瑰宝，也铸就了善待自然造福人民的李冰精神。

这是多么光耀人间的壮举，值得后人代代相承的都江堰物华和精魂。然而，历史的演进，总是不以人的意志为转移，会在某一个时刻因多种因素和偶然发生令人心痛的逆转和偏移。曾几何时，人们无视自然的生命生息，轻薄自己的庄严使命，竟异想天开地做出了许多让天地哀怨、百姓遭不幸的选择。那种"喝令三山五岳开道，我来了""人有多大胆，地有多大产"的疯狂与浮躁，所造成的巨大悲哀，莫出水患。

此刻，我手摸着笼石的显露着黑色斑点的纤细篾条和用篾条绑扎的圆木三角架，还有从江底打捞上来的2000多年前的古老石马，心中泛起别样的感慨。这是历史见证，更是历史的诉说。它在告诉我们，为政者应当怎样立德、立言、立功？心绪如水，云梦振翅，我坐在现代交通工具无声息的电动车上缓缓地穿行于绿树丹花、人流之间，仍然有一种轻松中的沉重，感叹中的痛楚。注目还残留在飞沙堰沙滩的树兜、断木、残枝，就又好像脚下的土地在晃荡，就好像头顶上的安澜桥在颤抖，就好像二王庙的金顶又在悲泣。真的，这便让我想起，当年李冰面对岷江水患的心情，该是何等的悲凉而夜不能寐。我也曾为一市之长，曾为江城的堤防而心焦和朝夕不安。每每遭遇洪水，看着浊浪排空，拍击堤岸，眼前就会自然出现大禹、李冰的身影和目光。是呵！寒夜晓月，路遥苍茫，茶马古道，庙堂钟响，庭前牡丹，篱边秋菊，赖有这种治水精魂、冲天勇气和风险担当，才能挽狂澜凿岩导江，才能伏苍龙而恩泽八方；才能万户洗悲泪，千里稻谷香。是这般人间秋色才能染出一城金甲，绣出千古镀金重阳，即使是白发登高也会气舒心畅。

这就立即让我情不自禁地要去看灾后都江堰的几个重建的项目。我的双脚一踏进那新建的医院、学校和居民社区，一看到眼前高耸的楼房和新剪裁的绿化场景，心里就萌发千红万紫的世纪憧憬和推心置腹的感动倾诉。

这就让我想起梁衡的一篇文章《假如毛泽东去骑马》中的一段话，毛泽东"由吴堡过河到临县，向西柏坡进发，定都北京。他登上东岸，回望滔滔黄河水，激动地讲了那句名言：'你可以藐视一切，但不能藐视黄河'。"我知道自己没有能力解读毛泽东这句名言，但我依然朦胧地感到人在大自然面前应该是深怀一种怎样的情怀、态度和立场。其实这种情怀、态度和立场正是来自对国家、民族人民命运的深刻思考和理性把握。唯其如此，纵是天崩地裂、山河欲碎，天道、地道、人道会一起来支撑宇宙，扭转乾坤。汶川地震后，全国的大救援，两年的大重建所展现的气魄成就，时空转换，不是已经和仍在继续印证么？

此时此地此境，我心潮澎湃，浮想万千，我揭开矿泉水瓶盖，我要把水当酒，洒向滔滔的岷江，洒向宝壶口，洒向离堆，我不仅仅是祭奠远去的蜀守李冰，而更是庆幸曾经李冰为我们用竹片编织的那个梦，又回到了都江堰的源头和离堆的绿荫花光里。

我在去理县验收援建成果的日子里，直接感受到了这种力量和精神产生的巨大精神动力和物质形态。这次我惊叹人世间的许多奇迹，而人的力量比所有奇迹更动奇伟大久远。当《人民日报》开展全国和谐盛民族情征文时，我情不自禁地写出了这篇埋藏在心中的散文《血脉深情的见证》，后来这篇散文还获中国作协与《人民日报》共同颁发的优秀作品奖。我想让这篇散文留在我风雨人生的路上，也许它会是我心中的一盏明灯，永远照耀我去书写中华民族大团结的壮丽乐章。

记得离开理县那天，我就向理县的同志说我一定会再来理县。两年后，我相信理县的灾后重建会是一番令人欣喜和振奋的情景。那时，我要组织湖南的文艺家来实地记录理县与湖南援建者们携手建设美好家园的雄健步伐，描画的山水新姿，弹奏的生活新韵。用文艺家的激情和祝福永远给理县人民留下美好的回忆和岁月的歌唱。

今天，我们真的来了，正值盛夏。许是老天也动情，天刚破晓，一轮金光四射的朝阳便升上山巅。我们乘坐着吉普车很快就来到了桃坪羌寨。那是我上次来时，曾含着眼泪穿过的古老石碉城堡和连片的石屋通道。当时悬在石屋顶上那块块狰狞的乱石影子至今留在脑海里。

此刻，桃坪羌寨的碉楼城堡就矗立在我眼前，露出兴奋的笑容。它的头顶白云飞渡，山鹰欢鸣。峻岩上的绿色树木正在挥臂向前来采风的文艺家们致敬欢呼。石桥下的山溪水也变得更碧透和声脆。

　　我细看，就发现原来碉楼和四周被损伤和毁坏的石屋都按照修新如旧的意念，经过精心设计，采用原始工艺和用料修复重建。一座重新用片石垒成的神形依旧又镀上了岁月风尘，古石碉城堡神话般地重新站立在蓝天下，放射着不灭的羌族文化的历史光芒。据《晋书·符登载记》中记载，"徐嵩、胡空各聚众五千，据险筑堡以自固"。桃坪羌寨是典型的羌族古堡。以古老的片石建筑户户相连的通道和纵横交错的地下水网而著称，被世人誉为东方古堡。我们走进碉楼寨子，羌族的姑娘热情地献上红色哈达和青稞美酒。这时，我激动的心完全淹没在这片石头长成的森林里，我又听到了来自遥远历史走廊悠扬羌笛吹奏的美妙曲子。也就是这飞入心中的美妙曲子，使我深深地感受到，我们总是生活在真爱和希望中。因为有爱，我们一道拭去悲伤的泪水，让痛苦、鲜血、抗争、挺立，铸就生命的阳光，融注热血深情和创造音乐、诗歌。

　　我们继续前行，途经峭壁的地段，还时有乱石凌空坠落。但我们都很镇定、踏实，大家明白，这种情况对于援建队员已经习以为常，他们总是乐呵呵地对我们说，什么苦和累，险和难，到了灾区才真正体会得到。两个小时后我们来到了被誉为红叶之乡的米亚罗。这时一条新修的盘山渠道出现在脚下。听陪同的援建队员说，是藏羌兄弟领着援建队员，爬坡攀岩寻找水源，开渠筑池。现在一条条流淌着清泉水的渠道和渡槽，在山岭峡谷之间穿行搭桥，把清泉送到了理县农村的千家万户。这是藏羌同胞日夜盼望的清水，现在真正流进了半山翠绿的菜地，流进了栽种着玉米和苹果、樱桃的高山梯田，流进了古老的山寨，也流进了乡亲甜蜜的梦里。我前次来就知道，这个叫作"三湘情"安全饮水和灌溉工程是湖南援建理县最早开工的项目。谁能想到这个惠及全县13个乡镇81个村占全县百分之九十人口，接近4万人的饮水和灌溉4万亩水田的巨大工程，只用了11个月的时间。而这些工程大都在海拔3000多米的高山地段施工，其艰难和复杂程度可想而知。当我在储水池旁边看到当地群众立下的碑牌上书"流水汇集三湘情，清泉喷发报党恩"的话语时，心里便泛起无限感慨！这时，我眼前又浮现了援建队长张银桥向我描述当时决策建饮水工程的情景。那时，他们刚进驻理县，还住在木板房里就挑灯熬夜听取各组下乡调查实情汇报。当他听到第3组的段云峰谈到浦溪村的严重灾情，居住的全部是羌族同胞，面临饮水困难时，一夜都不能入睡。第二天，就在乡党委书记恩波头的导引下驱车一路颠簸爬上了云朵之上的半高山蒲溪寨子。站在浦溪村寨的坍塌的石屋前，一眼望去，整个蒲溪乡的休溪、奎寨、色尔和河坝四个村子也尽收眼底。那些被地震撕裂割断和震塌的盘山公路和房屋、田园，看得大家痛心流泪。恩波头用沉重的声音说："现在浦溪乡的当务之急就是抢修公路和解决饮用水问题，否则所有救灾工作都无从谈起。"恩波头的话震动了张银桥和工作队员，他们顾不得休息，接着就跟着老乡步行到三公里以外去找水源。一路上，当他们看着一栋又一栋被震塌的房屋，一条一条被撕裂的水渠，一群又一群向他们诉说的羌族兄弟，心里像灌了铅。乡亲们实在太难了太难了，一定要尽快帮助他们解决饮水问题。就这样，工作队立即把这个想法与理县的领导沟通，迅速地做出了决断。

是呵！地震过后，为什么灾区的一切会变得越来越美好？我们抚摸胸口、伤口，静下心来想一想，眼前就会浮现中南海彻夜不眠的灯光，全国哀悼日的半旗，特殊党费的红色纪念证，一个3岁儿童的庄严敬礼，神州曾出现的举国大救援行动。这一切只能在中国，也只有共产党领导的中国才能创造这种惊天地、泣鬼神的救援奇迹！

"要带着特殊感情全力做好对口支援工作，让党中央放心，让灾区人民满意！"当时的湖南省委书记张春贤、省长周强到理县看望援建队员们就是这样满怀深情地对大家说。这些话字字句句都刻在援建者的心灵上。来自湖南各地的上万名建设大军在高原山区安营扎寨，破雾迎日，他们克服重重困难，战胜严寒和强烈的高原反应。筑路的工人甚至冒着随时都有飞石和塌方的危险作业施工。就这样他们把一条条公路修进深山高坡，把一栋栋新建的民居集中区连接起来，形成新的居民点。一个又一个乡镇医院，一所又一所乡村学校都在新选的地址建立起来。明亮的玻璃窗，宽阔的走廊，洒满阳光的教室、病房，绿树和鲜花掩映的门楼，就像一幅油画在乡野铺展，闪耀着美丽的彩光。看到乡亲们的笑脸，听到孩子们的歌声，援建者们也笑了、乐了，他们的心中也和当地的村民一样荡漾着温暖和幸福春风。这是一条新修的小路，全长40公里，弯弯曲曲像一条美丽的哈达，一直盘旋到4000多米高的山巅。来自湖南的援建队员，一趟又一趟在翻山越岭勘探询查精心设计创意，一定要把它修成一条开放路、致富路、绿化路，因为路的一端正好连接着美丽的原始森林毕棚沟风景区，他们知道，多少年来，老乡在梦中都盼望有一条路把毕棚沟的神秘和绿色梦幻送到山外的世界。没有想到，在地震后的创痛里，这个愿望终于实现了。我们走在新修的公路上，仿佛看见一辆辆旅游车正披着灿烂阳光欢快奔向白云飘飞的美妙大自然的天堂。

在这里我要特别提到的是在地震中受重创的县城所在地杂谷脑镇。这个古镇名存七个朝代，有着自己独特而深厚的文化底蕴。县城位居一条稍宽的峡谷地带。理县所拥有的繁荣和风情、传统和习俗、特产和服饰、热情和古典、向往和追寻都在这里汇集流转和沸腾。正是目击这一切的深邃、神奇和张扬、律动。湖南把民俗博物馆、文化馆、广播电视中心、群众艺术馆和体育设施等场馆融为一体的文体中心建设，作为扶助理县的重点公益项目之一来精心设计和组织建设。这项巨大的综合工程在理县县委、县政府和各部门的大力配合下，已经雏形隐现，目前已进入装修阶段。近看这座高大雄伟而富有藏羌建筑风格和鲜明民族色彩的建筑群，我的心情异常激动！

这该是一片怎样美好的风景；一幅如何诱人的立体画卷；一首何等激动人心的凝固乐章；一条涓涓流向锦绣未来的知识和欢乐的河流。

接着，我们又来到了新建的潇湘大桥上，我让自己的眼光从脚下玉带般向前延伸的三湘大道向空中扫描，便看到了新建的理县医院楼顶上鲜红的"十"字和福利中心灰色的屋顶。一切是这样的鲜活、庄严，这样的蓬勃，充满血脉、深情、生命和绿色的神韵。当我们走进医院，看到来自家乡的医疗专家，握着他们颤抖的手，望着他们饱经风霜的脸庞，我的眼泪夺眶而出。是的，此刻，我在这片两年前飘洒着悲痛苦雨的天地里，看到了和煦的阳光和天空一样蔚蓝的森林，看到了碧绿的湖水和鲜花一样明媚的姑娘笑脸。我从新修的公路和新架的大桥的絮语中，我从轻柔的清风与新盖的楼房窗口的亲吻中，我从住院的病人和福利院老人的感激的眼神里，掂量到了祖国大家庭的深深情爱和无私支援的天高地厚，感触到了龙的传人的精神气和中华民族的一往无前的巨大凝聚力。

一直陪同我走访的理县县委书记蒋刚多次动情地说：理县的山水知道，理县的土地知道，这湘理深情浇灌的援建成果，会永远铭记在理县人民心中，会成为理县与三湘人民美好情谊的思念心结。在理县这片古老、美丽而遥远神奇的青山绿水间，我和湖南的文艺家们真真切切地在感受到世界最圣洁、最丰厚、最平实、最永恒的至爱和至美。我们一定会用心灵和心血，用虔诚和崇高来礼赞和雕刻这种流淌着血脉深情的生命灵魂之美。

这时，有悠悠凉风袭来，太阳慢慢隐进云层，天空飘拂着柔软的雨丝。四周连绵起伏的高山峻岭，渐次幻化成一片如帆如岛如宫的苍茫。我感到

眼前的世界突然变得异常的静谧、清新、缥缈和梦幻。此刻，我的心感受
到了一种从未有过的宁静和幽远，从未有过的清爽和慰藉。我真想让自己
也变成一片绿叶，飞向天空，飞向细雨迷茫的杂古脑河沿岸的树林，永远
栖息在这片绿色生命的海洋里！

我心依旧

2007年11月16日晚8时，湖南大剧院座无虚席，大型情景歌舞《湘女》终于揭开了她神秘而美丽的面纱。来自全国历史文化名城年会的近百名代表观看了演出。他们都被这场深蕴湖湘文化底蕴，展示湖南艺术水准的晚会吸引、感奋、震撼。一次一次投以热烈的掌声。次日的《湖南日报》以"昨夜、《湘女》惊艳"为标题报道了晚会的盛况。

在洪亮的古钟声中，歌舞拉开了序幕。伴随着婉转悠扬的主题曲，波涛滚滚的湘江、静谧怡人的洞庭湖、巍峨俊美的衡山、多姿多彩的潇湘八景等湖南旖旎的自然风光和具有代表意义的文化古迹次第从舞台背景画面中扑面而过。画终，开始进入《天姿雅韵》。一群青带素衣女子在悠扬的笛声中飘逸而出，置身于一片云雾缭绕充满灵性的竹林之间。紧接着古朴而缥缈的韶乐响起，一男子飞舞而出在空中飘荡。舞台中央放出几束绿光，慢慢形成一个旋涡，秦始皇从中走出，高声放歌，激昂雄壮，像是走出了历史的深处，重现辉煌。正当全场观众为这大气磅礴的情景感喟时，背景画面已切换到了凯歌四起的大汉王朝，红装的武士击鼓而庆，瓷器、青铜大鼓、编钟编磬纷纷出现，辛追与穿着汉代服装的少女翩翩起舞，一座高大的王城从地平线上拔地而起，楚汉乐舞依次展现，一片太平盛世景象，将晚会推向第一个高潮。

进入《风情万种》的方式独特而自然，在观众欢呼声中，一群上身赤裸的壮汉伴随着野性的呼号将一个人树桩抬上舞台，在灯光有节奏的闪烁中狂舞。一座小山从舞台后升起，一群男人在山下跳着民族的舞蹈，一位红衣女子在山头唱起了那首《湘女》。一群绣女姗姗而入，斑斓多彩的民族舞蹈，让人忍不住跟着台上一起哼起了歌："莫谓湘女太多情，人间冷暖唱不休。"

在一片悲壮又充满战斗激情的舞曲中，背景进入近代，剧情也跟随着发展到了《芙蓉朝晖》。画面里烽火四起，杨开慧等湖湘儿女开始登上历史的舞台。民主自由、民族解放、国家发展的主题贯穿始终。上天山的湘女等在片片杜鹃花飘落中一起上台共舞，把歌舞剧推向了最高潮。

台下观众的热情早已高到极点，一位60多岁的退休老干部使劲鼓着掌说："怎么形容《湘女》呢？我看是人美歌甜、情感四溢、大气磅礴、流光溢彩、文化浓厚、穿越历史。"

今夜，长沙最灿烂的星空注定属于《湘女》。今夜，《湘女》惊艳。

要说到长沙市政府决定创作上演情景歌舞剧《湘女》是有其深层思考的。长沙是国家首批确定的历史文化名城，它的悠久的历史文化和许多美丽的传说，都集中反映出湖湘文化的精义和灵魂。世人都言湘女多情，其实湘女之情是蕴含大义、大德、大智和深情的。从屈原的《九歌》吟咏的湘夫人，到哭倒秦长城的孟姜女，直至革命女英杰杨开慧、向警予和八千湘女上天山……哪一段故事、佳话不是美丽动人，撼人心魄。真可谓，人间美色看湖湘，天下佳人数湘女，三湘四水的灵气润泽了湘女的天姿柔美与坚贞圣洁。

我作为此剧的创作者之一，自以为是满怀敬畏和崇尚之心写作主题歌词的。尽管仍有升华和完美之处，可我仍愿将此词留在书中。

> 天地茫茫
>
> 岁月悠悠
>
> 湘江北去万古流
>
> 斑竹映月吟大爱
>
> 湘妃如霞织锦绣
>
> 山有情　石有情
>
> 花有情　木有情
>
> 化作白云九嶷飞
>
> 光照大地万物苏
>
> 疆场烽火　弦歌丽韵
>
> 古道斜阳　雄风宇宙
>
> 莫谓湘女太多情
>
> 人间冷暖唱不休

是呵，人间总有真情在，人间总是盼春时。一曲丽歌，无限情怀，是能滋润向善之心，向美之魂的。我时常作如此想，我愿我的市民能更自由和美地生活劳作在文化和情感的芬芳之林。

也就在这同一个月的月初，我应邀去湖南农业大学给学生们讲课，讲着讲着，我竟泪盈满眶。这是为何，现在想起来，我当时无非是倾诉了自己心中的真情实感和生命体验。当时我对同学们讲，在时代给予我们的机遇面前，要有坚定的信义，坚忍的意志，坚守自己的初衷。在跋涉的征途上，要始终志存高远，虚怀淡泊；要有"铁肩担道义，妙手著文章"的人文情怀，要有"封侯非我意，但愿海波平"的从政理念；要有"人生自古谁无死，留取丹心照汗青"的生命追求。也正是因为这样，当我看到江岸林荫上挺立的香樟树，绽放的杜鹃花，就会极自然地想到它们作为市树市花的生命形象，并油然深怀敬慕之情。我在《香樟与杜鹃》一文中写道：

> 我不知道，世界上还有哪条江，有如此雄阔而震撼世界的气派，日夜映照着历史风云和现实的画卷而奔腾歌唱；有哪座城市，有如此天缘的缝合让山水洲城相拥而深情无限地湿润深厚的文化沃土，不断雕刻诱人的美丽姿态和锦绣家园的新美生活；有哪脉苍山，有如此葱茏的森林屏障和汹涌的红色花潮？是的，这就是我生息、工作、时刻爱恋着的家乡长沙。

> 是岁月涌动的创造潮汐和时代铸就的激情乐章，在上世纪末波澜壮阔的日子里，长沙人以自己独特的创新和锐意进取的方式，在经过数百万市民的心灵与心灵的交谈，手手相握的庄严选择后，提出了"心忧天下，敢为人先"的长沙精神，与此相渗透而成为长沙市形象标志的市树香樟和市花杜鹃，也在春风的抚慰下披上了朝霞的凤冠，走进了历史的时间隧道，扬起了承载长沙3000年灿烂文明的绿色臂膀和高举起照耀古老神州和奔向金色未来的殷红火炬，这就是长沙人心中的偶像和旗手。

> 你是何等有着思想高度和形象维度的精灵呵！

> 你是何等洋溢着生命蓬勃和天地正气的象征呵！

> 我纵然能选择万千个凝聚着中华民族智慧的文字，可又怎么能将这只能用心感悟和阅读的精灵和象征说透呢？

世界上有一种至高圣洁的感情，便是人对自然的崇拜和热爱。因为这种崇高的感情寄托和归依，我们便随时想起自己曾读过的《爱莲说》《荷塘月色》《白杨礼赞》《松树的风格》《我爱韶山红杜鹃》等充满激情和哲思，对大自然中的树木花草由衷赞美和畅想的经典之作。其实，哪一篇又不是心灵对世界万物感悟最真诚的歌吟和对人生审视最理性的情怀倾诉？

当我们品读香樟树时，也一定品读杜鹃花。我以为杜鹃也应是百花之秀、圣洁之灵、情感之焰、壮烈之火、日月之华，故而能孕育旷世英雄的肝胆豪气，装点古城的盈盈春色和编织岁月的七彩缤纷。我们读香樟杜鹃是在读自然天地，是在读人类和我们自己！我们爱香樟杜鹃是在爱生活生命，是在爱家乡和未来！

因为这万片绿叶，我们会懂得世界的丰富辽阔博大；

因为这千丝红瓣，我们会感知情谊的浓厚无价悠长；

让香樟、杜鹃走进我们的眼睛、灵魂、梦想，走进我们的血脉、生命和永远守望的天堂。

就是因了这些人伦与自然的句连融合，彼此润泽，使我的心灵依旧年轻亮堂和高远。在我的心中，市民就是我的衣食父母，城市就是我要用心雕刻的作品，而个人的荣辱，则应是过眼烟云，水中的琼楼，不必在心，无须计较。我曾对自己的知心朋友说，要建设、经营、管理好一座城市，显然个人的能力是远远不够的。但即便如此，从政者必须要有强烈的社会责任感和谦恭敬畏之心。要敏于做许多实实在在的事情。而这种责任感和事业心，务实作风的躬行往往还会处在意想不到的矛盾和压力之下，有时会沉重得让你心力交瘁。怎么办呢？我找到了自己的解脱方式，那就是阅读和写作。所以我说当我从工作岗位退下来后，我不会留恋任何职务。我只希望以后人们称呼我为"老师"。老师是最让我尊重的称呼。

在很多时候，不少人都对我几十年坚持写作不理解，也有记者当面采访过我，在这里我想起了凤凰卫视的主持人雍慧女士，她就直言不讳地问过我："市长，我们都很奇怪，您工作这么忙，怎么会有时间写这么多书？我看过你的一篇叫《享受孤独》的文章，我也想问问你的孤独在哪里？"下面就是我对这两个问题的回答。

我从小就喜欢写作，读初中的时候就发表了文章。到现在，已经是40多年了。我把写作当作一种学习，当作一种调节。

同时，写作能够净化我的灵魂。因为你写书给别人看，是表达你的思想和品格，你的思想不深刻、品格不高尚，那么你写的书就是假的，骗人的。

我写书，曾经很多人误解过，说你当县长、专员、市长，这么忙还有什么时间写书啊？是不是在公务时间写书去了？其实，这个问题很好回答，我们看看毛泽东，每天日理万机，但是留下了那么多的著作、诗词。关键是贵在坚持。每天写一个小时，一年就300多个小时，10年就3000多个小时，我40多年了，多少个小时啊！写书就是靠日积月累，成为自己的一个追求。所以才写了这么多文字。

写作成为我生活的一个重要组成部分。我还要说一句感谢的话，写作是一个非常好的朋友，我困惑的时候、苦闷的时候、甚至有某种委屈的时候，读书、写书是我一个无言的朋友，我们经常在一起交谈、对话。常言说，开卷有益。对此我深有体会。

看书、写书是在跟别人对话，也是在跟自己对话，更是在跟自己最知心的朋友对话。

对于职业的选择，我首先爱好写作，但是后来，走到了今天的岗位上来。既然组织安排我做这个工作，我当然要把现在的工作做好，如果有一天我不当这个市长了，我当然继续选择我的写作。我这个人没有别的奢望，我只要能读书写书就非常好了。至于说孤独，这是一个心理感受。你问的这个问题很有意思。作为一个市长，有时候我会感觉到很孤独。对于一个从政者来说，当你需要对某些问题作深层次思考的时候，他会感到孤独；或者当某些问题别人不理解时，他也是孤独的；或者自己有某种压力的时候，发现很多问题了，感觉到自己也是很孤独的。

在我看来，孤独对于一个人来说，也是一种境界，这是一种更深的境界。很多人可能都不喜欢孤独，但我有时候觉得孤独一点，会让人更加成熟。

在这个章节里，我较多地叙述了自己从政读书与写作的心路历程。其实在我身影的背后，家庭生活却是我最重要温馨的港湾。在那个平静风清、气候温和、身心愉悦的天地里，我拥有最真挚、平等和甜美的生活节律。一次，《晨报周刊》的记者问了我不少关于家庭生活的问题，我在这里也剪辑几朵小花，让读者品品其中的滋味。

晨报周刊：搜索您的照片，发现您对穿着打扮很讲究。

谭仲池：是的，我很注意这些，为了维护政府的形象嘛，你看身上的这套西服就是我找人定做的，领带和衬衫也是我自己搭配的，这件衬衫很有意思的，有很多条条。身份、场合、心情都要考虑的，色彩款式包括鞋子都要统一。有时我戴墨镜除了遮强烈的太阳光，袒露某方面的气质，那种感觉只能意会。

晨报周刊：您还蛮有研究的？

谭仲池：我很早就对电影感兴趣，对电影里的人穿着打扮注意过。后来在潇湘电影制片厂工作，为了对演员服装有发言权，特意作过研究。

晨报周刊：您一般会去什么地方买服装？

谭仲池：出国的机会很多，不少服装是在国外买的，我买东西目的性很强，最近我和太太两个人去东塘的金色家族转了一下，也买了各自中意的休闲装。其实，自己去选购称心的衣服，也是一种生活和审美享受。

晨报周刊：您爱人真漂亮，当年您哪点吸引了她？

谭仲池：她是下乡知青，我们1973年认识，1976年结婚。她喜欢读书的人，觉得读书人是理性的人。

晨报周刊：你们感情怎么样？

谭仲池：她是我许多作品的第一读者，她帮我改错别字和语句，至少改了100多万字。我有很多缺点，也有很多性格缺陷，在我的心目中，她就是我的老师，我一直叫她范老师。我在家里是个简单粗心的人，家里的事情都是她在操心。

我的工作一直在变，总在奔波，到长沙后，我们的生活才稳定下来。

晨报周刊：这么多年一直感情很好吗？

谭仲池：我们结婚30多年了，可以说是相知相望，风雨同行。对一些问题有过争论，但是从来没有吵过架。我们夫妻都是一起活动的，一起散步、游泳、打网球。我出差都会给她买一点东西，我了解她的性格爱好，她最好的衣服，围巾都是我给她买的，她这一辈子为家庭付出太大了。

晨报周刊：您觉得您是一个什么样的人？

谭仲池：搞了这么多年政府工作，我觉得我还是一个很真实的人，不希望给自己戴上面具，哪怕把自己的缺点和不足暴露给人家。我在大会上批评人，骂人，有时候很尖锐的，但大家理解我，甚至宽容我，大家都知道我性格急躁耿直，也容易动感情。

晨报周刊：为什么希望我们过一段时间再发这个稿子？

谭仲池：我是不想引起别人的误会。刚下来时间不是很长，就接受采访，好像我生怕被别人忘记，我其实很想让人家忘记我是市长，以后我就是一个普通作家。最近许多采访我都拒绝了，我知道大家关心我，尤其这样我更要自己把握好。我希望让别人觉得我同样也是一个平常的人，永远要学会淡泊为怀，宁静致远。

晨报周刊：是不是发生过类似误会？

谭仲池：当然是这样的。鲁迅说"我只是用别人喝咖啡的时间读书"，结果把喝咖啡的人都伤了。特别是我这样的人，更要懂得尊重他人的个性和选择、爱好、兴趣。这个社会，大部分人是可以相互理解的，但有的人是不愿意去理解人的。

本来有心要表达某种意思，有些话没说好，就适得其反，变成很难解释的一件事了。

我很感谢这位记者的负责任。她的这篇稿子确实推迟了发表时间，而且基本上是我的原话。其实，像我这样的人，也如平常人一样，如果拿走市长这个特定的身份，又还有什么东西让人注目呢？所以我说我心依旧，就是想表达这个意思，我最多算一个没有读好书和写好书的读书人。在这里我又想偷懒了。还是让曾经为我辛苦的晨报周刊记者为我代言吧！

12月20日，快到冬至的阴雨天气，透着这个节气应有的寒意。

枫林宾馆三楼空旷的会议厅里，谭仲池穿一身深色西装，有几分单薄，外套就搭在旁边的椅子上，一直没穿，摄影记者正在不停地给他拍照。看得出他十分讲究仪表，西服是定做的，衬衫和领带是自己精心搭配的，进电梯时，也会习惯性地整理一下衣服。

之前，记者曾经搜索过谭仲池过去的照片，发现他有颜色众多的领带，搭配西服的方式有时也别出心裁。比如，在一次环保会议上，他用白西装配黑领带，加深蓝条纹衬衫。

中午采访结束，谭仲池打算回家吃饭，记者跟随他看到了他的新办公室和离市政府很近的家。他非常喜欢毛泽东，车上、办公室还有家里，都放着毛泽东的画像或者雕塑。

谭仲池的家到处都摆放着主人的照片，特别是男主人的；红瓷、书画、鱼缸……每个角落里都有可以慢慢玩味的特别摆设；有按摩椅和健身器材；坐在阳台，能晒到冬天的阳光，能看全院子的风景；睡房和书房连在一起，堆满了书籍。在这个家里，谭仲池称呼妻子范菊秋"范老师"，而妻子称呼他"老谭"。

谭仲池曾多次要求记者别采访他，即使报道也请缓几个月再发稿件，"我才下来，想要自己静下来多读一些书思考一些问题""好像生怕被忘记""一个人能待这么久，很不容易啊"。

晨报周刊：现在的生活和以前有什么不同？

谭仲池：变化是我所做的事情不同了。我有更多的时间读书，思考问题，尤其是想城市建设方面和写作上的事。

晨报周刊：所说您最近打算写电影《袁隆平》，准备得怎么样了？

谭仲池：还没开始。正在采访有关方面的人，很难写，要下功夫找很多感人的情节，不能编。

晨报周刊：曾经是长沙市市长这个身份有没有给您现在的工作带来便利，比如写电影《袁隆平》？

谭仲池：我觉得大家是信任我这个人。

晨报周刊：平时您喜欢做些什么呢？

谭仲池：我是个书虫，能一个人在家里待几天看书。我爱好不多，我和太太打网球的技术都很一般。音乐我喜欢柴可夫斯基和贝多芬的，我也喜欢民乐，流行歌曲我喜欢《涛声依旧》，《梦驼铃》也蛮好听的。最近的电影《色·戒》《投名状》我都看过了，和文艺界的朋友谈谈这些，我其实也是一个普通的文化爱好者。

晨报周刊：既然您那么热爱文学，为什么却选择了从政呢？

谭仲池：人生有很多始料不及的事情，命运在选择人，人和时代是同步的，我觉得是这时代和命运选择的结果。

晨报周刊：您最近往来较多的是哪些朋友？

谭仲池：年轻的朋友比较多，我小时候的伙伴，还有部队时的战友，我还带了几所大学研究生，有时还拜访一些过去的老师。

感恩无期

五月的阳光温暖　明媚
给坐落在上海望志路的庄严石库门
镀上了一层浓郁而凝重的金辉
歌声从楼下的厅堂飘出
牵动多少人回忆的热泪

我们来了　带着无限的崇敬
无限的眷恋　无限的感恩
和无限的向往　憧憬啊
就像黄浦江浪花在深情拥抱岁月的辉煌
倾吐心中的万千感想

······

难忘的 1921 年 7 月 7 月的上海石库门
你始终高举着不褪色的镰刀铁锤旗
似一片彤云　在守望东方精神峰巅的朝阳
从明天　到今天　到将来　从苦难　到巍峨　到壮美
永远年轻　永远豪迈　永远风光
　　　　　——《七月的曙色》写在上海中共一大会址

　　这是 2011 年 5 月 25 日，我在上海应上海市委宣传部长杨振武之邀写的一首纪念石库门中共一大会址的诗歌，后来发表在 2011 年 6 月 21 日《人民日报》纪念建党 90 周年特刊《党旗礼赞》栏目。其实写这首诗歌是有缘分的。这就是 2011 年 5 月 24 日我应宋祖英之邀和徐沛东一起在上海"中共一大"会址参加了宋祖英歌曲新专辑《阳光乐章》首发式。这是宋祖英为纪念党的90岁生日献上的一份厚礼，也是当时全国唯一一张纪念建党90周年的歌唱家个人歌曲专辑。由此可知，宋祖英对党的无限深情和感恩情怀。当时的《长沙晚报》这样报道：

昨日，上海"中共一大"会址洋溢着浓郁的节日喜庆氛围，宋祖英歌曲新专辑《阳光乐章》首发式在这里举行。这是为热烈庆祝中国共产党成立九十周年，宋祖英联袂我国一批顶级词曲作家特别推出的主旋律红歌专辑，也是目前全国唯一一张纪念建党九十周年的歌唱家个人歌曲专辑。

首发式由上海音乐出版社有限公司等单位主办，中共上海市委党委、宣传部部长杨振武，湖南省政协副主席、省文联主席谭仲池（歌曲《阳光乐章》作词），中国音协党组书记徐沛东（歌曲《阳光乐章》作曲）等领导出席首发式。

专辑《阳光乐章》由两张CD（演唱＋伴奏）共十五首歌曲组成，包括《阳光乐章》《唱支山歌给党听》《天蓝蓝》《微笑》《同人民在一起》《锦绣春天》等近年在中华大地广为流传的主旋律精品，首首经典，曲曲动听。

主打歌《阳光乐章》由长沙市委宣传部精心策划，为党的十六大召开而创作，最初通过长沙市政府、中共长沙市委宣传部推出，一举成为中宣部指定的五首十六大会场播放歌曲的第一首。十七大以来，这首歌在宋祖英的传唱下，迅速风靡全国。据统计，中央电视台播放累计达五十余次，全国卫视及各城市电视台播放不计其数。《阳光乐章》优美的歌声飞遍全国大街小巷，尤其是深入流行于沪宁杭地区，深为广大老百姓所喜闻乐见，成为城市团体、乡村社区等群众性歌唱比赛、广场健身歌舞、各类庆典活动的首选曲目。在喜迎中国共产党九十华诞之际，在上海市委宣传部组织下，经上海市民意调查，选出《阳光乐章》作为献礼代表歌曲。为此宋祖英和一批词曲作家迅速以它为主打，和其他几首优秀主旋律歌曲一起录制成辑。专辑由中共长沙市委宣传部出品监制，上海市委宣传部隆重推出。

专辑中另一首特别值得一提的歌曲《唱支山歌给党听》，从六十年代我国著名老一辈艺术家才旦卓玛演唱而红遍中国，传唱半个世纪，依然经久不衰。随着国家日益繁荣富强，人民生活安定幸福，这次经过宋祖英的深情演绎，品味沧桑流年时代巨变，相信人们会感到别有一番韵味在心头。

　　我作为《阳光乐章》的词作者，当时的心情也是很激动的。我和徐沛东也有宋祖英的想法，一定要用自己的情和智、心和血来书写歌唱自己对党的无限敬仰、忠诚、赞美之情。没有共产党就没有新中国，只有社会主义能够救中国这是真理，也是90年来中国共产党领导我们走过来得出的结论。正因为这样，当我接受杨振武部长的诗歌之约，当晚就写出了诗歌初稿，其中有几段我想在这里写出来：

　　　　上海　黄陂南路树德里
　　　　一条用坚实的条石　古朴典雅建构的里弄
　　　　每幢楼房　重叠的青红砖和乌黑木门上的铜环
　　　　依然闪耀着那个伟大时刻
　　　　风云聚会　真理和丹心涅槃的火焰

　　　　这一刻　国际歌的旋律
　　　　激荡起黄浦江拍岸的惊涛
　　　　这一刻　英特纳雄耐尔的幽灵
　　　　在微笑着向东方致敬
　　　　这一刻　中国人几千年的求索找到了答案

　　　　从这一天　这一刻开始
　　　　在世界东方　东方的中国
　　　　有世界上最大人群的盛大祈祷
　　　　在石库门内诞生的太阳啊
　　　　会永远和黎明一起降临

　　真理的太阳从石库门升起，从此中国人看到了光明，看到了希望，看到了方向，看到了前途，看到了春天。也就在这个全党全国人民都怀着同样的心情迎接党的90周岁生日的时刻，我写的长诗《东方的太阳》，也由人民文学出版社出版。6月上旬在北京中国作协、人民文学出版社为《东方的太阳》举行了简单的首发式。国家新闻出版总署的蒋建国副署长、中国作协副主席高洪波、国家航天中心主任陈善广将军、海政歌舞团副团长宋祖英、人民文学出版社社长潘凯雄和北京文艺界的上百位作家、诗人、电视台节目主持人参加了首发活动。著名歌唱家李丹阳、王莹和陈笠笠还主动登台歌唱，共同表达了大家对党的一片深情。在这个时候，我尽管有千言万语要表达，但是我无法选择最恰当的语言，我只能在心中祝福伟大的党、伟大的祖国、伟大的人民。

当时在场就有记者要采访我，在网上我也看到广大网民对我写这部长诗的关注。因了《湖南日报》之约，我写了一篇题为"我写长诗《东方的太阳》"的文章，说出了我写这部长诗的缘由和经历的感情波澜。这篇文章发表在6月10日的《湖南日报》，我在文中这样说道：

去年11月27日深夜12时刚过，我花了一年多时间查阅资料，寻访遗址，择时而写，终于完成了6000行长诗《东方的太阳》书稿。这时刻，我的心情异常激动。

我走到窗前，耳朵和心贴着窗帘想倾听室外世界的声响。

然而，这也是一个异常宁静的夜晚。

我想，许是这个夜晚，也在诗意中行走，所以，夜竟然就如一个缥缈的梦，浮在宇宙之间。

此时，我也深切地感觉到自己脸上绽放了自我抚慰的微笑，心中正流淌着被漫长祖国历史感动的泪珠。我那对祖国、人民乃至山川江河湖泊草原的爱呵！非以终身之许诺所能表达。

我写这部长诗，开始萌芽创作欲望是在前年5月。那天湘江的江心橘子洲上，毛泽东青年艺术雕像正在举行隆重的揭幕典礼。当时的艳阳、清风、浪涌、翠色、人潮，让我心潮澎湃。我抱着小孙女楚楚，接受着人生最幸福和最圣洁的精神洗礼！

这是一个多么美丽、圣洁、激情的世界和时刻呵！高天的彩云，江上的帆影，古城的楼阁，地上的车流仿佛都被此时的壮观和律动感染，展现出万物的盎然生机与绚烂景象。

回到家里，我的心情依然不能平静，我即时铺开素笺，便兴致盎然地写出了《守望橘子洲》的散文，后发表在《人民日报》的副刊上。

也就在此刻，我眼前仿佛仍然有一颗太阳在闪耀，我冥冥中听到江涛的叮嘱，你应该写一部长诗献给亲爱的母亲。

说实在的，这部长诗能写到 6000 行，我自己也始料未及。写到后来，原来拟写的提纲和设计的构思基本上不复存在。我也说不清楚，最后竟是写成这个样子。尤其是有些章节中出现的一些突发性灵感凝成的诗句，我自己读时都无法想象。

我记得长诗写完后，该取一个怎样的书名反而让我为难，我一次又一次坐在书案前，铺开稿纸，在稿纸上，我用毛笔写着"太阳之歌""红日的光芒""东方的圣母""太阳涅槃""东方的太阳"……最后，我还是决定用《东方的太阳》。为什么用这个书名，我想了很多理由。而最重要的理由则是我想"东方的太阳"就应诠释成"东方的文化"。文化是人类共有的文明和精神财富，它是不分国界和种族的。中国是世界上最古老的文明古国之一，也是历史最悠久、人口最多的国家。中国历经磨难而不衰，中国有今日，中国能够在面临诸多挑战和严峻考验的世界之初，实现腾飞，靠了什么？什么是中国的灵魂和精神？什么是中国的道路和未来？什么是中国的经典和创造？我清楚，如此重大的命题当然非诗所能表达和阐释，但我依然朦胧感觉到诗神完全可以施展它的魔力，用诗的思想深邃，诗的意境和富有音乐美的节奏韵律，一定能极雅致和纯粹庄重而又生动形象地构画一座中国现代文明的金字塔，应当让中国放射的思想光芒照亮历史新纪元。

> 钻木取火　刀耕火种
> 冶炼着最初的智慧太阳
> 让自己的生命和灵魂　像鱼儿一样
> 游向苍茫大地和流动的光阴
> 游向美妙而神奇的万千气象

是的，这些日子我真的也像鱼儿一样，在祖国历史和现实的河流上游动。我是在寻觅五千年文脉的苍凉履痕，寻觅西方人永远不能破解的东方神韵。

我寻觅到了吗？答案是肯定的。

> 太阳出来了　光芒万丈　太阳升起在天空
> 太阳栖息在亿万人民心上　矿石和煤

在高喊　我要燃烧　土地和森林在高喊

山村和城市在高喊　小路和小草在高喊

一颗又一颗燃烧的心在高喊

我们要永远拥抱鲜血和生命　信仰和意志铸造的太阳

　　是的，我们笑过、喊过，我们没有消沉、失望，即使困苦严峻的日子里，面对迷茫和坎坷，我们也一直在想，在思，在等，在盼。我们知道佩着青铜剑的勇士，最懂得穿越历史烽烟的豪迈；在峰巅盛开的雪莲花，最知太阳的温暖。当党的十一届三中全会光芒拨开厚重的云层，无数把金色钥匙同时打开九百六十万平方公里的窗口，我们都瞭望到一个崭新的时代已经降临。那时刻，我的亲爱的祖国，我的曾经磨难和创伤的祖国，听到了异常激动人心的倾诉和彼此的鼓舞呼唤。

我是你高山上的冰雪　我要融化

我是你河边的水车　我要歌唱

我是你前额的原野　我要泛绿

我是你胸前的花朵　我要开放

我是你脑海的思想　我要解冻

我是你心中的梦想　我要飞腾

　　就是为了忠诚和信仰的心中的太阳呵！整整九十年的艰难跋涉，血火拼搏，烽烟磨难，就有这千千万万的思想者、播种者、拓荒者。是他们在迷茫中找路，在火光中穿越，在生与死、苦与难的奋争中挺进。眼前心底，始终充满光明。我无法不感叹，一个民族能立于世界之林，该是何等的风光和洒脱；一个国家要复兴、繁荣、和谐、安宁、幸福，该是何等的幸运、荣光和巍峨；都因有一批又一批、一代又一代的中华血性儿女在追寻最美的梦想。

　　有思于此，我不能不意识到文化，中华文化，东方文化的伟大作用和无穷力量。曾几何时，在雾都重庆，在乱云飞渡的日子，就毛泽东一首《沁园春·雪》的锦绣辞章发表，竟产生了泣鬼神、动山河、唤民心、扭乾坤的伟力和磁场。历史和现实，乃至未来都会证明，有了文化，历史会走出沉重、悲凉、迷茫；有了文化、冷酷、浮躁、平庸会变得温情、平静、激奋；

有了文化，物欲和贪婪会变得理性节制；有了文化，空虚、脆弱、狂妄会变得坚强、仁爱、充实；有了文化，阴影会变成光明，单调会变成丰富，颜色愈加灿烂。文化是太阳光辉的内核和原点；文化是冲决思想牢笼的精神风暴；文化是润物无声的细雨春风；文化是雕刻心灵的神丹妙药；文化永远是人间生命的雨露和阳光。

这就是我要歌唱的东方太阳；这就是我所理解感悟的东方太阳；这就是我没有徘徊和犹豫，要用全部心血和激情描绘的东方太阳。我当然也有某种凄清的时刻，是那年我去了俄罗斯，我在圣彼得堡的海岸徘徊。我的心，突然被风吹落成一片枯叶。我顿时感到眼前飞来一片伤感的云。我知道这颗欧洲曾经鲜红的太阳陨落了，那面鲜红的旗帜也变色了。就连那美丽动人的芭蕾舞《天鹅湖》，我也似乎感到苍白了。想到这一切，我的心有些颤抖，有些苦涩。然而，我立刻镇定下来，我调整了自己的思绪，我的脑子瞬间清醒了起来，有一股力量在喉头涌出：

> 中国是一条大河　永远不会干涸
> 中国是一条巨龙　总要乘风飞跃
> 中国是一部大书　蕴含宇宙全息
> 中国是一座森林　阅尽人间春色

祖国和人民呵！请接受每天黎明绯红朝霞的敬礼，那是满含深情的祝福啊！来自人民领袖心底的深情和祈愿！

> 东方的森林　东方的江河　东方的云霞　东方的汉字
> 都在拭目以待　离离原上草　终能见枯荣
> 大漠尘埃里　日月有缺盈
> 让我们就这样倚着栏杆　在宁静里放飞思想
> 放飞灵感　放飞诗思　放飞彩翼　放飞永远向往的东方太阳
> 这就是我写长诗《东方的太阳》的初衷

之后，这部长诗的出版发行在全国引起了很大的反响。《人民日报》《光明日报》《中国艺术报》《文艺报》《文学报》都相继节选其中的篇章发表并配评论。到年底诗歌两次再版发行总数达 2.8 万册。全国各种报刊发表评论 30 多篇。我国著名诗歌评论家、北京教授谢冕写的评论《岁月中的那些花瓣》在《人民日报》发表，后《新华文摘》全文转载。为了表达我对谢老的感谢敬重，特将他的文章在此推出。

这肯定是一次艰难的写作。漫长的历史，曲折的道路，艰苦的斗争，再加上繁博的事件，以及关于历史功过的纷纭的评说，这样的题目足以让一般人望而却步。但是诗人的使命驱使着他，一个惊天动地的伟大叙事召唤着他，他勇敢地承担了。我知道长诗《东方的太阳》是有准备的一次认真严肃的写作。

中国长篇政治抒情诗这一诗体，兴起于战国时，盛行于二十世纪五十年代。七十年代后期渐趋低潮，却依然是一道绵延不断的长流水，依然是一道激扬壮丽的当代诗歌风景。这种写作的一般特性，总以重大的事件为抒情的轴心，因此其与现实的政治的关联极为紧切。由于这一特性，长诗写作总是涵容了众多流行的时论术语。时序变换，时过境迁，那些当日被固定在诗中的、如今变得不合时宜的用语，往往造成了诗人日后的尴尬。

正是因此，"文革"结束后政治抒情诗遭遇了众多的诟病。但公正地说，政治抒情诗在它长时间的流行中，也意外地保留了时代特有的风貌，保留了包括不论其为正面的，抑是负面的特定的时代气息。这种源于革命时代的苏联传进的诗歌形式，由于当代众多诗人的实践，以其宏大的叙事，奔腾的气势，激情的宣泄，却也造成了一个时代的诗歌奇观。

谭仲池的《东方的太阳》就是这样一首涉及重大政治题材的长篇抒情诗，它属于传统的颂歌一类。颂歌难写，对一个领导一个国家的执政党的颂歌尤其难写。如何在众多类似的写作中另辟蹊径，脱颖而出，则是难中之难。博学多才的谭仲池勇于承担，他敢于在政治抒情诗屡遭质疑的今天，迎难而上，而且终于造出了值得称美的成绩。

诗人把这一曲当代最悲壮、最宏大、也最曲折的抒情长歌，置放在五千年古老文明的背景中书写。他以诗人的情怀，以对中国绵远历史和灿烂诗歌传统的熟稔，使这首长诗使之成为充满诗情的"史的诗"和"诗的史"。他的歌唱嵌入了中国诗歌（包括《击壤歌》和《诗经》、

楚辞在内）的古老元素，使这部长诗更显厚重和深沉。以此为起点，沿着诗歌的路径前行，诗人用华彩的笔墨，渲染这一段用理想和鲜血、也用苦斗和胜利写成的动人历史。当然，对比中国数千年历史长河中的那些刀光剑影，悲欢离合，这几十年也只是短暂的一瞬，即使只是这一瞬，其间所经历的艰难困苦，却也是令人感慨唏嘘的。

作者深知，《东方的太阳》虽然写的是史，但首先必须是诗。他着意于使之通篇充满诗的氛围。许多同类的作品，往往因"史"而忘"诗"，他们满足于罗列现象，忙于说事，而往往忘了诗的根本。诗的根本是什么？是"情"，而不是"事"，尽管那些事构成了史。但这是诗的史，诗的因素是极其重要的。谭仲池落笔之初就紧紧抓住这个根本。他重视的不是那些事件的过程，而是岁月中飘洒的那些花瓣。是这些美丽的花瓣构成了历史的诗意和美。而这，正是催动和产生阅读愉悦的根本。

一部诗写的历史当然要有对于历史过程的深知和把握，但是所有这些"物质"都需要转化为"精神"，所有这些"事"都需要转化为"情"。诗人在处理这些历史事件时突出地、而且是大量地使用了抽象化的笔法。许多具体的琐碎不见了，而代之以弹性的、灵动的、能够引发丰富联想的"抽象"。颂歌始于"东方之梦"，这里有近代以来惨烈的和壮丽的历史画面，但诗人并不热心于正面的演绎和展示，他巧妙地摈弃了可能显得陈旧的言说，而把事实隐括在抽象的语词中，从而极大地诱发人飞扬的联想。

他写陈独秀和孙中山在上海共商国共合作，这原本是一件复杂的故事，而诗人却出以简约和跳动，他用的是："烽火 血迹 炼狱 悲愤 刀痕 信念 理想 哲学 忠信 坚勇"十个不连贯的单词，避免了叙事的繁冗和板滞，而给人以广阔的联想的空间。再如写毛泽东在北大求索真理（找到了"火之源"）："这火是梦之花光 这火是爱之月光 这火是夜之灯笼 这火是生之黎明"。这些不同形容的"火"，都指代着通常说的"光明"，却有着别样的生动和鲜明。

作者积学广博，资料丰富，视野开阔，信笔写来，举重若轻。他用语极精，选词极美，笛中杨柳，灯下剑影，戈壁雕鞍，瑶台艳香，章页间充盈着优雅高贵的氛围。长诗以"东方之梦"为首章，他写中华远古的文明，他写近代以来的民族危难，笔墨简约而含蓄，但又有巨大的涵括。在一章的小序中，他说："我相信从古到今乃至未来，它曾经的辉煌、沉浮、悲壮、雄奇，它曾经的古典、雅致、风华、文化，它曾经的磨难、担当、寻觅、探索，却永远都应是世世代代国人挥之不去的梦。"

也就在这一章里，诗人把传统的、原本可能显得肃穆的言说，出人意料地替换为"东方圣母的明眸"以及"一道比梦想更灿烂的彩虹"等显得轻松的形容。由此可以看出诗人通过更替习用的词汇而使文本平易亲切的用心。更新颖的比喻来自他写南湖会议的笔墨：

从这一天　这一刻开始
在世界东方　东方的中国
有世界上最大人群的最盛大的祈祷
一个创造光明的日出

从上面引用的"圣母的明眸"到这里的"盛大的祈祷"，可以觉察到的是，诗人为了摈除"熟语"、为了获得"新意"所作出的勇敢的、可谓是超常的努力。

长诗谋篇谨严，立意精心，意象绵密，用词鲜丽。他致力于在浓重的政治语境中"出语不凡"。他清醒地知道，这是诗，在这里，内容是服从于诗的表达的。正是因此，他十分注重叙述过程的诗意呈现，他会把影响诗意传达的因素减少到最低点，而把那些岁月行进中沿路撒下的、我称之为的"花瓣"，精心精美地展现出来。举例说，他写陈独秀"如一枝饱经风霜的秋菊"；他写李大钊的眼镜是"清澄的湖泊"；他写流产的戊戌变法是"一朵没有赶上春天就凋谢的杜鹃花"，如此等等，均让人耳目一新。

潇湘云水，君山竹泪，那里的竹溪、荷塘、石桥、簇拥着青峦叠嶂下的青瓦土墙，蛙鸣和萤火，照亮一个少年的梦。他用最美的文字写他自己的也是毛泽东的家乡。语言的清新而不落俗套是他的优长，在他的心目中，整个革命的历史就是一部诗的历史，而诗的历史必须用诗的语言来表达。延安，"有一条诞生思想和诗歌的河流"，西柏坡"是诞生他诗歌的故地"，这些都是诗的源泉和故乡。

他把整个中国革命比喻为一场"灵与肉、血与火的涅槃"。《序诗》讲远古的太阳是一只火凤凰，光芒的翅膀划破黑暗和混沌：

一切一切的企盼　呼唤　绝望

一切一切的沉浮　颠簸　飞扬

一切一切的风霜　雨雪　雷电　冰暴

一切一切的矗立　俯仰　匍匐　凝望

一切一切的坠落　经典　崩裂　辉煌

"一切都在燃烧的火焰中涅槃"。这里的用语和句式，不由使人联想起"五四"时期的《凤凰涅槃》。这也许只是一次"偶遇"，这也许竟是一个刻意而郑重的"回应"。在诗人看来，中国在历经百年国耻之后的再生，竟是又一次壮烈而辉煌的凤凰涅槃！在随后的篇章中，长诗一改前面端庄的韵调，转换了乐观、欢悦的节奏，以此迎接改变中国命运的"春潮澎湃"。诗人深情地追忆了那年、那月、那日，在北京工人体育场为诗歌《阳光　谁也不能垄断》所爆发的雷鸣般的欢呼声：

这是苏醒的大地春天的脚步声

这是飞翔的翅膀搏击飓风的声音

这是前行的航船劈波斩浪的声音

　　《东方的太阳》生动地汇聚了雄浑而壮阔的历史的脚步声，这些
脚步声弥散在征途中、烽烟里，盛开成了色彩斑斓的胜利之花。这是
中国民众所珍惜和深爱的岁月中的花瓣。

　　岁月有情可追忆，人生何处无春风。在我离开市长岗位的岁月里，我
有幸经历了我们国家几次重大的大事、喜事。如北京奥运会、上海世博会、
神舟飞天、建党 90 周年、新中国成立 60 周年的喜庆日子。这种经历是宝
贵的，让人难忘和珍惜的。这是我们对祖国进步、繁荣、发展、文明、和
谐的见证，也是我们生活的思想支撑与创造的精神动力，更是对未来充满
期待的美丽梦想。正如我为庆祝北京奥运在人民日报发表的诗歌《为这一
刻凝聚》中表达的心声：

百年圆梦　百年沧桑　百年风云

黄河长江曾几番

扬波企盼　雪峰高山曾几度

翘首凝望　草原江南又绽放几春青翠

今天全世界的眼光都为这一刻凝聚

所有的关注都成了欢呼的歌唱

鸟巢在阳光下打开瞭望蓝天的窗口

水立方在霓虹灯辉煌里舞动浪漫的姿态

这里的每一棵绿树　每一株蓝草

会铭记着申奥的艰难步履

这里每一条道路　每一座灯塔

同样记录着一个国家为此付出的百倍努力

......

　　北京呀　　你如此雄伟的天安门广场

　　如此庄严的华表和城郭

　　我愿和你张开的长城般巍峨的手臂一道

　　尽情拥抱属于你的豪迈　　光荣和壮美

　　是的，我们是幸福而富有尊严和远大理想的中国人。中国举办奥运会，它的意义远不在一次体育盛会，而在于一个古老的民族真正站立在世界的东方。我们当然要为此自豪，为此继续攀登新的高峰。

　　2012年6月16日，对于我将是终身铭记在心中的一个盛大节日。这天下午我光荣激动幸福地参加了神舟九号的发射盛典。我置身发射现场，直接感受到了神舟九号发射的壮丽画面和人们热烈欢呼发射成功的生动情景。我在日记中这样写道：

　　2012年6月15日，我从北京乘飞机去酒泉，参加神舟九号的发射典礼。当时，激动而神往的心情是无法用文字表达的。因此，一下飞机，我坐上去酒泉航天城的汽车，心也就像长上了翅膀，恨不得一眨眼就飞到航天城。其实，情况并非我想象得那样简单。去航天城的公路却是一条弯曲狭窄、修长的一直向前伸展再伸展的路。在公路边，蜿蜒的山脉、旷野、沙丘，坐落在沙漠中的村庄和绿荫，便显得异常耀眼。看到这种景致，我这才意识到水和树木在这个世界的宝贵难得。那可是这里一切生物、生活、生命与生存的命脉呵！然而，就在这个当年人烟稀少的地方，中国航天人创造了人间奇迹。他们在这片古老、荒凉、深邃、辽阔的沙漠海洋上，书写了传奇、壮烈、坚韧和辉煌，放飞了心中的航天梦。我走进航天城，更清楚地了解到，为建造这座新中国的航天城，一批又一批的来自全国各地的优秀儿女是怎样在这里含辛茹苦冒严寒，战酷暑，忍饥挨饿，风餐露宿，披风沐雨，开垦绿洲，固沙建房。他们是用青春、智慧、意志、情感乃至生命在雕塑这座信仰之城，希望之城，飞天之城。现在神舟九号又将冲天而起，在与天宫一号相逢握手，一同抒发中国人民立于世界之林的宏伟理想和百年"中国梦"。我们在期待这个辉煌而庄严的时刻。

　　这一刻终于来到了。从扩音器里传来了指挥员的命令：5、4、3、2、1，点火！就在这一瞬间，那般映红大地的头焰从火箭的底座轰然腾起。托着火箭直冲云霄。天此刻变得低了，云霞也黯然失色，整个航天城却欢声雷动如海涛汹涌。

入夜，航天城灯火灿烂。

这时刻，航天城的每个窗口，每条巷道，每片草地，每座公园都飘着歌声、鞭炮声，还有浓浓的酒香。我看见将军、工程技术员、战士、家属，还有少年儿童都在流泪。这是庆功的泪，自豪的泪。我也在流泪，我作为一个曾经的军人。我为战友们又建奇功，流出敬仰的泪。作为一个诗人我要以诗歌的名义，为中国飞天梦，流一回祝福的泪。回到宾馆，我久久不能入睡，我拧亮电灯开始了我的写作。这时，指挥中心的陈善广将军来到我的房间，他兴奋极了。我们无言地握手。他告诉我要立即飞回北京，去继续执行观察神九在天空运行的任务。我该说什么呢？我对他说："善广，多保重。祖国人民会记住你们！"

我要把自己这颗赤子之心留在航天城；

我要把心中的歌唱给祖国人民和世界。

我要在放飞中国航天梦的地方栽上一棵生命的常青树！

下面我剪辑的两首诗，就是 2012 年 6 月 16 日晚于航天城写作完稿并于 2012 年 6 月 22 日在《人民日报》副刊发表。

飞天盛典
——写在酒泉神九发射现场

这片苍茫　这片戈壁

这片凝重　这片神奇

我曾在孤烟驼铃的召唤声中走近

我曾在羌笛胡杨的苍凉里遐想

我曾在多少激动人心的时刻遥望

今天我来了　我捎着潇湘夜窗的烛光

我举着阳光和鲜花的祝愿

我踏着时代和岁月奋进的鼓点

极其庄严　虔诚地来参加

久日盼望的飞天盛典

我知道眼前高高耸立的蔚蓝色发射塔
胸中凝聚着中华民族五千年的历史风云
塔冠上绽放着古老神州《问天》的文明璀璨
塔座下正涌动着黄河长江血脉的热烈
和大地的斑斓与夏天万物的蓬勃

即使是原野上摇曳的青草红花
路上的尘土　袖口的清风
都已经让我感觉到这个世界的无比壮丽
看到了航天人灵与肉　苦和累　坚韧与崇高
向往与辉煌的粗犷　舒展　澄澈　赤诚

飞翔吧　神九飞船
飞翔吧　祖国的英雄儿女
此刻从壮阔的人间高地凌空展翅
向着天空的深邃　缥缈　玄奥
挥动激动的手臂　捎上深情的问候

你的心和智慧的涅槃
你的情和爱恋的升华
你的每分每秒的冷静
你的日日夜夜的飞旋
都在描绘心中神圣生命的经纬

有天安门华表的尊严
有珠穆朗玛的高贵
有江南水乡的妩媚
有台湾宝岛的思念
有唐诗宋词丽韵的缠绵

有春之缤纷　夏之斑斓

有秋之丰盈　冬之圣洁
有歌之奔放　诗之激越
有画之瑰丽　舞之柔美
更有历史与现实的沉重和精彩

这是龙之飞翔　凤之亮翅
国魂叩响苍穹　江河奔流天上
是东方智慧还原于古典神话的奇迹
是伏羲轻舟穿越梦想的真实
是科学发展抒写的最美华章

是红旗飘展和谐盛世的锦绣风采
是人潮托起飞船升空的荣耀自豪
是航天城灯光和小孩的风筝对蓝天的一往情深
是天宫飞船对美好明天的首次庄严对接
是南湖红船领航祖国腾飞的最新征程

我是这样如痴如梦地凝望着眼前的一切
倾听着周围的每一丝声响
我在咀嚼倔强　深邃　苦涩　希望
我在畅想昨天　今天　明天和遥远
我在享受激烈心跳的幸福与渴望满足的甜蜜

是的　当火箭载着飞船直上云霄
寂静的大地顿时卷起了欢呼的飓风
看金焰红霞在碧空为神九飞天剪彩
把一个欢腾的海洋和千万颗喜悦的心
一同送到月亮的怀中

2012 年 6 月 16 日于东风航天城

致航天员

——祝福神七成功回归

你终于拥抱着
中华民族的世代梦想
和五千年文明的瑰丽
走出飞船的轨道舱
走向太空
健步在神秘浩瀚的宇宙

北京　长城　长江明白
他的炎黄子孙的智慧和胆识
他的神州大地赋予的坚毅和勇敢
他的江河与岁月赋予的情怀和冷静
乃至生命的圣洁崇高

太阳怀着崇敬在升起落下
给惊叹不已的地球镀上
一层耀眼的光芒　中国行走
在太空　让自己巍然的身影
与日月争辉

这时刻　全中国人民的心
和航天员的心一起跳动
所有的目光都凝聚成无法言表的牵挂
惊心动魄的守望呵
每一秒钟都连着我们的神经颤动

只要一听到正常的呼号　我们的心
就异常幸福　激动　感奋
只要一听到　正常的回答　我们的祈祷
便会变得格外平静　从容

整个宇宙就和我们更加贴近

永远不会忘记　飘扬在太空的五星红旗
永远都会铭记　航天员每一个细微的动作
因为这是长久的期待和担心
注入了一个国家的伟大　自信和光荣
表达着中国人对未来的向往和憧憬

祖国呵　让你的每一步的前进旋律
都记在航天员的手册上
挥手　你在太空为祖国翻开了
新的一页历史　挥手　你在向全世界
讲述中国正在创造新的世纪

这时光的瞬间　我们听到过一句
揪心的话语　轨道舱出现了火灾
虽然这个信息不是现实　可霎时的焦虑
我相信一定挂满天穹　也许这正是最好的预兆
更让我们读懂了壮丽和辉煌的艰险……

这是一个难忘的夜晚。时间是 2012 年 11 月 11 日。

当我写完这个《述职述德述廉报告》，我望着桌上的台灯浮想联翩，眼泪不禁滴落在稿纸上。作为一个从政者，当他即将离开政坛的时候，他的内心深处会涌动怎样的感情波涛，就是当局者也是理之不及的。我不是为自己走下领导岗位而忧伤，我是为今生今世党和人民的哺育教诲而深知感恩不尽，无以报答而落泪。这是抱愧之泪水，也是感激之泪。我的述职报告不长，仅千余字，但结尾的那段话，我是用心写的。

……我深知，党和人民给予我很多很多，可谓恩重如山，情深似海。尽管现在面临卸职的年限，不能报答于万一。但这一切，我会永远铭记在心。只要一息尚存，仍当不移信仰之心，常存报国之志，不忘以人为本，常思为民之责，不弃求是之辩，常审博学之问。以民之所愿为己愿，民之所向为己行，民之所乐为己乐。继笔耕于朝夕，穷薄才于民生。努力做到以德立心，以真立言，以仁为怀，以廉正己，以诚待人，以美与共，以善合群，以书致性，以静养年。生命有限，感恩无期。

我不知道，我把自己心中所想讲清了没有，我只知道，这是我非常郑重的一次写作。

是的，我以为一个党员的感恩是多方面的，而且也应当是言行一致，恒久不变的，就如同党的旗帜永远鲜艳灿烂，永远迎着太阳招展。如果说一个党员就是党的旗帜的一根经纬，我们也要放射应有的光芒。

在这样的时刻，这样的夜晚，我的眼前不断浮现出那么多的亲切身影，真诚微笑和会心的一瞥。

彭杏芝、张瑞生、胡里聪是我的小学老师，至今我仍没有忘记他们的慈祥笑容，是他们教育引导我读完小学，去参加初中升学考试，我还记得当时的初考作文是《笑声满田园》，我的班主任兼语文老师胡里聪知道了作文的评语和分数，激动地告诉我时的情景，他几乎是眼含喜悦的泪花对我说："祝贺你考取了浏阳三中。"

浏阳第三中学，是我读初中的学校，在这所学校里，我得到了曹先捷、丁家照、万克敬、郝俊英老师的直接教诲。尤其让我深受感染的和仿效的是当时的教导主任罗良荣，虽然他没有教过我的课，但他文理美体音乐全部发展的才华，使我特别崇拜，因此我也就在这个时候受他的影响也爱上了美术、音乐和文学。这些爱好都为我能参军入伍起到了决定性的因素。

在部队的日子里，无论是在开封航校、武汉江城的黄家墩机场，我一直得到了政委李岳、副参谋长孙福祀、副中队长王玉俊、分队长李华庭、团宣传干事张雅歌，还有教员、战友邹明慧、徐向今、童正惠、李章校的关心帮助，使我不仅在政治思想、军事技术上不断成熟进步，而且文学创作方面也迈开了扎实的步伐。

当我于1973年3月复员回乡，从当农民到参加高考，当教师，调入县广播站直到担任浏阳县长，在15年的曲折行程里我得到了乡亲们、所工作的单位、同事、朋友的关心爱护帮助，这其中有当时还背负着右派帽子的下放医生胡汉朴、粮站管理员汤贵生、乡村医师陶慕桥，之后便有浏阳县委书记陈再仁，宣传部长欧发维，教育局长颜光祖，宣传部干部陈辉先、钟青给予了我极大的关怀、教育、帮助，使我从一个农民成长成了当时全省最年轻县长之一。

1992年2月我被任命为潇湘电影制片厂厂长，四年后又调娄底任常务副专员，此后任省政府副秘书长，直到1998年2月任长沙市常务副市长、市长，到2008年任省政协副主席、省文联主席。在此期间我得到了毛致用、张春贤、周强、熊清泉、王茂林、夏赞忠、储波、孙文盛、杨正午、刘正、刘夫生、王克英、王众孚、张云川、周伯华、梅克保、陈润儿等老领导和同事的深切关怀教诲指导，使我能一步一步地朝前走去。

在这里我特别要提到已离开省委书记岗位的杨正午同志，我在潇湘电影厂、省政府工作时，他是我的直接领导，后来到长沙工作，他又给予了我悉心的指导和具体的关注与支持，尤其是当我工作遇到难题和困难、曲折时，他会立即出现在我眼前，鼓励我，帮助我，像兄长那样爱护我。有一次他和我谈话时，无意中告诉我，为了解决当时长沙工作面临的各种矛盾，他甚至把烟戒掉了。这实在让我感动终身。然而更让我没有想到的是，他虽离开了领导岗位，却在淡泊自在之余，极有兴趣地收集了许多颇能给人启迪深思而又深刻、风趣、生动，甚至令人愉悦、健脑、养心的段子和短信息。他将自己编印的《感言心语》送给我。读后我感慨不已，便乘兴挑灯，以附和的方式，写了自己的读后感。我是这样表达自己的心情的。

收到正午老书记送给我的《感言心语》已有些日子。在一个阳光明丽的冬日早晨，我翻开了这本装订朴素的小册子，很静心地阅读起来。

册子中记录的内容，都是大家在不同的时日、情境下发给正午同志的短信。有的则是正午同志自己创作的。其中有诗文、赠言、问候语，也有调侃的段子。可谓异彩纷呈，美不胜收。有思想的闪光，感情的涓流，生活的感悟，健身的诀窍，人生的箴言，工作的慰勉，为官的醒觉，自然的明透，乃至天地的参化。面对这些来自灵魂的花絮和深心的真诚，正午同志都十分珍重，尽可能择其要旨而回复。用他自己的话说："短信是有感而言，有心而语，故短信摘编的书名为《感言心语》。"

我的心和情，被册子中不少明慧炽热、笃意真切的"感言心语"感动、激荡。为表达自己一直以来对正午老书记的敬仰感激之情，在这里我选择"感言心语"的若干篇什为题，作片言心语以此请教正午老领导。这或许也是一种别样的思想光照、情感交流和人文怀想。

其一，说"根""本"。

国以文为根，政以民为本，人以善为性，吏以清为正；家以俭为贵，友以情为真；学以思为慎，行以德为魂；身以健为乐，事以和为顺。

其二，说"善""美""真"。

与人为善，厚德致远；与人为美，美美共生；与人为朋，天涯在怀；与人为信，事必求真；与人为乐，枯木逢春。

其三，说"公""正"。

事公、政公、理公、法公，世道公；
意正、心正、身正、人正，言行正。

其四，说"人生"。

世事如曲曲折折之水，不可随波逐流；
人生如重重叠叠之山，亦应穿云破雾。

有人误解是没有读懂你；
有人尊重是因为读懂你；
有人诋毁是根本不懂你；
要读懂别人很难，能明究自己更难。

莫怨春风不识字，
只因字里无春风。

时间会淘汰人生的铅华和记录珍贵的记忆，
空间会充盈人间的温情和雕刻向善的丰碑。

诗书启后智诚济世，
德俭传家忠勇酬国。

施恩不求报；
为文不求传。

无欲心自静，无求品自高，
无私天地阔，无忧人不老。

青山常在，人生苦短；
自然可亲，天地可畏；
人民可敬，友谊可贵；
生命有限，感恩无期。

其五，说"生活"。

人格、人品、良知、良心，都是生命的音符，要有清新的旋律和高贵的灵魂；

才能、才智、功业、功绩，都是人生的诗篇，要有至高的梦想和神圣的担当。

心情美好，生活清淡；
教子如师，夫能妻贤；
仪态大方，举止儒雅；
居室素雅，窗含竹影；
苦乐由之，荣辱皆忘；
结友随缘，成事听天；
福贵如云，山野听蝉；
柴门纳绿，茶醉欲仙。
春种秋收，果粒犹甜；
闲谈慢走，球飞水牵；
赤子乡心，梦回故园；
欲问童子，东篱菊艳。

其六，说"风雅"。

我很欣赏小册子中的 087，也说"秋"。我觉得这是一篇极生动而深含寓意的"风雅"辞，故由此而生发几分情思：

["耳顺"之年，秋色秋香]

可谓，霜重几度，菊花披金，暗香送幽，望月抚琴；栏杆梦醒，童年踪迹，少时风尘，初雪临夔。故余以为，秋色秋香，原是美景，南岭雅秀，人间天堂。

[无欲无忧，秋水透亮]

可谓，欲忧如水，善之可鉴，秋波无语，亮则生辉。就石作盘，以棋弈趣，彩蝶绕枝，不羡输赢。故余以为，秋水透亮，原为心境，有如妙局，寻兴而归。

[心宽体健，秋风送爽]

可谓，体健之窍，莫如胸宽，秋风之爽，有如心香。世情苍凉，秋暮花落，亦若枯藤，风华渐瘦。故余以为，秋风送爽，胜却春光，柳荫在望，任君品赏。

[家和事顺，秋花烂漫]

可谓，家国人事，宇宙全息，树影雀鸣，秋高云淡。春来花开，夏临荷香，秋月冰清，冬日暖阳。

故余以为，秋花烂漫，原本天意，雨露惠风，福泽梓桑。

其七，说"境界"：

静如止水，雅如修竹；思如行云，行如清风；

不恋不贪，布袋随身；知微而义，天地无尘。

由于我出生在浏阳河，浏阳是革命老区，我还有幸曾经得到胡耀邦、王震、宋任穷、王首道、李志明、王光美、李昭等老革命前辈的直接教诲。他们的叮嘱和期望，使我不敢懈怠，努力地履行自己的工作职责。让我时刻不忘的多次聆听胡耀邦、王震、王首道的教诲。

他们都勉励我要和家乡的干部群众把浏阳建设好。深知作为一个人民公仆的责任和使命，尽管我做得不够，但这些老革命家的高尚品格，献身共产主义伟大事业的精神，一直根植在心中，成为激励我前进的动力。

文学创作、艺术向往是我生命的重要部分。省委给我机会，让我当上

潇湘电影厂
厂长、省文
联主席、省
作协副主席，
我进入了文
艺的崭新天
地，在这片
天地里我接
受艺术雨露
的滋养，感
触艺术家的
天才和勤奋

2013年2月题联赠星云法师八十五岁大寿合影

张力，开阔了自己创作和欣赏、享受艺术的胸襟和境界。一大批我曾经只能像在地上仰望星空的星星一样神往的思想家、作家、诗人、艺术家，在不同的时间段，都成为我直接聆听教诲、平等交流并得到鼓励和关怀的良师益友，如李铁映、孙家正、贺敬之、王蒙、周巍峙、康濯、潘岳、李瑛、铁凝、胡振民、金炳华、吉狄马加、谢冕、马拉沁夫、王巨才、熊召政、雷抒雁、韩作荣、张同吾、洛夫、高洪波、陈建功、张锲、何建明、张贤亮、王晓棠、陈晓光、仲呈祥、金铁霖、滕进贤、童刚、张宏森、吴天明、吴子牛、尔冬升、王霆、叶延滨、聂震宁、潘凯雄、王必胜、李小雨、刘虔、王晓、雪村、王兴东与赵葆华等，给予我深切的关爱。在这里我要特别提到和我合作歌曲的著名作曲家徐沛东、印青、孟庆云、王佑贵、刘振球、臧云飞、龙伟华、孟勇、邓东源、刘青等，是他们用美妙的曲子，让我作词的歌曲插上翅膀飞翔在人们的心灵和欢乐中。同时，我不能忘记演唱过我作词歌曲的歌唱家宋祖英、张也、刘斌、谭晶、李丹阳、王莹、雷佳、王丽达、陈思思、刘一桢、易秒英、陈笠笠、湘女……这些有着兄弟姐妹般情谊的朋友们。

　　人生之路在岁月延伸的深处，我还会发现另外一片世界里有着它神圣雅静的景色和心灵感化、禅定悟觉。这就是矗立于清净之地的佛法殿堂与修持庙宇。我认识的星云、一诚、净雄、圣辉等大法师，就是弘扬人间佛教、广播佛旨、行道天下的大智者、大慈善家。2013年1月25日，我去台湾佛光山看望星云法师，就直接感悟了他非凡的弘法智慧与施惠人间的卓识与作为。他在我离开佛光山时，还特地给我孙女楚楚题写了"湖光山色"相赠。后来，星云法师在北京举办"一笔字"书法展，我又应邀带孙女楚楚前往观摩学习。人入如此庄严肃穆空灵，溢智的书法幻境，我不禁心潮起伏，感慨万千，回到长沙，我随即就写了自己的所看所思所悟，并以《总有花开》为文章标题，送给《湖南日报》刊出。

四月二十日，北京的阳光格外明媚，街道、亭院、绿地、广场，盛开的花朵和流翠的新枝，氤氲着一片灿烂而温馨的春光。这一天，也正是星云大师的"一笔字书法展"在中国博物馆隆重开幕。我有幸应邀出席此次书法盛典并又一次聆听大师的启示之言。看着大师的幅幅书法作品，细细品味字中的深邃禅蕴和书法神韵，我仿佛置身于一个空灵、智慧、圣洁、深幽的世界，在沐浴一颗圣心的光辉，感触文化的血液在通体流动。睹字见大师，此刻，今年一月二十五日去台湾佛光山拜见大师的情景又在眼前浮现。

这天，下午3点50分，我从黄花机场乘机直飞台湾高雄市。

飞机在阳光与白云间飞翔。我凝望窗外的金色光芒与飘浮在高空的白色云朵，心中也奔涌着感情的波浪，脑海里也飘浮着记忆的流云。

那是2005年的7月间，已年近80高龄的星云大师来长沙讲学。当时他的眼睛视力就已经很差，几乎认不清事物的真实面目。但他静如止水的心境和他的博学、禅定与高尚修为，使得他的记忆清晰异常，思维逻辑如缕如丝。他演讲时，娓娓道来的妙语真言似潺潺流水，从他心中悠悠涌出，滋润着受众者的若渴心田。

岳麓山原本也是一座圣山、佛山和书山。大师在这里讲学，自然就会生成一种极好的情绪环境与虔诚氛围。我记得当时的听众十分踊跃，听得也十分认真，人人脸上都露出了欣慰的微笑。

星云大师演讲的内容，是他一直倡导并阐释的《人间佛教》。他始终主张以出世的思想做入世的事业。他认为传播人间佛教思想，就是要给人信心，给人欢喜，给人希望，给人方便，把佛法落实并应用到日常的生活中。他在演讲中反复告诫人们：身处纷扰的世间，人人无不向往到一个清净的国土。那么净土在哪里？其实，净土不在他方世界，也不在未来的时光，而是在当下。只要身做好事，心存好念，口说好话，当下人都可以创造，人人都可以创建自己的人间净土。我还记得，演讲完毕，大家还久久不愿离去，众人心有所眷，因为人间真佛就在眼前。

久慕大师怀大千慈颜细语道真
言色字星云生笔气一笔字
里有禅天

时在二〇一三年元月三青世师光山
再见星云大师佩诗以记之元月三青

许仲池书

回到宾馆，星云大师依然神采奕奕，欣然挥笔写下"千古长沙"四字条幅馈赠我。我愧领其赐，知是启迪之辞，故当倍加珍视，引为躬行。在这片平和与静穆的气氛感染下，我也冒昧地即时写了一副对联呈星云大师教诲。

　　　　星海若禅境，云辉映佛光。

这副对联我现在重写后，留在自己的书房中。我想它应当成为我珍贵忆念。

我乘坐的飞机仍在平稳地疾驰。置身于这浩瀚云海，沐浴这霞辉万道，我感到自己离佛光山越来越近。

佛光山原来是一座荒山。1967年星云大师来到这里，他兴奋地说："人不来，佛来就好。"然而"云水三千，法弘五洲"。真的"人间佛教"之佛来到了佛光山。

未登临佛光山之前，我在飞机上尽情想象佛光山的巍峨、深幽、古典和神奇乃至缥缈禅境。然而当我的双脚真正踏上这片人间净土，我看到的却是如此得庄严、圣洁、典雅、宁静与文化、生态、灵秀。这座由荒山建成的大佛城，是在一道佛光的灵感点化下规划而雕刻而成的。它的每一寸土地，每一棵草木，每一朵丹花，每一颗石子，都可以读出一个故事，一句圣经，一株菩提和一缕馨香。

进得山门，左侧巨大壁照上写着的"如意"两个大字，就让来者的心迅速变得怡然而舒展。就在这分秒之间，感触到了此行的温暖与欢悦。

因为此时日，已临龙年的岁暮，山上的佛教学院学生正在搭桥竖架、张灯结彩，准备以佛光山寺历年的习俗迎接新岁的到来。

第二天清晨，我独自在大佛城的弯曲幽径上行走，细数这眼前出现的宝殿、佛塔、大佛、碑廊、禅林、会馆、云楼、水坊，可谓是处处生禅语，步步闻妙音。就是在树木、花草上闪耀的光芒和绽放的翠绿殷红，无不生发着瑞气和慧华。

星云大师已临87岁高寿，双目几乎失明，只能看到一片朦胧的光影。不可以看清世上任何一件物品的真实面目。对此，他坦然面对，依然笑语不断，不时还挥手示意。一个下午的时光，他竟执意导引在前，给我们讲述佛光山的今昔沧桑和创业艰难。为我们揭开佛光山开山历史的奥秘与人间佛教的光明世界。

　　我的感动是无法言表的。我知道，星云大师每到一处时的亲口讲述都寄托着他的一生念想和追求。他是怀着"我是佛"的心性，在给我们讲述他心中的善美和神圣，意念中的福祉与慈悲，一笔字间的云水与天地。

　　我从他的每句话、每个字中都看到了星光对尘世的照耀，生命对生命的关怀，佛性对人心的抚慰，自然律动对人世冷漠的温情。这时，我把在长沙写的一个"佛"字，委托湘绣大师精心刺绣成红底金字相赠予他，星云大师非常高兴地接了过去。

　　尽管他不能看清楚这幅湘绣的"佛"字，但我知道人性、山水、天地流动的信息，全凭他的宁静心智与博大胸怀完全可以真切地感知和审视。我从他的书法那一笔成章，挥墨有致，气韵流畅，风华盎然的疏密、淡浓、张弛有度的墨采和章法，就已经领悟到了他胸中和眼前的光明透悟和心灵深处的美韵滋润。

　　在我要离开佛光山那天清晨，我应邀去星云大师禅房告别，没有想到他在写字。只见他淡定挥毫，墨随意流，粗细相宜，一笔而泻。"花开见佛"四字便跃然纸上，照耀心扉。

　　"花开见佛"是何禅蕴？

　　我真想问大师，可大师便回头对我说，也给你写一幅字罢，你们湖南山水灵秀，不同凡响，我就写"湖光山色"行吗？

　　"当然好！"我惊喜万分。

　　"湖光山色"在他的挥毫瞬间呈现在禅案的素纸上，那应该是一片极其美丽而圣洁的山水与文化气息。我知道大师心中的"湖光山色"是什么，那便是尘世间的自然之灵、自然之美、自然之魂、自然之妙、自然之神。因此，这"花开见佛"不就诠释清楚了吗？在这里的"佛"我想应是人与自然的和谐相处相生相荣相承之福啊！

　　回到湘江之滨，我的心仍在大师身边徘徊，我一次又一次拿着我和他在一起的照片凝视，总想把心中的企盼表达出来。又是一个清风吹窗的清晨，我披衣起来，洗漱完后来到书房，立即想起大师挥毫的神态与气韵，也铺开了一大张宣纸。这时我看到了大师，看到了佛光山的寺顶、佛塔和天空的白云，还有山巅树上闪耀的红灯笼。

　　　　久慕大师怀大千，慈颜细语道真言。

　　　　玉宇星云生紫气，一笔字里有禅天。

接着我又想起大师跟我讲他的寺庙祈佛不焚香，只用纸卷托着小花朵放置佛前的水池表达虔诚之心。我亲临其境，那感觉是神圣极了纯净极了，也淡泊极了。于是我心中萌生了另一番感慨：

> 香炉静立不见烟，尽沐芬芳共欢颜。
> 花开见佛由心定，滴水知恩路万千。

是的，大师不止一次对我们讲要做"三好人"，做好事，做好人，存好心。这样的人就是心里花开了，自己也就成了佛。其实，我们在世界上行走的人，都是食人间烟火的人，都有自己的梦想，都有自己生活道路的念想、伤痛、渴望、收获和欢乐。经过了漫长的跋涉岁月之后，能饱尝人生的酸甜苦辣，也感知了生存的沉重与期盼。在岁月中沉淀的悟觉与向往始终隐藏在内心绽放向善与向美的欲望，即使是无数的生活碎片也会像阳光一样温暖自己明亮的追寻，串起不停息的履痕去丈量生命的长度与厚度。我们不必也不一定成为完全脱离世俗的圣人，但我们一定要有心系霓裳，怀抱光明舞蹈于海阔天空，脚踏实地，勇于洞穿黑暗，战胜苦难，让自己的灵魂和心抵达纯净天地的坚韧意志。即便是走进曲折和颠簸，甚至沼泽与重峦，但无论如何，不能抱怨、失望、退却和徘徊，而是要把这种经历和沧桑，多读出一份心情和壮美，多思索出一份凝重和醒悟。这也许就是活着的另一种风光和生活的另一曲骊歌。所以，我一直以为，人面对这人世和宇宙中的一切纷扰杂芜乃至惩罚、寒霜，只有一种精神才是永远的生命旗帜，那便是懂得对自然、对人生一切滋养自己身体心灵的雨露阳光、清风灵气的真诚感恩。这就是我认知的"心定"。这心定自然是一种修为和坚守，更是一种把握与自觉。如此，世上的知恩感恩者，脚下怎么不是路万千啊！

我从佛光山归来，我带回了故乡的"湖光山色"，带回了盼望花开的心灵祈愿，带回了祖国花好月圆、彩云同归的美好明朝。

此次，我从北京归来，我又带回了大师"一笔字"的紫气瑞彩，星光禅天，神韵心悟与总有花开的斑斓的岁月。

当我就要结束我为《风雨人生路》第四次再版，又续两章的文字时，我意欲未尽，还想接上一个尾巴，这就是我对文化的别样眷恋与崇尚。我们中华民族是崇尚文化、崇尚科学、崇尚艺术、崇尚道德的伟大民族，然而，由于历史的原因和现实的社会状况，不少从政者对文化的重视和弘扬发展、进步繁荣缺乏足够的认识，就个体而言，有的人和家庭几乎丢失了对文化应有的敬重和珍惜。这就不能不给前进的中国社会带来些许沉重和铅华，有思于此，我要在本文的结尾章节留下我的一篇讲课稿《用文化滋养心灵升华境界》以就教于诸君。

在我记忆的荧屏上，留下了去法国巴黎的难忘印记。而当时作为市长的直接感受有三个印象特别深刻：一是巴黎的规划做得好，而且也实施得到位；二是巴黎的历史遗存和建筑保护得好，仍然氤氲着浓郁古老典雅的传统文化气息；三是巴黎作为世界文化艺术之都确实处处呈现出灿烂文明的有形经典。正如导游带着自豪对我说的："巴黎街头的踏脚石都是艺术品。"这话不假，我们可以随口说出以下这些饮誉世界的建筑物。如凯旋门、埃菲尔铁塔、罗浮宫、巴黎圣母院、凡尔赛宫、巴士底狱遗址、蓬皮杜国家艺术中心以及塞纳河上各种不同建筑风格的桥，与此相映着的一批世界闻名的文学艺术家更是让人们震惊不已，如凡·高、高更、罗丹、莫奈、马奈、德加、米勒、莫里哀、司汤达、巴尔扎克、大仲马、雨果、福楼拜、莫泊桑、罗曼·罗兰……还有巴洛克、古典主义、浪漫主义、表现主义、印象派、立体派、野兽派等艺术流派，如一条光辉灿烂的思想艺术彩带串起了这灿若星月的艺术大师和文学巨匠、经典地标。

在法国流传着一个这样的故事，一次国王去看一个作曲家，国王的侍卫对正在创作的艺术家说："国王来见您了。""我的曲子还没做完，让他等一会儿。"这位艺术家就这样回答他。侍卫无奈只好如实禀告国王。在门外等候的国王并无不高兴，便回答："那就等他一会儿吧！"这个国王就是十七世纪法国国王路易十四。一个国王如此尊重艺术，尊重艺术家，这实际上是在珍视自己国家的文化，在他的心中文化艺术与国家民族的最高利益是一致的，正如法国总统戴高乐曾经所说："艺术是真正能够驱动民众敏感度、想象力和创造力最重要的工具。"

时下，我们都在热议"中国梦"。这个充满美好向往，蕴含巨大潜能，绽放瑰丽色彩，满载人民心愿的词汇。它应当赋予怎样的时代特色和深邃内涵。在我看来，"中国梦"的其中最重要之义便是伟大中华文化的复兴和国人的高度文化自觉、文化自信和文化担当。

文化的复兴与民族振兴、国家富强、人民的幸福是紧密联系在一起的。而文化复兴的过程，也必然加快民族复兴的进程。

　　然而，严峻的现实告诉我们，面对中国的日益强大，我们面临的国际环境将更加错综复杂，变化多端。面临的国内问题和矛盾，也将更加纷繁尖锐，尤其是在市场经济大潮的撞击下。由于文化的引导乏力和文化缺失，当代人的道德失序、物欲膨胀、人性扭曲将成为实现"中国梦"的最大思想障碍和精神藩篱。这一切，对于中华民族的复兴乃至人类智慧的发展都是严重的挑战和严峻的考验。就从这个认识出发，我在这里要特别强调实现"中国梦"必须要高扬中华文化复兴的伟大旗帜，要用文化滋养心灵升华境界，提升全国人民的精气神，凝成巨大的势不可挡的精神力量，同心同德共筑"中国梦"，"美美与共"创造美好未来。

　　用文化滋养心灵升华境界，从国家领域就是要形成国家理念，成为政府重要责任和职能担当。这就是要坚持社会主义先进文化的前进方向，坚持以核心价值体系建设为文化建设的根本目标。从制度上、职能上、投入上、权益保障上支持文化的大发展、大繁荣。尊重艺术、尊重艺术家，保证国民享有良好的公益文化服务。所有艺术创作作品都达到较高的水平，能够最大限度地深入传播到最广大的民众之中。而从企业、家庭和个人而言，则要提高文化醒觉，深知文化"润物细无声"的特殊作用。首先要懂得尊重、珍惜、学习和认同中华民族的传统文化价值。现在正在掀起"国学热"，这无疑是一件好事。但是我们推行国学教育先要为国学正名，不能有任何的随意性。诚如李浩先生在《新国学教育三境界》（《光明日报》2013年4月1日第15版）中所指出的："国学同国故、国术、国医、国药、国画、国乐、国语、国文、国史这些'国'字头的术语是什么关系？国学是六艺之学吗？国学是儒学的同义语吗？儒学之外，国学中是否有释道耶的地位？还有前现代时期的天地生、文史哲、理工医这些学科与国学是否无涉？此外，国学与西方古典学、人文学又是什么关系？国学是否可以直接对应中国传统文化或国故之学？"由此我也认为，澄清这些概念，梳理其间关系，明晰其外延和内涵是必要的，也是可能的。但是就一般意义上讲，我更倾向李浩先生在文中阐述的："以民为政纲，义为人纲，生为物纲的新三纲作为道德基石，以天人、族群、社会、人人、亲友的新五常为社会德行，欲由此构建一种从制度正义到个人义务的全面的'共和之德'。"这样，国家的精髓就彰显出来，便可以真正做到"观乎人文以化成天下"，为社会的道德教化与文明程度提高开辟光明大道。然而这仅仅是事物的一个方面，而从另一方面，我以为是最重要的方面，则是要提倡蔚成企业、家庭和个人持之以恒的自觉读书和欣赏、参与接受文化教育和艺术熏陶的良好风气。这是一条更为广阔而勃发时代气息，贴近生存环境，与心灵向往，精神慰藉和思想寄托的途径。

人们常说，读到一本好书，甚至改变了自己的命运，看到一部好电影、戏剧或者唱一首好歌，可以让自己从艰难中站起，在坎坷上挺进。即使是听一场音乐会，参观一次书画展，或者下一盘棋，唱一回卡拉 OK，也能让自己心情舒展，神清气爽，精神振奋。因为，在这些书籍、艺术作品的阅读和享受中，你已经在接受文化的心灵洗礼，感知真善美的滋润，正义与良知的光照，这些其实就是一个人强大生命和意志力的智慧和力量源泉，也实际上是你一步一步要抵达的人生向往和毕生追求。

最近正在上演的电影《中国合伙人》引起了极大的社会反响。专家评论："这是一部具有时代温度和生活质感，以真诚的态度回应历史的电影。"它回答了上世纪末每个中国人内心的疑问。究竟是我们改变了世界，还是世界改变了我们。这实际上是一部反映揭示 30 年改革开放给中国和人民在精神世界和生活世界产生的时代烙印及其命运颠簸故事的"温情叙述"。它在用历史的"真实"和人与物质世界的和精神世界的种种冲击，如何面对财富，如何面对富足的生活，如何面对现实的沉重，如何面对人生的友谊、爱情、人伦、梦想，乃至生命和精神的终极目标与追求在用电影艺术回答这个"大时代"人在路上的迷茫和遥望。看一场这样的电影只要电影不是拍得很糟，我想我们必然会有很多的感慨和思考，甚至会让你在瞬间重新进入了 30 年的跋涉旅途，去重新体味人生的酸甜苦辣，感受时代脉搏的跳动与心灵的激荡。

在这里，我想就自我培养文学艺术爱好兴趣谈点体会，实际上凡是喜欢读书，爱看电影、电视、唱歌和欣赏书画作品的人，不论是何种职业，何种境况，一旦进入，便知其趣，便得其乐，便感充实而终难放弃。尤其当下，我国在发展过程中出现的诸多问题，让我们深深忧虑。比如腐败对党和国家造成的极大危害；环境污染、生态恶化对工作生活身体健康带来的不安全；世风中出现的诚信缺乏，贪欲造成的人性异化；富而心穷，穷而不轨，人情冷漠，思想贫乏，精神空虚，甚至非理性地盲目信神拜佛都十分尖锐地表明，缺乏理想和信念，没有文化和知识是多么的可悲、可怕！

然而面对这一切，我们必须选择自强和主动，这就是不要抱怨，不要失望，不要徘徊，而是自己去寻找优良的精神食粮和精美的文化补品来滋养心灵，升华境界，健脑强神，顺气理滞。使文化艺术这根能治疗社会病的"针"来激活社会，让这个社会能够健康发展。

比如读书，书有灵魂和文气。文以载道，书会告诉你"治国齐家修身平天下"的道理，也会给你开阔眼界，瞭望世界的金钥匙。读一本好书，你能感触书中的浩然正气、鲜活生命、丰盈情缕，就好像步入了浩瀚的森林和辽阔的大海，能看到无尽绿色和波澜闪辉的万千气象。人有了这种情绪和心胸何愁不解惑，何愁不生智，又何愁不奋起呢？

林语堂是我们大家都知道的著名翻译家，不少学者评价他："林译功在千秋，他改变和丰富了西方对中国的认识。"1937年，他出版的《生活的艺术》在美国高居畅销书榜首长达52周，是1938年全美最畅销图书，译成十几个国家文字，掀起了"林语堂热"，成为欧美人的枕边书。该书重印40余次，以致《纽约时报》载文说："读完这本书之后，令我想跑到长安街，遇见一个中国人便向他深鞠躬。"此书如何会如此引起轰动，是因为林语堂深悟读者的心理。他明白只有把书写得由俗变雅，由雅还俗，雅俗共赏，亲切动人，蕴藉智慧与哲思，洋溢烂漫与幽默，充盈快乐与清新，才能赢得读者的喜欢而不忍弃卷，如痴如醉地享受阅读温馨与甜蜜。如他在《生活的艺术》中就极其巧妙地将大自然中的景物写出细腻含蓄而明媚的东方情调和淡雅精致、清灵柔美的语言韵味。让人深切感受到"风可吟，雨可听，雪可赏，月可弄，山可观，水可玩，石可鉴"的空灵、丰富、奇美、深邃的诗意画境与感情想象的共振与飞翔之审美极致。这就让遥远东方的文化雨露和智慧清风在悄悄地滋润欧美读者的心灵，而完成了一次极富时代和国际主义的精神救赎。

又说绘画与书法吧，那奥妙也不一般，让人在欣赏之余，会生发无限感慨并得到心灵的慰藉和感情的激荡。先说绘画，如齐白石的《蛙声十里出山泉》，当属齐翁画中的绝品。据老舍儿子舒乙回忆：此画是由老舍出题，以查初白（清康熙时的进士、著名学者）的诗句"蛙声十里出山泉"并在信中提出构思："蝌蚪四五，溪水摇曳，无蛙而蛙声可想起。"结果91岁的白石老人苦思了三天三夜，终于画成了这幅轰动当时文坛的经典之作。细看画中的山涧，水中的蝌蚪，远方的青青山头，不见蛙影却闻蛙声、泉语，这是一幅怎样的诗意画境啊！人临此境，心中会有一片何等洁净而空灵的天地，是不是荣辱皆忘？同样，好的书法作品，无论楷书、行书、草书都是有如刘熙载所言："书，如也。如其学，如其才，如其志，总之曰如其人而已。"实际上，真正的品味书法，就要懂得书法美学，知其所含的蕴藉、理趣、才情。如黄庭坚评苏东坡书法"学问文章之气，郁郁芊芊，发于笔墨间。"故清末民初书法大家杨守敬说："胸罗万有，书卷之气，自然溢于行间。"可见先人对书法的评判都如出一辙，十分看重读书与人文精神的自觉涵养并以此认定书法艺术水准的高下。试想想看，一幅书法作品，能蕴含此"三如"又该是多么深邃的思想天地和精神气度，高古风韵啊！林语堂先生见树木而论书法的妙语，更让我倾倒。他说："在数千万种树木中，中国名士和诗人觉得有几种的结构和轮廓由于从书法家的观点上有种特别的美处。"接着他便举例说："如松树的雄伟，柏树的清奇，竹树的纤细令人生家屋之感，杨柳的柔媚令人如对婀娜的美女。"如此体验，书法便获得了感情、生命与精神。如果我们能择时而书，临机而观之，自然是心性最好的修炼与润泽。在这里，我要提到颜真卿的《祭侄文稿》。读完这幅书法作品，会让你在字里行间，墨韵与线条的纵横曲转之中，感触书家感情的波涛与胸中的无限悲伤和绵绵哀思。像这样的书法作品全然没有半点的点画经营之意，而只有心中满腹悲痛和哀伤、壮怀、浩然正气的倾泻和凝聚。如此书法——必然逞雷霆之势，并奏出妙章绝响。由此可见，书法的所有点画，都浸满书家的生命之情和灵魂之华。

　　杨澜最近出了一本书，叫《幸福要回答》，她在书中如是说："男性创业者容易被金钱和规模诱感，拉下水，女性创业者往往显示出更大的耐心与坚持，她们越做越自信，越坦然，可以做八分就做八分，可以做六分就做六分。""人们总是问男人如何成功，好像他们不需要幸福。企业家们热衷于学习西方的企业管理，市场经济规划，乃至哲学和新教伦理，都似乎对家庭伦理不太感兴趣。""积极心理学家马丁·普利格曼将'成就'列为幸福要素之一（其他几要素还有：积极的情绪、爱好、兴趣、关系、价值感）。成就，从发现真正的自己开始。"怎么发现自己，做出人生最理性和恰当的选择，第一步就迈开你阅读的步伐吧，读书是世界最好的事。

　　最近，我读《文艺报》，看到一篇写闻一多的文章，标题是《闻一多的格律化生存》（见《文艺报》2013 年 4 月 22 日第五版）文章中说到《二月庐》这首诗中的诗句：燕子！你可听见昨夜那阵冷雨？ / 西风底信来，/ 催你快回去。/ 今年去了，明年，后年，后年以后，/ 一年回一度的还是你吗？ / 啊！你的爆裂得这样音响，/ 迸出些什么压不平的古愁！作者说闻一多的诗作魅力就在于它既是审美的，亦是人格与生存样态的显露。并说他的《二月庐》中的"爆裂与古愁"为后来他冲出书斋作《最后一次演讲》预留了伏笔。实际，这时他已然上路了。我之所以要借这篇文章所言来对闻一多的"不朽灵魂的灯"发点感慨，是因为，我以为闻一多是真正的中国精神的化身，他的血液里流着中华文化的血性和壮美格律，正如沈从文先生所言："爱国也需要生命，生命力充溢者方能爱国。"闻一多的生命力，正是嵌入了中国的历史，融入了文化的自觉与担当。因此，他诗歌的瑰美灿烂，风致秀媚显然是渗透着他灵魂的光芒与感情的圣洁。虽然在那个风雨如磐的时代，他戴着镣铐跳舞歌唱，但那舞，那歌，是气壮山河，泣鬼神的，是天光云影，春光无限的。

我们湖南人引以为自豪和骄傲的一代又一代的伟人，思想家、军事家、文学家、艺术家。从他们的著作、人生的履痕，所处历史时期铸成的时代丰碑，给国家民族带来的福祉和光荣，都充分说明，他们都是在生生不息地自觉地、忠诚地、创造性地承传、发扬创新着中华民族的优秀文化；他们用自己的历史担当和砥柱精神敬畏我们的民族文化；他们用自己崇高的信仰，支撑生命攀登；他们用不竭的文化自强，诠释和推动新中国的文化复兴；他们的文化担当和伟大实践，最生动、最雄壮、也最透亮地诠释和书写了"先天下之忧而忧""人间正道是沧桑"的历史责任，灵魂坚守，冰雪气节的华美篇章。

"雄关漫道真如铁，如今迈步从头越。"漫漫人生路，尽管不平坦，甚至有如舞蹈演员刘岩突然从天堂坠入地狱的悲惨遭遇，但就这万分之一的概率，我们一旦相遇也要敢于面对。这个时候，所有的安慰，所有的鲜花，所有的承诺，所有的拥有都是苍白的，破碎的，唯有自己的心不能破碎，自己的灵魂不能走失，自己的梦想不能动摇，自己的情感不能注水。也就是这个刘岩，在2008年7月27日，北京奥运会开幕前夕的鸟巢体育馆里彩排独舞《丝路》时一秒钟的技术误差，使她从3米高的'画卷'上重重落地，再也站不起来。然而就是这个不幸的刘岩，经历了一年的最难熬的心灵苦痛和身体折磨后，她又重新"站"了起来，而这个"站"立的支撑力量源泉，就得益于她在这段时候的认真读书。读书、思索让她明白：生命总是要不断经历着转变，变好变坏都取决于一个人主观能动性的发挥，生命正是在转变中成长起来。2009年11月，人们在舞台上又看到了刘岩。这次她还是表演舞蹈，是坐在轮椅上完成了名字叫《最深的夜晚最亮的灯》。刘岩说得好：生活总有挫折，梦想不会凋谢，坚持是实现梦想的前提。又站起来的刘岩让多少受挫折的人会看到生命的彩霞啊！自己要战胜自己，自己要拯救自己，自己要回答自己，我还会幸福吗？靠什么？就靠用文化来滋养心灵和升华境界。

我们大家都知道的已故作家汪曾祺先生是真正的文化大师。他学养深厚，清襟清骨，历经风雨，坦荡从容。他写的东西，质地素雅，语言极美，文字精致，写什么都精彩，都诱人，都让人心仪，同时他又是一个生活色彩极其丰富的人，写作之余，他还画画，弄书法，唱京剧，哼昆曲。1992年初，《中国作家》选刊了汪先生的一幅画，又请他写了几句有关"作家画"的话。汪先生当时写了一首五言诗：我有一好处，平生不整人。写作颇勤快，人间送小温。或时有佳兴，伸纸画芳春。草花随目见，鱼鸟略似真。唯求俗可耐，宁计故为新。只可自怡悦，不堪持赠君。君若亦喜欢，携归尽一樽。我常想：汪先生这种乐观、宽宏的人生态度是靠什么支撑呢？他心中的希望与自慰又是怎样与山河常在日月共吟呢！他心中的天地和梦想又是怎样以传神的笔墨描画和倾诉呢！我想答案仍然是靠文化的滋养，因为文化是国家和民族的根基，唯有文化的浇灌才能使生命之树长青。我国1600多年前东晋"采菊东篱下，悠然见南山"的自然诗人陶渊明之所以能像被誉为世界"生态时代先知先觉的圣人"和梭罗一样被世人崇敬，其原因也就在于他是"中国传统自然哲学精神的化身"，因此他的《桃花源记》是"人类诗意栖居于世的经典之作，他是真正走在时代前面的智者与自然文化先驱。知识改变命运，读书铸造人生，人生装点世界，世界梦想成真。我们在书林漫步，在艺海航行，就可以穿越时空，抵达星空与历史和古人神交，与现实与梦想对话，就会知道历史长廊的灿烂和辉煌该怎样破译它的神秘密码，未来世界的奇妙与美丽，该怎样雕刻它的丰满与和谐。更重要的是在面对迷茫、黑暗时又怎样点亮心头的灯火？

梦想还在飞翔

幸福就伴随着

点亮手中火炬

照耀征途的遥远！

我和孙女

小孙女楚楚已经四岁半了，她聪颖、活泼、漂亮而且极有个性，可爱可亲极了。我和孙女的关系是非常平等的。在她的眼里，我只是一个"故事大王"。用她的话说："爷爷是老牛，我是小牛。"

这头可爱的小牛，是在 2009 年夏天的细雨飘拂在江岸的绿树枝上的时刻，降临到尘世的。她在酷暑变成清凉的时辰就带着微笑在阳光的抚爱下开始了生命的跋涉。

自然，她要走的路必定比我们平坦、光亮、宽阔。

但我也相信，也许会有另外的坎坷和艰辛。这没有关系，既然是"牛"，就应当有牛的付出和奉献，有牛的作为和慰勉、快乐，有牛的坚韧、豁达与幸福。

那些大自然中的小草、小花、小树、小蚂蚁、小蝌蚪、小蜜蜂、小蝴蝶，她都慢慢熟悉了，她甚至已经可以用自己的语言和表情讲述一个简单的故事。然后她还会对我说："爷爷你接着讲。"在这种时候，我总是按照她喜欢的故事情节讲下去。听得高兴时，她会对我说："这个故事好搞笑的。真的，你还给我讲一个吧！"

有时，我被她缠得无法再讲清楚，甚至出现睡眼蒙眬的感觉，然而我很幸福。

我知道，我是开始一天一天地走近黄昏。但我一定要用夕阳的温暖和光芒为她编织童年生活最美丽的歌谣和梦想。

还在楚楚两岁的时候，我有时带她午睡，她老是在动，睡不着。于是我就给她编了一个瞌睡虫的故事。我说那个黑色的瞌睡虫飞进了那个小朋友的脑子里。它轻轻地给小朋友的眼睛拉上了窗帘，然后又给她的耳朵关了门。最后它小声地对她说："我和你一起睡觉吧，我们的脑子要休息了。"很有意思，楚楚听了我的故事，真的睡着了。我平时锻炼身体的主要方式是游泳，我想带楚楚游泳，楚楚的爸爸妈妈都很支持。楚楚两岁半时，我就带她游泳了。想不到她对游泳的兴趣极高，她很勇敢、很执着、很用心，像一个小青蛙在水中非常灵活和自由地施展手脚。实际上我观察她完全可以脱离救生圈了，但是为了绝对安全，我还是让她戴了一个小救生圈。到四岁时，我带着她去北海，没有想到她竟然敢随我到海里游泳，她不小心喝了一口海水，闪着明亮的眼睛向我："爷爷这海水怎么是咸的。是不是妖怪在水里放了盐。"我说："这不是妖怪放的盐，是龙王的太子不小心，把家里的盐仓打开了，让盐流进了海水里，从此海水变咸了。"

　　楚楚是一个很爱学习的小朋友，她背唐诗、自编故事或随意画画，自己做游戏、当医生，有时还拉着我们做好的学生，她郑重其事地给我们讲课都表现出她对所接触生活的理解和自我认知。我有时候也觉得奇怪，为什么在她的心中，毛主席、雷锋、观音菩萨，她还在半岁时就印象极深，直到现在，不论走到什么地方，不要我们讲她都会认识毛泽东（毛爷爷）、雷锋和观音菩萨。2013年元月，我去北京参加全国文联召开的会议，会议结束时，我带她到人民大会堂观看"百花迎春"晚会。她看到她认识的宋祖英阿姨在唱歌，便对我说："我也想上去唱一首歌。"我说："你唱什么歌？"她说："我也唱学习雷锋好榜样"。我说："为什么不唱小燕子？"她说："那是小朋友唱的，学习雷锋好榜样是大人唱的。"我听了她的回答，心情好感动、激动。

　　最让我难忘的是，在长沙某军用机场，我的一位战友从北京回来在机场招待所相聚，我带楚楚参加了当晚餐叙。席间，军人朋友们情绪很好，有的情不自禁地唱歌、朗诵诗歌。这时，楚楚跑到我身边："爷

2012年11月带孙女楚楚走进大自然合影

爷，我也想朗诵诗歌。"我说："好！"于是我拿给她话筒。想不到她自己有选择性地朗诵了："葡萄美酒夜光杯，欲饮琵琶马上催，醉卧沙场君莫笑，古来征战几人回"的诗。我问她："你为什么要朗诵这首诗？"她说："这首诗就是写给将士们的。"是的，我的小孙女，她对军人有着特殊的感情。她的玩具太多都是各类枪支，长的短的，还有坦克。她喜欢穿军装迷彩服。她穿军装照的相灵秀极了，她敬军礼标准而庄重。我不知道这是什么原因，一个女孩子这样向往军旅世界。

楚楚现在要我讲故事的内容越来越丰富，也越来越深刻了。她在电视里看了大秦帝国后，就要我讲大秦帝国。还要我讲秦始皇，讲刘邦、项羽，讲李白、高力士，讲三国中的周瑜、赵云，讲明朝的朱元璋，最近又提出要讲"三毛"。这些历史上和现代版的故事，有的我也记不清楚了。于是我就自己编了许多故事放在这些人物的身上。如讲朱元璋，我就编了许多关于朱元璋勤奋读书，结识人才，善待百姓，艰苦磨炼自己的故事。我的目的是从小就要培养小孩的是非心，同情心，宽阔胸怀、温和谦逊的性格，坚强的意志和丰富纯粹坦荡的情感世界。忠厚传家久，诗书继世长，名利如烟云，家教勿轻妄。胡适先生在回忆父亲对他的家教时说："我念的第一部书是我父亲自己编的一部四言韵文，叫作《学为人诗》，他亲笔抄写了给我的。"因此诗不长，故在这里，我想抄录于书，以便读者参读。并以此范本说明家庭启蒙教育的重要性、科学性与人文性。

为人之道，在率其性。
子臣弟友，循理之正。
谨乎庸言，勉乎庸行。
以学为人，以期作圣。

凡为人子，以孝为职。
善体亲心，能竭其力。
守身为大，辱亲是戚。
战战兢兢，渊冰日惕。

凡为人臣，夙夜靖共。
敬事后食，尽瘁鞠躬。

国恬宠利，而居成功。
小心翼翼，纯乎其忠。

日兄日弟，如手如足。
痛痒相关，亲爱宜笃。
有恩则和，有让则睦。
宜各勉之，毋乖骨肉。

夫妇定位，室家之成。
诗嘉静好，易卜利贞。
闺门有礼，寡妻以刑。
是谓教化，自家而行。

朋友之交，惟道与义。
劝善规过，不相党比。
直谅多闻，藉资砥砺。
以辅吾仁，以益吾智。

凡此五者，人之伦常。
君以教民，谓之宪章。
父以教子，谓之义方。
宜共率由，罔或惩忘。

五常之中，不幸有变。
名分攸关，不容稍紊。
义之所在，身可以殉。
求仁得仁，无所尤怨。

古之学者，察于人伦。
因亲及亲，九族克敦。
因爱推爱，万物同仁。
能尽其性，斯为圣人。

> 经籍所载，师儒所述。
>
> 为人之道，非有他术。
>
> 穷理致知，返躬践实。
>
> 黾勉于学，守道勿失。

　　读了父亲给自己编的诗，当时幼小的胡适并不懂。他后来回忆说："这些话都是我四五岁的时候就念熟了。先生怎么讲解，我记不得了，我当时大概完全不懂得这些话的意义。直到四十岁时，开始写《四十自述》，才恍然大悟这首诗的真谛。"接着胡适先生又说："我父亲死得太早，我离开他时，还只是三岁的小孩，所以我完全不曾受到他的思想的直接影响。他留给我的大概有两个方面：一方面是遗传，因为我是我父亲的儿子；另一方面，是他留下了一点程朱理学的遗风。"我之所以要讲这个胡适读父亲所编《学为人诗》的故事，也是想与所有的长辈父亲探讨幼儿教育之大事。现在的幼儿教育非常的混乱而不理性，都企盼儿孙后代成才，大有作为，甚至光耀祖庭。其实，殊不知人类社会的发展也是有其规律的。人伦之道，为人之道，义理之道都是人之成长、成熟不可违背的寻常之理。如果一味地让幼小的心灵承受功名利禄，珠光宝气，炫富自大，盲目崇洋媚外，追恋偶像，其结果必然事与愿违。天空浩瀚每颗星星自有其光，海洋之大每滴水珠自有其涌；草原无边，每株小草自有其绿。还是给小孩多一份关爱、理解、尊重、纯真、圣洁、舒坦、平等和温暖、轻松、自由吧！

　　2012 年 8 月 6 日，我在长沙接待《十月》杂志的陈东捷主编，因是老朋友，我便携楚楚前往

与孙女楚楚夏日在湘江边留影

与陈先生餐叙，席间，楚楚大方地给东捷先生敬酒（当然她用的是矿泉水），让东捷先生很高兴。我看得出他很喜欢我的孙女。我说："现在我最快乐和幸福的事，就是带孙女。"东捷也这样认为，他说："隔代亲是极珍贵的人伦之乐。"是啊！可是想到当时儿子的照料亲近和关爱，心里就会泛起浓浓酸楚和愧疚的感情。除了那时候我工作繁重，且家境清贫，自己需要大量时间学习、工作外，其中还有一个原因，写作几乎也占去了我所有的业余时间。现在想起来确实对儿子太薄情。用我妻子对我的批评话来表达"现在是把对儿子的补偿转移到了孙女身上。"

我人生需要反省的事情绝不仅于此。而这件事情我要写出来，也愿现在的为人父、为人母从中悟出一点什么来。下面是我写给楚楚的诗《我和小孙女》。我愿这组诗伴着楚楚成长，成为楚楚人生旅途一丛飘香的金银花。

> *与小孙女在一起，我终于知道了*
> *天伦之乐的秘密在哪里*
>
> ——题记

取名

世界上让人眷恋钟情的事情

确实很多　天地悠悠

岁月漫漫　大自然的无穷奥妙

和世事的纷繁

使得在尘世中奔波的人

有时眼前会是一片茫然

那一天上午　云霓刚露

天空又下起了毛毛细雨

碧绿苍郁的湘江岳麓山

瞬间就在梦般缥缈的雨雾里蠕动

这是盛夏荷风送香的时节

美丽的花容绽放在我的眼前

孙女睁开了瞭望世界的眼睛

像星星一样美丽的小眼睛
我浑身的热血和灵魂异常的激荡
我想　给小孙女取个好名字
望着孙女灿烂的笑
我就感觉到楚楚动人的真切含义

楚楚　我在动情地呼唤歌唱
从此　她就是我心中的那颗小太阳

小太阳

小太阳　在喝着乳汁
听着歌谣沐着阳光成长
小太阳在爸爸妈妈慈爱的眼光里成长
小太阳也在爷爷奶奶的笑声里成长
一天一天又一天
小太阳的天空越来越宽广

现在的我　真的变得奇怪了
刚上班　就想着下班
是有什么在心中挥之不去
是有什么让我分秒牵肠
是有什么让我喜悦等待
是有什么让我感觉时间流得太慢

是那一声声清脆的啼哭
是那一朵朵甜甜的笑靥
是那一丝丝轻微的呼吸
是那一团团稚嫩的肌肤
是那一双会说话的眼睛
告诉我什么是人间真正的幸福

我也曾风雨征程　乡关城郭　守土在心

唯有这颗小太阳在心中有特别的温暖

编故事

小太阳的光芒照着我写字

她要抢去毛笔用手摸摸

小太阳的光芒照着我写文章

她要扯走稿纸的一角

我无奈　反而觉得很有趣

我知道这才是人生最快乐的时刻

小孙女刚三岁　可以想见她思维的薄弱

她听故事的兴趣

远远出乎我的意料

爷爷　给我讲个故事

小孙女缠着我　讲什么故事

我尝试着给孙女编故事

就讲一个瞌睡虫的故事吧

瞌睡虫就是一只黑色小蝴蝶

每天晚上它都要飞进你的脑子

钻进你的耳朵　给耳朵关上门

又会飞进你的眼睛

拉上你眼睛的窗帘

没有声音　没有光亮　黑夜就这样降临

瞌睡虫会和你一起睡觉　打呼噜

会和你一起迎接第二天的黎明

头上长胡子的小弟弟

一天　我家来了一个与孙女同龄的小男孩

小男孩的后脑勺留了一撮小头发

这是一抹象征聪明伶俐的头发

小孙女惊奇地望着这一撮头发
突然　她跑到我身边说
爷爷　小弟弟的头上长了小胡子

我兴奋极了　抱着孙女亲了一下
是的　那确实是长在头上的小胡子
你去问一下小弟弟
他的胡子为什么要长在头上
小孙女眨了眨眼睛说
我不去问他　他还小

此刻　我真想告诉小孙女
爷爷的胡子也能长在头上该多好

学游泳

小孙女出生才三天
她的爸妈就让她游泳
那个游泳池　就像一个月亮
盛满了圣洁和期望
我在一旁看着　想着
心中的滋味胜过蜜糖

小孙女现在三岁了
我想起要让她学会游泳
于是　我带着她走向真正的游泳池
走向涟漪荡漾的水世界
起初　她惊慌　害怕　想哭
甚至手脚都冻得发抖

我给她讲孙悟空到海底探龙宫的故事
她笑着说　我也要学孙悟空
她真的学孙悟空了

就这样　勇敢地穿上小救生衣
在波浪里盘旋　伸手蹬腿
她还问我　怎样才能抓住水泡泡

水泡泡是抓不住的
对于我的回答　看她的表情相当不满意

小酒杯

从北京来了几位作家
我曾在他们的书林诗径漫步
知道他们的性情　就像酒一样
透明　清醇　飘逸　壮烈
今天与他们相聚　自然兴会盎然
带不带小孙女一起去呢

小孙女拉着我的手
爷爷　你去哪里
我不能说谎　只好如实相告
我要去陪客人吃饭　你去不
我去　去帮你给客人敬酒
瞬间我感觉孙女长大了

这是一次轻松　雅致的餐叙
没有豪华　奢侈　排场和虚荣
只有清茶　淡酒　笑语　真诚　挚意
席间小孙女真的端起了小酒杯
她天真的笑和晶莹的眼神
也像酒怀里的水那样澄澈

此刻　我最怕小孙女问我
酒为什么能够醉人

梦依然灿烂

2012 年 11 月 29 日，北京城阳光格外灿烂温暖。党的十八大召开之后的新一届政治局常委，在习近平总书记的带领下，迈着坚定而豪迈的步伐，走进《复兴之路》展览大厅。这个《复兴之路》展览，仿佛是一条璀璨、奔涌、激扬、深邃的历史长河，给人们展现了古老中华民族一路走来的沧桑巨变、历史风云、古代文明、悠久文化、辉煌创造和美好前景。在参观时，习近平有感而发，他深情地对大家说："实现中华民族伟大复兴，就是中华民族近代以来最大的梦想。"习近平总书记的这个精辟论断，如春风迅速吹遍祖国大地，实现"中国梦"，从此便成为全国各族人民的共同追求与美好期待。

当晚我在电视机前看到了这个激动人心的现场报道，心情格外兴奋，我当即就挥笔写下了如许诗句：

> 这一天　注定要成为中国历史长河中
> 重要的一瞬间　这一刻　注定要成为
> 新中国壮丽征途的一个新起点
> 这一天　在北京天安门前的华表上
> 注定要留下新的历史标记
> 这一刻　在中国国家博物馆
> 注定要为中国历史　现实　未来的交汇
> 写下浓墨重彩的一笔
> ……
> 我们懂得　中国梦是历史的
> 现实的　更是未来的
> 我们明白　中国梦是国家的

民族的　更是每一个中国人的

也就在这个时刻，我回忆起自己走过的道路，其实也是一条追寻"中国梦"的道路。尽管在过去的岁月中，有过颠簸、曲折、苦恼、徘徊，但信念和理想的光芒，始终在照耀我前行的道路，因而才使我有可能在人生的舞台上，用自己的智慧生命力量抒写追梦的履痕和心中的向往、憧憬。回忆在湖南省政协工作期间，我就组织并参加了武陵山区连片扶贫攻坚和环洞庭湖生态圈建设的重大调研活动。我与政协的其他同志，深入到湘西州、怀化、张家界、邵阳、娄底、常德、益阳、岳阳、长沙等市州县区，乃至镇村农户调研，倾听基层干部和人民群众的心声。我还自己动手修改调研报告。这一切都让我感触着沉甸甸的"追梦"责任和快乐。人的生命是短暂的。尤其当我这样已年过花甲的人，就愈加感到岁月的宝贵和值得珍惜的东西太多。

我至今清楚地记得，2011 年 3 月我去中央党校学习的情景。那是一个雪花飞扬的清晨，晶莹洁白的雪花点缀着京都壮丽的景色。我在杨柳开始吐绿的校园掠燕湖畔散步，虽然有丝丝寒冷从枝头飘扬到我的发丝上，但我却感到有一种生命的庄重与使命的庄严在心中泛起。我知道，中央党校是一所什么样的学校，是一座怎样的知识殿堂。在这里学习和思考的每一个学员，他们的心中会装着一片怎样的天地。散步回到宿舍，我用冷水冲洗头脑，感到神情志醒，便挥笔留下了心中的这段不能忘却的记忆。

三月的北京，依然春寒料峭。

一早起来，我踏着尚未融化的积雪，来到了掠燕湖边，眼前的风景，在寒风里虽然生发着几分萧索，湖边的树木也未泛绿，地上的小草仍然绽露着枯黄的涩态，但湖畔亭阁边散步、跑步、骑自行车、打太极拳的人群，却是这般自如地挥洒着生命的活力和洋溢着对生活的盎然神往。

有一首写雪的古诗，其中两句立刻从我的脑海里蹦了出来。

梅须逊雪三分白，
雪却输梅一段香。

这诗描绘的梅和雪的形神、意蕴、韵味、美感，呈现出的精神内核与审美感觉是何其的奇妙、雅致、明秀、灵巧和古典、风润啊！诗人对于雪，对于梅的阅读，已经远离了常人的直观表达，而是从灵和情，真和洁的通透人性的感悟，从心底自然迸发出的对人世生命价值的明彻感叹。

有念于此，我停止了散步。我在深情地细看这覆盖在地上的残雪和湖上浮沉着的冰块雪朵。这时，太阳的光芒逐渐变得明亮耀眼，映射在残雪和浮冰上，立即散落成无数的金色光斑，随着气温的升高，便氤氲成一层层镀金的温暖，在柔意地抚摸着这个正萌动着无限诗意和宁静的初春世界。

我的心，突然被这种莫名的感动袭击，让我在瞬间忘记了自己所迷恋的圣殿，好像有一个声音在呼唤我。可我真不知道，这声音来自何方？

是的，我该回去了。每每这个时刻，是我读书和写作的时间。

我回到了自己的房间，我坐到了自己最熟悉的书桌前。这张桌子和我朝夕相处的桌子几乎是一样大小，一样的颜色和一样的木质材料，窗户也同样阔大和明亮，只是已拉向两边的窗帘布略显得要豪华和庄重些。没有关系，这丝毫不会干扰我的阅读和写作。

我捧在手里的中央党校教务部编印的《改进文风阅读材料》，竟让我不肯放下，尤其那篇孙犁先生《读修辞》的文章，让我的心一次又一次地被震动和唤醒。

"语言，在日常生活中，以及表现在文字上，如果是真诚感情的流露，不用修辞，就能有感人的力量。"

"从事文学工作，欲求语言文字感人，必先从诚意做起。有的人为人不诚实，善观风色，察气候，施权术，耍两面，不适于文学写作，可以在别的方面求得发展。"

这真是至理至慧至明之言。孙犁先生把文学的灵魂和感情的神圣，全操在一个"诚"字之中，该是一种怎样的情怀和目光呵！

这就让我想起仁者看山，能看到山之高远、深远、平远、阔远、迷远和幽远，智者临水就能感受水的自然、清澈、明净、淡定、从容和禅让。古代画家徐渭云："鸟学人语，本身还是鸟"，也在告诉世人艺术的无尘和崇高自然是真诚至上。就这样读着想着，我又想到了窗外的雪，我又立起身来，去望窗外那闪耀着银光的雪。雪呵！梅呵！人呵！心呵！也许都是雪捏得，才这般绵厚、蓬松、柔软、圣洁、无瑕。我就这样望着雪，我还没有放下手中的书，我在读雪。

　　我读雪的圣洁崇高与丰厚，
　　我读雪的细润雅净与飘逸，
　　我读雪的淡定坚守与深情，
　　我读雪的豪放幽远与壮烈，
　　我读雪的古典豁达与雄美呵！

　　读雪让我明白，我今后的读书和写作，一定要"心如明镜，清泉，不能掩饰虚伪"，这就是要珍藏梅之香，梅之魂，梅之秀。一定要记住叶圣陶先生的教诲"要站在读者的地位上着想。我们和读者就是靠文章来交心的，这个一点也不能马虎。这就叫群众观点。"作为一个作家，有了雪的情怀，梅的品格，就有可能真正做到有高度的文化自觉和文化担当，真正能为自然而鸣，为人伦而呼，为迷茫而叹，为深邃而泣，为悲壮而歌，为绝美而醉，为光明而殉！

　　这时，楼下草地的小路上来了几个环卫工人，他们推着小斗车，挥动着铁锹，在铲起堆在路边的积雪，一锹锹地往车斗里舀。看到这情景，我心情好惆怅，我好像会要失去什么！到底会失去什么！我自己也想不清楚。

　　就这样，我站在窗前，茫然地望着。

　　我从1996年2月到长沙任职至2007年11月21日离开市长岗位，将近10个年头。这是我人生中最重要、最难忘，也是最波澜起伏的岁月。且不说我做了什么，但是我对这座城市的热爱之心，抚慰之情，敬畏之意，守土之责是十分清醒的。因之，我深深懂得，工作中的失误和遗憾是永远也无法弥补的。唯其如此，也常常夜静中，扪心自问而抱愧不已。而在这种反省中，我倍感重要的还是城市发展中的问题。因为这个问题在全国带着普遍性的意义。城市发展同时也是人类社会发展中最重要的枢纽和历史节点，稍有失误都又可能对历史和未来造成无法挽回的损失。有思于此，我在党校学习期间，根据自己的体会和教训写了一篇题为《城市

发展: 问题与对策》的文章, 发表于 2011 年 4 月 17 日《光明日报》理论·实践版:

编者按

城市是经济社会和文明发展进步的重要成果。改革开放 30 多年, 我们赶上了西方 200 年的城市化历程, "十一五"期间城市化率达到了 46.6%。按照"十二五"期间每年提高城市化率一个百分点的要求, 未来我国面临的城市建设任务是十分繁重的, 如果不遵循城市发展规律, 城市建设一味贪大求快, 不从实际出发, 循序渐进, 很可能造成资源浪费, 生态破坏, 文化遗产损毁, "城市病"丛生, 居住环境恶化的局面。对此必须引起高度关注和深层思考。

当前我国城市发展存在的突出问题

有关资料显示, 目前我国已进入工业化中后期的前半段, 估计到 2020 年前后将基本完成工业化任务。这表明, 伴随工业化进程的加快, 我国的城市化也必将进入加速期。而实际情况是, 近些年来, 我国城市化进程在取得巨大成效的同时, 也暴露出一些问题, 具体分析有以下六个方面的表现。

2013 年 11 月湘江边漫步留影

缺乏科学的城市发展观, 不能正确地认识城市发展规律、城市功能、城市效率及其对于加快转变经济发展方式, 促进区域经济协调发展的特殊作用。其结果, 是不遵循城市发展规律, 城市建设超过现实需求, 一味贪大求快, 甚至仿洋,规划失控。不仅大量占用土地，造成生态破坏，而且由于大范围拆迁进行粗放型城市建设，造成损害百姓利益，影响社会稳定的情况，反而使城市发展失去对经济社会发展的促进作用。

缺乏对城市发展的长远规划和城市发展规模与速度的科学选择。一座城市的兴起、发展、繁荣需要经过漫长的发展过程。城市发展本身具有高辐射性，高生态平衡性，高社会服务性，高度产业聚集性以及高承载功能的要求。如果不从这些方面进行整体布局和长远规划，而只是凭一时热情和冲动，甚至靠照抄照搬来进行城市规划，其造成的严重后果在我国不少城市已经显现出来。

缺乏对城市资源的保护、节约、合理利用，造成令人痛心的浪费和破坏。城市资源是丰富而宝贵的，其中最重要的宝贵资源是土地。但目前城市土地浪费现象十分严重，土地的城市化快于人口的城市化，经营城市的冲动超越经济发展规律。

缺乏对城市历史发展深刻全面的了解认识，尤其缺乏对城市的历史文化及其遗产古建筑的重视、珍爱、保护，造成无可挽回的损失和巨大遗憾。在我国的城市发展中，许多城市的文化遗产和历史建筑出现了生存危机。有的具有珍贵文化的价值，拥有千年文化积淀的旧城、老街，被当作旧城"改造"对象而被拆除。

缺乏对城市载体的结构、功能的科学构建，综合配置以及城市宜居环境的有效打造，导致城市居民失去了真正意义上的城市生活。城市化说到底是人的市民化，既不是土地的城市化，更不是城市的高楼化。然而目前，我国6亿城市人口中，至少有2亿人并没有享受到市民的权利。且不说就业、就医、就读和社会保障这些基本民生权利的落实，现在城市的交通状况，环境污染，生态破坏都相当严重。这种城市发展的粗放实在令人担忧。

缺乏对城市文化建设、文明积淀与升华的深刻认识，不理性地追求建大城市和国际性城市。城市究竟建多大为宜，什么样的城市才是国际性的城市，需要创造什么条件，对这些都缺乏全面深刻的认知和把握。必须要理性把握城市的发展规律，以提高资源配置效率和居民生活质量为前提。

推进城市科学发展

要谋求城市科学发展，同样必须以科学发展观为指导，坚持"以人为本"，着眼发展创新，着眼加快经济发展方式转变；着眼加速推进工业化；坚持统筹兼顾，解决好城市发展内部结构失衡的问题。

首先，我们应当走切合国情的城市发展途径。"十一五"期间推进城市化进程的实践告诉我们，城市发展是一个系统工程，它受到经济增长，社会发展，功能协调，环境优化，文化提升等诸多因素的直接影响。随着我国工业化进入中后期阶段以及我国经济规模的扩大和发展目标的确定，加速城市化进程已成为我国经济转型提升的客观要求，具有其历史必然性。因此，我国城市发展途径的选择，必须从国情、省情和区域的实际情况出发，探索一条以经济发展为主线，社会发展为基础，先进文化为引领，现代产业体系为支撑，以特大城市（世界性城市）为示范，大城市为依托，中小城市为重点，逐步形成辐射作用大的城市群，进而促进带动大中小城市和小城镇协调发展。

其次，城市发展要与转变经济发展方式有机结合。城市化实践证明，城市发展过程实际上也是转变经济发展方式的过程，而且在一定意义上来讲，不转变经济发展方式就不可能积极稳妥地推进城市化进程。笔者认为，在城市发展中加快经济发展方式的转变，要突出抓住一条主线和一个新格局两个重点。抓经济发展主线，关键是加快推进新型工业化进程，使城市发展有现代化产业体系支撑，从而形成坚实的城市发展经济社会基础。抓一个新格局，就是要强调"统筹城乡发展"加快推进社会主义新农村建设，促进县域、区域经济协调发展，尽快形成城乡经济社会发展一体化的新格局。这样就为各级政府科学制定城乡发展长远规划，合理配置资源，改革创新社会管理制度，合理确定大中小城市和小城镇发展规模，功能定位，产业布局，开发边界，形成基本公共服务和基础设施一体化以及城市群发展新格局创造了先决条件。并可有效地解决城乡发展不平衡的问题，实现城市和城镇化的集约发展，生态发展，和谐发展和城市良性化的持续发展。

第三，城市发展必须坚持几个基本原则。一是"以人为本"的原则。无论从城市发展目标，功能定位，社会风尚，人文环境都要始终坚持凝聚市民的愿望期待，依靠市民的创造，为了市民生活更美好来规划建设管理。二是注重"两型"建设的原则。建设资源节约型、环境友好型社会，是现代化城市建设发展的重要课题，不能有任何的偏废和动摇。三是保护与有机更新的原则。一般来说，历史性城市的旧城往往都有较好的区位优势，也是人气最旺的地方，而恰恰这些地区又是城市记忆保存最完整、最丰富、最有特色和文化底蕴的地区，如何保护和有机更新，避免在这样的"点睛"之处、令人向往和流连的地方兴建高层建筑和仿洋建筑。对此要有正确的取舍观和责任感。四是循序渐进的原则。未来10~25年是中国城市社会面临的社会变迁期，将有6亿左右的农业人口转化为城市人口，在这个历史性的变迁过程中，我们一定要头脑冷静，把握城市发展的规模和节奏，守住城市发展的结构底线，坚决防止和遏制人为地造大城、洋城的倾向，真正依靠经济社会文化发展的强大动力推动城市化进程。

第四，城市发展要凸显个性特色和注重城市人文精神的弘扬升华。城市如人，要有灵魂思想，要有风采气质，要有色彩形象，要有律动和声音。提起维也纳，我们身边会响起金色大厅的音乐之声；想起威尼斯，眼前会出现水城的风帆和水巷的澄澈影韵。这就是城市的个性特色和美感，而彰显城市个性和特色的因子，就是城市文化生发的魅力。因此，在城市建设发展过程中，我们要始终坚持民族风格，地域特色，文化底蕴，人文精神的承传、升华和创新。切忌简单模仿、生造、不理性地遗弃和破坏，一定要牢牢抓住文化这个根本，极具智慧和匠心地搞好古城（也包括百余年近现代工业遗产）的保护。

我之所以要把这篇文章写进我的《风雨人生路》，因为在我半个世纪的工作经历中，长沙的10年对于我是十分重要的10年，也是我朝夕不能忘却的10年，因为在这10年里，我把自己所有的思想、知识、工作积累乃至自己的艺术追求与人生寄托，都在为书写"长沙山水洲城"这个作品而倾其一切。

让我感动的是，因为我在湖南师范大学带了研究生，也常去讲课，许多学生都认识我，也读过我写的书，包括这本《风雨人生路》。当我离开市长岗位时，我没有想到文学院的70个同学主动地为我编了一本留言簿，把每个同学写给我的心里话都记录在册，送给我留念。接着，同学们亲自写的留言，我激动万分，眼泪夺眶而出。这是一颗颗多么美丽纯洁的心，一缕缕多么深沉纯净的情。现摘录几段，愿与我的读者共同珍惜之。

谭老师：

您好！听过您的讲座很受启发，觉得人生就应该像您一样奋斗，祝您永远开心。

外国语学院　谢丽丽

谭老师：

您好！听了您的讲座，我才知道什么叫"听君一席话，胜读十年书！"在我心中，一个大师级的人可以没有丰富的知识，但是不能没有思考的智慧，《人生风景》中那些灵智的小语，总能让人耳目一新，眼前一亮，顿生无限感悟，那些启发性的言语深深地镌在我了心底，像一壶清茗，历久弥醇，很感谢老师同您的教诲，为我们开启了一扇新的大门，谨向您致以我最深的谢意，并致以最诚挚的祝福。

　　祝您

　　　　万事如意　心想事成！

文学院　谭金灿

尊敬的谭老师：

您好！我是文学院的一名普通学生，很喜欢您的书，您的文字非常的优美，让人觉得很宁静淡泊，充满遐想，并且充满希望。

真心希望您身体健康，万事如意！

文学院　李琴

谭老师：

您好！

我始终觉得一个善于与自己心灵对话的人才能被称为是诗人，否则文字华丽也只能反增其空虚。

而在您的文字里，我分明读到了那久违的心灵之呼喊；在夜的背景里，用移动的脚为笔，在辅满月光的小路上写诗，这该是男儿美妙的诗啊！《午夜独白》，不是没人听，只因听的人是自己的灵魂！

风／在瞬间静止／云／在天空坚持／黄昏的明亮里／是谁在写诗
夜／呼唤你的名字／月／仍皎洁如斯／黑暗的寂寞里／是诗人在
写诗

新传院

师大电视台采编部部长

廖涯

谭老师：

您什么时候还会来文学院讲课呢？

我们院的同学都很喜欢上您的课，您的人生阅历给我们很大启发，
我们向您学习。

老师，我们祝福您。

祝福您，创作更多的作品。

祝福您，人生的风景更精彩。

文学院　阳艳

Hello 谭老师：

我们好喜欢听您的讲座啊！很轻松很快乐，很受启发，我们希望
自己也能像老师一样，坚强地面对生活，不断努力，不断奋斗！为下
一次人生目标不断前进。

祝福老师　健康、快乐。

笑口常开喔！

Miss you！

您的粉丝　张艳

谭老师：

您好！

好久没有看到您了，也没有听到您的讲座了。现在只能够通过您
的博客来向您学习。

很敬佩您在担任长沙市市长对我们老百姓做的一切，长沙没有您
的规划，就没有今天。

长沙的美丽，因为您的美丽。

长沙的魅力，因为您的魅力。

我想对您说：老百姓谢谢您！

文学院　何书鹏

谭老师您好：

很喜欢品读您的文字，就像一位慈祥的智者在耳边诉说他的故事，讲述着人生的哲理，我静静地听着，深深地记着，用一生去实践着。

文学院　姜欢

谭老师：

作为一名来古城长沙求学的学子，一位文学院的学生，我对您景仰已久。近期读到您的作品还是在"湘江颂·万行长沙颂·祖国"诗歌征集活动中，您的开篇之作兼对历史的浩叹与浓浓的情思，让人过目难忘，我也有幸参加了这次创作活动，在《湘江之灵》出版块有拙作《湘水长歌》一篇，还望老师您多多指教！

最近，我对咱们建设中的星城十分关注，有两点发现。其一，黄兴路步行街街口经常发生拥堵，人车抢道现象严重，每当上下班高峰需要大量人力疏道，效果往往还不尽人意。我想，是否能在这一路程设置过街天桥或地下通道，毕竟，这一象征长沙生机与活力的商业场所也是这座城市的一张名片。其二，长沙的红绿灯计时缺乏科学性和协调性，反映我们校园内的阜埠河路口为例，这里是一个丁字路口，有三个方向的人流和车流。然而，往往横穿南北方向公路的人行道显示绿灯时，左转和右转的车道也在通行，这就大大增加了交通事故的风险性。在这方面，浙江的杭州所做的努力值得学习，咱们长沙的交通部门能否对此加以研究呢？

我知道，虽然现在的您已经没有直接管理长沙市的具体工作了，但您也一定和我们一样始终关注着长沙的发展和建设。

自信人生三百年，会当击水三千里。

祝您晚年幸福，老当益壮，儿孙绕膝，其乐融融。

文学院　刘悠翔

谭老师：

您好！刚来长沙的时候经常从电视上看到您作为市长工作的情景，后来不经意一天从图书馆看到您的一本诗集《芭蕉雨》，翻开后便欲罢不能，沉浸在您构筑的湿润而不失激情的诗境中，知道了文学是您一生的挚爱，即使在担任重要行政职务时依旧笔耕不辍，成绩斐然，不由得对您产生更深一层的敬意！

谨祝您工作顺利，身体健康！

师大文学院　谷勇

就因为这一切，例如以上同学和慰勉，我当始终如一地去追寻我心中的文学梦、中国梦。现在我已步入古稀之年，我每天拥有与小孙女朝夕相处，平等交谈的天伦之乐，我又有了练习书法，钢笔写生的余兴。我还要写心中的所思所想、所盼。最近我两次去湘西沪溪县农村考察精准扶贫的现实状况，我看到了全面小康灿烂曙光。我决心为我国农民最终摆脱几千年的贫穷，抒写《告别贫穷的最后岁月》，以倾吐自己对祖国深深的永不淡漠的挚爱。

人生中会有许多值得永远珍惜的东西，会有很多美好的记忆留在自己心灵深处，慢慢地回想和品味。这种珍惜和记忆，也却一定凝结着自己的某种特定的参与甚至付出。那里会有时代的长河闪耀的波光和峥嵘岁月赋予的担当与责任。

公元 2015 年 12 月 31 日，古城长沙披上了迎接 2016 新年的湘江之滨的节日盛装，夜幕徐徐降下，两岸的无数灯火，便串成了一片灯光辉煌的海洋。坐落在湘江、浏阳河、捞刀河湘江的新河三角洲上新落成的博物馆、图书馆、音乐厅在明亮而柔和的灯光照耀下，呈现着其雄伟、优雅、经典而时尚的风姿，敞开的大门，正迎来各方尊贵的宾客和热情的长沙市民。我有幸被邀出席今夜的"春之声"长沙新年音乐会。我兴奋不已地和妻子范菊秋女士，带着孙女楚楚，步入这个庄严的音乐殿堂。

这是一个具有国际水平和现代灯光音响设备的音乐厅，它是长沙滨江文化园的灵魂建筑。音乐厅外墙图纹，取材于南宋古琴演奏家、教育家郭沔流寓湖南期间创作的一首民曲《潇湘水云》，曲词古典悠扬婉转，表达了作者忧国忧民的情怀。这种独特的外墙图纹标识氤氲着音乐的强烈流畅、奔放气息和情感波浪。尤其是由德国克莱斯公司为长沙音乐厅量身制作的价值 2000 万元的管风琴，更为音乐殿堂增添了一片永恒的霞光异彩。

今晚演出的是以色列爱乐乐团，世界顶级指挥大师祖宾、梅塔，以饱满的激情和无可挑剔的音乐天才，指挥了这场盛大的音乐晚会。一次又一次观众席上爆发的雷鸣般的掌声，托起美妙音乐旋律的翅膀，让一首首优美动人的乐曲飞出音乐厅，在湘江的上空荡漾盘旋。

此时，接近晚会尾声的《蓝色多瑙河》的优美旋律，仿佛波动着湘江的闪光浪花，漫上河滩，缓缓流入音乐厅的桌椅之间，摇曳着我心灵深处的风帆，载回我家乡的浏阳河的绵绵乡音，乡梦，青山溪流，花影月光，泥土绿树，老屋黑瓦和浓郁乡情的叮嘱。在呼唤着我童年的梦幻和留在石桥、阡陌山野的深深浅浅的脚印。我的心在激烈地颤抖。顿时，我的眼前扑面而来是家乡的那片明山秀水，那缕缕白雾，道道霞光。拥着我飞腾着的是眼下的巍峨城郭、苍茫的岳麓山、奔腾湘江、生态橘子洲、航电枢纽的妩媚景色与雄丽壮观。

如果不是在音乐厅聆听这绝美的音乐，我一定会跑到江边上大喊一声："湘江、浏阳河，你的儿子在这里！"是呵，我是喝浏阳河水长大的，是喝湘江水追梦的农村孩子。我难忘家乡水，我深爱湘江浪。祖国亲，家乡亲，人民亲，父母亲。也就是今年的 4 月 5 日，我回到老家石湾去看望了一位年至 108 岁的高寿老人，感触他的精神气，听到他的清晰话语，我已悟出人生的归依与生活的境界在哪里了。回到省城，我挑灯伏案，写下《难忘家乡水》这篇散文后发表在 2015 年 5 月的《人民日报》副刊。

三月的雨，飘着缠绵绵的乡愁，编织着湿漉漉的乡思。

清风吹过，又给乡野频送着乡音的亲昵。望着镶在大地上的春天画卷，我看到山上大大小小的树木都被细细的雨滴抹上了浓重的绿色。这时，我又看到满垅盛开的金黄色油菜花上，好像正漫飘着我童年的梦缕和青春的歌声。小河边的杨柳抽出了新枝，它在碧玉般的水波上摇曳着多姿的倩影，在倾吐对土地的满怀柔情。

我走在家乡林间弯曲的小路上，伸手去搂天空飘下的雨珠，滋润自己已苍老的容颜。去寻觅少年时跟母亲，一起去山冲挑山泉水的记忆，和沉甸甸的乡梦。母亲的身子很瘦小，她挑着水艰难地走在山路上，我帮不了她，我恨自己长得太慢。我仍记得，那时，坡边瘦瘦的梯田，长着瘦瘦的禾苗，结着瘦瘦的稻穗。就像我童年的身子，也是瘦瘦的如一根苇草，而对于水的那份感情，我却是格外的浓厚、纯净、幽长。那时，家里很少有开水喝，渴了，就用竹筒在水缸里舀水喝。如果在外面，便跑到小溪边，用双手捧起一掬清水喝得美滋滋的。

那些日子，我常常坐在河边读书、凝望，想着怎样才能减轻母亲的劳累，也想象着山外世界的绚丽与神奇。记得幼时，父亲对我最严厉的管教，就是要背古诗，写毛笔字。有一首唐朝诗人刘眘虚写的山水诗《阙题》，他不知道要我背了多少次，他说："这就是家乡的影子，走到哪里，都不要忘记！"

> 道由白云尽，音与青溪长。
> 时有落花至，远随流水香。
> 闭门向山路，深柳读书堂。
> 幽映每白日，清辉照衣裳。

当时，我真的不懂诗中蕴含的意趣、美感、韵味，更不明白"家乡的影子"是什么。现在人近黄昏，回到家乡，看到小溪上的石桥，变成了宽阔的水泥桥，山边的土屋变成了红砖楼房，老家门口的古老香樟树依然生发着浓郁的绿色，泥泞的乡道变成了柏油公路，自己曾经和乡亲一道修筑的库容达 2.1 亿立方米的株树桥水库，变成了一条碧波荡漾的百里水廊，氤氲着万千绿意，无限清辉，生发着无尽的蓬勃生机和大自然生命的奇光异彩，就感觉自己也变得年轻了。现在重温这首诗，我觉得它是家乡风情最真切的写照。我才明白山水、花香、清辉、书韵中的天地才是真正的人间天堂。此刻，我久久地凝望株树桥重重叠叠的山峦，弥漫着水雾的洁净、深邃的天空，和碧波荡漾的水库湖面，不时有苍鹰飞过和身边树上鸟雀的欢鸣，就觉得自己又回到了当时的岁月流光里。乡亲告诉我，现在株树桥水电站和库区成了浏阳声名远播的绿色生态风景区。劳作生息在这里的乡亲，不仅住上了红砖楼房，屋前屋后，山峦河边，栽种了美丽的树木花木，香甜可口的水果，而且山坡边的梯田也变得肥沃湿润，年年岁岁，飘溢着丰收的稻香、乡亲的欢笑、老酒的醇美。

尤其让我惊叹的是，就在这条百里水廊的两岸，仅 3 万人口的高坪镇现健在的 90 岁以上高龄的老人就达 91 人，还有 5 个百岁老人。

其中我老家对面田丰组的李光复老人已逾108岁。当天,我特地带着孙女去看望李光复老人。老人见到我,脸上浮现了充满欣慰的微笑。他身子还很硬朗,只是背稍微有些驼,但精神状态极佳,讲话时思维一点也不乱。我真没想到这样高龄的老人竟这样耳灵目明,口齿清楚。当他的孙子说到我的名字时,老人就立即说出了我父亲的名字和我老家的方位。我陪老人坐了许久,心里汹涌着无法言表的敬慕之情。一个世纪老人的晚景,他给我展开了一幅多么幸福的人生画图呵!我细细地想,是什么神力,让老人活得这样健康、自在、心安。我抬头望身边的乡亲们,看着他们愉快的笑脸,呼吸着山乡新鲜的空气,看到天空的澄净无尘,田间地边溶溶绿色,我明白了,这就是一种巨大的幸福;这就是我们城市无法得到这片天空、水和太阳的恩泽。我不知道怎样去与现在社会上,热衷于宣传那些有名无实的"什么镇""什么乡"来作比较。我知道,这个被授予"长寿之镇"美称的家乡小村,这也许才真正蕴含着全面小康社会所应有的幸福指数。

此刻,春节前我和省文联的书法家们一起去农村送春联的情景又出现在眼前。当我刚写毕一副自撰联"大美乡村春入画,小康人家福临门"时,几个农民兄弟抢着要:"辛苦你多写几幅!"

是的,现在农民兄弟比任何时候都高兴,都来劲。他们就认定了全面小康目标,正大踏步朝前迈。我走出李光复老人居住的山冲,乘车来到浏阳河第一湾。又看到了山乡奇观,一条如巨龙般的引水钢管,就从我眼前穿峡过坳,直通远方。望着钢管内流淌着清波银浪的长龙,我的眼睛湿润了。想起28年前,我和葛洲坝的水电建设者,在这个偏僻山谷,日夜奋战的那些艰苦日子;过年了,家家放起了鞭炮,天上雪花飘飞,而我们还在工地上奔忙。就是家乡这碗水呀,你曾经飘浮着乡亲最朴实的梦,那就是青山绿水常在,梯田山峦,稻果飘香,家家户户电灯通明,饭碗里不再盛满饥饿,土屋不再滴漏雨雪,门前的小路不再泥泞坎坷,孩子们不再在学校门口徘徊。这一切现在已经走远,只留下那段辛酸的记忆。可当我又想到,当年奋战在水电大坝建设大军中,已有不少工程技术人员,和家乡父老也已走远了,我的心顿时又变得异常的沉重和酸楚。就是家乡的这碗水呀!你教我明白了乡愁乡情梦真正的含意。就在新世纪之初的那个明媚的日子,你已聚水成河,变成日供数十万吨洁净水的清流,蜿蜒地顺着水管流向省会长沙。给这座古老而年轻的历史文化名城，送去荷塘月色，鸟语花香，阳春澄夏，金秋暖冬；送去清风雨露，紫雾霞云，心灵玫瑰，书声丽曲；还有无尽的欢乐、遐想和遥望。

这就是水赐予我们的珍贵记忆，晶莹情愫，美丽诗韵，幸福守望。故乡的水呀，也如故乡的月，你永远是我生命的乳汁，不老的依恋，岁月的霓虹；永远是我心中的灯光，精神的明辉，无尽的牵挂……

这是我写作以来发表最快的一篇散文，我不知道其中有什么因故，但后来我读到了美国作家纳塔莉巴比特的小说《不老泉》，便知道塔克一家的不幸，是因为喝了"不老泉"，所以永远被死神遗弃。作者借塔克之口说出了人生的真谛："看这流水，你每天去看时它都一样在流动，可是其实它已经不一样了。生命就像一个大转轮，死亡也是这轮子上的一部分，紧接着是新生。所享受生命的轮回是上帝的赐福，但我们一家却只能眼看着轮子转，望尘莫及。"是的，我们都是红尘之中的人，也是一粒微尘，只要不虚度人生，能在这个万千世界，聚敛一缕生命的微光，那就足矣！遥望当年的唐太宗都告诫自己"每思一言，行一事，必上畏皇天，下惧百姓，但知常廉常惧，犹恐不称天心及百姓意也。"这就是敬畏天心、民心。也就是孔子常强调的畏天命、畏大人、畏圣人之言。余自度之，有此"三畏"，也就有了生命和立身的根基和价值坐标。有思于此，留点思索和东西在故乡的土地上，那也就算自己不为永生，都为敬畏。这使我想起了"敬老"和"携幼"四字在自己的有生之年，尽管有些奔波、低言、垂眉之累，但我却乐此不疲。最终得以在家乡的石溪河岸建起了一个养老院和一所学校。当然这也全赖于当地村民、乡镇、市县政府、教育部门和企业家的支持，然而我这个始作俑者，却收获了点滴欣慰与期盼。故也就有了《油菜花开》的感想与心曲。

阳春三月，弯弯曲曲的浏阳河两岸的田野盛开着金黄色的油菜花。勤劳的蜜蜂在湿润的风里翔舞，忙着采摘春天的百花酿制的醇蜜。

我应家乡乡亲的邀请，去参加他们举办的油菜花节，看到乡野铺开的金色画卷，一栋栋新房掩映在绿树丛中，听着山村学校和果园飘出的书声、歌声，我的心也像灌了蜜，有说不出的甜美。

这时，河岸的山坡上从绿树里透视出的一座极富文化韵味别致的醒目的建筑映入我的眼帘。未等我开口，和我同行的镇干部便告诉我，这是新建的潭花小学。潭花小学，多么熟悉的校名，37年前，我从师范毕业分配到杨潭中学教书，潭花小学就在学校的附近。我还清楚地记得，当时的潭花小学不在山坡上，是在山脚下，学校的房屋是土砖盖瓦，连窗户都没有安玻璃，到了冬天是用旧报纸糊上遮寒风。因为这里偏僻贫困，那时许多到了学龄的儿童都不能上学，一到油菜花开的季节，在我们中学的操坪里经常看到一群群的少年儿童在玩耍，有的还爬在窗户上朝教室里好奇地张望。

看着这些失学的孩子，作为一名教师，我的心是沉重的。

后来，我离开了学校，到县里工作，直到在长沙市任市长。尽管岁月流逝，祖国大地发生了翻天覆地的变化，改革开放使城乡的面貌不断改观，然而处在偏僻山区的农村教师仍然处在艰苦的工作环境，孩子们上学依然困难重重。

这种真实的农村教育现状常常让我极度地不安。

如何改变农村的教育状况，让城乡孩子们都能沐浴祖国义务教育的温暖阳光，曾经有多少人民群众在盼望在呼唤！

2004年3月的全国人大会上，我和湖南代表团的十几位代表联名向大会提交了《改善农村办学条件，实行义务教育免费》的议案，同年的8月，我又接到全国人大科教文委的通知，参加了关于义务教育的座谈会议。当时，我的心情非常激动，我在座谈会上非常动情地表达了人民群众迫切要求改善城乡办学条件和义务教育实行免费的强烈愿望，在座的代表都发出了同样的心声。

随着时间的推移，喜讯终于传遍了祖国的四面八方，让全国人民拍手欢呼。2005年12月24日，国家发布了《国务院关于深化农村义务教育经费保障机制改革的通知》，首次提出农村义务教育免费，明确流动儿童享受同城待遇，进城务工农民子女在城市义务教育阶段就读与所在城市义务教育阶段的学生享受同等政策。

这是从北京吹来的春风，这是党的政策播撒的阳光雨露，从此中国的义务教育开辟了崭新的天地，走上了金光灿灿的宽广大道。

现在到了江南油菜花开的季节，我们便会看到成群结队的农村儿童，背着书包，有的还穿着统一色彩和样式的校服，兴高采烈地去上学。他们真的就像一群群小蜜蜂在金色的田野上飞翔，沾花采蜜。像一只只春燕在树林穿梭唱着欢乐的歌。人们再也不会看到已经到了上学年龄的儿童散漫地在村头上、坡上和田头玩泥巴，捉泥鳅。农民兄弟多少年日日夜夜的盼望，朝朝暮暮的等待终于如愿以偿。他们感谢党中央，感谢祖国的心情是无法言表的。他们脸上绽放的笑容，血脉里涌动的幸福，更加激发他们去创造美好的生活，描绘时代更美的画图。

我知道，这个重大决策的做出，是党和政府倾听人民代表心声，反映人民的共同愿望的果断抉择，是党和政府关注民生，尊重民意，为人民和祖国未来着想做出的。这不是一个简单的决策，这是关系到建设全面小康社会，实现中华民族伟大复兴的重大决策。从党的十六大到党的十八大，10年时间，我国义务教育进入了普及时代，每一个老百姓都深切感受到了公平之光的普照。据有关部门对全国社会事业调查统计，老百姓对义务教育的满意度连年排在第一位。这个第一位来之不易，它是在人民群众的渴望和焦虑中盼到的第一位，它是在党中央把教育放在优先发展的地位创造的第一位。这个第一位，让曾经农村出现的"漏房子、黑屋子，里面坐个泥孩子"的现实一去不复返；这个第一位，让我国所有的孩子人生起点的第一课就能得到公平正义雨露的滋养和人格尊严的光芒沐浴。

这是中华民族的伟大担当和自豪！

这是新一代学子最大的幸福和荣耀！

想到这里，我的心情异常激动。望着眼前这片放射着温暖阳光的金色油菜花，倾听者从山坡学校飞出的琅琅书声，我看到了祖国辽阔大地万紫千红的壮丽景象，感触着崭新时代前进的雄浑节拍。我迈

2015年春节参加省文联送春联下乡活动留影

开大步，沿着脚下宽敞的乡村公路朝潭花小学走去。

一阵阵沁人心脾的油菜花香，在春风里荡漾，一只只美丽的蝴蝶在路边的花丛中飞翔。此刻，我真切地感受到了春天的温馨和烂漫。

爬上山坡，一栋栋高大明亮的教室就耸立在眼前，穿着黄色镶着蓝色领子和袖边的学生们，正在操场上伴着音乐做操，那整齐的动作，朝气蓬勃的姿态，就像是田野盛开的油菜花在有节奏地起伏，摇曳。

我们走进明亮宽敞的教室，看见一台台电脑摆在课桌上，孩子们正在认真地操作。他们不时抬起头朝我们点头微笑，那微笑早已驱散了我心中残存了30多年的阴影和忧伤。老师还告诉我，现在农村贫困家庭的孩子政府还补助寄宿生生活费，学校里自己又栽种了无污染的新鲜蔬菜，孩子们能够健康活泼地学习、生活、成长。

这是一种怎样的历史转变啊！这是何等感人至深的画面和生活影像。她是中国农村教育的一串精彩镜头和珍贵光明的缩影，是古老神州大地永远绽放不谢的智慧和知识的锦绣花园。

啊！浏阳河岸的油菜花，你是我的梦，是一首写在乡村土地上深邃而缤纷的诗。

2015年这一年，有一件重大而庄严的纪念大事，那便是中国人民抗日战争暨世界反法西斯战争胜利70周年。在这个重要的历史庆典期间，我创作了电影《受降前夕》。还与朱赫先生创作了长篇小说《生命签证》。这两个作品，虽然仍然留下了自己创作的某种遗憾，但我感到欣慰的是《受降前夕》被国家电影局列入了十三部重点纪录影片向全国推荐，其小说由湖南人民出版社出版后，《中国作家》又全文刊载。我之所以再写下这点微尘，也算是不为苟活而追逐光阴吧！

人最终是要回归故乡的。

我不知道这是不是故乡的愿望。

而我，不管故乡怎样看待她的儿女，但儿女对她的爱和思念是会永远活在这片土地上。儿女对她的深情和歌唱也永远留在这条河流里。

浏阳河 第一弯

那是我深爱的故乡

她日夜荡漾浓郁的乡愁

她时刻流淌美丽的向往

一湾碧绿 一湾思念

滋润我青春的岁月

拨响我生命的歌唱

无论千里万里 颠簸坎坷

故乡的河 总在我心中流淌

浏阳河 第一弯

那是我甜美的梦乡

她飘洒田野稻谷的芬芳

她闪耀父母慈祥的月光

一湾渔火 一湾清风

照亮我漫漫的征途

扬起我远航的风帆

无论风里雨里花开花落

故乡的河 总在我心中闪光

2016 年元月 3 日凌晨于湘江之滨淡泊书斋

附：专访两篇

真情溢笔端　诗书铸冰心
——谭仲池印象

陈建明

2013 年 5 月 19 日，《艺术》杂志创刊百期纪念活动在北京西三环天利大厦举行。在学术座谈会上，我接受了湖南省文联主席谭仲池颁发《艺术》杂志百期合订本的收藏证书。谭主席在台上与台下的我握手那一瞬，几个遥远的、似曾熟悉的镜头，在我眼前重叠着往事。

1997 年秋，在湖南大学的岳麓书院，在香港孔教学院捐赠孔子铜像的仪式上，时任湖南省政府副秘书长的谭仲池，他也是坐在主席台上与台下时任《文化月刊》记者的我握手，并爽然答应了我的约稿。

2000 年夏，我随首都媒体组织的炎黄圣火传递活动来到长沙的贺龙广场，在举行圣火交递的仪式中，长沙市长谭仲池在主席台上与台下的我们一一握手，并赠送我们每人一本诗集。

之后，我在《中国文化报》工作时，谭主席隔一两年都有新书或诗集寄给我，并时有重要的稿件支持报社的工作。

之后，我到《艺术》杂志工作，多次约到他对书画评论的新作和游记、随笔。谭主席的诗歌、小说、电影剧本、歌词、评论，已众所周知，但他之书法、他之绘画，还应该添加到他的艺术简历当中。于是，在 2013 年的 3 月 25 日，我采访了湖南省文联主席谭仲池。

春天的长沙，草木斑斓，花香浓郁，看似喧嚣的时空，却能使人的心情简洁明净，仿佛只装得下大自然的滋润和抚慰。这样的感觉，在与谭主席的交流中，同样相遇。

在我印象中，他在纷繁而耀眼的官场生涯中，是以人民、以城市为生命重心和以文化审美建设管理经营城市的官员，是赤诚而简单得将自己一生只交给人民、交给文学艺术去使唤的赤子。这位中国的诗人，人民的作家，他之作品同样兼有大自然那种能呼唤人心简洁明净，向美、从善、唯真的动力，用他自己的话来说："我就是这样一个迷恋自然之美、文化之美、人性之美和音乐之美的人。"

谭仲池，就是这样一位恪守真理，服务大众，追求自我完善的官员，就是一位在勤勉的工作之余仍然喜爱读书、痴迷写作、将文学艺术视为生命一部分的业余作家。他在紧张的工作之余没有漏掉指缝里的时间，一点一滴地在写下自己所见、所感、所思、所梦。

《打捞光明》的长篇小说，是中国第一部省会城市市长创作的文学作品。他写这部小说的缘由，源自俄国著名作家涅克拉索夫写给托尔斯泰的信，"不要成为对重大社会问题漠不关心的艺术家"这段话，激活了他心中酝酿已久的素材，他想自己有责任"以自己独特的形式把真实带进我们的文学中"。《打捞光明》从 1997 年 5 月 20 日完成的初稿，到 1999 年 9 月完成的第二稿，再到 2000 年 12 月 18 日的完稿，这部 2001 年 4 月出版的著作，其中有多少日月星辉的凝望与相伴，有多少思考的汗水与心灵的激荡，字字行行，难思量。当时那本书的封底印有的作者简历是这样：浏阳县县长、

12月20日早上，谭仲池辞去长沙市市长一个月后，接受本刊记者专访。

谭仲池家客厅里有个大书柜，书柜里摆了这张照片，他非常喜欢这张照片。

我才下来，想让自己静下来多读一些书

潇湘电影制片厂厂长、湖南娄底地区常务副专员、省政府副秘书长、长沙市委副书记、市长。已出版十部散文集和诗集。

这部书出版后反响很大，2006 年 8 月 6 日《光明日报》有专题《作家市长谭仲池》的报道，配图是他书写的《浩然正气》书法。"浩然正气"的东风，正是从这部书的"窗口"向社会习习吹去，留给人们关于权力与权势的较量、爱情与情欲的较量等深刻社会问题的思考。他从政生涯最深刻的体验是，报效百姓，心系苍生。"心中有百姓，何须惧鬼神"。心目中要永远有老百姓，老百姓是最善良的人，是最值得尊敬的。你的智慧为老百姓谋利益，行大道，行正道，老百姓就会真诚地喜欢你，拥护你。

著名评论家龙长吟评说《打捞光明》"与其说这是一部社会生活小说，不如说是一部思想小说，作品所表达的主要是作者对人生与现实社会进行理性思考后的思想成果；与其说是一部改革题材小说，不如说是一部道德题材小说，作品所着重回答的是人应当怎样立身行事，怎样为官、为人这样一个基本问题，主要表达的是作者对人生价值的深入思考。"

言为心声。如果说，谭仲池 2001 年 4 月出版的长篇小说《打捞光明》，他最想告知读者的是"在艺术和诗里，人格确实就是一切。只要我的生命存在一日，便要一面宣扬殉道者的伟大崇高的行为，一面继续他们的状态行进"。这，也是他以自己的灵魂为官、为民、为文"打捞光明"的本意。而品读他 2012 年 12 月出版的《灯影心雨》，则是另一种与他邂逅在空山新雨后的大树下品茶、谈心的慧觉。值得将《灯影心雨》的封面、也是作者与读者握手要说的开场白引录如下：

"摇曳的灯影用它生命的圣洁，魂魄的光芒，何其诚实而忠厚德守望着我眼前的晴空，不让半丝的暗淡遮挡我心灵的凝望。于是，从远古和天边，从大海和峰巅，从地底岩层和草木花叶中传来的信息、呼唤，让我的心不断地颤动和飞翔。"

还值得关注《灯影心雨》扉页上的作者简历：湖南浏阳人，国家一级作家。曾任潇湘电影制片厂厂长、湖南省政府副秘书长，长沙市市长等职。现任湖南省政协副主席、省文联主席，全国文联委员。迄今出版诗歌、散文、长篇小说共 35 部，计 500 万字。作词的歌曲《阳光乐章》获 2003 年度国家电视音乐"星光金奖"；《你是一棵树》作词歌曲获中宣部第十届"五个一工程"奖；担任编剧的电影《袁隆平》获中国电影第十三届华表奖、中宣部第十一届"五个一工程"奖。

谭仲池艺术简历的变化，可以窥见他行走在文学艺术道路上的心电图，在峰回路转的散文丛林里，在一棵棵诗歌的大树前，在一簇簇歌词的奇葩下，让人叫美，流连忘返。

著名评论家毕自荣评论谭仲池的散文因为有了"浓浓的乡土情结，对故乡的热恋、对父母的孝顺、对友情的珍重""致使散文集显得厚重而富于生活情趣。真切地感受作者心灵的天堂是美好的、纯净的、惬意的。"

这，也与谭仲池自己说的一样，人生的旅途就是美丽的机会，人生就是一次美丽的旅行。心灵的天堂在哪里，就在我们每一个人的心里。

当过苏共中央委员的肖洛霍夫，第一部作品《静静的顿河》是他 16 岁写的，这让谭仲池很羡慕。他 1968 年参军到武汉空军某部，正式发表的第一首诗是《我向往天空》，前两句"我向往天空／那里有我追寻的梦幻"，他心中的缪斯女神，他的文学艺术梦，就成了他一身孜孜以求的"梦幻"。

以平凡人平常心写的、能触摸到人生冷暖温度的、能闻见泥土味的诗：

> 在我口中满是苦涩的味觉之时／
> 我开始了对秋天一粒谷子的思念；

怀念乡情、不忘童真童心稚趣的歌词《小花狗站岗》：

> 小花狗 把兵当／抱着木枪来站岗／守玉米／看高粱／风里来／雨里往／；

为电影《天地人心》写的主题歌词，平易通俗之间见哲理：

> "看云能知阴和晴／种地可望获丰收／测得出人间情真假／算不清恩怨几时休／劝君一生当坦荡／万里清风芳名留……

家书一般的《故乡的月》：
> "故乡的月，是一叶白帆。望一眼，叫人归心似箭。美丽山水绕身边。

何日驾舟波涛上，海峡两岸一线牵"。其间的乡情，是政治家牵系的统一团聚的大情爱。

2007年8月28日，他去考察正在建设中的毛泽东文艺馆，韶山市委书记杨广兴说记得他在20世纪70年代初期写的《我驾战鹰过韶山》歌曲，这让他很感动，他感觉歌曲在人们心灵的震荡波是多么不容易消失，于是集中了以前的歌词又添加了新近写的歌词，遴选142首歌词，于2008年出版了《谭仲池歌词选》。

谭仲池欣赏陶行知的"捧着一颗心来，不带半根草去"的诗句，记得杜甫"腹中储书一万卷，不肯低头在草莽"的警言。也不忘王蒙在2009年5月17日在中国科技大学的一次演讲时说的一段话："我们在生活当中，除了有科学的方式，政治的方式（团结谁，不团结谁），经济的方式（你总要精打细算嘛），这些以外，你有一点文学的方式，你的感情会更加深沉，你的精神会更加丰富，你的襟怀会更加宽广，你的头脑会更加清明。"

一个英国作家曾经写过一篇《作家是用笔思想的》文章。当作家帮助了他当好市长。他是将一个城市，创造性地画在了山水之间的市长。"市长虽然也倾听群众疾苦，但他的表达方式毕竟有限，跟市民们的接触也有限。一般情况下只能在公共场合看到他做报告、讲话。作家就不同了，可以更细腻、更充分地将自己对社会的认识和生活沉淀、感情波澜通过所塑造的人物告知更多的读者，让人们透过作品了解你的内心世界和生命追求，这样无疑会拉近市长与市民的关系"。

有时他在思考的冥想中，会听到一个来自古远的声音，曹丕的"文章者，经国之大业，不朽之盛事"。中国文化历来有"济世"的传统美德，何不学而习之、用之于民呢？

在四十多年的不同工作岗位上，他一直没有忘记自己只是人民的儿子，只是在为人民在工作。但是，他也从来没有忘记自己以政治家的胸怀来容纳社会，用艺术家的思考来服务城市，倾积几十年的经验、思考、创新所叠积的符号，花了两年多时间完成了六千行长诗，雅致、纯粹地勾画出一座象征中国现代文明诗歌"金字塔"的《东方的太阳》。

这是作者灵魂绽放的花朵：

钻木取火刀耕火种 / 冶炼着最初的智慧太阳 / 让自己的 生命和灵魂像鱼儿一样 / 游向苍茫大地和流动的光阴 / 游向美妙而神奇的万千气象 /

北京师范大学中国当代新诗研究中心主任谭五昌认为，"《东方的太阳》，是诗人谭仲池站在一个信仰者的角度对无产阶级先锋队的一段历史所展开的深刻梳理、反思和思考，在此基础上诗人提升出了对于本民族的深沉大爱，这种爱不是愚昧和盲从，不是肤浅的激情和粗陋的表白，而是经过作者心灵与词语的双重的锻打淬火，使得诗人崇高的情感和诗性的叙述互动映现。这部长诗给我们带来了远远超越其题材本身的丰富意蕴。”

他的灵感总是突如其来。有时候看电视，他听到一首动人的歌，产生了灵感，就会立刻拿出纸笔，构思一首歌词。有时出差乘飞机，想到一个故事构思，就会马上记下来，然后慢慢去完善。他写电影剧本有两个情结，一是曾经做过潇湘电影制片厂的厂长，有电影情结。二是电影有宏大的叙事空间，最容易被大众接受。写了五部电影，其中有一部是现代题材写袁隆平。他说袁隆平感动了他，让他抑制不住为他而歌的冲动。袁隆平是第一个实现“让全世界人民有饭吃”的这样一个美梦的人，谁不高兴为他而歌唱？

著名评论家毕自荣认为，“《袁隆平》表达方式颇多创新，主旋律《生命之恋》的交响乐贯穿于始终，幽默风趣的叙事，增添了诸多亮点。袁隆平院士鲜为人知的故事一一展开。此外，袁隆平本人也参与了该片的拍摄，在剧中出演老年时候的自己。‘原型人物亲自参与的传记片’，成为该片的一大亮点。

一般来说，创作名人电影文学剧本是较难的，特别是名人还健在，而人物又是农业科技名人，科技人员的生活很少有戏剧的冲突。这种艺术创作难度更大，要按照人物原型去构思、去挖掘、去描写、去展示，做到人物原型与艺术的巧妙结合。谭仲池先生就是这样采用文化的大视角、变焦镜头，充分利用散文写作的手法，把天、地、景、物、人巧妙结合的结合。在这种没有更多冲突的人物中，精心挖掘人物的闪光点，剧本具有纵深度与广阔度，使一个农业科学家走近老百姓，让袁隆平执着的科研精神感染更多的人，让更多的人去感受袁隆平院士丰富的精神世界。”

如果回溯谭仲池距今更遥远的那些曲折山路上行走过来的身影，聆听他从童声唱到青年，从青年唱到中年的歌声，我们可以回首，那片生他养他的多情土地，有一个美丽的传说，怀揣着一个美丽梦的少年，从弯过了九道湾的美丽浏阳河畔，走向那外面精彩的世界。

那时候的浏阳河多么神秘，贫穷中也美丽得很有诗意。谭仲池参军之前，没有穿过雨胶鞋（当地叫套鞋），下雨时穿“钉鞋”（母亲亲自做的布底布面的鞋，鞋面用桐油刷过几遍不浸水，鞋底钉上钉子，离地面有一点点距离不沾水）。谭仲池的"艺术梦"自六岁起就孕育。父亲早早地给他讲起谭嗣同的故事，幼小的心灵长着一颗高大的英雄树。父亲常常要求他背诵唐诗宋词，临写帖子。父亲也爱拉二胡，这些文化的艺术的种子，慢慢渗透到谭仲池初开的心野，开出了烂漫山花般梦的花朵。还有画画的兴趣，画门神——秦叔宝、尉迟恭，与小朋友玩游戏飞叠纸。都觉得很好玩，更重要的是喜欢上了读书，读书影响、造就了日后为官、为文并为美谈的谭仲池。

读初中二年级时，他读台湾诗人余光中《心底有一朵莲》的诗，对"握你的手而死是幸运的"的理解，定位在男女之间至真的爱恋情缘，但随着岁月的雕塑、心灵的丰满，他对"握你的手而死是幸运的"，则理解为为真理而战斗、为大众谋幸福、为艺术献身的大爱深情。

在他一生中，读书是最重要的。博览群书，并在其中寻找他理想中的世界。在中学时代读过中国的《史记》，外国诗人雪莱、拜伦、歌德的诗歌，和中国诗人郭小川、公刘、邵燕祥、艾青、李瑛等老前辈的诗，都爱不释手。欣赏赵一曼和秋瑾侠女，崇拜毛泽东，蔡锷等湖南伟人、名人。铭记林语堂在《论读书》中说的话："找到思想相近之作家，找到文学上之情人，必胸中感觉万分痛快，而魂灵上发生猛烈影响，如春雷一般，蚕卵孵出，得一新生命，入一新世界"。

在谭仲池的心灵中一直有许多"思想相近之作家"和"文学上之情人"陪伴他一生。为他鼓起理想的风帆，在他失意时，会有上帝般的声音，响起在他耳旁。

他读卡夫卡，被他幽默的深邃所感染："乌鸦们声称，一只乌鸦就能摧毁天空。这是无疑的，但对天空证明不了什么，因为天空就是意味着：乌鸦的办不到的事。"

他对卡夫卡挚友马克斯·布罗德对于卡夫卡的艺术评价很有同感并受益匪浅：

"艺术服务于一种赋予生活以意义的宗教原则。它作为工作，作为上帝给予的优秀的创造性资质的发挥，与人类合理且富有建设性地进行的别的工作有同样的权利，将写作者从无所事事的寂寞引回到有所作为的集体的圈子中"。

他认为，一个真正的艺术家，须保持宁静的心情，平常的心，坦荡的心，生活才会感到丰盈。人生有时候是孤独的，唯有读书可以解忧。读书，写作，一直是他精神的动力，智慧的源泉，不竭的力量。日积月累，坚持。几十年几乎每天要读书，没有间断过。是他生命之必需，生活的营养，没有读书，很乏味。他年轻时写诗歌，散文，一腔热血，激情澎湃；中年时写小说，剧本，对世界的思考、对时代的剖析，不足以以诗文表达，陆陆续续写了9部长篇；现在已进入平静的以书画为"言志"的时光，他接受并享受生命赠予的每一段时光，每一段时光都没有让自己虚度。

谭仲池在一次文学演讲时，以自己几十年的创作经验与大学生们交流，"第一是要热爱这个世界，你会觉得生活充实、有意义，永远有阳光清风。第二是要拥抱这个世界，要用自己的心和智慧，但要准备付出。第三是要享受这个世界，不仅仅是功名利禄，还有更神圣的东西，那就是精神世界的纵情舒展和永远的感恩。感恩是一个人的品德，我们每个人都应该有一颗感恩的心，对家人、对社会、对祖国。感恩意味着人生有最美好寄托和报答；感恩意味着人生的创造和奉献；感恩也意味着给世界留下自己的思想火花和生命的履痕；感恩更意味着自己的人生进入一种境界。"

谭仲池理解的艺术是需要纯粹的，圣洁的，艺术的最高境界是接近佛的。艺术可以感染他人，让他人高尚，也可以让自己高尚起来。他说："如果说，我过去以从政的舞台来'言志'，我现在学习书法、画画，以书法和画画来'言志'。我的书法都是自己创作的古体诗词，或是人生感悟，以作为友人交往互赠的礼品。"

以写作为乐湖南省文联主席的谭仲池，让笔者亦喜亦忧。喜的是，让我能有机会向他请教有关艺术给人生带来的乐趣，对他以读书为乐、为趣、为益，感动之余更觉得有必要抄录示人：

"我读古人精妙而情笃的诗词赋记，我不止一次把明月读碎，把曙光读出血滴。也就这样，我学着写旧体诗词和赋记，一篇又一篇，我要把它们藏在自己最深的记忆与祈愿中"。

忧的是，他是个太丰富的人，丰富得让行文无所适从。单从他的笔名，就可以窥见他多彩的心灵密码，谭笑、辛宁、淡泊、叶子。如果再从他官员、作家、编剧、诗人、词人、书法家的身份一一诠释，实在有纸短文长之累。

近些年来，谭主席又握起来了久违了的毛笔。

谭仲池的家在浏阳一个名叫石湾的偏僻小村。幼时，家里很穷，父亲就要他背唐诗宋词，学写毛笔字。他常常在黯淡的煤油灯光下写字、读诗。在他去参军去部队的前夕，父亲用乡里民间纸匠手工制作的呈褐黄色草纸，写了一副对联送他："书有未曾经我读，事无不可对人言。"后来，到了部队没有练习毛笔字的条件，他便转向学习写诗歌、散文、小说等文学创作。没有想到，人生的朝阳到夕阳的直径，竟然弹指一挥间得短，谭仲池人生的脚步已款款迈向夕阳，让他感到欣喜的是夕阳是这般的亲切、迷人。在任职文联工作的同时，他有机会接触许多著名的书法家，画家，又重新点燃了他艺术领域里的一盏灯。

近年来，他总是 6 点就起床写字，有时候还忘了吃早饭去上班。越写越感到书法真是别有天地，奥妙无穷。他没有很扎实的临帖功底，现在临帖，他又感到不自由。于是，他便认真地读起了古人和名家的字帖。这一读，让他更加痴迷于书法。有时读到激动时，便如写诗般将自己的情绪和想象全都注入笔墨之中。

品读谭主席的书法与绘画，是可以体会到"文如其人"的真意，也可看到他在书法和绘画中的"自己"。

谭仲池的书法内容大都是他自己撰写的诗词和沉积思考的随感，他以归依"二王"遒劲豪放、空灵飘逸的行草以明志："师古求变气运神，致性焚心铸字魂。书以明道识时务，笔底乾坤了无尘"；他在 2013 年在台湾佛光山拜见星云大师时，将自己对星云大师的尊敬以笔墨书之："久慕大师怀大千，慈颜细语道真言。玉宇星云生紫气，一笔字里有禅天"；2013 年夏日，他漫步在倾注了自己文化理想的湘江河堤上，不由感叹"一汪碧水绕春树，两岸黄花映秋池"，回家既以"赵、孙"端丽秀雅、临不泥古的自成个性的行草书之；"海阔帆行远，天碧雁高飞"的笔意墨写中，榜书兼隶书憨实酣畅的笔墨，拙朴有力、方圆自如的线条，颇具磅礴厚重而规矩森严的庙堂之气，拙实、质朴，如大智若愚的智者，走在自己意境中的"行人道"上。

谭仲池的绘画则是以自己的灵感随性所致，表达所思所爱，将自己的整个生命化成艺术的符号，珍藏在日月星光、河山林壑之中。南齐的谢赫有关于绘画的"六法论"，从"气韵生动，骨法用笔，应物象形，随类赋彩，经营位置，传移模写"这"六法"来看谭仲池的画作，也渐渐向"气韵生动，应物象形，随类赋彩，传移模写"的境界走近。《荷花》《春韵》

等画作里，灵巧、慧达地融合了张大千的泼墨写意与自己对自然界水、茎、叶、光的理解，世上的万事万物，都是自觉或不自觉地成为别人的陪衬，"互为光照"，是画家的人生感慨，荷花虽然艳丽被人赏，切莫忘了水和阳光的滋养和照耀。官与民，何尝不是荷花与自然光照的关系呢？他的《父教孩儿幼读书，小溪月夜上老屋》，很明显地诉说了谭仲池恪守"美是自由的象征，自然是心的写真"的艺术风格。他的画笔在歌唱：纯洁的爱情、自然和童趣。一个天真烂漫的读书郎，坐在瓜果满棚的菜地旁边，手捧着书本朗朗上口地读着书，虽然画面不能发出声音，但孩子读书的神情跃然纸上，读到得意之处，将一只腿高高翘起，其状可爱。书童面对的浏阳河，涓涓流向很远很远的远方，流水载着书童的梦，流向了五彩流云的云水歌谣，这是谭仲池自己往事的写真，并在童趣中的浏阳河加载了现时的新梦想。整个画面以淡青、淡粉、鹅黄的色调为主，与他心灵追求的清雅一致，远山近水的空间感清晰，近景菜棚、中景老屋、远景群山的视野透达，从时空的构想里，仿佛有独唱、合唱、二胡、钢琴的串演，音乐的似水流云，画作虽然不如专业画家的老辣，但却体现出他驾驭时空的质感，和以寸见尺的伸张力。

谭仲池在 2013 年 5 月 3 日写于自家"淡泊书斋"的一段话，也可看出他"诗人力质"的本性：

"我国 1600 多年前东晋'采菊东篱下，悠然见南山'的诗人陶渊明之所以能像被誉为世界'生态时代先知先觉的圣人'和梭罗一样被世人崇敬，其原因也就在于他是'中国传统自然哲学精神的化身'，因此他的《桃花源记》是'人类诗意栖居于世的经典之作，他是真正走在时代前面的智者与自然文化先驱。知识改变命运，读书铸造人生'，人生装点世界，世界梦想成真。我们在书林漫步，在艺海航行，就可以穿越时空，抵达星空与历史和古人神交，与现实与梦想对话，就会知道历史长廊的灿烂和辉煌该怎样破译它的神秘密码，未来世界的奇妙与美丽，该怎样雕刻它的丰满与和谐。更重要的是在面对迷茫、黑暗时又怎样点亮心头的灯火？"

如果"神十"与嫦娥对接的高科技，能让人类跨时空的交流，谭仲池定会与陶翁握手湘江，相谈甚欢的。

对谭主席的印象是多彩的。或许，美国诗人卡明斯的"我宁愿跟一只鸟儿学唱歌，也不愿意教一万颗星星如何才不会闪烁"那句，能形象并抽象地简括诗意的他；或许，林语堂"凡人作文，怕表情不诚，叙物不忠，能忠能诚，自可使千古读者堕同情之泪"的一句话，能相形、会意地画出他的"速写"。或许，将他比作是将文学艺术之舟划向生命彼岸的"鱼"，不知疲倦、只知游泳的"鱼"，爱是他永远游不到彼岸的汪洋海洋。或许，他之印象也早已写在他自己为自己谱写的歌词之中：

岁月如河，亦如歌。在生命的热血里流淌，在心灵的期盼中吟唱。这是我和你，自然与天地，灵魂与肝胆的絮语、对话。在素纸上留下的这些方块汉字的墨痕，它或许就是我眼睛里的泪光。

作家市长谭仲池

《光明日报》记者　唐湘岳　龙军　通讯员　禹爱华

"一片沙石的海洋，一片凝固的荒原，自从驼铃撒下一路的坚毅，胡杨、沙枣、扁桃、盐豆木，便一齐在苦涩的风里唱着湿润的歌……"

读谭仲池的诗，感觉他是一个对月吟诗的文人；听谭仲池侃城市，便有种错觉——他莫不是在用写诗的手创意长沙这座美丽古城？

作家市长谭仲池，将写作和管理经营城市完美地结合，成就了自己的诗意人生。从当年的"县长诗人"到如今的"作家市长"，国家一级作家谭仲池，在这条亦文亦官的道路上已经走了26年。自1969年开始，他就在《人民日报》《长江日报》《诗刊》《解放军文艺》等报刊上发表作品，从第一部诗集《芭蕉雨》到近年的第一部长篇小说《打捞光明》，谭仲池为文40载，迄今已出版专著20余部，其中文学专著15部。特别是20世纪90年代初，他编剧的电视剧《雾岸》《秋之魂》和《人生的课题》，曾先后在中央电视台播出。

在政务缠身却笔耕不辍的日子里，谭仲池心灵始终充满着美丽的寄托和轻松感，他深切感受到自己有个心灵的天堂。缘于对人民和事业的强烈责任感，对美和善的执着追求，他在政界和文坛，以不同的形式进行着灵魂的歌唱。

一、"天下第一好事，还是读书"

与共和国同龄的谭仲池，出生在湘赣边境一个偏僻的山区。

究竟是什么力量支撑着这个农民的儿子，从幼稚到成熟，从坎坷走向坦荡，从一个退伍军人走向领导岗位，甚至还要问津神圣的影视事业和踏入灿烂的文学殿堂呢？

著名作家、诗人市长谭仲池最新奉献

The phoenix love

凤凰之恋

从大洋彼岸到**湘西凤凰**，一曲穿越时空的纯美爱情，
娓娓婉柔，潺湲不绝；
彩色卵石一样瑰丽的灵魂，重现于生命的清泉！

每一个来到这个世界上的人，你都是一个漂泊的**旅客**，
你的一生就是在**自然**与**人性**的风景里，寻找那些埋藏已久的根，
和绽放在你头顶的，那些幻想的花朵。

北京出版社出版集团
北京十月文艺出版社

谭仲池回答记者："是时代、是社会、是人民、是良师、是益友，是感情的生命和大自然的教化，是信念和理想。还有一个重要方面，是书本给了我丰富的知识。"

当他背上父亲买的新书包，穿上母亲做的新布鞋，走进那铃声叮当，一座设在旧庙内的小学校门之后，他就感觉到读书是一种乐趣，书中有一个奇妙的大世界。回到家中，他常常会借一些小人书阅读。

从那些小人书里，谭仲池渐渐知道了很多历史故事和历史人物。在父亲的影响下，他对唐诗宋词也产生了浓厚的兴趣。他从同学和老师那里借来《红岩》《钢铁是怎样炼成的》《牛虻》等文学书籍反复阅读。从那时起，谭仲池心中的文学梦开始萌芽。

上初中后，谭仲池偷偷地写诗歌、散文，在县报上发表。1968 年初，谭仲池应征入伍。到武汉空军某部后，"文革"风暴席卷全国，他就从当地的废品站买回许多当时要销毁的图书，如普希金、雪莱、拜伦的诗集等，其中的几本书更是给谭仲池留下了深刻的印象。"列宁的《哲学笔记》教我哲学、理性思维方法；恩格斯的《反杜林论》使我惊叹恩格斯深刻的思想和渊博的知识；《赵一曼》告诉我如何为自己崇尚的事业奋斗……读郭小川的诗歌，使我对神圣的文学殿堂产生了强烈的向往。"谭仲池回忆说："也是从那时候起，我便在《解放军报》等报刊上发表散文、诗歌。"谭仲池与文学结下了不解之缘。

1973 年 2 月，谭仲池复员回到农村，几经曲折，参加高考，进入师范学校就读，终于又选择了教师的职业，后来当上中学校长。尔后被调至县

委机关，步入政界。宋人胡诠说过这样一句话："一踏青云，便弃笔砚。"说的是许多人本来是喜爱读书写作的，但是一旦当了官，便与书籍和笔砚疏远了，甚至断绝了来往。但是谭仲池与众不同，不管是当浏阳县县长，潇湘电影制片厂厂长，还是当娄底行署常务副专员，湖南省政府副秘书长，以及现今的长沙市市长，他都坚持不懈读书写作。不仅发表了不少文艺作品，还撰写了一些行政管理、经济、党的专著和论文。不少政论文章在《机关》《人民日报》《光明日报》发表。

"把读书看成是一件幸福的事"，并感到书的真正价值和生命存在的特殊意义的谭仲池，即使公务再忙，也要偷闲上街去买书。谭仲池买书的习惯，是先浏览书店和书摊上的书。为了避免买错书，他总要反复思考和对比。书买到了，一回到家中便迫不及待读起来。

谭仲池说："无论是作为市长还是作为作者，书籍和学习都是我生命中不可或缺的。读书能使我的心更年轻，眼界更宽阔，日月更亮堂，生命更青葱。多读书，读好书，可以使人的思想情操升华，进入一种高尚圣洁的境界；可以使人增加知识和智慧，提高自己改造自然和管理社会的能力；可以使人善于思考，勤于实践，不断总结成功的经验和失败的教训；可以激发人思想的活力和感情波浪，去展示想象的绚丽，编织锦绣文章；可以使人变得丰富，真诚，开朗，理智。"

"天下第一好事，还是读书。"现在看来，张元济老先生的这个观点，在谭仲池的理解里更为中肯和深刻。

二、业余作家专业文章

谭仲池说："实际上我一直是一个业余作者，因为坚持了40年的文学创作，发表了一些作品，慢慢地在读者眼里，我便成了一个文人。我经常被问起写作和从政的感受。其实我一直不愿意把写作与从政混为一谈，毕竟二者在心境上太不相同，而且任何一方也都不会刻意为之。"

其实，谭仲池的诗文是专业的。著名诗人邹岳汉先生这样评价谭仲池："仲池是一位富有才情的作家，多年来于小说、诗歌、散文、歌词，以及影视剧本均有涉猎……我感觉他实实在在是一位诗人，一位有独创个性的诗人。他有一双洞察生命的眼睛，善于在日常生活中捕捉诗情。"

国家一级作家刘强在《天堂对话》的序言中写道："谭仲池先生更是

一位出色的诗人，而不只是一位政府官员。诗对于官阶升迁并没有多大动力，但我认为，诗的思想和艺术对于高级官员并不次要，当是一种高层次文化陶冶，或许能提升做人的品格精神。"

谭仲池先后出版了诗歌、散文及长篇小说共 15 部。谭仲池写诗起步较早，从小对诗的感受十分灵敏，父亲教他读唐诗、宋词，并帮助他领会诗意，他读小学六年级就模仿着写诗，读中学就写诗刊登在县文化馆办的诗报上。1968 年 2 月，谭仲池刚刚 18 岁，参军到武汉空军某部，这年他就发表了第一首题为《我向往天空》的诗。此后，便陆续有《金色的月光道》《又见桃花开》《女飞行员之歌》《我驾战鹰过韶山》等诗作在军队报刊发表。

改革开放以后，谭仲池在地方担任领导干部，不论政务多么繁忙，他都没有离开诗文创作。"是在汹涌着改革开放大潮的日子里，我投身到实际工作和生活漩涡里，感触着世界的深刻变化，特别是看到现实生活在沉重和创造中展现光明和亮色时，又让我抑制不住激奋的心情去拥抱久违的缪斯。"掐指算来，谭仲池的"诗龄"已有四十多年了，迄今全部诗作达800 多首，他因此感慨万千：诗和文学"照亮了我的人生""我认为文学对我起到了巨大的促进作用，它使我的心灵里始终充溢着希望，充满着战胜坎坷和困难的勇气""文学净化了我的心灵""文学升华了我的灵魂"。

谭仲池把诗歌视同生命的一部分，他在诗集《水和天堂》的自序写道："我愿诗歌和生命同行到生命的彼岸，我愿诗歌永远是生活的清泉和阳光！"

作为城市的市长，他受到上千万人景仰。从某种意义上说，人们只把他当作赫赫威名的官员，或者只认识他为官务实清廉，为社会和人民做过许多好事的一面，而他在文学上的追求和执着，作品闪射的艺术与人性的光芒却被他的官衔、身份在一定程度上掩盖了。其实，那才是珍珠的光彩。在世俗眼光里，官阶、权位大于一切、带来一切，而从人格的意义上讲，官阶、权位的光辉仅是一时的，不会持久，就像天空里云层笼罩一样，终将被阳光或闪电驱散；而诗——真正意义上的诗，则从瞬间出发走向永恒。

三、诗人和市长的共同点都是创作

身为一市之长，公务的繁忙可想而知，谭仲池在市长这个位置上的作为也有目共睹：长沙城近几年的变化让全体长沙人都感到骄傲，几项"美丽工程"做下来，市政建设成果足以跟《都市情缘》中所描写的山明水秀的蓝河市媲美。就在市长谭仲池带领长沙人民将长沙城越变越美丽时，作家谭仲池也从未放下过手中的笔。他创作的诗、散文频繁见诸报端，他创作歌词的歌曲被宋祖英等歌唱家传唱大江南北，他创作的长篇小说《都市情缘》《打捞光明》《曾经沧海》等都已经或正在改编成影视作品。

问谭仲池如何看待市长和作家两者之间的关系？他又是一笑："我觉得市长和作家两种身份并不矛盾，作家搞创作，作品是小说或散文或诗歌；市长也搞创作，他的作品就是一座城市。作家要深刻地透视社会，了解人民，然后将心中引起的想象、共鸣或情感的奔放写成作品，而市长同样要深刻了解社会，倾听群众疾苦，并把自己形成的理性认识和思考倾注到工作中去。如果一个从政者有政治家的眼光，作家的情怀，只要他不是书生气十足，我认为是很宝贵的。"

谭仲池认为当作家能帮他更好地当一名市长："市长虽然也倾听群众疾苦，但他的表达方式毕竟有限，跟市民们的接触也有限。一般情况下只能在公共场合看到他做报告、讲话。作家就不同了，可以更细腻、更充分地将自己对社会的认识和生活沉淀、感情波澜通过所塑造的人物告知更多的读者，让人们透过作品了解你的内心世界和生命追求，这样无疑会拉近市长与市民的关系。"

作为市长，在描绘长沙蓝图的时候，谭仲池的思维里总是充满着想象和诗意。长沙的发展，似乎也处处流

作家市长谭仲池

露着文人市长思维痕迹。

2005 年的长沙，热闹而丰收。一系列文化创意把古城长沙焕发出别样的生机，长沙文化创意之军在国人眼中，也打起一面"新"字旗。"创意长沙"成为继山水洲城之后长沙的又一特点。从 2000 年起，长沙亮出了一张又一张响亮的文化名片，从而产生了巨大的文化生产力。创新、求索的文化背景成就了长沙浓郁厚重的科教文化氛围。长沙已成为中西部地区引人瞩目的科技创新基地，科技、人才环境居全国大中城市第 14 位、15 位，科技对全市国民经济增长的贡献率达 54%，文化、科技的创新已转化为强劲的经济实力。

谭仲池有着深厚的蓝色情结。他说，从小他就向往大海，觉得海之蓝象征生命的色彩，大海安静时宽广、淡泊，怒吼时则激情澎湃，极具雄性美。因了这颗生命初期便烙下的海之印，在他的小说《都市情缘》中，他命名了这样一些地方，"蓝月湖小区""蓝河市"等等；在他的许多文字中都会出现一汪湛蓝而宁静的水，主人公在水边或沉思、徘徊，或大笑大叫，或甜蜜恋爱，或独自疗伤，水边成了他们远离尘嚣，与心灵对话的一处净土。水之蓝也被这位"作家市长"解读出了"浪漫""博大""宁静""透彻"等种种含义。

谭仲池文风细腻，笔下的女人个个透着水样柔美；他笑容总是清淡，对别人于他作品给予的评价绝对包容；他的书斋名曰"淡泊"，在繁忙的市长工作之余，他通常的选择是闭门谢客，钻进书斋，享受书海遨游的酣畅，偶尔灵感来袭，便蘸一管墨汁，铺一张白纸，行云流水般一挥而就万余字，字斟句酌间练就对人生透彻的感悟。

2005 年，长沙举全市之力，争创全国文明城市，最终以失败落选。但是，通过多年的努力，文明已经成为长沙市民的自觉。长沙的天空更蓝了，湘江更绿了，花儿更红了。越来越多的长沙市民开始喜欢驻足湘江边，就着清澈的江水和蓝天白云放松心灵，让烦恼随江水北去，而后满心喜悦地离开。

四、"门是不能轻易开的"

游沈从文故居，夜宿凤凰古城，谭仲池关门闭户读着沈从文的小说《丈夫》。正入迷，忽闻笃笃敲门声。是谁在敲门？

"那人仍在坚持敲门，因为灯光未熄，他断定主人并未入睡，敲了许久，我还听到门外的叹息：怎么真睡了。我憋住笑，竟不去开门。门是不能轻易打开的，要是能随意打开，世界上就不应该有门。敲吧，我在猜，是谁在敲门。夜，还没有醒来。"

"门是不能轻易开的"，这话从谭仲池的笔端自然而然地流出，无疑自有其深意存焉。因为他是政界中人，一个城市的市长。

每个人都有属于自己的门。门中自有各人的天地。有人在敲门。敲门干什么呢？有公事为什么不到办公室去呢？有私交为什么不预约呢？面对当今那些旁门左道的时尚，他觉得他应该守好自己的门。

"我不会去开门的。"

也许，敲门人并非有什么恶意，但既然不知敲门者的底细，自己总得有些防备吧。自己的门自己要守得住，不能让随便什么人那么容易地敲开了。作为一个市长，他知道门外有太多的诱惑，他也明白，如果轻易地就把门打开，所见所闻无非也就是廉价的"鲜花与掌声"。他要静下心来看看书，想一想自己工作的得失和不足，甚至失误，想一想如何更好地为群众谋利益，想一想如何提升一个城市的文化品位，自己总得有些危机感吧；他也要留下一点无人打扰的空间……我与他相识已有二十年了。他在文人圈中的口碑极好，因为他从不在背后说人长短，也不把自己放在哪一个小圈子内。用一位朋友的话说："无论担任什么职务，他始终保持了善以待人的品性。那平实的本色，让人感动。"他也是本着思民、亲民、爱民的准则当官做事的。面对老百姓的赞扬，他一直都保持着头脑的清醒。他在一篇文章中写道："我仅仅做了自己应当做的事，他们却记得清清楚楚，真真切切。对这些善良、勤劳、朴实的群众，我们能愧对他们而无所用心无所作为吗？"

为官有为官的准则。为文也自有为文的标准。他说："首先，我的写作先于从政，而写作也陶冶了我的情操，净化我的灵魂，使我对社会有一种比较清醒的认识；再者，我不是为写作而写作，我的文章都是有感而发的。总而言之，我没有什么太大的功利目的。如果要说有的话，那就是政务工作常使我疲倦和忧伤，怎么解脱呢？自然选择了读书和写作，这就是我三十年来笔耕不止的原因。"因此无论多么忙，他在睡觉前总得抽出一到两个小时看书抑或写作。他说读书悟出了做人的道理做事时才能把握好做人的准则。他深知做官是一时的，做人是一世的。他尽可能地做官的时候先把人做好。

要做好文难，做好官不易，因此，把好自己的门就显得至关重要了。

五、就着一杯清水享受文字

电子科技飞速发展的时代，谭仲池仍然不习惯使用电脑，坚持只用笔写作。他说，希望自己一直保有对文字的敬畏。

食物创新诱惑味蕾的时代，谭仲池坚持只用一杯清水点缀纯粹的写作时光。他说，一个敏锐的作家，能从一杯清水里品出人生况味。

对谭仲池而言，捧一本好书，坐到洒满阳光的山坡上不受打扰地度过一个下午，便是人生最大的快乐。更多时候，"山坡"只能遗憾地换成自家的阳台，但那份"悦读"的快乐却是一直存在的。

公务繁忙的市长又有多少时间进行文学创作？谭仲池给出的答案让记者吃惊：几乎每天。当然，这"每天"是由早上去办公室前的一小时、中午等待吃午饭的半小时、晚上睡觉前的一两个小时以及等飞机、坐车赶路的片刻空隙累积而成。"灵感总是突如其来。有时候看电视，听到一首动人的歌，产生了灵感，我就会立刻拿出纸笔，构思一首歌词。有时出差乘飞机，想到一个故事构思，我就会马上记下来，然后再去慢慢完善。我的创作就是这样零打碎敲搞出来的，虽然零碎，但每写一个字都带着十足的诚意，这点我问心无愧。"

在谭仲池家，经常会出现这样的情形——电视开着，客厅里不时有人走动，男主人却充耳不闻，埋头在书房奋笔疾书，连妻子喊他吃饭的呼唤都听不见，"我就是这样，不管环境多么嘈杂，只要进入写作状态，就什么都忘记了。"写作当然很辛苦，常常要在忙完一天的工作后牺牲休息时间熬夜奋战，但谭仲池乐此不疲："我愿为我喜欢的事做出牺牲。对我而言，写作像是一种休息。创作完成时的感觉畅快淋漓，无比美妙，能让我迅速从白天工作身心疲惫的状态里解脱出来。"谭仲池更坚信的是，写作时那种远离名利纷扰、坦然纯粹的投入状态能让一个从政者坚守最初的信念，保持心境的平和。为此，他给自己的书斋取名"淡泊"。

现在，谭仲池正在修改长篇小说《凤凰》（原名《凤凰之恋》），并将它改编电影《凤凰》。谭仲池说："拍《凤凰》是为了圆我10年前一个梦想。"10年前，谭仲池当时是潇湘电影制片厂厂长，因拍《烟雨长河》电影，在湘西古镇凤凰小住了一个星期，他被扑面而来的文化气息、山水灵气和淳朴民风，被这片孕育了沈从文、黄永玉等大师级人物的灵山秀水深深打动了，当时心里便燃起一个念头："有生之年，我一定要为凤凰写一部电影。"

"提纲只用了一个晚上就写出来了，以后的书稿也出得相当匆忙。"谭仲池说，过去10年间，他曾五度深入凤凰，在薄雾缭绕的清晨以一颗赤子之心与沱江对话。至于这些文字，不过是自己积蓄已久的情感自然流露，无须准备，水到渠成。这之后，身为长沙市市长的谭仲池率团到日本访问，一个有关印度的风光片让他震撼了："也就是介绍印度名胜古迹的风光片，但做得很有诗意，至今我还清晰地记得片子里的画面。"家乡湖南的山山水水哪一点比人家差了？重要的是推广！谭仲池坐不住了，他决心通过凤凰风情浓郁的人和事，展现古城之美、山水之美、文化之美、人情之美。2006年，谭仲池赢来了圆"凤凰梦"的时机，看得出，他很兴奋。

有记者曾经这样问谭仲池："您不当市长后打算干什么？"谭仲池说："我就去当作家，我要走遍全国的城市，然后写一本书，叫作《市长眼中的城市》。那时也许我还会再写一些长篇小说、电影剧本，或者写一些关于社会问题方面的随笔。"

但愿这不仅仅是他的梦想。

谭仲池有关从政和文艺创作简历和大事记

1949年12月16日生于湖南浏阳县高坪镇石湾村；

1955年9月上小学至1962年小学毕业考入县一中，因家庭经济困难未读；

1964年7月复读小学六年级，考入浏阳第三中学；

1967年12月应征入伍；

1968年3月至1973年4月，在开封航校学习，后任武汉空军7491部队机械员、教员等职，第一首诗在部队创作《天空的忆念》发表在《空军报》上。1970年创作第一首歌词《我驾战鹰过韶山》，谱曲后在部队传唱；

1973年3月，复员回乡，在农村种田；

1973年7月，参加高考，本已录取某大学中文系，后因身患急性黄疸肝炎而失取。继而在当年的10月，从医院出来重又参加中专考试，被浏阳师范学校录取；

1973年9月至1975年9月，在浏阳师范学校就读；

1975年9月至1979年10月，历任杨潭中学、高坪中学校长；

1975年12月，创作第一个花鼓戏《当家人》参加县文艺调演获优秀奖；

1977年7月27日，在《文汇报》发表《秋收起义颂》组歌（为作者之一）；

1980年10月至1983年9月，任浏阳县革委会办公室副主任；

1983年7月，在《中国农民报》发表第一篇报告文学《属于他自己的歌》并获报告文学征文二等奖；

1983年9月至1985年9月，湖南省委党校党政管理专业脱产学习，获本科学历；

1985年9月至1989年4月，任浏阳县委常委、宣传部部长，县委副书记；

1986年，第一本经济管理专著《乡镇企业管理简论》由中南工业大学出版社出版；

1988年，第一本诗集《芭蕉雨》由中国文联出版社出版；

1989 年 4 月至 1990 年 1 月，任浏阳县委副书记、代理县长；

1990 年 1 月至 1992 年 2 月，任浏阳县委副书记、政府县长；

1990 年，第一本散文集《梦系浏阳河》由广西师大出版社出版；

1992 年 3 月至 1995 年 4 月，任潇湘电影制片厂厂长、党委副书记；

1993 年，创作的第一部电视剧《雾岸》，由潇湘厂拍摄，在中央台黄金时段播映；

1994 年被评为二级编剧，期间组织拍摄了 25 部电影，其中《毛泽东和他的儿子》《刘少奇的 44 天》《秋收起义》《凤凰琴》均获华表奖和"五个一工程"奖；

1995 年 5 月至 1997 年 2 月，任娄底地区地委委员、行署副专员；

1995 年，第一部散文长篇《风雨人生路》由湖南人民出版社出版；

1997 年 2 月至 1998 年 2 月，任湖南省人民政府副秘书长、党组成员；

1997 年，被评为国家一级作家；

1998 年 2 月至 1999 年 12 月，任长沙市委副书记、市政府常务副市长，代理市长；

1999 年以来，分别被国防科大、中南大学、湖南大学、湖南师大聘为教授，并兼任博士、硕士生导师；

2000 年 1 月至 2007 年 11 月，任长沙市委副书记，市长；

2001 年，第一部长篇小说《打捞光明》由花城出版社出版；

2001 年 12 月，出席中国作协第六次全国代表大会；

2004 年 9 月，当选为湖南省作家协会副主席；

2003 年 3 月，任第十届全国人大代表；

2003 年至 2011 年任第七、八届中共湖南省委委员；

2006 年 11 月，出席中国作协第七次代表大会；

2007 年 1 月增补为中国文联全委委员；

2007 年 7 月任湖南省文联主席；

2007 年 11 月 21 日，辞去长沙市市长职务；

2007 年《谭仲池散文选》《谭仲池诗歌选》由湖南文艺出版社出版；

2008 年 1 月，当选为湖南省政协副主席；

2008 年 6 月创作的第一部专题诗集《敬礼，以生命的名义》由湖南人民出版社出版并将诗集 1000 册送汶川灾区；

2008 年 8 月 29 日至 31 日，陪同全国政协孙家正副主席湖南考察，期间出席金鹰节开幕式；

2008 年 9 月 15 日，赴益阳出席周立波诞辰 100 周年纪念活动；

2008 年 10 月，创作的第一部电影《袁隆平》拍摄放映，并于 2009 年获第十三届电影华表奖，第十一届中宣部"五个一工程"奖；

2008 年 10 月 24 日，出席在长沙佳程大酒店举行的宋祖英助学基金会 2008 年捐赠仪式；

2008 年 11 月 19 日，出席在北京中国美术馆举行的纪念改革开放 30 周年湖南美术精品展；

2008 年 12 月 26 日，出席在韶山毛泽东遗物馆举行的毛新宇捐书仪式；

2008 年 12 月 27 日，出席在长沙挪亚游轮上举行的由金鹰报举办的诗歌朗诵会；

2009 年 3 月 10 日，在长沙高新区管委会开展湖湘文化演讲；

2009 年 3 月 18 日，出席在湖南大剧院举行的电影《袁隆平》的首映式；

2009 年 3 月 21 日，出席在张家界举行的中外散文诗学会张家界笔会；

2009 年 4 月 11 日，在国防科大进行题为《文化创意与城市竞争力》的演讲；

2009 年 4 月 17 日，出席在湖南师大音乐学院举行的徐沛东音乐讲座；

2009 年 5 月 22 日，出席在全国政协礼堂举行的电影《袁隆平》首映式；

2009 年 5 月 23 日晚上，出席在西安举行的中国诗歌节开幕式（中国作协举办）；

2009 年 6 月 9 日，在毛泽东文学院进行文学演讲《诗歌与创作》；

2009 年 9 月 8 日至 9 月 10 日，出席在宁夏举行的中国宁夏文化旅游博览会；

2009 年 9 月，电影《妙濛的日子》拍摄并在年底放映；

2009 年 9 月 13 日，陪同李铁映副委员长赴长沙县调研；

2009 年 10 月 23 日至 24 日，出席在衡阳举行的洛夫国际诗歌节；

2009 年 12 月 26 日，出席橘子洲毛泽东青年艺术雕像揭幕仪式；

2010 年 1 月 8 日，出席在蓉园五号楼举行的湖南文艺创作扶助基金会成立大会；

2010 年 4 月 23 日，在长沙市二十一中学举行文学演讲；

2010 年 5 月 21 日，在九所宾馆陪同全国政协原副主席罗豪才宴请；

2010 年 6 月 12 日，出席在常德举行的常德诗人节开幕式；

2010 年 6 月 18 日，在毛泽东文学院举行文学讲座；

2010 年 7 月 2 日至 7 月 5 日，出席在广州美术学院举行的橘子洲毛泽东青年艺术雕像创作研讨会；

2010 年 10 月 17 日，陪同著名诗人洛夫先生在青竹湖参观；

2010 年 10 月 19 日，出席在星沙湘绣城举行的首届中国湘绣文化节

暨第三届湖南工艺美术品博览会开幕式；

2010年10月29日至10月30日，出席在岳阳平江举行的平江不肖生国际学术研讨会；

2010年11月1日，出席在蓉园五号楼举行的第七届中国文联文艺评论奖颁奖仪式暨第五届当代文艺论坛；

2010年11月2日至11月3日，陪同全国政协副主席李金华出席全国政协暨各省市区政协社法委工作座谈会；

2010年11月8日至11月13日，出席在云南举行的首届原生态文化论坛；

2010年11月14日，出席在省博物馆举行的邹传安画展开幕式；

2010年11月17日，出席在师大美术馆举行的王憨山先生逝世十周年纪念活动；

2010年12月25日至26日，出席在怀化通道举行的电影《通道转兵》开机仪式；

2010年12月29日至30日，出席在邵阳举行的刘人岛画展开幕式；

2011年2月24日至2月26日，出席在北京举行的中国作协、人民日报社"盛世民族情"征文颁奖仪式；

2011年2月27日到北京中央党校报到，三月份和四月份在中央党校学习；

2011年5月16日，出席在北京举行的长诗《东方的太阳》新书见面会；

2011年5月18日至5月23日，陪同全国政协副主席张榕明在湘西、怀化考察；

2011年5月24日，出席在上海举行的宋祖英新专辑《阳光乐章》见面会；

2011年5月28日，出席在省博物馆举行的丁杰画展开幕式；

2011年6月18日，出席在省画院举行的庆祝建党九十周年湖南美术作品展开幕式；

2011年6月24日，出席在湖南宾馆举行的谭仲池抒情长诗《东方的太阳》研讨会；

2011年6月，第一本长诗《东方的太阳》被译为英文版参加第61届法兰克福书展，第42届伦敦书展；

2011年7月6日至7月9日，出席在贵阳举行的双乳峰母亲文化节；

2011年8月29日至9月2日，出席在北京举行的中国图书节，期间出席荷兰诗人罗曼新书见面会；

2011年9月27日，出席在省画院举行的纪念辛亥革命100周年书画展览；

2011年10月8日至10月12日，出席在重庆举行的第三届亚洲文化艺术节暨重庆文化艺术节；

2011年10月15日至10月16日，出席在厦门举行的中国诗歌节；

2011年10月17日，出席在毛泽东文学院举行的王蒙讲座；

2011年10月24日至10月25日，出席在南岳举行的道教论坛；

2011年10月26日，出席在世纪金源酒店举行的省文联文化产业公司成立仪式；

2011年11月出席中国文联第九次全国代表大会并选为全会委员；

2011年10月27日至10月31日，出席在桂林兴安举行的十月杂志社十月诗会；

2011年11月27日至11月29日，陪同全国政协副主席王志珍参加齐白石艺术节；

2011年12月1日至12月3日，陪同全国政协副主席孙家正考察，期间出席"百诗百联"大赛颁奖晚会；

2011年12月18日，出席在毛泽东文学院举行的张炜文学讲座；

2011年12月25日，出席在田汉大剧院举行的田汉大剧院人岛艺术馆开馆仪式暨刘人岛艺术作品展开幕式；

2011年12月26日，出席在湖南大剧院举行的庆祝雅礼中学建校105周年暨2012年新春交响诗会；

2012年2月6日，出席在省博物馆举行的神八搭载物收藏仪式；

2012年2月18日，出席在岳麓书院举行的湖湘文化通史分卷主编会议；

2012年3月5日，出席在雷锋纪念馆举行的长篇小说《雷锋》首发仪式暨电影《青春雷锋》新闻发布会；

2012年3月22日至3月26日，出席在秦皇岛举行的秦皇岛诗歌节；

2012年3月31日，出席在省党派机关会议中心举行的纪念程潜诞辰130周年座谈会暨《养复园诗集新编》首发式；

2012年4月12日至4月13日，出席在北京举行的荣宝斋与湖南省文联文化产业公司签约仪式；

2012年5月14日至15日，出席在长沙举行的雷锋精神论坛；

2012 年 5 月 17 日至 18 日，在长沙出席中博会相关活动；

2012 年 6 月 9 日，出席在新闻大酒店六楼文萃报美术馆举行的湖南日报报业集团文萃报美术馆开馆典礼暨张锡良书法精品展开幕式；

2012 年 6 月 12 日，出席在省文联召开的省文联扶助基金会扶助作品终评会议；下午，出席在湖南宾馆举行的省文联扶助基金会理事会；

2012 年 6 月 14 日至 17 日，前往酒泉卫星发射中心参观神九发射仪式；

2012 年 6 月 24 日至 26 日，出席在湖南宾馆举行的省文联全会，在会上当选为省文联主席；

2012 年 6 月 28 日，出席在雷锋纪念馆举行的电影《青春雷锋》开机仪式；

2012 年 7 月 25 日，陪同许嘉璐宴请并出席汉语桥开幕式；

2012 年 8 月 30 日，出席在北京人民大会堂举行的电影《湘南起义》首映仪式；

2012 年 9 月 7 日至 10 日，陪同全国政协副主席、全国文联主席孙家正考察，期间出席第九届中国金鹰电视艺术节开幕式；

2012 年 9 月 11 日，出席在北京中国军事博物馆举行的湖南重大历史题材晋京展览开幕式；

2012 年 9 月 15 日至 16 日，出席在四川汶川举行的《散文诗》杂志社国际散文诗笔会；

2012 年 9 月 21 日，在世纪金源大酒店宴请北京市文联主席、中国著名音乐家金铁霖教授夫妇；

2012 年 9 月 22 日至 23 日，出席在郴州举行的郴州十月诗会；

2012 年 9 月 30 日至 10 月 1 日，陪同全国政协张思卿副主席考察；

2012 年 10 月 2 日，出席浏阳三中校庆仪式；

2012 年 10 月 21 日至 23 日，出席在郴州举行的省文联编剧学习班；

2012 年 10 月 30 日，出席在橘子洲长株潭两型实验区展览馆举行的"两型"实验区采风活动启动仪式；

2012 年 11 月 10 日，出席在北京时代美术馆举行的"喜庆十八大，笔墨颂朝阳"书画展开幕式；

2012 年 11 月 16 日至 19 日，陪同人民日报文艺部"红色记忆"采风团在湖南参观考察；

2012 年 12 月 4 日，出席在国防科大礼堂举行的李岚清"走进经典音乐"

讲座；

2012 年 12 月 13 日，出席在市博物馆举行的虞逸夫先生遗墨展开幕式；10：00 出席在市博物馆二楼会议室举行的虞逸夫先生座谈会；

2012 年 12 月 16 日，出席在省画院美术馆举行的钟增亚画展开幕式；

2012 年 12 月 27 日，前往黄永玉老先生住宅看望黄永玉老先生；

2012 年 12 月 28 日，出席在华天大酒店湖南厅举行的史穆先生诞辰九十周年纪念会暨史穆先生书法诗词作品集首发仪式；

2012 年 12 月 29 日，出席在喜来登会议中心举行的省艺术收藏家协会成立大会；

2012 年 12 月 31 日，出席在长沙湖南大学潇湘国际影城天马店举行的影片《青春雷锋》湖南首映暨全国宣传启动仪式；

2013 年 1 月 25 日至 28 日，参加在台湾举行的李自健油画展；

2013 年 2 月 21 日，出席在北京八宝山东告别厅举行的诗人雷抒雁告别仪式；

2013 年 2 月 23 日上午，在北京欧阳中石先生家看望老书法家欧阳中石先生；

2013 年 2 月 26 日，出席在北京人民大会堂举行的电影《青春雷锋》首映式；

2014 年 8 月，出版诗集《祖国，我深爱着你》，湖南人民出版社；

2015 年 8 月，电影《受降前夕》被国家电影局作为 13 部重点影片推荐参加纪念中国人民抗日战争暨世界反法西斯战争胜利 70 周年展映。长篇小说《生命签证》由湖南人民出版社出版发行并被《中国作家》在同年的《长篇小说增刊》刊载；

2016 年 1 月，长篇小说《生命签证》参加美国芝加哥图书展；

2016 年 4 月，辞去省文联主席职务并于 5 月办理退休手续；

2016 年 7 月，音乐剧《生命恋歌》（又名《袁隆平》）被确定为国家艺术基金重点项目支持；

2016 年 6 月，在《求是》发表文章《凝望信仰之美》（2016 第 11 期）；

2016 年 9 月，创作《秋收起义颂》组歌，为纪念建军 90 周年而作。

谭仲池主要作品

社科理论著作：

《乡镇企业管理简论》，中南工大出版社（1986年）；

《基层领导科学》，广西师大出版社（1988年）；

《县委书记的领导方法和艺术》，求是出版社（1990年）；

《行政管理实践简论》，湖南大学出版社（2002年）；

《城市发展新论》，中国经济出版社（2006年）；

《市长手记》，湖南人民出版社（2008年）。

文学著作：

《芭蕉雨》诗集，中国文联出版社（1988年）；

《月之梦》诗集，湖南文艺出版社（1990年）；

《梦系浏阳河》散文集，广西师大出版社（1990年）；

《爱情悄悄话》散文集，湖南人民出版社（1993年）；

《风雨人生路》散文集，湖南人民出版社（1995年）；

《又见桃花开》散文集，湖南文艺出版社（1997年）；

《人生的风景》散文集，湖南人民出版社（1996年）；

《我想有翅膀》诗歌集，太白出版社（1998年）；

《岁月与梦幻》诗集，湖南文艺出版社（1998年）；

《心灵的天堂》散文集，作家出版社（1999年）；

《临风感怀》散文集，人民日报出版社（2003年）；

《水和天堂》诗集，香港文汇出版社（2004年）；

《谭仲池散文选》湖南文艺出版社（2007年）；

《谭仲池诗选》湖南文艺出版社（2007年）；

《打捞光明》长篇小说，花城出版社（2001年）；

《都市情缘》长篇小说，人民文学出版社（2003年），2006年改编拍成电影《女人女人》；

《曾经沧海》长篇小说，湖南文艺出版社（2005 年）；

《凤凰之恋》长篇小说，北京十月文艺出版社 (2006 年)；

《此情如水》长篇小说，中信出版社（2008 年）；

《土地》长篇小说，湖南文艺出版社（2009 年）；

《古商城梦影》长篇小说，中国华侨出版社（2010 年）；

《谭仲池歌词选》花城出版社（2008 年）；

《谭仲池作词歌曲集》中国文联出版社（2008 年）；

《敬礼，以生命的名义》诗集，湖南人民出版社（2008 年）；

《东方的太阳》长诗，人民文学出版社（2011 年）；

《雷锋》长篇小说，人民文学出版社（2012 年，与人合著）；

《灯影心语》散文集，湖南人民出版社（2012 年）；

《尘梦剑胆》长篇小说，湖南人民出版社（2012 年，与人合著）；

《东方的太阳》长诗，中国对外翻译出版有限公司（2012 年英文版）；

《祖国，我深爱着你》诗歌集，湖南文艺出版社（2014 年）；

《生命签证》长篇小说，湖南人民出版社（2015 年）。

电影作品：

《袁隆平》潇湘电影制片厂拍摄（2008 年）获中国电影第十三届华表奖，中宣部第十一届"五个一"工程奖；

《妙漾的日子》潇湘电影制片厂拍摄（2009 年）；

《通道转兵》潇湘电影制片厂拍摄（2010 年）；

《焰舞星空》潇湘电影制片厂拍摄（2011 年）；

《湘南起义》潇湘电影制片厂拍摄（2012 年）；

《青春雷锋》潇湘电影集团拍摄（2012 年被确定为向党的十八大献礼片之一）；

《莽山蛇博士》潇湘电影集团拍摄（2013 年）；

《受降前夕》潇湘电影集团拍摄（2015 年）；

《领袖：1935》潇影集团拍摄（2016 年）。

电视作品：

《雾岸》1992 年中央电视台播放（潇湘电视剧中心制作）；

《秋之魂》1993 年中央电视台播放（潇湘电视剧中心制作）；

《人生的课题》1994 年中央电视台播放（潇湘电视剧中心制作）。

作词的主要歌曲作品：

《阳光乐章》，徐沛东作曲，宋祖英演唱，获 2003 星光奖一等奖；

《千手观音》，龙伟华作曲，毛阿敏演唱；

《你是一棵树》，徐沛东作曲，戴玉强、王莹演唱，获中宣部第十届"五个一工程奖"和 2005 年全国廉政歌曲一等奖；

《收获》，龙伟华作曲，谭晶演唱，文化部春节文艺晚会演出；

《花之梦》，徐沛东作曲，张也演唱；

《湘江》，王佑贵作曲，宋祖英演唱，获中央电视台城市优秀歌曲金奖；

《大地之子》，徐沛东作曲，王莹演唱，邓小平 100 周年专题晚会演唱；

《走向和谐盛世》，龙伟华作曲，王丽达演唱，十七大期间在中央电视台和各省电视台播出；

《美哉，潇湘伟少年》，王宪作曲，《恰同学少年》主题歌，播后全国反响很大；

《新的起点》，孟庆云作曲，李丹阳演唱；

《为祖国祝福》，印青作曲，王莹演唱；

《梦中有条美丽的河》，孟勇作曲，雷佳演唱；

《承诺》，徐沛东作曲，湘女演唱；

《锦绣潇湘》，王佑贵作曲，王丽达演唱；

《幸福无涯》，孟庆云作曲，陈思思演唱；

《和谐颂》，孟庆云作曲；

《走进雷锋故乡》，徐沛东作曲，陈笠笠演唱；

《美在谷韵》，唐勇强作曲，易妙英演唱；

《中国根》，刘青作曲，王丽达等演唱；

音乐剧《生命恋歌》（又名《袁隆平》）被确定为 2016 年国家艺术基金扶助重点戏剧项目。